KB105079

숭실대학교 동아시아 언어문화연구소 문화총서 2

晩明小品論

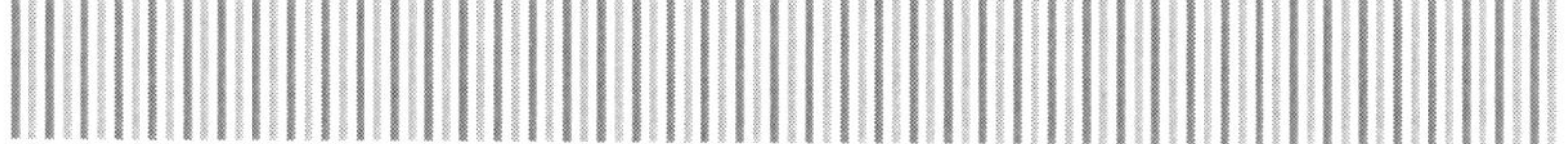

중국 산문전통의 '이단'인가, '혁신'인가?

이 제 우 저

중국문학사에서 '만명소품'은 명대(1368-1644) 중엽 이후에 대두된 문학유파인 공안·경릉파로부터 명조가 패망할 때까지 70여 년 동안에 지어진 명대 후기 산문 중의 특정 작품을 그 문학사적 특징으로 통칭하는 문학사 전문술어이다. 그러나 중국인에 의해 집필된 중국문학사의 초기 대표 저작인 20세기 초 林傳甲의 『中國文學史』(1910)나 謝无量의 『中國大文學史』(1918), 20년대 胡毓寰의 『中國文學源流』(1924), 趙景深의 『中國文學小史』(1926), 趙祖忭의 『中國文學沿革一瞥』(1928), 그리고 30년대 초 胡懷琛의 『中國文學史概要』(1931), 胡雲翼의 『中國文學史』(1932), 陸侃如 · 馮沅君의 『中國文學史簡編』(1932)까지는 '만명소품'이란 용어가 문학사에 아직 등장하지 않는다. 그뿐 아니라 이들 문학사 저작에는 '만명소품'과 직접적인 영향 관계를 가진 공안파와 경릉파에 대한 언급도 아예 없거나 있어도 몇 줄에 불과하며, 더욱이 이들에 대한 종합적인 평가도 공안파를 '俚率', 경릉파를 '孤僻'으로 판정하고 이들 작품을 '亂世之音'·'衰世之音'·'亡國之音'으로 최종 선고하는 등 부정적 논조 일색이었다. 그러나 곧바로 이들 뒤를 이은 周作人의 『中國新文學的源流』(1932), 鄭振鐸의 『插圖本中國文學史』(1932-57), 劉大杰의 『中國文學發展史』(1941-49)를 거쳐 오늘날의 대표적 중국문학사 저작인 游國恩 등의 『中國文學史』(1963)와 葉慶炳의 『中國文學史』(1965-66)에 이르는 동안 만명소품은 "공안·경릉파 '성령' 문학사상 실천의 구체적 성과이자 전통산문 체재의 새로운 발전"으로서의 확고한 존재 가치를 인정받게 되었다.

중국의 봉건 왕제가 막을 내린 20세기 초로부터 반세기를 지나오는 동안 중국문학사에는 도대체 무슨 일이 있었기에 객관적 역사 사실로서의 '만명소품'에 대한 인식과 평가가 이토록 극단적으로 달라졌을까? 오늘날 중국문학사의 전문술어로서의 이른바 '만명소품'이란 도대체 어떤 존재이기에 그 모호성으로 인한 오해와 착각이 끊이지 않는 것일까? 청대 건륭(1736-95) 연간, 18세기 중국의 지식 세계를 대표하는 『四庫全書』의 편찬과 중국역사상 전례가 없었던 대규모의 금서사건 과정에서 만명소품의 저작들은 왜 유기되거나 피금되었을까? 명조 패망 이후 현대에 이르는 300년 세월의 단절에도 불구하고 만명 '소품'과 현대 '소품문'의 계승과 혁신의 관계는 어떻게 성립될 수 있을까? 청대 정통파 문인들이 그토록 질시하고 배척했던 '만명소품'이 역사적 실체로서 오늘날 중국문학사에서 궁극적으로 무엇을 공헌할 수 있을까? 본서는 바로 이러한 의문들에 대한 저자의 오랜 탐구의 과정이며 그 결과이다.

본서는 저자가 학위과정 때 졸업논문의 주제로 정한 '만명소품'의 연구에서 시작하여 그 이후의 조사와 연구를 보태 수정 보완한 것이다. 수학을 마치고 교직에 몸담은 지난 20년 동안 만명소품과 관련하여 국내외 학계에서 해결되지 못한 여러 문제와 의문에 대해 부단히 생각해 왔다. 특히 그 사이 중국과 미국에서 보낸 두 번의 연구년은 만명의 원전자료와 이 방면의 새로운 연구를 참고할 수 있었던 더없이 소중한 기회였다. 미국 국회도서관과 프린스턴대학교 동아시아도서관에서 이전에 구해 보지 못했던 만명소품 연구의 중요 문헌인 『蘇黃風流小品』[萬曆(1573-1620)晩年], 『媚幽閣文娛』[崇禎三年(1630)], 『石佛洞権倀小品』

[崇禎六年(1633)], 『氷雪攜』[崇禎十六年(1643)], 『慧眼山房評選古今文小品』[崇禎十六年(1643)]과 1930년대에 큰 주목을 끌었던 만명소품 작품선집인 王英의 『晩明小品文總集選』(1934), 阿英의 『晩明小品文庫』(1936), 笑我의 『晩明小品』(1936) 등을 직접 접해볼 수 있었던 것은 만명소품의 개념과 범위 및 작품의 풍격에 관한 그간의 몇 가지 의문을 해결하고 확신을 얻은 천재일우의 행운이었다.

현재 국내에서의 만명 문학에 관한 연구는 韓國中語中文學會에서 발행하는 정기간행학술지 『中語中文學』에 매기마다 실리는 「中國語文學 論文目錄」만 보더라도 2000년 이후 지난 10년간 매년 평균 대여섯 편 이상의 우수한 소논문이 발표되어 이 방면의 연구성과는 다른 중국문학사 시대에 비해 상대적으로 높은 편이라 하겠다. 다만, 만명 시대의 대표 문인인 李卓吾와 袁中郎의 개별 연구에 편중되고 만명소품 전체를 아우르는 거시 연구가 적은 점이 조금 아쉽다. 그러한 가운데 金榮鎭, 『朝鮮後期의 明淸小品 수용과 小品文의 전개 양상』(2003)과 韓鐘鎭, 『明淸時期 小品文에 나타난 글쓰기의 양상과 그 의미』(2010) 두 분의 박사논문은 그간의 갈증을 해소하고 앞으로 만명소품 분야의 진일보한 연구를 개척해 나갈 귀중한 성과라 여겨진다.

만명소품의 연구에서 처음으로 부딪히게 되는 가장 큰 어려움은 그 개념의 모호성이다. 사실 이는 이 방면의 전문연구자들마저도 공통적으로 지적하는 문제이기도 하여 실지로 작가와 작품의 범위 설정에서 혼란과 충돌을 빚기도 한다. 혹자는 관념적 개념보다는 역사적 실체가 우선하므로 개념 수립 자체에 큰 의미를 두지 않기도 한다. 그러나 근래의 연구동향으로 보면, 만명의 '소품'은 결코 문체 분류의 개념이 아님에도 불구하고 연구자들은 만명소품을 단순히 체재론적 관점에서 파악하려는 경향이 강하다. 이럴 경우 만명의 '소품'은 전통산문, 즉 정통고문과의 관계 설정이 모호해지고 현대의 '소품문'과도 그 차이를 변별할 수 없는 혼란에 빠지게 된다. 용어 사용의 예만 보더라도, 만명 당시에는 '소품' 단어를 단독으로 사용했을 뿐이며, 청대『四庫全書總目提要』에서도 '明末小品'이나 '明季小品'과 같이 '소품'으로만 명명했지 오늘날과 같은 '소품문'이란 용례는 없었다. 중국 현대문학에서는 현대산문의 하위분류로서의 '소품'을 '소품문'과 동의어로 사용하기도 하지만, 만약 만명의 '소품'을 그 개념의 검토 없이 '만명소품문'이라 호칭한다면 이는 만명소품을 일종의 문학체재로 간주하는 것이 되어 단순히 현대 '소품문'의 개념으로 만명의 '소품'을 다루게 되는 결과를 초래하게 된다.

중국문학사에서 만명소품은 특수한 의의와 가치를 지니고 출현한 것으로 '소품'이란 용어 자체는 청대와 현대에서도 계속 사용되어 왔으나, 그것의 개념 범주와 작품 범위는 시대에 따라 서로 일치하지 않아 각 시대의 문헌을 볼 때 그 시대 고유의 용법에 주의하지 않으면 해당 문헌이 의도하는 정확한 의미를 파악하기 어렵다. 따라서 청대『사고제요』에서 말하는 '明人小品'이나 '明末小品'과 '明季小品'을 만명의 '소품'이나 오늘날 중국문학사에서 말하는 '만명소품'과 동일한 것으로 보아서는 안 되며, 더욱이 만명의 '소품'과 현대의 '소품문'에는 더러 유사한 풍격의 개별 작품들이 실지로 존재한다 하더라도 그 용어의 개념과 문학사적 의의는 완전히 일치하지 않는다는 사실에 유의하지 않으면 안 된다.

사실 '만명' 당시의 실지 용법으로 볼 때, '소품' 용어는 몇 가지 서로 다른 의미 범주를 가진다. 즉, 단순히 어떤 문학작품을 지칭하기도 하거니와 때로는 어떤 문학 문집이나 필기 저작을 지칭하기도 하고, 또 때로는 어떤 문학풍격을 의미하기도 하여 실지 응용범주 내에서의 개념은 매우 복잡하면서도 다원적인 성격을 띤다. 그러므로 만명소품의 개념과 범위를 확정하는 일은 실지로 그리 간단하지 않고, 작품의 예술적 특징을 규명하는 일도 현재까지 그 연구가 진행 중이다. 그런 점에서 만명소품의 개념을 첫째, 소품 관념의 연구로서 소품문학을 정통문학과의 상대 관계 속에서 대비 분석하고, 둘째로 소품 유형의 연구로서 다시 두 측면으로 나누어 소품작품의 문학예술상의 개념과 소품선집의 편집방법상의 개념으로 파악한 본서의 논의는 단순히 '소품'으로 제명된 저작의 성격에 따른 분류를 기초로 한 개념 논의에 비해 금후 만명소품의 좀 더 완전한 개념 수립에 진일보한 단초를 제공할 수 있을 것이라 기대한다.

어쩌면 국내에서의 만명소품 연구는 만명소품 관련 원전자료의 입수가 쉽지 않아 그 시작부터 연구자의 어려움을 가중시킬지도 모르겠다. 그래서 본서에서는 중국·한국·일본과 미주 지역의 여러 공공도서관에 흩어져 있는 관련 자료를 광범하게 수집하여 좀 번거롭게 보일지라도 저작의 서지사항을 최대한 정밀하게 기술하고 그 주요 내용을 최대한 많이 인용하려 했다. 그러나 저자의 자료 수집과 분석에도 한계와 오류가 없을 수 없을 것이므로 이에 대해서는 연구자 제현의 보충과 질정을 간구한다.

한 가지 더 해명해야 할 일은, 본서에서 만명소품 창작의 이론과 실천을 논하면서 주로 오늘날 중국문학사에서 만명소품의 대표 작가로 공인하는 공안파의 袁宗道·袁宏道·袁中道와 경릉파의 鍾惺·譚元春, 그리고 명말의 遺民 張岱 등 6인을 대상으로 한 것이다. 이는 분명히 몇 그루 큰 나무만 보고 풀숲 전체를 보지 못하는 우를 범할 소지도 없지 않지만, 이들이 명말 문단에서 만명소품의 발생과 발전에 가장 근원적인 역할을 수행했을 뿐만 아니라 이들의 창작이론과 문학작품이 양적으로나 질적으로 가장 괄목할 만한 성취를 이루고 여타 작가들에게 미친 영향 또한 절대적이어서 만명소품 연구의 원천이자 핵심으로 여겨지기 때문이다. 특히 창작실천 면에서 만명소품의 혁신적 면모를 논하면서 張岱의 작품을 전형적 예로 많이 든 것도, 그가 공안·경릉파 문학의 장점을 융합한 만명소품의 집대성자로서 그의 작품에서 전통산문과 비교되는 만명소품의 창의적 변화를 더욱 명확하게 볼 수 있기 때문이다.

만명소품은 명말 강남 지역의 경제 번영과 王學 사상의 개방적 풍조 및 문인들의 암흑 정치에 대한 반동 등의 원인들이 결합되어 탄생한 것으로, 그것은 확실히 그 시대의 새로운 역사적 산물이었으며 일정 정도 진보적 의의를 지닌 문화적 소산이었다. 만명소품 흥성의 이러한 외부 환경적 요인들은 자연히 작가의 창작태도에 영향을 미칠 뿐만 아니라 작품의 정신과 내용과도 관계를 가지게 된다. 문학은 당연히 문화의 일부로서 사회적 연관성을 가지고 생활환경 속에서 발생한다. 중국문학 역시 그 체재의 변천으로 볼 때, 그것은 단순히 언어형식의 진화만은 아니다. 그것은 사회경제 기초의 변화 및 사회의 풍속습관과 학술문화의 변천과 밀접하게 연관되고 정치생활과도 관계가 없지 않다. 그러나 문학형식의 진화는 또한 문학 발전의 일환이기도 하여 문학작품의 가장 중요한 요소인 언어형식과 문학전통에 영향을 미친다. 각종 문학범주 내의 작품들은 모두 상대적으로 안정된 체제와 관용화된 창작제재와 표현수법을 가지고 있다. 그러므로 설사 어떤 하나의 작품형식을 운용하는 작가 개인의 풍격은 각기 상이할지라도 전체로 보면 여전히 타 범주 내의 작품들과 구별되는 어떤 공통된 풍격 특징을 지니게 된다. 다만, 더 많은 만명소품 개별 작가와 작품의 연구에 대해서는 앞으로 지속적인 조사와 연구를 기약하기로 한다.

'만명'은 사람들의 주관과 객관의 진실 사이에 충돌이 발생한 사회 질서의 위기 시대였다. 이 시대 속에서 당시 지식인이 담당했던 배역이 후인들의 특별한 주목을 끈 것은 당연한 이치이다. 문학작품은 늘 특정의 사회적 행위와 밀접한 관계를 가진다. 설사 만명소품 작가들의 작품이 광범한 사회적 행위 내용을 담지 못하고 협소한 개인적 '閑適之趣' 만을 폈다 할지라도 이 시대가 그러한 문학을 탄생시킬 수밖에 없었던 연유를 연구하는 일은 그 의의가 작지 않다. 더욱이 그들은 작품의 표현에서 閑情 이외에 객관사물과 인간사회를 있는 그대로 용인하는 아량을 지녀 당시 사회를 또 다른 방식으로 반영했다는 점은 연구의 가치도 높다. 이러한 점에서 만명소품의 개념 의미와 작품의 예술 성격에 치중한 본서의 논의는 이제 그 연구의 서막을 올린 셈이라 하겠다. 다만, 본서를 통해 앞으로 만명소품에 대한 더욱 많은 토론의 장이 만들어진다면 더없이 좋겠다.

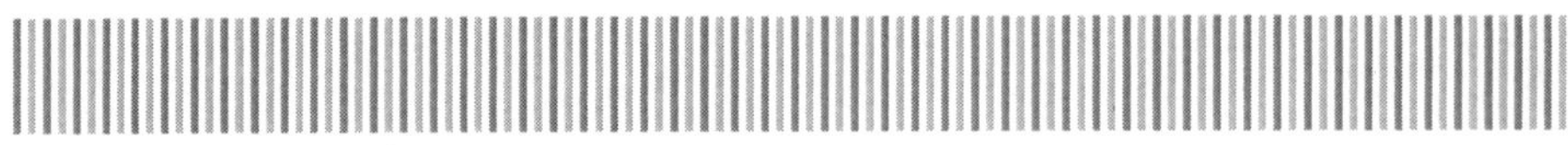

| 차 례 |

책머리에 ······ 3

제1장 **시작하며** ······ 15

Ⅰ. 중국문학사의 '만명소품'이란? ······ 19
Ⅱ. 만명소품 연구사 개관 ······ 26
Ⅲ. 연구과제와 방법 및 범위 ······ 44

제2장 **만명소품의 개념과 범위** ······ 47

Ⅰ. 서언 ······ 47
Ⅱ. '小品' 어원과 개념의 역사 ······ 49
Ⅲ. 만명소품 개념의 형성 ······ 71
Ⅳ. 만명소품 개념의 발전 ······ 88
Ⅴ. 결어 ······ 113

제3장 **만명소품의 문학이상** ······ 119

Ⅰ. 서언 ······ 119
Ⅱ. 만명소품의 문학사상 ······ 124
Ⅲ. 만명소품의 창작이상 ······ 142
Ⅳ. 만명소품의 예술경계 ······ 153
Ⅴ. 결어 ······ 162

제4장 **만명소품의 창작 실천** ······ 167

Ⅰ. 서언 ······ 167
Ⅱ. 만명소품 창작제재의 의미 ······ 170
Ⅲ. 만명소품 문학형식의 혁신 ······ 185

Ⅳ. 만명소품 문학언어의 미감 ······197
Ⅴ. 결어 ······209

제5장 ▮ 청대 만명 '소품' 현상의 인식과 그 평가 ······213

Ⅰ. 서언 ······213
Ⅱ. 청대『四庫全書』의 편찬과 '만명소품'의 금훼 ······215
Ⅲ. 청대 사고관신들이 파악한 만명의 '소품' 현상 ······224
Ⅳ. 청대 사고관신들의 만명 '소품'의 평가 ······237
Ⅴ. 결어 ······245

제6장 ▮ 현대 '소품문논쟁'과 만명소품의 인식과 비평 ······249

Ⅰ. 서언 ······249
Ⅱ. 현대 '소품문'의 개념과 성격 ······251
Ⅲ. 周作人의『中國新文學的源流』(1932)와 관련한 소품관 ··265
Ⅳ. 1930년대 '소품문논쟁' 중의 만명소품 관련 발언들 ······276
Ⅴ. 결어 ······289

제7장 ▮ 마치며: 만명소품 연구의 몇 가지 문제 ······291

Ⅰ. 만명소품의 개념 및 어의 문제 ······292
Ⅱ. 만명소품의 작가 문제 ······307
Ⅲ. 만명소품의 범위 문제 ······316

부록 ▮ 만명소품 중요 서목 제요 ······323

참고문헌 ······385

中文提要 ······397

晩明小品論

중국 산문전통의 '이단'인가, '혁신'인가?

晚明小品論

중국 산문전통의 '이단'인가, '혁신'인가?

제1장

시작하며

중국문학에서 이른바 '소품'은 시대에 따라 그 개념이 지시하는 의미 내용이 다를 뿐만 아니라, 문학 선집으로서의 소품집에 따라서도 수록하는 작품 범위가 일치하지 않는다. 오늘날 중국문학 범주 내에서의 소품 관념은 대개 명대(1368-1644) 중엽 이후에 발달하기 시작한 것으로, 당시에 소품은 주로 경세 실용 목적의 '高文大册'·'經制大編' 등과 상대되는 쾌락 가치 지향의 '小文小說'·'單文小記' 등의 문학창작을 지칭하는 것으로 알려진다.[1]

중국문학사에서 '만명소품'으로 통칭되는 이 작품군은 작가의 진실한 정감을 원천으로 삼고 전통적 예교의 속박을 받지 않아 형식과 내용 모든 면에서 타인으로서는 모방할 수 없고 또 감히 모방하지도 못하는

---

1 '高文大册'·'經制大編'은 각각 袁中道, 「答蔡觀察元履」, 『珂雪齋前集』, 全5册(明萬四十六年新安刊本 ; 臺北 : 偉文圖書出版社, 影印本, 1976), 卷二十三書牘, 5: 2297과 沈光裕, 「與友」, 周亮工 (編), 『尺牘新鈔』(上海: 上海書店, 排印本, 1988), 卷十二, 320쪽에 보이며, '小文小說'·'單文小記'는 각각 凌啓康, 「刻蘇長公合作凡例」, 蘇軾, 『蘇長公合作』八卷, 凌啓康 編(明萬曆四十八年吳興凌氏刊三色套印 ; 臺北 : 國立中央圖書館所藏, M10227), 卷首와 陳紹英, 「蘇長公文燧序」, 蘇軾, 『蘇長公文燧』不分卷, 陳紹英 編(明崇禎四年刊 ; 臺北 : 臺灣師範大學圖書館所藏, 善本), 卷首에 보인다.

독특한 세계를 지녀 자연히 "편폭은 단소하나 정신은 멀고, 필묵은 희소하나 취지는 깊은(幅短而神遙, 墨希而旨永)" 심미적 특징을 띤다.[2] 만명소품은 체재론적 입장에서 보면 광의로는 산문 외에도 詩詞 歌賦 등의 운문창작을 포괄하며, 협의로는 산문창작만을 포함한다.

청대(1619-1911) 관방문학의 입장과 견해를 대표하는 『四庫全書總目提要』의 이른바 '소품'은 만명 시대 '소품'의 원 개념과는 다르다. 그것은 전적으로 필기류의 저작만을 대상으로 삼고 있어 만명소품보다 그 포괄하는 범위가 좁을 뿐만 아니라, 심지어 관념상 편의를 띠고 있는 경우가 대부분이다. 중국 현대문학의 이른바 '소품' 또는 '소품문' 역시 현대산문 발전 초기 영물·서정 위주의 단소한 산문작품만을 지칭하는 것으로, 서구문학의 영향을 많이 받아 관념과 이론상 만명의 '소품'과 구별된다.

'만명소품'을 논하려면 '소품'의 함의를 밝히는 일 외에 먼저 '만명'이라는 시간대를 확정하는 일이 필요하다. 만명 시대의 분기와 관련한 문제는 논자에 따라 견해가 일치하지 않으나 대체로 명대 중엽 이후 萬曆(1573-1620)·天啓(1621-27)·崇禎(1628-44) 연간으로 보며, 문학사적으로는 公安派의 흥기로부터 竟陵派를 거쳐 明朝의 패망에 이르는 70여 년의 세월을 말한다.[3]

---

2 "幅短而神遙, 墨希而旨永"은 唐顯悅, 「文娛叙」, 鄭元勳 (編), 『媚幽閣文娛』不分卷(明崇禎間刻 ; 워싱턴: 미국 국회도서관 소장, V/K157.78 C42), 卷首에 보인다.

3 명·청대의 문헌에서 '만명' 시대는 대개 隆慶(1567-1572)·萬曆(1573-1620) 이후를 가리킨다. 예를 들면, 만명 名士 陳繼儒는 만명소품의 대표적 문선집인 『文娛』(1630)의 서문에서 당시의 소품창작을 평하여 "近年緣讀禮之暇, 搜討時賢雜作小品題評之, 皆芽甲一新, 精彩八面, 有法外法, 味外味, 韻外韻, 麗典新聲, 絡繹奔會, 似亦隆萬以來, 氣候秀擢之一會也。"라 했고, 청대 『四庫全書總目提要』에서도 '만명소품'을 논할 때는 항상 융경·만력 이후의 저작을 대상으로 삼았다. 그러나 만명소품의 유행은 명대 중엽 이후 공안파의 흥기와 밀접한 관련이 있으므로 만명소품과 관련한 '만명' 시대는 공안파가 흥기한 만력 이후로 보는 것이 비교적 타당하다고 본다.

명대는 중국역사상 중앙집권통치가 엄격하게 시행되던 시기였다. 학술사상 영역 내에서 통치자는 程朱理學을 적극 제창하고 八股로써 관리를 등용하여 사상을 견제하고 정권을 공고히 해나갔다. 한편으로, 명대 중엽 이후 穆宗 死後 神宗이 계위하여 48년간의 재위 기간 중 賢相 張居正(1525-28; 嘉靖 26年 進士)이 집정했던 초기 10년을 제외한 오랜 기간 실정을 거듭하여 재정의 파탄과 함께 당파의 소지를 만들었다. 그 결과 만명의 정치계는 東林派와 非東林派의 권력 투쟁을 위한 각축장으로 변모하여 무수한 사대부가 희생되었고, 국가의 재정 파탄으로 인해 부과된 각종 명목의 조세는 민생의 부담을 날로 가중시켰으며, 무엇보다도 지방에서는 流賊과 亂民이 창궐하고 있었으나 조정은 이에 대해 아무런 유효한 대처를 하지 못했다.[4] 다른 한편으로 구사회 모체 내에서의 새로운 경제구조의 출현과 시민사회의 확대는 의식형태에 반영되어 만명 사회는 시대적 요구에 부합하지 않는 예교의 속박을 거부하고 개성과 자유의 함성을 드높이게 되었다.[5]

이러한 특정 역사조건하에서 문학사상 또한 큰 변화가 있었다. 명대의 걸출한 사상가 李贄(號 卓吾, 又號 宏甫, 別號 溫陵居士; 1527-1602, 嘉靖 32年 擧人)는 '童心說'의 기치를 들고 "童心에서 나온 문학만이 진정한 문학"이라 주장했다. 이지의 이른바 '童心'은 곧 '眞心'으로, 작자 본래의 개성을 말한다. 이지의 혁신 사상을 계승한 公安 三袁[6]도 "獨抒性靈, 不拘格套"의 창작규범을 제시하고, "작자의 性靈을 펴낸 문학이야말로 가장 아름다운 문학"이라 강조했다. 三袁의 이른바

4 東洋史學會 (編), 『槪觀東洋史』(서울 : 知識産業社, 1983), 210-217쪽 참고.

5 曾祖蔭, 『中國古代美學範疇』(臺北 : 丹靑圖書公司, 1987), 39쪽 참고.

6 公安 三袁은 湖廣 公安의 袁宗道(字 伯修; 1560-1600, 萬曆 14年 進士), 袁宏道(字 中郎, 號 石公; 1568-1610, 萬曆 20年 進士), 袁中道(字 小修; 1570-1624, 萬曆 44年 進士) 삼형제로 명 만력 시기 공안파의 대표 작가들이다.

'性靈' 또한 '眞情'으로 작자 고유의 '진면목'을 말한다. 徐渭(1521-93) 역시 "시가창작은 天機가 스스로 움직여 사물과 접촉해 발하는 소리로서 반드시 자신에게서 나와 스스로 얻은 것"이어야 한다고 생각했다. 湯顯祖(字 義仍, 號 海若·若士·淸遠道人; 1550-1616, 萬曆 11年 進士)도 "獨有靈性者, 自爲龍耳"라 강조하고, "문학은 深情을 표현해야 한다"고 주장하여 문학창작에서의 이러한 '개성미'에 대한 인식과 주장은 바로 이 시대의 새로운 문학이상이었다.[7]

오늘날 중국문학사에서 '만명소품'을 말할 때는 일반적으로 공안파와 경릉파 계열의 작가와 작품을 주 대상으로 한다. 이는 만명소품이 곧 명대 중엽 이후 그들 '성령' 문학사상 실천의 구체적 산물이기 때문이다. 그러나 만명소품의 개념과 어의 및 그 작품 범위에 대해서는 만명으로부터 현대에 이르기까지 명확하고도 통일된 견해가 없어 오늘날 만명소품을 이해하고 연구하는데 다소간 혼란과 장애를 초래하기도 한다. 이러한 현상은 만명의 '소품' 용어에 대한 논자들 간의 서로 다른 이해와 관련이 있을 수도 있고, 시대에 따라 서로 다른 문학관념에 대한 인식의 차이에서 기인할 수도 있다. 그러므로 만명소품의 개념과 의미를 이해하려면 반드시 '만명'이라는 특정 역사조건하에서 당시 '소품' 용어의 실지 용법을 고찰해 보아야만 정확한 답안을 얻을 수 있다. 본서는 만명소품 개념의 형성과 발전, 문학이론과 예술표현 및 후대의 인식과 비평 등의 문제에 대한 종합적인 논의이다.

---

7 李贄, 「童心說」, 『焚書』, 卷三雜述, 『焚書/續焚書』(臺北 : 漢京文化事業公司, 1984), 98-99쪽 ; 袁宏道, 「敘小修詩」, 『袁中郎全集』, 全4冊(明末刊本 ; 臺北 : 偉文圖書出版社, 影印本, 1976), 卷一序, 1 : 175-180 ; 徐渭, 「奉師季先生書」, 『徐文長三集』, 全4冊(明萬曆二十八年商濬刊本 ; 臺北 : 國立中央圖書館, 影印本, 1969), 卷十六書, 3 : 1029, 徐渭, 「葉子肅詩序」, 상게서. 卷十九序, 3: 1212; 湯顯祖, 「張元長噓雲軒文字序」, 『湯顯祖集』, 全4冊(臺北 : 洪氏出版社, 1975), 卷三十二, 玉茗堂文之五, 序, 2 : 1078-1079 참고.

Ⅰ. 중국문학사의 '만명소품'이란?

만명소품의 본격적인 정리와 연구는 17세기 중엽 명조의 패망 이후 근 300년 뒤인 20세기 30년대의 현대 초기에 와서야 비로소 시작되었다.[8] 중국문학사에서 만명소품이 지닌 특수한 취지는 현대에 들어와 문학사가들의 특별한 주목을 받기 시작했으나, 만명 이래로 그 평가는 시대와 논자에 따라 극단적으로 달랐다. 예를 들면, 숭정 3년(1630)에 최초로 간행된 만명 당대 작가의 소품선집인 鄭元勳의 『媚幽閣文娛』(一名 『時賢雜作小品』)에서 당시의 名士 陳繼儒(1558-1639)는 서문을 지어 소품창작을 다음과 같이 평가했다.

> 최근 몇 해 사이 喪中의 겨를을 틈타 이 시대 諸賢들이 지은 갖가지 소품을 구해 품평하니 모두가 새싹이 처음 돋아나듯 새롭고, 발랄한 기상이 팔방으로 드높다. 법도 밖의 법도, 취미 밖의 취미, 풍운 밖의 풍운이 있고, 아름다운 문사와 새로운 가락이 줄줄이 이어져 모인 것이 융경·만력 이래 문단 풍상의 걸출한 한때를 맞이한 것 같다.[9]

『문오』의 또 다른 撰序者인 唐顯悅도 서문에서 편자 정원훈의 말을 인용하여 당시의 소품을 다음과 같이 평가했다.

---

8 일반적으로 중국역사의 분기에서 '근대'는 대개 19세기 중엽에서 5·4운동 사이의 시기를, '현대'는 5·4운동에서 현재까지의 시기를 가리킨다. 본서에서 말하는 '현대'도 바로 이 시기를 가리키나, 특히 중국의 신문학운동 기간으로부터 항일전쟁(1937) 시기 전까지의 시간대에 치중하여 말한다.

9 陳繼儒, 「文娛敍」, 鄭元勳 (編), 전게서. 卷首: "近年緣讀禮之暇, 搜討時賢雜作小品題評之, 皆芽甲一新, 精彩八面, 有法外法, 味外味, 韻外韻, 麗典新聲, 絡繹奔會, 似亦隆萬以來, 氣候秀擢之一會也。"

> 소품 一派는 명대에 흥성했다. 편폭은 단소하나 정신은 멀고, 필묵은 희소하나 취지는 깊다. 野鶴이 홀로 울면 뭇 닭들은 소리를 죽이고, 寒瓊이 홀로 피어오르면 뭇 풀들은 姿色을 감춘다. 이런 까닭으로 한 글자로 스승을 삼을 만하고 세 마디 말로 관리로 등용할 만하다. 이 글과 함께하면 즐거움이 어찌 그 끝을 다하겠는가?[10]

현존하는 문헌자료 중, 위 陳·唐 두 사람의 서문은 만명소품의 창작 배경과 작품 성격을 언급한 최초의 평론으로 보인다. 이들은 모두 당시의 '소품'을 명대 중엽 이후 특별히 성행한 문풍의 일파로 파악하고, 그 창작의 성과를 "새싹이 처음 돋아나듯 새롭고, 발랄한 기상이 팔방으로 드높다(芽甲一新, 精彩八面)", "편폭은 단소하나 정신은 멀고, 필묵은 희소하나 취지는 깊다(幅短而神遙, 墨希而旨永)"라고 극찬했다.

그러나 청대로 들어와 청대인의 '明道救世'의 학술사상과 문학관념의 차이로 인해 만명소품의 非經世的 개인 서정 위주의 문학가치는 부정되고 배척되었다. 더욱이 乾隆朝(1736-95)에 『사고전서』의 편찬과 동시에 행해진 엄혹한 서적 검열에서는 만명소품의 수많은 저작들이 遺棄 또는 禁燬됨으로써 청대에서 만명소품의 연구와 평가는 객관적이고도 종합적인 결론을 얻지 못했다.

문학사 연구의 성질과 방법으로 볼 때 문학사 지식은 각 시대와 사람들의 끊임없는 가치 판단의 영향에 의해 형성된다. 문학사가들은 반드시 자신이 처한 시대의 사상과 체험을 통해 문학 사실을 이해하므로 그들의 사상은 늘 그 시대가 처한 생존 환경의 자극과 영향을 받게 된다.

---

10 唐顯悅, 「文娛叙」, 鄭元勳 (編), 전게서. 卷首: "小品一派, 盛於昭代, 幅短而神遙, 墨希而旨永。野鶴孤唳, 群雞禁聲；寒瓊獨朵, 眾卉避色。是以一字可師, 三語可掾；與於斯文, 樂曷其極？"

1930년대 중국문학사가들의 만명소품의 문학적 가치에 대한 새로운 선택과 평가도 바로 그러한 사례의 전형이다.

중국문학사의 초기 대표 저작인 20세기 초 林傳甲의『中國文學史』(1910)나 謝无量의『中國大文學史』(1918), 1920년대 趙景深의『中國文學小史』(1926)와 趙祖忭의『中國文學沿革一瞥』(1928), 그리고 1930년대 胡懷琛의 『中國文學史概要』(1931), 胡雲翼의 『中國文學史』(1932) 등의 저술에서는 '만명소품'이란 용어가 아직 보이지 않는다. 그뿐 아니라 명말 당시 '소품'의 창작과 유행을 주도한 공안파와 경릉파에 대해서도 그들의 시가창작을 포함한 문학 전반을 불과 몇 줄 정도로 간략하게 언급하고 있을 뿐이며, 그 평가도 공안파를 '空疎浮泛', 경릉파를 '怪奇不正'으로 최종 판정하고 그들의 작품을 '亡國之音'으로 간주하기도 했다.[11]

특히 명대의 斷代 문학사 저작인 錢基博의『明代文學』(1933)에서는 공안파를 "아무것도 골라 취할 만한 것이 없는 경박한 '惡調'"라 매도하고, 경릉파를 "신기함만을 지나치게 추구한 난삽한 '贗格'"이라 혹평하며 "조그마한 슬기만 부릴 줄 알았지 내용이 텅 비고 학식이 없다는 점에서는 두 파가 모두 동일하다"고 조소했다.[12] 또한, 중국 고대산

---

11 중국문학사 초기 저작의 서지사항은 본서 참고문헌에 자세한 기록이 있다. 공안파와 경릉파에 대한 이들의 평가는 전반적으로 부정적 색채가 강하나, 이 중 趙景深,『中國文學小史』(上海光華書局1926年初版; 臺北: 莊嚴出版社, 1982), 169쪽에는 "袁宏道、宗道、中道三弟兄的「公安體」, 詩多鄙俚；鍾惺、譚元春的「竟陵體」, 詩多僻澀。但他們的小品文, 却「信腕信口, 皆成律度」, 頗爲自然眞摯。"라는 말이 있어 비록 간략하기는 하지만 '만명소품'의 문학가치를 이미 부분적으로 인정하고 있음을 알 수 있다.

12 錢基博,『明代文學』, 臺2版(商務萬有文庫1933年初版；臺北：商務印書館, 1984), 52쪽: "山陰徐渭字文長, 公安袁宏道字中郎, 而淸眞藥琱琢, 而不免纖寃, 則江湖才子之惡調也！竟陵鍾惺字伯敬, 譚元春字友夏, 以幽冷裁膚縟, 而仍歸澀僻, 又山林充隱之贗格也！一則漫無持擇；一又過爲尖新；雖蹊徑不同, 而要之好行小慧, 以便空疎不學則一！此變而不得其正者也。"

문을 전문적으로 논한 陳柱의 『中國散文史』(1937)에서는 명대산문을 劉基·宋濂의 開國派, 楊士奇·楊榮의 臺閣派, 前後七字의 秦漢派(真復古派), 唐順之·茅坤·歸有光의 八家派(反七子派), 陳白沙·王守仁의 獨立派, 袁宗道·袁宏道의 公安派, 鍾惺·譚元春의 竟陵派 등의 7파로 나누어 공안파와 경릉파를 명말의 마지막 산문유파로 언급하면서도 自序에서 "문학이란 治學의 형식과 실질이다.(文學者治化學術之華實也。)", "문학의 실질이란 무엇인가? 바로 학술이다.(何謂文學之質？學術是也。)"라고 밝힌 것처럼 오직 학술적인 입장에서 중국산문을 논하여 "공안·경릉은 학문이 너무 뿌리가 없어 만약 명대문학사를 전문적으로 연구하는 자가 아니라면 모두 논하지 않아도 된다(公安竟陵, 學太無根；苟非專硏明代文學史者, 皆可以勿論也。)"라고 이들을 홀시했다.[13]

그러나 중국의 신문학가 周作人이 『中國新文學的源流』(1932)에서 만명 문학에 새로운 의의를 부여한 후, 공안·경릉파 문학과 만명소품의 존재와 가치에 대한 평가는 점차로 달라졌다. 주작인은 중국 신문학의 연원을 추적하여 신문학과 명청 문학과의 관계를 논하면서 명말의 공안·경릉파 문학운동의 정신을 5·4신문학운동의 원류라고 보았다.[14] 위 주작인의 『原流』 말미의 부록에 만명소품의 작품선집으로 소개된 『近代散文鈔』(原名 『冰雪小品選』)의 편자 沈啓无는 한 걸음 더 나아가 중

---

13 陳柱, 『中國散文史』, 臺6版(上海商務引書館1937年初版；臺北 : 商務印書館, 1980), 274쪽 : "一曰開國派, 劉基宋濂之徒主之。二曰臺閣派, 楊士奇楊榮之徒主之。三曰秦漢派, 亦可名曰真復古派, 前後七字是也。四曰八家派, 亦可名曰反七子派, 唐順之, 茅坤, 歸有光之徒主之。五曰獨立派, 不旁古人, 自寫匈臆, 陳白沙, 王守仁之徒主之。六日[曰]公安派, 袁安[宗]道宏道之徒主之, 七曰竟陵派, 鍾惺譚元春之徒主之。"

14 周作人, 『中國新文學的源流』(北平人文書局1932年初版, 上海生活書店1934년訂定再版), 『周作人全集』, 全5冊(臺中 : 藍燈文化事業公司, 1982), 5 : 331-332, 335-336, 337, 352, 356-357 참고.

국의 현대산문은 바로 공안파의 부활과 다름없다고 여겼다.[15] 이는 바로 시대의식의 역사 投射로서, 5·4운동 이후 문학의 창작과 연구는 확실히 전통정신을 부정하고 서구사상을 수용하는 경향이 두드러졌다. 劉大杰의 『中國文學發展史』(1941-49)는 바로 이러한 사상적 배경에서 나온 대표적인 문학사 저작이다.[16] 유대걸은 만명 시대를 5·4시기와 결부시켜 "이지의 혁신 사상을 계승한 공안 삼원은 혁명의 선각자로 자처하고 의고파와 투쟁하여 의고를 반대하고 자유를 애호하는 낭만 정신을 고취한바, 이러한 정신은 또한 5·4신문학운동의 정신과 완전히 일치한다"고 생각했다.[17] 이러한 관점에서 유대걸은 『중국문학발전사』에서 만명소품을 다음과 같이 평가했다.

> 만명의 신흥 산문인 저 淸新流麗한 소품문은 공안·경릉 신문학운동의 직접적인 산물로서 그 운동의 유일한 수확이었다고 말할 수도 있다. ……낡은 형식과 격률에 얽매여 있었기 때문에 원씨 삼형제와 종성·담원춘의 시는 결코 그리 큰 성취가 없었다. 그들은 소품문에서 비로소

15 沈啓无, 「近代散文鈔後記」, 『文學年報』第1期(1932), 2쪽 : "現代的散文差不多即是公安派的復興。"

16 劉大杰은 『中國文學發展史』 下冊 第二十四章 明代的文學思想의 第三節 公安竟陵的新文學運動에 이어 第四節에서 '晩明的小品文'을 따로 분립시켜 만명소품의 대표 작가로 袁中郎·譚友夏·劉同人·王季重·李流芳·張岱 등 6인의 소품 작풍을 10쪽 분량으로 서술했다. 유대걸의 『중국문학발전사』보다 약간 앞선 楊蔭深의 『中國文學史大綱』(商務印書館1938年初版 ; 臺北 : 華正書局, 1976), 399-402쪽에서도 '晩明的小品文作家' 題下에 3쪽 분량으로 원굉도와 종성의 산문소품을 서술하고 있어, 이른바 '만명소품'은 이때로부터 중국문학사의 전문술어로 사용되기 시작했음을 알 수 있다. 유대걸의 『중국문학발전사』 초판본의 上卷은 1939년에 완성되어 上海 中華書局에서 1941년에 발행되었고, 下卷은 1943년에 이미 완성되었으나 여러 가지 원인으로 1949년에야 발행되었다. 유대걸 본인의 집필기간은 1939년부터 48년까지의 근 10년 세월로, 오늘날 유대걸의 문학사 저작을 "중국문학의 발전과정을 가장 진실하게 반영한 역사적인 판본(一部最眞實的反映中國文學發展過程的歷史的板本)"으로 평가한다.

17 劉大杰, 『中國文學發展史』, 全2冊(天津 : 百花文藝出版社, 1999), 하: 327, 334 참고.

> "獨抒性靈, 不拘格套"의 이론을 그대로 실천했다. 이러한 작품들은 聖人을 대신해 말하는 위대한 문장이 결코 아니라서 의리와 형식을 중시하지 않고 위로는 우주에까지 이르고 아래로는 파리에까지 이르며 산수를 유람하고 즐기든 이치를 말하고 정감을 펴내든 붓 가는 대로 꾸밈없이 써서 많이 적으면 긴 대로, 적게 적으면 짧은 대로 마음 내키는 대로 하여 조금도 막힘이 없었다. 그래서 이러한 작품들은 應世干祿의 문장이 결코 아니었으니 高文典册과는 달라서 예로부터 정통문학가들에 의해 경시되었다.[18]

鄭振鐸 역시 『插圖本中國文學史』(1932-57)에서 소품을 탄생시킨 만명 시대를 '위대한 산문 시대'라 극찬하며 만명소품을 다음과 같이 평가했다.

> 산문 방면에서 만력 이래의 성취는 비록 정통파의 비평가들이 이 위대한 시대의 성취를 그렇게도 질시했지만 嘉靖·隆慶 시대 및 그 이전보다 훨씬 위대했을 뿐만 아니라 더욱 고원했다. 이 위대한 산문 시대에는 徐渭·李贄·中郎(원굉도)·小修(원중도)가 主將이 되어 위풍당당하게 만장의 파도를 일으켰으니 그 물살의 맹렬함은 시대가 바뀌는 사이에도 여전히 소용돌이가 끊이지 않는다.[19]

---

18 劉大杰, 상게서. 下: 336-37: "晩明新興的散文——那些清新流麗的小品文, 是公安、竟陵新文學運動的直接產物, 也可以說是那次運動的唯一收穫。……因拘于舊的形式和格律, 三袁、鍾、譚他們的詩, 並無多大的成就。他們在小品文上, 才真正實踐了'獨抒性靈, 不拘格套'的理論。這些作品並不是代聖人立言的大塊文章, 所以不講義理, 不講形式, 上至宇宙, 下至蒼蠅, 遊山玩水, 說理抒情, 隨筆直書, 多寫便長, 少寫便短, 隨心所欲, 毫無滯礙, 因此這些決不是應世干祿的文字, 與高文典册不同, 歷來爲正統的文學家所輕視。"

19 鄭振鐸, 『插圖本中國文學史』, 全4册, 再版(香港 : 商務印書館, 1976), 4 : 950 : "在散文一方面, 萬曆以來的成就, 是遠較嘉、隆時代及其前爲偉大, 且是更爲高遠 ; 雖然

유대걸과 정진탁은 명말 공안·경릉파의 산문 성취를 논하면서 '소품'이란 용어를 직접 사용하지 않고 '晚明新興的散文', '偉大的散文時代' 등과 같이 '산문'이라 호칭했지만, 이것이 바로 공안·경릉파가 주장한 '성령' 문학의 산물인 만명소품을 가리킴은 오늘날 연구자들의 공통된 인식이다. 예를 들면, 游國恩 등의 『中國文學史』(1963)에서 "만명에서 탄생한 대량의 소품산문은 전통산문의 발전이며 공안·경릉 문학혁신의 직접적 산물이다. ……풍격에 있어 소품산문은 진부한 '載道' 산문에 비해 淸新한 느낌이 퍽 많다"[20] 라고 했고, 葉慶炳도 그의 『中國文學史』(1965-66)에서 "만명소품문은 공안·경릉 두 유파의 문학운동의 직접적 산물이다. ……비록 소품이라 명명할지라도 전후칠자가 선진과 서한의 작품을 모방한 것에 비하면 실로 문학가치가 더욱 풍부하다"[21]라고 하여 만명소품이 공안·경릉파 '성령' 문학사상 실천의 구체적 성과이자 전통산문 체재의 새로운 발전임을 인정함으로써 만명소품의 존재 가치를 확정지었다. 요컨대, 명말 이래로부터 현대에 이르기까지 만명소품에 대한 好惡의 평가가 어떠하든 '만명'이라는 특수한

正統派的批評家們是那末奸視這個偉大時代的成就。這偉大的散文時代, 以徐渭、李贄、中郎、小修爲主將, 而浩浩蕩蕩的捲起萬丈波濤, 其水勢的猛烈, 到易代之際而尙洄漩未已。" 정진탁의 『삽도본중국문학사』는 원래 전체 6冊으로 기획되었으나, 1932년 第1冊을 시작으로 4冊 60章까지만 北平樸社에서 초판 발행되었다. 그 후 1957년에 作家出版社가 여기에 4개 章(이중 第六十二章이 바로 「公安派與竟陵派」이다)을 증보하고 삽화를 추가·교체한 후 明代 64章까지 重版 발행하여 결국 淸代와 年表가 빠졌다. 그 후 1961년 홍콩 商務印書館에서 1957년판을 미완성인 채로 다시 重刊했다.

20 游國恩 外, 『中國文學史』, 全4冊, 第6版(1963年初版 ; 北京 : 人民文學出版社, 1989), 4 : 172 : "晚明產生了大量的小品散文。這是傳統散文的一個發展, 是公安、竟陵文學革新的直接產物。……在風格上, 它們比之陳腐的 '載道' 的散文, 頗多淸新之感。"

21 葉慶炳, 『中國文學史』, 全2冊, 學3版(臺北 : 學生書局, 1984), 하 : 609 : "晚明小品文爲公安、竟陵兩派文學運動之直接產物。……名雖小品, 實較前後七子模擬先秦、西漢之作更富文學價值。" 엽경병의 『중국문학사』 上冊은 1965년에, 下冊은 1966년에 臺灣 廣文書局에서 초판 발행되었다.

역사 시대로 말하자면 만명소품은 새로운 시대적 산물로서 일정 정도 진보적 의의를 지니고 있음은 분명하다 하겠다. 다음에서 그간의 만명소품의 연구성과를 연도순으로 살펴보기로 한다.

Ⅱ. 만명소품 연구사 개관

만약 "만명소품은 공안·경릉파 성령 문학사상 실천의 구체적 산물"이라는 명제를 인정한다면 만명소품의 연구는 공안파의 수장 袁宏道에 대한 연구로부터 시작되었다고 말할 수 있다. 1931년부터 1933년 사이에 당시 북평사범대학 국문과 학생이었던 任維焜이 「袁中郎評傳」을 제목으로 원굉도의 생애, 師友, 사상배경 및 문학이론에 관한 3편의 소논문을 발표하여 그중 한 편에서 '중랑(원굉도)의 소품문'을 다루었다.[22] 저자가 조사해 본 바로는 바로 이 3편의 논문이 현대에서의 원굉도 연구의 선구라고 여겨진다.

1932년 이후부터는 만명소품의 작가와 문집 및 단편 작품이 당시 林語堂이 창간한 『論語』·『人間世』·『宇宙風』 등과 같은 소품문 간행물에 자주 출현하면서,[23] 당시 '소품문의 해(小品文年)'로 불렸던 1934년에는 유대걸이 편집하고 임어당이 교열한 『袁中郎全集』이 上海에서 출판되고, 周作人의 『中國新文學的源流』(이하 『원류』로 약칭함)도 바로 이 해에 출판됨으로써 명말의 공안·경릉파 문학운동은 5·4신문학운동

22 任維焜의 3편 논문은 다음과 같다. 「袁中郎評傳」, 『師大國學叢刊』第1卷第3期(1932.3), 75-92쪽; 「中郎師友考——袁中郎評傳之一」, 『師大國學叢刊』第1卷第2期(1931.5), 67-91쪽; 「袁中郎評傳」, 『師大月刊』第2期(1933.1), 158-200쪽.

23 時代書局의 『論語』(1932-49), 良友圖書公司의 『人間世』(1934-35), 宇宙風社의 『宇宙風』(1935-47)은 모두 上海에서 창간되었으며 林語堂 등이 편집을 맡았다.

과 직접적인 연계를 맺게 되었다.

주작인의 『원류』 말미에 소개된 沈啓无의 「近代散文鈔篇目」은 사실상 만명소품의 필독 작품이라 할 수 있는 것으로, 심계무의 『근대산문초』는 현대인이 편선한 최초의 만명소품선집이었다.[24] 이를 시작으로 당시 서점가에는 劉大杰의 『明人小品集』, 王英의 『晚明小品文總集選』(1934), 施蟄存의 『晚明二十家小品』(1935), 阿英의 『晚明小品文庫』(1936), 朱劍心의 『晚明小品選注』(1936), 笑我의 『晚明小品』(1936) 등의 만명소품선집이 연이어 출판되었다. 또 이 기간 동안에는 袁宗道의 『白蘇齋類集』, 袁中道의 『遊居柿錄』·『珂雪齋近集』·『珂雪齋文集』, 鍾惺의 『鍾伯敬合集』, 譚元春의 『譚友夏合集』, 張岱의 『陶庵夢憶』·『西湖夢尋』·『瑯嬛文集』 등 만명소품 대표 작가들의 문집과 만명 당대 최초의 소품선집 鄭元勳의 『媚幽閣文娛』 등도 重刊되었으며,[25] 특히 1935년 '太白1卷 紀念特輯'으로 출판된 陳望道 編, 『小品文和漫畫』(上海: 生活書店, 1935)에는 만명소품과 현대소품문에 관한 소논문 50여 편이 망라되어 만명소품의 정리와 연구는 이때에 이르러 절정에 달했다.

그러나 1937년 항일전쟁 발발 이후에는 사회 환경의 악화로 만명소품 연구가 점차 쇠락해져 그간 몇 해에 걸친 주작인·임어당 등의 만명소품에 대한 고취와 제창은 단지 만명소품에 대한 관심과 흥미

---

24 沈啓无, 「近代散文鈔篇目」, 周作人, 『中國新文學的源流』, 전게서. 5 : 366-371 참고.

25 張岱의 『陶庵夢憶』은 俞平伯에 의해 重刊되었고, 周作人이 1926년 11월 5일 자로 서문을 달았다. 그 뒤를 이어 上海 世界書局版 『美化文學名著』(1935년 8월 편자 朱劍芒 撰序)에도 張岱의 『夢憶』이 수록되었다. 袁宗道의 『白蘇齋類集』, 袁中道의 『袁小修日記』(『遊居柿錄』), 鍾惺의 『鍾伯敬合集』, 譚元春의 『譚友夏合集』, 張岱의 『西湖夢尋』·『瑯嬛文集』은 모두 1935년 上海雜誌公司에서 重刊 ; 袁中道의 『珂雪齋近集』과 譚元春의 『譚友夏合集』은 1936년 上海 中央書店에서 重刊 ; 袁中道의 『珂雪齋文集』, 鍾惺의 『鍾伯敬合集』, 張岱의 『陶庵夢憶』과 鄭元勳의 『媚幽閣文娛』는 1936년 上海雜誌公司에서 重刊되었다. 그리고 張岱의 『瑯嬛文集』은 1936년 上海 廣益書局에서도 重刊된 바 있다.

만 불러일으켰을 뿐, 진정한 학술적 연구의 단계로까지 나아가게 하지는 못했다.

1949년 이후, 중국 대륙에서는 정치 형세의 변화로 만명소품의 연구는 거의 완전히 중단되었고, 1970년대 말에 이르러서야 만명소품에 관한 글이 발표되고 문화대혁명 기간에 수행된 연구성과가 비로소 출판의 기회를 얻게 되었다. 1981년에 출판된 錢伯城의 『袁宏道集箋校』는 편자가 1961년부터 1965년 사이에 완성한 해묵은 원고였고,[26] 1983년에 발표된 『袁中郞硏究』(上海: 上海古籍出版社, 1983)도 과거 「袁中郞評傳」의 필자 任訪秋(任維焜)의 연구 저작이었다.

홍콩 지역에서는 1964년 張斗衡의 「明淸間小品文」(『聯合書院學報』第3期)과 1965년의 「亡明怪叟張岱」(『人生』第29卷第4期)가 발표된 후, 1981년에 출판된 陳少棠의 『晩明小品論析』(香港: 波文書局, 1981)은 만명소품을 총체적으로 연구한 최초의 전문연구서로서 현대에서 만명소품의 본격적인 연구를 촉발하는 계기가 되었다.

타이완 지역에서도 1949년 이후 근 10년간 만명소품의 출판과 연구는 거의 자취를 감췄다. 그 후, 1956년 유대걸의 『명인소품집』의 重印과 1957년 장대의 『도암몽억』의 重刊을 이어 1959년에서 70년 사이에 원굉도와 장대의 생애와 소품에 관한 연구가 재개되고, 과거 1930년대 출판되었던 일부 만명소품선집의 重刊이 이루어졌다. 특히 1968년 笑我의 『晩明小品』(1936)의 重印과 함께 1969년에서 70년 사이에 梁容

---

26 袁宏道, 『袁宏道集箋校』, 錢伯城 箋校, 全3冊(上海 : 上海古籍出版社, 1981), 「前言」, 1:13. 錢伯城이 「前言」에서 "當時寫這部稿子的時候, 文學界還囿於三十年代被『畫歪了臉孔』的錯覺, 袁宏道和晩明小品成了『禁區』, 無人敢去觸及。出版社自然更沒有勇氣來出版這部集子。十年動亂, 群魔亂舞, 文壇爲一批以尋章摘句、陷人以罪爲能事的大小文痞們所霸持, 箋校整理『袁宏道集』, 便也成了『罪狀』, 并且作爲『文藝黑線』產物的證據, 這就等於下了一道永遭錮閉的禁令。"라고 한 것으로 보아 문화대혁명 기간의 만명소품에 대한 중국 학계의 입장과 태도를 짐작할 수 있다.

若은 원굉도의 생애와 작품에 관한 4편의 논문을 연속 발표함으로써 타이완 학계에서 만명소품의 부활을 알리는 先聲이 되었다.[27] 이때로부터 공안·경릉파 문학 또는 만명소품의 작가와 작품을 논제로 하는 소논문과 학위논문 및 전문연구서들이 연이어 나왔으니, 1974년 周質平의 석사학위논문 『袁宏道評傳』(東海大學 中文研究所)과 邵紅의 소논문 「公安竟陵文學理論的探討」(『思與言』第12卷第2期), 1976년 楊德本의 『袁中郎之文學思想』(臺北 : 文史哲出版社), 1977년 黃桂蘭의 『張岱生平及其文學』(臺北 : 文史哲出版社)과 陳萬益의 박사학위논문 『晚明性靈文學思想研究』(臺灣大學 中文研究所)가 그 시작이었다. 바로 그 사이 1976, 1977년에는 偉文圖書出版社에서 명대인의 주요 문집을 영인하여 총 3輯 30種의 『明代論著叢刊』을 발행했는데, 그중에는 공안삼원과 경릉 종담을 비롯한 만명소품 대표 작가들의 문집도 대거 포함되었다.[28] 그 후 1980, 90년대에는 과거 1930년대 施蟄存의 『晚明二十家小品』(1935)과 朱劍心의 『晚明小品選注』(1936)의 수차에 걸친 重刊과 함께 陳萬益 編, 『性靈之聲——明淸小品』(臺北 : 時報文化出版公司,

---

27 『明人小品集』(臺北 : 淡江書局, 1956)은 1930년대 劉大杰의 『明人小品集』의 重印本이다. 張岱, 『陶庵夢憶』(臺北 : 開明書店, 1957). 陳三, 「萬簇千攢入眼來——談晚明小品聖手張岱」, 『暢流』第二十卷第三期(1959.9), 2-5쪽. 中嵐, 「陶庵夢憶中的陶庵與夢憶」, 『現代文學』第三十三期(1967.12), 174-180쪽. 『晚明二十家小品』, 全2冊(臺北 : 廣文書局, 1968)은 1936년에 上海에서 출판되었던 笑我의 『晚明小品』의 重印本이다. 梁容若의 4편 논문은 다음과 같다. 「袁宏道生平和作品」, 『國語日報·書和人』第123期(1969.11.15), 王天昌 (編), 『書和人』, 全6冊(臺北 : 國語日報社, 1969-91), 2 : 969-976 ; 「葡萄社與公安派」, 『純文學』第六卷第六期(1969.12), 16-24쪽 ; 「論依託的袁宏道作品」, 『國語日報·書和人』第131期(1970.3.21), 王天昌 (編), 상게서. 2 : 1038-1040 ; 「袁宏道徐文長傳正誤」, 『文壇』第123期(1970.9), 6-7쪽.

28 臺灣 偉文圖書出版社, 『明代論著叢刊』 第2輯에는 총 8종의 문집이 수록되었는데, 그중 三袁과 鍾譚의 문집은 다음과 같다. 袁宗道, 『白蘇齋類集』, 全2冊(明寫刊本) ; 袁宏道, 『(鍾伯敬增定)袁中郎全集』, 全4冊(明末刊本) ; 袁中道, 『珂雪齋前集』, 全5冊(明萬曆四十六年新安刊本) ; 袁中道, 『珂雪齋近集』, 全2冊(明末書林唐國達刊本) ; 鍾惺, 『隱秀軒[詩]集』(『鍾伯敬先生全集』), 全3冊(明天啓二年沈春澤刊本) ; 譚元春, 『(新刻)譚友夏合集』, 全3冊(明崇禎元年古吳張澤刊本).

1983), 邱琇環·陳幸蕙 編, 『閒情逸趣——明淸小品』(臺北 : 時報文化出版公司, 1984), 李小萱 編, 『山水幽情——小品文選』(臺北 : 時報文化出版公司, 1984) 등과 같은 새로운 만명소품선집이 선을 보였고, 대학기관에서는 대학원생의 학위논문이 거의 매년 제출되는가 하면 曹淑娟, 『晩明性靈小品硏究』(1987년 臺灣大學 中文硏究所 박사학위논문; 臺北 : 文津出版社, 1988)와 陳萬益, 『晩明小品與明季文人生活』(臺北 : 大安出版社, 1988)과 같은 비중 있는 전문학술서가 출판되어 나왔다.

중국 대륙에서도 1982년부터 85년 사이에는 張岱의 『陶庵夢憶』·『西湖夢尋』·『瑯嬛文集』이 수차례 중간되었고,[29] 1930년대 말 항일전쟁을 거치면서 만명소품선집의 출판이 중단된 이후 1986년에는 당대 최초의 만명소품선집인 盧潤祥의 『明人小品選』(成都 : 四川文藝出版社, 1990)이 출판되고, 1990년에는 중국 신문학운동 이래 현대의 소품문을 연구한 소논문 80여 편을 수록한 李寧의 『小品文藝術談』(北京 : 中國廣播電視出版社, 1990)이 발행되어 1930년대 말부터 거의 중단되다시피 했던 만명소품의 연구와 출판을 재개하는 신호탄이 되었다. 그리하여 1980년대 말부터 2000년대 초까지 10여 년 동안은 1930년대를 능가하는 연구와 출판의 열기가 고조되었다. 그중 비교적 비중 있는 것으로, 먼저 만명소품 저작의 重刊本으로 錢伯城의 표점본 袁中道의 『珂雪齋集』(上海 : 上海古籍出版社, 1989)와 袁宗道의 『白蘇齋集』(上海 : 上海古籍出版社, 1989), 蔣金德의 표점본 王思任의 『文飯小品』(長沙 : 岳麓書社, 1989)과 蔣金德의 표점본(1996)과 북경도서관출판사의 영인

29 『陶庵夢憶』은 1982년 杭州 西湖書社의 重刊本(彌松頤 校注)과 朱劍芒 (編), 『美化文學名著』(전게서) 중 『夢憶』의 上海書店 影印本이 있으며, 『西湖夢尋』은 1984년 杭州 浙江文藝出版社의 重刊本(孫家遂 校注)이 있다. 또 『陶庵夢憶/西湖夢尋』 合本으로 1982년 上海古籍出版社에서 重刊된 것이 있다. 『瑯嬛文集』은 1985년 長沙 岳麓書社에서 淸 光緖 3年 貴州刻本에 근거해 새로 校點하여 重印한 바 있다.

본(1997)으로 陸雲龍의 『皇明十六家小品』이 해를 이어 출판되었고,[30] 만명소품선집으로는 1930년대 劉大杰의 『明人小品集』의 重刊本 『明人小品選』(上海 : 上海古籍出版社, 1995)의 重印에 이어 夏咸純의 『明六十家小品文精品』(上海 : 上海社會科學院出版社, 1995), 劉禎 等의 『明人小品十家』(北京 : 文化藝術出版社, 1996), 馬美信의 『晚明小品精華』(上海 : 復旦大學出版社, 1997) 등과 같이 새롭게 편집된 만명소품선집이 속출했다. 이와 함께 특히 주목할 만한 점은, 소품 관념을 선진에서 명청에 이르는 중국문학의 전 역사 시대로 확장한 陳書良·鄭憲春의 『中國小品文史』(長沙 : 湖南出版社, 1991)의 출판과 함께 역대 소품문 선집으로 湯高才의 『歷代小品大觀』(上海 : 三聯書店, 1991), 夏咸純·陳如江의 『歷代小品文精華鑒賞辭典』(西安 : 陝西人民教育出版社, 1991), 劉傳新의 『古代小品文鑒賞辭典』(濟南 : 山東文藝출판사, 1991), 夏咸純·陳如江의 『歷代小品文觀止』(西安 : 陝西人民教育出版社, 1998)가 연이어 나왔다는 것이다.

그뿐 아니라, 홍콩이나 타이완에 비해서는 조금 늦었지만 1990년대 말부터 2000년대 초까지 전문학술서의 발행을 통한 만명소품의 총체적 연구가 눈에 띄게 늘어나 吳承學의 『旨永神遙明小品』(汕頭 : 汕頭大學出版社, 1997)과 『晚明小品研究』(南京 : 江蘇古籍出版社, 1998), 趙伯陶의 『明淸小品——個性天趣的顯現』(桂林 : 廣西師範大學出版社, 1999), 尹恭弘의 『小品高潮與晚明文化——晚明小品七十三家評述』(北京 : 華文出版社, 2001), 羅筠筠의 『靈與趣的意境——晚明小品文美學研究』(北京 : 社會科學文獻出版社, 2001) 등의 출판이 봇물을 이루었다. 이

30 陸雲龍, 『皇明十六家小品』의 重刊本은 1996년의 蔣金德 點校本 『明人小品十六家』, 全2冊(杭州 : 浙江古籍出版社, 1996)와 明 崇禎六年 錢塘 陸氏 原刊本의 影印本 『皇明十六家小品』, 全2冊(北京 : 北京圖書館出版社, 1997) 2종이 있다.

와 동시에 만명소품의 집대성자 張岱에 대한 연구도 꾸준히 진행되어 夏咸淳의 표점과 교열로 『張岱詩文集』(上海 : 上海古籍出版社, 1991)이 출판되었고, 夏咸淳의 『張岱』(沈陽 : 春風文藝出版社, 1999), 胡益民의 『張岱研究』(合肥 : 安徽教學出版社, 2002)와 『張岱評傳』(南京 : 南京大學出版社, 2002) 등이 발행되었다.

중국 대륙과 홍콩·타이완 지역의 이러한 연구성과를 종합해보면, 만명소품의 연구는 만명의 정치·경제 사회와 학술·문화 사상 등의 관점에서 문학발생론을 논한 선행연구와 전후칠자로부터 공안·경릉파를 거쳐 명청의 교체기에 이르는 문학이론 변천의 상황을 통한 개별 작가론과 작품론이 주를 이루면서 점차 만명소품 전반에 걸친 총체적인 연구로 진입했다고 하겠다. 이상의 연구성과를 종합하여 아래에서 최근 20여 년간 만명소품 연구의 구체적인 상황을 살펴보기로 한다.

현대에서 만명소품을 총체적으로 연구한 최초의 논저는 홍콩 陳少棠의 『晩明小品論析』으로, 만명소품의 명칭과 특색(제1, 2장), 유별(제3장), 제재(제4장), 원류(제5장), 흥성 원인(제6장), 작가(제7장), 평가와 성취(제8장) 등을 다루었다. 그러나 진소당은 만명소품의 명칭과 유별 및 원류 등에 대해 논하면서 "만명 문단의 '소품'은 문학체재의 명칭이 아니라 어떤 부류의 문학작품의 통칭이기 때문에 작품의 '風格'과 '體性'으로 이해해야지 단순히 문학의 형식으로만 판별해서는 안 된다"고 강조하면서 만명 '소품' 개념의 다원성과 복잡성에 의한 연구의 어려움과 기존 선행연구의 미비함을 다음과 같이 지적했다.

> 그 실상은 만명 시대로 말하자면 어떤 작품이 '소품'인지 아닌지를 명확하게 지정하기란 매우 어려워서 차라리 어떤 작가가 소품 작가인지 아닌지를 구별하는 것이 오히려 더 쉽다. ……이론과 실재의 모순 때

문에 우리가 만명 '소품'을 이해하려 할 때 적지 않은 어려움이 더해진다. 현재까지 줄곧 만명 '소품'이나 문학상의 '소품'에 대하여 진지하게 정의를 내린 사람은 아직 없는 것 같으며, 본문 역시 이러한 방면의 시도를 해 볼 생각은 없다.[31]

진소당은 또 만명소품의 유별 문제에 대해서도 "어떤 작품이 '소품'인지 아닌지를 지정하기도 매우 어렵지만 '소품'이 포괄하는 각종 체재를 명확하게 한정하는 것은 어려움에 더욱 어려움을 더한다"고 피력하면서, 그러나 이것은 만명소품을 연구할 때 반드시 해결되어야 할 문제라고 강조했다.[32] 그뿐 아니라 만명소품의 원류 문제에 대해서는 "만명 '소품'은 단순히 어떤 한 종류의 문학체재를 가리키는 것이 아니라 실제로는 詩·詞·歌·賦·文 등 수많은 서로 다른 종류의 체재를 포괄하고 있어 그 연원을 탐색하기가 5言詩·7言詩·詞·賦와 같은 다른 문학체재에 비하여 더욱 어려움을 느낀다"고 토로했다.[33] 진소당은 특히 만명 '소품'의 정의 문제에 대해 "만명 문인의 '소품'과 관련한 논의를 두루 검증해 보아야만 원만한 이해가 가능하다"는 객관적 입장과 비교·절충·귀납의 보편적 연구방법을 제시했고, 더욱이 어떤 문제에 대해서는 독자가 직접 체험해 볼 것을 권유하며 단정을 내리기보다는 유보적인 태도를 취하기도 했다.[34]

---

31 陳少棠, 『晚明小品論析』(香港 : 波文書局, 1981), 19쪽 : "其實, 在晚明時代來說, 要明確地指定某篇作品是否「小品」, 頗爲困難, 倒不如區別某一作家是否「小品」家, 來得更爲容易。……理論與事實的矛盾, 使我們在理解晚明「小品」時增加了不少困難。直至目前爲止, 似乎還沒有人認真的替晚明「小品」或文學上之「小品」下過定義, 本文亦沒有企圖作此方面的嘗試。"

32 陳少棠, 상게서. 22쪽 참고.

33 陳少棠, 상게서. 77쪽 참고.

34 陳少棠, 상게서. 13, 44쪽 참고.

바로 이러한 까닭으로 진소당의 『만명소품론석』은 본격적인 만명소품 연구의 선구로서 충분히 해결하지 못한 문제도 많았지만, 만명소품 연구 분야의 최초의 전문서이자 안내서로 인정받고 후일의 만명소품 연구의 방향과 방법을 제시해 준 공로가 컸다. 진소당이 제시한 만명소품의 정의·유별(또는 체재·범위)·연원의 諸 문제는 만명소품의 개념 연구로 통합될 수 있으며, 진소당 이후의 연구도 실은 이 문제에 가장 큰 관심을 기울였다.

만명 '소품' 용어의 개념에 대한 전면적인 논의는 1988년 曹淑娟의 『晩明性靈小品研究』에서 처음으로 시도되었다. 조숙연은 第二章 '晩明人小品觀念論析'에서 현존하는 만명 문헌을 근거로 문학범주 내에서의 만명 '소품'의 개념을 性靈小品·雜組小品·選本小品의 세 가지로 분류하여 만명소품의 창작실천 면에서의 성과를 최초로 체계화 했다. 조숙연의 분류는 실지로는 만명소품의 개념과 범위 문제를 포괄하는 것으로, 이른바 '性靈小品'은 '大篇'과 상대되는 것으로 성령 문학사조의 새로운 풍격의 창작을 가리켜 『媚幽閣文娛』·『翠娛閣評選十六名家小品』·『古文小品冰雪攜』 등과 같은 것이라 했고, '雜組小品'은 만명의 筆記類의 저작을 가리키는 것으로 『煮泉小品』·『湧幢小品』·『閒情小品』 등과 같은 것이라 했으며, '選本小品'은 '全集'과 상대되는 것으로 만명 當代 혹은 前代 작품의 선집을 가리켜 『東坡集選』(又名 『蘇長公小品』)·『石佛洞榷倀小品』·『眉公先生晩香堂小品』·『謔庵文飯小品』 등과 같은 것으로 보았다.[35] 그러나 이 삼분법은 만명 '소품'의 명말 당시에서의 실제 용법에 기초한 것이기는 하나, 조숙연 본인도 지적한 것처럼 동일한 기준으로 분류한 것이 아니기 때문에 각 소품의 의미 범주가

35 曹淑娟, 『晩明性靈小品研究』(臺北 : 文津出版社, 1988), 17-86쪽 참고

서로 중복될 수 있는 결함을 가지고 있다.[36] 만약 분류 작업이 동일한 기준에 의하지 않는다면 각 분류 간의 경계가 중첩되거나 전체 분류에서 아예 배제되는 경우가 있어 어떤 작품이나 저작은 어디에도 다 소속되거나 어디에도 다 소속되는 못하는 문제가 발생할 수 있기 때문이다.[37]

1988년 陳萬益의 『晚明小品與明季文人生活』 중 「蘇東坡與晚明小品」은 蘇軾의 각종 문선집이 만명 문단에서 성행한 특수한 현상과 그에 따른 '소품' 용어의 발생과 유행의 관계를 논함으로써 만명 시대 특유의 유행어로서의 '소품' 개념을 해설했다. 이와 함께 진만익은 文末에서 '소품'의 어의와 연원 및 편폭, 만명소품의 체재와 작가 및 원류 등의 문제에 대한 자신의 연구 결과를 덧붙여 만명소품의 개념 연구에 한층 심도를 더했다.[38] 진만익은 "'소품'은 만명에서 발생되어 유행한 용어로 그것은 만명시대 詩文의 새로운 評選 관점과 창작 태도를 나타내는 것"이라는 관점을 제시하여 만명소품 개념의 연구는 문학체재의 개념

36 曹淑娟, 상게서. 8쪽 참고.

37 曹淑娟 외에 晚明人의 '소품' 관념에 근거하여 만명소품을 분류한 연구로 歐明俊의 「論晚明人的 "小品"觀」, 『文學遺産』(2001.5)이 있다. 歐明俊은 만명 당시 문학범주 외의 '소품' 개념도 포함하여 만명소품을 ⑴正宗文體類小品 : 散文體(序·跋·記·傳·尺牘), 騈文體(序·啓·表), 韻文體(銘·箴·頌·贊·誄·偈·哀辭), 賦體, 詩體(擬古·近體), 詞體 ; ⑵筆記體小品 : 隨筆體, 日記體, 淸言體, 小說體 ; ⑶非文學體類小品 : 園藝類, 譜錄類, 書畫類로 三分하고, 그중 '筆記體小品'은 "정종 문체 이외의 특수한 문체로, 일반적으로 작가의 문집에 들어가지 못하거나 단지 문집 중의 한 작은 부분일 뿐이다. 『四庫全書總目提要』八 子部·小說類나 集部·雜著類에서 늘 '筆記小品'·'隨筆小品'을 연속 사용하여 만명소품을 평가하고 있는 것도 이 부류를 대상으로 한 것"이라 설명했다. 특히 이 '筆記體小品'은 "만명소품의 주체로서 영향이 가장 컸고", "오늘날 만명소품을 연구하는 데에 이 부류의 체재를 충분히 중시해야 할 것"이라고 강조했다. 그러나 歐明俊의 이러한 견해는 淸代 四庫館臣의 입장과 관점을 그대로 수용한 것으로 보이며 만명 문단의 실제 상황과 부합하지 않는다. 이 점에 관해서는 본서 제2장과 제5장에 상세한 설명이 있다.

38 陳萬益, 「蘇東坡與晚明小品」, 『晚明小品與明季文人生活』(臺北 : 大安出版社, 1988), 32-35쪽.

에서 나아가 문학사와 문학이론 분야로 그 폭을 넓히게 되었다.[39]

만명소품의 연구 중에서 개념 문제 외에 주의를 기울일 필요가 있는 것은 만명소품 작가의 의식형태와 창작태도와 관련한 사상의식 문제로, 이는 만명소품의 작품해석 문제와도 관련이 있다. 사실, 이 문제는 1930년대에도 이미 논의된 바가 있으나 과거의 견해는 당시 사회가 지녔던 시대적 한계로 인해 일정 부분 착각과 오해가 없지 않았다. 이러한 상황은 1980년대 이후부터 과거에 대하여 비교적 객관적인 시각을 가지고 진상을 규명하여 공정한 논의가 이루어짐으로써 만명소품에 대한 해석 관점도 점차 변화하기 시작했다. 龔鵬程의 「散文·散文」(1984.12)은 현대의 산문창작에 대한 비평이 주된 내용이나, 그 중에는 만명소품의 창작에 대한 다음과 같은 언급이 있다.

> 사실, 만명소품은 일종의 편협하고 괴팍하면서도 각박한 생활태도의 산물로서 名士들이 미쳐 날뛰고 난잡함으로 흘러 우아하다 못해 극히 비속하고 극히 괴팍한 작풍을 연출해냈다. ……아마도 당시에는 문화와 사회의 부패로 사람들이 이미 더 이상 참고 견딜 수 없게 되자 名士들은 심리적으로 세찬 조류를 거슬러 막아보려고 매우 번민했을지도 모르겠다. 그러나 결국 출로를 찾지 못해 심성은 과격해지고 성격은 기괴함을 자랑하게 되었으며, 또 어떤 사람들은 이러한 분위기 속에서 아예 맹종맹

39 陳萬益, 「晩明小品與明季文人生活」, 상게서. 37쪽. 만명소품 개념에 대한 이전까지의 연구는 만명소품을 일종의 문학체재로 보는 입장에 치중되어 있었다. 예를 들면, 陳少棠이 『晩明小品論析』에서 제시한 관점은 "晩明文壇上的『小品』, 並不是一種文學體裁之名稱, 但卻是某一類文學的通稱。這應從作品之風格及體性方面去了解, 不能單從形式方面加以判別。那種反傳統精神及追求『情』、『趣』、『韻』的風格, 是一般『小品』的特徵。但若單憑作品之風格及體性去規劃『小品』, 卻不一定能得要領, 這只能說是一普遍原則而已。"(陳少棠, 전게서. 18-19쪽)라고 하여 비록 작품의 風格과 體性을 고려하고 있기는 하지만, 그 논의의 기조는 상당 부분 여전히 문학체재의 관념에 편중되어 있음을 알 수 있다.

> 동하고 스스로 퇴락한 상태에 빠지게 되었다. 그러므로 문학에서도 마침내 거의 가엾고 우습고 수치스러운 꼴을 지어내고 만 것이다.[40]

공붕정은 만명 문인이 처한 부조리한 시대적 모순과 위기 속에서 창작된 만명 문학 중에서 특히 위선과 가식으로 인한 작가와 작품의 퇴락하고 혐오스러운 부분에 대해 맹공을 가했다. 공붕정은 이어 「由菜根譚看晚明小品的基本性質」(1987.6)에서도 만명소품 작가의 '崇欲反理'의 성향에 의해 작품의 미감과 담론의 내용이 현실과 유리되는 경향을 다음과 같이 비판했다.

> 그(만명소품) 담론은 단지 문학의 심미적 才辯 취미만 지녔지 인생 문제에 대해 그들은 실천적으로 처리하려 한 것이 아니라 局外者로서의 관조적 태도를 취했다. ……이러한 才辯의 취미와 실제와 분리된 미감은 물론 애호할 만하지만 결코 믿을 만한 것은 못된다. 게다가 사람들마다 자신의 기민한 언변을 과시할 때에는 전후로 모순이 생기기 마련이다. 동시에 심미적 태도와 현실과 유리된 지혜, 담설 유희의 논리방식은 그들이 정욕과 기호를 따르는 길을 가도록 할 수밖에 없었다. ……이전의 사람들은 이 문제에 대한 이해가 부족하고 또 그렇게 된 까닭을 알지 못해 걸핏하면 '진보 사상'에다 끌어 붙이고 그들 崇欲反理의 경향을 추존했으니 정말로 한참 잘못된 것이다.[41]

---

40 龔鵬程,「散文·散文」,『少年遊』, 再版(臺北 : 時報文化出版公司, 1988), 附錄, 312쪽 : "晚明小品其實是一種怪僻乖誕而且涼薄生活態度中的產物, 名士猖狂, 流於瀆亂, 以致表現出雅得極俗極怪的作風。……大概當時文化及社會的腐敗, 已經使人不能忍受了, 諸名士在心態上逆抗狂潮, 極爲苦悶, 但又找不到出路, 以致弄得心性偏激、性格矜詭; 又有些人則在這種空氣裡, 索性隨波逐流, 自放於頹唐。因此在文學上, 竟也表現得近乎可憐可笑可恥。"

41 龔鵬程,「由菜根譚看晚明小品的基本性質」,『中國學術年刊』第9期(1987.6), 196-97 :

공봉정의 논의는 주로 만명소품 작가의 창작 태도와 방법상의 문제이기는 하지만, 이는 또한 오늘날 만명소품의 작품 해석상의 문제로서 만명 문학이 내포한 한들거리는 작태와 장난삼아 말하는 담론 방식에 대한 신랄한 비판이라 하겠다. 공봉정은 만명소품의 이러한 문제에 대하여 "곧이곧대로 듣지 말고, 사랑스럽다고 신뢰하지 않는 것이 바로 만명소품을 이해하는 관건"이라고 충고했다. 이러한 논점은 만명소품 개념의 본질과 연관된 철학적 문제이기도 하다.

陳萬益의 『晩明小品與明季文人生活』에 수록된 세 번째 논문인 「論李卓吾與陳眉公」은 만명소품 작가의 두 가지 대표적 유형으로 李贄와 陳繼儒를 비교 설명했다. 李는 '異人'이자 학자였고 陳은 '山人'이자 문인으로, 시대적 조우로 말한다면 李는 烈士였고 陳은 隱士였다. 전자의 정신은 '반항'이었고, 후자의 특색은 '한적'이었다. 진만익은 그의 논의에서 이지와 진계유를 만명소품의 전형 작가로 삼음으로써 명말 지식인의 두 가지 유형을 대비시키고, 나아가 그들로부터 만명소품의 문학사적 의의와 성취를 모색해야 할 것이라고 강조했다.

> 만명소품의 작자는 前人의 처마 밑에서 죽치고 숨어 있으려 하지도 않았을 뿐만 아니라 더 이상 과거시험관의 호의를 바라지도 않고 자신의 성정이 내키는 것을 따라 자신이 만족하는 것을 기탄없이 말했다. 자기만 옳다고 고집한 이탁오(이지)처럼 담대하든지, 해가 다 가도록 한가하게 自適한 진미공(진계유)처럼 기뻐 춤추든지 했던 것이다. 창작할

"其言論只具有文學美感上的才辯趣味, 對於人生問題, 他們也不是要實踐地處理, 而是採取了置身事外的觀照態度, ……此一才辯的趣味、隔離的美感, 當然是可愛的, 但並不可信。而且每個人在逞其機辯雋妙時, 前後總不能避免會有矛盾。同時, 由於審美的態度與隔離的智慧、談說玩賞的論理方式, 也只會讓他們走上隨順情欲嗜好的道路。……昔人對此問題, 缺乏理解, 亦不知其所以如此之故, 輒比附於「進步思想」, 推崇他們的崇欲反理, 實在是謬以千里。"

> 때에는 자기 혼자만의 생각을 뽐내며 털끝만큼도 구속되지 않았고, 형식에서는 더욱 子史 小說·論策 詩賦·語錄 禪玄의 모든 울타리를 무너뜨리고 마음 내키는 대로 넘나들었다. 만명소품이 만약 중국산문사에서 어느 정도 성취를 이루었다면 마땅히 이 오솔길에서부터 곱씹어 따져봐야 할 것 같다. 물론, 이탁오와 진미공의 영향으로 경솔하게 붓을 놀리고 장사치의 손아귀에서 놀아나 문자로 희학질 하고 신선놀음에 도낏자루 썩는 줄 모르는 데에 이르기까지의 온갖 폐단은 이미 만명소품 작자의 뜻이 아니었다.[42]

진만익은 만명소품 작가의 창작 유형으로부터 만명소품의 功過를 분명히 따져 그것의 중국산문사적 존재와 가치를 찾고자 노력했다. 1930년대 만명소품이 현대 문단에서 부활하고 반세기가 지난 1980년대 이래로 만명소품에 대한 기본적 시각에도 변화가 일고, 그 연구도 이제 새로운 방향과 총체적 방법을 모색하고 있는 것이다.

1986년 중국 대륙 문단에서는 1940년대 이래 거의 완전히 차단되었던 만명소품 분야에 처음으로 盧潤祥의 만명소품선집『明人小品選』(成都 : 四川文藝出版社, 1986)이 출판되었다. 이 선집은 현대에서의 만명소품의 두 번째 등장을 고하는 笛聲이 된 것으로, 그 서두에는 1930년대 만명소품선집의 여러 편자 중 한 사람이었던 施蟄存의 서문이 실렸다. 여기서 시칩존은 30년대 '소품문논쟁'의 교훈을 되새기듯 20세기 말

42 陳萬益, 「論李卓吾與陳眉公」, 전게서. 114-115쪽: "作者既不甘蟄伏於前人屋簷下, 不再希冀考官的青睞, 乃從此可以各因其性之所近, 縱談其所自得 : 或者如李卓吾師心自是, 膽決氣粗 ; 或者如陳眉公悠遊卒歲, 足蹈手舞。創作之時, 可以逞其臆想, 毫無拘束 ; 形式上, 則更突破子史小說、論策詩賦、語錄禪玄諸藩籬, 隨意而止。晚明小品如果在中國散文史上有些許成就, 似乎即應從此徑路去尋繹。當然, 李卓吾和陳眉公影響所及, 率易操觚, 輾轉稗販, 以至於遊戲文字, 玩物喪志, 種種弊端, 已非作者之意。"

만명소품의 재출현에 대한 독자들의 신중한 자세를 주문했다.

> 나중에 임어당은 주작인의 '횃불'을 이어 상하이에서 만명소품문을 극력 제창하여 閒適 필조와 서정 문풍을 적극 선양한 반면, 무섭게 분노한 혁명적인 잡문과 정당한 이치와 엄숙한 언사로 인민의 도를 실어 전하는 문풍을 극구 반대했다. 그리하여 임어당이 제창한 만명소품은 당시의 정치사회적 상황에서 단지 자산계급의 현실 도피적인 반동 문풍을 대변할 수 있을 뿐이었다.
>
> 지금 독서계에는 다시 만명소품의 문선집이 나타나고 또 만명소품의 감상을 글로 적은 사람도 보인다. ……이러한 소품문은 대부분 그 자체로서는 결코 문제가 없다. 문제는 그것을 어떻게 취급하고 인식하고 계승하고 학습할 것인가 하는 것이다.
>
> 오늘날의 청년 독자들은 그것을 고전문학작품의 온갖 꽃 중의 한 송이로 간주해도 좋을 것이다. 그러나 유일한 한 송이는 아닌 것이며, 또 가장 아름다운 한 송이라고 말할 수는 더욱 없는 것이니 그것이 탄생하게 된 적극적인 의미를 이해해야 하고 그것이 임어당과 같은 무리들에 의해 이용당한 후에 발생하게 된 소극적인 영향을 간파해야 한다.[43]

시칩존은 만명소품을 대하는 오늘날 청년 독자들의 태도에 대해

---

43 施蟄存, 「題記」, 盧潤祥 (編), 『明人小品選』(成都 : 四川文藝出版社, 1986), 3-5쪽 : "後來, 林語堂接過周作人的 "火炬", 在上海大力提倡晩明小品文, 積極宣揚閒適筆調, 抒情文風, 積極反對金剛怒目的革命雜文, 義正辭嚴的載人民之道的文風。于是, 林語堂所提倡的晩明小品, 在當時的政治、社會形勢下, 只能代表資産階級逃避現實的反動文風。現在, 讀書界又出現了明人小品的文選, 也看到有人著文欣賞晩明小品, ……這些小品文大多本身并無問題。問題是如何對待, 如何認識, 如何繼承和學習它們。今天的青年讀者, 不妨可以把它們看作爲古典文學作品百花中的一朶, 但不是唯一的一朶, 也更不能說它是最好的一朶, 應當了解它們之所以産生的積極意義, 應當看到它們被林語堂之流利用之後所産生的消極作用。"

1930년대 당시 임어당과 같은 오류를 다시 범하지 않도록 신중하고 객관적인 자세를 권고했다. 이는 비록 만명소품의 존재와 가치에 대한 1930년대 魯迅의 입장과 크게 달라진 점은 없다 하더라도, 작품 자체에 대한 독자의 인식과 수용에 대한 경험적 발언은 그 시사하는 바가 크다.

그로부터 다시 10여 년이 지난 근래의 만명소품에 대한 중국 학술계의 태도는 이전과는 사뭇 다른 변화의 모습을 보여준다. 예를 들면 『明淸小品』(1999)의 저자 趙伯陶는 노신 일파든 주작인·임어당 일파든 모두 현대소품문의 발전에 크게 공헌했던바, 그중 어떤 일파를 부정하는 것도 모두 편파적이라 지적하고, 문학변천의 과정에서 볼 때 명청소품의 개성적인 흥취는 현대 문단에 큰 영향을 끼쳤을 뿐만 아니라 장차 미래에도 긍정적인 작용을 하게 될 것으로 전망했다.[44] 이는 만명소품의 가치에 대한 평가가 과거 어느 때보다도 포괄적이며 객관적인 태도를 지향하고 있는 것으로 이해된다. 이러한 태도 변화는 한때 극단적인 대립 후 시간의 경과에 따른 완충 효과로 볼 수도 있겠고, 시대의 추이에 의한 이해의 축적과 수용의 폭의 확대로 볼 수도 있을 것이며, 또한 20세기 말 중국의 사상 해방과 경제 개선에 따른 문학기호의 변화와도 무관하지 않은 것 같다.

만명소품에 대한 근래의 비평은 그 발생과 발전을 문화적 견지에서 파악하고, 작품을 미학적 관점에서 비평하고자 하는 경향이 뚜렷한 특징을 이룬다. 먼저 『晩明小品硏究』(1998)의 저자 吳承學은 만명소품과 그 작가의 성격에 대해 "放肆하고 不恭한 품행과 세속적 향락을 추구하는 인생철학은 만명 문인의 풍상이라 말할 수 있다. 그들의 인격은 전통 유교적인 우아함을 지님과 동시에 경제 발전에 따른 물질적 관념

44 趙伯陶, 『明淸小品——個性天趣的顯現』(桂林 : 廣西師範大學出版社, 1999), 324-326쪽 참고.

형태의 영향을 받았다. 만명 문인의 심미의식은 시민의식의 발생과 밀접한 관계를 가져 많은 문인들이 시민계층의 가치관·인생관·심미관을 받아들였는데, 이는 고급문화와 세속문화의 고도의 융합"이라 분석하고, 또 "만명소품의 명문장가는 대부분 서화를 비롯한 각종의 예술에도 능하여 이러한 여러 예술형식의 결합은 만명소품에 고도의 예술적 의미와 문화적 가치를 부가했다"고 평가했다.[45]

『小品高潮與晩明文化』(2001)의 저자 尹恭弘 역시 만명소품의 문화적 의의를 "'만명'이란 시간 개념과 '소품'이란 문체 개념이 결합되어 중국 고대산문사상 문체의 변혁을 구현하고, 그것은 산문창작의 자유화 추세를 촉진시킴으로써 작품의 창작풍격 면에서 새로운 문화적 추세를 반영하고, 작가의 생활태도 면에서 새로운 문화적 의미를 내포하고 있다"고 분석하고, "그들의 생활태도가 어떤 면에서 괴벽스럽고 퇴폐적으로 보이기까지 하는 것은 정신적 자유를 쟁취함으로써 얻어진 莊子式의 예술적 생활태도에서 기인하는 것으로, 이것이 바로 그들로 하여금 疏脫·自娛의 심경을 표출하게 하고 정치적 공리를 떠나 자기만족·자아발설의 심미적 가치를 지향하게 했다"고 해설했다. 이어 이러한 만명소품의 창작에서 구현된 새로운 문풍과 문화 방향은 중국산문발전사에서 표현방식의 중대한 변혁이라 지적하고, 이것은 만명소품 작가들이 보편적으로 수용한 예술적 생활태도의 필연적 결과임과 동시에 만명소품을 개방적 문체의 외재적 표현으로 여긴 것이라고 논급했다.[46]

또 『靈與趣的意境 : 晩明小品文美學硏究』(2001)의 저자 羅筠筠은 만

45 吳承學, 『晩明小品硏究』(南京 : 江蘇古籍出版社, 1998), 7-39쪽 참고.
46 尹恭弘, 『小品高潮與晩明文化—晩明小品七十三家評述』(北京 : 華文出版社, 2001), 1-47쪽 참고.

명소품의 문학사적 지위와 가치를 "내용상으로 만명소품이 다룬 사회생활의 범위는 唐詩·元曲·明淸小說보다 결코 좁지 않고 寫景·敍事를 주로 하는 漢賦와 香艷·愛情을 주로 하는 詞作보다도 훨씬 광범하며, 형식상으로 모든 고전문학 중에서 어떤 구속도 받지 않는 가장 자유스러운 문체로써 작가의 진실한 감정을 펴내고 그 독특한 개성을 표현했다"고 규명하고, 이러한 만명소품의 풍부하고 다채로움이 독자의 기호를 만족시켜 준다는 점에 곧 문학과 미학상의 가치가 존재한다고 보며, 비록 그것이 유한 계층의 한가로운 정서의 배설물로 한때 배척당하기도 했으나 인간의 심미적 기원으로 볼 때 이러한 '閑情逸致'가 없다면 또한 어떻게 능동적인 창작과 감상이 가능할 수 있겠느냐고 역설했다.[47]

지금까지 만명 당대로부터 현재에 이르는 만명소품의 연구와 비평에 관한 주요 논의를 개괄적으로 살펴보았다. 만명소품은 어느 시기든 등장할 때마다 수많은 화제를 몰고 왔다. 그것은 시대의 조류도 바뀔 수 있고 사람의 기호도 변할 수 있지만 인간 본래의 '성령'만큼은 영원히 사라질 수 없기 때문일 것이다.

만명소품의 인식과 비평은 이제 만명 이래로 가장 포용적인 시대를 맞이하고 있다. 모든 예술에 관한 비평이 그러하듯 만명소품도 작품의 美醜·好惡·長短 등을 파헤쳐 그 최종적인 가치를 판단해야 할 일이 아직 남아 있다.

---

47 羅筠筠,『靈與趣的意境——晚明小品文美學研究』(北京 : 社會科學文獻出版社, 2001), 1-10쪽 참고.

Ⅲ. 연구과제와 방법 및 범위

현존하는 명대 문헌으로 볼 때, 만명 당시에 '소품' 용어의 출현과 유행은 소품의 작가 자신들보다는 오히려 그 評選家나 出版商과 더욱 밀접한 관련이 있다. 게다가 엄격히 말하면 '소품'으로 제명된 당시 문집은 대부분 어떤 특수한 편찬 취지를 지향하는 '選本' 성질의 특색을 지닌다. 만명 시대의 이른바 '소품'은 주로 당시 사람들이 말하는 '真'·'情'·'韻'·'趣'·'淡' 등과 같은 작품이 구현하는 관념적 특성과 심미적 의식으로 구별된다. 또한, '소품' 용어는 만명 당시의 실지 용법에서 몇 가지 서로 다른 범주의 개념을 지닌다. 즉, 단순히 어떤 문학작품을 지칭하기도 하거니와 때로는 어떤 문학 문집이나 필기 저작을 지칭하기도 하고, 또 때로는 어떤 문학풍기·유파나 풍격을 의미하기도 하여 실제 응용범주 내에서의 개념은 매우 다원적인 성격을 띤다. 그러므로 만명소품의 개념과 범위를 확정하는 일은 실제로 그리 간단하지 않고, 작품의 예술적 특징을 규명하는 일도 현재까지 그 연구가 계속 진행 중이다. 본서에서는 만명소품의 개념과 범위, 문학이론과 창작표현 및 후대에서의 인식과 비평 등의 문제를 총체적으로 논의한다. 전체를 세 부분으로 나누어 제2장에서 만명소품의 개념과 범위를, 제3, 4장에서 문학이론과 예술표현을 제5, 6장에서 청대와 현대에서의 인식과 비평을 다룸으로써 만명소품에 대한 종합적인 이해를 목적으로 한다.

본서에서 논의하는 만명 '소품'의 개념은 明 萬曆 39년(1611) 王納諫(字 聖俞, 號 觀濤; 萬曆 35年 進士)이 評選한 『蘇長公小品』[48]에서 사용한 '소품' 단어에서 출발하여 두 방면에서 해설한다. 첫째는 '소품'

48 본서는 蘇軾, 『蘇長公小品』二卷, 王納諫 編(明萬曆三十九年章萬椿心遠軒刊 ; 臺北 : 國立中央圖書館所藏, M10214)을 사용했다.

관념의 연구로서, '소품' 개념을 정통문학과의 상대적 관계 속에서 대비적 분석을 할 것이다. 두 번째는 '소품' 유형의 연구로서 다시 두 방면으로 나누어 '소품' 작품의 문학예술상의 개념과 '소품' 선집의 편집 방법상의 개념을 해설한다. 저자는 만명 시대의 여러 문헌에 산재해 있는 '소품'의 개념과 관련한 직접적인 언급과 간접적인 암시를 종합하여 귀납적 설명을 할 것이다. 만명소품에 대한 후대의 인식과 비평에서는 청대 『사고전서총목』의 提要와 1920, 30년대 신문학가의 평론을 종합하여 청대 학술과 문학의 풍기, 건륭조의 금서사건 및 현대 신문학운동기 전통문학의 계승과 서구문학의 영향 등의 제 관계를 심층적으로 살펴볼 것이다.

만명소품의 연구는 원래 '소품' 용어가 결코 단순한 문학체재만의 개념이 아님에도 불구하고, 근래의 연구동향으로 보면 주로 작품의 언어와 형식 및 성격과 효용 등의 연구를 포괄하는 문학의 역사적 현상과 작품구조의 실체 분석과 같은 장르론적 방법을 많이 채택하고 있다. 이러한 경향은 특히 만명소품의 범위 문제를 논할 때 더욱 현저하게 나타난다. 이것은 만명소품이 내용과 형식 또는 풍격 면에서 다른 문학작품과 구별될 수 있는 고유한 독창성을 지니고 있을 뿐만 아니라, 중국문학사에서 '만명'이라는 특수한 시대적 풍모를 분명하게 드러내고 있기 때문인 것으로 여겨진다.

본서에서 만명소품의 문학이론과 예술표현 문제를 논의할 때에는 만명소품의 대표 작가로 公安派의 袁宗道(字 伯修 ; 1560-1600, 萬曆 14年 進士), 袁宏道(字 中郎, 號 石公 ; 1568-1610, 萬曆 20年 進士), 袁中道(字 小修 ; 1570-1624, 萬曆 44年 進士)와 竟陵派의 鍾惺(字 伯敬, 號 退谷 ; 1574-1624, 萬曆 38年 進士), 譚元春(字 友夏 ; 1586-1637, 天啓 7年 擧人) 및 明末 遺民 張岱(字 宗子·石公, 號 陶庵 ; 1579-1689?)

등 6인을 대상으로 하여 문학창작의 사상과 방법 및 예술경계와 표현 등의 문제를 집중적으로 논의할 것이다. 만명소품의 문학 특징을 규명하고자 이 6인을 주요 대상으로 삼은 것은 이들이 만명 문단에서 만명 소품의 발생과 발전에 가장 근원적인 역할을 수행했을 뿐만 아니라, 이들의 문학작품과 창작이론이 양적으로나 질적으로 다방면에서 가장 괄목할 만한 성취를 보여주어 만명소품 연구의 원천이자 핵심으로 여겨지기 때문이다. 다만, 이들 작가의 인생 역정과 저술 활동의 고증 및 문학창작과 이론상의 개별적 특징은 이 책의 논의 범위에 두지 않는다.

본서에서 운용한 주요 참고자료는, 만명소품 관련 원시문헌; 청대와 현대의 만명소품선집; 본서가 한정한 만명소품 작가 6인의 저술; 청대 『사고전서총목』 및 관련 禁燬書目; 만명소품 관련 현대 신문학가의 저술; 주요 중국문학사 저작; 중국 고대 문체·수사·풍격론 저술; 현대 장르론 관련 저술; 한·중·일 주요 語文辭書; 주요 서목색인·서지 및 중국 善本·普通本書目 등 10여 종이다.

제2장

만명소품의 개념과 범위

Ⅰ. 서언

중국문학사에서 명대 중엽 이후에 출현한 이른바 만명 '소품'의 개념과 작품 범위 및 그 문학사적 평가와 관련한 일련의 문제는 현재 이 분야의 연구에서 논의가 꾸준히 진행되고 있는 중요한 논제일 뿐만 아니라 동시에 시급히 해결되어야 할 과제이기도 하다. 그러나 '소품'이란 단어가 만명 문헌에 자주 출현하기는 하지만, 현존하는 문헌자료로 볼 때 그것이 명확하고도 통일된 의미의 문학술어로서의 성질을 지니고 있지는 않아 그 연구는 개념 수립 단계에서부터 적지 않은 어려움을 안고 있다.

오늘날 중국문학사에서 말하는 '만명소품'은 시대를 구분하는 '만명'이란 단어와 문학체재로서의 '소품'이란 단어의 단순한 복합어가 아니다. 중국문학사에서 만명소품은 특수한 문학적 의의와 가치를 지니고 출현한 것으로, 그 용어는 명조가 패망한 후에도 청대를 거쳐 현대에 이르기까지 계속 사용되어 오고 있다. 그러나 오늘날 만명소품의 대표 작가로 공인하는 公安 三袁과 竟陵 鍾·譚 및 明朝 遺民 張岱 등의 작가들은 자신들의 작품을 들어 '소품'이라 직접 표명한 적이 없고, 역대 典籍을 망라한 청대의 『四庫全書總目提要』 조차도 체계적인 평론 속에서 동 개념을 사용한 적이 없다. 그러나 만명소품은 史實의 존재로서 만명 당시에 그러한 명칭이 사용되고 그러한 작품이 지어진 것 또한 분명한 사실이다.

만명 당시 '소품'의 존재는 기정의 문학효용을 달성하기 위한 일종의 문학체재가 아니라, 신흥 문학의 본질과 특징을 천명하고 실천하는 과정에서 시도되어 그 당시로써는 아직 완전히 새로운 문학형식으로 발전되지는 못한 일종의 시험적 문학창작이라 여겨진다. 왜냐하면 만명에서 문학혁신운동을 주도했던 공안·경릉파 계열 작가들의 창작은 前代 작가들과 마찬가지로 기본적으로는 같은 언어형식의 詩文에 속하기 때문이다. 바꾸어 말하면 그들은 언어 선택에서 이전과 똑같이 '古文', 즉 文言을 사용했다는 것인데, 다른 점이라면 단지 언어의 표현방식이 이전과는 달랐다는 것이다.[1] 그들은 詩文 창작의 최종적인 성과는 고려하지 않은 채, 전후칠자의 형식적 의고주의에 맞서 오직 맹목적인 모방 작풍의 병폐를 일소하기 위해 그들 "獨抒性靈, 不拘格套"의 창작강령을 실천하려 했을 뿐이었다.

실지로 관련 문헌을 종합해보면 만명 '소품' 용어의 출현과 유행은 소품의 작가 자신들보다는 소품의 評選家나 出版商과의 관련이 더 컸음을 알 수 있다. 그들 중에는 서로의 입장과 견해의 차이로 인해 각자가 사용한 '소품' 용어의 의미 범주가 상이하거나, 심지어 '소품'이란

1 王夢鷗, 『文學概論』, 再版(板橋 : 藝文印書館, 1982), 240쪽 : "格調派性靈派重要的差異既只在於表達方法, 因此他們可比較的, 亦僅在構辭形式或意象構造的形式方面。"

특정 용어의 사용을 아예 기피한 경우도 있어 오늘날 만명 당시 '소품' 단어의 정확한 의미를 이해하기가 쉽지 않은 실정이다. 만명 당시 소품의 실제 의미를 이해하려면 '소품'으로 명명된 明版 또는 明人 저작을 체계적으로 고찰할 필요가 있으며, 만명소품이 유행하는 데에 직접적인 영향을 미친 공안·경릉파의 '성령' 문학에 대해서는 우선적인 이해가 있어야 할 것이다. 그래야만 만명소품의 복잡한 개념 의미와 그 작품이 반영하고 있는 중대한 시대정신을 분명하게 밝혀낼 수 있을 것이기 때문이다. 본장에서는 이러한 방법으로 우선 '소품' 용어의 어원에서 출발하여 만명에서의 단어의 실지 용법을 종합하여 그 개념을 귀납하고, 이어서 만명 당시 '소품' 개념의 형성과 발전의 궤적을 추적해보고자 한다.

Ⅱ. '小品' 어원과 개념의 역사

'小品'이란 단어는 원래 漢譯『般若經』의 상세본인『放光般若經』을 일컫는 '大品'에 대해 간략본인『道行般若經』을 일컫는 佛典語로서 중국에서는 晉代(265-420)부터 사용되기 시작했다.[2]

불교가 중국에 전래된 후 최초의 작업은 불경 번역이었다. 중국의 불교 역경사업 발전의 과정으로 볼 때, 불교 전래 초기부터 東漢(25-220)과 三國(220-280)을 거쳐 西晉(265-317)에 이르는 시기는 계몽 시대로서 번역의 초기 단계라고 할 수 있다. 이 시기 불경 번역의 상황에 대해

2 南朝·宋 劉義慶(403-444)의『世說新語』,「文學第四」, 第四十三條 '殷中軍讀小品' 句의 劉孝標 注 "釋氏辨空經, 有詳者焉, 有略者焉, 詳者爲大品, 略者爲小品。"에서 보는 바와 같이 여기서 '略者'란 불교『般若經』의 간략한 漢譯本을 가리키는 것으로 이를 '小品'이라 칭했다.

청대 학자 梁啓初(1873-1929)는 다음과 같이 요약했다.

> 번역되어 나온 불경이 적지 않았지만 그것은 낱권으로 한 질을 다 갖추지 못한 것이 대부분이었으니 그야말로 소략하면 소략한 대로, 온전하면 온전한 대로 번역한 것이다. 그러나 실상은 소략한 것이 많고 온전한 것은 드물어서 번역은 계통을 이루지 못했고 번역 문체 역시 아직 확립되지 못했으니 계몽 시대는 원래 이러할 수밖에 없다.[3]

계몽 시대의 불경 번역은 말과 뜻이 자연스럽게 서로 통하지 못하고 그저 글을 옮겨 놓은 것일 뿐이어서 양계초는 이러한 번역을 '미숙한 직역'이라 불렀다. 얼마 후 佛道의 광범한 전파를 위해 時俗을 따라 문맥이 점차 유창해지기는 했으나, 역문이 원문과 얼마나 부합하는지는 크게 염두에 두지 않았으니 양계초는 이러한 번역을 '미숙한 의역'이라 불렀다. 예를 들면 漢末 西域에서 온 승려로 대표적인 譯經師였던 月氏人 支讖(또는 支婁迦讖)의 번역은 순수한 직역으로 전자에, 三國·西晉 시기 支讖의 2대 제자였던 月氏人 支謙은 조리 있고 유창하며 이해하기 쉬운 번역으로 대체로 후자에 속했던 것 같다.[4]

---

3 梁啓超, 「佛典之翻譯」, 張曼濤 (編), 『佛典翻譯史論』, 現代佛教學術叢刊三十八, 四輯八, 再版(臺北 : 大乘文化出版社, 1981), 295쪽: "所出經雖不少, 然多零品斷簡, 所謂「略至略譒, 全來全譯。」實則略者多而全者希也, 所譯不成系統, 翻譯文體亦未確立, 啓蒙時代, 固當如是也。"

4 支讖의 譯經으로는 『般若道行品』·『首楞嚴』·『般舟三昧經』 및 『兜沙』·『阿閦佛國』·『寶積』 등의 『般若』·『方廣』·『華嚴』 諸 大部經이 있고, 支謙의 譯經으로는 『維摩』·『大明度無極』·『瑞應本起』·『大般泥洹』 등의 경전이 전한다. 기타 『本業』·『首楞嚴』·『阿彌陀』 등의 불경은 오늘날 전하지 않는다. 參話, 「初期佛教翻譯事業的概況」, 張曼濤 (編), 상게서. 10쪽 ; 五老舊侶, 「佛教譯經制度考」, 張曼濤 (編), 상게서. 171쪽 ; 梁啓超, 「佛典之翻譯」, 張曼濤 (編), 상게서. 292쪽 ; 梁啓超, 「翻譯文學與佛典」, 張曼濤 (編), 『佛教與中國文學』, 現代佛教學術叢刊十九, 二輯九(臺北 : 大乘文化出版社, 1987), 262-264쪽 참고.

관련 학자의 연구에 따르면 서기 401년 鳩摩羅什(344-413)이 중국에 오기 전 중국 般若學 연구의 기초가 된 漢譯『般若經』의 주요 경전으로는 다음 3종이 있었다고 한다.

- 小品系(또는 道行系):
  『道行般若經』10卷 30品 : 東漢, 179년, 竺佛朔·支讖 등 譯
  『大明度無極經』6卷 30品 : 吳, 222년-253년 전후, 支謙 譯
- 大品系(또는 放光系):
  『放光般若經』20卷 90品 : 西晉, 291년, 無羅叉·竺叔蘭 등 譯

여기서 支讖의『道行經』과 支謙의『大明度經』은 梵文 八千頌『般若經』의 同本 異譯으로, 모두 30品으로 되어 있다. 支謙이『般若經』을 다시 번역한 것은 支讖의 번역이 어휘에 胡音이 많고 의미에 장애가 있어 이를 개선하기 위함이었다. 그 후『道行經』에 이해가 깊었던 朱士行이 260년에서 282년까지 西域의 于闐을 여행하는 동안 그곳에서 梵文 90品『般若經』을 보고 일찍이『道行經』의 譯理가 미진하다고 개탄하던 차에 상세하고 완비된『般若經』에 미혹되어 제자 費如檀 등을 보내 중국으로 가져와 託無羅叉·竺叔蘭 등에게 번역하게 하고 20卷 90品으로 만들어『放光般若經』이라 명명했다.[5] 漢譯『般若經』은 이때에 이르러 詳·略의 2종이 겸비되어 자연스럽게 상세본 90品을『大品經』, 간략본 30品을『小品經』이라 부르게 되었는데, 支讖·支謙과 無羅叉·竺叔蘭 등이 번역하면서 처음부터『小品』또는『大品』으로 구별하여 명명한 것은 아니었다.[6]

---

5 梁僧祐의『出三藏記集』에 의하면『放光般若經』은 20卷 90品이나, 오늘날의 藏經本은 30卷으로 되어 있다.

『般若經』의 소품계와 대품계의 선후 문제에 대해서는 소품계가 부가 확대되어 대품계가 되었다는 설과 대품계에서 추출, 축소되어 소품계가 되었다는 설이 대립했으나, 근현대의 『般若經』 연구자들이 제시한 논단은 "대품계는 소품계가 발전한 것이고 후에 내용이 첨가된 것으로, 소품계가 선구"라는 것이다. 따라서 般若經典群의 성립은 처음에 간략한 것에서 출발하여 나중에 상세한 것으로 발전한 것이라 하겠다.[7] 또 『소품』과 『대품』의 관계 문제는 양자가 본래 宗統은 다르지만 "諸法性空, 眞際不二"의 宗旨를 천명함은 같다고 하겠다. 그러나 『소품』이 중국에 먼저 전래되었을 뿐만 아니라 간명하고 정밀하여 중국의 사대부와 名僧·名士들의 선호도는 『대품』을 훨씬 능가했다. 그러므로 晉人의 『世說新語』 중에는 殷中軍·支道林·于法開 등에 의한 『소품』의 강론에 관한 기록이 많은 반면, 『대품』에 대하여는 별다른 언급이 없다.[8] 그러나 『대품』이 『소품』에 비해 상세하고 완전하다는 점은 또한 그 자체로서 중요한 의의를 지닌다 하겠다.

『세설신어』 중에 기재된 殷浩(?-356)·支遁(314-366) 등이 강론한

---

6 福永光司·松村巧, 「六朝的般若思想」, 梶山雄一 等, 『般若思想』, 許洋主 譯(臺北 : 法爾出版社, 1989), 260쪽; 林顯庭, 「世說新語所謂的小品」, 『鵝湖』第2卷第12期(1977.6), 26-27쪽; 梁啓超, 「佛典之翻譯」, 張曼濤 (編), 전게서. 337-339쪽 참고.

7 三枝充悳, 「般若經的成立」, 梶山雄一 等, 상게서. 110-112쪽 참고.

8 『世說新語』, 「文學」 중 殷中軍·支道林·于法開 등의 『小品』 강독에 관한 일을 기재한 예로는 다음 몇 가지를 들 수 있다. 第三十條 : "有北來道人好才理, 與林公相遇於瓦官寺, 講小品。于時竺法深、孫興公悉共聽。此道人語, 屢設疑難, 林公辯答淸析, 辭氣俱爽。此道人每輒摧屈。孫問深公 : '上人當是逆風家, 向來何以都不言 ?' 深公笑而不答。林公曰 : '白旃檀非不馥焉能逆風 ?' 深公得此義, 夷然不屑。" 第四十三條 : "殷中軍讀小品, 下二百籤, 皆是精微, 世之幽滯。嘗欲與支道林辯之, 竟不得。今小品猶存。" 第四十五條 : "于法開始與支公爭名, 後精漸歸支, 意甚不忿, 遂遁跡剡下。遣弟子出都, 語使過會稽。于時支公正講小品。開戒弟子 : '道林講, 比汝至, 當在某品中。' 因示語攻難數十番, 云 : '舊比中不可復通。' 弟子如言詣支公。正值講, 因謹述開意。往反多時, 林公遂屈。厲聲曰 : '君何足復受人寄載 !'" 第五十條: "殷中軍被廢東陽, 始看佛經。初視維摩詰, 疑般若波羅密太多, 後見小品, 恨此語少。" [余嘉錫, 『世說新語箋疏』(臺北 : 王記書坊, 1984)의 分條를 따름]

『소품』으로는 위 支讖의 『道行』과 支謙의 『大明度』 두 경전일 가능성이 크다. 『세설신어』의 이른바 '소품'은 東晉의 '淸談' 소재의 일종으로, 淸談은 魏晉으로부터 南朝에 이르는 동안 世族 사회에서 유행한 풍기로서 漢魏 이래 정치가 문란하고 형법이 가혹해져 사대부들이 화를 당하는 일이 많아짐으로써 소극적 은둔 사상이 만연하고 허무주의로 흐른 것이 그 주요 원인이었다. 般若學 또한 般若經典群이 선양한 "一切皆空"의 학설로부터 유래한 것으로, 곧 '性空'의 학설이었다. 東晉 이래 般若 학설이 성행하게 되자 淸談 또한 佛理로 범위가 확대되고 老莊 사상과 어울리게 되었다. 당시의 불경 번역가들 역시 점차 老莊의 영향을 받아 老莊 학설로써 佛言을 수식하여 그들의 번역에는 중국 고유의 허무사상이 섞이게 되었다.[9] 그러나 六朝 시대에 '소품'은 순수한 불가 술어로서 불교 범위 내에서만 사용되었다.

唐宋 시대에 이르러서도 '소품'의 이러한 용법에는 별다른 변화가 없었던 것으로 보인다. 예를 들면 唐代 시인 孟郊(751-814)의 「讀經」 詩에는 "垂老抱佛腳, 教妻讀黃經, 經黃名『小品』, 一紙千明星。"[10]이라 하여 여기의 '소품'도 여전히 불경을 지칭한 것이었다. 宋代에는 明人 陶珽의 重編 『說郛』一百二十卷本에 수록된 宋人 葉淸臣(?-1051?)의 『述煮茶小品』一卷이 불교 범위 밖에서 명대 이전 저작 중 '소품'으로 제명된 유일한 사례로 보인다. 그러나 『述煮茶小品』은 茶水의 등급을 품평한 수필 성격의 내용이며, 특히 近人 張宗祥의 明鈔校本 『說郛』

---

9 范壽康, 「魏晉的淸談」, 武漢大學 (編), 『文哲季刊』第5卷第2號(出版年月 缺), 237-288쪽 ; 林瑞翰, 「魏晉南朝之淸談」, 國立臺灣大學 文學院 (編), 『文史哲學報』第36期(1988.12), 77-97쪽 ; 梁啓超, 「翻譯文學與佛典」, 張曼濤 (編), 전게서. 365쪽 ; 湯用彤, 『漢魏兩晉南北朝佛教史』, 全二冊(板橋 : 駱駝出版社, 1987), 1: 153-186 ; 郭朋, 『中國佛教簡史』(福建 : 福建人民出版社, 1990), 42-47쪽 참고.

10 孟郊, 「讀經」, 『孟東野集』, 卷九雜題, 『孟東野集/溫飛卿集箋注』, 『四部備要』, 集部(臺北 : 中華書局, 出版年缺)

一百卷本에는 '述煮茶泉品'이라 제명되어 있는 것으로 보아 『述煮茶小品』에서의 '소품'은 '品評'·'品鑑'이 주된 의미로 이해되며, 불경의 『소품』과는 다른 것으로 보아야 한다.[11]

더욱이 『說郛』는 원래 元末 明初의 陶宗儀(약 1360년 전후 在世)가 歷朝의 雜史·傳記와 패관소설을 모아 편집한 것으로, 편찬연대가 元代로 비교적 이르고 그 異本도 많아 오늘날까지 귀중한 자료로 여겨지나, 명말에 간행된 重編 『說郛』一百二十卷本에는 명대인의 書册이나 僞本이 끼어들거나 한 권의 책이 여러 目 또는 여러 部로 나누어진 것도 있고, 심지어 書名을 멋대로 만들거나 撰者를 허위로 적어 넣은 것도 있어 重編 『說郛』一百二十卷本에 근거하여 불교 범위 밖에서의 '소품' 용어의 차용이 宋代로부터 시작되었다고 단정하기는 어렵다.[12]

일반적으로 불가 술어인 '소품'을 빌어 문학범주 내의 어떤 단소한 문장을 지칭하거나 전대 또는 당대 작가의 어떤 총집이나 별집 및 선집의 명칭으로 사용한 것은 대체로 명대 중엽 이후의 일로 여겨진다. 오늘날 문학사에서는 이러한 작품군을 총칭하여 '만명소품'이라 한다.

---

11 張宗祥이 교정한 明鈔本 『說郛』一百卷本(涵芬樓排印 ; 臺北 : 商務印書館, 影印本, 1972), 卷第八十一에는 唐 張又新의 『煎茶水記』一卷이 수록되어 劉伯芻의 '七水'와 陸羽의 '二十水'에 대한 품평을 기록하고, 卷末의 부록에 葉淸臣의 「述煮茶泉品」 및 歐陽修의 「大明水記」와 「浮槎山水記」 도합 3편을 수록하고 있는데, 陶珽이 重編한 『說郛』一百二十卷本(淸順治四年兩浙督學李際期刊 ; 臺北 : 國立中央圖書館所藏, M15226), 卷第九十三에서는 『說郛』一百卷本의 「述煮茶泉品」 1편을 따로 떼어내 『述煮茶小品』一卷으로 제명했다.

12 昌彼得, 『說郛考』(臺北 : 文史哲出版社, 1979), 1-42쪽 참고. 『說郛』의 오늘날 통행본으로는 2종이 전하는데, 그 중 明末 武林 宛委山堂 刻本은 一百二十卷으로 명대인의 重編을 거치면서 원래의 모습을 상실했고, 1927년의 涵芬樓 排印本은 海寧 張宗祥의 明鈔校本 一百卷으로 涵芬樓 所藏 萬曆 抄本을 근거로 했으므로 原書의 모습이 많이 남아 있다고 한다. 『千頃堂書目』·『元史藝文志』(錢大昕 補) 및 『四庫全書總目』이 수록하고 있는 것이 바로 一百二十卷本 『說郛』이다. 이 藏書目들은 모두 重編 一百二十卷本 『說郛』가 陶珽의 重編이라 적고 있는데, 昌彼得은 명대인의 重編 『說郛』가 편집 체례에 있어 原貌를 바꾸고 내용 또한 原書와 많이 달라 陶珽의 重編이라는 것 자체에 회의를 품고 있다.

용어의 사용에서 만명 '소품'과 불경 '소품'의 관계와 관련해서는 만명인의 논의 중 간접적인 언급이 없는 것은 아니지만[13] 현존하는 문헌자료로 볼 때 현재까지는 명확한 해설을 발견할 수 없다. 다만, 위에서 살펴본 바와 같이 불경의 이른바 '소품'은 한 편의 문장을 가리키는 것이 아니라 한 권의 譯本을 일컫는 것이지만, 불경의 『대품』과 『소품』이 그 詳·略의 차이에 따라 구분된 것임을 보면 불경 『소품』의 '간략함'과 '단소함'은 문학소품의 형식에도 통용될 수 있는 가장 기본적인 개념 특징으로 볼 수 있겠다.

앞으로의 논의를 위해 '소품'으로 명명된 현존하는 明版 또는 明人 저작을 편찬연대 순으로 나열하면 다음과 같다.

- 明代

  嘉靖年間(1522-66)

  『煮泉小品』一卷 嘉靖33年(1554) 田藝蘅 撰

  萬曆年間(1573-1620)

  『蘇長公小品』二卷 萬曆39年(1611) 王納諫 編

  『蘇黃風流小品』十六卷 萬曆晩年 黃嘉惠 編

---

13 佛經『小品』과 관련하여 만명 '소품'을 설명한 예에는 다음과 같은 것이 있다. 陳夢槐 (編), 『東坡集選』五十卷(明刊 ; 臺北 : 國立中央圖書館所藏, M10203), 卷首, 陳繼儒, 「蘇長公集選敘」: "如欲選長公之集, 宜拈其短而雋異者置前, 其論策封事, 多至數萬言, 爲經生之所恒誦習者, 稍後之。如讀佛藏者, 先讀阿含小品, 而後徐及於五千四十八卷, 未晩也。此讀長公集法也。" 鄭元勳 (編), 『媚幽閣文娛』不分卷(明崇禎間鄭元化刊 ; 臺北 : 國立中央圖書館所藏, M14366), 卷首, 鄭元化, 「跋」: "昔殷仲文愛誦小品, 日下二百籤, 皆是精微, 世之幽滯, 嘗欲辯之甚矣。幽滯者之不可與言小品也。故覽是集者, 宜通人、達士、逸客、名流, 猶必山寮小榭之間, 良辰奇懷之際, 爇香、品泉、臥花、謂月則憂可釋, 倦可起, 煩悶可滌可排。" 陳繼儒, 『眉公先生晩香堂小品』二十四卷, 湯大節 編(明崇禎間武林湯氏簡綠居刊 ; 臺北 : 國立中央圖書館所藏, M13084), 卷首, 陶珽, 「小品序」: "殷中軍讀般若患太多, 讀小品又恨其太少。此類是也。半李試問君家公此當在某品中能堪位置否 ? 爲我寄載一通來。"

『東坡集選』五十卷(一名『蘇長公小品』) 萬曆間 陳夢槐 編
『閒情小品』三十二卷 萬曆45年(1617) 華淑 編
天啓年間(1621-27)
『湧幢小品』三十二卷 天啓2年(1622) 朱國禎 撰
崇禎年間(1628-44)
『媚幽閣文娛』不分卷(一名『時賢雜作小品』) 崇禎3年(1630) 鄭元勳 編
『翠娛閣評選十六名家小品』三十二卷(一名 『皇明十六家小品』) 崇禎6年(1633) 陸雲龍 編
『石佛洞榷倀小品』十六卷 崇禎6年(1633) 翁吉爋 撰
『眉公先生晚香堂小品』二十四卷 崇禎間 陳繼儒 撰 湯大節 編
『冰雪攜』(一名『晚明百家小品』) 崇禎16年(1643) 衛泳 編
『慧眼山房評選古今文小品』八卷 崇禎16年(1643) 陳天定 編

• 淸代
『謔庵文飯小品』五卷 順治18年(1661) 王思任 撰 王鼎起 編

위에서 보는 바와 같이 '소품'으로 제명된 현존하는 명대 저작 중 편찬연대가 가장 이른 것은 가정 33년(1554)에 간행된 田藝蘅(一作 藝衡, 字 子藝 ; 약 1570년 전후 在世)의 『煮泉小品』으로, 茶와 茶水를 논한 역대 詩文을 모아 9種 9性으로 분류 귀납하여 全書를 源泉·石流·淸寒·甘香·宜茶·靈水·異泉·江水·井水·緒談 등 10類로 나누고 고증을 섞어 논평한 隨筆箚記 성격의 水品茶經類에 속하는 저작이다. 卷末 蔣灼의 「後跋」 역시 "田子藝는 泉品을 지어 세상의 샘물을 품평했다. 내가 전부 다 한 것인지 물었더니 子藝는 그렇지 않다고 대답했다."라고 하여 발문을 쓴 장작이 작자인 전예형의 『자천소품』을 일컬어 '泉品'이라 한 것을 보면 『자천소품』의 '소품'은 '간략한 품평'이란 의미로 이해되며, 이는 명대 중엽 이후 공안·경릉파 성령 문학사상의 영향으로 탄생한 이른바 만명 '소품'의 의미와 동일시될 수 없다.[14]

오늘날 문학범주 내에서 '소품'으로 명명된 현존하는 明版 또는 明人 저작 중 가장 이른 것은 만력 39년(1611)에 간행된 王納諫(字 聖俞, 號 觀濤 ; 萬曆 35年 進士)의 『蘇長公小品』二卷으로 보인다. 편자 왕납간은 宋代人 蘇軾(1036-1101)의 賦·序·記·傳·啓·策問·尺牘·頌·偈·贊·銘·評史·雜著·題跋·詞·雜記 등의 비교적 단소한 작품을 뽑아 '소품'을 '春容大篇', 즉 정통산문 중 경세 실용의 典雅한 大作과 상대되는 의미로 사용했다.[15] 왕납간의 『소장공소품』을 이어 만력 말엽 黃嘉惠는 蘇軾과 함께 黃庭堅(1045-1105)의 풍류는 모두 '소품' 창작에 있다고 보고, 소식과 황정견의 題跋·尺牘·小詞 작품을 모아 『蘇黃風流小品』十六卷을 간행하여 이들의 '소품'을 "졸릴 때 맑은 정신을 얻고 괴로울 때 즐거움을 얻을 수 있는 것"이라 했다.[16]

---

14 蔣灼, 「後跋」, 田藝蘅, 『煮泉小品』, 卷末 : "子藝作泉品, 品天下之泉也。予問之曰盡乎 ? 子藝曰未也。" 田藝蘅의 『煮泉小品』一卷은 약 5천 자 정도의 분량으로 陳繼儒(編), 『寶眼堂祕笈』一百八十六種 四百七卷(明萬曆間繡水沈氏尙白齋刊 ; 臺北 : 國立中央圖書館所藏, M15308), 陳眉公家藏祕笈續函, 第三十二에 수록되어 있다. 『四庫全書總目提要』, 全5冊(武英殿本 ; 臺北 : 商務印書館, 影印本, 1983), 卷一百十六, 子部二十六, 譜錄類存目, 明 田藝衡 撰 『煮泉小品』一卷 條, 3:528에 『煮泉小品』을 평하여 "是書凡分十類 : 一源泉、二石流、三淸寒、四甘香、五宜茶、六靈水、七異泉、八江水、九井水、十緖談。大抵原本舊文未能標異於水品茶經之外。"라고 했다.

15 王納諫, 「敘蘇文小品」, 王納諫 (編), 『蘇長公小品』二卷(明萬曆三十九年章萬椿心遠軒刊 ; 臺北 : 國立中央圖書館所藏, M10214), 卷首 : "余讀古文辭諸春容大篇者, 輒覽弗竟去之。噫嘻 ! 此小品之所以輯也。"

16 黃嘉惠, 「小序」, 黃嘉惠 (編), 『蘇黃風流小品』十六卷(明萬曆晩年刊 ; 프린스턴 : 프린스턴대학교 동아시아도서관 소장, TD63/2617), 卷首 : "每手一篇眞所謂寐得之醒, 惱得之喜者。" 黃嘉惠의 『蘇黃風流小品』十六卷은 현재 미국 프린스턴대학교 동아시아도서관 Princeton University East Asian Library(Gest)에 소장되어 있다. 屈萬里의 『普林斯敦大學葛思德東方圖書館中文善本書志』(臺北 : 藝文印書館, 1975),

만력 연간에 간행된 『소장공소품』과 『소황풍류소품』 2종의 소품집은 모두 前代 작가의 소품선집이었으나, 숭정 초엽에 간행된 鄭元勳의 『媚幽閣文娛』(不分卷)와 陸雲龍의 『翠娛閣評選十六名家小品』三十二卷은 모두 명대 작가의 소품총집으로 '소품'으로 직접 만명 당시 작가의 작품을 지칭하고 작품의 범위를 확대하여 '소품'을 '沉博大章', '鴻章大篇' 등과 상대되는 개념으로 사용했다.[17] 唐顯悅은 「文娛叙」에서 편자 정원훈의 말을 인용하여 "소품 일파는 명대에 성행했다. 편폭은 단소하나 정신은 멀고, 필묵은 희소하나 취지는 깊다."[18]라고 하여 소품을 명대에 특별히 흥성한 문장의 일파로 파악하고, 작품의 형식이 단소하고 풍격이 雋永한 점을 그 창작의 특징으로 규정했다. 또 何偉然은 「皇明十六家小品序」에서 "지금 시대를 다 보고서 열여섯 名家로 줄이고 다시 소품으로 줄였다."[19]라고 하여 당대 작가의 문장 중에서 특별히 소품창작만을 가려 뽑은 것임을 밝혔다.

만명 최초의 당대 소품문선인 정원훈의 『미유각문오』 初集은 숭정 3년(1630)에, 二集은 숭정 12년(1639)에 간행되었다. 『문오』 初集과 二集에 수록된 작가를 종합하면 倪元璐·王思任·陳繼儒·董其昌·徐世溥·

549쪽에는 '『蘇黃小品』 十六卷'으로만 표제를 달고 있어 書名에서 '風流'가 빠진 채로 그동안 연구자들이 줄곧 잘못 인용해 왔으므로 여기서 바로 잡는다. 黃嘉惠의 『蘇黃風流小品』의 卷首에는 年月이 기록되지 않은 陳繼儒의 「舊序」와 黃嘉惠의 「小序」가 실려 있다. 屈萬里에 의하면 그 字體로 보아 刊刻 시기를 萬曆 晩年으로 추정하고 있으나, 評選 취지나 편집 체재로 볼 때 王納諫의 『蘇長公小品』(1611)의 간행과 비슷한 시기로 보는 것이 비교적 타당할 것이다.

17 '沉博大章'은 鄭元勳, 「文娛自序」, 鄭元勳 (編), 『文娛』不分卷(明崇禎三年刊 ; 워싱턴 : 미국 국회도서관 소장, K157.78C42), 卷首에, '鴻章大篇'은 丁允和, 「十六名家小品序」, 陸雲龍 (編), 『翠娛閣評選十六名家小品』三十二卷(明崇禎間錢塘陸氏原刊 ; 臺北 : 國立中央圖書館所藏, M14358), 卷首에 보인다.

18 唐顯悅, 「文娛叙」, 鄭元勳 (編), 상게서. 卷首 : "小品一派, 盛於昭代, 幅短而神遙, 墨希而旨永。"

19 何偉然, 「皇明十六家小品序」, 陸雲龍 (編), 전게서. 卷首 : "閱盡當世, 乃約之十六家, 又約之小品。"

譚元春·萬時華·楊文驄 등의 작품이 비교적 많고, 특히 劉侗·于奕正의 『帝京景物略』 중에서 40여 편이 수록되어 편집 대상이 경릉파에 치중되었다.[20] 또한, 初集에 수록된 작품은 賦·歌行·篇·文·書·序·跋·制辭·奏疏·疏·議·策·傳·記·雜文·贊·讚·說·頌·評·疏·語·駢語 등의 산문체로, 詩詞類는 포함되지 않았다.

숭정 6년(1633)에 간행된 陸雲龍의 『翠娛閣評選十六名家小品』에는 屠赤水·徐文長·李本寧·董思白·湯若士·虞德園·黃貞父·王季重·鍾伯敬·袁中郎·文太青·曹能始·張侗初·陳明卿·陳眉公·袁小修 등 대부분 공안·경릉파 작가 16인이 수록되었다. 『취오각평선십육명가소품』에 수록된 16인 작가의 작품별 문체는 각각 일치하지 않지만 序·跋·傳·記·疏·贊·書·尺牘·墓誌銘 등의 체제가 비교적 많고 정원훈의 『문오』처럼 詩詞는 포함되지 않았다.

여기서 만명소품선집이 일반적으로 수록하는 작품체재의 선록 경향을 이해하기 위해 『취오각평선십육명가소품』 중에서 오늘날 만명소품의 대표 작가로 꼽는 공안·경릉파 문인 袁宏道·袁中道·鍾惺 3인의 『袁中郎先生小品』二卷과 『袁小修先生小品』二卷 및 『鍾伯敬先生小品』二卷에 수록된 소품의 문체를 청대 桐城派 문인 姚鼐(1731-1815)가 제시한 『古文辭類纂』의 13분류법과 비교해 보기로 한다.

『古文辭類纂』	『袁中郎先生小品』	『袁小修先生小品』	『鍾伯敬先生小品』
論辨類一	解(1)		論(6)
序跋類二 贈序類五	引(4) 疏(1) 題跋(5) 序(7)	書跋(3) 序(11)	引(1) 疏(3) 題跋(4) 序(12)
奏議類三			
書說類四	書(4) 尺牘(8)	尺牘(8)	書(2) 尺牘(10)

20 沈啓无, 「閒步庵隨筆──媚幽閣文娛」, 『人間世』第2期(1934.4), 32-34쪽 참고.

『古文辭類纂』	『袁中郎先生小品』	『袁小修先生小品』	『鍾伯敬先生小品』
詔令類六			
傳狀類七	述(1) 傳(1)	傳(2)	傳(2)
碑誌類八	誌銘(1)	碑(2) 墓誌銘(1)	碑(1)
雜記類九	記(3) 紀遊(9)	記(4) 雜著(1) 游記(8)	記(2)
箴銘類十			銘(2)
頌贊類十一		贊(4)	贊(9)
辭賦類十二			賦(3)
哀祭類十三	祭文(1)		祭文(4)
其他	廣莊(4)		

(※ 괄호 안은 수록된 작품 수임)

청대 동성파 고문가 요내의 『고문사류찬』은 중국 역대에 출현한 모든 고문 체재를 간단명료하게 개괄함으로써 오늘날까지 그 권위를 인정받는 문체론 저작이다. 위 표에서 보는 바와 같이 체재론적 관점에서 볼 때 만명소품이 포괄하는 작품의 체재는 전통고문과 마찬가지로 문체가 고정되어 있는 것이 아니며, 작가에 따라서도 수록된 작품의 문체가 서로 다름을 알 수 있다. 다만, 공통적으로 序跋·尺牘·遊記·頌贊類 등의 문장이 비교적 많이 수록되고 奏議·詔令類에 속하는 應制 經濟의 '大篇' 문장만은 흔히 소품 범위에서 배제됨으로써 이는 만력조 왕납간의 『소장공소품』(1611)으로부터 숭정조 육운룡의 『취오각평선십육명가소품』(1633)에 이르는 동안 '소품' 체재에 대한 만명인의 공통된 인식을 반영한 결과라 하겠다.

숭정 연간에는 정원훈의 『미유각문오』나 육운룡의 『취오각평선십육명가소품』과 같은 당대 다수 작가의 소품총집과는 다른 작가 개인의 소품별집이 출현했다. 즉 翁吉爗의 『石佛洞権倀小品』十六卷, 陳繼儒의 『眉公先生晩香堂小品』二十四卷과 王思任의 『謔庵文飯小品』五卷이 바로 그것이다. 이러한 소품별집은 작품의 체재로 볼 때 詩歌·詞賦·散文 등이 모두 수록되어 일반적인 개인 별집과 별로 다를 것이 없어 보인다. 다음에서 만명의 名士로서 만명소품의 형성과 발전에 지대한 공헌을 한 陳繼儒의 서로 다른 3종 문집의 비교를 통해 그 체재의 차이를 살펴보기로 한다.

文集	卷數	體裁
『陳眉公先生小品』二卷 明 陳繼儒 撰　明 陸雲龍 編 明 崇禎間 錢塘 陸氏 原刊本	卷一 卷二	序·賦 記·傳·祭文·疏·贊·題跋·書·尺牘
『眉公先生晚香堂小品』二十四卷 明 陳繼儒 撰　明 湯大節 編 明 崇禎間 武林 湯氏 簡綠居 刊本	卷一 ~ 七 卷八 卷九 ~ 十六 卷十七 ~ 十八 卷十九 卷二十 卷二十一 卷二十二 卷二十三 卷二十四	詩(附贊) 詩餘 序 傳(附外傳) 記(附碑記) 祭文 疏 題跋(附引) 書 志林
『陳眉公先生全集』六十卷 明 陳繼儒 撰 明 崇禎間 華亭 陳氏 家刊本	卷一 ~ 十九 卷二十 ~ 二十三 卷二十四 ~ 二十六 卷二十七 ~ 三十二 卷三十三 ~ 三十七 卷三十八 ~ 四十五 卷四十六 ~ 四十七 卷四十八 ~ 四十九 卷五十 ~ 五十二 卷五十三 ~ 五十八 卷五十九 ~ 六十	序 碑記 論策 詩(附詞賦) 墓誌 傳 祭文 贊·疏(附銘·偈) 題跋 啓·尺牘 議

『陳眉公先生小品』二卷은 육운룡이 편찬한 『취오각평선십육명가소품』에 수록된 진계유의 소품선집으로 위 표에서 보는 바와 같이 序·跋·傳·記·尺牘 등이 주요 체재이다. 『晩香堂小品』二十四卷은 진계유의 만년에 그의 사위 湯大節이 장인에게 감사하는 마음으로 편찬한 것으로 序·跋·傳·記·書 등의 산문 체재와 詩詞 작품도 함께 수록하고 있는데, 서명을 '소품'이라 명명하고 있으나 작가의 개인 별집인 『陳眉公先生全集』六十卷이 수록한 작품의 체재와 별로 다른 점이 없어 보인다. 이렇게 산문과 운문 체재를 함께 수록한 것은 『각창소품』과 『문반소품』도 모두 동일하다.[21] 이러한 개인 별집을 '소품'으로 명명한 데에는 또 다른 의미가 있다. 왕사임의 五子이자 『문반소품』의 편자인 王鼎起는 발문에서 "先君子의 『文飯』을 이루려는 뜻을 간직해 왔으나 능력이 모자라 애써 소품을 먼저 이루어 세상이 『文飯』이 있다는 것을 먼저 알게 하고 배고픈 사람이 먹기 쉽게 할 따름"이라고 편찬동기를 밝히고, 『문반소품』의 '소품'을 "큰 성취는 작은 성취를 끌어 넓힌 것"이라 하여 작가의 전체 작품에 대한 '부분'의 의미로 보았다.[22] 이는 마치 불경의 『대품』과 『소품』이 그 詳·略의 차이에 따라 구분되어 『소품』이

---

21 翁吉爔의 『石佛洞権倀小品』十六卷의 작품 체재는 卷之一 : 賦·騷, 卷之二 : 擬·考, 卷之三 : 論·表·策·議, 卷之四 : 傳·序·記·引·跋·題·擬書, 卷之五 : 述·畧·評·辯·原·說, 卷之六 : 解·問·對·問答·紀語·言·語·感語·書事·紀·詰·嘲·喻, 卷之七 : 頌·疏·偈·贊·銘·碑·書後, 卷之八 : 品·文·篇·辭·詞·歌·行, 卷之九 : 志·牋·狀·帖·箚·史·經·譜·判, 卷之十 : 祭文·誄·哀辭·壙碣·誌銘·誌·行狀·雜說, 卷之十一 : 古樂府, 卷之十二 : 潤帙·苦帙, 卷之十三 : 丙帙·丁帙, 卷之十四 : 戊帙·巳帙, 卷之十五 : 丙帙·辛帙, 卷之十六 : 壬帙·詩餘·詞餘·魘凡三弄와 같고, 王思任의 『文飯小品』五卷의 작품 체재는 卷一 : 致詞·尺牘·啓·表·判·募疏·贊·銘·引·題詞·跋·紀事·說·騷·賦, 卷二 : 樂府·琴操·風雅什·四言絕·四言古·五言絕·五言古·五言律·五言排律·六言絕·七言絕·七言古·七言律·七言排律·詩餘·歌行·悔謔, 卷三 : 游記, 卷四 : 游記·傳, 卷五 : 序·行狀·墓志銘·祭文·奕律·[附]疏와 같다.

22 王鼎起, 「跋」, 王思任, 『文飯小品』, 蔣金德 點校(長沙 : 岳麓書社, 1989), 502쪽 : "蓄志成先君子 『文飯』而制于力, 勉以小品先之……。然 『易』不云乎 '八卦而小成', 則大成者, 小成之引伸也。……吾第使天下先知有 『文飯』, 飢者易爲食而已。"

그 '간략본'을 지칭한 것과 같은 의미로 이해된다. 그러나 전체 작품에 대한 이 '부분'이란 그 단순한 일부만을 의미하는 것은 아니다. 楊期演이 『각창소품』의 서문에서 옹길정의 소품은 "뼛속에는 官爵으로 인한 구속이 없고 흉중에는 세상 밖의 초탈이 있다"라 하고, 탕대절이 『미공선생만향당소품』의 「例言」에서 "이 문집은 비록 소품으로 제명했지만, 무릇 서로간의 논의나 관계가 중대한 것과 운치가 아름답고 고상한 것이면 장편이라도 반드시 수록했다"라 하고, 余增遠이 『문반소품』의 서문에서 "옛날 王季重 선생의 門人이었던 王聖俞 선생이 『蘇文小品』을 편집하여 蘇長公의 정신을 높이 내걸었다. 季重 선생도 자식이 있었기에 그의 정신을 담은 『소품』이 있게 된 것이다"라 한 말들을 종합해보면 이러한 소품별집들이 작가의 전체 작품은 아니더라도 부분 작품의 선록을 통해 비교적 완전한 모습의 작가정신을 드러내고, 동시에 그들 작가만이 지니는 독특한 작품풍격을 보여주려 했음을 알 수 있다.[23]

숭정 말엽에는 다시 2종의 소품총집이 간행되었는데, 衛泳의 『冰雪攜』(不分卷, 一名 『晩明百家小品』)와 陳天定의 『慧眼山房評選古今文小品』八卷이다. 위영의 『빙설휴』는 숭정 16년(1643)에 初刻이 간행된 후, 청 순치 11년(1654)에 다시 二刻이 간행되었다. 편자 위영이 二刻의 서문에서 "어느 날 조부의 유서를 읽고 여태껏 보지 못한 책들을 사들여 와 名集을 골라 적막함과 짝하고 소품을 뽑아 마음을 달랬다"라

23 楊期演, 「権倀小品序」, 翁吉爥, 『石佛洞権倀小品』(明崇禎六年醉凡庵刊, 日本內閣文庫影印本 ; 프린스턴 : 프린스턴대학교 동아시아도서관 소장, N9101/1715 v.1147-1150), 卷首 : "裴郎氏方且下江都之幃, 修承明之業, 而出其餘才餘力, 以成小品, 骨無圭組之累, 胸有世外之想, 有識者自能於古今集中定其聲價矣。" 湯大節, 「眉公先生晩香堂小品例言」, 陳繼儒. 전게서. 卷首 : "是集雖名小品, 凡大議論、大關係、及韻趣之艷仙者, 即長篇必錄。" 余增遠, 「序」, 王思任, 『文飯小品』, 전게서. 501쪽 : "昔先生門下士王聖俞先生輯蘇文小品, 覺長公精神較爲標擧陡健, 先生有小品, 先生有子矣。"

고 말한 것으로 보아 『빙설휴』 역시 만력 이래의 소품선집과 동일한 취향의 소집총집임을 알 수 있다.[24] 위영의 『빙설휴』는 명대 만력으로부터 천계·숭정 연간에 걸쳐 陳繼儒·王思任·袁宏道·袁中道·鍾惺·譚元春·陳元素·黎遂球·卓人月·陳弘緖·曹宗璠 등 150여 작가의 작품 250여 편을 序·記·賦·引·題辭·跋語·書·啓·牋·擬·檄·碑·贊·傳·記·文·詞·辭·歌·疏·頌·偈·說·議·論·評·辨·解·雜著 등의 산문 체재로 나누어 수록함으로써 특정의 문파나 문체를 한정하지 않고 만명의 여러 작가들을 총망라한 만명소품의 총결산이라 할만하다.

숭정 16년(1643)에 간행된 陳天定의 『慧眼山房評選古今文小品』八卷은 선진으로부터 명대에 이르는 200여 작가의 약 600편의 詩賦 및 산문과 변문을 賦·歌·古樂府·四言·詔勅·制令·敎檄·疏·表·啓·牋·書·文序·詩序·送贈·序·遊集序·傳·記·誄祭文·銘·墓銘·贊·題跋·偈·頌·雜著·散抄 등의 체재로 나누어 수록한 通代 선록의 소품총집이다. 편자 진천정은 서문에서 작품의 선정기준을 밝혀 "天巧를 귀하게 여기고 人巧를 천하게 여긴다"라 하여 "高文典冊은 응당 논외로 한다"고 했다.[25] 『고금문소품』 중 비교적 많은 작품이 수록된 작가로는 唐代 이전 작가로 漢末의 孔融과 魏晉南北朝의 陶潛·沈約·江淹·庾信 등이 있고, 唐代 작가가 비교적 많이 수록되어 陳子昂·張說·王維·李白·元結·杜甫·白居易·韓愈·柳宗元·李商隱·陸龜蒙·羅隱 등이 실렸고, 宋代 작가로는 蘇軾·蘇轍·黃庭堅·陸游 등이 수록되었는데, 그중 蘇軾의 작품이

---

24 衛泳은 淸 順治 11年(1654)에 『冰雪攜』 二刻의 序文에서 "日讀祖父遺書, 併購獲目所未見者。簡名集以伴寂, 拔小品以遣懷。"라고 밝혔다. 이 序文은 「春波樓隨筆」, 『人間世』第1期(1934.4), 46-47쪽에 보인다.

25 陳天定, 「叙」, 陳天定 (編), 『慧眼山房評選古今文小品』(明崇禎十六年刊 ; 프린스턴: 프린스턴대학교 동아시아도서관 소장, TC328/2846), 卷首 : "余不能飮, 飮于家元戎子潛兄之西園, 則浩浩焉, 落落焉, 鯨嗡驥奔, 遂能飮矣。予于論文亦然, 貴天巧而賤人巧。……高文典冊, 所當別論。"

모두 80여 편으로 全書를 통틀어 단일 작가로는 가장 많은 수이다. 明代에는 徐渭·湯顯祖·陳繼儒·袁宏道·鍾惺·譚元春 등 공안·경릉파 계열의 작가가 비교적 많으나, 개국 초의 宋濂·方孝孺 및 전칠자의 李夢陽과 후칠자의 王世貞 등도 함께 실렸다. 특히 檀弓·管子·晏子·家語·左傳·穀梁·莊子·列子·荀子와 같은 經子書의 문장과 역대 제왕이었던 周武王·梁元帝·梁武帝·梁簡文帝·陳後主 등의 작품도 함께 수록되었다는 것은 주목할 만한 일이다. 진천정의 『고금문소품』이 選文의 대상과 범위를 중국문학의 전 시대와 작품으로 확대한 것은 왕납간의 『소장공소품』 이래 30여 년 동안 만명소품의 개념과 작품 범위의 발전에 대한 만명인의 전면적 인식을 반영한 결과라고 하겠다.

만력·천계 연간에는 문장의 성격으로 볼 때 중국의 전통적 서적분류법상 '集部'에 속하는 위의 소품선집과는 달리 주로 '子部'에 속하는 筆記類의 저술로서 '소품'으로 제명된 저작도 간행되었다. 만력 45년(1617) 華淑(字 聞修, 號 斷園居士; 1589-1643)이 편집한 『閒情小品』三十三卷은 陳繼儒의 『田園詩』十首를 제외한 나머지는 모두 편자가 他書에서 집록한 것으로 그 내용은 다음과 같다.[26]

『書紳要語』一卷	『睡方書』一卷
『雨窗隨喜』一卷	『清史』一卷
『述仙志』一卷	『田園詩』十首*

26 王重民 (編), 『美國國會圖書館藏中國善本書目』(永和 : 文海出版社, 1973), 677-678쪽 ; 王重民 (編), 『中國善本書目提要』(臺北 : 明文書局, 1984), 425-426쪽 참고. 王重民의 善本書目에 의하면 華淑의 『閒情小品』은 현재 미국 국회도서관에 소장되어 있는데, 卷數가 三十三卷으로 기록되어 있으나, 孫耀卿 (編), 『清代禁書知見錄』, 第3版(臺北 : 世界書局, 1979)에 수록된 『閒情小品』은 二十二卷으로 표기되어 그 卷數가 서로 일치하지 않는다. 이 두 판본 중 하나가 異本 또는 殘本인지, 아니면 단순한 표기의 오류인지는 알 수 없다.

『清涼帖』一卷	『草堂隨筆』二卷
『談塵』二卷	『文字禪』一卷
『文章九命』一卷	『千古一朋』一卷
『揚州夢』一卷補一卷	『樂府餘論』一卷
『說雋』四卷	『癖顛小史』二卷
『逃名傳』一卷	『花寮』一卷
『花間碎事』一卷	『酒考』一卷
『頌酒雜約』一卷	『品茶八要』一卷
『香韻』一卷	『療言』一卷
『貯書小譜』一卷	『書齋淸事』一卷

이러한 필기류의 저술로서의 '소품' 저작은 위에서 살펴본 특정 작가 또는 작품의 선집으로서의 소품이 지니는 의미와는 차이가 있다. 편자 화숙은 『한정소품』의 「題序」에서 그 成書와 題名의 과정을 다음과 같이 설명했다.

> 긴 여름날 초려에서 마음 내키는 대로 책을 뽑아 훑으면서 古人의 佳言·韻事를 얻었다. 다시 제멋대로 초록하고 즐거워 만족하면 그만두어 얼마간 한적한 날의 소일거리로 삼았으니, 이름 지어 『閒情』이라 했다. 經部書도 史部書도 아니요 子部書도 集部書도 아니니 스스로 일종의 閒書를 이루었을 뿐이다. 그러나 莊語는 세상을 깨우칠 만하고 曠語는 세상을 비우게 할 만하며, 寓言은 세상을 경시할 만하고 淡言은 세상을 깨울 만하다. 그러나 세상에는 깨어 있는 자가 없어 틀림없이 "이 閒書는 읽어서는 안 될 것일 뿐이다"라고 말할 것이다. 사람들의 閒語를 회피함이 이와 같도다! 그러니 나는 스스로 그 經部書도, 史部書도, 子部

書도, 集部書도 아닌 閒書를 이루었을 뿐인 것이다.[27]

莊語·曠語·寓言·淡言을 모아 엮은 편자의 저작이 四部書에 속하지 못하는 '閒書'일 뿐이라는 말은 언뜻 謙辭처럼 들리기도 하지만, 후반부의 '세상에는 깨어 있는 자가 없다'는 비판적인 말에서 『한정소품』은 世人들에 대한 경계와 교훈의 의미가 담겨 있음을 알 수 있다. 이처럼 『한정소품』은 한적한 가운데 마음 가는 대로 따서 적은 讀書 箚記 형태의 저작으로, 그 편집의 의도나 저술의 성격 면에서 앞의 다른 소품문집과는 확연히 구별된다.

또 천계 2년(1622) 朱國禎(一作 國楨, 字 文寧 ; 1558-1632, 萬曆 17年 進士)이 편찬한 『湧幢小品』三十二卷은 역대 掌故를 잡다하게 기록하고 더러는 고증을 겸한 歷史瑣聞類의 저작으로서 명대 雜記叢考類의 筆記 중 비교적 널리 알려진 것이다. 저자 주국정은 「自敍」에서 그 편찬 상황을 다음과 같이 설명했다.[28]

> 얕고 속된 말은 사람들이 소홀히 지나쳐 버리니 희롱하고 웃길 만하다 싶은 것이면 눈에 들어오는 대로 기억하고 기억한 것을 적어 내어 대략 하루 동안에 두서너 편은 반드시 남겨두었다. 그리고 때때로 묵묵히 앉아 살펴 헤아린 것을 그 사이에 또 손수 조목별로 적어 넣으며 고요한

---

27 華淑, 「題閒情小品序」, 朱劍心 (編), 『晚明小品選注』, 臺9版(臺北 : 商務印書館, 1987), 71쪽에서 전재 : "長夏草廬, 隨興抽檢, 得古人佳言韻事 ; 復隨意摘錄, 適意而止, 聊以伴我閒日, 命日閒情。非經非史, 非子非集, 自成一種閒書而已。然而莊語足以警世, 曠語足以空世, 寓言足以玩世。而世無有醒者, 必日此閒書不宜讀而已。人之避閒也如是哉 ! 然而吾自成其非經非史非子非集之閒書而已。"

28 『四庫全書總目提要』, 卷一百二十八, 子部三十八, 雜家類存目五, 明 朱國楨 撰 『湧幢小品』三十二卷 條, 3 : 757 : "是書(『湧幢小品』)雜記見聞, 亦間有考證。其是非不甚失眞, 在明季說部之中, 猶爲質實, 而貪多務得, 使蕪穢汩沒其菁英, 轉有沙中金屑之憾。"

> 가운데 소요하며 지냈다. ……덩굴풀 꽃이 名園에서 조용히 웃고 개구리 떼가 天籟 중에 울어대듯, 나도 나만의 법식을 따름은 이 역시 초야에서 한가하게 지내는 사람의 한 가지 즐거움이다. 그러나 또 宋代 洪邁의 『容齋隨筆』을 염두에 두나 이 역시 쉽게 희구할 수 있는 바가 아니니 장차 외형만 같고 실질이 다르다고 사이비란 책망을 듣게 될 것이다. 때마침 내가 창안한 湧幢이 처음 만들어져 그 속에서 독서하며 몰래 글을 짓고 이윽고 湧幢을 편명으로 삼았다. 소품이라 함은 雜組와 같은 의미이다.[29]

『용당소품』은 주국정이 「自敍」에서 밝힌 것처럼 주로 前人의 舊說을 집록하고 간혹 자신의 견문과 견해를 더해 넣어 그중에는 명대의 정치와 경제 상황을 반영한 기술도 일부 있으나 그러한 내용은 全書의 2, 3할에 불과하다. 만력 47년(1619)에 지어진 주국정의 「湧幢說」에 의하면 이른바 '湧幢'은 적합한 장소를 골라 옮겨가며 더위를 식히거나 경치를 즐길 수 있게 만든 일종의 조립식 木亭으로 마치 땅속에서 홀연히 솟아나온 것 같다하여 붙인 이름이라 한다.[30] 그리고 바로 그곳에서 지어진 자신의 『용당소품』은 宋人 洪邁의 『容齋隨筆』처럼 유유자적한 생활 속에서 나온 일종의 '閑筆'로서 經史·禪玄도, 諧語·稗說도 아니며, '소품'이란 제명도 곧 '大品'도, '奇品'도 아닌 '雜組'에 뜻을 둔 것

29 朱國禎, 「湧幢小品自敘」, 『湧幢小品』全2冊(北京 : 文化藝術出版社, 1998), 상 : 11 : "惟淺近之說, 人所忽去, 且以爲可弄可笑者, 入目便記, 記輒錄出, 約略一日內必存數則。而時時默坐, 有所窺測, 間亦手疏以寄岑寂逍遙之況。……蔓花舒笑于名園, 蛙部鼓吹于天籟, 我用我法, 此亦散人之一快。而又念洪亦未易可希, 將使人有優孟之誚。會所創湧幢初成, 讀書其中, 潛爲之說, 遂以名篇。其曰小品, 猶然雜組遺意。"

30 朱國禎, 「湧幢說」, 상게서. 상: 13: "拆木爲亭, 亭有角, 角之面六, 面之窗四。銳之若削, 覆之若束, 塾之若盤。納涼則隨風, 映目則測景, 收勝則依山。依山, 依竹樹, 各因其便。可卷, 可舒, 可高, 可下, 擇便而長。出沒隱見, 如地斯湧, 俄然無迹。" 참고.

이라 한 것을 보면 이는 왕납간의 『소장공소품』 이래 개인적 문학창작으로서의 소품문집과는 다른 의미라는 것을 알 수 있다.[31]

또한, 편자 미상의 『紫芝堂四種』四卷의 제4종 『小品』一卷에는 「世說新語小品」과 「初潭集小品」이 실려 있는데, 이는 南朝 宋 劉義慶(403-444)의 『世說新語』와 明 李贄(號 卓吾, 又號 宏甫, 別號 溫陵居士; 1527-1602, 嘉靖 32年 擧人)의 『初潭集』의 요약 발췌본이다. 예를 들면 李贄, 『初潭集』, 卷之十三, 「談學」 중의 "徐文遠博通六經。耆儒沈重講太學, 受業常千人, 文遠從之質問, 曰 : '先生所說, 紙上語耳。若奧境, 有所未見也。'"를 「初潭集小品」에서는 "徐文遠謂沈重曰 : '先生所說, 紙上語耳。若奧境, 有所未見也。'"로 요약해 적고 있다. 이러한 필기류 저작의 요약 발췌본에 대한 '소품' 제명은 漢譯 『般若經』의 상세본 『大品經』에 대해 간략본을 『小品經』이라 부른 데에서 유래한 것으로 여겨지며, 현재까지 발견된 '소품' 제명의 만명 저작 중에서는 '소품' 어원의 의미에 가장 근접된 유일한 용법이다.[32]

---

31 朱國禎, 「湧幢說」, 상게서. 상: 13: "有人焉, 匡坐其中, 不自量力, 整齊一切, 并取殘牘, 綴而補焉, 非經史、非禪玄, 亦非諧稗, 用炙我口。以爲異珍也, 而卑田所不食 ; 以爲殘沈也, 而郇廚所未羅。蓋亦古者遊戲之意焉, 而品斯下矣。夫廢退者以逃虛爲上, 忘機次之, 晦迹又次之, 斯之未能, 爲怨尤, 爲誇誕, 大方所笑, 故寓之乎幢。幢不可著也, 則曰湧。湧不可幻也, 實之以品。品有大, 非吾事也 ; 又有奇, 非吾辨也 ; 合奇與大, 前人爲之, 非吾敢也。姑舍是。蟬鳴于高秋 ; 菌發于積腐, 然乎自然, 成其爲湧而已矣。" (宋)洪邁, 『容齋隨筆』, 全2册(臺北: 商務印書館, 1979), 상: 1, 卷第一, 卷首: "予老去習懶, 讀書不多, 意之所之, 隨即紀錄, 因其後先, 無復詮次, 故目之曰隨筆。" 『容齋隨筆』은 南宋의 洪邁(1123-1202)가 지은 筆記 저작으로 원래 隨筆·續筆·三筆·四筆·五筆로 나누어 각각 16卷으로 편찬을 계획했으나, 五筆을 집필하던 중 저자가 죽어 다 완성하지 못함으로써 五筆만 10卷으로 되어 있다. 수록범위가 광범하고 자료가 풍부하며, 經史 百家와 문학 예술 및 宋代의 掌故와 인물 품평 등에 관한 기록을 담고 있다.

32 明 編者 未詳의 『紫芝堂四種』四卷 四册(明長洲俞氏紫芝堂藍格鈔本 ; 臺北 : 國立中央圖書館所藏, M15339)의 제1종 明 闕士琦(字 褐公 ; 崇禎 進士)撰, 『桃源素隱』一卷에는 「焦林記」·「無頭石佛記」·「湯井記」 등 記類 문장 10편과 「秦人藏書說」·「桃源三客傳」 2편과 함께 도합 12편이 실렸고, 卷末에는 「桃源避秦考」 1편이 덧붙어

雜記叢考類의 필기 저작을 '소품'이라 제명한 것은 대개 주국정의 『용당소품』으로부터 시작된 것으로 보인다. 그 후 청대의 『崑林小品』 三卷, 『藤香館小品』二卷, 『貯香小品』九卷, 『巾箱小品』十三卷 및 淸鈔本 『小品叢鈔』三十七卷, 『琅函小品』二十九卷, 『煙畫東堂小品』三十四卷, 그리고 民國初의 『娛萱室小品』六十種, 『千一齋小品』七卷 등이 모두 筆記 또는 類書類의 저작으로 중국의 전통적 서적분류법상 대부분 子部 雜家類 또는 藝術類에 속한다.[33] 이른바 '필기'란 바로 붓 가는 대로 자유롭게 기록한 문장으로, 宋 宋祁(998-1061)의 『筆記』 이후 처음으로 '필기'를 서적의 명칭으로 쓰게 되었다. 南宋 이래 대개 견문을 잡다하게 기록한 것을 흔히 필기라 불렀는데, 龔頤正의 『芥隱筆記』, 陸游의 『老學庵筆記』 등과 같은 것이다. 또 달리 필담·필록·수필로 부르는 것이 있는데, 沈括의 『夢溪筆談』, 楊彦齡의 『楊公筆錄』, 洪邁의 『容齋隨筆』 등과 같은 것이다. 명대에는 또 日記라 부른 것이 있는데, 葉盛의 『水東日記』 같은 것이다. 필기는 중국 고대의 문체 분류에서는 雜記類에 속하는데,[34] 만명소품의 여러 문집 가운데에도 雜著·雜文·雜記

있다. 제2종 明 祁承熑(字 爾光, 號 夷度 ; 1565-1628, 萬曆 32年 進士)撰, 『宋賢襍佩』一卷은 正文 처음에 '山陰 祁承熑 偶拈'이라 한 것으로 보아 撰者가 여러 책에서 수집한 이야기를 모아 엮은 것이며, 제3종 『元美評語』一卷은 王世貞(字 元美, 號 鳳洲, 又號 弇州山人 ; 1526-90, 嘉靖 8年 進士)의 詩文評集 『藝苑巵言』의 요약발췌본이다. 『紫芝堂四種』四卷 四册 合編의 字體가 모두 동일한 점으로 보아 4종이 4책으로 따로 분리되어 있지만 그 刊刻은 동시에 이루어진 것으로 보이며, 『世說新語』를 제외한 수록 저작이 모두 명대인의 것으로 그중 闕士琦가 崇禎朝의 進士로 가장 오래 생존했던 점으로 미루어 보면 제4종 『小品』一卷을 포함한 『紫芝堂四種』의 간행연대는 빨라야 崇禎年間 이전일 수는 없을 것으로 추정된다.

33 청대에 간행된 '小品' 제명의 필기 저작에 대한 서지 사항은 본서 부록 「만명소품 중요 서목 제요」에 상세한 설명이 있다.

34 姚鼐, 「古文辭類纂序目」, 姚鼐 (編), 『古文辭類纂』, 全2册(臺北 : 華正書局, 1984), 1: 23: "雜記類者, 亦碑文之屬。……記則所紀大小事殊, 取義各異, ……又有爲紀事而不以刻石者。" ; 曾國藩, 「經史百家雜鈔序例」, 曾國藩 (編), 『經史百家雜鈔』, 全4册, 臺4版(臺北 : 中華書局, 1984), 1: 卷首 : "雜記類, 所以記雜事者。……後世古文家修造宮室有記, 遊覽山水有記, 以及記器物、記瑣事皆是。" ; 吳曾祺, 「文體芻言」,

등의 체재가 많이 보이기는 하나, 어떤 필기 저작들은 多種의 小書를 합편하거나 수많은 자료를 집록한 것으로 문학적 독창성이 결여된 것이 많아 단소하면서도 雋永함을 심미적 특징으로 삼는 문학창작으로서의 소품과는 함께 논의될 수 없다.

Ⅲ. 만명소품 개념의 형성

지금까지 '소품'으로 제명된 만명 저작에서 소품 단어의 용례를 연대순으로 분석하여 그 어원과 개념의 내용을 살펴보았다. 여기서는 이러한 만명소품의 저작들이 반영한 문학 관념과 이론을 중심으로 만명에서의 '소품'문학 개념의 형성과 발전의 궤적을 추적해보기로 한다.

문학범주 내에서 오늘날 알려진 '소품'으로 명명된 明版 저작 중, 편찬연대가 가장 이른 것은 만력 39년(1611)에 간행된 王納諫의 『蘇長公小品』이다. 이 선집의 初刊은 편자 왕납간의 友人 章萬椿이 題辭를 적어 二卷으로 간행했고, 얼마 뒤 吳興의 凌啓康이 다시 4卷으로 늘려 朱墨套印本으로 重刊했다. 重編者 능계강이 서문에서 "세간에는 소장공의 문장을 읽는 자가 많아 그 選錄은 한 編만이 아니며, 撰集은 한 種만이 아니다. 그러나 소품을 선록한 자는 없었으니 소품을 선록한 것은 王聖俞(왕납간) 선생으로부터 시작되었다"[35]라고 한 것으로 보아 왕납

吳曾祺, 『涵芬樓文談』, 臺4版(臺北 : 商務印書館, 1980), 附錄 : "雜記者, 所以敘見聞所及, 或謂之雜記, 或謂之雜識, 其義一也。凡遺聞軼事, 不至一名一物之細, 靡所不有。而宮室之修造, 山水之遊歷, 其篇目爲最多。" 이러한 논의로 볼 때, 筆記를 서사 위주의 문장으로 본다면 필기 문장은 대체로 雜記類에 속하는 것이 대부분이라 하겠다.

35 凌啓康, 「刻蘇長公小品序」, 王納諫 (編), 『蘇長公小品』四卷, 卷首 : "世讀蘇長公文

간은 만명 당시 蘇軾 문장의 수많은 편자 중 소식의 '소품'을 최초로 선록한 자였음을 알 수 있다. 그렇다면 중국문학사상 후대에 그토록 논란이 많았던 '소품'이란 용어를 사용하여 문학선집을 제명한 최초의 사람이 바로 왕납간이라는 것이고, 또 소품 관념의 발생은 명대로서는 前代 작가 宋人 소식의 문장이 그 시초였다는 점에 주목할 필요가 있다.

명대 중엽 이후, 전후칠자의 복고적 모방 풍조는 당시 문단의 전면적 반감에 직면했고, 이어서 歸有光·唐順之·王愼中·茅坤 등의 唐宋派와 袁宗道·袁宏道·袁中道 등의 公安派, 그리고 鍾惺·譚元春 등의 竟陵派는 차례로 반복고의 기치를 들고 문학의 새로운 혁신을 주장했다. 이러한 과정에서 그들은 점차 풍부하면서도 다채롭고 행운유수와도 같은 송대 소식의 문장을 그들 문학의 새로운 전범으로 삼게 되었다. 이 시기에는 인쇄술 또한 크게 진보하여 화려하고 정교하게 인쇄된 다양한 편찬취지의 소식 선집이 우후죽순처럼 유행하여 독자들의 큰 환영을 받음으로써 宋元 이래 기존의 소식 선집은 명대인들에 의해 새롭게 간행되어 광범하게 전파되었다.[36] 이러한 현상은 바로 만력 이래 반복고의 조류 속에서 문학에 대한 독자들의 시류 변화를 반영한 것으로, 그

綦眾矣, 選不一集, 集不一種, 然未有選小品者, 選之自聖俞王先生始。"

36 당시 蘇軾 詩文集의 출판 상황은 다음과 같다. 唐順之 選, 『蘇文嗜』(唐順之嘉靖三十五年序) ; 茅坤 評, 『唐宋八大家文抄』(茅坤萬曆七年序) ; 徐長孺 選, 『東坡禪喜集』(陳繼儒萬曆十八年序) ; 王世貞 選, 『蘇長公外記』(萬曆二十二年刊) ; 李贄 選, 『坡選集』(焦竑萬曆二十八年序) ; 王納諫 選, 『蘇長公小品』(萬曆三十九年刊) ; 陳夢槐 選, 『東坡集選』(萬曆間刊) ; 黃嘉惠 選, 『蘇黃風流小品』(萬曆晩年刊) ; 鍾惺 選, 『東坡文選』(鍾惺萬曆四十八年序刊) ; 鄭之惠 選, 凌啓康 增編, 『蘇長公合作』(錢一淸、凌啓康萬曆四十八年序刊) ; 袁宏道 選, 譚元春增刪, 『東坡詩選』(天啓元年刊) ; 吳京 輯, 『蘇長公密語』(吳用先天啓四年序刊) ; 陳紹英 編, 『蘇長公文燧』(陳紹英崇禎四年序刊) ; 陳仁錫 選, 『蘇文奇賞』(陳仁錫崇禎四年序刊) ; 王如錫 輯, 『東坡養生集』(王思任崇禎末年序). 陳萬益, 「蘇東坡與晩明小品」, 『晩明小品與明季文人生活』(臺北 : 大安出版社, 1988) ; 王景鴻, 「蘇東坡著述版本考」, 『書目季刊』第4卷第2期(1969.12) ; 劉尙榮, 『蘇軾著作版本論叢』(成都 : 巴蜀書社, 1988) ; 陳昭珍, 『明代書坊之硏究』(國立臺灣大學 圖書館學硏究所 碩士論文, 1984) 등 참고.

중 선집의 표제와 취향에 있어 가장 대표적인 것이 바로 왕납간의 『소장공소품』이라 할 수 있다.

『소장공소품』의 간행자 장만춘은 그의 「蘇文小品題辭」에서 소품 문장의 특색을 다음과 같이 묘사했다.

> 대체로 사람은 文才가 짧으면 長文을 좋아하지만 聖俞는 文才가 뛰어나 短文을 잘 골라 뽑는다. 세상의 교묘하고 기이한 것이나 신비롭고 괴상한 것은 확실히 많은 것으로 사람을 놀라게 하지 못한다. 진주알은 오색이 영롱하고 용의 물거품은 수많은 구슬이 튀니 소품을 일컫는다면 司馬相如의 「游獵賦」와 흡사하면 될 것이다. 만약 꼭 長文을 얻으려 한다면 『長公紀集』이 있으니 각기 좋아하는 바를 따르는 것도 괜찮을 것이다.[37]

중편자 능계강 또한 그의 「刻蘇長公小品序」에서 소식 문장 중의 '大者'와 '小者', 즉 長文과 短文을 다음과 같이 비교했다.

> 무릇 宋朝의 문장은 풍류와 문채가 蘇長公에 이르러 극에 달해 語句마다 현묘한 경지에 들고 字句마다 신선이 난다. 그 大文은 마음 내키는 대로 먹물을 쏟아 부어 하늘에 솟구치는 눈보라가 온 땅에 펼쳐진 첩첩히 솟은 봉우리와 같은 기세가 있어 사람들이 바로 이를 취하게 된다. 그 小文은 자연의 조화와 교묘히 들어맞아 수려함을 간직한 盆山이나 기이함을 머금은 寸艸와 같은 운치가 있어 사람들은 간혹 이를 놓쳐버

37 章萬椿, 「蘇文小品題辭」, 王納諫 (編), 『蘇長公小品』二卷, 卷首 : "蓋人唯才短, 所以喜長, 聖俞才長, 故善取短。天下精奇神怪, 政不以多驚人, 珠彈五色, 龍沫萬璣, 謂小品盡似司馬相如游獵賦可。如必爭其長, 則長公紀集俱在, 不妨各從所好。"

> 린다. 이것에서 끄집어내 마침내 한두 마디의 글과 말들이 모두 보배가 되게 했으니 聖俞는 참으로 長公의 천 년 知己로다![38]

장만춘과 능계강 두 사람이 '長'과 '短', '大'와 '小'로써 소식 문장의 두 가지 서로 다른 성질을 비교하고 있는 것으로 보아 왕납간의 이른바 '소품'은 소식 문장 중의 '오색이 영롱하고(五色)', '구슬이 반짝이는(萬璣)' 듯한 短文이나, '수려함을 감추고(蘊秀)', '기이함을 머금은(函奇)' 듯한 '小文'을 지칭함을 알 수 있다.

만력 46년(1618)에 간행된 公安 三袁 중의 막내 袁中道의 『珂雪齋前集』에 실린 「答蔡觀察元履」에는 소식의 소품과 관련하여 보다 진일보한 해설이 보인다.

> 근래 陶望齡의 『陶周望祭酒集』을 보니 가려 뽑은 것이 문장가의 三尺法으로 묶여져 모두 장엄하고 정숙하게 지어진 것으로 그 풍도와 운치가 있는 것은 죄다 빠져버렸다. 부지 중에 문득 의도하지 않고 지어진 작품, 더욱이 神情이 깃들인 것은 이따금 전할 만한 것이 전할 필요가 없는 것에 기대어 전해짐으로써 전할 필요가 없는 것으로 쉽게 멋을 내어 人口에 회자되고 耳目을 즐겁게 해준다. 司馬遷과 班固가 『史記』·『漢書』를 지을 때 바로 이 방법을 터득한 것이다. 오늘날 東坡(蘇軾)에게 있어 애호할 만한 것은 대부분 小文小說이며, 그 高文大册은 사람들이 원래 깊이 애호하지는 않는다. 그러니 소문소설을 죄다 빼버리고 오직 그 고문대책만 남겨둔다면 어찌 다시 坡公(蘇軾)이 있으리

38 凌啓康, 「刻蘇長公小品序」, 王納諫 (編), 『蘇長公小品』四卷, 卷首 : "夫宋室文章, 風流藻采, 至蘇長公而極矣, 語語入玄, 字字飛僊, 其大者恣韻瀉墨, 有雪浪噴天, 層巒遍地之勢, 人即取之 ; 其小者, 命機巧中, 有盆山蘊秀, 寸艸函奇之致, 人或忽之。自茲拈出, 遂使片楮隻言, 共爲珍寶, 聖俞固長公千載之知己哉 ! "

> 오! 귀한 손님을 위해 산해진미를 차린 자리도 이따금 고통스러울 때가 있으나 의외로 과일안주 중에 기뻐 즐길만한 것이 있으니 바로 이를 말하는 것이다. 때때로 平倩(黃輝)과 中郎(袁宏道) 諸公의 小札·戱墨을 살펴보니 모두 그 묘를 다했다. 石簣(陶望齡)가 지어 접때 부쳐준 遊記와 尺牘은 지금 모두 문집 속에 실려 있지 않아 매우 애석하다. 후에 別集이 있었는지는 알 수 없다. 이러한 慧人들은 靈液 가운데서 한두 마디의 말과 글이 흘러나오는데 모두 오묘한 경지가 있다. 그러나 많지 않은 것이 아쉬우니 어찌 다시 추려내어 다시는 세상에 존재하지 못하게 할 것인가! 平倩 선생은 선생을 두루 채록하여 전하니 기쁘도다! 기쁘도다![39]

원중도에 의하면, 소식 문장 중의 '소문소설'이야말로 독자들이 애호하는 전할 만한 작품으로 부지 중에 의도하지 않고 지어져 작가의 풍취를 쉽게 드러낼 수 있고 그럼으로써 인구에 회자되고 이목을 즐겁게 해준다고 했다. 그러나 작가의 靈液 가운데서 흘러나와 오묘한 경지를

39 袁中道,「答蔡觀察元履」,『珂雪齋前集』, 全4冊(明萬曆四十六年新安刊 ; 臺北 : 偉文圖書出版社, 影印本, 1976), 卷二十三 書牘, 5 : 2297-2298: "近閱陶周望祭酒集, 選者以文家三尺繩之, 皆其莊嚴整栗之撰, 而盡去其有風韻者。不知率爾無意之作, 更是神情所寄, 往往可傳者托不必傳者以傳, 以不必傳者易于取姿, 炙人口而快人目。班、馬作史, 妙得此法。今東坡之可愛者, 多其小文小說 ; 其高文大册, 人固不深愛也。使盡去之, 而獨存其高文大册, 豈復有坡公哉！大賓水陸之席, 有時以爲苦, 而偶然酒核, 有極成歡者, 此之謂也。偶檢平倩及中郎諸公小札戱墨, 皆極其妙。石簣所作有遊山記及尺牘向時相寄者, 今都不在集中, 甚可惜。後有別集未可知也。此等慧人, 從靈液中流出片語隻字, 皆具三昧, 但恨不多, 豈可復加淘汰, 使之不復存于世哉！平倩先生得先生徧採而傳之, 快矣, 快矣！" 陶望齡(1562-?) : 字 周望, 號 石簣, 會稽人. 尙書 承學子. 萬曆 17年(1589) 會試 第一, 廷試 第三으로 급제하여 翰林 編修를 제수 받았다. 春坊 中允 諭德을 지내다 國子 祭酒로 옮겼다. 諡號 文簡. 저작으로『水天閣集』·『歇菴集』·『解莊』이 있다. 黃輝 : 字 平倩, 南充人. 萬曆 14年(1576) 15세 때 鄕試 第一로 뽑혔고 萬曆 17年(1589)에 進士에 올라 翰林 編修를 제수 받았다. 그의 詩文은 당시 陶望齡과, 書畵는 董其昌과 齊名되었다.

지닌 이러한 문장은 그리 많지 않은 것이 아쉬운 점이라 지적하며, '고문대책'에 비해 '소문소설'의 가치를 높이 평가했다. 이어 『소장공소품』의 중편자 능계강 역시 만력 48年(1620)에 『蘇長公合作』을 增編하고 卷頭의 「凡例」에서 왕납간의 『소장공소품』은 곧 소식의 '소문소설'임을 다음과 같이 밝혔다.

> 東坡에게 있어 애호할 만한 것은 대부분 그 소문소설이니 이를 죄다 빼버리고 오직 그 고문대책만 남겨둔다면 어찌 다시 坡公(蘇軾)이 있으리오! …… 만약 그 소문소설을 가려 뽑으려면 『聖俞小品』이 있다.[40]

능계강이 말한 『聖俞小品』은 곧 왕납간의 『소장공소품』으로, 그것은 바로 소식의 '소문소설'을 가려 뽑은 소품선집이라는 것이다. 당시 독자들로부터 크게 주목받은 왕납간의 『소장공소품』이 간행되고 10여 년 뒤인 숭정 4년(1631)에 陳紹英(字 生甫)은 그동안 소식의 문장을 학습하는 사람들이 소식 문장의 겉모습만 답습하며 풍취를 취하므로 그 문장을 따라 소식의 본의를 본받게 하기 위해 『蘇長公文燧』[41]를 편찬

---

40 凌啓康, 「刻蘇長公合作凡例」, 凌啓康 (編), 『蘇長公合作』八卷(明萬曆四十八年吳與凌氏刊三色套印 ; 臺北 : 國立中央圖書館所藏, M10227), 卷首 : "東坡之可愛者, 多其小文小說, 使盡去之, 而獨存其高文大册, 豈復有坡公哉? ……若欲選其小文小說, 則有聖俞小品在。" 宋 蘇軾의 『蘇長公合作』은 鄭圭(字 之惠, 又字 孔肩)가 評選하고 凌啓康이 增編한 것으로, 萬曆 30年(1602)에 鄭圭가 쓴 「蘇長公合作內外篇敘」에 의하면 이 책은 鄭圭가 擧業의 모범으로 삼기 위해 蘇軾의 문장을 評選하여 門人들에게 전수한 것이라 한다. 鄭圭의 原本은 分卷하지 않고 , 內外篇으로 구분하여 內篇은 制擧經濟之文(書劄·策·論·表·啓·內外制)을, 外篇은 海外論著禪喜小章(詞賦·記·碑·銘·贊·頌偈·序跋·祭文·雜文·書柬)을 수록하였다. 凌啓康의 增補本은 萬曆 48年(1620) 朱墨藍三色套印本으로, 『蘇長公合作』八卷, 『補』二卷, 『附錄』一卷으로 分卷하였다. 王景鴻, 「蘇東坡著述版本考(下)」, 『書目季刊』第4券 第3期(1970.3), 55-56쪽, ; 劉尙榮, 전게서, 141-142쪽 참고.

41 陳紹英, 「蘇長公文燧序」, 陳紹英 (編), 『蘇長公文燧』不分卷(明崇禎四年刊 ; 臺北 : 國立臺灣師範大學圖書館所藏), 卷首 ; "獨怪子瞻文, 自有本領, 而習之者, 徒襲其貌

하고, 서로 성격이 다른 두 종류의 소식 문장 중, 당시까지 '소문소설' 편찬의 성황에 비해 '고문대책'의 편찬이 상대적으로 미비했음을 다음과 같이 지적했다.

> 내가 보건대 10년 전에는 그 시대가 名家의 이론을 귀히 여겼던지라 예리하고 민첩한 자들이 재빠르게 시류를 타고 올라 子瞻(蘇軾)의 單文小記는 다 빼앗겨 남은 것이라곤 없었다. 이제 다시 바뀌어 뜻이 굉박하고 위대한 詞章들(宏博偉碩之音)과 비교하면 그 大意가 경세 실용에 의거한 사업에 중점을 두고 있지만 子瞻의 그러한 制科·論策·箚子·奏狀 등은 아직 완비된 것이 없다.[42]

여기서 진소영은 '소문소설'을 '單文小記'로, '고문대책'을 '宏博偉碩之音'이라 표현하고, 당시 독자들이 소식의 '單文小記'로는 단지 그 문장의 겉모습만 답습함으로써 풍취를 취하는 폐단을 지적하는 한편, 문장의 大意를 경세 실용에 중점을 둔 '宏博偉碩之音'의 편찬은 상대적으로 미비함을 지적한 것이다. 위 3인의 논의를 종합하면, 경세 실용의 '고문대책'은 진소영이 말하는 制科·論策·箚子·奏狀 등의 문장으로 이는 고상하고 엄숙하며 정돈되고 위엄이 있어(莊嚴整栗) 비록 전할 만한 것이기는 하나 사람들이 굳이 애호하지는 않는 반면, '소문소설'은

而取資, 如抱甕灌畦, 苟無源本, 終究稿索, 余故遴選子瞻文若干首付梓, 欲人緣其文以師其意, 毋徒從指上索音。周禮司爟掌行火之政, 令四時變國火以救時疾。今夫文之時變而不一也, 亦猶榆柳杏之以時禪也, 隨變而不出於蘇, 貴夫持器者按侯取焉, 余故名之曰燧。以見子瞻之文, 任取無窮, 而學人取之, 不徒爲宿火困則可耳。"

42 陳紹英, 「蘇長公文燧序」, 陳紹英 (編), 『蘇長公文燧』不分卷(明崇禎四年刊 ; 臺北 : 國立臺灣師範大學圖書館所藏), 卷首 ; "愚見十年以前, 時貴名理, 鋒穎迅捷者, 超乘而上, 故子瞻之單文小記, 褫奪無遺 ; 比一變爲宏博偉碩之音, 大旨歸重於經世實用有憑之業, 而子瞻之制科、論策、箚子、奏狀, 迄無完備。"

원중도가 말하는 小札·戲墨·遊記·尺牘 등의 문장으로 그 風韻과 神情은 비록 꼭 전할 필요가 있는 것은 아니지만 쉽게 멋을 낼 수 있어 사람들의 입에 오르내리고 눈을 즐겁게 함으로써 독자들의 환영을 받는다는 것이다. 요컨대 왕납간의 이른바 '소품'은 소식의 문장 중에서 '宏博偉碩之音'의 '고문대책'과 상대되는 '單文小記'의 '소문소설'을 지칭하는 것이다.

당시 소식의 소품이 얼마나 성행했는지는 진소영이 『소장공문수』의 自序에서 밝힌 것처럼 서문을 지을 당시(숭정 4년, 즉 1631년)로부터 10년 전, 즉 천계 원년(1621)까지로 볼 때 왕납간의 『소장공소품』(1611)이 간행되고 10년 동안 소식 문장 중 소품이라 할 만한 것은 대부분 선록되어 거의 남은 것이라고는 없을 정도였다는 것이다. 진소영이 말한 바로 그 해인 천계 원년(1621), 명대의 저명 출판가 毛晉(本名鳳苞, 字 子晉; 1599-1659)이 간행한 『蘇米志林』의 발문에는 明初로부터 만력까지 소식 저작의 전체 출판 상황을 총괄한 언급이 있는데, 여기서도 소식 소품의 편찬과 관련한 중요한 사실을 발견할 수 있다.

> 唐宋의 이름난 문집 중 가장 두드러진 것으로는 唐宋八大家만한 이가 없고, 唐宋八大家 중 가장 두드러진 이로는 蘇長公만한 이가 없다. 대략 文集·詩集·全集·選集이 千百億本에 달할 뿐만 아니라, 寓黃·寓惠·寓儋·志林·小品·艾子·禪喜 같은 것 또한 千百億本뿐만이 아니다.[43]

모진이 일컫는 위 발문 중의 '소품'이란 곧 왕납간의 『소장공소품』

43 毛晉 (編), 『蘇米志林』三卷 (明天啓元年虞山毛氏綠君亭刊 ; 臺北 : 國立中央圖書館所藏, M7280), 卷末 : "唐宋名集之最著者, 無如八大家, 八大家之尤著者, 無如蘇長公。凡文集、詩集、全集、選集, 不啻千百億本, 而寓黃、寓惠、寓儋、志林、小品、艾子、禪喜之類, 又不啻千百億本。"

과 같은 부류의 저작을 가리키는 것으로 모진이 '소품'을 예전부터 있었던 일반적인 '선집'과 구별하여 따로 취급하고 있음은 시사하는 바가 크다. 이로써 당시에 '소품'은 이미 특수한 편찬 취향을 대표하는 소식 저작의 한 부류가 되었음을 알 수 있다.[44]

소품이 성행하던 시기의 천계 원년 바로 그 해에 출판된 李一公의 『蘇長公密語』六卷은 소식의 詩·賦·銘·頌·偈·贊·序·記를 선록한 것으로 천계 4년(1624)에 吳京이 여기에 다시 傳·評史·雜著·論·說을 더하여 十卷本으로 증보했는데, 이는 왕납간의 『소장공소품』의 체재와 매우 흡사하다.[45] 吳用先의 「序坡仙密語」에는 소품의 작품 성질에 대한 더욱 구체적인 해설이 보인다.

> 문인에게는 象(표상)과 神(정신)이 있다. 象은 볼 수 있지만 神은 볼 수 없다. 神이란 무엇인가? 희미하여 분명하지 않은 것 같기도 하고 눈앞에 생생하게 나타나 보이기도 하여, 있는 것 같기도 하고 없는 것 같

---

44 毛晉은 跋語에서 蘇軾의 저작을 크게 文集·詩集·全集·選集과 寓黃·寓惠·寓儋·志林·小品·艾子·禪喜의 두 부류로 나누었다. 그 중 두 번째 부류의 '寓黃'·'寓惠'·'寓儋'은 모두 謫居地(黃州·惠州·儋州)의 지명을 딴 것으로 작자 폄적 후 실의에 찬 생활의 기록이고, '志林'·'小品'·'艾子'·'禪喜'는 대개 편폭이 단소한 筆記와 散文에 속하는 작품이다. 그중 '艾子'는 해학 위주의 遊戲文으로 僞書이며, '志林'은 작자가 붓 가는 대로 적은 수필로 의도하지 않은 가운데 운치가 흘러넘친다. '小品'과 '禪喜'는 모두 그 서명에서 蘇軾 작품의 선록 취향을 보여주는 것으로, 蘇軾 저작에 대한 毛晉의 이러한 분류에서 당시 晩明人의 독서 취향을 엿볼 수 있다. 저자는 袁宏道가 말하는 東坡의 '小文小說'이란 바로 毛晉이 분류한 두 번째 부류의 작품과 같은 성질의 문장을 지칭하는 것이라고 본다.

45 李一公이 편찬한 『蘇長公密語』六卷[原序, 天啓元年(1621)]은 이것과 별도로 天啓 4年(1624)에 吳京이 增編한 十卷本과 十六卷本이 있다. 劉尙榮에 따르면 臺灣 國立中央圖書館 所藏 十卷本은 李一公 六卷本의 增補版으로 여겨지며, 美國 國會圖書館 所藏 十六卷本은 위 十卷本과 卷數가 다른 것 외로는 모두 같아 十卷本의 改訂版으로 여겨진다. 吳京 (編), 『蘇長公密語』十卷(明天啓間朱墨套印 ; 臺北 : 國立中央圖書館所藏, M10229) ; 王重民 (編), 전게서. 866쪽 ; 劉尙榮, 전게서. 143-144쪽 참고.

기도 하니 마치 석가모니의 구슬이 발하는 광선이 사람에게 가까이 다가오는 것과 같이 쉽게 헤아려 알지 못한다. 聖人은 이로써 마음을 깨끗이 하여 물러나 은밀한 곳(密)에 간직한다. 密이라 하는 것은 神을 길러 간직하는 곳이다. ……대개 論策·奏疏의 여러 문장은 어떤 것은 功令에 구속되어 그 선명함(顯)이 쉽게 보이나 그 神은 온전하지 못하다. 오직 頌·偈·銘·贊·記·傳은 그 홀로 얻은 바를 바로 옮겨 그려 그 은밀함(密)은 깨닫기 어려우나 그 神은 주밀하여 어떤 것은 韻을 지어 흥취를 이루었고, 어떤 것은 미묘함을 다해 심원함에 다가섰고, 어떤 것은 본떠 그려 풍경을 이루었다. 어떤 것은 진하고 어떤 것은 엷으며, 어떤 것은 가깝고 어떤 것은 멀다. 어떤 것은 맑고 산뜻함으로써 小巧를 부렸고, 어떤 것은 굳세고 단단함으로써 偉容을 뽐내기도 했다. 그 神이 닿는 대로 모든 道를 다하여 天·地·人을 밝히니 그 변화는 형언할 수 없고 반드시 의도하지 않음으로써 얻게 되니 소식 역시 그러한 까닭으로 그렇게 되었음을 스스로 알지 못할 것이다. ……세상의 혈성남자로 태어나 성령을 지녔으면 神처럼 밝게 하여 보존할 것이며, 무엇을 은밀히 감추고 무엇을 선명히 드러낼 것인지는 세상에서 생각이 깊은 사람이라면 스스로 밝히고 깨달을 것이니 산봉우리 위에서 소나무 울리는 소리와 산골물 밑에서 샘물이 흐르는 소리가 다 神이요, 다 坡仙의 은밀한 말(密語)인 것이다.[46]

---

46 吳用先, 「序坡仙密語」, 吳京 (編), 상게서, 卷首 : "文人有象有神, 象可見而神不可見。神者何？隱隱躍躍, 非有非無, 如牟尼珠光芒迫人, 未易測識。聖人以此洗心, 退藏於密；密也者, 神之所毓藏也。……蓋論策、奏疏諸文, 或束於功令, 其顯易見, 則其神不全。惟是頌、偈、銘、贊、記、傳, 直寫其所獨得, 其密難證, 則其神偏到。或著韻而成趣, 或致微而近幽, 或摹寫而成景, 或濃或淡, 或近或遠, 或玲瓏而小巧, 或幹碩而姿偉。隨其神之所至, 窮萬道而曜三靈, 變化不可名狀, 要以不用意得之, 即坡仙亦不自知其所以然而然者。……世間血性男子, 墮地具一性靈, 神而明之, 存乎其人, 何密何顯, 是在天下有心人自澄自覺, 則峰頭松響, 澗底泉聲, 皆神也, 皆坡仙密語也。"

오경의 『소장공밀어』는 論策·奏疏 등의 문장은 선록하지 않고 頌·偈·銘·贊·記·傳 등의 문장만을 수록하여 소식의 神韻을 담으려 했다. 오용선은 서문에서 '顯'·'密'로써 소식의 문장을 구분하여 이른바 '顯語'는 "어떤 것은 功令에 구속되어 그 선명함(顯)이 쉽게 보이나 그 神은 온전하지 못하다(或束於功令, 其顯易見, 則其神不全)"는 것으로, 이는 곧 경세실용의 '大篇'에 해당한다. 이른바 '密語'는 "그 홀로 얻은 바를 바로 옮겨 그려 그 은밀함(密)은 깨닫기 어려우나 그 神은 주밀하다(直寫其所獨得, 其密難證, 則其神偏到)"는 것으로, 이는 곧 '蘊秀函奇'의 '소품'에 해당한다. 소식의 문장에 대한 오용선의 이러한 해설은 만명인의 문학취향을 분명하게 보여준다.

앞에서 말했듯이 소품은 단소한 문장을 지칭할 뿐만 아니라, 동시에 특수한 선록 경향을 대표하는 문집의 명칭으로 사용되기도 한다. 예를 들면 施扆賓은 왕납간의 『소장공소품』의 서문에서 "이 소품이 족히 大觀(집대성한 문물의 전체)에 상당함은 저민 고기 한 점이 족히 九鼎(한 솥의 귀중한 음식 전부)에 상당함과 같다(是小品之足當大觀, 猶一臠之足當九鼎也。)"[47]라고 하여 소품을 한 편의 단소한 작품이 아니라 그러한 단소한 작품들을 모아 엮은 한 권의 문집으로 말하고 있다. 또 능계강의 「刻蘇長公小品序」에서도 이 같은 개념의 용례를 볼 수 있다.

> 손님 중에 묻는 자가 있었다. "이 문집(왕납간의 『소장공소품』)은 큰 것을 가려내고 작은 것을 주워 모은 것 아닙니까? 그렇지 않으면 소식의 작은 것을 취하면서 소식의 큰 것도 나타내 보인다는 것입니까?" 나는 "그렇기도 하고, 그렇지 않기도 합니다" 하고 대답했다. ……왕납간

47 施扆賓, 「蘇長公小品」, 王納諫 (編), 『蘇長公小品』四卷, 卷首.

> 의 서문이 스스로 대답하고 있는 “내가 뜻을 두는 바는 먼 훗날의 대업이 아니라 잠깐의 환락이다”라는 것으로 말한다면 『소장공소품』으로 長公의 소품을 죄다 보여준다면 옳을 것이나, 長公을 죄다 드러냈다면 옳지 않다고 생각한다. 대개 강물의 흐름은 갈라지지 않고 한곳으로 모이며, 소리의 울림은 촉급하지 않고 모여 하나로 완성된다. 가령 그 사이에 들어 보이려는 바가 있어 하나도 빠짐없이 끌어넣었다면 어찌 『蘇長公選』이라 하지 않고 『蘇長公小品』이라 했겠는가?[48]

여기서 일컫는 ‘소품’은 개개의 작품으로서의 소품이 아니라 그러한 개개의 소품 작품을 모아 엮은 한 권의 소품문집을 가리키는 것이다. 또한, 능계강이 『蘇長公選』과 『蘇長公小品』을 달리 말하고 있는 것으로 보아 통상적인 선집과 소품만을 가려 뽑은 소품선집을 구별하고 있음도 알 수 있다. 다만, 왕납간의 『소장공소품』이 소식의 전부를 다 보여 줄 수 있는지에 대한 시의빈과 능계강 두 사람의 견해에는 다소 차이가 있지만, 이러한 소품집에 대한 논의에서 이미 소품선집의 편집방법상의 개념을 찾아볼 수 있다. 이러한 소품선집의 편집방법상의 개념은 陳夢槐의 『東坡集選』에서 더욱 상세하게 제시되고 있다. 진몽괴의 『동파집선』에서의 편집 동기와 체례는 왕납간의 『소장공소품』과는 현저하게 다르다. 그러나 진몽괴는 자신의 『동파집선』에서 ‘소품’이란 용어를 사용하지 않았을 뿐만 아니라 소식의 소품 문장만을 선록하지도 않았으나, 그의 『동파집선』에 실린 陳繼儒의 서문인 「蘇長公集選敘」

48 凌啓康, 「刻蘇長公小品序」, 王納諫 (編), 『蘇長公小品』四卷, 卷首 : “客有問之者曰 : ‘是集也, 無乃汰其大而摭其小乎 ? 抑錄其小而即已見其大也 ?’ 余應之曰 : ‘唯唯否否。’……而其序說卒自對曰 : ‘余所志者, 一餉之樂, 而非千秋之業。’ 由斯以譚, 謂以盡長公小品則可, 而以盡長公則不可。蓋流不擇細, 正以彙其全, 響不送促, 正以集其成, 使有所標擧其間, 而包括焉無漏, 曷不曰蘇長公選, 而曰蘇長公小品 ?”

가 나중에 章台鼎이 간행한 『晩香堂集』卷一과 湯大節가 간행한 『眉公先生晩香堂小品』卷十一 및 陳氏 家刊本의 『陳眉公先生全集』卷二에 수록되면서 모두 「蘇長公小品敘(序)」로 바뀌어 원래의 '동파집선'을 '소장공소품'으로 불렀다.[49] 오늘날 진몽괴의 『동파집선』이 이렇게 『소장공소품』으로 불리게 된 명확한 이유는 알 수 없으나, 그들의 서문은 만명의 '소품' 개념을 이해하는 데에 매우 유익한 단서를 제공해준다. 먼저 진몽괴(字 元植)의 「東坡集選目錄」을 보기로 하자.

> 소식의 문장은 함부로 버리고 취해서는 안 될 것 같다. 전집의 순서를 정하기도 번잡하지만 손에 쥐고 갖고 놀기도 싫증이 난다. ……이에 좀 빼고 줄였다. 小言·雜文·簡跋 같은 것은 앞에 세우고, 다음으로 贊·銘·頌·偈는 한 편도 버리지 않았으며. 그 다음으로 記·傳의 여러 문장을 실었다. 그런 다음에 大文章을 뒤에 두고, 아울러 詩·詞 중 뜻이 깊고 아름다운 것을 뽑아 모두 50권으로 만들었으니, 바라건대 소식의 별본이 되었으면 한다.[50]

또 진계유의 「蘇長公集選敘」를 보자.

49 陳繼儒, 「蘇長公小品序」, 『晩香堂集』十卷, 『眉公十種藏書』六十二卷, 章台鼎 訂(明崇禎九年刊 ; 臺北 : 國立中央圖書館所藏, M15402), 第三 ; 陳繼儒, 「蘇長公小品敘」, 『眉公先生晩香堂小品』二十四卷, 湯大節 編(明崇禎間武林湯氏簡綠居刊 ; 臺北 : 國立中央圖書館所藏, M13084) ; 陳繼儒, 「蘇長公小品敘」, 『陳眉公先生全集』六十卷(明崇禎間華亭陳氏家刊 ; 臺北 : 國立中央圖書館所藏, M13079) 참고.

50 陳夢槐, 「東坡集選目錄」, 陳夢槐 (編), 전게서. 卷首 : "坡公文似不可妄爲去取, 第全集繁複, 把玩生倦……今稍爲删裁。以小言、雜文、簡跋類列於前; 次贊銘、頌偈, 俱一首不遺; 再次記傳諸文, 然後殿之以大文字, 併選詩詞雋雅者合爲五十卷, 庶作坡公之別本云。" 陳萬益에 의하면 陳夢槐, 『東坡集選』의 간행연대는 明 萬曆 41年(1613)에서 48年(1620) 사이로 본다. 陳萬益, 전게문, 전게서. 9쪽 참고.

소식의 문집을 선록하려 한다면 마땅히 그 짧으면서도 뜻이 깊은 것을 끄집어내어 앞에다 두고, 일의 이치를 검토하는 論·策은 많게는 수만 언에 달하는데, 이는 經學을 학습하는 이들이 항상 외어 익히는 것들로서 그 뒤에 두어야 한다. 佛經을 읽는 자들이 먼저 阿含小品을 읽은 다음 천천히 5,480권으로 들어가도 늦지 않는 것과 같이 이것이 소식의 문집을 읽는 방법이다. 楚의 陳元植이 선록한 방법이 우선 내 마음에 든 까닭에 내가 즐거이 보고 살펴 서문을 적는다.[51]

분량이 방대한 소식의 전집은 문장을 빼고 고르기도 쉽지 않고 다 읽어내기도 쉬운 일이 아니다. 그렇다고 그것을 골라 나누어 분량이 적은 선집으로 집록한다면, 또한 소식 작품의 전모를 다 알아볼 수 없을 것이다. 그래서 『동파집선』의 편자 진몽괴는 '小文'·'文'·'大文'의 순서로 소식 작품의 대소 문장을 나누어 뽑고, 아울러 賦·辭·詩·詩餘도 함께 수록해 소식 작품의 별본으로 삼고자 하여 진계유는 진몽괴의 바로 이러한 선록방법이 마음에 들어 특별히 서문을 썼다는 것이다. 이는 곧 만명인에게 문집으로서의 '소품' 개념은 한 명의 작가 또는 한 권의 문집의 총체적인 면모에 중점을 둔다는 말로 이해될 수 있다. 실지로 숭정조 이래 간행된 翁吉爀의 『権倀小品』, 陳繼儒의 『晩香堂小品』, 王思任의 『文飯小品』 등도 모두 이러한 방법으로 편찬된 것이다. 진몽괴의 『동파집선』과 왕납간의 『소장공소품』은 그 선록방법이 다르기는 하지만, 왕납간의 『소장공소품』에 수록된 소식 문장의 체재는 또한 모두 진몽괴가 분류한 '小文' 또는 '文'類에 속하며, 진계유는 이 '小文'과

---

51 陳繼儒, 「蘇長公集選敍」, 陳夢槐 (編), 전게서. 卷首 : "如欲選長公之集, 宜拈其短而雋異者置前, 其論策討事, 多至數萬言, 爲經生之所恒誦習者, 稍後之。如讀佛藏者, 先讀阿含小品, 而後徐及於五千四十八卷未晩也。此讀長公集法也。楚中陳元植其選法先得我心矣, 是故眉道人樂取檢定而序之。"

'文'類의 작품을 '短而雋異者'라고 요약했다.[52] 또 진몽괴가 분류한 '大文'類는 진계유가 서문에서 '經生之所恒誦習者'로 지칭한 것으로, 앞에서 말한 '高文大冊', '宏博偉碩之音', 즉 '경세 실용'의 大篇 문장인 것이다. 소식 문장에 대한 진몽괴의 '小文'·'文'·'大文'이라는 문장의 구분은 명대인이 선록한 소식 시문집의 특징을 보여주는 것으로, 이는 바로 만명 문단에서의 소품 성행의 풍기를 반영한 것이라 하겠다.

위 진계유의 서문 중에는 소품의 이러한 편집방법상의 개념과 함께 소품의 문학창작상의 개념도 언급되어 있다. 소식의 '小文'類에 대하여 진계유가 묘사한 '短而雋異'는 오늘날 만명의 소품문학의 작품 특질을 규정하는 가장 핵심적인 문제이다. 이는 만명소품의 형식과 내용상의 특징을 동시에 설명하는 것으로 '短'은 곧 편폭이 '短小'한 경향을, '雋異' 는 곧 '雋永·新異'한 특질을 말하는 것이다. 소품의 短小함은 다분히 상대적인 것으로, 그것은 字數의 多寡로 결정될 수 없을 뿐만 아니라 단순히 짧고 간단함을 의미하는 것도 아니다. "세상의 교묘하고 기이한 것이나 신비롭고 괴상한 것은 확실히 많은 것으로 사람을 놀라게 하지 못한다. 진주알은 오색이 영롱하고 용의 물거품은 수많은 구슬이 튀는 것처럼 司馬相如의 「游獵賦」와 흡사하면 소품으로 일컬을 만하다"[53]라는 왕납간의 『소장공소품』의 간행자 장만춘의 말처럼 소품은 비교적 短小하면서도 반드시 精緻해야 한다. 다시 말해서 작품의

52 陳夢槐가 編選한 『東坡集選』五十卷은 卷一에서 卷二十까지를 '小文類', 卷二十一에서 卷三十一까지를 '文類', 卷三十二에서 卷四十까지를 '大文類', 卷四十一을 '賦類', 卷四十二를 '辭類(附 樂語)', 卷四十三에서 卷四十九까지를 '詩類', 卷五十을 '詩餘'로 나누었다. 그중 卷一에서 卷四十까지에 수록된 蘇軾의 문장 체재는 다음과 같다. 小文類 : 志林·雜記·雜文·書後·書事·尺牘·贊·銘·頌·偈·箴·疏 ; 文類 : 序·記·傳·書·啓·祝文·祭文·墓誌·碑文·擬作 ; 大文類 : 策問·制策·策略·策別·策斷·論·表狀·外制敕制·內制詔敕·內制批答·內制表本·內制導引歌辭·奏議.

53 章萬椿, 「蘇文小品題辭」, 王納諫(編), 『蘇長公小品』二卷, 卷首 : "天下精奇神怪, 政不以多驚人, 珠彈五色, 龍沫萬璣, 謂小品盡似司馬相如游獵賦可。"

단소한 형식은 내용과의 조화에 달려 있어 작품의 형식과 내용이 하나로 통일되어야만 그 진정한 의의를 가질 수 있다는 것이다. 다음으로 소품의 '異趣'에 대하여는 "문장의 신기함에는 일정한 격식이 없다. 단지 남이 펴낼 수 없는 것을 펴내고, 句法·字法·調法 하나하나가 자신의 가슴속에서 흘러나오기만 한다면 이것이 바로 진정한 신기함인 것이다"[54]라는 공안파의 수장 원굉도의 말처럼 진실한 감정을 표현하고 독특한 개성을 발휘하기를 요구한 것으로 개성을 가지려면 반드시 혁신을 추구해야 한다는 것이다. 만명 시대에 있어 이러한 소품의 개념적 특질은 만력조의 문인 沈守正(一名 迂, 字 允中 ; 1572-1623, 萬曆 21年 擧人)의 견해에 가장 잘 나타나 있다.

> 산의 험준한 벼랑, 주먹만 한 小石, 초목 중의 梅·竹, 글씨의 鳥蟲書, 宋人 與可와 元人 雲林居士의 山水畵, 唐代 詩人 韋應物·孟浩然·孟郊·賈島의 詩, 이 모든 것들은 보는 사람마다 좋아하지 않는 이가 없고, 좋아한 나머지 마음을 빼기게 되는 것은 오직 그 멋이 남다르기 때문이다. 그러나 모르는 사람들은 비난하기를 이상야릇하다 하고, 별나다 하고, 小品이라 한다. 무릇 사람의 생각이 남들이 마음을 두지 않는 하찮은 취향으로 기울게 되는 것은 남들과 같아지는 것을 수치스럽게 여기기 때문이다. 그래서 뭇 사람이 하는 말을 다시 하지 않으려 하고, 그들이 감히 하지 못하며 능히 할 수 없는 말을 하고 싶어 한다. 평범하게 되느니 차라리 기이하고, 중정하게 되느니 차라리 치우치고, 크고 거짓이 되느니 차라리 작고 진실되려 하는 것이다.[55]

---

54 袁宏道, 「答李元善」, 『(鍾伯敬增定)袁中郎全集』, 全4册(明末刊本 ; 臺北 : 偉文圖書出版社, 影印本, 1976), 卷二十四 尺牘, 3 : 1148 : "文章新奇, 無定格式, 只要發人所不能發, 句法、字法、調法, 一一從自己胸中流出, 此眞新奇也。"

55 沈守正, 「凌士重小草引」, 『雪堂集』十一卷(明崇禎三年武林沈氏家刊 ; 臺北 : 國立中

衆人과 똑같이 말함으로써 '平', '正', '大而僞'하게 되느니, 타인으로서는 감히 모방하지 못하고 또 능히 모방하지도 못하는 말을 함으로써 차라리 '奇', '偏', '小而眞'의 경지를 추구하겠다는 것이다. 이로써 소품은 곧 전통문학에 대한 혁신과 진실을 내재정신으로 하는 '新奇'와 '偏異'를 그 미적 특성으로 삼고 있음을 알 수 있다. 요컨대 문학작품은 미적 규범의 참여로 작품의 성격을 형성하므로 진계유가 말한 이 '短而雋異' 두 요소에 의해 소품의 특수한 성격이 형성되고 이 두 요소는 곧 소품의 미적 규범이 된다.

명대의 만력 중엽에서 말엽은 李贄(初名 載贄, 號 卓吾, 又號 篤吾 ; 1527-1602, 嘉靖 32年 擧人)의 '童心說'의 영향으로 공안파와 경릉파의 "獨抒性靈, 不拘格套"의 문학 주장이 가장 활발하게 전개되던 시기이다. 바로 이때는 송대의 대문호 소식이 그들 문학의 새로운 전범으로 추앙되면서 다양한 편찬취향의 소식 시문집 중 소품선집이 출현하여 독자들의 큰 환영을 받게 되는 시기로 곧 소품 개념의 형성기라 볼 수 있다. "오늘의 문인들은 모두 세상에 머물면서 영구한 대업을 이야기하나, 이는 내가 의문을 두는 바가 아니다. 나는 문장에서 무엇을 얻겠는가? 대답하자면, 졸릴 때 맑은 정신을 얻고, 피로할 때 편안함을 얻고, 괴로울 때 즐거움을 얻고, 한가할 때 소일거리를 얻는다. 이것이 내가 문장에서 얻는 것인데, 모두 먼 훗날의 대업이 아니라 잠깐의 환락일 뿐이다"[56]라고 한 『소장공소품』의 評選者 왕납간의 말과, "나는 천

央圖書館所藏, M12964), 卷五 : "山之有巉崿也, 石之有拳握也, 草樹之有梅竹也, 書之有鳥爪蟲絲, 畫之有與可雲林也, 詩之有韋孟郊島也, 見者莫不喜, 喜而欲狂, 唯其趣異也。而不知者詆之曰奇, 曰偏, 曰小品。夫人拘邁往不屑之韻, 恥與人同, 則心不肯言儔人之所言, 而好言其所不敢言不能言。與其平也, 寧奇 ; 與其正也, 寧偏 ; 與其大而僞也, 毋寧小而真。"

56 王納諫, 전게문, 전게서. 卷首 : "今之文人皆譚駐世千秋之業, 而非余所存問, 余于文何得, 對曰 : 寐得之醒焉, 惱得之舒焉, 暇得之銷日焉, 是其所得于文者, 皆一餉之驩

년을 오르내리며 고금을 두루 살펴 무릇 제자백가의 말은 통달하지 않은 것이 없으나 유독 소식에만은 지극히 애호하는 바가 있다. 가끔 소식의 문장을 보고 그 사람을 생각하며 문득 그의 정신을 찾아보려 하지만 얻지 못한다"[57]라고 한 『소장공밀어』의 撰序者 오용선의 말처럼 중국문학 사상 소품의 출현은 개인주의 색채와 쾌락가치 지향의 순수 취미성 문장관을 반영한 것이며, 이는 바로 송대 소식의 소품에서 발단한 것이다.

Ⅳ. 만명소품 개념의 발전

만력 연간 당시 문학의 전범으로 추앙받은 송대 소식 詩文의 평선 과정에서 형성되기 시작한 소품 개념은 숭정조를 거치면서 점차 그 범주를 확대해 나갔다. 여기서 말하는 '개념의 확대'란 王納諫의 『蘇長公小品』이 소식 1인의 題跋·尺牘·雜記 등의 산문 체재를 수록한 데서 나아가 점차 다른 작가와 체재로 그 수록 범위를 넓혀 나갔다는 점에서 그 발전적 모습을 발견할 수 있다는 것이다. 예를 들면, 만력 말엽에 黃嘉惠가 평선한 『蘇黃風流小品』十六卷은 蘇東坡의 題跋 四卷, 尺牘 二卷, 小詞 二卷과 黃山谷의 題跋 四卷, 尺牘 二卷, 小詞 二卷을 선록하여 수록한 작가와 작품이 소식 외에 황정견이 더해졌고, 題跋·尺牘과 같은 산문 체재 외에 詞體와 같은 운문 체재가 들어간 것이 개념 발전의 시작이라 할 수 있다. 편자 황가혜는 『소황풍류소품』의 서문에서 편찬동

也, 而非千秋之志也。"

57 吳用先, 「序坡仙密語」, 吳京 (編), 전게서. 卷首 : "予上下千秋, 商確今古, 凡諸子百家言, 靡不貫串, 而獨於坡仙有酷好焉。往往閱其文, 想其人, 輒尋其神而 不得。"

기를 다음과 같이 밝히고 있다.

> 기골로 뛰어난 자로는 呂不韋·劉安·班固·司馬遷·屈原·宋玉뿐이고, 풍운으로 뛰어난 자로는 晋의 陶潛·謝靈雲, 唐의 韋應物·孟浩然, 宋의 蘇軾·黃庭堅뿐이다. 北朝 宋의 劉義慶 이후 單辭는 가히 생기가 돌게 하고 片語는 족히 敬服하게 하여 名理를 短章에 빗대고 至道를 雜組에 부쳤으니, 나는 유난히 蘇軾과 黃庭堅을 기억하고 가슴에 간직한다. 그러나 두 분의 풍류는 다 소품에 있는데도 여태껏 그것을 집어낸 자가 없었다. 王聖俞(王納諫) 吏部로부터 『소품』을 刊刻하기는 했으나 단지 열에 두셋밖에 뽑지 못했다. 楊修齡(楊鶴) 侍御는 문장을 죄다 들어 써보았지만 題跋에 사로잡혔고, 陳眉公(陳繼儒) 徵君은 "두 분의 가장 훌륭한 것은 題跋과 尺牘과 小詞에 있으니 마땅히 합쳐 따로 간행해야 할 것"이라 했다. 그래서 나는 그것들을 가려 뽑고 여러 평어 중에서 雋雅한 것들을 아울러 따 붙였다. 매번 한 편씩 집어들 때마다 정말 말하는 그대로 졸릴 때 맑은 정신을 얻고 괴로울 때 기쁜 마음을 얻는다. 지금 사람들은 이따금 經子書를 볼 때면 하품을 하면서도 志怪나 小說에는 여가시간을 다 허비해버린다니 나는 이 소품집을 추천하고 싶다.[58]

황가혜는 왕납간의 『소장공소품』이 풍운으로 뛰어난 소식의 소품을 열에 두셋밖에 뽑지 못했음을 개탄하고, 진계유의 말을 따라 소식과 황

58 黃嘉惠, 「小序」, 黃嘉惠 (編), 전게서. 卷首 : "氣骨則呂不韋、劉安、班、馬、屈、宋是已 ; 風韻則晉之陶、謝, 唐之韋、孟, 宋之蘇、黃是已。劉義慶以後, 單辭可使色飛, 片語足使絕倒, 寓名理於短章, 寄至道於雜組, 余尤於蘇黃二公服膺焉。然二公之風流皆在小品, 從來無拈出者, 自王聖俞吏部刻有『小品』, 而僅取什之二三。楊修齡侍御畢擧而止於題跋, 陳眉公徵君謂 : '二公之最妙在題跋, 在尺牘, 在小詞, 當合之另行。' 余因取而併采諸評雋雅者附之。每手一篇, 眞所謂寐得之醒, 惱得之喜者。今人往往於經史欠伸, 棄暇晷於齊諧、虞初焉。吾請以是集進矣。"

정견 두 사람의 풍류를 가장 잘 보여주는 題跋·尺牘·小詞 작품을 선록했다는 것이다. 서문의 말미에서 "졸릴 때 맑은 정신을 얻고 괴로울 때 기쁜 마음을 얻는다"라고 하는 소품에 대한 취향이 왕납간의 쾌락가치 지향의 소품 관념과 흡사하며, 특히 소품의 작가와 작품의 기준을 '풍류'와 '풍운'으로 파악했다는 것은 주목할 만한 점이다.

이어 숭정 3년(1630)에 鄭元勳(字 超宗, 號 惠東; 1604-45, 崇禎 16年 進士)은 만명 당대 작가의 소품을 선록한 최초의 소품선집 『媚幽閣文娛』를 편찬했다. 정원훈의 『문오』는 『時賢雜作小品』으로도 불리는데, 숭정 3년(1630)에 初集이 간행된 후 수차례의 重印을 거쳐 숭정 12년(1639)에는 二集이 重刊된 점으로 보아 서적의 전파와 수용의 범위가 광범하여 당시 문단에서의 영향력도 상당히 컸을 것이라 짐작된다. 따라서 이때에 이르러 소품의 개념은 이미 보편화되어 당시 독자들 사이에서 그 의미를 공통적으로 인식할 수 있게 되었다고 본다.[59]

明初로부터 成化(1465-87)·隆慶(1567-72)에 이르는 100여 년간 정통문학의 詩文 영역은 雍容典雅한 '臺閣體'와 전후칠자의 복고파에 의해 주도되어 古人을 모방한 작품이 전 문단을 휩쓸고 있었으나, 그러한 모조품들은 독자들의 미감을 불러일으키지 못했다. 가정(1522-66) 이후로는 경제 사회의 생산 관계가 새롭게 발전하고, 만력(1573 -1620) 연간에 이르러서는 李贄를 대표로 하는 左派王學이 정통의 程朱道學

---

59 鄭元勳의 『文娛』 初集 중 오늘날 알려진 것으로는, 刊刻者로 구분하면 鄭元化刊本과 李希禹刊本 2종이 있고, 卷數로 구분하면 不分卷本과 十卷本 2종이 있으며, 문집에 수록된 序跋文으로 보면 鄭元化의 跋文 1종만 수록한 것(臺灣國立中央圖書館藏本), 陳繼儒의 序文과 鄭元勳의 自序 2종을 수록한 것(臺灣國立中央研究院 歷史語言研究所藏本), 그리고 陳繼儒·唐顯悅 2인의 序文과 鄭元勳의 自序 3종을 수록한 것(美國國會圖書館藏本) 등이 있어 『文娛』 初集의 판본은 적어도 3종 이상으로 추정된다. 『文娛』 初集의 수차례에 걸친 重印과 初刻에 이은 二集의 重刻으로 미루어 볼 때 만명 문단에서 『文娛』의 전파와 수용의 정도를 충분히 짐작할 수 있다.

에 맹렬한 충격을 가해 그 지위를 동요시켰다. 경제와 사상 영역에서의 이러한 변화는 문학 영역에도 반영되어 통속문학의 소설·희곡·민가 등이 중시되고, 그를 통해 새롭게 대두된 시민계층의 의식이 점차 표현되어 나오기 시작했다. 천계(1621-27)·숭정(1628-44) 연간에서의 만명소품의 발전 또한 당시의 이러한 시대정신 및 문학환경과 밀접하게 연관되어 있다. 만명 시대에 소품의 창작과 전파에 절대적인 공헌을 했던 당시의 名士 陳繼儒는 「文娱叙」에서 당시의 소품창작을 다음과 같이 평했다.

> 최근 몇 해 사이 喪中의 겨를을 틈타 이 시대 諸賢들이 지은 갖가지 소품을 찾아 구하여 품평해보니 모두가 새싹이 처음 돋아나듯 새롭고 발랄한 기상이 팔방으로 드높다. 법도 밖의 법도, 취미 밖의 취미, 풍운 밖의 풍운이 있고, 아름다운 문사와 새로운 가락이 줄줄이 이어져 모인 것이 융경·만력 이래 문단 풍상의 걸출한 한 때를 맞이한 것 같다.[60]

진계유에 의하면 당시의 소품은 '新聲'으로, 융경·만력 이래 문단의 변화에 따른 새로운 창작물이라는 것이다. 이어 그 작품의 특징을 표현 방법, 사상 내용, 심미 정취 면에서 논하여 "법도 밖의 법도, 취미 밖의 취미, 풍운 밖의 풍운(法外法, 味外味, 韻外韻)"이라 개괄함으로써 소품이 당시의 정통문장과는 다른 새로운 작법·내용·풍격을 지니고 있음을 강조했다. 이른바 '법도 밖의 법도(法外法)'는 만명소품이 정통고문의 갖가지 진부한 법도를 타파하고 초월함으로써 작가 자신의 사상

60 陳繼儒, 「文娱叙」, 鄭元勳 (編), 전게서. 卷首 : "近年緣讀禮之暇, 搜討時賢雜作小品題評之, 皆芽甲一新, 精彩八面, 有法外法, 味外味, 韻外韻, 麗典新聲, 絡繹奔會, 似亦隆萬以來, 氣候秀擢之一會也。"

과 정감을 자유롭게 표현해냈다는 말이다. 또 '취미 밖의 취미(味外味)'는 만명소품이 과거의 '宗經載道'나 '經世實用'의 내용이 아닌 작가 개인의 특수한 경험에 의한 의지와 감정을 표출함으로써 독자로 하여금 색다른 흥취를 느낄 수 있게 해준다는 말이다. 그리고 '풍운 밖의 풍운(韻外韻)'은 소품창작의 심미적 기준으로 볼 때, 만명소품은 과거 전통산문의 실용성과 논리성 외의 심미적 목적을 우선함으로써 독자들의 미감을 무한히 자극시켜 줄 수 있다는 말이다. 만명소품의 이러한 특징들은 바로 당시의 소품창작이 보여준 새로운 문학풍기이자 새로운 문화 경향으로서 전체 중국산문발전사로 볼 때 그 언어의 표현방식에서 하나의 중대한 전환이라 할 수 있다. 따라서 미학적으로 비교한다면 전통산문이 '氣勢'와 '義理'로 독자를 압도하는 데에 비하여 만명소품은 '意境'과 '情韻'으로 독자를 감동시킨다.

『문오』의 또 다른 서문에서 唐顯悅(天啓 2年 進士)도 당시의 소품창작을 다음과 같이 평하고 있다.

> 소품 一派는 명대에 흥성했다. 편폭은 단소하나 정신은 멀고, 필묵은 희소하나 취지는 깊다. 野鶴이 홀로 울면 뭇 닭들은 소리를 죽이고, 寒瓊이 홀로 피어오르면 뭇 풀들은 姿色을 감춘다. 이런 까닭으로 한 글자로 스승을 삼을 만하고 세 마디 말로 관리로 등용할 만하다. 이 글과 함께하면 즐거움이 어찌 그 끝을 다하겠는가?[61]

61 唐顯悅, 「文娛叙」, 鄭元勳 (編), 전게서. 卷首: "小品一派, 盛於昭代, 幅短而神遙, 墨希而旨永。野鶴孤唳, 群雞禁聲; 寒瓊獨朵, 眾卉避色。是以一字可師, 三語可掾; 與於斯文, 欒曷其極?" 唐顯悅의 서문이 수록된 鄭元勳의 『文娛』는 현재 미국 국회도서관에 소장되어 있다. 唐顯悅의 「文娛叙」는 朱劍心(編), 『晩明小品選注』, 臺9版(臺北 : 商務印書館, 1987), 67-68쪽에도 수록된 바 있다.

만명소품의 창작 배경과 작품 성격을 집약적으로 묘사한 위 진계유와 당현열 두 사람의 비평은 현존하는 만명 문헌으로 볼 때 소품창작 전반에 관한 논의 중 최초의 것으로 보인다. 당현열 역시 소품을 명대에 새롭게 성행한 문풍의 一派로 파악하고, 작품의 특징을 "편폭은 단소하나 정신은 멀고, 필묵은 희소하나 취지는 깊다(幅短而神遙, 墨希而旨永)"라고 요약함으로써 당시의 소품창작을 높이 평가했다. 이는 만명소품의 작품 성격으로 진계유도 언급한 바 있는 '短而雋異'와도 동일한 표현이다. 더구나 "野鶴이 홀로 울면 뭇 닭들은 소리를 죽이고, 寒瓊이 홀로 피어오르면 뭇 풀들은 姿色을 감춘다(野鶴孤唳, 群雞禁聲; 寒瓊獨朵, 衆卉避色)"는 묘사는 만명소품 작가의 신분과 성격을 규정함과 동시에 그들 소품창작의 예술적 감화력을 극찬한 것으로, 만명 문단에서 소품문학의 효용가치와 그 영향력을 충분히 짐작하고도 남는다.

정원훈의 『문오』는 그 서명이 나타내는 "문장으로 사람을 즐겁게 한다"는 취지와 같이 그의 自序에서 만명소품의 문학취미를 다음과 같이 피력했다.

> 무릇 사람의 마음(情)은 새것을 좋아하고 옛것을 싫어하며 慧智를 좋아하고 拙愚를 싫어함이 보통인 것이니, 이 새로운 것(新)과 슬기로운 것(慧) 가운데에는 왜 극진한 道가 깃들지 못한단 말인가? 春秋·齊의 晏嬰과 西漢의 東方朔은 諧語·戲言으로 임금님께 풍간을 행하였으니 그 공로가 목이 깨뜨려져 죽임을 당하고 가슴이 찢기어 쪼갬을 당하는 일보다 덜 하다고 누가 말하겠는가? 문장(文)은 마음을 즐겁게 하는 것이라서 마음이 지극하지 않고서 문장이 극진하게 된 적은 없었다. ……나는 문장이 사랑스러워 가까이 두고 읽으며 즐기기에 부족하다

> 면, 六經 이외의 나머지는 모두 불살라 버려도 좋다고 생각한다. 六經이라고 하는 것은 뽕과 삼이나 콩과 조가 사람을 입히고 먹일 수 있는 것과 같고, 문장이라고 하는 것은 기이한 꽃과 아름다운 문채의 날개가 사람의 이목을 즐겁게 해주고 사람의 심정을 기쁘게 해주는 것과 같다. 만약 아름답고 어여쁜 것을 기대할 수 없다면, 천지의 산물인 창생을 먹이고 입히는 것으로 충분하다. 그렇다면 저 사람을 즐겁게 해주는 것은 무슨 이득이 있어 함께 기르는 것인가? 사람이 먹을 것과 입을 것을 얻지 못하면 삶을 영위할 수 없으나 기쁨을 얻지 못하면 그 삶 또한 메말라 버린다. 그러므로 이 두 가지는 균형을 이루어야지 어느 한 편만을 물리치지 못하는 것이다.[62]

정원훈의 서문을 통해 만명소품의 '情'과 '趣'에 치중한 문장관을 엿볼 수 있다. 그는 '新'과 '慧'는 사람들의 공통된 심미 심리로, 바로 이 '新'과 '慧' 가운데에도 극진한 道가 깃들 수 있다고 여겼다. 그래서 그는 "문장은 마음을 즐겁게 하는 것이라서 마음이 지극하지 않고서 문장이 극진하게 된 적은 없었다(文以適情, 未有情不至而文至者)"고 지적하면서 소품은 곧 "기이한 꽃과 아름다운 문채의 날개가 사람의 이목을 즐겁게 해주고 사람의 심정을 기쁘게 해주는 것(文者, 奇葩文翼之怡人耳目, 悅人性情)"과 같은 것이라고 보았다. 여기서 한 가지 주목할 점은 소품의 이러한 심미가치로 인해 '六經'의 고유 가치를 부정하

62 鄭元勳, 「文娛自序」, 鄭元勳 (編), 전개서. 卷首 : "夫人情喜新厭故, 喜慧厭拙, 率爲其常, 而新與慧之中, 何必非至道所寓？晏子、東方生以諧戲行其諷諫, 誰謂其功在碎首剖心之下？文以適情, 未有情不至而文至者。……吾以爲文不足供人愛玩, 則六經之外俱可燒。六經者, 桑麻菽粟之可衣可食也；文者, 奇葩文翼之怡人耳目, 悅人性情也。若使不期美好, 則天地產衣食生民之物足矣, 彼怡悅人者, 則何益而並育之？以爲人不得衣食不生；不得怡悅則生亦槁, 故兩者衡立而不偏絀。"

지 않았다는 것이다. 정원훈은 '六經'과 '文'의 대비 관계, 즉 문학의 실용적 가치와 오락적 가치의 상호보완 관계를 통해 '文', 즉 만명인의 이른바 '소품'의 쾌락적 효용가치를 특별히 강조했다. 비록 글 중의 논조가 다소 과격하고 편파적인 면이 없지 않지만, 이른바 '文'에 대한 심미적 취향은 바로 당시의 문단이 지향했던 창작의 중점이었으며 당시 독자들이 기울였던 관심의 초점이기도 했다. 정원훈이 말한 소품의 작품 성격과 효용가치로 볼 때 만명인은 '六經'(沉博大章)과 '文'(小品)을 서로 다른 두 부류의 문장 범주로 보고 이를 구분하여 인식하고 있었다는 것으로, 이러한 상대적 개념은 만명소품의 작품 특성을 이해할 때 가장 기본적이면서도 매우 중요한 토대가 된다.

명대 중엽 이후 특정 역사조건하의 시대정신은 전통적 理學을 반대하고 개성의 자유를 고창하는 두 가지 특색을 뚜렷이 드러냈다. 더욱이 개성의 자유를 요구하는 시대사조는 문학창작에서 정감을 중시하는 경향을 촉진시켰다. 李贄는 문학은 '童心', 즉 '진심'을 표현해야 한다고 여겨 진실한 정감을 펴낼 것을 요구했다. 湯顯祖도 문학이 표현해야 하는 것은 '정감'이며, 이 정감이란 문학창작의 동력이자 작품의 주요 내용임과 동시에 감상과 비평의 척도라 여겼다. 公安 三袁 역시 문학은 '性靈'을 표현해야 하며, 이른바 '성령'은 진실한 정감과 욕망을 가리키는 것으로 모든 사람이 고유하게 지닌 본래의 면모라 여기고, "오직 성령을 펴내고, 격식에 구애받지 않는다(獨抒性靈, 不拘格套)"는 창작규범을 제창했다. 이른바 '獨抒性靈'이란 자신의 진실한 정감을 자유롭게 펴내는 것이며, '不拘格套'란 자유롭고 개성적인 문학창작을 저해하는 모든 속박을 반대하는 것이다. 만명 시대에 성행한 소품문집에는 그 편찬의 취지로 볼 때 모두 이러한 '情(진심)'과 '趣(풍취)'를 중시하는 심미관과 취미관이 분명하게 드러난다.

정원훈의 『문오』보다 약간 뒤에 간행된 陸雲龍(字 雨侯, 號 孤憤生; 약 1628년 前後 在世)의 『皇明十六家小品』 역시 그 편찬의 동기와 취지에서 이러한 '情'과 '趣'의 심미 경향을 보인다. 다음에서 丁允和가 「十六名家小品序」에서 인용한 편자 육운룡의 말을 살펴보기로 하자.

> 陸雨侯(육운룡)가 손수 한 편을 나(정윤화)에게 보내며 말했다. "이(『황명십육가소품』)는 제가 여러 해 동안 마음과 힘을 다해 이제야 열여섯 선생의 진귀하고 빼어남을 찾아 모아 줄여 엮은 것입니다. 뼈를 발라내고 가려운 데를 긁어주어 따로 수완을 갖추었으니 그대는 반드시 나를 인정하게 될 것입니다. 더하여 제가 가난하여 鴻章大篇을 세상에 내놓지 못하고 잠시 그분들의 소품을 펴냅니다.[63]

육운룡 역시 '진귀하고 빼어난(珍奇靈雋) 소품'을 '鴻章大篇'과 상대되는 개념으로 사용했다. 소품의 이러한 상대적 개념에 대해서는 앞에서 이미 언급한 바 있다. 육운룡은 『황명십육가소품』 중 『원중랑선생소품』의 서문에서 소품창작의 특징을 다음과 같이 설명했다.

> 小修(袁中道)는 中郎(袁宏道)의 詩文을 칭송하여 진솔하다 했다. 진솔하면 성령이 드러나고 성령이 드러나면 풍취가 생겨난다. 이는 곧 中郎이 관직의 속박을 받지 않음으로써 그 풍취를 숨기지 않고 그 성령이 일어나는 곳을 억누르지 않았음이다. ……마음에 떠오르는 대로 거침없이 말하고 손이 움직이는 대로 맡겨 中郎의 전부를 그려냄으로써 中

63 丁允和, 「十六名家小品序」, 陸雲龍 (編), 전게서. 卷首 : "雨侯氏手一編寄余日 : '此余竭數年心力, 乃今始得捃十六先生之珍奇靈雋而聚之簡編。抉剔爬搔, 別具手眼, 爾必有以許我。且余貧, 度未能行其鴻章大篇于世, 姑以其小品行。'"

郎은 마침내 온전한 中郎이 된 것이다. 그러한 즉 풍취는 諧調를 닮아 서로 화하여 잘 어울리면 운치는 심원해지려 하고 아치는 빼어나려 하고 뜻은 아름다워지려 하고 말은 질질 끌려하지 않음이니 그래서 나는 더욱 소품을 취하려는 것이다.[64]

공안 삼원이 '性靈'·'趣'·'韻'을 역설한 것은 전통사회 속에서 오랫동안 문학창작을 속박해온 온갖 진부한 교조들에서 벗어나기를 요구한 것으로, 이는 바로 개인의 자아 가치를 인정하고 자신만의 개성을 발전시킬 것을 강조한 것이라 하겠다. 육운룡이 그의 서문에서 강조한 것 또한 '성령'의 표현을 주장한 개성주의 문학관이다. 만명의 공안 삼원과 경릉 종·담은 그들의 문학창작에서 특별히 소품을 표방하지는 않았지만, 그들의 개성주의는 당시에 성행했던 소품창작에서 여지없이 발휘되었다. 오늘날 공안파와 경릉파 문인들의 작품을 만명소품의 전형 대표로 보는 것도 바로 이 때문이다.

그러나 한 가지 분명히 해야 할 점은 만명 작가들의 모든 창작이 다 소품인 것은 아니라는 것이다. 陳繼儒의 「陳秀方嘯閣詩敘」에서 "사람은 티끌을 보지 못하고, 물고기는 물을 보지 못하고, 용은 돌을 보지 못한다. 나(陳秀方) 역시 詩歌·小品·傳奇·擧業의 가지가지 갈래를 보지 못한다"[65]라고 한 말이나, 譚元春의 「古文瀾編序」에서 "王文修는 책을 읽을 때 漢 초기의 것을 저버리지 않았고 唐 이후의 것을 가벼이 하지

64 陸雲龍, 「敘袁中郎先生小品」, 陸雲龍 (編), 『袁中郎先生小品』二卷, 卷首, 陸雲龍 (編), 전게서. 第十 : "小修稱中郎詩文云率眞。率眞則性靈現, 性靈現則趣生。即其不受一官束縛, 正不蔽其趣, 不抑其性靈處。……衝口信手, 具寫其中郎, 中郎遂自成一中郎矣。然趣近于諧, 諧則韻欲其遠, 致欲其逸, 意欲其妍, 語不欲其沓拖, 故予更有取于小品。"

65 陳繼儒, 「陳季方嘯閣詩敘」, 『陳眉公先生全集』, 卷九 : "人不見塵, 魚不見水, 龍不見石。我亦不見詩歌、小品、傳奇、擧子業有種種分別相也。"

않았으며, 세상을 경륜하는 것도 구차히 하지 않았고 경치 좋은 곳을 살펴 구하는 것도 꺼리지 않아 詔疏에서 시작하여 소품에 이르기까지 한 권으로 모았다"[66]라고 한 말에서 알 수 있듯이 소품은 그들 작품의 일부분이지 전부가 아니라는 것이다. 『황명십육가소품』 중 『왕계중선생소품』의 육운룡 서문에 보이는 다음과 같은 말도 역시 그러한 관계를 잘 보여준다.

> 무릇 制擧의 조그마한 재주가 어찌 족히 선생을 죄다 보여주랴? 선생에게는 그보다도 후세까지 영원히 빛날 문장이 있어 금석에 새기고 판목으로 간행하여 오래도록 전할 만하다. 그 담력은 박처럼 두둑하고 마음은 터럭처럼 세밀하고 붓과 혀는 물레처럼 거침없다. 주인이 한 말이나 따라 하는 노복의 풍아와도 같았던 詞章들이 언제 늙은이의 케케묵은 말을 다 버렸는지 모두 능히 진부함을 타파하고 새롭게 하여 그 꾸민 곳은 더러운 세속의 티를 깨끗이 씻어버렸다. 그 산천에서 靈氣를 빌려온 것은 또 산천이 성령을 펴는 것이 아니라 선생이 오직 한두 마디의 글로써 그 현묘한 곳을 새겼고 깊숙한 곳을 열었고 숨겨진 곳을 찾았고 험난한 곳을 뚫었으니 수려한 경치가 진기함(秀色瑰奇)이 산꼭대기에 걸터앉아 내려다보는 듯하다.[67]

66 譚元春, 「古文瀾編序」, 『(新刻)譚友夏合集』, 全3冊(明崇禎元年古吳張澤刊本 ; 臺北 : 偉文圖書出版社, 影印本, 1976), 卷八序, 1 : 339 : "其讀書, 不忘漢初, 不輕唐後, 不苟經世, 不厭尋幽, 始乎詔疏, 訖于小品, 輯爲一書。"

67 陸雲龍, 「王季重先生小品敘」, 陸雲龍 (編), 『王季重先生小品』二卷, 卷首, 陸雲龍 (編), 전게서. 第八 : "夫制擧小技, 寧足盡先生哉 ? 先生更有不朽之業, 可金石鐫之, 梨棗壽之者。其膽匏如, 心髮如, 筆舌轆轤如, 奴風僕雅, 何嘗盡廢老生常談, 而類能破腐爲新, 粧點處頓湔塵色。而其借靈山川者, 又非山川開其性靈, 先生直以片字鏤其神, 闢其奧, 抉其幽, 鑿其險, 秀色瑰奇, 踞其巔矣。"

王思任은 명말의 부패한 관료 사회에서 비교적 정직하고 기개가 있었던 문인으로, 그의 문학 성취도 竟陵 餘波를 이어 淸新峭刻한 풍격의 독보적인 창작 세계를 열었다. 진계유는 그를 평하여 "筆勢가 강하고 정신이 맑으며, 膽氣가 세차고 안목이 드높다(筆悍而神淸, 膽怒而眼俊)"[68]라 했고, 만명소품의 집대성자라 칭송되는 명말 유민 장대도 그의 창작태도를 "멋대로 본떠 그리고, 마음껏 새겨 그렸다(恣意描摩, 盡情刻畫)"[69]라고 하여 그의 대담한 독창성을 높이 평가했다. 육운룡은 서문에서 개성주의 문학관의 입장에서 八股制藝의 문장을 폄하하고, 왕사임의 소품창작을 상대적으로 높이 평가했다. 그러나 이러한 말들은 만명 작가들이 그들의 창작 실천 중 소품 외에도 경세 실용을 목적으로 하는 '大文'도 동시에 창작했음을 의미하는 것이며, 단지 당시 그들이 구현하려 했던 문학의 성질이 大文보다도 소품의 창작에서 더욱 돌출되었다는 것으로 이해해야 한다.

만명소품의 이러한 문학적 특성은 沈光裕(字 仲連 ; 崇禎 13年 進士)의 「與友」 중에 다음과 같이 언급되어 있다.

> 무릇 책을 지을 때에는 소품 및 후학을 가르치는 것처럼 홀로 스스로 좋아하는 것을 얻어 대략 방점을 찍고 새로운 뜻을 나타내 보이는 것도 좋을 것이다. 그러나 經制大編과 같이 군주와 재상에게 보고나 청원을 올리고 스승과 벗에게 옳고 그름을 물어 밝혀 온 세상 긴 세월에 걸쳐 오래도록 전하려는 것은 방점을 찍기만 하면 곧 개인적인 책이 되어 순식간에 서로 다른 것들이 첨예하게 대립하게 된다.[70]

68 陳繼儒, 「王季重游喚敘」, 王思任, 『游喚』一卷, 卷首, 『王季重雜著』, 全2冊(明刊本; 臺北 : 偉文圖書出版社, 影印本, 1977), 하 : 637-638.
69 張岱, 「王謔菴先生傳」, 『瑯嬛文集』(上海 : 廣益書局, 1936), 傳, 85쪽.
70 沈光裕, 「與友」, 周亮工 (編), 『尺牘新鈔』(上海 : 上海書店, 1988), 卷十二, 320쪽 :

여기서도 '小品'과 '經制大編'을 서로 상대적인 개념으로 사용하여 소품은 '나만이 좋아하는 것(獨得自喜者)'으로, '經制大編'은 '모든 사람에게 길이 전하려는 것(傳之天下萬世者)'으로 보았다. 지금까지 살펴본 것처럼 명대 만력 이래 소품에 대한 選文家들의 이러한 관점은 모두 정확하게 일치한다.

그러나 숭정 6년(1633) 이후에 간행된 '소품' 제명의 개인 별집이 의미하는 소품은 이러한 '大文'에 대한 상대적 개념과는 다르다. 翁吉爀의 『石佛洞権偎小品』十六卷은 '小品'으로 제명된 개인 별집으로 산문의 각종 체재는 물론, 古樂府·詩·詩餘·詞餘 등 산문과 운문의 거의 모든 유형의 작품을 망라하고 있어 앞에서 본 소품선집과는 '소품' 용어의 의미나 작품의 수록 범위에 큰 차이를 보인다. 또 陳繼儒(字 仲醇, 號 眉公, 又號 麋公 ; 1558-1639)의 『眉公先生晩香堂小品』二十四卷은 작가의 만년에 사위 湯大節이 장인의 은혜에 대한 감사의 마음으로 장인이 한평생 지은 詩文을 가려 엮은 것으로, 산문과 시가를 함께 수록했을 뿐만 아니라 소품에 국한하지도 않았다. 또 王思任(字 季重, 號 遂東, 又號 謔庵 ; 1575-1646, 萬曆 23년 進士)도 만년에 자신의 평생의 저작을 모아 『文飯』六十卷을 엮으려 했으나 國變을 당해 뜻을 이루지 못했고, 清朝에 들어와서도 그 저작 중에는 清朝에 대한 '狂悖', '違礙'의 언사가 있다 하여 거의 대부분이 '禁燬書'의 판정을 받음으로써 오래도록 상재되지 못했다. 그 후 그의 아들 王鼎起 또한 정치적 경제적 사정으로 부친의 뜻을 이룰 수 없게 되자 청 순치 18년(1661)에 단지 『謔庵文飯小品』五卷만을 우선 간행하게 되었는데, 이 역시 작가가 생전에 지은 詩文의 거의 모든 체재를 수록했다.[71] 여기서 진계유의 『미

"凡著書, 如小品及教後學, 獨得自喜者, 不妨略加圈點, 以標新意 ; 若經制大編, 以呈君相, 質師友, 傳之天下萬世者, 一用圈點, 便成私書, 轉瞬異同蜂氣矣。"

공선생만향당소품』 중 왕사임의 서문과 왕사임의 『문반소품』 중 왕정기의 발문을 살펴보기로 하자.

(진계유가) 지은 문장은 마음을 상쾌하게 해주는 것, 사물의 이치를 투철하게 해주는 것, 몸과 마음을 기쁘게 해주는 것이어서 대부분 지나치게 욕심내지 않고, 어리석고 못나지 않고, 눈을 부릅뜨고 성내지 않도록 사람들을 가르친다. 사위 湯 半子가 그 숨겨져 흩어진 것을 주워 모아 소품을 엮어 배고픔과 목마름에 앞세운다. 그 웅대한 논의에 대해서는 단정하고 바른 것이 선비와 학자 및 천하 고금의 사람들에게 다 師法이 되니 내가 말할 수가 없겠다.[72]

先君子의 『문반』을 이루려는 뜻을 간직해 왔으나 능력이 모자라 애써 『소품』을 먼저 이루니 남들이 비방하여 "자식이 부친의 詩文을 가려 뽑는 것은 자식이 부친의 자리를 빼앗아 그 위에 오름이요, 어리석은 사람이 슬기로운 사람의 詩文을 가려 뽑는 것은 거짓으로 남을 현혹시킴이요, 전체 詩文에서 일부 詩文을 가려 뽑는 것은 어그러뜨려 선후를 뒤바꾸는 것이다"라 하니 그런 것 같기도 하다. 그러나 『易』에서 '八卦는 六十四卦의 기초로 『역』의 작은 성취'라고 말하지 않았던가? 큰 성취는 작은 성취를 끌어 넓힌 것이다. 슬기로운 사람이라면 많은 생각이 있어

71 錢謙益,「王僉事思任」,『列朝詩集小傳』, 全2冊, 第3版(臺北 : 世界書局, 1985), 丁集中, 상: 574-575; 王思任, 전게서. 蔣金德,「前言」, 1-8쪽. 王思任의 『謔庵文飯小品』 五卷의 내용은 다음과 같다. 卷一 : 致詞·尺牘·啓·表·判·募疏·贊·銘·引·題詞·跋·紀事·說·騷·賦, 卷二 : 樂府·琴操·風雅什·詩·詩餘·歌行·悔謔四則, 卷三 : 游記, 卷四 : 游記·傳, 卷五 : 序·行狀·墓誌銘·祭文·奕律四則 ; 附疏.

72 王思任,「晚香堂小品序」, 陳繼儒,『眉公先生晚香堂小品』, 卷首 : "其爲文字, 日快、日透、日歡喜, 大都詔人不貪、不癡、不瞋而已矣。玉倩湯半李拾其玄屑, 集爲小品, 以先饑渴。至其崇論閎議, 則整髮褒服皆師法相公、學士、天下古今人等者, 吾不能敘之也。"

어리석은 사람의 한 가지 성취라도 버리지 않을 것이다. 부자지간을 바깥사람들이 어찌 알리오? 이는 우리 집안 말이다. 나는 다만 세상이 『문반』이 있다는 것을 먼저 알게 하여 배고픈 사람이 먹기 쉽도록 할 따름이다.[73]

위 두 서문에서 언급한 소품 편찬의 전후 사정으로 미루어 볼 때, 이러한 소품별집을 '소품'으로 제명한 의도는 소품의 한 편 문장으로서의 '短小義' 외에 한 권의 선집으로서의 '簡略義'를 내포하고 있음을 알 수 있다. 다시 말해서, 이러한 개인 별집으로서의 소품선집은 작가의 전체 작품 중에서 가장 대표적인 작품만을 모은 '簡略本'이라는 의미가 강한 것으로, 거기에 수록된 작품만으로도 작가의 총체적인 모습을 어느 정도 엿볼 수 있다는 것이다. 그리하여 이러한 소품별집들은 작가의 全集은 아닐지라도 편찬 시 가급적 완전한 면모의 작가정신과 작품 풍격을 보여주려 했다.

그러나 '韻'과 '趣'의 풍격의 관점에서 이러한 소품별집을 본다면 편자가 지향한 편찬의 방향은 또 여타 소품선집들과 동일하다. 이 점은 만명 당시의 문인들이 소품별집의 작가를 논평한 말에서 그 예증을 찾을 수 있다. 옹길정의 『각창소품』에 수록된 楊期演의 서문을 보기로 하자.

裴郎氏(옹길정)의 『각창소품』 역시 진미공(진계유)의 『고문품외록』과 흡사하여 지어지지 않은 체재가 없고 구비되지 않은 부류가 없다.

73 王思任, 전게서. 卷末 : "蓄志成先君子文飯而制于力, 勉以小品先之而毁言至, 日 : '以子而選父, 簒也 ; 以愚而選智, 誕也 ; 以大而選小, 舛也。' 似也。然易不云乎 ? '八卦而小成', 則大成者, 小成之引伸也。智者千慮, 不廢愚者之一得。父子之間, 外人那得知 ? 此吾家語也。吾第使天下先知有文飯, 飢者易爲食而已。"

……그러나 저 진미공의 『고문품외록』은 수천 년에 걸친 사람들의 글을 모아 가려서 뽑은 것이지만, 이 배랑 씨의 『각창소품』은 한 사람의 글을 한 사람의 손으로 모아 편집한 것인지라 아! 마음 씀이 더욱 살뜰하다. 매번 漢代 이후 名家의 문집을 볼 때마다 권질이 오늘날 사람들만큼 번다하지 않아 그것을 읽노라면 다 읽어버리게 될까 두려워한다. 그러나 오늘날의 문집은 좀 보고 나서는 다 읽지 못하게 될까 두려워한다. 왜인가? 옛사람들은 스스로 자신의 문집을 만들지 않고 후인이 찾아 모았기 때문에 유실된 것이 많아 남아 있는 것은 더욱 귀했다. 오늘날의 사람들은 스스로 자신의 문집을 만들어 수십 년 동안 고관대작으로 지내면서 그 평생토록 世事에 응대하면서 지은 문장을 스스로 刊刻하니 마땅히 강렬하게 전해지지 못하는 것이다. 배랑 씨는 바야흐로 江都의 휘장을 내리고 承明의 業을 닦으면서 그 餘才와 餘力을 내어 『각창소품』을 이루었다. 뼛속에는 官爵으로 인한 얽매임이 없고 흉중에는 세상 밖의 초연함이 있으니, 識者는 스스로 고금의 문집 가운데에서 그의 높은 명성을 評定할 수 있을 것이다.[74]

양기연은 명대의 當世 문집의 간행과 전파의 상황을 前代와 비교하

74 翁吉燸의 『榷倀小品』十六卷은 현재 일본의 內閣文庫에 소장되어 있으며, 그 서명은 山根幸夫(編), 『日本現存明人文集目錄』(東京 : 東京女子大學東洋史硏究室, 1978), 25쪽에 보인다. 본서는 프린스턴대학교 동아시아도서관에 소장되어 있는 영인본을 사용했다. 楊期演, 「榷倀小品序」, 翁吉燸, 『榷倀小品』, 田居中 編(崇禎六年醉凡庵刊 ; 프린스턴 : 프린스턴대학교 동아시아도서관 소장, N9101/1715 v.1147 -1150), 卷首 : "裴郎氏之 『榷倀小品』, 亦似眉公之 『品外錄』也。無體不有, 無彙不備。……然彼迺集數千年之人之文而節取之 ; 此迺以一人一手裒然成編。噫 ! 亦渥矣。每見漢以後名家之集, 卷帙不如今人之浩繁, 然彼讀之而恐其盡 ; 今則聊閱之恐其不盡。何也 ? 古人不自爲集, 後人搜而聚之, 遺失者多則存者益貴 ; 今之人自爲集, 皆以數十年高爵膴位之餘, 自刻其平生應酬之文, 宜其傳之不郁烈也。裴郎氏方且下江都之幃, 修承明之業, 而出其餘才餘力, 以成小品。骨無圭組之累, 胸有世外之想, 有識者自能於古今集中定其聲價矣。

고 옹길정의 『각창소품』의 특징을 크게 세 가지로 요약했다. 첫째는 “지어지지 않은 체재가 없고 구비되지 않은 부류가 없다(無體不有, 無彙不備)”는 점, 둘째는 “한 사람의 글을 한 사람의 손으로 모아 편찬한 것(以一人一手裒然成編)”이라는 점, 그리고 셋째는 “뼛속에는 官爵으로 인한 얽매임이 없고 흉중에는 세상 밖의 초연함이 있다(骨無圭組之累, 胸有世外之想)”는 점이다. 이를 종합하면, 옹길정의 『각창소품』의 소품 한 편 한 편은 세속을 초탈한 유유자적한 작품풍격을 추구하여 『각창소품』의 편찬 방식은 한 권의 소품선집일지라도 그 전체적인 내용은 완전한 작가정신을 구현하는 작가의 개인 별집과도 같다는 말이다.

다음으로 진계유의 『만향당소품』 중 왕사임의 서문을 보자.

> 매번 진미공의 저작을 볼 때마다 필획 밖에 반드시 구름이 날아 떠돎(雲氣飛行)을 느낀다. 또한 우윳빛 옥이나 으스름한 달(白瓊淡月)과 같은 것은 속세의 흙먼지에 찌든 마음으로 그 뜻을 깨달을 수 있는 바가 아니다. 혹자는 말한다. “이 노인은 눈에 푸른 힘줄이 있어 옥이 부딪쳐 나는 소리와도 같이 그 명성이 높으니 귀양 와서 세속을 초탈한 자가 아닐까?” 나는 말한다. “진미공은 세상에 쓰이면서도 세속을 초탈한 자다.”[75]

진계유의 『미공선생만향당소품』 역시 작가의 전집에 대한 소품별집에 불과하지만, 왕사임은 서문에서 진계유의 전체적인 작품풍격을 ‘雲

---

75 王思任, 「晩香堂小品序」, 陳繼儒, 『眉公先生晩香堂小品』, 卷首: “每見眉老著作, 覺筆畫之外, 必有雲氣飛行, 又如白瓊淡月, 非塵土胃腸可以領略。或曰 : ‘此老目有綠筋, 名高琳扎, 謫來度世者也。’ 予曰 : ‘眉老用世而度世者也。’”

氣飛行', '白瓊淡月'이라 총평했다. 진계유는 나이 서른이 되기 전부터 儒家의 의관을 불태우고 科擧를 거부했으며, 후에도 여러 차례 徵招를 받았으나 入仕하지 않았다. 평소 은일자중하며 학관을 열어 제자를 가르치고 저술에 전념하여 당시 그 명성이 자자했다. 그는 실로 詩文·희곡·소설·서화 등 모든 예술에 조예가 깊었고, 숲 속에 은거하는 '山人'의 풍모를 지녀 문장이 장단을 가리지 않고 모두 雋永한 풍격을 지녔으며, 특히 그의 소품은 清新澹逸하여 당시 권위 있는 창작자이자 비평가로서 만명소품 풍기의 형성과 발전에 지대한 공헌을 했다. 曾異撰(字弗人; 1591-1639?) 역시 「與黃東崖先生書」에서 진계유의 소품을 다음과 평했다.

> "大文은 體勢와 筆力을 위주로 한다"고 나는 생각한다. 陳眉公(陳繼儒)은 운치가 바람처럼 내달리는 것(韻致風逸)이 黃魯直(黃庭堅)의 題跋의 기량과도 같다. 譚友夏(譚元春)는 뜻이 깊고 꾸밈이 없기는 하지만 鍾退庵[谷](鍾惺)의 침착하면서 상쾌한 것과는 같을 수 없다. 그러나 진미공과 담우하는 모두 소품일 뿐이다.[76]

증이찬이 진계유의 창작을 황정견의 題跋文의 기량과 비견한 것과 같이 진계유 역시 황가혜의 『소황풍류소품』의 서문에서 "題跋文은 문장가의 刀劍이라 筆力이 신통치 않은 자는 이를 힘쓸 겨를이 없다"라 지적하고, "蘇軾과 黃庭堅의 멋은 가장 멋진 것이 題跋이요, 그다음이 尺牘, 그다음이 詞作이다"[77]라 하여 소식과 황정견의 題跋文을 높이 평

76 曾異撰, 「與黃東崖先生書」, 『紡授堂集』二十六卷(明崇禎間刊 ; 臺北 : 國立中央圖書館所藏, M13179), 卷之五, 書牘 : "愚謂 : '大文以體氣骨力爲主.' 眉公韻致風逸, 黃魯直題跋手也。友夏雋木, 不能如鍾退庵[谷]之沈快。然二君皆小品耳。"

77 陳繼儒, 「舊序」, 黃嘉惠 (編), 전게서. 卷首: "題跋, 文章家之短兵也。鉢底有獰龍, 鞁

가했다. 다만, 증이찬이 '體勢'와 '筆力'을 중시하는 '大文'의 관점에서 '소품'을 폄하하고 있기는 하지만, 진계유의 소품을 '韻致風逸'하다고 한 것은 '운치'와 '풍취'를 풍격으로 삼는 소품창작의 특징을 정확하게 평한 것이라 하겠다.

명대의 마지막 황제였던 思宗(改諡 毅宗)의 숭정조 말엽에 이르러 만명소품 개념의 발전은 정리와 종합을 거쳐 중국문학사의 전 시대로 확대되었다. 숭정 16년에 간행된 衛泳(號 叔永, 又號 吳下懶仙, 別署 蘭心道人)의 『冰雪攜』(不分卷, 一名 『晩明百家小品』)는 특정의 문파나 문체를 한정하지 않고 만력으로부터 천계·숭정 말엽에 이르는 각종 체재의 소품 문장을 두루 수록하여 그야말로 만명소품의 총결산이라 할 만하다.[78] 특히 『빙설휴』의 撰序者 葉襄은 자신의 서문에서 "衛永叔은 郊廟와 朝廷의 '高文大章'을 막론하고 유별나게 작은 것을 특별히 뽑아 수백 편을 세상에 내놓았다"라고 하여 『빙설휴』에 수록한 소품도 작품의 형식 면에서 단소함을 추구했다. 작품의 내용과 성격에 관해서는 이 소품선집을 『빙설휴』라고 제명한 것처럼 편자 위영은 「小引」에서 특별히 '氷雪之氣'를 품은 '氷雪文'을 강조했다.

> 나는 성질이 熱勢를 따르지 않고 거의 寒士와 친하게 지내는 편이다. 寒氣가 엉기면 빙설이 된다. 빙설은 그 속은 깨끗하고 겉은 거울처럼 맑아 士君子의 덕행과 닮은 데가 있다. 黃山谷(黃庭堅)은 "重한 節義가 있는 자는 반드시 속되지 않은 사람이다"라 했다. 사람이 속되지 않은 자

鞋脚下有劣虎, 非筆具神通者未暇辨此。……蘇黃之妙, 最妙於題跋, 其次尺牘, 其次詞。"

78 葉襄, 「序」, 衛泳 (編), 『晩明百家小品冰雪攜』(上海 : 中央書店, 1935), 卷首 : "衛子永叔爰自萬曆以後迄于啓禎之末, 爲文凡若干卷。自郊廟大章與夫朝廷述作, 照碑版而輝四裔者, 姑一切勿論, 特取其言尤小者, 遴數百篇, 以行于世。"

는 빙설의 기운을 얻은 자이다. 만약 문장이 빙설의 기운을 얻었다면 또한 어찌 俗文이겠는가? 내가 이 책을 지니는 것은 잠시나마 속됨을 벗어나려 할 따름이다. 客이 보고는 이리저리 들추면서 "이것은 번뇌가 많은 이 세상 속의 한 첩 청량제구려!"라고 했다. ……鐵脚道人은 맨발로 눈 속을 달려가 매화를 한입 가득 씹고는 눈을 섞어 삼켰다는데 차라리 이 책을 집어 들고 몇 장을 소리 높여 읊어 寒香이 사람의 肺腑에 스며들게 하는 것이 더 나을 것이다. 냉랭하게 헛된 말만 날리면 끝내 속됨을 면치 못할 것이다. 그러므로 이 책을 『빙설휴』라 題書하고, 世外人들에게 바쳐 완상하게 하고자 한다.[79]

자신의 성품은 권세 있는 사람들을 따르지 않고 주로 가난한 선비들과 가까이 지낸다는 편자의 자기 고백은 시류에 영합하지 않고 자신만의 성정을 지켜나가는 만명 문사 특유의 '淸高' 사상의 발로이다. 이는 또한 극도로 부패하고 문란했던 명말 사회에 대한 풍자이자 저항이라고도 볼 수 있겠다. '빙설휴'라는 서명이 암시하듯 자신의 성품과도 같은 '氷雪文', 즉 맑고 깨끗하여 속되지 않은 '雅文'을 가려 뽑아 즐기며 번잡한 속된 세상을 벗어나려 했다는 『빙설휴』 편찬의 의도에서 만명소품의 작품 성격과 효용가치에 대한 편자만의 견해를 엿볼 수 있다.

숭정 16년, 위영의 『빙설휴』와 같은 해에 간행된 陳天定의 『慧眼山房評選古今文小品』八卷은 선진에서 명대에 이르는 산문과 변문 및 詩

79 衛泳, 「小引」, 衛泳 (編), 상게서. 卷首 : "余性不因熱, 殆與寒近。寒氣之凝, 爲冰與雪。中潔外瑩, 有似乎士君子之行。山谷云 : '有大節者必不俗人也。' 人而不俗者, 得乎冰雪之氣者也。苟文而得乎冰雪之氣, 亦豈俗文也哉 ? 余之攜是卷也, 聊以避俗而已。客見之, 輾然請曰 : '是火宅中一貼清涼散也。' ……鐵脚道人赤脚走雪中, 嚼梅花滿口, 和雪嚥之, 不若攜此卷朗吟數葉, 便有寒香沁人肺腑。冷飛白詞, 終未免俗。因題曰 『冰雪攜』, 出以共俗外人賞之。"

賦 歌詞 창작을 編評한 通代 선록의 소품총집이다. 편자 진천정은 서문에서 작품의 성격과 그 선정기준에 대해 다음과 같이 말했다.

> 나는 술을 못 마셨지만 家元戎 子潛 兄의 西園에서 함께 술 마시면서 도량이 넓어지고 마음이 탄탄해져 고래가 숨을 들이쉬고 명마가 내달리듯 마침내 잘 마시게 되었다. 나는 문장을 논할 때도 역시 그러하여 天巧를 귀히 여기고 人巧를 천히 여긴다. 요사이 古今人의 短篇을 구해 보니 지렁이가 오로지 흙과 물만 먹으면서 달리 구하는 것이 없는 것처럼 절개를 지키는 것이나 나비가 제 홀로 날개 치는 것 같은 것도 있고, 들에서 타는 풀이 재가 되어도 뿌리는 남는 것이나 차가운 강물이 낮아져 바닥의 돌이 드러나는 것 같은 것도 있다. 개중에는 天機가 마침 돌아와 春女가 情人을 그리워하고 秋士가 老衰를 슬퍼하는 것도 있다. 작자와 독자 모두가 현실 세상 밖에 있으니 高文典册은 마땅히 논외로 하는 바이다.[80]

편자 진천정이 『고금문소품』이라고 제명한 '소품' 단어의 용법에서 보듯이 만명인이 문학작품과 관련하여 '소품'이라 칭할 때 이는 어떤 부류의 문학작품에 대한 통칭이었지 결코 체재의 개념이 아니었다. 이것은 중국 현대문학에서 말하는 문학체재로서의 '소품문'의 개념과는 다른 것으로 이 점에 대해서는 뒤에서 다시 자세히 논의할 것이다.[81] 진

---

80 陳天定, 「叙」, 陳天定 (編), 『慧眼山房評選古今文小品』(明崇禎十六年刊 ; 프린스턴: 프린스턴대학교 동아시아도서관 소장, TC328/2846), 卷首 : "余不能飮, 飮于家元戎子潛兄之西園, 則浩浩焉, 落落焉。鯨噏驥奔, 遂能飮矣。予于論文亦然, 貴天巧而賤人巧。間嘗于古今人之短篇求之 : 如蚓空腸, 如蝶獨拍, 如野燒之草, 灰而根存 ; 如寒江之水, 底而石出。箇中天機正復, 如春女思而秋士悲。作者、閱者俱在衫屨阡陌之外。高文典册, 所當別論。"

81 陳天定의 『慧眼山房評選古今文小品』은 屈萬里의 『普林斯敦大學葛思德東方圖書館

천정의 『혜안산방평선고금문소품』은 그 서명으로 볼 때, 방대한 전체 古今文 중에서 가려 뽑은 소품이란 의미로 이해된다. 만명의 여타 소품 선집이 그러하듯 편자 진천정이 말하는 소품 역시 '高文典册'과 상대되는 개념으로, 그 작품은 인위적인 기교보다는 자연스러운 기교를 귀히 여기고, 현실적인 문제보다는 초속적인 경지를 추구한 것이다. 다만 한 가지 주목할 점은, 수록한 명대 작가 중에는 徐渭·湯顯祖·陳繼儒·袁宏道·鍾惺·譚元春 등 공안·경릉파 계열의 문인이 비교적 많기는 하나, 그들과는 문학 경향이 달랐던 개국 초의 宋濂·方孝孺 및 전칠자의 李夢陽과 후칠자의 王世貞 등도 함께 수록되었다는 것이다. 특히 檀弓·管子·晏子·家語·左傳·穀梁·莊子·列子·荀子 등과 같은 經子書의 문장과 역대 군주였던 周武王·梁元帝·梁武帝·梁簡文帝·陳後主 등의 작품도 함께 수록되었다는 것은 만명의 다른 소품선집과 비교해 볼 때 매우 특이한 점이다. 이처럼 진천정의 『고금문소품』이 선록의 대상과 범위를 중국문학의 모든 시대와 작가로 확대한 것은 왕납간의 『소장공소품』 이래 30여 년 동안 만명소품의 개념과 작품 범위의 발전에 대한 만명인의 전면적 인식을 반영한 결과로 본다.

마지막으로 한 가지 더 논의해야 할 점은 '필기'와 '소품'의 관계 문제이다. 비록 朱國禎이 자신의 필기 저작인 『湧幢小品』에서 '小品'은 곧 '雜組'의 의미라고 하기는 했지만, 만명소품의 개념에서 이러한 필

中文善本書志』(臺北 : 藝文印書館, 1975), 568쪽에서 書名 중의 '今'字가 빠진 '慧眼山房原本古文小品'으로 표기되어 있어 그동안 정확한 書名을 알지 못했을 뿐만 아니라, 다른 연구자들의 저작에서 '古文小品'으로 잘못 인용하거나 '古今小品'이란 약칭으로만 알려져 왔다. 저자가 이 판본이 소장되어 있는 프린스턴대학교 동아시아도서관에서 확인한 바로는 原典에 書名이 표기된 곳은 모두 세 군데로, 먼저 卷首의 목차에는 '慧眼山房評選古今文小品'으로, 다음으로 正文 卷端에는 '慧眼山房原本古今文小品'으로 題書되어 있고, 마지막으로 版心에는 全稱을 줄여 '古今小品'으로 약칭되어 있다. 陳天定의 '古今文小品'이라는 이러한 용법은 명대의 문헌자료 중에서 유일한 것으로, 만명 당시의 소품 개념을 이해하는데 중요한 단서가 되므로 여기서 바로잡는다.

기 저작과 소품 자체의 구별은 반드시 명확히 규명되어야 할 필요가 있다. 이른바 '필기'란 처음에 가장 간단하면서도 원초적인 형식으로 고사를 기술하기 시작한 것으로, 후인들이 줄곧 답습해오면서 관습으로 굳어져 마침내 '소설' 형식의 전문명칭이 된 것이다. '필기문'은 특별한 격식이 없이 붓 가는 대로 자유롭게 기술하며 체제가 단소하고 언어가 간결하다. 그러나 그 내용은 敍事·說理·狀物·抒情 등 매우 다양하며 그중 특히 軼聞瑣事를 기재한 것이 뛰어나다. '필기체'는 선진·양한에서 기원하여 위진남북조에서 흥성했고 당송에서는 이미 성숙되어 명청에 이르러 극성했다. 이렇게 장구한 발전의 역사를 가진 필기는 그 제재 또한 매우 광박하여 서로 다른 시대·계층·유파에 속한 작자들이 여러 방면의 영향을 수용함으로써 그 내용 또한 매우 풍부하다. 필기 작자들은 애써 글을 짓지도 않고 세속의 비위를 맞추지도 않으며 자신의 생활 속에서 보고 듣고 느끼고 생각한 것을 붓 가는 대로 기술했고, 人·事·情·物을 막론하고 있는 그대로 꾸밈없이 묘사했다. 그러므로 그 풍격은 질박하고 강건하며, 情調는 진지하고 자연스러워 이른바 '質勝之文'으로 그 성취와 가치는 때로 문학작품보다 결코 못하지 않다. 예를 들어 明末 遺民 張岱는 공안·경릉 두 파의 장점을 겸비하여 참신하고 생동하는 글로써 一家를 이루었다. 그의 『陶庵夢憶』은 淸新한 필치로 당시의 瑣聞을 많이 적고 있어 명말의 사회 상황과 民俗 風情을 고찰하는 데에 중요한 자료가 될 뿐만 아니라 만명의 필기 저작 중 문장이 특출하기로 유명하다.[82]

이렇게 필기 문장이 지닌 광범한 제재, 자유로운 체제, 단소한 편폭,

---

82 張榮輝, 『中國文體通論』(高雄 : 高職叢書出版社, 1977), 721-722쪽 ; 陳必祥, 『古代散文文體概論』(臺北 : 文史哲出版社, 1987), 97-100쪽, 劉葉秋, 『歷代筆記槪述』(北京 : 北京出版社, 2003), 247쪽 참고.

질박한 풍격, 그리고 지식성과 취미성 등의 특징들은 만명소품과 어느 정도 유사성이 인정되기도 하나, 필기와 소품은 각기 독립적으로 발전한 두 가지 서로 다른 계통으로 보아야 한다. 일종의 문장 체재이자 저술 체제로서 광범하게 사용되어온 '필기'도 그 자체로서 특유의 발전 과정을 거쳤고, 만명에서 어떤 부류의 단소한 문장 또는 간략한 문집을 지칭하는 '소품' 또한 그 독특한 발전 배경을 가지고 있기 때문이다. 필기소설의 전문연구자 劉葉秋는 『歷代筆記概述』에서 명대 중엽 이후의 필기 저작의 발전 상황을 논하면서 당시 만명소품의 영향을 받은 필기를 다음과 같이 평가하고 있다.

> 일반적으로 말하자면, 명 중엽 이후에는 이전만큼 實學을 숭상하지 않아 헛된 의론을 펴고 온갖 감상을 적은 隨筆이 점점 많아지게 되었다. 晩明小品文이 흥성함에 따라 많은 필기 저작 속에는 문학적 요소가 빠르게 증가되었다. 考據辨證類의 筆記는 叢談雜著類의 성취가 비교적 높았다. 經史 訓詁學을 전문적으로 논한 필기는 근거가 세밀하지 못하고 기억에 실수가 많아 이 부류의 宋人 필기와 비교하면 실로 뒤떨어진다.[83]

"만명소품이 흥성하면서 그 영향으로 명말의 필기 저작 속에 문학적 색채가 증가하게 되었다"는 유엽추의 말은 오늘날 중국 필기 연구자들의 공통된 의견으로 이는 곧 필기와 소품의 발전 체계를 달리 보고 있음을 입증하는 것이다.[84] 따라서 만명의 필기와 소품 간의 상호 영향 관

---

83 劉葉秋, 상게서. 163쪽 : "一般說來, 明中葉後, 不如以前之崇尙實學 ; 故發空論、志雜感的隨筆漸多。晩明小品文的興盛, 則促進不少筆記增加了文學成分。考據辨證類的筆記, 以叢談雜著之類爲成就較高。其專門講經史訓詁之學的, 則引據往往粗疏, 記憶時多失誤 ; 與宋人這類筆記來比, 實有遜色。"

계를 인정한다 하더라도 양자의 창작 실천과 개념 인식상의 차이는 엄연히 존재한다고 본다.

4만여 권의 장서를 지니고 산중에서 기거하며 독서와 저술에 힘쓴 명대 문인 胡應麟(字 元瑞, 號 少室山人; 1551-1602, 萬曆 擧人)은 '小說'을 여섯 종류로 분류한 바 있는데, 여기서 소품의 문장 체재와 비교해 보기로 하자.

> 小說家의 부류는 또한 수종으로 나누어진다. 하나는 志怪類로 搜神·述異·宣室·酉陽과 같은 것이다. 하나는 傳奇類로 飛燕·太真·崔鶯·霍玉과 같은 것이다. 하나는 雜錄類로 世說·語林·瑣言·因話와 같은 것이다. 하나는 叢談類로 容齋·夢溪·東谷·道山과 같은 것이다. 하나는 辨訂類로 鼠璞·雞肋·資暇·辨疑와 같은 것이다. 하나는 箴規類로 家訓·世範·勸善·省心과 같은 것이다. 그중 談叢과 雜錄 두 부류는 가장 쉽게 서로 혼란되어 흔히 나머지 네 부류를 겸하여 가지기도 하지만, 이 네 부류는 대부분 독립되어 앞의 두 부류에 섞여 들어갈 수 없다. 志怪와 傳奇는 더욱 쉽게 넘나들어 늘 한 권의 책 중에 두 사건이 함께 기재되거나 한 권의 책 속에 두 경계가 함께 존재하기도 하여 그 중요한 것을 우선 들어서 말할 따름이다.[85]

---

84 張虎剛·林驊 (編), 『元明小說選譯』(上海 : 上海古籍出版社, 1990), 3쪽의 「前言」에서도 "文言小說另一個分支筆記小品, 明代又有長足發展。叢談雜著、考據辨證、歷史瑣聞、奇言軼事, 不勝枚擧。受小品文影響, 不少筆記較前代增加了文學色彩。"라 말하고 있다.

85 胡應麟, 「九流緖論(下)」, 『少室山房筆叢』, 全2册, 再版(臺北 : 世界書局, 1980), 卷二十九丙部, 상 : 374 : "小說家一類, 又自分數種 : 一曰志怪, 搜神、述異、宣室、酉陽之類是也 ; 一曰傳奇, 飛燕、太真、崔鶯、霍玉之類是也 ; 一曰雜錄, 世說、語林、瑣言、因話之類是也 ; 一曰叢談, 容齋、夢溪、東谷、道山之類是也 ; 一曰辨訂, 鼠璞、雞肋、資暇、辨疑之類是也 ; 一曰箴規, 家訓、世範、勸善、省心之類是也。談叢、雜錄二類, 最易相紊, 又往往兼有四家, 而四家類多獨行, 不可攙入二類者。至於志怪、傳奇, 尤易出入, 或一書之中, 二事並載, 一書之內, 兩端具存, 姑擧

여기서 '傳奇'는 殘叢小語 식의 소설이 아니며, '箴規'는『顔氏家訓』과 같은 책으로 子部雜家類에 속한다. 그렇다면 만명소품의 선집들이 수록한 '雜著'·'雜文'·'雜記' 체재의 작품들은 대부분 위 호응린이 말한 雜錄類에 속하는데, 이는 바로 필기체 중에서 문학작품에 가장 가까워 후인들이 위진남북조 이래의 殘叢小語式의 고사를 통틀어 부르는 '필기소설'인 것이다. 그러나 이러한 필기소설들을 모두 만명의 이른바 '소품'으로 볼 수는 없을 것이다. 실지로 거기에는 소품선집에 선록될 만한 어떤 선정기준이 있을 것이고, 어떤 필기 작품이 소품의 범주에 들 것인지는 만명소품의 문학이론과 관련된 문제로 본다.[86]

Ⅴ. 결어

중국문학사에서 '만명' 시대는 대체로 명대 중엽 이후 萬曆(1573-1620)·天啓(1621-27)·崇禎(1628-44) 연간의 세 왕조를 거치는 동안

其重而已。"

86 따라서 오늘날 필기 연구자들이 말하는 '筆記小品'이란 단지 그 편폭이 단소하다는 작품의 형식 면에 착안하여 호칭한 것으로 보이며, 이는 강렬한 시대적 특색을 반영한 晩明의 이른바 '小品'과는 다르다고 하겠다. 예를 들면, 陳必祥,『古代散文文體概論』, 88쪽 : "此(筆記散文的正體)外, 搜神志怪、談異傳奇的筆記小品, 廣義上也都可列入筆記散文的範圍。", 95쪽: "一些收錄小品較多的筆記作品多半出在明淸兩代, 如『古今說海』、『廣百川學海』、『國朝紀錄匯編』、『古今譚概』、『堅瓠集』等。另外, 如『日知錄』、『陔餘叢考』、『十駕齋養新錄』等大型筆記, 堪稱學術史上的力作。", 99쪽: "顯然唐宋傳奇、志怪話本等是六朝志怪筆記小品的演化。宋元乃至明淸的寫人情世態的小說也往往是筆記小品的整篇改寫或部分錄用。" ; 張虎剛·林驊(編),『元明小說選譯』,「前言」, 3쪽 : "文言小說另一個分支筆記小品, 明代又有長足發展。叢談雜著、考據辨證、歷史瑣聞、奇言軼事, 不勝枚擧。"라는 말에서 '筆記小品'이란 단지 顧炎武의『日知錄』등과 같은 '大型筆記'와 비교하여 주로 '搜神志怪'·'談異傳奇'類의 단소한 역대 필기작품을 지칭한 것으로, 이는 만명소품과는 무관하다고 본다.

전후칠자의 의고주의 문풍에 반기를 들어 公安 三袁이 흥기하고 다시 竟陵 鍾·譚이 이들을 계승한 후 明朝의 패망에 이르는 70여 년의 시간대를 말한다. 이 시기에는 정치가 부패하고 학술은 침체되었으나 유독 문학만은 전후칠자의 模擬와 塗飾의 병폐를 교정하고 '性靈'을 발해내어 크게 이채를 띠었으니, 만명소품은 바로 이 시대 문학사상의 표징이라 할 수 있다. 본장에서는 '소품'의 어원과 그 개념의 변천 양상을 의미론적 관점에서 추적하여 '만명소품' 개념의 형성과 발전의 전모를 살펴보았다.

만명 당시의 실지 용법으로 볼 때, '소품' 용어는 몇 가지 서로 다른 범주의 개념을 가진다. 즉 단순히 어떤 문학작품을 지칭하기도 하거니와 때로는 어떤 문학 문집이나 필기 저작을 지칭하기도 하고, 또 때로는 어떤 문학풍격을 의미하기도 하여 실지 응용범주 내에서의 개념은 매우 복잡하면서도 다원적인 성격을 띤다. 그러므로 만명소품의 개념과 범위를 확정하는 일은 실지로 그리 간단하지 않고, 작품의 예술적 특징을 규명하는 일도 현재까지 그 연구가 계속되고 있다. 그러한 점에서 만명소품의 개념을 첫째, 소품 관념의 연구로서 소품문학을 정통문학과의 상대적 관계 속에서 대비 분석하고, 둘째로 소품 유형의 연구로서 다시 두 측면으로 나누어 소품작품의 문학예술상의 개념과 소품선집의 편집방법상의 개념으로 파악한 본장의 논의는 단순히 '소품'으로 제명된 저작의 성격에 따른 분류를 기초로 한 개념 논의에 비해 금후 만명소품의 좀 더 완전한 개념 수립에 진일보한 단초를 제공할 수 있을 것이라 기대한다. 본장의 논의의 중점을 요약하면 다음과 같다.

'소품'은 원래 『般若經』의 간략한 漢譯本을 일컫는 佛家經典語로서, 중국에서는 六朝 晉代(265-420)부터 사용해왔다. 현존하는 문헌자료로 볼 때 중국문학 범주 내에서 '소품'의 假借 사용은 明 萬曆 39年

(1611) 王納諫의 『蘇長公小品』에서 비롯되어 정통적 경세 실용 목적의 '春容大篇(典雅한 大作)'과 상대되는 개인적 쾌락가치 지향의 '小文小說'을 의미하며, 이는 만명소품선집들이 공통적으로 지니는 일관된 소품 관념이다. 처음에 宋代人 蘇軾 詩文의 評選 과정 중에서 형성된 이 '소품' 개념은 점차 그 의미와 작품 범위를 확대하여 나중에는 만명 당대, 더 나아가 중국 역대의 모든 작가와 작품을 선록의 대상으로 삼았다. 따라서 체재론적 입장에서 보면 만명소품의 범위는 넓게는 산문 외에도 詩詞 歌賦 등의 운문창작도 포괄하지만, 좁게는 다만 산문창작만을 포함한다. 그러나 만명인의 이른바 '소품'은 원래 일종의 문학체재를 의미하는 단순한 개념이 아닌 것으로, 그것은 작품이 표현하는 '眞'·'新'·'趣'·'韻'·'淡' 등의 정신적 특질과 심미적 의식이 동시에 고려되어야 한다.

만명소품의 문학예술상의 개념은 蘇軾의 '小文小說'에 대하여 陳繼儒가 그 작품 특징을 묘사한 '短而雋異'로서 설명된다. 이 말은 만명소품의 예술성을 규정하는 미적 규범으로, 만명소품의 형식과 내용상의 특징을 함축하고 있다. '短'은 곧 편폭이 '短小'한 경향을, '雋異' 는 '雋永'·'新異'한 특질을 의미하여 이 두 요소의 통일에 의해 소품은 그 특수한 성격을 형성하게 된다. 소품의 편집방법상의 개념은 소품선집의 편집 시에 한 작가의 총체적인 창작 경향에 착안하여 소품선집이 비록 한 작가의 전체 작품을 수록한 것은 아니지만 선록된 부분 작품만으로도 가급적 완전한 면모의 작가정신과 작품풍격을 구현하려 한 것으로, 이러한 편집상의 개념은 소품의 한 편 문장으로서의 '短小義' 외에 한 권의 선집으로서의 '簡略義'를 내포한 것이다.

만명소품의 개념과 범위의 설정에서 '필기'와 소품의 관계는 아직 분명히 해결되지 못한 문제가 남아 있다. 朱國禎이 자신의 필기 저작인

『湧幢小品』에서 “소품은 곧 ‘雜組’의 의미”라고 한 말을 그대로 받아들여 만명소품을 ‘雜組’ 체재의 필기 저작만으로 볼 수도 없으며(만약 그렇게 되면 만명소품은 그 특수한 예술표현상의 차이를 불문하고 만명 시대의 모든 필기 저작을 그 범주 내로 떠안아야 할 것이다), 중국 역대의 수많은 필기 저작 중 유독 만명 시대의 필기만을 ‘소품’이라 호칭한다는 것도 지나친 억측이 아닐 수 없다. 따라서 『湧幢小品』의 이른바 ‘소품’ 용어는 朱國禎 자신의 개인적 용법으로 보아야 마땅할 것이다. 사실상 오늘날 필기와 소품을 은연중에 동일시하는 견해는 朱國禎의 『湧幢小品』보다는 淸代 四庫館臣들의 영향이 더 큰 것으로 보인다. 그들은 청대의 정통파 문인들로서 자신들이 인정하는 正格에 부합되지 않는 문장이나 史論을 소품 체재로 판정하고, ‘擬書’·‘連珠’·‘雜說’과 같은 체재의 운용을 소품 기교로 간주하여 이른바 ‘隨筆小品’과 ‘淸言小品’을 소품 형식의 주요 내용으로 파악했다. 그러나 그들의 이러한 인식은 만명소품의 실상과 부합하지 않을 뿐만 아니라, 청대의 이질적인 학술사상으로 인해 야기된 만명 문학 전반에 대한 폄하와 배척의 의도가 다분하다고 본다. 따라서 만명소품 개념의 논의에서 이러한 필기 저작과 소품 자체의 구별은 철저히 규명되어야 할 필요가 있다.

‘필기체’가 지닌 광범한 제재, 자유로운 체제, 단소한 편폭, 질박한 풍격, 그리고 지식성과 취미성 등의 특징은 만명소품과 어느 정도 유사성이 인정된다 하더라도 필기와 소품은 각기 독립적으로 발전한 별개의 계통으로 보아야 한다. 이것은 일종의 문장 체재이자 저술 형식으로서 광범하게 사용되어온 ‘필기’도 그 자체로서 고유의 발전 과정을 거쳤고, 만명 시대에 어떤 단소한 문장 또는 간략한 문집을 지칭한 ‘소품’ 또한 그 특수한 발전 배경을 지니고 있기 때문이다. 실지로 만명소품선집이 수록하고 있는 ‘雜著’·‘雜文’·‘雜記’ 체재의 작품들은 대부분 필기체 중에서도 문학성이 가장 뛰어난 '필기소설'에 속한다. 그러나 이러한 필기소설조차도 모두 만명의 이른바 '소품'으로 볼 수는 없을 것이다. 이러한 필기류의 문장이 만명소품선집에 수록될 때 거기에는 어떤 선정기준이 있었을 것이므로 어떤 필기 문장이 소품의 범주에 들 것인지는 만명소품의 문학이론과 관련된 문제로 본다.

중국문학사에서 만명소품은 특수한 의의와 가치를 지니고 출현한 것으로 '소품'이란 용어 자체는 청대와 현대에서도 계속 사용되어 왔으나, 그것의 개념과 어의는 만명 원래의 의미와는 달라서 각 시대의 문헌을 볼 때 그 시대 고유의 용법에 주의하지 않으면 해당 문헌이 의도하는 정확한 의미를 파악하기 어렵다. 이러한 현상은 바로 시간의 추이에 따른 단어의 어의 변천에 의한 것으로, 이 문제의 해명은 훈고학에서도 중요한 과제가 된다. 만명 이후 청대와 현대에서의 만명소품의 인식과 비평 및 소품 개념의 어의 변천에 대해서는 뒤에서 자세히 논의하기로 한다.

晩明小品論

중국 산문전통의 '이단'인가, '혁신'인가?

제3장

만명소품의 문학이상

Ⅰ. 서언

문학이론의 구축은 시대 환경의 영향과도 관련되고 문학체재 자체와도 관련된다. 또 문학체재의 흥성과 쇠퇴는 마치 유기체처럼 발육·성숙·노쇠의 과정을 거치게 된다. 따라서 본장에서 만명소품과 관련한 문학이론을 논의하기에 앞서 먼저 '만명'이라는 특수한 시대 환경에서 기인한 소품문학 흥성의 주요 원인을 살펴보기로 한다.

첫째, 만명 시대는 장기간에 걸쳐 왕권 정치가 부패함으로써 庸君과 權閹의 해악이 극에 달해 충신과 백성들의 고초는 이루 말할 수 없었다. 번다한 稅目은 백성을 수탈했고 만연한 貪風은 뇌물 수수를 관행화했으며 빈발한 黨禍는 생명을 위협했다. 이처럼 잔혹한 사회 현실에 처한 만명 문인들은 타락한 정치에 절망하고 심리적 중압감을 이기지 못해 산수를 유람하고 필묵을 희롱하면서 자아 해탈을 희구했다. 때마침 嘉靖朝(1522-66)부터는 前朝에 비해 군주의 文網이 상대적으로 관대해져 만명 문인들은 점차로 '載道'의 속박에서 벗어나 개인의 '性靈'을 발해내어 '言志'의 소품문학이 출현하게 되었다.

둘째, 명대의 철학사상은 두 가지로 대별될 수 있다. 그것은 前代를 이어 國初로부터 官學化의 지위를 굳힌 '朱子學'과, 인간의 주체를 이루는 것은 '心'의 문제라고 주장한 王守仁(字 伯安, 號 陽明 ; 1472-1528, 弘治 12年 進士)의 '心學', 곧 '陽明學'이다.[1] 명대 초기의 理學은 대체로 朱子學說을 묵수하여 새로운 발명이 없었을 뿐만 아니라 '居敬窮理'의 기본적 수양방법 또한 사분오열되어 큰 폐단을 낳았다. 양명학은 명대 중엽 이후 침체되었던 명대 유학에 새로운 기풍을 일게 한 것으로, 그것은 '格物'은 自家心性에 있는 것이므로 外求에 의존할 것이 아니라 하여 '心卽理'를 철학의 강령으로 삼았는데, 이는 바로 나의 마음이 우주의 大意志이며 만물이 모두 나에게 구비되었다고 하는 자연적 유심적 낭만 철학으로 개인의 자발적 정신을 환기시켜 만명 문인들을 전통의 속박에서 벗어나게 했다. 그리하여 인간의 절대 지선인 '良知'의 자율성을 강조함으로써 학문의 목적을 '致良知'에서 찾았고, '眞知'는 실천을 통해 완성되는 것이라 하여 '知行合一'을 주장했다.[2] 이와 때를 같이하여 당시는 불교의 선종이 유행하고 있었으므로 양명사상은 경험과 학문의 축적보다는 정신의 집중에 의해 별안간 깨달음을 얻는 臨濟宗의 '頓悟'와도 쉽게 융화되어 平民化와 함께 反傳統의 색채를 띠고 만명 사상계의 주류를 이루었다. 특히 양명의 수많은 제자 중, 자유주의 색채가 가장 짙었던 王艮(字 汝止, 世稱 心齋先生 ; 1483-1541)을 대표로 하는 泰州學派는 反傳統·反名教·尊個性·重實行의 정신적 특질을 지니고 자신의 성정과 지식 및 의사에 따라 발전하여 그들의 사상은 더욱 자유주의적 경향으로 흘러갔다.[3] 만명소품의 작가들은

1 (日)宮岐市定, 『中國史』, 曺秉漢 譯(서울 : 歷民社, 1983), 351-352쪽 참고.
2 東洋史學會 (編), 『概觀東洋史』(서울 : 知識産業社, 1983), 236쪽 참고.

대부분 이러한 사상의 영향을 받아 즐겨 '名士'나 '山人'으로 자처하며 전통예교를 멸시했다. 이렇게 전통질서가 점차 세력을 상실해가는 가운데 비록 그들의 말류는 공허하여 방종으로 흘렀으나, 당시의 사상과 문학 및 예술은 오히려 지극히 자유롭고 낭만적인 기풍을 조성하여 소품문학의 발전에 유리한 조건을 제공해 주었다.

셋째, 만명 시대가 정치적 혼란 속에서도 문화적 번영을 유지할 수 있었던 것은 경제계가 호황이었기 때문이다. 대개 晩唐五代로부터 江蘇·浙江·安徽 등의 강남 지역은 농업 중심에서 점차 상업과 직물업·요업·인쇄업·제지업 등의 수공업 중심지로 전환되어 갔다. 특히 宋元으로부터 명대 중엽에 이르는 동안, 蘇州·南京·杭州 등 강남의 여러 도시들은 직접 생산지를 배경에 둔 상품의 집산지로서 경제적 중심지가 되면서 인구집중 현상이 현저하여 17세기 초 蘇州에는 직물업의 전문경영자가 수천 호, 직공과 염색공이 각각 수천 명이 있었다고 전한다.[4] 이러한 경제의 중심지에는 언제나 문화가 흡인되게 마련이므로 강남은 또한 문화적 중심지로 부상하여 학문과 예술이 번성함으로써 문학창작에 유리한 물질적 조건을 제공했다. 이와 함께 사회조직에서도 새로운 시민계층이 부단히 증대되어 갔는데, 그들은 도시 중산층으로서 사회적으로 '有閑' 계급의 자태로 존재하며 전통을 거부하고 자유분방한 생활태도와 사고방식을 요구하게 되었다. 만명의 이러한 추세는 서민 중심의 문학과 예술의 발전을 촉진시킨 배경이 되어 민간의 소설과 희곡이 각광받는 계기를 마련했고, 만명문학도 이러한 조류의 영향으로 그 언어형식과 문학사조상 전환과 조정을 거치지 않을 수 없었다. 만명

3 林尹, 『中國學術思想大綱』, 第13版(臺北 : 學生書局, 1978), 218-225쪽 ; 錢穆, 『中國思想史』, 第3版(臺北 : 學生書局, 1982), 225-244쪽 ; 朱維之, 『中國文藝思潮史略』(香港 : 縱橫出版社, 1979), 149쪽 참고.

4 東洋史學會 (編), 전게서. 223쪽 참고.

소품에 특히 山水景物·骨董器物·書畵藝術·實用技藝·市井風俗 등에 관한 내용이 많은 것도 당시 도시생활의 문화적 양태를 반영한 것으로, 만명소품 작가들은 본의 아니게 당시 도시 중산계층의 시민들이 애호하고 모방하려 했던 유행의 첨단으로서의 역할을 수행한 셈이었다.

넷째, 만명 시대의 문인들은 창작에 열중했을 뿐만 아니라 만명 당대 및 역대의 작품을 대규모로 수집 정리했고, 이와 함께 인쇄술의 발달은 서적의 출판을 용이하게 함으로써 문학작품을 대량으로 전파시킬 수 있었으니 이는 작가의 개성을 중시하는 소품문학의 창작에 고무적인 작용을 했다. 서적의 유통과 열람은 적어도 北宋(960-1127) 시대까지는 돈으로도 사볼 수 없었으며, 서적이 가장 많이 소장된 조정의 도서관인 '秘閣'에는 일반인의 신분으로는 더욱 갈 수 없는 상황이었다. 그러나 송대 이후에는 민간에서도 藏書家가 나오고 명대에는 더욱 보편화되었으며, 그 사이 인쇄술 또한 진보하여 서적의 대량 인쇄가 가능해짐으로써 문인들은 비각에 출입하지 않더라도 지불할 돈만 있으면 원하는 서적을 구매할 수 있었고, 만약 재력가라면 자신이 입수한 진귀한 서적을 직접 출판할 수도 있어 출판가로서의 명성을 얻기도 했다. 그리하여 명대에는 당대의 詩文을 당대인이 편찬하는 경우는 말할 것도 없고, 심지어 자신의 詩文을 자신이 직접 출판하는 일도 비일비재했다. 이러한 인쇄술의 발달과 출판업의 성행에 따라 명대의 문학 독자층도 수적인 증가와 함께 다양화되었고, 이로써 명대의 문학사는 이미 특정 집단의 소수 문학가에 의해 지배되는 것이 아니라 문학을 생산하고 전파하고 소비하는 여러 계층들의 유기적인 관계 속에서 전개되었다.[5] 만명 당시 이른바 '소품'의 발생과 유행이 소품의 작가 자신들보다도

5 (日)前野直彬 外,『中國文學史』, 連秀華·何寄澎 譯(臺北 : 長安出版社, 1979), 212-213쪽 참고.

오히려 소품의 評選家나 出版商과 더 밀접한 관련이 있는 것도 바로 그러한 이유 때문이다. 그들은 당시 소품 작가와 독서 대중을 연결하는 중개자로서 문학취미의 적극적인 결정자인 독자들에게 소품을 보급하고 전파하는 데 지대한 공헌을 했다.

요컨대 만명소품은 명말 江南 지역의 경제 번영과 王學 사상의 개방적 풍조 및 문인들의 암흑 정치에 대한 반동 등의 원인들이 결합되어 탄생한 것으로, 그것은 확실히 그 시대의 새로운 역사적 산물이었으며 일정 정도 진보적 의의를 지닌 문화적 소산이었다. 만명소품 흥성의 이러한 외부 환경적 요인들은 자연히 작가의 창작태도에 영향을 미칠 뿐만 아니라 작품의 정신과 내용과도 관계를 가지게 된다. 문학은 당연히 문화의 일부로서 사회적 연관성을 가지고 생활환경 속에서 발생한다. 중국문학 역시 그 체재의 변천으로 볼 때, 그것은 단순히 언어형식의 진화만은 아니다. 그것은 사회경제 기초의 변화 및 사회의 풍속습관과 학술문화의 변천과 밀접하게 연관되고 정치생활과도 관계가 없지 않다. 그러나 문학형식의 진화는 또한 문학 발전의 일환이기도 하여 문학작품의 가장 중요한 요소인 언어형식과 문학전통에 영향을 미친다. 각종 문학범주 내의 작품들은 모두 상대적으로 안정된 체제와 관용화된 창작제재와 표현수법을 가지고 있다. 그러므로 설사 어떤 하나의 작품형식을 운용하는 작가 개인의 풍격은 각기 상이할지라도 전체로 보면 여전히 타 범주 내의 작품들과 구별되는 어떤 공통된 풍격 특징을 지니게 된다.[6]

만명 시대의 소품문학의 성행은 한편으로 '만명'이란 특정 시기의

6 韋勒克 R. Wellek·華倫 A. Warren, 『文學論 Theory of Literature 』, 王夢鷗·許國衡 譯, 再版(臺北 : 志文出版社, 1985), 168쪽; 袁行霈, 『中國文學概論』(臺北 : 五南圖書出版公司, 1988), 34쪽 참고.

시대 환경에 기인하고, 또 한편으로는 당시 공안·경릉 두 유파가 제창한 '성령' 문학사상 및 그 이론을 근거로 한다. 경제와 사상 영역에서의 급격한 변화와 개성 해방에 대한 시민계층의 요구가 거세었던 변혁의 시대조류 속에서 탄생한 공안·경릉파 문학은 그 언어와 사조상 일대 전환과 혁신이라 할 수 있다. 본장에서는 만명소품의 문학사상으로 '變'과 '新'의 관념을, 창작이상으로 '眞', '情', '質'의 관념을, 예술경계로서 '趣', '韻', '淡'의 관념을 살펴보고 만명소품의 창작과 감상 및 비평 문제 전반에 관한 기본적인 이해의 틀을 마련하고자 한다.

Ⅱ. 만명소품의 문학사상

명대 중엽 이후 개성과 자유를 중시하는 문학론이 대두되어 袁宗道(1560-1600)·袁宏道(1568-1610)·袁中道(1570-1624) 삼형제를 대표로 하는 公安派가 그 대표적 유파를 형성했다. 그들은 모두 胡北 公安人이어서 그들의 詩文 창작을 '公安體'라고 부른다. 그들은 '變'(변화·변혁)·'眞'(진정·진심)의 관점과 "獨抒性靈, 不拘格套"의 구호로 당시의 의고주의적 창작 전통을 억제했다. 그들은 문학의 시대성과 개성미를 중시하고 언어와 문학은 부단히 변화 발전하는 것이라고 역설하면서 문학창작은 진실한 정감을 지녀야 하고 당대의 언어를 사용해야 하며 독창적인 정신을 지녀야 한다고 주장함과 동시에 진부한 규칙과 허위적 수식을 따르고 본뜸으로써 맹목적으로 옛사람을 숭배하는 행위를 반대했다. 그들의 이러한 진보적인 사상은 당시 문단에서 창작자의 사상적 속박을 제거하고 효과적으로 '前後七子'[7]를 비판했을 뿐만 아니라 당시의 교조적인 전통문학에 큰 충격을 주었다. 원종도는 "무릇 시대에는 고금이 있고 언어에도 고금이 있다. 지금 사람들이 자랑하며 이르는 奇字 奧句가 옛날의 街談 巷語가 아니었음을 어찌 알리오?"[8]라 하고, 원굉도도 "무릇 옛날은 옛날의 때가 있고 지금은 지금의 때가 있는 것이니 옛사람의 말의 자취를 따라 옛날을 답습하는 것은 한겨울에 여름 갈포를 입는 것이다"[9]라 하고, 원중도 역시 "세상에 백 년 동안 변치 않는 문장이란 없다"[10]라고 한바, 이러한 公安 三袁의 공통된 주장은 옛사람을 모방하고 답습하는 것은 시대의 진화를 위배하는 행위임을 명백히 공언한 것이다.

공안 삼원 중에서 만명소품의 걸출한 작가로는 둘째인 원굉도를 수위에 두지만, 사실 공안파의 문풍은 맏형인 원종도가 연 것이다.[11] 원종도의 「論文」 上·下 2篇은 그의 文論의 宗旨를 밝힌 글로서, 상편은 문

---

7 '前七子'는 明 弘治(1488-1505)·正德(1506-21) 연간의 문학가 李夢陽·何景明·徐禎卿·邊貢·康海·王九思·王廷相의 총칭으로 李·何를 대표로 한다. 이들의 문학에 대한 견해는 완전히 일치하지는 않지만 대체로 "文必秦漢, 詩必盛唐"을 주장함으로써 문학의 擬古論을 중시하여 하나의 유파를 형성했다. '後七子'는 嘉靖(1522-66)·隆慶(1567-72) 연간의 문학가 李攀龍·王世貞·謝榛·宗臣·梁有譽·徐中行·吳國倫의 총칭으로 李·王을 대표로 한다. 이들 역시 前七子를 계승하여 擬古를 표방했다.

8 袁宗道, 「論文上」, 『白蘇齋類集』, 全2冊(明寫刊本 ; 臺北 : 偉文圖書出版社, 影印本, 1976), 卷二十雜說類, 하 : 620 : "夫時有古今, 語言亦有古今。今人所詫謂奇字奧句, 安知非古之街談巷語耶 ?"

9 袁宏道, 「雪濤閣集序」, 『袁中郎全集』, 全4冊(明末刊本 ; 臺北 : 偉文圖書出版社, 影印本, 1976), 卷一序, 1: 180-181: "夫古有古之時, 今有今之時, 襲古人語言之迹, 而冒以爲古, 是處嚴冬而襲夏之葛者也。"

10 袁中道, 「花雪賦引」, 『珂雪齋前集』, 全5冊(明萬曆四十六年新安刊本 ; 臺北 : 偉文圖書出版社, 1976), 卷十文, 3 : 1022 : "天下無百年不變之文章。"

11 錢謙益, 「袁庶子宗道」, 『列朝詩集小傳』, 全2冊, 第3版(臺北 : 世界書局, 1985), 丁集中, 상 : 566 : "宗道, 字伯修, 公安人。萬曆丙戌會元, 選庶吉士, 授編修, 歷官春坊中允, 至右庶子。年四十有二, 以光廟東宮舊學, 贈禮部侍郎。有二弟, 曰稽勳宏道、儀部中道。所謂公安三袁者也。伯修在詞垣, 當王李詞章盛行之日, 獨與同館黃昭素, 厭薄俗學, 力排假借盜竊之失。于唐好香山, 于宋好眉山, 名其齋曰白蘇, 所以自別於時流也。其才或不逮二仲, 而公安一派實自伯修發之。"

장 표현의 문제를 논하여 '學古'는 응당 그 뜻을 배워야지 字句에 얽매일 필요가 없음을 강조한 것이며, 하편은 문장이 표현해야 할 내용을 논하여 자신의 탁견과 진정을 가져야만 자신의 언어 문자를 가질 수 있다고 주장한 것이다. 원종도는 먼저 「論文上」에서 당시 그릇된 모방 풍조의 근원을 다음과 설명했다.

> 오늘날에 이르러 西漢까지 거꾸로 세어 올라가면 몇 천 년이나 멀리 떨어진지 모른다. 司馬遷이라 할지라도 左丘明과 같아질 수 없었거늘 오늘날 좌구명이나 사마천과 같아지려 한다면 이 역시 그릇되지 않은가! 그 사이 晉代와 唐代를 지나고 宋代와 元代를 거치는 동안 文士들은 적지 않았으나 드러내놓고 古文을 따고 찢어 자기 것으로 덮어 가린 자는 없었다. 韓愈는 신기함을 좋아하여 「毛穎傳」 등에서처럼 한때 실없이 굴기도 했지만 어쩌다가 그렇게 했을 뿐 다른 문장은 그렇지 않았다. 李夢陽은 알지도 못하면서 문장마다 본뜨고 베끼며 이 또한 正道로 회귀하는 것이라 했다. 그 후로 이으고 문인들은 이미 정해진 規例라 여기고 법령의 第一令으로 받들어 무릇 한마디라도 옛것을 닮지 않으면 곧 대노하며 '野路惡道'라 매도했다. 이몽양이 본뜨고 베낀 것은 차치하고 그가 스스로 지은 것은 그래도 그리 혐오스럽지만은 않다. 그 후 한 사람에게서 백 사람으로 전해지면서 그릇된 것이 더욱 그릇되어지고 갈수록 멀어져 볼만한 것이 없게 되었다.[12]

12 袁宗道, 「論文上」, 전게서. 卷二十雜說類, 하 : 620-621 : "至于今日, 逆數前漢, 不知幾千年遠矣, 自司馬不能同于左氏, 而今日乃欲兼同左、馬, 不亦謬乎！中間歷晉、唐, 經宋、元, 文士非乏, 未有公然擣撦古文, 奄爲己有者。昌黎好奇, 偶一爲之, 如毛穎等傳, 一時戲劇, 他文不然也。空同不知, 篇篇模擬, 亦謂反正。後之文人, 遂視爲定例, 尊若令甲, 凡有一語不肖古者, 即大怒, 罵爲野路惡道。不知空同模擬, 自一人創之, 猶不甚可厭。迨其後以一傳百, 以訛益訛, 愈趨愈下, 不足觀矣。"

전칠자의 이러한 모방 풍조의 영향에 대해 원굉도 역시 "대개 詩文은 근대에 이르러 극히 쇠했다. 문장은 반드시 秦漢을 모범으로 삼으려 하고 시가는 반드시 盛唐을 모범으로 삼으려 하여 표절하고 모방하며 그 영향을 뒤쫓아 한마디라도 서로 닮지 않은 말을 하는 자가 있으면 다 함께 가리켜 '野狐外道'라 했다"[13]라고 원종도와 동감을 표시하며 「敍姜陸二公同適稿」에서는 후칠자에 대해 다음과 같이 비판했다.

> 蘇郡의 문물은 한때 가장 빼어났다. 弘治(1488-1505)·正德(1506-1521) 연간에 이르러 才藝가 뛰어난 자들이 대대로 나와 화려하게 극성하여 문단에서 천하의 帝位에 있었다. 그 후 徐禎卿은 吳中의 詩歌를 거의 변화시키지 못하고 王世貞 형제가 이어 일어나 스스로 명예를 높이 세워 힘써 大聲 壯語를 지으니 吳中의 화려하고 아름다운 관습은 그로 인해 일변했다. 그러나 표절이 풍습을 이루고 온 사람의 입에서 한 목소리만 나오니 詩道가 볼품없이 쇠약해지게 되었다. 지금 시장의 장사꾼이나 품팔이하는 아이들조차도 다투어 노래하며 번갈아 서로 베껴 한마디라도 격식에서 벗어나거나 句法이 이전에 본 것과 다른 것이 있는 자를 보면 '野路詩'라고 극도로 비난했다. 그 실상은 한 글자라도 보이지 않으면 두 눈이 캄캄해지고 눈앞에 보이는 것이라곤 거의 익숙한 故實 뿐이어서 부화뇌동하고 번복 무상한 것이 특히 밉살스럽다.[14]

13 袁宏道, 「敍小修詩」, 전게서. 卷一序, 1 : 177 : "蓋詩文至近代而卑極矣, 文則必欲準于秦、漢, 詩則必欲準于盛唐, 剿襲模擬, 影響步趨, 見人有一語不相肖者, 則共指以爲野狐外道。"

14 袁宏道, 「敍姜陸二公同適稿」, 전게서. 卷一序, 1 : 185-186 : "蘇郡文物, 甲于一時。至弘、正間, 才藝代出, 斌斌稱極盛, 詞林當天下之五。厥後昌穀少變吳歈, 元美兄弟繼作, 高自標譽, 務爲大聲壯語, 吳中綺靡之習, 因之一變。而剽竊成風, 萬口一響, 詩道寖弱。至于今市賈傭兒, 爭爲謳吟, 遞相臨摹, 見人有一語出格, 或句法事實非所曾見者, 則極詆之爲野路詩。其實一字不觀, 雙眼如漆, 眼前幾則爛熟故實, 雷同翻復, 殊可厭穢。"

李攀龍(字 子鱗, 一作 于鱗, 號 滄溟; 1514-70, 嘉靖 23年 進士)과 王世貞(字 元美, 號 鳳洲, 又號 弇州山人; 1526-90, 嘉靖 26年 進士)이 영도한 '후칠자'가 李夢陽(字 獻吉, 號 空同子; 1472-1529, 弘治 6年 進士)과 何景明(字 仲默, 號 大復; 1483-1521, 弘治 15年 進士) 등의 '전칠자'를 이어 일어나 복고를 주창하고 "文必秦漢, 詩必盛唐"을 주장할 때 복고의 노선을 위배한 문인들은 그들 복고파에 의해 '野路惡道'·'野狐外道'로 매도당하고 배척되었다. 그러나 원종도는 복고파를 "저들이 옛날 字句를 따 자신의 저작에 넣는 것은 나무의 껍질과 잎을 옷소매에 이어 맞추고 제향에 쓰는 희생의 피를 술안주에 던져 넣는 것과 다를 바가 없다"[15]라 신랄하게 풍자했고, 원굉도 역시 "표절을 복고라 여겨 字句를 본떠 애써 끌어 맞추니 눈앞의 경치는 잊어버리고 진부하고 난잡한 말만 주워 모았다"[16]라고 통렬하게 비판하며 그들의 작품을 '모든 사람이 다 쓰고 다니는 여덟 치 서 푼의 모자'[17]와도 같은 가짜 골동품이라고 일침을 가했다.

원종도는 "말은 마음을 대신하는 것이고 문장은 또한 말을 대신하는 것이라서 구르고 굴러 사이가 뜨고 가로막히게 되면 비록 유창하고 명백하게 썼더라도 이미 말만 못하게 될지 모르니 하물며 마음이 담고 있는 것 같을 수 있겠느냐"[18]라 강조하고 다음과 같이 '辭達(말은 그 뜻이 전달되어야 함)'을 주장했다.

---

15 袁宗道, 「論文上」, 전게서. 卷二十雜說類, 하: 623: "彼摘古字句入己著作者, 是無異綴皮葉於衣袂之中, 投毛血於殽核之內也。"

16 袁宏道, 「雪濤閣集序」, 전게서. 卷一序, 1: 183: "以剿襲爲復古, 句比字擬, 務爲牽合, 棄目前之景, 摭腐濫之辭。"

17 袁宏道, 「張幼于」, 전게서. 卷二十二尺牘, 3: 1052: "一個八寸三分帽子, 人人戴得。"

18 袁宗道, 「論文上」, 전게서. 卷二十雜說類, 하: 619: "口舌代心者也, 文章又代口舌者也。展轉隔礙, 雖寫得暢顯, 已恐不如口舌矣, 況能如心之所存乎?"

> 古文은 達意를 중시한다. 達意를 배우는 것은 이른바 옛것을 배우는 것으로 그 뜻을 배울 때에는 그 字句에 구애될 필요가 없다. 오늘날의 둥근 衣襟과 네모진 袈裟와 같은 服飾은 옛사람이 나뭇잎을 꿰매 맞춰 피부를 가렸던 일을 배운 것이고, 오늘날의 다섯 가지 맛의 調理는 옛사람이 火食할 줄 모를 때 짐승의 고기를 生食한 일을 배운 것이다. 왜인가? 옛사람의 뜻이 배를 채우고 몸을 가리길 바랐고, 지금 사람의 뜻도 배를 채우고 몸을 가리길 바란다는 데에는 일찍이 달랐던 적이 없었다. 저들이 옛날 字句를 따 자신의 저작에 넣는 것은 나무의 껍질과 잎을 옷소매에 이어 맞추고 제향에 쓰는 희생의 피를 술안주에 던져 넣는 것과 다를 바가 없다. 무릇 옛사람의 문장은 오로지 뜻이 전달되기(達)만을 바랐으나 지금 사람의 문장은 오로지 뜻이 전달되지 않기(不達)만을 바란다. 뜻이 전달되지 않는 것으로 뜻이 전달되는 것을 배우는 이러한 것을 옛것을 배우는 것이라 이를 수 있겠는가![19]

원종도가 볼 때에는 이른바 '達意' 여부가 문장을 가늠하는 첫 번째 기준이었다. 그는 옛사람의 字句를 본뜨는 것을 칠자의 병폐라 여겨, "옛사람의 수사를 볼지언정 차라리 이치는 버린다(視古修詞, 寧失諸理。)"는 이반룡의 말은 "옛사람의 이치에 닿지 않음을 强辯한 것(強賴古人無理)"이고, "『六經』은 원래 모든 이치가 다 모여 있어 더 이상의 설명이 필요 없다(六經固理藪已盡, 不復措語矣。)"는 왕세정의 말은

---

19 袁宗道, 「論文上」, 전게서. 卷二十雜説類, 하 : 622-623: "古文貴達, 學達即所謂學古也, 學其意不必泥其字句也。今之圓領方袍, 所以學古人之綴葉蔽皮也 ; 今之五味煎熬, 所以學古人之茹毛飲血也。何也 ? 古人之意期于飽口腹, 蔽形體。今人之意亦期于飽口腹, 蔽形體, 未嘗異也。彼摘古字句入己著作者, 是無異綴皮葉于衣袂之中, 投毛血于殽核之內也。大抵古人之文, 專期于達 ; 而今人之文, 專期于不達。以不達學達, 是可謂學古者乎 ! "

"지금 사람의 이치에 닿음을 인정하지 않은 것(不許今人有理)"이니, "무릇 孔子가 말한 '辭達'이란 것은 바로 이러한 이치를 전달하는 것일 뿐이니 이치에 닿지 않으면 전달한 것이 어떤 것이겠는가?(夫孔子所云辭達者, 正達此理耳, 無理則所達爲何物乎?)"라고 항변했다.[20] 여기에서 '이치(理)'란 곧 객관사물의 변화 발전의 이치를 가리키는 것으로, 이는 또한 字句가 표현하려는 내용이기도 하여 원종도의 이른바 '學古'는 문장의 수사와 내용을 함께 중시한 것임을 알 수 있다.[21] 이러한 모방의 악습에서 벗어나기 위해 원종도가 제시한 처방은 다음과 같다.

> 한 학파의 학문은 한 가지 견해를 빚어내고 한 가지 견해는 한 가지 언어를 지어낸다. 견해가 없으면 空虛 浮華하게 되고 공허 부화하면 부화뇌동하게 된다. 그러므로 기쁨이 큰 자는 반드시 大笑하고 슬픔이 큰 자는 반드시 통곡하며 노여움이 큰 자는 반드시 땅이 울리도록 외치고 머리털이 관 위로 곤두선다. 무대 위의 배우들은 본래 마음속에 기뻐할 만한 일이 없어도 억지로 웃으려 하고 또 슬퍼할 만한 일이 없어도 억지로 울려 하니 어쩔 수 없이 남의 감정을 빌려 흉내 낼 뿐인 것이다. …… 그러므로 배우는 자가 진실로 배움으로부터 이치를 이루고 이치로부터 문장을 이룰 수 있다면 몰아세워 남의 문장을 모방하게 할지라도 할 수 없을 것이다.[22]

20 袁宗道, 「論文下」, 전게서. 卷二十雜說類, 하 : 623-627 참고.

21 易蒲·李金苓, 『漢語修辭學史綱』(吉林 : 吉林教育出版社, 1988), 424쪽 참고.

22 袁宗道, 「論文下」, 전게서. 卷二十雜說類, 하 : 623-627 : "有一派學問, 則釀出一種意見。有一種意見, 則創出一般言語。無意見則虛浮, 虛浮則雷同矣。故大喜者必絕倒, 大哀者必號痛, 大怒者必叫吼動地, 髮上指冠。惟戲場中人, 心中本無可喜事, 而欲強笑 ; 亦無可哀事, 而欲強哭。其勢不得不假借模擬耳。……故學者誠能從學生理, 從理生文, 雖驅之使模, 不可得矣。"

즉 옛사람의 언어를 배우지 말고 자신의 견해를 가지고 자신만의 독창성과 진실한 감정으로 문장을 짓는다면 자연히 모방의 병폐를 타파할 수 있다는 것이다.

지금까지 살펴본 원종도의 '學古'에 대한 견해는 복고의 방법과 관련한 문제로서, 이것은 창작의 기술적인 문제에 속한다. 중국문학이론 연구자 劉若愚는 중국의 의고주의는 문학방법론으로 말하자면 유럽의 신고전주의와 비견될 수 있으나 의고주의는 문학본체론에 속하는 것이 아니라 창작과 관련한 문학방법론이며, 고대 작가를 모방해야 한다고 믿었던 비평가들 역시 이러한 이론이 문학의 모든 성격과 기능을 구성한다고 주장한 적은 없었다고 지적한 바 있다.[23] "문장의 창작은 오직 '秦漢'의 舊路를 갈 수밖에 없는가? '復古'는 해야만 하는가? '反復古'는 옳은가? '古代'를 어떻게 대해야 하는가?"라는 물음이 당시 공안파가 되짚어보아야 했던 중요한 문제였다. 이러한 '복고'에 대한 원굉도의 견해는 그의 「雪濤閣集序」에 집약적으로 나타나 있다.

> 근대 문인들은 처음으로 '복고설'에 뛰어났다. 무릇 복고는 옳았지만 표절을 복고라 여겨 字句를 본뜨고 애써 끌어 맞춤으로써 눈앞의 경치는 잊어버리고 진부하고 난잡한 말만 주워 모으게 되자 재능이 있는 자는 법도에 굴하여 감히 자신의 재능을 펴지 못하고, 재능이 없는 자는 한두 마디 공허한 말을 주워 모아 詩歌를 짓게 되었다. 지혜로운 자는 구습에 얽매이고 어리석은 자는 즐겨 말을 바꾸어 한 사람이 노래하면 온 사람이 화답하며 優人 下輩 할 것 없이 모두 風雅의 바른 길을 말한다. 아! 詩歌가 이 지경에 이르다니 또한 부끄럽도다! 무릇 詩歌를 보면

23 劉若愚, 『中國의 文學理論』, 李章佑 譯, (서울: 同和出版公社, 1984), 102쪽 참고.

문장의 폐단은 대체로 알만하다.[24]

여기서 '근대 문인'이란 바로 전후칠자를 가리킨다. 원굉도 역시 "복고는 옳다.(夫復古是已。)"고 명백히 인정했다. 그러나 그가 말한 '복고'는 학습과 계승이 가능한 '옛것(古)'으로, '學古'의 방법상의 문제에는 전후칠자와 근본적인 차이가 있었다. 그는 단순히 복고를 반대한 것이 아니라 '字句를 본뜬(句比字擬)' 위조된 가짜 복고를 반대한 것이다. 그러므로 칠자와 삼원의 '복고'에 대한 논쟁은 주로 복고의 가능성 여부에 집중된 것이지 복고의 당위성에 관한 문제가 아니다. 삼원에게 '복고'는 단지 好, 不好의 문제가 아니라 可, 不可의 문제였던 것이다. 어차피 불가능한 일이라면 아무리 좋은 일이라 하더라도 아무런 도움이 되지 않을 것이기 때문이다. 그리하여 대담한 실천을 통해 이전과는 다른 문학을 창작함으로써 새로운 출로를 개척해 나가려 했던 것이다. 원중도는 원굉도의 詩文을 칭송하여 "모든 것이 다 마음으로부터 흘러나와 따로 새로운 수법을 개척해 마침내 世習과 같지 않게 되었다(俱從靈源中溢出, 別開手眼, 了不與世相似。)"[25]라 했고, 청대『四庫全書』의 總纂官 紀昀마저도 비록 공안파의 말류 현상을 비판하여 "명의는 칠자의 폐해를 고치려는 것이었으나 폐해는 다시 더 심하게 되었다(名爲救七子之獘, 而獘又甚矣。)"라고 비판하기도 했지만, 당시 문단에 있어 삼원의 詩文을 평가하여 "板重(경직되고 무거움)을 淸巧(청아하고

24 袁宏道,「雪濤閣集序」, 전게서. 卷一序, 1: 183: "近代文人, 始爲復古之說以勝之。夫復古是已, 然至以剿襲爲復古, 句比字擬, 務爲牽合, 棄目前之景, 摭腐濫之辭, 有才者詘於法, 而不敢自伸其才, 無之者, 拾一二浮泛之語, 幫湊成詩。智者牽於習, 而愚者樂其易, 一唱億和, 優人騶從, 共談雅道。吁, 詩至此, 抑可羞哉! 夫即詩而文之爲弊, 蓋可知矣"

25 袁中道,「吏部驗封司郎郎中中郎先生行狀」,『珂雪齋集』, 錢伯城 校, 全3册(上海: 上海古籍出版社, 1989), 卷十八, 중: 758.

교묘함)로 바꾸고 粉飾을 本色으로 바꾸어 천하의 이목이 이에 일신되고 또 거듭 풍미하여 이를 추종했다(變板重爲清巧, 變粉飾爲本色, 天下耳目於是一新, 又復靡然而從之。)"라고 함으로써 그들의 창작 실천 중에서의 새로운 풍모를 인정했다.[26]

공안 삼원의 문학은 '變'과 '眞'을 주요 내용으로 한다. 이른바 '變'은 곧 '窮新而極變'(袁宏道, 「時文敘」)으로, 문학창작은 반드시 시대의 발전과 문체 및 작가에 따라 변화하여 예술적으로 새로운 창조와 자신만의 특색을 지녀야지 단지 옛것을 본뜨고 구습을 따를 수 없는 것임을 말하는 것이다. 원굉도가 지적한 바 있는 "李洞의 奇僻, 李賀의 幽隱, 李商隱의 搖蕩, 許渾의 工麗는 비단 그 재능이 그러해서가 아니다. 몸이 바뀌지 않으면 눈도 광채를 발하지 못하니 비록 李白과 杜甫가 다시 태어난다 해도 그 방법은 이로부터 나오지 않으면 안 될 것은 바로 시대가 그렇게 만들기 때문이다"[27]라는 말은 '풍격'의 변화를 지칭한 것이요, 또 "楚辭가 詩經을 답습하지 않은 것은 시경의 체제가 非情에 대한 원망을 이미 모두 노래하여 초사가 아니고서는 족히 마음을 기탁하지 못했기 때문이다. 나중 사람 중에 본떠 지은 자들도 있었지만 끝내 닮지 못했다. 왜일까? 그들은 詩賦를 詩賦 속에서 바로 구하려 했기 때문이다. 漢代 蘇武와 李陵의 述別詩와 古詩 19首 등에 이르러서는 詩賦의 음절과 체제는 모두 변했으나 이를 진정한 詩賦라고 이르지 않으면 안 되었다"[28]라는 말은 체제의 변화를 지적한 것이다.

---

26 『四庫全書總目提要』, 全5冊(武英殿本 ; 臺北 : 商務印書館, 影印本, 1983), 卷一百七十九, 集部三十二, 別集類存目六, 明 袁宏道 撰『袁中郎集』四十卷 條. 4 : 806.

27 袁宏道, 「時文敘」, 전게서. 卷一序, 1 : 198 : "才江之僻也, 長吉之幽也, 錦瑟之蕩也, 丁卯之麗也, 非獨其才然也。體不更則目不艷, 雖李、杜復生, 其道不得不出於此也, 時爲之也。"

28 袁宏道, 「雪濤閣集序」, 전게서. 卷一序, 1 : 181 : "騷之不襲雅也, 雅之體窮于怨, 不騷不足以寄也。後之人有擬而爲之者, 終不肖也, 何也 ? 彼直求騷于騷之中也。至

또 이른바 '眞'은 곧 '精誠之至'(雷思霈, 「瓶花齋集序」)의 真情 實感으로 '情真而語直'(袁宏道, 「陶孝若枕中囈引」)이라는 창작원칙이기도 하다. 원굉도의 "무릇 사물이 진실하면 귀한 것이다. 진실하면 내 얼굴이 그대의 얼굴과 같을 수 없으니 하물며 옛사람의 면모이랴?"[29]라는 말은 자신의 면모를 가진 작가의 인간적 진실을 주장한 것이요, 또 "무릇 옛날은 옛날의 때가 있고 지금은 지금의 때가 있는 것이니 옛사람의 말의 자취를 따라 옛날을 답습하는 것은 한겨울에 여름 갈포를 입는 것이다"[30]라는 말은 작가가 오늘날의 일을 행하고(事今日之事) 오늘날의 글을 지으면(文今日之文) 문장에는 자연히 시대적 진실이 나타남을 강조한 것이다. 요컨대 공안 삼원의 문학론에서 '變'은 문학관념에 대한 논의이고, '真'은 창작태도에 대한 논의이다. 일반적으로 작가가 어떤 문학관념을 가지느냐에 따라 그 실천을 위한 창작태도도 결정되기 마련이므로 공안파 문학론 중 '變'과 '真'은 밀접하게 연관되어 분리할 수 없는 것이다.[31]

공안 삼원의 문학관은 '變'을 핵심으로 삼는다. 그들은 발전적 관점에서 문학창작은 시대의 발전을 따라 변화하는 것으로 보아 '通變'과 '創新'을 주장하고 전후칠자의 모방적 복고론을 비판했다. 원굉도는 「雪濤閣集序」에서 "문장이 옛날로부터 지금으로 변화하지 않을 수 없었던 것은 시대가 문학을 그렇게 이끌기 때문이다. ……오직 때를 아는 자만이 그 허물어진 곳을 막고 바꾸어야 할 데를 알 수 있다"[32]라고 하

蘇、李述別及十九等篇, 騷之音節體致[製]皆變矣, 然不謂之真騷不可也。"

29 袁宏道, 「丘長孺」, 전게서. 卷二十一尺牘, 3 : 995 : "大抵物真則貴, 真則我面不能同君面, 而況古人之面貌乎 ? "

30 袁宏道, 「雪濤閣集序」, 전게서. 卷一序, 1 : 180-181 : "夫古有古之時, 今有今之時, 襲古人語言之 , 而冒以爲古, 是處嚴冬而襲夏之葛者也。"

31 郭紹虞, 『中國文學批評史』, (上海 : 上海古籍出版社, 缺出版年), 429쪽 ; 田素蘭, 『袁中郎文學研究』(臺北 : 文史哲出版社, 1982), 127쪽 참고.

여 문학은 응당 시대에 순응하여 변화하고 시대가 옮아가면 시대의 추세도 달라져서 그 사이의 과정은 쉬지 않는 전진임을 강조했다. 원굉도는 「江進之」 척독 중에서 그러한 과정을 다음과 같이 설명했다.

> 무릇 만물은 처음에는 번잡했던 것이 나중에는 반드시 간결해지고, 처음에는 애매했던 것이 나중에는 반드시 분명해지고, 처음에는 난잡했던 것이 나중에는 반드시 정돈되고, 처음에는 난해했던 것이 나중에는 유려하고 통창해진다. 그 번잡하고 애매하고 난잡하고 난해한 것은 문장의 처음 모습이다. ……옛날의 문장이 오늘의 것이 될 수 없음은 시대의 추세 때문이다. 그 간결하고 분명하고 정돈되고 유려 통창한 것은 문장이 변화한 것이다. ……세상의 道가 변하면 문장도 역시 그것을 따른다. 지금이 옛날을 모방할 필요가 없음 역시 시대적 추세 때문인 것이다.[33]

원굉도는 진화의 관점에서 문학을 파악하여 오늘날 문학의 간명 유려함은 부단히 변화를 추구한 결과인 것이며, 문학이 번잡하고(繁) 애매하고(晦) 난잡하고(亂) 난해한(艱) 것으로부터 진화되어 간결하고(簡) 분명하고(明) 정돈되고(整) 유려 통창한(流麗痛快)한 것이 되었으니 이미 도태되어 시대의 추세와 부합하지 않는 '聱牙之語'·'艱深之辭'로 돌아갈 수는 없다고 생각했다. 원굉도는 다시 문학 발전의 전체 과

32 袁宏道, 「雪濤閣集序」, 전게서. 卷一序, 1 : 180 : "文之不能不古而今也, 時使之也。……唯識時之士, 爲能隄其隤而通其所必變。"

33 袁宏道, 「江進之」, 전게서. 卷二十二尺牘, 3 : 1062 : "夫物始繁者終必簡, 始晦者終必明, 始亂者終必整, 始艱者終必流麗痛快。其繁也晦也亂也艱也, 文之始也。……古之不能爲今者也, 勢也。其簡也明也整也流麗痛快也, 文之變也。……世道既變, 文亦因之, 今之不必摹古者也, 亦勢也。"

정으로 볼 때 각 시대의 문학은 단지 '正變'과 '新舊'의 자연적 교체인 것으로 귀천과 우열의 차이가 없다 여기고 그 이유를 다음과 같이 설명했다.

> 張衡과 左思의 賦는 揚雄과 司馬相如와 좀 다르고, 江淹과 庾信 등에 이르면 또 달라진다. 唐代의 賦는 가장 명백하고 간단 용이하며, 蘇軾에 이르면 문장과 거의 다름이 없게 된다. 그러나 賦의 체재는 날로 변하고 賦의 文思는 더욱 공교해져 옛것이라고 뛰어날 수 없으며 나중 것이라고 뒤떨어질 수 없다. 만약 오늘날 붓을 잡고 賦를 짓는다면 時事의 핵심 내용은 더욱 달라질 것이다. 왜인가? 人事와 物態는 세월이 가면 변하고 鄕語와 方言은 세월이 가면 바뀌므로 오늘의 일을 행하면 이는 역시 오늘의 글로 적게 될 것이기 때문이다.[34]

원굉도는 賦體를 예로 들어 시대도 변화하고 있고 人事와 物態 및 언어도 모두 변화하고 있으므로 문학창작도 당연히 이와 상응하여 변화함을 설명했다. 이것은 곧 옛날로부터 지금까지 문학은 끊임없는 변화를 통해 그 생명력을 유지해온 것으로, '正變'의 순환 관계가 바로 문학 발전의 과정을 구성한다는 말이다.

이러한 공안파 문학론은 전후칠자의 의고 악풍을 효과적으로 쇄신함으로써 창작자의 사상적 속박을 제거했으나, 그 전통 악습에 대한 교정이 도에 지나쳐 문학의 연속성과 창작의 성실성을 소홀히 함으로써 말류는 다시 새로운 폐단으로 흘렀다. 공안 삼원 중의 막내인 원중도는

---

34 袁宏道, 「江進之」, 전게서. 卷二十二尺牘, 3 : 1063-1064 : "張、左之賦, 稍異楊、馬, 至江淹、庾信諸人, 抑又異矣。唐賦最明白簡易, 至蘇子瞻直文耳。然賦體日變, 賦心益工, 古不可優, 後不可劣。若使今日執筆, 機軸尤爲不同。何也 ? 人事物態, 有時而更, 鄕語方言, 有時而易, 事今日之事, 則亦文今日之文而已矣。"

당시의 문단 상황을 지적하여 "그 마지막에 가면 공안을 배운 자는 점차 속되고 천박함에 빠져 온갖 경지를 다 붙들고 모든 정감을 다 써내어 생각나는 대로 거침없이 말하고 행동을 삼가지 못함으로써 詩道는 또한 병들고 말 것이다. 이로써 본다면 무릇 공안을 배우는 자는 공안을 해치는 자요, 공안을 바꾸는 자는 공안에 공을 세우는 자이다"[35]라고 말한바, 공안파 말류 '俚率'(俚俗·輕率)의 폐단에 직면한 원중도는 다시 변화가 필요한 시대적 추세를 자각했던 것이다. 이러한 시기에 공안파 성령 문학사상의 영향 속에서 변화를 추구한 경릉파가 때맞춰 일어나 원중도는 그들과 내왕하면서 수정 노선을 모색하지 않을 수 없었다. 그리하여 원중도는 「蔡不瑕詩序」에서 창작 시 옛사람을 학습해야 할 필요성을 다음과 같이 역설했다.

"여러분은 응당 漢魏와 三唐 시인들의 詩를 숙독한 다음에 詩를 지어야 한다"고 내가 일찍이 말한 적이 있다. 절대로 경솔하게 마음대로 억측하지 마라. 그러면 고랑이 생기지 않아 세상에 이름을 남길 수 있다. 무릇 마음속의 정감은 써내지 못할 것이 없지만 써낼 필요가 없는 정감도 있다. 산수의 아름다운 경치는 받아들이지 못할 것이 없지만 붙들어 잡을 필요가 없는 경치도 있다. 이것을 알면 詩를 말할 수 있다. 蔡不瑕의 作詩는 우아하고 오묘하며 태연하고 침착하다. 채불하는 아직 무척 젊어 그 변화를 다하지는 못했으나 이미 스스로 唐人의 風骨을 지녔다. 산중의 靜寂을 묘사함에 漢魏와 三唐의 여러 詩를 취해 세심하게 궁구함으로써 서로 합치되다가도 이탈하고 이탈하다가도 다시 합치되

35 袁中道, 「阮集之詩序」, 전게서. 卷十文, 3 : 1029 : "及其後也, 學之者稍入俚易, 境無不收, 情無不寫, 未免衝口而發, 不復檢括, 而詩道又將病矣。由此觀之, 凡學之者, 害之者也 ; 變之者, 功之者也。"

> 어 칠자의 詩를 본받지도 않았고, 원굉도의 젊은 시절 완성되지 못한 詩를 본받지도 않아 흡사 盛唐詩의 정신을 다시 전하는 듯하니 훌륭하다 하겠다.[36]

원중도는 공안파 이론이 漢唐의 문학전통을 지나치게 소홀히 하여 신중하지 못했던 창작태도로 인한 결함을 통감하고, 다시 漢魏 唐詩를 학습하고 그 법도에 유의할 것을 요구했던 것이다. 그러나 이러한 원중도의 주장은 비록 공안파 말류의 부분적 폐단을 구제하는 효과를 거두기는 했으나 그들의 사상적 병근을 완전히 일소하지는 못했다.

경릉파는 공안파에 이어 일어난 문학유파이다. 경릉파의 창도자는 鍾惺(字 伯敬, 號 退谷, 1574-1624, 萬曆 38年 進士)과 譚元春(字 友夏, 1586-1637, 天啓 7年 擧人)으로, 그들은 모두 竟陵人이었으므로 그들의 詩文 창작을 '竟陵體'라고 부른다. 경릉파는 실상은 공안파의 계승이요, 발전이다. 그들의 문학사상 역시 모방을 반대하고 성령을 숭상하여 공안파와 거의 같은 노선이었다. 그러나 경릉파는 전후칠자의 표절과 모방의 병폐에 반감을 가졌을 뿐만 아니라 공안파 말류 '俚率'의 폐단에 대해서도 불만을 느꼈다. 그러므로 공안파 '變'의 관념을 실천하면서도 폐단을 구제하고 보완함으로써 그러한 말기적 상황을 바꾸려 했던 것이다. 실지로 당시의 논자들도 "종성과 담원춘이 나오고 나서야 세상이 비로소 '성령'이라는 두 글자를 알게 되었다"[37]고 언급한바,

36 袁中道, 「蔡不瑕詩序」, 『珂雪齋前集』, 卷十文, 3: 1021-1022: "予嘗謂之曰 : 若輩當熟讀漢魏及三唐人詩, 然後下筆。切莫率自肸臆, 便謂不阡不陌, 可以名世也。夫情無所不寫, 而亦有不必寫之情, 景無所不收, 而亦有不必收之景。知此乃可以言詩矣。……(蔡不瑕)爲詩, 妍妙春融。不瑕年甚少, 卽未窮其變化, 已自具唐人丰骨。山中淸寂, 取漢魏三唐諸詩, 細心研入, 合而離, 離而復合, 不效七子詩, 亦不效袁氏少年未定詩, 而宛然復傳盛唐詩之神, 則善矣。"

37 錢謙益, 「譚解元元春」, 전게서. 丁集中, 상 : 572 : "世之論者曰 : 鍾、譚一出, 海內

공안파 이후 경릉파는 진정한 성령 문학사상의 중흥을 꾀하려 했던 것으로 보인다.

경릉파 '變'의 관념은 확실히 前期 공안파 이론의 영향을 받은 것으로 보인다. 공안파는 칠자의 '膚熟'(膚淺·淺薄)을 교정하려 했다. '膚熟'은 분명 폐단이나, 그렇다고 '學古'가 칠자의 죄상일 수는 없다. 경릉파 또한 공안파의 '俚率'을 교정하려 했다. '俚率'은 분명 폐단이나, 그렇다고 '性靈' 또한 공안파의 과오일수는 없다. 바로 이러한 이유로 경릉파는 '學古'를 하면서도 '膚熟'에 빠지지 않으려 했기 때문에 '性靈'으로 이를 구제하려 했고, '性靈'을 중시하면서도 '俚率'에 빠지지 않으려 했기 때문에 '學古'로써 이를 교정하려 했다. 경릉파는 이 두 가지를 아우르기 위해 '學古'의 과정에서 이른바 '古人精神'을 발견하고 '古人眞詩'를 추구하게 되었다.

경릉파 문학론은 원래 공안파와 같이 '성령'에 편중되어 있어 그 작풍도 가벼울 수밖에 없었다. 그러나 경릉파는 공안파와의 차별을 내세우고 공안파의 결함을 보완하고자 문학의 '厚'(深厚)를 주장하여 그 구제의 방도로 삼았다.[38] 종성의 의도는 작품의 '有痕'과 '好盡'은 억지로 고칠 수 없는 것으로, 작품을 구상하고 창작할 때에는 반드시 먼저 성령을 추구하고 그다음에 학문으로 들어가 심후함을 획득해야 한다는

始知性靈二字。" 이 말은 해석상 약간 재고할 부분이 있다. 중국문학의 창작과 비평 이론 중 '性靈'이란 용어는 오래전부터 사용되어 온 것으로, 문학론의 핵심 용어로 삼은 것도 경릉파가 아니라 공안파가 그 시작이었다. 게다가 錢謙益 본인도 경릉파에 대한 당시 논자들의 이 말에 매우 회의적인 태도를 보였다. 그러나 경릉파 문학 이론 및 후인들이 남긴 경릉파에 대한 관련 평어들을 살펴보면 만명 문단에서 경릉파의 지위와 영향은 결코 과소평가할 수 없는 것임을 부인할 수 없다. 따라서 이 논평은 전체적으로 결코 과장된 것이 아니며, '性靈'이란 용어는 아마 鍾·譚이 출현한 이후에야 비로소 보편화되고 진지한 사고의 대상이 된 것이 아닌가 생각된다.

38 鍾惺, 「與譚友夏」, 『隱秀軒[詩]集』, 全3册(明天啓二年沈春澤刊本 ; 臺北 : 偉文圖書出版社, 影印本, 1976), 隱秀軒文往集書牘一, 하 : 1167 : "惟起念起手時, 厚之一字可以救之。"

것이다.[39] 요컨대 심후함은 성령에서 나오며, 성령은 또한 반드시 심후함으로 귀착되어야 한다는 것이다. 그렇지 않고 단지 '靈心'에 기대어 제멋대로 창작에 임하면 '俚率'의 병폐에 빠질 수 있다는 것으로 바로 공안파가 그러했고, 학문의 노력을 경시하고 심후함만을 애써 추구하려 한다면 작품은 '有痕'과 '好盡'의 결함을 가질 수밖에 없다는 것으로 또한 경릉파가 그러했다. 그러므로 경릉파의 이른바 '厚'란 공안파에 대한 구제의 방책일 뿐만 아니라 경릉파 자신들에 대한 보완의 방법이기도 한 것이다.

공안파 말류는 결과적으로 보면 時風을 '虛浮'에서 '俚俗'으로 바꾸어 놓은 것으로, 이때 경릉파가 일어나 칠자와 공안의 주장을 조화시켜 절충론을 제시한 것이다. 비록 경릉파는 그들이 추구했던 창작이상을 작품 속에서 완전하게 실현하지는 못했지만, 그 이론의 절충적 역량은 실로 칠자로부터 공안을 거쳐 명말에 이르는 명대 문단에서 일정 정도의 공헌이 있었음은 분명하다 하겠다. 이러한 사실은 만명소품의 가장 권위 있는 창작자이자 비평가의 한 사람이었던 당시의 名士 陳繼儒(1558-1639)가 鄭元勳(1604-45, 崇禎 16年 進士)이 評選한 만명 당대 작가의 소품선집 『文娛』의 序文에서 진술한 당시 문단에서의 경릉파의 행적에 대한 기록에 잘 나타나 있다.

> 옛적 弇州公(王世貞)이 代를 이어 일어났을 때 마치 천둥소리가 세차고 빠르게 울려 퍼지듯 후배들이 발자국을 좇아 뒤따르는 것이 마치 晩唐 西崑體의 宗主 李商隱이나 宋代 江西詩派의 宗主 黃庭堅과 흡사

39 鍾惺, 「與高孩之觀察」, 상게서. 隱秀軒文往集書牘一, 하 : 1170-1171 : "曹能始謂 : 弟(鍾惺)與譚友夏詩, 淸新而未免於痕。又言 : 詩歸一書, 和盤託出, 未免有好盡之累。夫所謂有痕與好盡, 正不厚之說也, 弟心服其言。"

> 했다. 楚 땅의 공안 원씨 삼형제는 숙고하고 일변하여 엄주공의 이러한 문단에서의 지위를 뺏으려 했으나, 사람들은 전적으로 그들을 따르지는 않았다. 그러나 새것과 묵은 것은 서로 자리를 바꾸기 마련인지라 작자들은 때로는 단독으로 출현하기도 하고 때로는 사방에서 속출하기도 하여 마치 神鷹이 팔찌를 잡아당겨 九天을 가르듯, 天馬가 고삐를 빠져나와 千里를 달려가듯 하니 만약 엄주공이 이것을 본다 할지라도 역시 그 기세가 앞서 가는 것을 느껴 미처 자신의 생각이 미치지 못했음을 알고 탄성을 발할 것이다. 中唐의 白居易가 "천하에 절대적인 正聲이란 없다. 귀로 들어서 기쁘면 즐거움인 것이다"라고 한 말이 있는데, 그것은 바로 이러한 것을 말함인가?[40]

'弇州公'은 후칠자의 한 사람인 王世貞으로, 당시 그의 詩文은 李攀龍과 병칭되었다. 그는 이반룡 사후 20여 년 동안 문단을 주도하면서 복고를 표방하고 "詩必盛唐, 文必西漢"을 주장했다. 진계유의 서문에서 말하는 '楚之袁氏'는 바로 공안 삼원을 지칭하는 것으로, 그들은 "獨抒性靈, 不拘格套"의 성령설을 주장하며 복고파를 통렬히 비판하여 왕세정의 세력을 꺾고 문단을 좌우했다. 『文娛』 初集이 간행된 숭정 3년(1630)경은 바로 경릉파가 일어나 '幽深孤峭'로써 공안파 말류 '俚率'의 폐단을 교정하려 했던 시기로, 진계유는 '新陳相變'이란 매우 시사적인 표현으로 당시 문단의 변모를 긍정적으로 평가했다. 따라서 명대문학사

---

40 陳繼儒, 「文娛叙」, 鄭元勳 (編), 『文娛』不分卷(明崇禎三年刊 ; 臺北 : 國立中央研究院歷史語言研究所藏, 善本), 卷首 : "往弇州公代興, 雷轟霆鞫, 後生輩重趼而從者, 幾類西崑之宗李義山, 江右之宗黃魯直。楚之袁氏, 思出而變之, 欲以漢幟易趙幟, 而人不盡服也。然新陳相變, 作者或孤出, 或四起, 神鷹掣鞲而擘九霄, 天馬脫轡而馳萬里, 卽使弇州公見之亦將感得氣之先, 發起予之歎。白樂天有云 : 天下無正聲, 悅耳卽爲娛。豈是之謂耶 ?"

에 있어 만명소품 창작의 풍기는 바로 문학의 변혁이라는 관념에서 전개되었다고 보며, 그 의의와 가치 역시 문학창작의 새로운 출로를 개척하는 과정에서 규명될 수 있다.

Ⅲ. 만명소품의 창작이상

공안 삼원의 문학관이 문학의 '變'을 중시한 의도는 창작자의 '眞'의 보존에 있다. '眞'을 보존하기 위해 粉飾과 復古를 반대했고, 오늘날을 따름으로써 속될지언정 옛사람의 한 글자도 모방하지 않으려 했다.

원굉도는 창작자가 오직 온몸을 필묵에 기탁해야만 독자가 그의 의도를 작품 속에서 읽을 수 있다고 생각하여 창작의 목적에 충실하기 위해서는 반드시 '眞'을 표준으로 삼아야 한다고 주장했다. 그가 일찍이 "가식적인 용이 되기보다는 차라리 진실한 벌레나 개미가 되리라"[41]고 노래한 것으로 보아 문학의 '眞'의 실현에 대한 그의 이상은 매우 강렬했으며, 오직 창작의 근원으로서의 '眞'을 보존하기 위해 의고를 극력 반대했음을 알 수 있다. 원굉도는 「敍小修詩」에서 진실한 문학에 대해 다음과 같이 설명했다.

> 세상의 만물은 남에게 의지하지 않고서 나 혼자만의 힘으로 한 것은 반드시 없어서는 안 된다. 반드시 없어서는 안 되기에 비록 없애려고 해도 없앨 수 없다. 시비의 분별없이 함부로 남의 말에 따른 것은 없어도 된다. 없어도 되기에 비록 남겨두려 해도 남길 수 없다. 이런 까닭으로

41 袁宏道, 「嚴子陵灘限韻同陶石簣方子公賦」, 전게서. 卷二十七五言古詩, 3 : 1293 : "與其作假龍, 孰若眞蟲蟻。"

> 나는 오늘날의 詩文은 전해지지 못할 것이라고 생각한다. 만에 하나 전해지는 것이 있다면 혹시 여염집 부인이나 아이들이 부르는 「擘破玉」·「打草竿」과 같은 것으로, 오히려 견문도 지식도 없는 '眞人'이 지은 것이기에 대부분 '眞聲'인 것이다. 이는 함부로 漢魏를 흉내 내거나 盛唐을 본받지도 않고 타고난 본성대로 발해내어 사람의 희로애락의 기호와 정욕에 통할 수 있으니 가히 즐길 만하다. ……대개 情이 지극한 말은 저절로 사람을 감동시킬 수 있다. 이를 일컬어 '眞詩'라고 하니 전할 만한 것이다.[42]

원굉도는 「識張幼于箴銘後」에서도 "人性의 좋아하는 바는 대부분이 억지로 할 수 없는 것이니 타고난 본성 그대로 행하면 이를 일컬어 '眞人'이라 한다"[43]라고 말한바, 이것이 바로 이 서문 중의 '孤行(나 혼자만의 힘으로 한 것)'과 '眞人'에 대한 가장 적확한 해설이라 하겠다. 원굉도는 '眞人'의 '任性而發'의 문학이야말로 가장 아름다운 문학, 즉 '眞聲'이며, 이 '眞聲'은 肺腑에서 나온 창작자 자신의 말이기에 구구절절이 사람을 감동시킨다고 했다.

원굉도는 창작 실천 중 진실한 정감과 올바른 언어를 주장하고 거짓된 일과 글을 반대함으로써 "情이 지극한 말은 저절로 사람을 감동시킬 수 있다"라 말한 바 있고,[44] 원중도도 "眞人이 되어야 眞文을 짓게

---

42 袁宏道, 「敘小修詩」, 전게서. 卷一序, 1 : 178-179쪽 : "天下之物, 孤行則必不可無, 必不可無, 雖欲廢焉而不能 ; 雷同則可以不有, 可以不有, 則雖欲存焉而不能。故吾謂今之詩文不傳矣。其萬一傳者, 或今閭閻婦人孺子所唱擘破玉、打草竿之類, 猶是無聞無識眞人所作, 故多眞聲, 不效顰於漢、魏, 不學步於盛唐, 任性而發, 尙能通于人之喜怒哀樂嗜好情欲, 是可喜也。……大概情至之語, 自能感人, 是謂眞詩, 可傳也。"

43 袁宏道, 「識張幼于箴銘後」, 전게서. 卷十六雜錄, 2 : 765 : "性之所安, 殆不可强, 率性而行, 是謂眞人。"

44 袁宏道, 「陶孝若枕中囈引」, 전게서. 卷三引, 1 : 297 ; 「江進之」, 전게서. 卷二十二尺

된다"고 강조하고 창작은 '眞情'을 발해 내야 한다고 주장한바,[45] 이것이 바로 공안파 창작론의 핵심이다. 원굉도의 "옛날은 옛날의 때가 있고 지금은 지금의 때가 있다(夫古有古之時, 今有今之時。)"(袁宏道, 「雪濤閣集序」)는 주장은 바로 시대의 진실한 반영을 말하는 것이며, "나의 얼굴이 그대의 얼굴과 같을 수는 없다(我面不能同君面。)"(袁宏道, 「丘長孺」)는 말은 바로 창작자의 진실한 자아를 강조하는 것으로, 이렇게 창작자의 개성미를 중시하는 문학관은 바로 만명을 대표하는 새로운 미학적 이상이었다.

공안파 문학론은 '眞'을 창작 원칙으로 삼고 있어 그 문장은 자연히 '質'(본성·진면목)의 문제와 연계되며, 이는 동시에 예술적 감화력을 구비할 수 있는 중요한 조건이 된다. 원굉도는 「行[竹]素園存稿引」에서 '文貴質'의 문제에 대해 다음과 같이 설명했다.

> 만물은 반드시 꾸미지 아니한 본연 그대로의 성질로써 전해진다. 문장이 전해지지 못하는 것은 공교하지 못한 것이 아니라 본성이 극진하지 못하기 때문이다. 나무가 성장하지 못하는 것은 꽃과 잎이 없어서가 아니요, 사람이 윤택하지 못한 것은 살갗과 터럭이 없어서가 아니다. 문장 역시 이와 같다. 세상에 드러나 행세하는 것은 반드시 생긴 그대로 진실하고, 세속을 즐겨 따르는 것은 반드시 아름답게 꾸민다. 진실한 것은 오래가면 반드시 드러나 보이고, 아름답게 꾸민 것은 오래가면 반드시 싫증이 나는 것은 자연의 이치이다. 그러므로 오늘날 사람들이 꾸며서 똑 닮도록 한 것은 옛날 사람들은 다 싫어하여 멀리하고 없애버리려 했다. 옛날에 문장을 짓는 사람들은 화려하게 꾸미더라도 그 질박한 본

牘, 3 : 1058 ; 「敍小修詩」, 전게서. 卷一序, 1 : 179 참고.

45 袁中道, 「淡成集序」, 『珂雪齋前集』, 卷十文, 3 : 1092 참고.

> 성을 추구했고, 피폐한 정신일지라도 그 정신을 배우려 했으니 오직 진실함을 다하지 못할까 두려워했다.[46]

여기서 원굉도는 '工'과 '質', '媚'와 '眞'의 상대적 개념으로 '眞'과 '質'의 일체적 관계와 '文之傳'의 자연적 원리를 설명했다. 원굉도는 이 글에서 다시 '質'의 성격에 대해 부연 설명하기를, "무릇 '質'은 얼굴과 같으므로 예쁘지도 않으면서 붉은 분칠만 하면 예쁘기는커녕 추해지기만 한다"[47]라고 하여 한편으로는 본래의 면모를 강조하고 粉飾을 반대하면서 한편으로는 '眞'을 강조하고 내재적 정신을 주장했다. 따라서 '質'이란 곧 사물 본래의 진면목인 것으로, 원굉도의 이른바 '質', 즉 '眞'은 질박하고 조탁하지 않은 가장 자연스러운 모습을 가리키는 것이다.

공안파 문학론의 골자는 창작자가 진실한 정감과 독창적 견해를 자유롭게 펴낼 것을 강조하고 허위적 수식과 모방적 작풍 및 형식적 속박을 반대하는 것이다. 이른바 "獨抒性靈, 不拘格套"의 구호는 공안파가 詩文 창작의 새로운 노선을 개척하는 과정에서 제시한 그들의 창작이상을 가장 명료하게 표현한 일종의 창작강령이다. 이른바 '獨抒性靈'은 사상 내용에서 창작자의 진실한 성정 표현을 강조하고 오직 '宗經載道'를 목표로 하는 詩文 전통에 대한 맹종을 반대하는 것으로, 그 중점은 '眞情實感'에 있다. 이른바 '不拘格套'는 표현형식에서 고정된 체제,

---

46 袁宏道, 「行[竹]素園存稿引」, 전게서. 卷三引, 1 : 302 : "物之傳者必以質, 文之不傳, 非曰不工, 質不至也。樹之不實, 非無花葉也 ; 人之不澤, 非無膚髮也, 文章亦爾。行世者必眞, 悅俗者必媚, 眞久必見, 媚久必厭, 自然之理也。故今之人所刻畫而求肖者, 古人皆厭離而思去之。古之爲文者, 刊華而求質, 敝精神而學之, 唯恐眞之不極也。"

47 袁宏道, 「行[竹]素園存稿引」, 전게서. 卷三引, 1 : 302-303 : "夫質如面也, 以爲不華而飾之朱粉, 妍者必減, 媸者必增也。"

고아한 풍격, 단정한 언어 등의 갖가지 속박을 반대하고 붓 가는 대로 직서하여 어떠한 격식에도 구애받지 않을 것을 요구한 것으로 그 중점은 '自由自然'에 있다.

이상의 논의로 보면 공안파가 '眞'과 '質'의 문학을 숭상한 것은 수식하지 않는 것이 가장 자연스럽고 가장 진실하다고 생각했기 때문인 것으로, 창작방법으로는 '直寄'(直敍)를 주장했다. 동시에 그들은 또 '變'과 '時'의 문학을 중시하여 문학은 시대적 추세에 따라 변화하는 것으로 이는 문학 발전의 定理라고 생각했기 때문에 또한 '新奇'를 요구했다. 원굉도는 「敍曾太史集」에서 창작방법으로서의 '直寄'에 대해 다음과 같이 설명하고 있다.

> 나의 문장은 팔 뻗는 대로 곧바로 쓴 것일 뿐이다. ……나와 退如가 같은 점은 진실하다는 것뿐이다. 詩를 지음에 달고 쓴맛은 다르지만 성정을 직서한 점은 같다. 문장을 지음에 우아함과 질박함은 다르지만 진실성이 없는 말이나 사실과 맞지 않는 말을 짓지 않는 점은 같다. 이는 나와 退如의 기질이 닮았기 때문이다.[48]

원굉도의 이른바 '直寄'란 창작자의 성정을 직서하고 浮詞(진실성이 없는 말)나 濫語(사실과 맞지 않는 말)를 짓지 않음을 말하는 것이다. 이는 또한 원굉도가 누차 언급한 바 있는 "오직 성령을 펴내고 격식에 구애받지 않는다(獨抒性靈, 不拘格套)", "오직 자신의 견해를 펴내고 자신의 마음에 따라 말하고 입에서 나오는 대로 쓴다(獨抒己見, 信心

---

48 袁宏道, 「敍曾太史集」, 전게서. 卷一序, 1 : 215-216 : "余文信腕直寄而已。……余與退如所同者眞而已。其爲詩異甘苦, 其直寫性情則一 ; 其爲文異雅朴, 其不爲浮詞濫語則一。此余與退如之氣類也。"

而言, 寄口於腕)", "정감은 진실하게 하고 말은 바르게 한다(情眞而語直)"[49]라는 창작방법과도 상통하는 것으로, 이것이 바로 공안파가 제시한 '眞'의 문학론이 요구하는 창작방법이다.

공안파의 '直寄'가 문학의 '眞'을 보존하기 위해 제시된 창작방법이라 한다면 '新奇'(참신·기이)는 문학의 '變'을 추구하기 위해 요구되는 창작방법이라 할 수 있다. 원굉도는 「答李元善」 척독에서 '新奇'에 대해 다음과 같이 설명하고 있다.

> 문장의 신기함에는 일정한 격식이 없다. 단지 남이 펴낼 수 없는 것을 펴내고, 句法·字法·調法 하나하나가 자신의 가슴속에서 흘러나오기만 한다면 이것이 바로 진정한 신기함인 것이다. 근래에 일종의 신기한 투의 형식이라는 것이 새로운 것 같지만 실은 진부한 것으로 일단 이러한 투에 빠지게 되면 혐오감이 더욱 심해지지 않을까 염려된다.[50]

원굉도에 의하면 이른바 '新奇'는 "작품을 구상하여 새로운 기틀을 마련하고 스스로 도야한다(立意出新機, 自冶自陶鑄)", "구습을 모조리 뒤집고 스스로 수완을 발휘한다(盡翻窠臼, 自出手眼)"는 것이지, "타인이 내뱉은 말의 찌꺼기를 줍고, 허황된 말을 지면에 얽어 엮는(拾唾餘于他人, 架空言于紙上)"[51] 것은 아니다. 따라서 '新奇'의 창작방법은 '남이 능히 발해내지 못하는 말(人所不能發)', '남이 능히 하지 못하고

---

49 각각 袁宏道, 「敘小修詩」, 전게서. 卷一序, 1 : 177 ; 「敘梅子馬王程稿」, 전게서. 卷一序, 1 : 172 ; 「陶孝若枕中囈引」, 전게서. 卷一序, 1 : 297을 참고.

50 袁宏道, 「答李元善」, 전게서. 卷二十四尺牘, 3 : 1148-1149쪽 : "文章新奇, 無定格式, 只要發人所不能發, 句法、字法、調法, 一一從自己胸中流出, 此眞新奇也。近日有一種新奇套子, 似新實腐, 恐一落此套, 則尤可厭惡之甚。"

51 각각 袁宏道, 「喜逢梅子季豹」, 전게서. 卷二十七五言古詩, 3 : 1289 ; 「馮侍郎座主」, 전게서. 卷二十三尺牘, 3 : 1101 ; 「陝西鄉試錄序」, 전게서. 卷二序, 1 : 282를 참고.

감히 하지 못하는 말(人之所不能言與其所不敢言)'[52]과 같은 참신하고 기이한 것으로 그러한 작품은 독자들에게 신선하고 생동하는 느낌을 줄 수 있다는 것이다.

창작자는 자신의 독창적인 풍격 사상을 지녀야 한다는 공안파의 주장은 칠자의 복고적 모방 풍조에 대항해 제시된 것이므로 그 창작방법 또한 응당 '眞'을 발원으로 삼는다. 공안파 문인 雷思霈(字 何思, 萬曆 29年 進士)가 지적한 바, "오직 眞人이 있고 난 다음에야 眞言이 있다. 眞者는 식견이 매우 높고 才情이 풍부하여 남이 하고 싶어 하는 말을 하고, 남이 능히 하지 못하는 말을 하고, 남이 감히 하지 못하는 말을 한다"[53]라는 말도 바로 그러한 의미를 강조한 것이다. 만력 문인 沈守正(一名 迂, 字 允中, 1572-1623, 萬曆 21年 擧人)은 만명소품의 이러한 특징을 집약적으로 잘 표현했다.

> 산의 험준한 벼랑, 주먹만 한 小石, 초목 중의 梅竹, 글씨의 鳥蟲書, 宋人 與可와 元人 雲林居士의 산수화, 唐代 詩人 韋應物 孟浩然 孟郊 賈島의 詩, 이 모든 것들은 보는 사람마다 좋아하지 않는 이가 없고, 좋아한 나머지 마음을 빼앗기게 되는 것은 오직 그 멋이 남다르기 때문이다. 그러나 모르는 사람은 비난하기를 이상야릇하다 하고 별나다 하고 소품이라 한다. 무릇 사람의 생각이 남들이 마음을 두지 않는 하찮은 취향으로 기울게 되는 것은 남들과 같아지는 것을 수치스럽게 여기기 때문이다. 그래서 누가 한 말을 다시 하지 않으려 하고 누구도 감히 하지 못하며 능히 할 수 없는 말을 하고 싶어 한다. 평범하느니 차라리 기이하

52 袁宏道, 「雪濤閣集序」, 전게서. 卷一序, 1 : 184 참고.
53 雷思霈, 「瀟碧堂集序」 : "夫惟有眞人, 而後有眞言。眞者識地絕高, 才情既富, 言人之所欲言, 言人之所不能言, 言人之所不敢言。" 袁宏道, 『袁宏道集箋校』, 錢伯城 箋校, 全3冊(上海 : 上海古籍出版社, 1981), 附錄三序跋, 하 : 1695에서 전재.

> 고, 바르게 되느니 차라리 치우치고, 크고 거짓이 되느니 차라리 작고 진실해지려 하는 것이다.[54]

"뭇사람과 똑같이 말함으로써 평범하고(平) 바르고(正) 크고 거짓(大而僞)이 될 바에는 타인으로서는 감히 모방하지 못하고 또 능히 모방할 수도 없는 말(其所不敢言不能言)을 함으로써 차라리 기이하고(奇) 치우치고(偏) 작고 진실해지려(小而眞) 한다"는 심수정의 말에서 만명소품은 '반전통'·'반복고'의 '혁신'과 '진실'을 내재정신으로 하는 '新奇'·'偏異'·'短小'를 그 문학적 특질로 삼고 있음을 알 수 있다.

공안 삼원 중 막내인 원중도는 공안파로부터 경릉파에 이르는 과도기적 인물이다. 그는 공안파 말류 '俚率'의 폐단에 직면하여 그들 창작론의 초기 주장에 대해 수정을 가하지 않을 수 없었다. 공안파는 그들 "獨抒性靈, 不拘格套"의 창작원칙을 지나치게 강조함으로써 그 말류는 학습의 硏鑽과 예술의 수양을 소홀히 하여 문학 전통의 계승과 창작의 성실한 자세를 잃어버리고 말았다. 원중도가 당시의 창작 경향에 대해 "作詩에 대해서는 世人들의 상투적인 말을 매우 싫어하여 힘써 변화하려 했으나, 그 병폐는 경솔하고 천박해져 전혀 함축이 없다는 것이다. 대개 천하만사는 함축적이고 여유 있음을 귀하게 여기지 않은 적이 없었으니 글의 뜻을 단번에 죄다 드러내 보이면 공교할지는 몰라도 귀하지는 않다"[55] 라고 지적한 말이나, 또 원굉도의 소시적 창작에 대해

---

54 沈守正,「凌士重小草引」,『雪堂集』十一卷(明崇禎三年武林沈氏家刊 ; 臺北 : 國立中央圖書館所藏, M12964), 卷五 : "山之有巉崿也, 石之有拳握也, 草樹之有梅竹也, 書之有鳥爪蟲絲, 畵之有與可雲林也, 詩之有韋孟郊島也, 見者莫不喜, 喜而欲狂, 唯其趣異也。而不知者詆之日奇, 日偏, 日小品。夫人抱邁往不屑之韻, 恥與人同, 則心不肯言儔人之所言, 而好言其所不敢言不能言。與其平也, 寧奇 ; 與其正也, 寧偏 ; 與其大而僞也, 毋寧小而眞。"

55 袁中道,「寄曹大參尊生」,『珂雪齋前集』, 卷二十三書牘, 5 : 2256 : "至于作詩, 頗厭

“『錦帆』·『解脫』과 같은 선생의 詩文은 그 의도가 사람들의 속박을 풀어 떨쳐내려는 것이었기에 때로는 장난삼아 한 말도 들어 있었고, 또 선생은 재주 많고 담대하여 세상의 비난과 칭찬을 개의치 않고 그저 마음먹은 대로 하고 싶은 말을 펴보았을 따름이었다”[56]라고 해명한 말은 모두 그러한 창작태도로 인해 발생하게 될지도 모를 종국의 편파적인 경향에 대해 이미 예견하고 있었음을 말해주는 것이다. 그러므로 원중도는 내용에서는 詩에 들어가서는 안 될 情景을 배제시킬 것을 요구하고, 형식에서는 문자가 함축성을 지녀야 함을 강조했다. 원중도의 이러한 수정론은 실은 경릉파가 제시한 ‘選’의 의미와 유사하다 ‘選’은 공안파의 ‘率’과 상대되는 개념으로 일종의 신중한 창작태도를 말한다. 종성은 제재의 선택으로부터 篇章의 구성과 수식 등에 이르는 창작의 전체 과정에서 조금도 소홀하지 않는 태도로 임해야 할 것을 주장하며 다음과 같이 ‘審作’과 ‘精裁’를 강조했다.

> 매번 옛사람의 한평생 지은 詩를 볼 때마다 그 남긴 것을 따져 보면 불과 한 帙 혹은 몇 章에도 채 이르지 않아 마음이 몹시 두려워진다. 이는 그 裁成(알맞게 처리하여 작품을 완성함)을 귀히 여겼기 때문으로, 정교하게 재량하여 반드시 주의하여 창작하고 신중하게 남에게 보여줌으로써 높이 자처하게 된 것이다. 이것이 내가 말하는 가려 뽑은 다음에 지어야지, 지은 다음에 남이 골라 뽑았다는 말을 듣지 말라는 것이다.[57]

世人套語, 極力變化, 然其病多傷率易, 全無含蓄。蓋天下事未有不貴蘊藉者, 詞意一時俱盡, 雖工不貴也。”

56 袁中道, 「中郎先生全集序」, 『珂雪齋集』, 卷十一, 중 : 521 : “先生詩文如錦帆、解脫, 意在破人之執縛, 故時有遊戲語 ; 亦其才高膽大, 無心於世之毁譽, 聊以抒其意所欲言耳。”

57 鍾惺, 「題茂之所書劉脊虛詩册(并序)」, 전게서. 隱秀軒詩地集五言古一, 상 : 61-62 : “每見古人終身於詩, 究其所存, 不過一帙或至數章, 則心甚畏之, 貴裁也, 精於裁, 必

종성의 이른바 '審作'은 창작의 내용을 살펴 부적합한 창작제재를 사전에 배제할 것을 강조한 것이고, '精裁'는 창작형식에서 최선의 표현으로 작품이 가장 완전한 경지에 도달함을 기대한 것으로, 그러한 방법은 또한 '選而後作'의 의미와도 부합한다. 이른바 '選而後作'이란 창작할 때에 최선을 다할 수 있는 작품만을 가려 뽑아 짓고 만약 그렇게 할 수 없는 작품이라면 아예 짓지 않는다는 것으로, 이는 창작자의 신중한 자세를 강조한 것이다. 종성은 작품의 독자 방면에서의 수용에 앞서 창작자 자신의 창작 실천과 작품의 전파에 대한 세 가지 태도를 설명한 바 있는데, 그에 의하면 가려 뽑은 다음에 짓는 자(選而後作者)는 最上等이요, 지은 다음에 스스로 뽑는 자(作而自選者)는 그다음이요, 지은 다음에 남이 뽑아주기를 기다리는 자(作而待人選者)는 다시 그다음이라 했다. 따라서 창작자의 '選而後作'의 신중한 창작태도는 바로 작품의 '必傳之計' 중에서 최상책이라는 것이다.[58] 숭정 6년(1633)에 간행된 만명 당대 작가의 소품선집 『翠娛閣評選十六名家小品』의 評選者 陸雲龍(약 1628년 전후 在世)은 『鍾伯敬先生小品』의 서문에서 종성의 이러한 신중한 창작태도를 다음과 같이 평하고 있다.

> 스스로 가려 뽑은 다음에 지을지언정 지은 다음에 남에 의해 뽑히지 않으려 한즉, 그 문장을 단련하고 도려내고 퇴고함에 모두 재주 있는 匠人의 苦心이 들어 있다. 그러므로 문장의 格局의 단련을 고심하여 마치 九嶷 三湘의 물이 굽이굽이 돌아 흐르듯 문장의 내용이 복잡하고 변화

審於作, 愼於示人, 乃其高於自處, 此予所謂選而後作, 勿作而聽人選者也。"

58 鍾惺, 「題魯文恪詩選後二則」, 전게서. 隱秀軒文餘集題跋一, 하 : 1389-1390 : "夫選而後作者, 上也 ; 作而自選者, 次也 ; 作而待人選者, 又次也。古人所謂數十首數首之可傳者, 其全決不止此, 若其善者止此, 而此外勿作, 正予所謂作其必可傳者也。"

> 가 많아 하늘과 땅의 기이함을 교묘히 지녔다. 붓놀림을 고심하여 마치 湘水 巫雲의 빠른 바람이 날아 흐르듯 문장의 풍격이 원만하고 순조로워 경쾌하고 민활한 風致를 극도로 지녔다. 문장의 수사를 고심하여 마치 烏林 夢澤의 雲霧가 휘감기고 바람이 불어나 오듯 문장의 형식이 아름답고 다양하여 곱고 맑은 무늬의 주름진 비단과 같은 경관을 곡진히 지녔다.[59]

종성의 문장에 대한 육운룡의 견해는 바로 그러한 '選而後作'의 신중한 창작태도에 의해 지어진 작품의 성취를 매우 긍정적으로 평가한 것이다. 종성이 '選而後作'의 창작론을 강조한 의도는 작품의 전파에 있다. 그러나 "그러한 식견과 재능을 가진 자가 고금을 통틀어 과연 몇이나 있을 수 있겠느냐"고 종성 자신도 회의했듯이 정말 꼭 전해질 만한 작품만을 짓는다는 것은 결코 쉽게 달성할 수 있는 일은 아니다. 더욱이 작품의 전파 여부는 창작 이후의 일로서, 이는 작품에 대한 독자의 수용과 관련된 문제이다. 창작자가 생전에 심혈을 기울였던 작품이 후세에 전해지지 못하기도 하고, 후세에서 인구에 회자되는 작품이 창작 당시의 창작자로서는 별로 유의하지 않았던 것이기도 하다. 경릉파 역시 문학작품의 전파와 수용의 관계를 명백히 알고 있었으면서도 이러한 문제에 의도적으로 주의를 경주한 데에는 공안파 말류 '俚率'의 폐단을 교정함과 동시에 의고파 '膚熟'의 병폐를 답습하지 않으려는

---

59 陸雲龍, 「鍾伯敬先生小品序」, 鍾惺, 『鍾伯敬先生小品』, 卷首, 陸雲龍 (編), 『翠娛閣評選十六名家小品』三十二卷(明崇禎間錢塘陸氏原刊；臺北：國立中央圖書館所藏, M14358), 第九："寧選而後作, 無作而後選, 則其錘鍊刓剔推敲, 皆備良工之苦心者, 故其苦于鍜[鍛]局, 若九嶷三湘之瀠洄曲折, 妙有天造地設之奇；苦于運筆, 若湘水巫雲之飄忽飛流, 極有輕揚靈活之致；苦于修詞, 若烏林夢澤之烟縈風織, 曲具菁蔥紋縠之觀。"

그들 나름의 고심과 노력이 들어 있었다. 실지로 경릉파의 이른바 '幽'·'靜'·'孤'·'獨' 등과 같은 창작의 특수한 경지는 당시 그들 '反俚俗'과 '反膚熟'의 주장에 어느 정도의 역할과 작용을 했음이 분명하다. 그러므로 경릉파 문학은 문학창작에서 색다른 내용과 풍격을 형성했고, 이로써 그들만의 독특한 문학론을 전개시킴으로써 공안파와는 또 다른 유파로서 한때 만명 문단을 주도하기도 했다.

Ⅳ. 만명소품의 예술경계

공안파는 '趣'(정취·흥취)와 '韻'(운치·풍운)을 제시하여 문학창작의 심미적 특징으로 삼았다. 이른바 '眞情'과 '自我'가 공안파 문학의 내용이라면, '趣'와 '韻'은 공안파 성령 문학이 추구한 예술경계라 하겠다.

원굉도는 「西京稿序」에서 "무릇 詩는 정취를 중시한다. 운치가 많아지면 이치는 내쳐진다"[60]라고 말한바, 그가 말하는 '趣'란 '理'(이치·도리)와 대립되는 개념 범주에 속한다고 본다. 江盈科(字 進之, 號 綠蘿山人, 萬曆 20年 進士)도 이러한 관점에서 "무릇 詩를 지음은 만약 그것이 진실한 詩라면 비록 더할 나위 없이 잘 지어지지는 못했다 하더라도 반드시 정취가 있다. 만약 그것이 假飾에서 나온 것이라면 반드시 잘못 지어진 것은 아니라 할지라도 진실로 정취는 없다"[61]라고 말한바, 공안파의 이른바 '趣'란 곧 인성과 정감의 自然流露로서 명백한 개성 해방

---

60 袁宏道, 「西京稿序」, 전게서. 卷二序, 1 : 250 : "夫詩以趣爲主, 致多則理詘。"

61 江盈科, 「貴眞」, 『雪濤小書』, 詩評三, 『亘史鈔』六卷, 潘之恆 訂(明萬曆四十年吳公勵校刊 ; 臺北 : 國立中央圖書館所藏, M8423) : "夫爲詩者, 若係眞詩, 雖不盡佳, 亦必有趣 ; 若出于假, 非必不佳, 卽佳亦自無趣。"

의 의미를 띠고 있음을 알 수 있다.

중국에서 '趣'가 미학범주 내에서 운용되어 온 역사는 매우 오래되어 이미 위진남북조 이래로 書畫論이나 詩文論에서는 예술창작의 생동하는 운치를 묘사하기 위하여 자주 '趣'의 개념을 사용해 왔다. 명대 문학에서 이 '趣'와 관련한 미학 범주는 더욱 강조되어 湯顯祖(1550-1616, 萬曆 11年 進士), 李贄(1527-1602, 嘉靖 32年 擧人), 公安 三袁 등은 그것에 다시 특수한 시대적 의미를 부여했다. 특히 탕현조는 희곡 작품의 내용미의 문제를 지적하여 "무릇 문장은 意·趣·神·色을 중시한다"[62]라고 말한바, 희곡예술을 구성하는 기본적 미학 특징은 墨程·畫格·宮調와 같은 형식적인 격식이 아니라 마땅히 意·趣·神·色여야 한다고 생각했다. 원굉도의 '趣'에 관한 논의는 그의 「敍陳正甫會心集」에 가장 잘 집약되어 있다.

> 世人들이 얻기 힘든 것은 오직 정취이다. 정취는 山色·水味·花光·女態와 같은 것으로 비록 달변인 자라 할지라도 한마디로 말할 수 없고 오직 心神이 통하는 자만이 알고 있다. ……무릇 정취를 자연에서 얻는 자는 심오하고 학문에서 얻는 자는 천근하다. 어린아이 시절에는 정취를 알지 못하지만 아이로 돌아가지 않으면 정취를 얻을 수 없다. 얼굴에는 단정한 용모가 없고 눈에는 바로 박힌 눈동자가 없으며, 입은 재잘재잘 지껄이려 하고 발은 펄쩍 뛰며 가만있지를 못한다. 인생의 낙은 정말 이 시절보다 즐거운 때가 없다. 孟子의 이른바 "갓난아이같이 거짓 없는 마음을 잃지 않는다."라든지, 老子의 이른바 "갓난아이로 돌아간다."는 말이 대개 이를 가리킨다. 정취의 正等正覺(佛家語 : 眞諦를 통찰하여

62 湯顯祖, 「答呂姜山」, 『湯顯祖集』, 全4冊(臺北 : 洪氏出版社, 1975), 卷四十七玉茗堂尺牘之四, 2 : 1337 : "凡文以意、趣、神、色爲主。"

> 평등무차별의 경지에 이름을 말함)이 最上乘인 것이다. 山人은 구속과 속박이 없어 자유롭게 세월을 보냄으로써 일부러 정취를 구하지 않더라도 정취가 다가온다. ……점점 나이가 들고 벼슬이 오르고 품격이 높아지면서 몸은 질곡에 묶이고 마음은 가시가 박힌 듯하며 털구멍과 뼈마디가 보고 들은 지식에 매여 세상 이치 속으로 깊이 들어가면 갈수록 정취로부터는 더욱 멀어져 간다.[63]

全文에 걸쳐 '趣'란 진실한 정감의 自然流露임을 강조하고 있다. 원굉도의 '趣'에 대한 해설은 南宋 嚴羽의 『滄浪詩話』의 이른바 "如空中之音, 相中之色, 水中之月, 鏡中之象。"[64]과 매우 유사하다. 원굉도는 '趣'란 山色·水味·花光·女態와 같은 것이어서 이는 붙잡기 어려운 자연스러운 정취이기 때문에 한두 마디 말로서는 설명할 수 없다고 했다. 그러나 엄우는 '趣'로 詩를 논하면서 詩에 내포된 무한한 의미의 포착할 수 없는 측면을 강조하여 詩는 함축적이어야 하고 말은 다했어도 뜻은 무궁무진할 수 있는 운치를 지녀야 함을 주장했다. 이에 비해 원굉도의 '趣'는 자연스럽고 생동하는 정감의 측면을 강조하여 창작자의 성정에 따라 창작하고 직설적인 정감의 유로를 두려워하지 말라고 주장했다. 더욱이 '趣'는 '理'와 대립되는 것으로 이치가 깊어질수록 창작자의 자연스러운 성정은 구속당하고 작품의 자연스러운 정취는 말살

---

63 袁宏道, 「敍陳正甫會心集」, 전게서. 卷一序, 1 : 173-175 : "世人所難得者唯趣。趣如山上之色, 水中之味, 花中之光, 女中之態, 雖善說者不能下一語, 唯會心者知之。……夫趣得之自然者深, 得之學問者淺。當其爲童子也, 不知有趣, 然無往而非趣也。面無端容, 目無定睛, 口喃喃而欲語, 足跳躍而不定, 人生之至樂, 眞無踰于此時者。孟子所謂不失赤子, 老子所謂能嬰兒, 蓋指此也。趣之正等正覺最上乘也。山林之人, 無拘無縛, 得自在度日, 故雖不求趣而趣近之。……迨夫年漸長, 官漸高, 品漸大, 有身如梏, 有心如棘, 毛孔骨節俱爲聞見知識所縛, 入理愈深, 然其去趣愈遠矣。"

64 嚴羽, 『滄浪詩話注』, 胡鑑 注, 再版(臺北 : 廣文書局, 影印本, 1978), 卷一詩辨, 21쪽.

당하게 된다고 했다.

이러한 '趣'의 원천에 대하여 원중도는 그의 「劉玄度集句詩序」에서 '慧'를 언급했다.

> 무릇 지혜란 흐르는 물과 같아서 흐름이 극에 달하면 정취가 생겨난다. 세상의 정취는 지혜에서 생겨나지 않은 것이 없었다. 산은 영롱한 빛깔로 수많은 형상을 드러내고, 물은 잔잔한 물결로 수많은 모양을 그려내고, 꽃은 살아 움직임으로써 수많은 운치를 띤다. 이것은 다 천지간에 있는 일종의 지혜로운 기운이 이루어낸 것이어서 더욱 진기하게 여겨진다.[65]

원중도가 말하는 '慧'란 온갖 형상과 운치를 자아내는 산의 영롱한 빛깔, 물의 잔잔한 파문, 꽃의 생동함과 같은 것을 가리키는 것으로 원굉도의 '趣'가 진실한 정감의 自然流露를 강조한 반면, 원중도는 '趣'의 원천으로서 창작자의 '靈慧'를 강조했다. 따라서 공안파의 이른바 '성령'은 진실한 정감의 측면 외로 영묘한 지혜의 의미도 함께 포함하고 있는 것이다. 숭정 3년(1630) 鄭元勳은 만명 당대 작가들의 최초의 소품선집 『媚幽閣文娛』를 評選하고, 그 「自序」에서 "무릇 사람의 마음은 새것을 좋아하고 옛것을 싫어하며 慧智를 좋아하고 拙愚를 싫어함이 보통인 것이니, 이 새로운 것과 슬기로운 것 가운데에는 왜 극진한 도리가 깃들지 못한단 말인가?"[66]라고 말한바, 정원훈은 '新'과 '慧'를 사

65 袁中道, 「劉玄度集句詩序」, 『珂雪齋前集』, 卷十文, 3 : 1015 : "凡慧則流, 流極而生趣焉。天下之趣, 未有不自慧生也。山之玲瓏而多態, 水之漣漪而多姿, 花之生動而多致。此皆天地間一種慧黠之氣所成, 故倍爲人所珍玩。"

66 鄭元勳, 「文娛自序」, 鄭元勳 (編), 전게서. 卷首 : "夫人情喜新厭故, 喜慧厭拙, 率爲其常, 而新與慧之中, 何必非至道所寓 ? "

람들의 공통된 심미심리라 보고 이를 통해서도 文道를 실천할 수 있다고 생각했다. 만명소품에 대한 이러한 심미적 취향은 바로 만명 문단이 지향했던 창작의 중점이었으며, 또한 당시 독자들이 기울였던 관심의 초점이기도 했다.

만명소품의 '韻'에 대한 해설 또한 원굉도의 「壽存參[齋]張公七十序」에 잘 묘사되어 있다.

> 山의 빛깔은 산속에 가득한 嵐氣가 그것이요, 물의 무늬는 수면에 이는 파문이 그것이요, 학문의 극치는 운치가 그것이다. 산에 남기가 없으면 죽은 산이 되고, 물에 파문이 없으면 썩은 물이 되고, 학문에 운치가 없으면 쓸모없는 俗學者가 될 뿐이다. 옛날 공자가 顔回를 중히 여겨 음악으로 대하고, 曾點과 더불어 어린아이처럼 노래를 불렀다. 무릇 음악과 노래는 원래 학문하는 사람들의 파문이요 윤기인 것이다. ……대개 선비 중에 운치 있는 자라도 이치를 궁구할 때는 반드시 미세한 곳까지 들어감으로써 이치는 또한 운치를 잃게 된다. 그러므로 소리치고 펄쩍 뛰며 거꾸로 달리는 것은 어린아이의 운치요, 실없이 웃고 성내어 꾸짖는 것은 술 취한 이의 운치다. 술 취한 이는 아무런 생각이 없으며 어린아이 역시 아무런 생각이 없다. 아무런 생각이 없으므로 이치가 의탁할 곳이라곤 없어 자연스러운 운치가 나오게 된다. 이러한 점으로 본다면 이치라는 것은 시비의 동굴이고, 운치라는 것은 진정한 해탈의 터전인 것이다.[67]

67 袁宏道, 「壽存參[齋]張公七十序」, 전게서. 卷二序, 1 : 269-270 : "山有色, 嵐是也 ; 水有文, 波是也 ; 學道有致, 韻是也。山無嵐則枯, 水無波則腐, 學道無韻則老學究而已。昔夫子之賢回也以樂, 而其與曾點也以童冠詠歌。夫樂與詠歌, 固學道人之波瀾色澤也。……大都士之有韻者, 理必入微, 而理又不可以得韻。故叫跳反擲者, 稚子之韻也 ; 嬉笑怒罵者, 醉人之韻也。醉者無心, 稚子亦無心, 無心故理無所托, 而自然之韻出焉。由斯以觀, 理者是非之窟宅, 而韻者大解脫之場也。"

이 서문으로 보아 알 수 있듯이 원굉도의 이른바 '韻' 역시 '理'와 대립되는 개념이다. '韻' 도 앞의 '趣'와 마찬가지로 마음속에서 자연스럽게 우러나오는 '眞情'에 연이어 있는 것이다. 하나의 시비는 하나의 제한일뿐만 아니라 제한이 많을수록 사물에 대한 인식은 더욱 진실하지 못하게 된다. 오직 '理' 중에서 초탈해 나와 '無心'의 경지로 돌아가 '理'가 의탁할 곳이 없게 되어서야 비로소 자연스러운 '韻'이 나오게 된다는 것이다. 공안파의 이른바 '趣'와 '韻'은 모두 '理'와 대립되는 개념으로 문자 밖에 표현된 일종의 '흥취'와 '풍운'을 말하는 것이며, 한 편의 글이 '趣'와 '韻'을 가질 때 그 예술적 감화력이 강화되고 긴 여운을 남기게 된다.

앞에서 문장이 '無心'의 경지에 들어가면 '韻'과 '趣'는 저절로 생겨난다고 했다. 그러므로 공안파 문학론은 자연히 '淡'을 표준으로 삼는다. 원굉도는 「敘咼氏家繩集」에서 '淡'의 진면목에 대해 다음과 같이 설명했다.

> 蘇軾이 陶潛의 詩를 몹시 좋아한 것은 그 담박함과 자적함을 귀히 여겼기 때문이다. 무릇 음식물은 빚어서 단맛을 얻고 구워서 쓴맛을 얻으나 오직 담박한 맛은 지어낼 수 없다. 인위적으로 지어낼 수 없다는 것, 이것이 문장의 진정한 성령이다. 진한 맛은 다시 담박해지지 못하고 감미로운 맛은 다시 매워지지 못하나 오직 담박한 맛은 지어낼 수 없는 맛이 없다. 어떤 맛이든 지어낼 수 없는 맛이 없다는 것, 이것이 문장의 진정한 변화이다. 바람이 물을 만나면 물결을 일으키고 해가 엷게 산을 비추면 嵐氣가 생겨난다. 비록 顧氏와 吳氏가 있다한들 착색할 수 없는 것으로 이것이 곧 담박함의 극치이다. 陶潛이 그러했다. 孟郊와 賈島는 인력으로 담박함을 구하려 하여 나뭇잎이 다 지고 산 모습이 드러남으로

> 써 마침내 차고 메마르게 되어버렸다. 白居易의 시원스러움과 蘇軾의 거리낌 없음은 혹은 이치에 묶이고 혹은 학문에 묶임으로써 모두 산봉우리만 바라보다 물러난 꼴로서 그 재능이 미치지 못한 것은 아니나 담박함의 본모습은 아닌 것이다.[68]

이 서문의 내용을 요약하면 '理'에 묶이면 '趣'가 엷어지게 되고 '學'(학식·학문)에 묶이면 '韻'이 사라지게 되어 '淡'의 본래의 모습을 잃게 된다는 것이다. 문장의 담박함이야말로 문장의 진정한 성령으로 이는 억지로 지어낼 수 있는 것이 아니기 때문이며, 동시에 이것이 바로 문장의 진정한 변화로서 이는 무엇이든 지어낼 수 없는 것이 없기 때문이라는 것이다. 그러므로 공안파의 '眞'과 '變'은 '趣'와 '韻'과 불가분의 관계에 있다. 숭정 6년(1633) 『皇明十六家小品』을 간행한 陸雲龍 역시 『袁中郎先生小品』의 서문에서 '성령'과 '흥취'의 상관 관계 속에서 만명소품의 예술적 특징을 다음과 같이 말한 바 있다.

> 袁中道는 袁中郎의 詩文을 칭송하여 진솔하다 했다. 진솔하면 성령이 드러난다. 성령이 드러나면 흥취가 생겨난다. 이는 곧 中郎이 관직의 속박을 받지 않음으로써 그 흥취를 숨기지 않고 그 성령을 억누르지 않았음이다. ……마음에 떠오르는 대로 거침없이 말하고 손이 움직이는 대로 맡겨두어 中郎의 전부를 써냄으로써 中郎은 마침내 온전한 中郎이 된 것이다. 그런즉 흥취는 조화를 이루고 조화롭게 되면 운치는 심원

68 袁宏道, 「敍咼氏家繩集」, 전게서. 卷一序, 1 : 210-211 : "蘇子瞻酷嗜陶令詩, 貴其淡而適也。凡物釀之得甘, 炙之得苦, 唯淡也不可造 ; 不可造, 是文之眞性靈也。濃者不復薄, 甘者不復辛, 唯淡也無不可造 ; 無不可造, 是文之眞變態也。風値水而漪生, 日薄山而嵐出, 雖有顧、吳, 不能設色也, 淡之至也。元亮以之。東野、長江欲以人力取淡, 刻露之極, 遂成寒瘦。香山之率也, 玉局之放也, 而一累于理, 一累于學, 故皆望岫焉而卻, 其才非不至也, 非淡之本色也。"

> 해지려 하고 아치는 빼어나려 하고 뜻은 아름다워지려 하고 말은 질질 끌리지 않음이니 그래서 나는 더욱 소품을 취하려는 것이다.[69]

여기서의 육운룡의 말도 공안파의 이러한 '眞'·'變'과 '趣'·'韻'의 관계 속에서 이해될 수 있다. 그러나 원광도가 말한 '趣'와 '韻'은 그의 말처럼 누구나 쉽게 배워서 도달할 수 있는 경계가 아닌 것으로, 만명 사회에서는 음악을 즐기고 노래를 부르는 진정한 名士派는 적었고, 오직 입으로만 '趣'와 '韻'을 외치는 위선적 風流派가 횡행함으로써 그 말류는 도리어 비속함을 면치 못하게 되었다. 공안파를 이어 일어난 경릉파의 대표 작가 종성과 담원춘은 이러한 공안파 말류 '俚率'의 폐단을 극복하고자 공안파의 '靈'과 '趣'의 문학사상의 기초 위에 다시 '學古'를 주장하고 '深'과 '厚'의 경계를 추구했다. 이른바 '靈' 또는 '靈心'이란 창작의 출발점이자 창작에 반드시 필요한 기본 조건이며, 이른바 '厚'란 창작에서 도달하고자 하는 목표, 즉 예술의 최고 경계를 말하는 것이다.

원굉도는 詩文의 '趣'와 '韻'은 '眞情'으로부터 나온다고 여겼다. 이것은 李贄의 이른바 '童心'과 같은 의미로서 童心은 塵緣에서 해탈하고 世情에서 벗어나야 얻을 수 있는 것이다. 종성의 이른바 '無煙火處'라든지 '機鋒'[70]이라는 논점도 물론 원굉도의 이러한 관점과 상통하는 것이다. 그러나 이와 달리 종성의 이른바 "심후한 내용의 작품은 오래

---

69 陸雲龍, 「敘袁中郎先生小品」, 袁宏道, 『袁中郎先生小品』, 卷首, 陸雲龍 (編), 전게서. 第十 : "小修稱中郎詩文云 : 率眞。率眞則性靈現, 性靈現則趣生, 卽其不受一官束縛, 正不蔽其趣, 不抑其性靈處。……衝口信手, 具寫其中郎, 中郎遂自成一中郎矣。然趣近于諧, 諧則韻欲其遠, 致欲其逸, 意欲其妍, 語不欲其沓拖, 故予更有取于小品。"

70 鍾惺, 「與譚友夏」, 전게서. 隱秀軒文往集書牘一, 하 : 1167-1168 : "我輩詩文, 到極無煙火處, 便是機鋒。"

도록 읽히기가 쉬우나 신기한 것만으로는 오래가기 힘들다."[71]라는 말은 작품이 심후하면 독자들에게 흥미를 주고 그 전파의 가치는 더욱 커진다는 것으로, 따라서 종성은 '淸新'을 요구하고 담원춘은 '寬朴'을 강조함으로써 '深'·'厚'의 경계를 추구했다. 이것이 바로 이른바 "지혜롭되 잘아빠지지 말고, 순수하되 유치하지 말고, 조촐하되 천박하지 마라"[72]고 하는 경릉파의 창작이상인 것이다. 만명 당시 陸雲龍이 편찬한 『鍾伯敬先生小品』의 서문에서는 종성의 문장을 평하여 "차라리 간결할지언정 번잡하지 않고, 참신할지언정 답습하지 않고, 심후할지언정 방정맞지 않고, 진실할지언정 어리석지 않아 공들이고 고심한 끝에 자연스러움으로 돌아왔다."[73]라고 말한 바, 경릉파의 이러한 예술경계는 당시의 비평가들로부터 매우 긍정적인 평가를 받았다.

경릉파 문학론은 문학의 '厚'는 창작자의 '靈'(정신·개성)에서 나오는 것이라고 주장하여 '學古'의 방법을 강조함으로써 '格調'에 빠지지 않으려 했고, 다시 창작자의 '靈'은 문학의 '厚'로 귀착되어야 한다고 주장하여 '趣'를 강조함으로써 '小慧'로 흐르지 않으려 했다. 전자의 경우는 칠자와 다르고, 후자의 경우는 또 공안과 달랐다. 그러나 그들의 재능이나 소양이 부족했던 관계로 창작 실천에서 실지로 이러한 경계에 도달하기란 결코 쉽지 않은 일이었다. 후대의 논자들은 경릉파의 창작과 비평의 실제가 그들이 주장했던 이러한 이상적 경계에 도달하지 못했다는 점을 들어 혹독하게 나무랐지만, 경릉파가 만명 문단에서 문

71 鍾惺, 「與譚友夏」, 전게서. 隱秀軒文往集書牘一, 하 : 1167-1168 : "深厚者易久, 新奇者不易久也。"

72 鍾惺, 「與弟恮」, 전게서. 隱秀軒文往集書牘一, 하 : 1174 : "慧處勿纖, 幼處勿離, 淸處勿薄。"

73 陸雲龍, 「鍾伯敬先生小品序」, 鍾惺, 『鍾伯敬先生小品』, 卷首, 陸雲龍 (編), 전게서. 第九 : "寧簡無繁 ; 寧新無襲 ; 寧厚無佻 ; 寧靈無痴, 工苦之後, 還于自然。"

학창작에 대한 원만한 논점을 제시한 공헌만큼은 무시할 수 없는 것이라 하겠다. 다시 말해서 경릉파 문인들이 칠자의 장점을 취하고 아울러 공안파의 폐단을 보완함으로써 자신들의 '幽峭'와 공안파의 '淸眞'을 융합하여 그들만의 독특한 풍격을 창조한 점은 만명소품의 새로운 풍격 형성에 기여한 명백한 공헌임을 부인할 수 없을 것이다.

Ⅴ. 결어

본장에서는 만명 공안·경릉파 문학이론의 핵심 내용으로서 만명소품의 문학사상, 창작이상, 예술경계와 관련한 몇 가지 중요한 문제를 살펴보았다. 만명소품의 대표 작가들이 대부분 이 두 유파의 문인들이란 점에서 이러한 논의는 본질적으로 만명소품의 창작과 감상 및 비평이론으로 보아도 무리가 없을 것이다. 이상의 논의를 종합하여 본장의 결론을 요약하면 다음과 같다.

만명 공안·경릉파의 문학관은 '變'(변화·변혁)을 핵심 사상으로 삼는다. 따라서 명대문학사에서 신흥 문학으로서의 소품창작의 흥성은 바로 문학의 변화의 관념에서 전개되었으며, 그 의의와 가치도 문학창작의 새로운 출로를 개척하는 과정에서 발견할 수 있다.

공안·경릉파의 문학사상이 문학의 '變'을 중시한 의도는 창작자의 '眞'(眞情·眞心)의 보존에 있다. '眞'을 보존하기 위해 復古와 粉飾을 반대했고, 오늘날을 따름으로써 속될지언정 옛사람의 한 글자도 모방하지 않으려 했다. 이렇게 창작자의 개성미를 중시하는 문학관은 곧 만명 시대를 대표하는 새로운 미학적 이상이었다. 공안파 문학론은 '眞'을 창작원칙으로 삼고 있어 그 창작은 자연히 '質'(본성·진면목) 의 문제와 연계되며, 이는 동시에 예술감화력을 구비할 수 있는 중요한 조건의 하나가 된다. 공안파가 '眞'과 '質'의 문학을 숭상한 까닭은 수식하지 않는 것이 가장 자연스럽고 가장 진실하다고 생각했기 때문인 것으로, 그러므로 창작방법에서 '直寄'(直敍)를 주장했다. 동시에 그들은 또 '變'과 '時'의 문학을 중시하여 문학은 시대의 추세에 따라 변화하는 것으로 이는 문학 발전의 定理라고 생각했기 때문에 또한 '新奇'(참신·기이)를 요구했다. 그러나 공안파 말류 '俚率'(俚俗·輕率)의 폐단을 목격한 경릉파는 다시 창작자의 엄숙한 자세를 요구하고, 제재의 선택으로부터 篇章의 구성과 수식 등에 이르는 창작의 전체 과정은 조금도 소홀함이 없는 신중한 태도로 임해야 할 것을 주장하여 문학작품의 '審作'(주의 깊은 창작)과 '精裁'(정교한 裁量) 및 '選而後作'(선택적 창작)의 창작론을 강조했다.

공안파는 '趣'(정취·흥취)와 '韻'(운치·풍운)을 제시하여 문학예술의 미적 특징으로 삼았다. 이른바 '眞'과 '我'가 공안파 문학의 내용이라면, '趣'와 '韻'은 공안파 성령 문학이 추구한 예술경계이다. 공안파 문학론은 '無心'의 경지에 들어가면 '韻'과 '趣'는 저절로 생겨난다고 생각했다. 그러므로 공안파 문학론은 자연히 '淡'(담박)을 표준으로 삼는다. '理'(이치·도리)에 묶이면 '趣'가 엷어지게 되고, '學'(학식·학문)에 묶이면 '韻'이 사라지게 되어 '淡'의 본래의 모습을 잃게 된다. 문학의 '淡'이야말로 문학의 진정한 성령으로 이는 억지로 지어낼 수 있는 것이 아니기 때문이며, 동시에 이것이 곧 문학의 진정한 '變'으로서 이는 무엇이든 지어낼 수 없는 것이 없기 때문이다. 따라서 공안파의 '眞'·'變'은 '趣'·'韻'과 불가분의 관계에 있다.

만명 문단에서 공안파는 경직되고 무거운 문학을 청아하고 공교한 문학으로 바꾸고, 겉만 화려하게 장식한 문학을 창작자 본래의 질박한 모습으로 되돌림으로써 문학의 혁신에 기염을 토했다. 그러나 그 말류는 '小慧'를 자랑하고 '律度'를 깨뜨려 오히려 '淺率'의 폐단을 드러내었다.[74] 이때 출현한 경릉파는 다시 '幽峭'로써 '俚率'의 폐단을 구제하고자 '幽情單緖', '孤行靜寄'[75]를 추구했으나 마침내 '孤僻'으로 빠지고 말았다. 경릉파 문학론은 문학의 '厚'(심후)는 창작자의 '靈'(정신·개성)에서 나오는 것이라고 주장하여 '學古'의 방법을 강조함으로써 '格調'에 빠지지 않으려 했고, 다시 창작자의 '靈'은 문학의 '厚'로 귀착되어야 한다고 주장하여 '趣'를 강조함으로써 '小慧'로 흐르지 않으려 했다. 전자의 경우는 칠자와 다르고, 후자의 경우는 또 공안과도 달랐다. 그러나 그들의 재능이나 소양이 부족했던 관계로 창작 실천에서 실지로 이러한 경계에 도달하기란 쉽지 않은 일이었다. 후대의 논자들은 경릉파의 실지 창작이 그들이 주장했던 이상론에 도달하지 못했다는 점을 들어 혹독하게 비판했지만 그들이 만명 문단에서 이룩한 절충과 혁신의 공헌만큼은 분명 무시할 수 없는 것이다. 다시 말해서 경릉파 문인들이 칠자의 장점을 취하고 아울러 공안의 폐단을 보완함으로써 자신들의 '幽峭'와 공안파의 '淸眞'을 융합하여 그들만의 독특한 풍격을 창조한 점은 만명소품의 새로운 작풍의 형성에 기여한 명백한 공헌이라 하겠다.

공안·경릉파의 문학 혁신에 대한 노력은 그들 이후에도 부단히 이어져 王思任·徐宏祖·倪元璐·劉侗·張岱 등 일군의 우수한 만명 작가들은

---

74 『四庫全書總目提要』, 卷一百七十九, 集部三十二, 別集類存目六, 4 : 806, 明 袁宏道 撰『袁中郎集』條 : "其詩文變板重爲淸巧, 變粉飾爲本色, 天下耳目於是一新, 又復靡然而從之。……學三袁者, 乃至矜其小慧, 破律而壞度, 名爲救七子之弊, 而弊又甚矣。"

75 鍾惺, 「詩歸序」, 전게서. 隱秀軒文昃集序一, 중 : 739-740 : "眞詩者, 精神所爲也。察其幽情單緖, 孤行靜寄于喧雜之中, 而乃以其虛懷定力, 獨往冥遊于寥廓之外。"

'學古'와 '直寄'의 두 가지 방법을 절충하고 공안·경릉파의 창작과 이론을 집대성하여 '淸新'·'冷峭'·'詼諧' 등의 다양한 풍격을 창조함으로써 만명소품의 독특한 풍모는 중국문학사의 새로운 지면을 열었다.

晩明小品論

중국 산문전통의 '이단'인가, '혁신'인가?

제4장

만명소품의 창작 실천

Ⅰ. 서언

만명소품의 문학사상 및 문학이론에 관한 앞장의 논의에서 공안·경릉파 '성령' 문학은 만명 문단에 문학혁신운동의 이론적 기초를 제공하고 창작 실천을 주도함으로써 큰 영향을 미쳤음을 살펴보았다. 만명소품 창작의 유행은 당시 문단의 반의고주의 문풍과 밀접한 관련이 있다. 명대 문단은 전후칠자가 복고를 제창함으로써 한때 의고 풍기가 성행했다. 이러한 상황은 결국 문인들의 불만을 고조시켜 歸有光·矛坤·唐順之 등을 대표로 하는 당송파는 이에 반기를 들고 복고파를 극력 반대했다. 그러나 당송파는 자신들의 이론적 한계와 창작의 부진으로 인해 반복고의 효과적인 성과를 거두지는 못했다.

그 뒤를 이어 袁宗道·袁宏道·袁中道를 대표로 하는 공안파가 출현하고서야 문단에는 일대 변혁이 일어났다. 三袁은 李贄의 영향을 받아 反道學의 색채를 띠고 진보적 문학 주장을 폈다. 그들의 문학에 관한 견해와 주장은 복고파와 첨예하게 대립했으며 당송파와도 입장이 크게 달랐다. 그들은 문학은 시대의 변화를 따라 발전하는 것으로 각 시대는 그 시대 고유의 특색이 있어 옛날을 중시하고 오늘날을 경시해서도 안 되며 옛것으로 지금 것을 비난해서도 안 된다고 주장했다. 따라서 문학이 시대를 따라 발전하는 것이라면 오늘날이 옛날만 못하다는 생각은 그릇된 것이므로 창작에 있어서도 옛사람을 모방할 필요가 없다고 역설했다. 그들은 또 "獨序性靈, 不拘格套"의 문학강령을 제시하고 문학은 작가의 개성을 표현해야 하고 모든 속박을 제거해야 한다고 강조하여 훌륭한 詩文은 작가의 가슴속에서 저절로 흘러나와 평이한 언어로 지어져야 한다고 주장했다. 그들의 바로 이러한 문학 발전관과 창작관이 자유로운 형식의 淸新流麗한 소품문학을 탄생시킨 원동력이었던 것이다.

중국문학사에서 만명소품의 출현은 명대 중엽 이후 문단의 문학기호의 변천을 의미하며, 그것은 당시 강남 지역의 번화한 도시 문화를 기반으로 한 문화적 산물로 이해된다. 당시 성령 문학의 주창자 公安三袁과 계승자 竟陵 鍾·譚 및 그 집대성자 張岱 등 이른바 만명소품 대표 작가들의 문학사상과 작품풍격은 시간과 상황의 추이에 따라 변화를 거듭했으나, 창작 실천 중 '진실'과 '자아' 추구에 대한 그들의 열정은 시종 변함이 없었다.

중국산문은 唐宋에 이르러 이미 성숙 단계를 거쳐 그 절정에 도달했다. 唐宋 이래로 산문창작의 방법과 규칙을 종합하려는 기풍이 성행함에 따라 秦漢과 唐宋의 산문을 창작의 철칙으로 여기게 되자, 그 체제는 오직 본받아야만 할 완전한 본보기로서 뛰어넘을 수 없었으며 그 법식은 오직 지켜져야만 할 황금률로서 깨뜨릴 수 없었다. 만명의 공안·경릉파 문인들은 이러한 격식에 얽매이지 않고 문학표현상의 혁신을 추구하여 그들 작품 전반에 나타나는 일반적인 특징은 일정한 體式을 갖추지 않은 채 끊임없이 변화를 모색하고 있다는 점이다. 체제와 풍격이 지속적인 변화 중에 있었기 때문에 참신하고 경쾌한 작품으로부터 다소 근엄하고 함축적인 작품과 함께 웅대하고 심오한 작품도 지어졌다. 그 문장 표현도 편폭에 구애받지 않아 어떤 작품은 고도로 개괄되기도 하고, 또 어떤 작품은 상세하게 묘사되기도 했다. 창작 실천 중 진실을 전달하고 자아를 표현하고 고정된 격식을 따르지 않는 이러한 특징은 당시의 문인들이 탐색한 산문창작의 새로운 출로였으며, 이는 전통산문의 실용성과 논리성 외로 그들 작품에 고도의 예술성을 부가함으로써 중국산문 발전의 새로운 영역을 개척했던바, 이것이 바로 오늘날 중국문학사에서 일컫는 '만명소품'이다.

만명소품의 창작에서 발견할 수 있는 가장 두드러진 특징은 첫째, 창작제재의 선택이 광범하다는 것이고, 둘째, 문학형식의 운용이 복합적이고 다양하다는 것이며, 셋째, 문학언어의 造語가 기발하고 참신하다는 것이다. 만명소품의 이러한 문학적 성취는 만명 문단이 전반적으로 전통규범의 속박에서 해방되어 이전에 비해 작품의 내용과 형식에서 창작이 훨씬 자유로워짐으로써 작가의 진실한 자아를 표출할 수 있었기 때문에 가능했다.

본장은 만명 문단의 주요 문학 현상 중의 하나인 '소품'의 창작 실천에 관한 논의로서 기본적으로 만명소품의 대표작으로 여겨지는 공안·경릉파 작가들의 작품과 만명소품의 최고 성취를 이룬 張岱의 작품을 대상으로 먼저 작가·작품·독자와의 연대 관계 속에서 작품의 성격을 규명하고, 이어 작품의 내용과 형식상의 특징을 창작제재의 의미, 문학형식의 변혁, 문학언어의 미감 등의 측면에서 살펴보고자 한다.

Ⅱ. 만명소품 창작제재의 의미

문학작품의 제재는 작가의 선택과 가공을 거쳐 그의 情意를 담아내는 것이므로, 그것은 주관과 객관이 통일된 관념 형태의 표현이며 정신현상의 범주에 속한다. 그러므로 작가에게는 작품의 제재가 곧 情意의 표현을 위한 가장 적절한 재료가 된다. 작가들이 가진 개성과 경험은 제각기 상이하기 때문에 문학작품의 제재 또한 천차만별이며 각양각색이다. 이렇게 서로 다른 제재들은 각각 상이한 사상적 용량과 심미적 가치를 지닌다. 이러한 까닭으로 시대와 작가에 따라 특별히 관심을 가지고 주의를 기울이는 제재가 있기 마련이다. 일반적으로 문학작품의 이질적 특성은 작가의 창작목적과 작품의 표현기교로 논의될 수 있다. 그중에서 작가의 창작 목적은 제재의 선택에 직접적인 영향을 미친다. 만명소품의 제재는 산수 경물, 인물 掌故, 풍속 時令, 서화 예술, 市井瑣聞, 가정 쇄사, 친지 붕우, 개인 情懷 등을 포괄하여 그 선택이 자유롭고 범위가 매우 광범하다. 그러나 다른 한편으로 작품의 내용이 대부분 작가의 개인적 정회나 한적한 생활과 관련되어 있어 제재의 속성상 그 선택 대상이 상당히 제한적이기도 하다. 이는 작가의 창작 환경과도 관련이 있고 문학사상과도 관계가 있다. 경릉파의 대표 문인 鍾惺의 「自題詩後」에 언급된 다음과 같은 말은 당시 문인들의 생존 환경을 잘 보여준다.

> 袁石公(袁宏道)이 "우리에게 詩文이 없다면 하루도 넘길 수 없다"고 말한 적이 있는데, 이 말은 내 생각과 꽤나 같다. 옛적에 어떤 사람이 장수한 노인에게 그 비결을 물어 보았더니, 그 자는 "오직 욕망을 버리는 것이다"고 말했다 한다. 이 말을 들은 사람은 고개를 가로 저으며 "그렇

게 하여 천년을 누린들 무슨 보람이 있겠습니까?"라고 말했다 한다. 우리들이 오늘 詩文을 짓지 않는다면 무슨 사는 재미가 있겠는가?[1]

만명소품의 가장 권위 있는 비평가 중의 한 사람이었던 陳繼儒도 「文娛叙」에서 다음과 같이 말한 바 있다.

옛날 환관 魏忠賢이 주살되었던 丁卯年(天啓 7年) 이전에는 黨禍가 빈발했기에 내가 董思白(名 其昌, 號 思白) 翁에게 말하기를 "나와 그대는 이러한 때에 科擧와 祿位를 관장했던 文昌帝君이 되길 바라지 말고, 그의 두 從者였던 天聾과 地啞가 되기만을 바라, 원컨대 이 험난한 세상을 무사히 넘깁시다"라고 했다. 鄭超宗(名 元勳)이 내 말을 듣고 웃으며 말하길 "대문을 닫아 손님을 사절하고 오직 문장을 가지고 스스로 즐긴다면 어찌 무슨 다칠 일이 있겠습니까?"라고 했다.[2]

명조 만력(1573-1620) 말년으로부터 天啓(1621-1627) 연간에 이르는 '東林黨禍'는 명대의 정치 사회에 큰 상처를 남겨, 천계 7년(1627)에 환관 魏忠賢이 思宗에 의해 주살되기는 했으나 조정은 이미 극도로 피폐한 상태였다. 격렬한 정치 투쟁에 참여하여 부패한 사회풍기에 물들지 않으려 했던 만명의 일반 문사들은 원림에 일신을 은둔하고 산수에

1 鍾惺, 「自題詩後」, 『隱秀軒[詩]集』, 全3册(明天啓二年沈春澤刊本 ; 臺北 : 偉文圖書出版社, 影印本, 1976), 隱秀軒文餘集 題跋一, 하 : 1386 : "袁石公有言 : 我輩非詩文不能度日。此語與余頗同。昔人有問長生訣者, 日 : 只是斷欲。其人搖頭日 : 如此雖壽千歲何益 ? 余輩今日不作詩文, 有何生趣 ?"

2 陳繼儒, 「文娛叙」, 鄭元勳 (編), 『文娛』不分卷(明崇禎三年刊 ; 臺北 : 國立中央研究院 歷史語言研究所 所藏, 善本), 卷首 : "往丁卯前, 璫網告密, 余謂董思翁云 : 吾與公此時, 不願爲文昌, 但願爲天聾地啞, 庶幾免于今之世矣。鄭超宗聞而笑日 : 閉門謝客, 但以文自娛, 庸何傷 ?"

마음을 기탁하며 스스로 문학을 즐김으로써 정신적인 해탈과 쾌락을 추구하려 했다. 위 진계유의 말에서 당시 일반 문인들이 겪었던 어떻게도 할 수 없었던 침통한 심경을 충분히 상상할 수 있다. 舌禍를 면하기 위해 창작의 제재는 첨예한 현실 문제를 다루지 않고 出世的 초탈의 흥취만을 표출함으로써 스스로 즐기고 근심을 잊을 수 있었던 것이다. 공안파 문인 袁中道가 그의 한 서신 중에서 "세상의 많은 일들은 날카로운 기세를 지닌 자가 먼저 화를 입게 되니, 우리들은 오직 침묵하고 겸허해야지 관용을 얻을 수 있다"[3]라 한 말도 역시 암울한 사회 상황 속에서 일개 문인의 신분으로서는 어떻게도 해볼 수 없었던 극도로 침체된 심리 상태를 대변한 것이라 하겠다. 혼탁한 정치 현실에 처한 만명의 많은 문사들이 관직을 회피하고 자연을 소요하며 주색에 빠져 오직 환락만을 추구하려 했던 소극적 경향 또한 당시의 정치 환경과 무관하지 않다.[4] 공안파 성령 문학은 '趣'와 '韻'을 제시하여 산문예술의 미적 특징으로 삼았다. 이는 곧 그들이 추구했던 예술경계였으니 그들의 작품은 자연히 농후한 '閑情之趣'를 지닌다. 만명소품의 제재가 산수경물류를 最適으로 삼은 것도 그들의 이러한 문학사상과 밀접한 관계가 있다.

공안파의 문학사상과 문학이론은 '變'[5]과 '眞'[6]의 관점과 '獨抒性靈,

---

3 袁中道, 「與丘長孺」, 『珂雪齋前集』, 全5册(明萬曆四十六年新安刊本 ; 臺北 : 偉文圖書出版社, 1976), 卷二十二書牘, 5 : 2145 : "天下多事, 有鋒穎者, 先受其禍, 吾輩惟嘿惟謙, 可以有容。"

4 袁中道, 「殷生當歌集小序」, 상게서. 卷十序, 3 : 1055-1056 참고.

5 공안파의 이른바 '變'은 발전적 관점에서 문학창작은 모두 시대의 발전을 따라 변화한다고 여겨 '通變'과 '創新'을 주장하고 前後七子의 모방론·복고론을 극력 비판했다. 그들은 자고로 문학은 이 '變'에 의해 생명을 更新하여 이 正變의 상호 순환이 곧 문학 발전의 과정을 형성한다고 생각했다.

6 공안파는 시대의 진실한 반영과 작가의 진실한 자아를 강조했다. 이렇게 창작자의 개성미를 중시하는 문학사상은 바로 명대 후기 문학을 대표하는 새로운 미학적 이상이었다.

不拘格套'[7]의 강령으로 집약된다. 그들의 문학론은 문학관념으로 논하면 '變'의 관점을, 창작태도로 논하면 '眞'의 관점에서 전개되었다. 일반적으로 어떤 문학관념을 가지고 있느냐에 따라 그것의 실천을 위한 적절한 창작태도를 취하기 마련이므로 '變'과 '眞'은 공안파 문학론 중 불가분의 관계에 놓인다. 공안파는 '眞'과 '質'의 문학을 숭상하여 꾸미지 않는 것이 가장 자연스럽고 진실하다고 여겼다. 그러므로 창작방법상 '直寄'[8]를 주장했다. 동시에 그들은 '變'과 '時'의 문학을 중시하여 문학은 時勢에 따라 변화하는 것이 문학 발전의 定理라 여기고 '新奇'[9]를 요구했다. 공안파의 '直寄'가 '眞'을 보존하기 위해 제시한 창작방법이라면 '新奇'는 '變'을 추구하기 위해 요구한 창작방법이라 할 수 있다.

공안파 문학사상의 핵심은 '變'이고, 문학표현의 주요 내용은 '眞'과 '我'이며, 예술경계는 '趣'와 '韻'이다. 이른바 '趣'와 '韻'은 모두 '理'와 대립되는 개념으로 문자 밖에 표현된 일종의 興趣와 風韻을 말한다. '趣'는 바로 人性과 眞情의 자연 유로이다. '韻'도 '趣'와 마찬가지로 마음속에서 자연스럽게 발해 나오는 眞情과 맞물려 있다. 하나의 是非는 하나의 제한일뿐만 아니라 제한이 많을수록 사물에 대한 인식은 더욱 진실하지 못하게 된다. 오직 '理' 중에서 초탈하여 나와 '無心'의 경지로

---

7 "獨抒性靈, 不拘格套"의 구호는 공안파가 문학의 새로운 길을 개척하던 과정에서 제시한 것으로 이 유파의 특성을 가장 잘 드러낸 창작강령이라 할 수 있다. 이른바 '獨抒性靈'은 사상 내용상 창작자가 자신의 성정을 표현할 것을 강조하고, 오직 宗經載道를 지표로 삼아 전통 문학을 맹종하는 것을 반대하여 그 중점은 진솔한 정감·욕망에 있다. 이른바 '不拘格套'는 표현 형식상 고정된 체제, 古雅한 풍격, 단정한 언어 등과 같은 갖가지 속박을 반대하고, '信腕直寄' 할 것을 요구하여 그 중점은 자유·자연에 있다.

8 이른바 '直寄'란 '直寫性情, 不爲浮詞濫語', 즉 직접 성정을 묘사하고 浮詞·濫語를 짓지 않는 것이다.

9 이른바 '新奇'란 "文章新奇, 無定格式, 只要發人所不能發, 句法、字法、調法, 一一從自己胸中流出, 此眞新奇也。"라고 하여 창작자의 독창성과 개성미를 요구한 것이다.

돌아가 '理'가 의탁할 데가 없게 되어야 비로소 자연스러운 '韻'이 나오게 된다. 작품이 '趣'와 '韻'을 가져야만 예술적 감화력이 강화된다.

문학작품의 효용은 곧 그것의 성질로부터 발생한다. 독자에 대한 만명소품의 효용도 그러한 작품의 성질과 관계가 있다. 만명 당대의 대표적 소품문집인 鄭元勳의 『媚幽閣文娛』는 그 표제가 나타내는 '以文爲娛'의 편찬취지와 같이 문장의 취미성에 대해 권두의 서문에서 다음과 같이 설명하고 있다.

> 무릇 사람의 마음은 새 것을 좋아하고 옛 것을 싫어하며 慧智를 좋아하고 拙愚를 싫어함이 보통인 것이니, 이 새로운 것과 슬기로운 것 가운데에는 왜 극진한 도리가 깃들이지 못한단 말인가? ……문장은 마음을 즐겁게 하는 것이라 마음이 지극하지 않고서 문장이 극진하게 된 적은 없었다. ……나는 문장이 사랑스러워 가까이 두고 읽으며 즐기기에 부족하다면, 六經 이외의 나머지는 모두 불살라 버려도 좋다고 생각한다. 六經이라고 하는 것은 뽕과 삼이나 콩과 조가 사람을 입히고 먹일 수 있는 것과 같고, 문장이라고 하는 것은 기이한 꽃과 아름다운 문채의 날개가 사람의 이목을 즐겁게 해주고, 사람의 심정을 기쁘게 해주는 것과 같다. 만약 아름답고 어여쁜 것을 기대할 수 없다면, 천지의 산물인 창생을 먹이고 입히는 것으로 충분하다. 그렇다면 저 사람을 즐겁게 해주는 것은 무슨 이득이 있어 함께 기르는 것인가? 사람이 먹을 것과 입을 것을 얻지 못하면 삶을 영위할 수 없으나 기쁨을 얻지 못하면 그 삶 또한 메말라 버린다. 그러므로 이 두 가지는 균형을 이루어야지 어느 한 편만을 물리치지 못하는 것이다.[10]

10 鄭元勳,「文娛自序」, 鄭元勳 (編), 전게서. 卷首 : "夫人情喜新厭故, 喜慧厭拙, 率爲其常, 而新與慧之中, 何必非至道所寓? ……文以適情, 未有情不至而文至者. ……吾

이 정원훈의 「自序」에서도 만명소품이 지닌 '情'과 '趣'의 문장관념과 '新'과 '慧'의 심미심리가 분명하게 드러나 있다. 정원훈은 '六經'과 '文'의 대비 관계, 즉 문학의 실용적 가치와 오락적 가치의 상호 보완 관계를 통해 '文', 즉 만명인의 이른바 '소품' 문장의 독자에 대한 쾌락적 효용 가치를 특별히 강조한 것이다. 비록 글 중의 논조가 다소 과격하고 편파적인 면이 없지 않으나 이른바 '文'에 대한 심미적 취향은 바로 당시의 문단이 지향했던 창작의 중점이었으며, 당시의 독자들이 기울였던 관심의 초점이었다. 정원훈의 『미유각문오』에 수록된 鄭元化의 跋文 중에는 이에 관한 더욱 구체적인 언급이 있다.

> 이 문집은 通士·達人이나 逸客·名流가 되려는 사람에게 적합하므로 반드시 山舍와 水閣 사이에서 좋은 날에 뛰어난 정회를 품고, 향불을 피우며 샘물을 품평하고, 꽃에 누워 달을 노래한다면 근심을 풀 수 있고, 권태를 떨쳐버릴 수 있고, 번민을 씻어 밀쳐낼 수 있다. 만약 가난한 선비들 사이에 두고 눈살을 찌푸리며 흥얼거리는 서책의 하나로만 삼는다면 진실로 四書五經의 효용에 맞게 행동하기에도 부족하다. 그러니 이것이 어찌 이 문집의 허물이 될 수 있겠는가?[11]

以爲文不足供人愛玩, 則六經之外俱可燒。六經者, 桑麻菽粟之可衣可食也；文者, 奇葩文翼之怡人耳目, 悅人性情也。若使不期美好, 則天地產衣食生民之物足矣, 彼怡悅人者, 則何益而並育之？以爲人不得衣食不生；不得怡悅則生亦槁, 故兩者衡立而不偏絀。"

11 鄭元化, 「跋」, 鄭元勳 (編), 『媚幽閣文娛』不分卷(明崇禎間鄭元化刊；臺北 : 國立中央圖書館所藏, M14366), 卷首 : "覽是集者, 宜通人達士, 逸客名流, 猶必山寮水榭之間, 良辰奇懷之際, 爇香品泉, 臥花謂月, 則憂可釋, 倦可起, 煩悶可滌可排。若僅置之寒氈措大間, 以當攢眉咿唔之一, 洵不足報五經四書之效也。然豈可爲茲集咎耶？"

만명소품의 독자들이 작품 속에서 얻고자 했던 쾌락도 역시 고민과 우수를 풀고 스스로 해탈하고자 함이었다. 이러한 만명소품의 효용은 실용적인 '載道' 문장 밖의 것으로서 그들은 소품문학을 순수 예술품으로 여기고 마음의 고민과 염증을 기탁하는 세속 밖의 桃源으로 삼았다. 다음에서 공안파의 대표 작가 袁宗道의 「極樂寺紀遊」를 보자.

> 高粱橋를 흐르는 물은 西山의 깊은 골짝에서 나와 이곳(極樂寺)을 거쳐 玉河로 흘러든다. 하얀 비단 천 필을 길게 펼쳐 놓은 듯 미풍이 물 위를 스쳐 가면 수면에 번지는 무늬가 羅紋紙 같다. 제방은 물속에 잠겨 있어 양옆의 물결이 감싸 안는다. 네 줄로 늘어선 해묵은 푸른 버들은 잎이 무성해져 나무 한 그루가 가린 그늘이 돗자리 몇 장을 덮을 만하고, 늘어진 가지는 길이가 열 자가 넘는다. 북쪽 언덕 위에는 佛寺와 道觀이 줄지어 들어차 朱門의 紺宇가 수십 리나 이어진다. 맞은편 멀리 높은 데서 낮은 데로 빽빽이 늘어선 나무들은 무논과 경계를 짓고 있다. 西山은 소라 껍데기 마냥 상투를 튼 듯 숲과 강 사이에서 솟아오른다.
>
> 極樂寺는 다리에서 3리 정도 떨어져 있는데 그 지나는 길 역시 아름답다. 말을 타고 녹음 가운데를 지나가면 마치 양산을 펼쳐 덮어놓은 것 같다. 佛寺 앞에 있는 침엽 소나무 몇 그루는 몸통이 고운 비췻빛에 엷은 황색을 띠고 있어 갖가지 색깔이 아롱진 것이 마치 큰 물고기의 비늘과도 같고, 대략 예닐곱 아름쯤 된다.
>
> 어느 한가한 날, 黃思立 등 여러 사람과 어울려 이곳에 놀러 온 적이 있다. 그때 '여기가 宋나라 蘇軾이 쌓았다는 錢塘의 방죽과 좀 닮았다'는 내 동생 中郎의 말에 思立도 맞장구를 쳤다. 나는 이어 탄식했다. "西湖 절경을 꿈에 본 지 오랜데, 어느 날에야 관직을 떠나 六橋 아래 나그

네 되어 이 산수에 대한 회포를 다 풀 것인가?" 이날 韻을 나누어 각자 詩 한 수씩 짓고 헤어졌다.[12]

이 작품은 작가가 친구 황사립 등과 함께 당시의 유명한 명승지였던 극락사를 유람할 때의 감상을 적은 것이다. 작가는 京都에 머물며 벼슬하고 있을 때, 二弟 宏道와 三弟 中道와 함께 자주 이곳에서 놀면서 많은 詩文을 지은 것으로 전한다. 극락사의 妙處는 결코 그 절의 건축 자체가 아니라 전적으로 주위 자연환경의 아름다움에 있다. 그러므로 작가 역시 경치의 원근과 색감 및 동태를 이용하여 고요하고 우아한 자연 경계를 묘사하는 데에 더 많은 필묵을 사용했다. 그러나 작가의 성정이 가장 잘 드러난 곳은 역시 세 번째 단락에서 작가의 마음을 직설적으로 표현한 "어느 날에야 관직을 떠나 六橋 아래 나그네 되어 이 산수에 대한 회포를 다 풀 것인가?(何日掛進賢冠, 作六橋下, 了此山水一段情障乎?)"라 하겠다. 관직에서 물러나 포의로서 산수에 마음을 기탁하고 정신적 해탈을 구하고자 함은 바로 당시의 사대부들이 지닌 공통된 심리였다. 작가는 全篇의 경물 묘사를 통하여 만명 문사의 이러한 전형적 정서를 표출한 것이다. 원종도의 「극락사기유」는 만명 당시 많은 독자들이 애독했던 작품으로, 명말의 경릉파 문인 劉侗과 于奕正 공저의 『帝京景物略』에 수록된 「極樂寺」도 부분적으로 이 작품에서 유래한

---

12 袁宗道, 「極樂寺紀遊」, 『白蘇齋類集』, 全2冊(明寫刊本 ; 臺北 : 偉文圖書出版社, 影印本, 1976), 卷十四記類, 하 : 411-412 : "高梁橋水, 從西山深澗中來, 道此入玉河。白練千疋, 微風行水上, 若羅紋紙。堤在水中, 兩波相夾。綠楊四行, 樹古葉繁, 一樹之蔭, 可覆數席, 垂線長丈餘。岸北佛廬道院甚衆, 朱門紺殿亙數十里。對面遠樹, 高下攢簇, 間以水田。西山如螺髻, 出于林水之間。極樂寺去橋可三里, 路逕亦佳。馬行綠陰中, 若張蓋。殿前剔牙松數株, 松身鮮翠嫩黃, 班[斑]剝若大魚鱗, 大可七八圍許。暇日曾與黃思立諸公遊此。予弟中郎云 : 此地小似錢塘蘇堤。思立亦以爲然。予因嘆西湖勝境, 入夢已久, 何日掛進賢冠, 作六橋下客子, 了此山水一段情障乎? 是日分韻, 各賦一詩而別。"

흔적이 보인다.[13]

공안 삼원 등 만명소품의 작가들은 대부분 산수에 대한 깊은 흥취를 가지고 있어 그들의 작품 중에는 遊記가 가장 큰 비중을 차지한다. 설사 그들의 작품이 심각한 사회문제를 다루지 않고 일종의 '閒情逸趣'를 표현했다고는 하나, 그들은 객관사물과 인간사회에 대해 모든 것을 용인하려는 아량을 지녀 그들의 작품은 또 다른 모습으로 당시의 사회상을 반영하고 있다. 만명 시대는 사회적으로 주관과 객관의 진실이 충돌을 일으킨 사회 질서의 위기 시대였다고 말할 수 있다. 이러한 시대에 처했던 그들은 엄연한 지식인의 신분으로 당시의 사회 모순을 해결하고자 보여준 의지와 역량이 미진했다는 지적을 모면하기 어려울 수도 있겠으나, 당시 그들이 사회로부터 받았던 중압감과 좌절감은 아마 다른 어느 시대의 지식인보다도 감내하기 어려운 정도였을지 모른다. 이러한 점에서 그들의 작품은 그 결함과 한계에도 불구하고 오늘날 더욱 독자들의 주목을 받는다.

경릉파 작가 鍾惺의 「夏梅說」은 託物寓意의 의론문으로 각박한 인정세태를 반영한 또 다른 제재와 풍격의 작품이다.

> 매화의 쓸쓸함은 쉬이 아는 바이지만 또한 매우 성한 시기도 있으니 엄동설한에 무성하게 핀 꽃이 산뜻하고 화려하여 貴人·俗人 할 것 없이 다투어 다가오는 그때가 바로 매우 성한 시기인 것이다. 3월에서 5월까지 잇달아 그 열매가 맺히고 따뜻한 바람이 불어오고 단비가 내리게 되면, 이때로부터 매화는 쓸쓸해지기 시작한다. 꽃도 열매도 다 떨어지고 여름이 오면 매화는 잎과 줄기만 남아 작렬하는 태양과 싸우게 되니

13 劉侗·于奕正, 「極樂寺」, 『帝京景物略』, 全3冊(明崇禎八年刊本 ; 臺北 : 廣文書局, 影印本, 1969), 卷五, 西域外 참고.

그 쓸쓸함은 극에 이른다. 따라서 대체로 보아 매화를 구경하거나 노래하는 사람은 꽃이 지고 없을 때에는 여태껏 없었던 것 같다.

(中略)

무릇 세상에는 원래 매우 쓸쓸한 때나 자리도 있기는 하지만 명성과 실상이 서로 부합하는 권세를 가진 사람도 있다. 약고 재치 빠른 사람은 틈을 타고 들어가 명예와 실리를 얻으나 그렇다고 권력에 붙어 아부했다는 비난도 받지 않는다. 이런 자가 酷風寒雪을 무릅쓰고 매화를 보러 달려가는 사람이며, 그야말로 권세가 떨칠 때에는 붙고 권세가 쇠하면 버리고 떠나는 사람인 것이다. 만약 진실로 열성이 있다면 비록 매우 쓸쓸한 자리라 할지라도 반드시 가려 따져보아야 할 것이 있으니 이것이 내가 夏梅를 노래하는 의도이다.[14]

'梅之冷'의 '冷'은 매화의 고결한 품격이나 개화기 酷風寒雪의 기후를 가리킬 것이다. 그러나 '梅始冷'의 '冷'은 매화의 품격이나 기후를 의미하는 것이 아니라, 관상자의 '冷'待, 즉 꽃이 만발하여 관상자가 성황을 이룰 때의 '極熱時'의 '熱'과 대조되는 의미이다. 더구나 夏季의 매화는 꽃도 열매도 없고 단지 잎과 가지밖에 없어 아무런 관상의 가치가 없을 것이다. 작가는 이 점에 착안하여 매화의 '冷熱'에 비유하여 世態의 '炎涼'을 개탄했다. 냉철하고 예리한 필봉으로 夏梅의 그윽한 靜境에다 작가의 고결한 사상을 담아 경릉파 '幽深孤峭'의 풍격을 선명

14 鍾惺, 「夏梅說」, 전게서. 隱秀軒文成集說一, 하 : 1453-1455 : "梅之冷, 易知也, 然亦有極熱之候。冬春氷雪, 繁花粲粲, 雅俗爭赴, 此其極熱時也。三四五月, 累累其實, 和風甘雨之所加, 而梅始冷矣。花實俱往, 時維朱夏, 葉幹相守, 與烈日爭, 而梅之冷極矣。故夫看梅與詠梅者, 未有於無花之時者也。(中略)夫世固有處極冷之時之地, 而名實之權在焉。巧者乘間赴之, 有名實之得, 而又無赴熱之譏, 此趨梅於冬春氷雪者之人也, 乃眞附熱者也。苟[苟]眞爲熱之所在, 雖與地之極冷, 而有所必辯焉。此詠夏梅意也。"

하게 보여주었다.

明初 洪武(1368-98) 이래로 대립되었던 '복고'와 '성령'의 문학사조는 명말에 이르자 문학이론 영역에서 서로 융화되는 양상을 띠어 대부분의 문인들은 '學古'와 '直寄'의 두 가지 방법이 함께 병행되어야 함을 각성하게 되었다. 그들은 結社의 악습과 이론의 空談을 삼가고 실질적인 창작에 힘써 각자의 독특한 문학을 일구어 나갔다. 이러한 작가 중, 各家의 장점을 융합하여 가장 큰 성취를 이룬 張岱(字 宗子·石公, 號 陶庵 ; 1597-1689?)는 오늘날 비평가들에 의해 만명소품의 奇才로 평가받고 있다. 張岱의 「泰安州客店」은 山東의 泰安에 있는 한 客店의 묘사를 통해 명말 태안 지역의 민속풍정을 기록한 독특한 정취의 서사소품이다.

> 泰安州에 가면 다시는 감히 객점을 보통 객점으로 보지 못한다. 내가 태산에 進香하러 갔을 때였다. 객점에 채 도착하기 1리도 전부터 말이나 나귀를 매어두는 마구간 2,30채가 보였고, 좀 더 가니 광대들이 기거하는 집 20여 채가 있었고, 더 가까이 가니 창과 문을 굳게 닫은 밀실마다 요염하고 아리따운 기녀들이 머물고 있었다. 나는 이것이 한 州에서 벌인 일이라 생각했지 한 객점에서 하는 일인 줄은 몰랐다.
>
> 객점에 투숙하려는 사람은 먼저 대청으로 가서 장부에 등록을 한다. 투숙비로 例銀 세 돈쭝 여덟 푼을, 또 세금으로 山銀 한 돈쭝 여덟 푼을 낸다. 객방은 세 등급이 있다. 삼등 손님은 조식과 석식이 모두 素食이다. 정오에는 산 위에서 白酒와 果核으로 대접받는데 이를 '接頂'이라 한다. 밤에 객점으로 돌아오면 宴席을 마련하여 축하하는데, 분향한 후에 관직을 바라면 관직을 얻고, 자식을 바라면 자식을 얻고, 재물을 바라면 재물을 얻는다고 하니 이를 '賀'라고 한다. '賀'에도 세 등급이 있

다. 상등은 1인 1석에 糖餠·五果·十餚·果核을 제공하고 戲劇을 공연한다. 그다음은 2인 1석에 역시 糖餠·餚核을 제공하고 戲劇을 공연한다. 하등은 3,4인 1석에 역시 糖餠·餚核을 제공하고, 戲劇을 공연하지는 않으나 또 彈唱을 한다.

그 객점에서 戲劇을 공연하는 곳은 20여 곳이 있고, 彈唱을 하는 곳은 셀 수도 없다. 주방의 밥 짓는 곳 또한 20여 곳이 있고, 분주하게 일하는 사람은 1,2백 명이나 된다. 산을 내려와서는 마음껏 酒肉을 즐기고 기녀를 희롱하니 이 모든 것이 하루 동안의 일이다. 이렇게 산을 오르락내리락하고 손님이 날마다 와도 新·舊 객방은 서로 바뀌지 않고, 고기와 채소 주방은 서로 섞이지 않고, 손님을 맞이하고 떠나보내는 하인들은 서로 겹치지 않으니 참으로 불가사의한 일이다. 태안주에 이 객점과 견줄 만한 곳이 대여섯 곳 더 있는데 그곳 또한 더욱 기이하다.[15]

태안 지역과 산동의 남서 지방에는 '泰安奶奶'의 이야기가 널리 전해 내려온다고 한다. 태산에서 탄생한 신령인 이 '泰安奶奶'는 관직이든 자식이든 재물이든 빌기만 하면 얻게 해주는 신통력을 지녀 오늘날까지도 태산에서 신불에 빌고 절하는 선남선녀가 많다고 한다. 장대의

15 張岱, 「泰安州客店」, 『陶庵夢憶』, 卷四, 『陶庵夢憶/ 西湖夢尋』(臺北 : 漢京文化事業公司, 1984), 39-40쪽 : "客店至泰安州, 不復敢以客店目之。余進香泰山, 未至店里許, 見驢馬槽房二三十間 ; 再近有戲子寓二十餘處 ; 再近則密戶曲房, 皆妓女妖冶其中。余謂是一州之事, 不知其爲一店之事也。投店者, 先至一廳事, 上簿掛號, 人納店例銀三錢八分, 又人納稅山銀一錢八分。店房三等, 下客夜素早亦素, 午在山上用素酒果核勞之, 謂之接頂。夜至店設席賀, 謂燒香後, 求官得官, 求子得子, 求利得利, 故曰賀也。賀亦三等 : 上者專席, 糖餠、五果、十餚、果核、演戲 ; 次者二人一席, 亦糖餠, 亦餚核, 亦演戲 ; 下者三四人一席, 亦糖餠餚核, 不演戲, 亦彈唱。計其店中演戲者二十餘處, 彈唱者不勝計, 庖廚炊爨亦二十餘所, 奔走服役者一二百人。下山後, 葷酒狎妓惟所欲, 此皆一日事也。若上山落山, 客日日至, 而新舊客房不相襲, 葷素庖廚不相混, 迎送廝役不相兼, 是則不可測識之矣。泰安一州與此店比者五六所, 又更奇。"

이 작품을 보면 태산에 가서 진향하는 풍속은 명대에 이미 널리 퍼져 있던 까닭에 이러한 특수한 배경이 태안주에 수많은 객점을 형성시켰음을 알 수 있다. 작가는 객점의 구조, 투숙 수속으로부터 산상 접대와 야간 경연의 내용과 방법은 물론, 주방의 상황과 侍者들의 행동까지를 조리 있고 생동하게 묘사하고 있다. 원래 객점이란 그렇게 기이할 것이 없는 평범한 것일 수도 있으나, 작가는 특유의 예민한 관찰력으로 남들이 흘려버리고 마는 일상적인 사건과 사물 중에서도 색다른 정취를 발견해냈다. 만명은 중국역사상 상업경제가 매우 발달한 시기였다. 무역이 확대되고 교통이 발달함과 동시에 자유분방한 기풍이 성행함에 따라 당시의 도시생활도 매우 호사스러운 경향을 띠게 되었다. 만명소품의 제재는 장대의 「태안주객점」이 보여주듯 대부분 이러한 사회풍기를 반영하여 그 특수한 시대적 특색을 뚜렷이 보여준다.

만명소품 중에 출현하는 인물 제재가 지니는 의미와 가치에 관한 문제에는 만명인의 가치관을 반영하는 주목할 만한 점이 있다. 여기서는 張岱의 「祭秦一生文」을 예로 들어보기로 한다.

> 崇禎 戊寅年(1638) 팔월 이십일, 秦一生 선생이 급작스레 병사함에, 닷새를 넘기고 나서 그의 友人 某氏 등은 薦靈하기를 의논하고 나에게 그 영전에 고하기를 촉탁하였습니다. 아마 一生은 나와 더불어 하루도 노닐지 않은 날이 없었을 것으로, 一生이 죽자 나는 홀연히 무언가를 잃어버린 것 같아 붓을 들면 번번이 탄식부터 나와 끝내 글을 이루지 못하였습니다.
>
> 9월 3일, 나는 일이 있어 西湖에 갔었습니다. 짝할 이가 없어 홀로 방죽 위를 걷고 있었는데, 호수 가운데의 산수를 보니 경색이 어둠침침하고 쓸쓸한 것이 마치 一生을 본 듯하여 글을 지어 이렇게 招魂하였습니

다. 세상에는 이 세계에 결코 이익이 되지 못하고 우리 인체에 결코 이익이 되지는 못하나 결국에는 세계와 인체에서 빼놓을 수 없는 것이 있으니, 그것은 하늘에서는 달이요, 사람에게서는 눈썹이요, 禽鳥와 식물에는 초목·화훼와 제비·꾀꼬리·벌·나비의 무리와 같은 것입니다. 달이 하늘의 生殺과 관계가 없음과 눈썹이 사람의 시각·청각과 관계가 없음과 풀·꽃과 제비·나비가 사람의 의식류와 관계가 없음과 같이 그것이 세계와 인체에 아무런 이익이 없다고 하는 것은 매우 명백하다 하겠습니다. 그러나 꽃피는 아침만 있고 달 뜨는 저녁이 없음과 아름다운 눈만 있고 번쩍이는 눈썹이 없음과 누에와 뽕나무만 있고 꽃과 새가 없음을 상상해 보면, 그것은 아마 온전한 세계가 되지 못하고 온전한 얼굴이 되지 못할 것입니다.

내 친구 一生은 집안이 봉토나 작위는 없으나 제후만 못지않은 부자로, 조세와 녹봉이 千戶의 영지를 가진 제후와 비길 만하나 스스로는 극히 욕심이 적고 꾸밈이 없었으며, 집안에는 늘 큰 탈이 없어 기러기나 물오리를 잡는 일이 없었고, 홀로 지내 친근한 사람이 없어 조금도 남에게 베푸는 일 또한 없어 명성을 드날리거나 크게 활약하는 일도 없이 한가한 가운데 한평생을 마쳤던바, 실로 이 세계에 아무런 손해도 이익도 끼치지 않았음은 모든 사람이 다 알고 있는 것입니다.

(後略)[16]

---

16 張岱, 「祭秦一生文」, 『瑯嬛文集』(上海 : 廣益書局, 1936), 祭文, 112-113쪽 : “崇禎戊寅八月二十日, 秦子一生以病暴死, 越五日, 其友人某等, 謀所以薦之, 而屬岱告其靈。蓋一生無日不與岱游, 一生一死, 岱忽忽若有所失, 擧筆輒歎而起, 以是不果。至九月三日, 岱以事至西湖, 旣乏伴侶, 獨步堤上, 見湖中山水, 意色慘淡, 殆爲一生也。因爲文以招之曰 : 世間有絕無益於世界, 絕無益於人身, 而卒爲世界人身所斷不可少者, 在天爲月, 在人爲眉, 在飛植則爲草木花卉、燕鸝蜂蝶之屬。若月之無關於天之生殺之數 ; 眉之無關於人之視聽之官 ; 草花燕蝶無關於人之衣食之類, 其無益於世界人身也, 明甚。而試思有花朝而無月夕 ; 有美目而無燦眉 ; 有蠶桑而無花鳥, 猶之乎不成其爲世界, 不成其爲面龐也。余友秦一生, 家素封, 鷗租橘俸, 可比千戶侯, 而

만명소품의 작가들은 대부분 王學 사상의 영향을 받아 인간의 개인적 가치를 중시하고 독특한 개성을 존중하여 그들 문학 중의 인물 제재는 모두 개성의 독립성과 자발성에서 새로운 의미와 가치를 부여받게 된다. 장대가 “사람이 편벽된 기호가 없으면 더불어 사귈 수 없는 것은 그 깊은 마음으로부터 우러나오는 정이 없기 때문이요, 사람이 옥에 티 같은 결점이 없으면 더불어 사귈 수 없는 것은 그 마음속에 진실한 기품이 없기 때문이다.(人無癖不可與交, 以其無深情也；人無疵不可與交, 以其無眞氣也。)”[17]라고 한 말도 사람의 성격상의 결함이나 기호의 형성과 표출은 마음속의 깊은 정감과 진실한 기질에서 기인하는 것으로, 이는 도학적 관점에서 비판될 수 있는 것이 아니라 마땅히 용인되고 함께 즐기고 나누는 것이 되어야 한다는 것이다. 그는 인간을 단순히 시비선악의 양극단으로 파악하지 않고 인성의 복잡성과 모순성을 이해하고 있었다. 따라서 그의 작품에 등장하는 親屬·朋友·伶工·藝人 등의 인물들은 주로 그들의 남다른 深情·傲氣·才能·技藝 등의 방면에서 새로운 모습으로 부각되고 있는데, 이는 과거 전통산문이 경세제민이나 윤리도덕의 관념에 치중하여 인물의 가치를 결정하고, 더욱이 공리 치용 목적의 관점을 기준으로 인물을 평가했던 것과는 여러 가지 의미에서 현격한 차이를 보인다. 그들은 대부분 강남 지역의 번화한 도시문명의 세례를 받은 다분히 세속적인 사람들로서, 이 작품의 秦一生을 포함하여 모두 현실 사회에서는 실로 ‘毫無損益’者일는지도 모르나, 그 내면은 깊은 인정과 진실한 기질을 지닌 인간미 넘치는 사람들이었다. 만명소품이 이러한 인물을 표현 대상으로 삼은 것은 당시 만명인의

自奉極淡薄, 家常無大故, 則不殺雁鳧, 踽踽涼涼, 一介不以與人, 而又不鳴不躍, 以閒散終其身, 於世界實毫無損益, 盡人而知之也。(後略)”

17 張岱, 「祁止祥癖」, 『陶庵夢憶』, 卷四, 『陶庵夢憶/西湖夢尋』, 39쪽；張岱, 「五異人傳」, 『瑯嬛文集』, 傳, 76쪽.

가치관의 변화를 반영한 것이며, 비록 그 퇴폐적 일면을 감수한다 하더라도 이는 문학창작의 새로운 영역을 개척한 것으로 분명 문학표현의 일대 진보인 동시에 산문창작의 일약 발전이라 할 수 있을 것이다.

Ⅲ. 만명소품 문학형식의 혁신

만명소품의 문학형식은 고정된 격식이 없다. 공안파는 "獨抒性靈, 不拘格套"(袁宏道, 『袁中郎全集』 卷一, 「敘小修詩」)의 문학강령을 제창하여 그들 창작의 내용과 형식은 어떠한 속박도 거부했다. 袁宏道는 "문장의 신기함에는 일정한 격식이 없다. 단지 남이 펴낼 수 없는 것을 펴내고, 句法·字法·調法 하나하나가 자신의 가슴속에서 흘러나오기만 한다면 이것이 바로 진정한 신기함이다"[18]라 하고, 譚元春도 "필법은 미리 정해진 것이 아니니 붓 가는 대로 씀을 필법으로 삼고, 정취는 억지로 담아낸 것이 아니니 깊은 조예로써 즐김을 정취로 삼고, 언사는 옛것을 표준으로 한 것이 아니니 정감이 다그쳐 나옴을 언사로 삼고, 필재는 하늘로부터 말미암은 것이 아니니 깊이 생각하여 정성을 다함을 필재로 삼는다"[19]라고 주장하여 작가의 창작 개성을 중시했을 뿐만 아니라 동시에 표현 형식의 자유를 요구했다.

공안파의 이른바 문학의 '變'은 두 가지 사항을 포괄하는데, 바로 체

18 袁宏道, 「答李元善」, 『(鍾伯敬增定)袁中郎全集』, 全4冊(明末刊本 ; 臺北 : 偉文圖書出版社, 影印本, 1976), 卷二十四尺牘, 3 : 1148 : "文章新奇, 無定格式, 只要發人所不能發, 句法、字法、調法, 一一從自己胸中流出, 此眞新奇也。"

19 譚元春, 「詩歸序」, 『譚友夏合集』, 全3冊(明崇禎元年古吳張澤刊本 ; 臺北 : 偉文圖書出版社, 影印本, 1976), 卷八序, 상 : 331 : "法不前定, 以筆所至爲法 ; 趣不强括, 以詣所安爲趣 ; 詞不準古, 以情所迫爲詞 ; 才不由天, 以念所冥爲才。"

제의 변혁[20]과 풍격의 변혁[21]을 말하는 것이다. 만명소품의 작가들은 문학사상과 창작태도에 있어 이러한 노력을 통해 문학 혁신에 진력하여 다양한 체제와 풍격을 창조해냄으로써 개인 '言志' 위주의 소품문학의 특징을 잘 반영했다. 아래에서 만명소품을 대표하는 중심 체재인 遊記·序跋·尺牘 등의 문장을 예로 들어 그 표현 형식상의 특징을 살펴보기로 한다.

袁宏道의 「虎丘」는 만명 당시는 물론 현대의 만명소품선집에도 가장 많이 선록된 작품 중의 하나로 만명 遊記小品의 대표적 형식이라 할 수 있다.

> 虎丘山은 縣城에서 7, 8리가량 떨어져 있다. 이 산은 높은 벼랑이나 깊은 골짝이 있는 것도 아닌데 단지 縣城에서 가깝다는 이유로 퉁소를 불고 북을 치며 노는 다락배가 없는 날이 없다. 대개 달 뜨는 밤과 꽃 피는 아침, 그리고 눈 오는 저녁이면 遊客들의 왕래가 마치 베틀에 차려놓은 실오리처럼 뒤섞여 어지러운데 한가위가 되면 절정에 달한다.
>
> 매년 이날이 되면 성 안 집집마다 사람들이 쏟아져 나와 어깨를 맞붙이고 몰려든다. 문벌이 좋은 집안의 남녀로부터 아래로 가난한 집안사람들에 이르기까지 아름답게 치장하고 곱게 차려입지 않은 이가 없다. 돗자리를 겹겹이 깔고 넓은 네거리 사이에서 술자리를 벌인다. 千人石에서 山門에 이르는 길에는 깔아놓은 돗자리가 물고기의 비늘처럼 즐

20 袁宏道, 「雪濤閣集序」, 전게서. 卷一序, 1 : 181 : "騷之不襲雅也, 雅之體窮于怨, 不騷不足以寄也。後之人有擬而爲之者, 終不肖也, 何也? 彼直求騷于騷之中也。至蘇、李述別及十九等篇, 騷之音節體致皆變矣, 然不謂之眞騷不可也。"

21 袁宏道, 「時文敍」, 전게서. 卷一序, 1 : 198 : "才江之僻也, 長吉之幽也, 錦瑟之蕩也, 丁卯之麗也, 非獨其才然也, 體不更則目不豔, 雖李、杜復生, 其道不得不出於此也, 時爲之也。"

비하고, 박달나무로 만든 拍板이 산더미처럼 쌓여 있고, 술잔과 술독이 구름처럼 쏟아져 나온다. 멀리서 바라보면 마치 기러기가 평평한 모래 위에 내려앉은 듯, 안개가 강물 위를 덮은 듯, 천둥이 구르고 번개가 번쩍이듯 무어라 형용할 길이 없다.

처음 자리를 깔 때에는 수백, 수천의 사람들이 노래를 불러대 마치 모기떼가 앵앵거리듯 무슨 소리인지 분간할 수가 없다. 무리를 지어 각자 나누어 목소리를 겨루어 시합을 벌이면 雅俗이 다 드러나고 優劣은 절로 갈라진다. 얼마 있지 않으면 머리를 흔들고 발을 구르며 박자에 맞추어 노래 부르는 사람은 수십에 지나지 않는다. 이어 보름달이 공중에 떠올라 바위가 명주처럼 빛나면 거친 소리들은 죄다 쥐죽은 듯 멈추고 계속 이어 노래하는 사람은 서넛뿐이다. 그중 한 사람은 통소를 불고 한 사람은 피리를 불고 한 사람은 천천히 박판을 두드리며 노래를 부르는데 악기소리와 노랫소리가 서로 어우러져 맑고 똑똑하게 울려 퍼지는 소리에 사람들은 넋을 잃는다. 밤이 깊어 달빛이 옆으로 비스듬히 비추어 물풀이 어지러이 일렁거리게 되면 통소와 박판도 더는 소리를 내지 않는다. 이때 한 사람이 등장하고 사방에 둘러앉은 사람들은 숨을 죽이며 가슴을 조인다. 노랫소리가 머리털처럼 가늘게 구름가로 울려 퍼지고 한 글자를 노래하는데 거의 1刻을 다하니 하늘을 나는 새도 이 소리 때문에 서성거리고 의기 왕성한 젊은이가 들어도 눈물을 흘린다.

劍泉은 그 깊이를 헤아릴 수 없을 만큼 높은 낭떠러지가 깎아지른 듯하다. 千頃雲山은 天池(華山)의 여러 산들을 얻어 궤안으로 삼은 듯 산봉우리와 골짜기는 수려함을 겨루니 빈객을 맞이하기에 안성맞춤이다. 그러나 한낮을 지나 오후가 되면 햇볕이 따가워 오래 앉아 있기 어렵다. 文昌閣 역시 아름다워 저녁 무렵의 수림은 더욱 볼 만하다. 북쪽은 平遠堂의 옛터를 향하고 있는데 끝없이 광활하여 오직 虞山이 한 점으로 바라

보일 뿐이다. 平遠堂은 폐허가 된 지 이미 오랜지라 나는 江進之(江盈科)와 더불어 그것을 복구할 것을 의논하고 거기서 唐代 시인 韋蘇州(韋應物)와 白樂天(白居易)을 제사지내기로 했다. 때마침 갑자기 병이 발작하여 나는 그냥 돌아가자고 애원했으니 아마 進之도 그날 여흥이 싹 가셔버렸을 것이다. 산천의 흥망성쇠에는 정말 때가 있는 것인가 보다.

吳縣에서 두 해 벼슬살이하는 동안 虎丘山에 올라본 것은 여섯 차례였는데 마지막에는 江進之와 方子公(方文僎)과 함께 올랐었다. 生公石 위에서 달이 떠오르길 기다리고 있었는데 노래 부르던 사람들이 縣令이 왔다는 소리를 듣고 모두 피해 숨어버렸다. 나는 進之에게 말했다. “관원의 횡포와 小吏의 庸俗함이 심했던 게지? 훗날 관직에서 물러나면 이 生公石 위에서 꼭 다시 노래들을 것을 저 달에 기약한다.” 이제 나는 다행히 관직을 벗어나 吳縣의 遊客이 되었건만 虎丘山의 저 달이 아직도 그날 나와의 약속을 기억하고 있을지 모르겠다.[22]

---

22 袁宏道,「虎丘」, 전게서. 卷八記述, 1 : 429-432 : “虎丘去城可七八里。其山無高巖邃壑, 獨以近城故, 簫鼓樓船, 無日無之。凡月之夜, 花之晨, 雪之夕, 游人往來, 紛錯如織, 而中秋爲尤勝。每至是日, 傾城闔戶, 連臂而至。衣冠士女, 下迨蔀屋, 莫不靚粧麗服, 重茵累席, 置酒交衢間從千人石上至山門, 櫛比如鱗, 檀板丘積, 樽罍雲瀉, 遠而望之, 如鴈落平沙, 霞鋪江上, 雷輥電霍, 無得而狀。布席之初, 唱者千百, 聲若聚蚊, 不可辨識。分曹部署, 競以歌喉相鬪 ; 雅俗既陳, 妍媸自別。未幾而搖頭頓足者, 得數十人而已。已而明月浮空, 石光如練, 一切瓦釜, 寂然停聲, 屬而和者, 纔三四輩。一簫, 一寸管, 一人緩板而歌, 竹肉相發, 淸聲亮徹, 聽者魂銷。比至夜深, 月影橫斜, 荇藻凌亂, 則簫板亦不復用。一夫登場, 四座屛息, 音若細髮, 響徹雲際, 每度一字, 幾盡一刻, 飛鳥爲之徘徊, 壯士聽而下淚矣。劍泉深不可測, 飛巖如削。千頃雲得天池諸山作案, 巒壑競秀, 最可觴客。但過午則日光射人, 不堪久坐耳。文昌閣亦佳, 晩樹尤可觀。面北爲平遠堂舊址, 空曠無際, 僅虞山一點在望。堂廢已久, 余與江進之謀所以復之, 欲祠韋蘇州、白樂天諸公于其中 ; 而病尋作 ; 余既乞歸, 恐進之興亦闌矣。山川興廢, 信有時哉 ! 吏吳兩載, 登虎丘者六。最後與江進之、方子公同登, 遲月生公石上, 歌者聞令來, 皆避匿去。余因謂進之曰 : 甚矣, 烏紗之橫, 皂隸之俗哉 ! 他日去官, 有不聽曲此石上者如月 ! 今余幸得解官, 稱吳客矣, 虎丘之月, 不知尙識余言否耶 ?”

일반적인 遊記는 대부분 순차적으로 사건을 서술해 내려감으로써 작가는 어떤 연유로 그곳에 왔음을 말하고, 그런 다음에 자신이 만나고 본 인물과 경치를 적는다. 덧붙여 중간에 몇 가지 흥미 있는 이야기를 끼워 넣고, 끝으로 유흥이 다하면 돌아간다. 원굉도의 이 작품은 이러한 구투에 얽매이지 않고 새로운 작법을 개척하여 이전과는 다른 풍격의 참신한 느낌을 준다. 그 중요한 특징으로 다음 세 가지를 들 수 있다. 첫째, 문말의 "吳縣에서 2년 벼슬살이하는 동안 虎丘山에 올라본 것은 여섯 차례였다(吏吳兩載, 登虎丘者六)"는 말에서 알 수 있듯이 이 작품은 '虎丘' 유람의 한 차례의 서술이 아니라 도합 여섯 차례에 걸친 유람의 종합적 영상 묘사이다. 그리고 종합 영상 중의 특정적 이미지는 虎丘의 中秋이다. 둘째, 작가는 遊客에 대한 서술을 통하여 虎丘를 묘사함으로써 산수자연에 대해서는 많은 편폭을 할애하지 않고, 중추 달밤에 虎丘에 운집한 유객의 세속적 정취에 중점을 두고 虎丘의 유람 특색을 집약적으로 묘사했다. 셋째, 작가는 虎丘 자체의 자연경물에 대한 묘사는 줄이고, 劍泉·千頃雲·天池諸山·文昌閣·平遠堂 등과 같은 주위의 여러 가지 경물의 특색을 고루 묘사했다. 동시에 이를 빌려 朱明 왕조의 부패를 은연중에 암시하고 있다. 작품 전체로 볼 때 산수자연의 묘사는 적고 유람의 상황에 대한 서술이 많은데, 이는 모두 작가의 심미적 감수성에 의한 것으로 단순히 자연경물을 묘사의 대상으로 삼는 수법과는 다르다. 더욱이 유람 중에는 광대한 시민계층의 참여가 돋보이는데, 이는 전통적 山水遊記에서는 드문 현상으로, 이러한 모든 것은 만명의 심미 이상과 정서의 특징을 반영한 것이라 하겠다.

序跋 체제는 원래 소개와 평가 및 논설을 위주로 하는 비교적 근엄한 문장이다. 그러나 만명소품의 작가들은 경쾌한 서정 성분을 섞어 넣어 새로운 체제와 풍격으로 변화시켰다. 張岱의 「夢憶序」를 보자.

나는 나라가 깨지고 집안이 망해 돌아가 머물 곳이 없어 머리를 풀고 입산하여 해괴한 몰골로 野人이 되었다. 옛 친구들이 나를 보고는 내가 마치 독약이나 맹수인 양, 놀라 질색하며 가까이하려 하지 않았다. 나 자신의 輓歌를 지어 놓고 늘 자살하고 싶었으나, 『석궤서』가 완성되지 않아 여전히 인간 세상에서 눈을 뜨고 숨 쉬고 있다. 그러나 쌀독이 자주 비어 생계를 이을 수 없었으니 수양산의 백이·숙제 두 노인이 끝내 굶어 죽으며 주나라의 곡식을 먹지 않았다는 것은 역시 후세 사람들이 아름답게 꾸며낸 말임을 비로소 알게 되었다.

굶주림 끝에 즐겨 필묵을 희롱하곤 하던 때를 따라 생각하니 옛적의 나는 동진의 왕도나 사안과 같은 권문세가 태생이라 꽤나 호사를 떨었기에 오늘 이러한 과보를 당하게 된 것이리라. 삿갓으로 머리에 갚고 삼태기로 발꿈치에 갚아 비녀와 신발에 보응한다. 기운 옷으로 가죽옷에 갚고 모시옷으로 칡베옷에 갚아 가볍고 따뜻한 의복에 보응한다. 콩잎으로 고기에 갚고 거친 쌀로 좋은 양식에 갚아 맛있는 음식에 보응한다. 거적으로 침상에 갚고 돌로 베개에 갚아 따뜻하고 부드러운 침상에 보응한다. 새끼줄로 문지도리에 갚고 단지로 바라지에 갚아 시원하고 높은 저택에 보응한다. 연기로 눈에 갚고 분뇨로 코에 갚아 향기롭고 아름다운 물건에 보응한다. 길로 다리에 갚고 자루로 어깨에 갚아 수레와 시종에 보응한다. 온갖 죄상을 갖가지 과보 중에 본다.

닭 우는 소리가 베개 위에 들리고 夜氣가 막 감돌 때를 따라 나의 한평생을 생각해 본다. 번화하고 미려했던 일들이 눈을 돌리면 다 공허해지고 50년 동안이 다 일장춘몽이 된다. 이제 기장과 메조가 아직 익지 않았고, 개미구멍에서 수레를 타고 돌아가는 것과 같은 때를 맞아 어떻게 이러한 공허감을 참고 견뎌야 할 것인가? 아득히 지나간 일을 생각해 기억나는 대로 써서 불전을 향해 하나하나 참회한다. 年月을 차례로 하지 않아 '年譜'와 다르고, 분야를 나누지 않아 '志林'과도 다르다. 어쩌다 한 편을 끄집어내 읽어보면 마치 옛길을 노니는 것 같고 오랜 친구를 만난 것 같다. 옛적의 성곽과 사람을 보고는 도리어 스스로 기뻐하니 정말 '어리석은 자 앞에서는 실없는 소리를 못 한다'는 것이다.

옛날 西陵의 어느 짐꾼이 남의 술을 메고 가다가는 발을 헛디뎌 그만 술독을 깨뜨리고 말았다. 아무리 생각해 보아도 변상할 방법이 없어 멍청하게 앉아 한참을 생각하다가 "차라리 꿈이라면 얼마나 좋을까!"하고 중얼거렸다 한다. 어느 가난한 선비는 鄕試에 급제하여 때마침 '鹿鳴'의 연회에 나아가면서 황홀한 기분에 젖어 생시가 아닌 것 같아 스스로 자기 팔을 깨물며 "설마 꿈인 건 아니겠지?"했다 한다. 똑같은 꿈이건만 한 사람은 꿈이 아닐까 두려워하고, 또 한 사람은 꿈일까 두려워하니 그들 모두가 어리석은 자임에는 똑같은 것이다.

나는 이제 긴 꿈에서 막 깨어나려 하니 詩文을 짓는 일도 또한 한 차례 잠꼬대 같은 것이다. 그래서 지혜를 운용하는 문인이 공명심을 구하며 쉽게 죽지 못함을 탄식하니, 이는 꼭 마치 '邯鄲'의 꿈이 곧 깨려 하고 물시계의 물이 다하고 시각을 알리는 종이 울릴 때 盧生은 여전히 遺表를 올리고 王羲之와 王獻之의 명필을 본떠 후세에 남기려는 것과도 같은 것이다. 그러한 한 점의 공명심은 견고하기가 佛家의 舍利와 같아 劫火가 아무리 거세어도 태워 없애지 못한다.[23]

23 張岱, 「夢憶序」, 『瑯嬛文集』, 序, 6쪽 : "陶菴國破家亡, 無所歸止, 披髮入山, 駴駴爲野人。故舊見之, 如毒藥猛獸, 愕窒不敢與接。作自輓詩, 每欲引決, 因石匱書未成, 尚視息人間。然瓶粟屢罄, 不能擧火, 始知首陽二老, 直頭餓死, 不食周粟, 還是後人妝點語也。饑餓之餘, 好弄筆墨, 因思昔人生長王、謝, 頗事豪華, 今日罹此果報。以笠報顱, 以簣報踵, 仇簪履也；以衲報裘, 以苧報絺, 仇輕煖也；以藿報肉, 以糲報粻, 仇甘旨也；以薦報牀, 以石報枕, 仇溫柔也；以繩報樞, 以甕報牖, 仇爽塏也；以煙報目, 以糞報鼻, 仇香豔也；以途報足, 以囊報肩, 仇輿從也。種種罪案, 從種種果報中見之。雞鳴枕上, 夜氣方回。因想余生平, 繁華靡麗, 過眼皆空, 五十年來, 總成一夢。今當黍熟黃粱, 車旅蟻穴, 當作如何消受？遙思往事, 憶卽書之, 持向佛前, 一

장대의 「몽억서」는 명조 패망 후의 작품으로, 글 중에는 해학적인 부분도 있으나 전체적으로는 내용이 침울하고 정서가 울분에 차 있음을 알 수 있다. 작가는 '國破家亡'의 변고를 당한 후 마치 일장춘몽에서 깨어난 것처럼 옛적의 화려했던 일들이 모두 공허한 것이었음을 깨달았으나, 과거를 잊지 못하고 다시 옛꿈을 꾸고자 하니 이러한 자신이 글 중의 '脚夫'나 '寒士'와 다름없는 '癡人'이라는 것이다. 즉, '脚夫'와 '寒士'를 조소하면서 결국은 자신을 自嘲한 것이다. 이 두 笑話로 하여 작품은 결코 그 본래의 감정이 약화되지 않았으며, 오히려 경쾌하고 통속적인 풍격은 작가의 복잡하고 모순된 심정을 두드러지게 해줌으로써 글 전체의 기조를 더욱 침울하게 한다.

다음으로 만명소품 중의 尺牘 2편을 보기로 하자.

> 학문이 두루 통달하지 못해 자신의 견해와 합치되면 옳다 하고 위배되면 그르다 한다. 이는 곧 남방의 배를 들어 북방의 수레를 조소한다든지, 학의 긴 다리를 들어 물오리의 짧은 다리를 혐오하는 것과 같은 것이다. 무릇 자신이 가진 견해는 따져 밝히지 않으면서 남의 저와 다른 견해만을 비방하니 어찌 正道에서 벗어나지 않겠는가?(全文)[24]

一懺悔。不次歲月, 異年譜也；不分門類, 別志林也。偶拈一則, 如游舊徑, 如見故人, 城郭人氏, 翻用自喜, 眞所謂癡人前不得說夢矣。昔有西陵脚夫爲人擔酒, 失足破其甕, 念無以償, 癡坐佇想曰：得是夢便好！一寒士鄕試中式, 方赴鹿鳴宴, 恍然猶意非眞, 自嚙其臂曰：莫是夢否？一夢耳, 惟恐其非夢, 又惟恐其是夢, 其爲癡人則一世。余今大夢將寤, 猶事雕蟲, 又是一番夢囈。因嘆慧業文人, 名心難化, 政如邯鄲夢斷, 漏盡鐘鳴, 盧生遺表, 猶思摹榻二王, 以流傳後世, 則其名根一點, 堅固如佛家舍利, 劫火猛烈, 猶燒之不失也。"

24 袁宗道,「答友人」, 전게서. 卷十六箋牘類, 하 : 482 : "學未至圓通, 合己見則是, 違已見則非。如以南方之舟, 笑北方之車；以鶴脛之長, 憎鳧脛之短也。夫不責己之有見, 而責人之異見, 豈不悖哉！"

> 서로의 만남에는 참으로 기이한 인연이 있어 이제야 만난 것이 원망스러운 것 같기도 하지만, 만약 10년 전에 만났더라면 아마도 사람을 알아보는 식별력이 견고하고 투철하지 못해 서로의 마음을 지금과 같이 펴내지는 못했을 것입니다. 친구를 만난다는 것은 극히 어려운 일입니다. 서로 만나지 못함을 근심할 것이 아니라, 정말 근심할 일은 서로 만나서 무익함이라고 저는 또 생각합니다. 유익할진대 어찌 그 만남의 늦음을 원망하겠습니까?(全文)[25]

이 서신들은 안부를 묻는 말도 없고 격식을 차리는 말도 없이 바로 내용의 핵심으로 들어갔다. 첫 번째 서신은 袁宗道의 「答友人」이다. 작가는 먼저 학문이 원숙하고 통달하지 못함으로써 자신의 견해와 일치하면 옳다 하고 위배되면 그르다고 하는 편집증이 생기게 되었음을 지적하고, 이어서 적절한 비유를 들고 다시 하나의 반힐어로 문장을 끝맺었다. 句法에 있어 대비의 방법을 사용함으로써 정제와 조화의 미를 더하여 문장의 의미 또한 더욱 명백해졌다. 두 번째 서신은 鍾惺의 「與陳眉公」이다. 몇 마디 안 되는 말 속에 賢友와의 만남에 대한 희열이 담담하면서도 의미심장하게 함축되었다. 尺牘은 타인과 직접 사상을 교류할 수 있는 일종의 수단이다. 그러므로 글 속에서 작가의 사상 정감과 인격 품성을 가장 잘 읽어낼 수 있다. 만명소품 작가들의 尺牘 문장은 이처럼 한 글자도 쓸모없는 것이 없고 한 마디도 군더더기가 없어 함축적인 표현 속에 그 의미는 더욱 긴 여운을 남긴다.

다음으로, 張岱의 소품 중 시가와 소설의 작법을 운용한 새로운 형식

---

25 鍾惺, 「與陳眉公」, 전게서. 隱秀軒文往集書牘一, 하 : 1173-1174 : “相見甚有奇緣, 似恨其晚 ; 然使前十年相見, 恐識力各有未堅透處, 心目不能如是之相發也。朋友相見極是難事。鄙意又以爲不患不相見, 患相見之無益耳 ; 有益矣, 豈猶恨其晚哉 ?”

의 작품을 보기로 하자. 張岱의 「湖心亭看雪」은 만명소품 중의 秀作으로 어둠 속의 눈 덮인 호수와 호수 중앙에 있는 호심정의 묘사를 통해 대자연 속의 미소한 인간과 공령한 세계를 寫意的으로 그려내어 이는 마치 산수가 갖는 靈氣나 정신을 그리려 하는 寫意派 산수화의 描法과도 통하며, 정교한 詩的 기교로써 산문을 이룩한 성과이다.

숭정 5년 섣달, 나는 서호에서 지냈다. 사흘 동안 폭설이 내려 호수에는 인적이 끊어지고 새소리마저 들리지 않았다.

이날 야경을 돌기 시작할 무렵 나는 작은 배를 하나 잡아 털옷과 화롯불을 끌어안고 눈을 보러 혼자서 호심정으로 건너갔다. 안개는 얼어붙고 공기는 하얗다. 하늘과 구름과 산과 물이 위아래로 하나같이 희고, 호수 위에 뜬 그림자는 긴 방축의 흔적 한 줄에다 호심정 한 점, 그리고 내가 탄 일엽편주와 그 속에 탄 사람 두세 톨뿐이다.

정자에 이르니 웬 두 사람이 담요를 깔고 마주 앉아 있었고, 한 사내아이가 술을 데우는데 화로가 막 끓어올랐다. 나를 보자 활짝 기뻐하며 "호수 한가운데 또 이런 사람이 있다니!"하고는 나를 끌어당겨 함께 한잔하자고 했다. 나는 마지못해 큰 잔을 세 번이나 비우고서야 작별했다. 그 성씨를 물으니 金陵 사람으로 잠시 이곳에 의탁하게 되었다고 했다.

배에서 내리는데 사공이 중얼거렸다. "나리만 미쳤다고 할 수 없겠네요. 나리처럼 미친 사람이 저렇게 또 있으니까요."[26]

---

26 張岱, 「湖心亭看雪」, 『陶庵夢憶』, 卷三, 『陶庵夢憶/西湖夢尋』, 28-29쪽 : "崇禎五年十二月, 余住西湖。大雪三日, 湖中人鳥聲俱絕。是日更定矣, 余拏一小舟, 擁毳衣爐火, 獨往湖心亭看雪。霧凇沆碭, 天與雲、與山、與水, 上下一白, 湖上影子, 惟長隄一痕、湖心亭一點、與余舟一芥、舟中人兩三粒而已。到亭上, 有兩人鋪氈對坐, 一童子燒酒爐正沸。見余大喜曰 : 湖中焉得更有此人 ! 拉余同飮。余強飮三大白而別。問其姓氏, 是金陵人, 客此。及下船, 舟子喃喃曰 : 莫說相公癡, 更有癡似相公者。"

엄동설한 야밤의 눈 덮인 호심정을 찾고자 한 착상부터가 기발하고, 호심정에서 벌어진 낯선 사람들과의 술자리는 적막과 혹한 속에서도 훈훈한 분위기를 자아낸다. 더욱이 뱃사공의 마지막 말 한 마디 속에서 만명 인사 특유의 雅趣와 衆俗과는 다른 작자의 '淸高' 사상의 일면을 엿볼 수 있다. 서사와 寫景, 그리고 서정이 한데 어우러져 시적 언어로 창조된 몽롱한 意境에는 詩情 畵意가 배어난다. 혹자는 만명소품 중의 산수유기를 평하여 구도가 협소하고 기세가 부족하다고도 하나, 일반적으로 그것은 필치가 섬세하고 정교하며 형식 또한 다채로워 중국 산수문학의 영역 내에서 색다른 풍모를 인정받고 있다.

張岱의 「甯了」는 사람의 말을 지어낼 줄 아는 '甯了' 라는 새와 이를 미워하여 독살한 갓 시집온 새색시 사이의 일화를 소설적 기법으로 서술했다. 작가는 일상생활 속의 자질구레하지만 재미있기도 한 실제 이야기를 통속적인 구어로 생동감 있게 서술함으로써 마치 한 편의 단편 소설과도 같은 형식을 보여주었다.

> 조부모께서는 진귀한 새를 기르길 좋아하셨다. 舞鶴이 세 쌍, 白鷳이 한 쌍, 孔雀이 두 쌍 있었고, 그리고 吐綬雞 한 마리와 白鸚鵡와 鷯哥와 綠鸚鵡는 새장이 열 두서너 개가 있었다.
>
> 甯了라고 부르는 기이한 새는 몸체가 비둘기처럼 작았고, 검은 깃털은 八哥와도 같았다. 사람 말을 잘 지어냈는데 조금도 모호하지 않았다. 할머니께서 몸종을 부르시면 "아무개 계집애야! 마님께서 부르신다." 하고 곧 응답했다. 손님이 오시면 "마님! 손님이 오셨어요. 茶를 준비하세요."하고 큰 소리로 불렀다. 잠이 많은 새색시가 있었는데, 해 뜰 무렵이 되면 "새아씨! 날이 밝았어요. 일어나세요. 마님께서 부르시니 빨리 일어나세요."하고 매번 큰 소리를 질렀고, 일어나지 않으면 "새아씨! 화

> 냥년! 망할 년!"하고 곧바로 욕을 해댔다. 새색시는 이를 몹시 미워하여 독약을 놓아 죽였다.
>
> 窜了는 秦 때의 吉了일 것 같은데 蜀 땅의 敘州産으로 사람 말을 잘 한다. 하루는 외지인이 사가서는 놀라 죽었다는데 그 기이한 점이 秦吉了와 매우 흡사하다.[27]

작중 인물이나 사물의 묘사는 대상의 가장 두드러진 특징을 파악하여 인상적으로 기술함으로써 작품 전체를 구체적이고 생동감 있게 할 수 있다. 장대의 「영료」에서도 조부모의 많은 家禽類 중에서 사람 말을 잘 지어내고 그 말이 조금도 모호하지 않았던 '영료'의 기이한 점을 집중적으로 묘사함으로써 깊은 인상을 남겨주었다. 그러나 '영료'는 자신의 바로 그 영묘한 수다 때문에 독살을 당하게 되는데, 동물의 천진성과 인간의 잔인성이 강렬한 대조를 이루는 가운데 현실 사회에서의 舌禍로 인한 잔혹한 죽음을 암시하는 것 같기도 하여 묘한 여운을 남긴다. 또한, 장대의 「영료」는 작품의 형식이 이미 전통산문의 규범을 탈피하고 대화식 서술과 소설적 기법을 운용하고 있다. 만명소품의 작가들은 대부분 도회 문학가로서 市井과의 왕래가 잦아 통속문학과 민간예술을 중시했으므로 그들의 작품 중에는 당시의 구어와 속어가 대량으로 첨가되었고, 급기야는 문학체재가 그 본래의 형식을 뛰어넘는 체재 간의 혼합 현상을 보이게 되었다. 이러한 현상의 주요 원인은 前代

---

27 張岱, 「窜了」, 『陶庵夢憶』, 卷四, 『陶庵夢憶/西湖夢尋』, 37쪽 : "大父母喜豢珍禽 : 舞鶴三對, 白鷳一對, 孔雀二對, 吐綬雞一隻, 白鸚鵡、鶉哥、綠鸚鵡十數架。一異鳥名窜了, 身小如鴿, 黑翎如八哥, 能作人語, 絕不唅糊。大母呼媵婢, 輒應聲曰 : 某丫頭, 太太叫。有客至, 叫曰 : 太太, 客來了, 看茶。有一新娘子善睡, 黎明輒呼曰 : 新娘子, 天明了, 起來罷 ! 太太叫, 快起來 ! 不起, 輒罵曰 : 新娘子, 臭淫婦 ! 浪蹄子 ! 新娘子恨甚, 置毒藥殺之。窜了疑即秦吉了, 蜀敘州出, 能人言。一日夷人買去, 驚死, 其靈異酷似之。"

로부터 지속되어온 문인생활의 기초가 과거의 궁정 중심에서 중산계급 사회로 이동 확대되었다는 것에서 찾을 수 있다. 이것은 도시 상공업자들 사이의 문학소비역량이 소설과 희곡의 생산과 발육을 촉진시킴과 동시에 정통문학인 詩文 영역에도 영향을 미치게 됨으로써 결국 문학 생산자인 작가들에게도 이 양자의 엄밀한 구분은 이미 의미 없는 것이 되었다는 것이다.

Ⅳ. 만명소품 문학언어의 미감

공안파는 문학의 시대성과 개성화를 강조하여 언어와 문학은 부단히 변화 발전하는 것임을 지적함과 동시에 문학창작은 진실한 정감을 가지고 당대의 언어를 사용함으로써 독창적 정신을 지녀야 한다고 주장했고, 진부한 규칙과 낡은 형식, 위선적 수식과 인습적 모방 및 옛사람에 대한 맹목적 숭배를 반대했다. 당시 이러한 모든 주장들은 진보적 의의를 지녀 창작자에 대한 속박을 일정 부분 제거함으로써 전후칠자의 맹목적 복고주의를 효과적으로 비판했을 뿐만 아니라, 전통문학 영역의 진부한 교조주의에 상당한 충격을 가했다.

만명소품의 존재는 결코 기존 문체의 효용을 달성하기 위한 문학체재가 아니며, 그것은 당시 신흥 문학으로서의 본질과 특성을 천명하고 이를 실천하는 과정에서 탄생한 일종의 시험적인 문학창작으로 여겨진다. 왜냐하면 문학의 표현수단으로 볼 때, 공안·경릉파 및 그 추종자들의 작품은 前代 작가들의 것과 마찬가지로 '文言'을 사용하고 있기는 하나, 그 언어의 표현방식으로 볼 때 이전의 작가들에게서는 볼 수 없었던 새로운 시도와 창조가 많이 발견되기 때문이다. 그들은 자신들의 문학창작의 종국적인 성과가 어떠할 것인지는 불문하고, 오직 "獨抒性靈, 不拘格套"라는 그들의 창작강령을 실천했을 뿐인 것이다.

고금 언어의 변천 문제는 공안파 문학 발전론의 중요한 근거의 하나가 된다. 명대의 복고파는 李夢陽 등의 모방론을 추종하여 무릇 한 마디도 옛것과 닮지 않으면 대노하여 '野路惡道'라고 매도했다. 심지어는 漢代 이래로 '封建宮殿'과 '官師郡邑'의 명칭이 잘못되었다고 하여 지명과 관명까지도 秦漢의 옛 명칭을 취함으로써 열람자가 고금의 명칭이 망라된 '一統志'를 조사해 보지 않으면 자신의 본관이 어디인지조차도 알지 못할 정도였다고 한다.[28] 袁宗道 등 공안파 문인들은 이러한 맹목적인 모방 풍기를 반대했다. 원종도는 그의 「論文上」에서 고금 언어의 변천에 대해 다음과 같이 말한 바 있다.

> 말은 마음을 대신하는 것이고, 문장은 다시 말을 대신하는 것이다. 문장이 구르고 굴러 간격이 떠 장애가 생기면 비록 뜻이 잘 통하도록 분명하게 썼더라도 아마 이미 말만 못하게 될 것인데, 하물며 마음에 담은 바와 같을 수 있겠는가? 그러므로 공자는 문장을 논하여 "말은 그 뜻이 남에게 전달되는 것으로 족하다"고 했다. 그 뜻이 전달되고 되지 않음이 문장이 되고 되지 않음의 변별 기준인 것이다. 堯·舜의 시대와 夏·殷·周 三代의 문장은 그 뜻이 전달되지 않는 것이라곤 없었다. 오늘날 사람들은 古書를 읽으면서 그 뜻을 즉각 깨달아 알지 못하면, 곧 古文은 기묘하므로 오늘날 사람들은 평이하게 글을 써서는 안 된다고 말한다. 무릇 시대에는 고금이 있고, 언어 역시 고금이 있는 것이다. 오늘날 사

28 袁宗道, 「論文上」, 전게서. 卷二十雜說類, 하 : 621-622 참고.

> 람들이 자랑하여 말하는 기이한 글자와 오묘한 구절들이 그리 오래되지도 않은 街談 巷語란 걸 어찌 알겠는가?[29]

원종도는 언어가 변화 발전한다는 관점에서 고문도 그 당시에는 모두 표현하고 이해하기 쉬운 口語였기 때문에 의사를 진솔하게 전달할 수 있었다고 여겼다. 그러나 시대와 언어의 변천으로 오늘날 읽어보면 심오하여 알기 어렵게 느껴지지만, 결코 원래가 그러했던 것은 아니라는 것이다. 그러므로 원종도는 창작에서 '辭達', 즉 의미의 전달을 중시했다. 공안파의 대표 袁宏道도 언어는 진화하는 것이라 여기고, "무릇 옛날은 옛날의 때가 있고 지금은 지금의 때가 있는 것이니, 옛사람의 말의 자취를 따라 옛날을 답습하는 것은 한겨울에 여름 葛布를 입는 것이다"[30]라 하여 언어형식 면에서 옛사람을 모방하는 것을 극력 반대했다.

공안파 문인들은 문학언어의 문제에 대하여 古今 時勢 변화의 관점에서 오늘날의 일을 다루고 오늘날의 글을 지을 것을 강조했다. 그들은 언어의 雅俗의 구별은 시대의 古今에 있는 것이 아니라, 창작자의 언어 사용이 타당하고 적절한가의 여부에 있다고 여겼다. 그러므로 그들은 제재의 선택을 옛것으로 한정하지 말고 오늘날의 사물로 확대해야 하며, 언어의 사용은 古雅한 문자로 제한하지 말고 익숙하고 자연스러운 언어를 포괄해야 한다고 주장했다.[31] 그들은 古今과 雅俗이 다른 莊語

29 袁宗道, 「論文上」, 전게서. 卷二十雜說類, 하 : 619-620 : "口舌代心者也, 文章又代口舌者也。展轉隔礙, 雖寫得暢顯, 已恐不如口舌矣, 況能如心之所存乎 ? 故孔子論文曰 : 辭達而已。達不達, 文不文之辨也。唐、虞、三代之文, 無不達者。今人讀古書, 不卽通曉, 輒謂古文奇奧, 今人下筆不宜平易。夫時有古今, 語言亦有古今。今人所詫謂奇字奧句, 安知非古之街談巷語耶 ?"

30 袁宗道, 「論文上」, 전게서. 卷二十雜說類, 하 : 619-620 : "夫古有古之時, 今有今之時, 襲古人語言之迹, 而冒以爲古, 是處嚴冬而襲夏之葛者也。"

와 諧語를 아우를 것을 주장하고 문학표현의 영역을 확대시킴으로써 창작의 폭넓은 자유를 획득했다. 그리하여 그들이 제창했던 문학언어의 구어화와 통속화는 중국문학비평사에서 새로운 차원을 열었다.

문학은 언어예술로서 산문은 특히 언어의 순수한 미감을 중시한다. 만명소품이 독특한 풍격과 뚜렷한 개성을 지님은 이러한 언어 사용의 효과와 밀접한 관련이 있다. 만명소품의 언어는 평이한 문언을 기초로 구어 성분을 많이 흡수했을 뿐만 아니라, 방언과 속어도 회피하지 않아 전통산문의 규범을 탈피하고 정통고문에 비해 다분히 통속적인 경향을 띠었다. 張岱의 「張東谷好酒」에는 語體의 언어 표현에 대한 만명소품 작가들의 새로운 자각을 보여주는 중요한 대목이 들어 있다.

> 余家自太僕公稱豪飮, 後意失傳。余父余叔不能飮一蠡殼, 食糟茄面卽發赬, 家常宴會, 但留心烹飪, 庖廚之精, 遂甲江左。一簋進, 兄弟爭啖之立盡, 飽卽自去, 終席未嘗擧杯。有客在, 不待客辭, 亦卽自去。山人張東谷, 酒徒也, 每悒悒不自得, 一日起謂家君曰 : 爾兄弟奇矣! 肉只是吃, 不管好吃不好吃 ; 酒只是不吃, 不知會吃不會吃。二語頗韻, 有晉人風味。而近有傖父載之舌華錄曰 : 張氏兄弟賦性奇哉! 肉不論美惡, 只是吃 ; 酒不論美惡, 只是不吃。字字板實, 一去千里, 世上眞不少點金成鐵手也。東谷善滑稽, 貧無立錐, 與惡少訟, 指東谷爲萬金豪富, 東谷忙忙走愬大父曰 : 紹興人可惡, 對半說謊, 便說我是萬金豪富。大父常擧以爲笑。[32]

우리 집은 高祖인 太僕公으로부터 술고래로 불렸으나 나중에 결국 그 전통을 잃고 말았다. 나의 부친과 숙부는 소라 껍데기 하나 정도의 술도 못 마셨고, 술에 절인 가지만 먹어도 얼굴이 붉어져 집안에서 자주

31 袁宏道, 「江進之」, 전게서. 卷二十二尺牘, 3 : 1062-1064 참고.

32 張岱, 「張東谷好酒」, 『陶庵夢憶』, 卷八, 『陶庵夢憶/西湖夢尋』, 72-73쪽.

베풀었던 잔치에서는 오직 음식 요리에만 마음을 두었다. 부엌은 잘 갖추어져 있었기에 곧 양자강 하류 南岸 땅에서 첫손가락을 꼽을 정도였다. 음식 그릇이 하나 들어오면 형제들은 다투어 먹어 치워 곧바로 비워버렸다. 배가 차면 가버렸고, 자리가 끝날 때까지 일찍이 술잔을 들어본 적이 없었다. 손님이 있어도 손님이 자리 뜨는 것을 기다리지도 않고 그대로 가버렸다.

山人 張東谷은 주당이었는데 매번 못마땅해했다. 하루는 일어나 가친께 말했다. “자네 형제들은 이상하오! 고기는 먹기만 하지 맛이 있고 없는 것은 상관하지 않고, 술은 마시지 않기만 할 뿐 마실 줄 아는지 모르는지 모르겠소.” 두 마디 말이 자못 운치 있는 것이 晉人의 풍도가 보였다. 근자에 한 멋없는 사람이 이 얘기를 『舌華錄』에 실어, “張氏 형제는 천성이 기이하였다! 고기는 좋고 나쁨을 분별하지 않고 오로지 먹고, 술은 좋고 나쁨을 헤아리지 않고 오로지 마시지 않기만 하였다.”라고 했는데, 글자마다 판에 박은 듯 무미건조한 것이 천 리만큼 멀었으니 세상에는 정말 ‘點金成鐵’ 밖에 못하는 사람이 적지 않은 모양이다.

가난하여 가진 것이라곤 없던 장동곡은 골계에 뛰어났다. 불량배와 다투던 중 그자가 자신을 가리켜 만석꾼이라 했다는데, 장동곡은 부리나케 달려와서는 조부께 일러바치길, “紹興 사람은 밉살스럽소이다. 값을 절반이나 부풀려 나를 만석꾼이라는구려!”라 했는데, 조부는 늘 이 일을 들추어 웃곤 하셨다.(全文)

魏晉 人士의 언사는 당시의 『世說新語』가 보여준 것처럼 간결하면서도 기발하여 그 운치는 문자 밖에 있다. 『舌華錄』에서 문언 형식으로 표현하여 “張氏兄弟賦性奇哉！肉不論美惡, 只是吃；酒不論美惡, 只是不吃。”라고 한 말은 마치 판에 박은 듯 상투적이고 무미건조할 뿐이나,

장동곡이 입으로 내뱉은 대로 적은 "爾兄弟奇矣！肉只是吃, 不管好吃不好吃；酒只是不吃, 不知會吃不會吃。"라는 말은 생동감이 넘치고 특별한 운치가 있다는 것이다. 이것은 창작자의 사상과 감정의 원래의 면모를 문자 속에 충실하게 보존하려면 결국 구어에 가장 가까운 백화를 쓰지 않을 수 없는 것이므로, 만명소품 작가들의 '信腕信口'란 주장은 곧 '진실한 문학', '개성적 문학'을 위한 필연적인 결과라 하겠다. 다만 당시로서는 현대의 백화문운동과 같이 완전한 백화를 생각할 수는 없었겠으나, 당시의 문언 속에서 사상과 감정의 원래 모습을 최대한 표현해내려 했던 것이다. 만명소품 작가들은 市井 백성들과의 왕래가 밀접하였을 뿐만 아니라, 통속문학과 민간예술을 중시하여 그들의 작품 중에 당시의 구어와 속어를 대거 도입했으니, 이는 이미 전통산문의 규범을 탈피한 것이라 하겠다.

'新奇'(袁宏道, 『袁中郎全集』卷二十四, 「答李元善」)와 '生鮮'(張岱, 『瑯嬛文集』, 「與何紫翔」)은 만명소품의 창작이상으로 언어를 사용할 때 이전부터 사용해 오던 진부한 말을 없애고 반드시 작가 자신이 창조한 표현을 쓸 것을 강조한 것이다. 즉, 표현의 효과를 위해 단어에 새로운 의미를 부여함으로써 언어의 표현력을 증가시키거나 단어의 품사를 변화시켜 명사를 동사·부사·형용사 등의 용법으로 사용하기도 하고, 단어와 단어의 통상적인 결합 방식을 변형시켜 새로운 조합을 찾아내고자했다. 다음에서 譚元春의 「初遊烏龍潭記」를 예로 들어 만명소품의 언어 사용의 변화를 살펴보기로 한다.

> 予壬子過而目之。己未, 友人茅子止生適軒其上。軒未壁, 閣其左方。閣未窗未欄, 亭其湄, 甃其磯, 皆略有形, 即與予往觀之。登于閣, 前岡倒碧, 後阜環靑, 潭沈沈而已。[33]

나는 嘉靖 31年에 鳴龍潭을 지나면서 한 번 본 적이 있었다. 萬曆 47年에 친구 茅止生(名 元儀, 止生은 字, 茅坤의 孫子)이 마침 그 위에 長廊이 있는 小屋을 지었다. 小屋에는 벽을 막지 않았고, 그 왼편으로 누각을 올렸다. 누각에는 창을 내지 않았고 난간도 치지 않았다. 물가에 정자를 세우고 강가의 자갈밭에는 우물벽을 쌓았다. 모두 대략 형태가 갖추어져 있었으므로 나와 함께 가서 둘러보았다.

이 작품은 문자의 사용이 매우 특이한 예로 독자들에게 신선한 느낌을 준다. '適軒其上'의 '軒', '軒未壁'의 '壁', '閣其左方'의 '閣', '閣未窗未欄'의 '窗'·'欄', '亭其湄'의 '亭', '甃其磯'의 '甃' 등이 모두 명사를 동사로 사용함으로써 신선하고 경쾌한 느낌을 준다. 이러한 용법은 물론 과거에도 있었지만, 이 작품처럼 연쇄적으로 사용한 예는 그리 많지 않다. 이러한 품사 전환의 방법을 중국 수사학에서는 '轉品'이라 부른다. 이는 문자의 묘사력을 증가시켜 한 글자 안에 의미를 농축하고 동작의 意象 효과를 향상시킴으로써 생동감을 한층 더하게 한다. 이러한 수법은 만명소품의 가장 걸출한 작가로 인정받는 張岱의 작품 중에서는 더욱 다양하게 나타난다.[34] 張岱의 「瑯嬛福地」 중의 일단을 보자.

山頂可亭, 山之西鄙, 有腴田二十畝, 可秫、可粳。門臨大河, 小樓翼之, 可看爐峰、敬亭諸山。樓下門之, 扁曰：瑯嬛福地。緣河北走, 有石橋極古樸, 上有灌木, 可坐、可風、可月。[35]

---

33 譚元春, 「初遊烏龍潭記」, 전게서. 卷十一 記, 중 : 539-540.

34 鄭振鐸, 『插圖本中國文學史』, 全4冊, 重印(香港 : 商務印書館, 1976), 4 : 953에 "張岱字宗子, 山陰人, 有瑯環山館集。其所著陶菴夢憶、西湖夢尋諸作, 殆爲明末散文壇最高的成就。"라고 평하고 있다.

> 산의 정상에는 정자를 지을 수 있고, 산의 서쪽 경계에는 비옥한 밭이 20畝 가량 있어 수수를 심을 수 있고 메벼를 기를 수 있다. 門은 큰 강물에 임해 있고 작은 누각이 좌우에 있어 향로봉과 경정산을 볼 수 있다. 누각 아래 문의 편액에는 '낭현복지'라 적혀 있다. 강은 북으로 달리고 석교는 매우 고박하며 위에는 관목이 있어 앉을 수 있고 바람을 쐴 수 있고 달을 구경할 수 있다.

여기서 '可亭'의 '亭', '可秫'의 '秫', '可風'의 '風', '可月'의 '月'은 모두 원래 명사이나 여기서는 동사로 사용되었다. 이외에도 명사를 부사로 사용한 예로는 '螘旋岸上', '蟻附而上', '鬚眉戟起', '石皆笏起', '螘附蜂屯', '六鼇山立' 등이 있고,[36] 명사를 형용사로 사용한 예로는 '河目海口', '眉棱鼻梁' 등이 있다.[37] 작가는 적절하게 품사를 전환함으로써 많은 필묵으로도 다할 수 없는 의미를 간략하면서도 섬세하게 생동감을 더했다. 다시 다음의 예들을 보자.

> 門外蒼松傲睨, 蓊以雜木, 冷綠萬頃, 人面俱失。[38]
>
> 문밖의 靑松이 거드름을 피우며 흘겨보고, 雜木은 우거져 서늘한 綠陰이 끝없이 드리워져 있어 지나가던 사람의 모습이 죄다 사라져 버린다.

> 萬山載雪, 明月薄之, 月不能光, 雪皆呆白。[39]

---

35 張岱, 「瑯嬛福地」, 『陶庵夢憶』, 卷八, 『陶庵夢憶/西湖夢尋』, 79쪽.

36 차례로 張岱, 『陶庵夢憶』, 卷一, 「葑門荷宕」; 卷二, 「燕子磯」(2例); 卷五, 「范長白」·「金山競渡」; 卷八, 「閏元宵」에 보인다.

37 두 가지 예 모두 張岱, 『陶庵夢憶』, 卷一, 「奔雲石」에 보인다.

38 張岱, 「岣嶁山房」, 『陶庵夢憶』, 卷二, 『陶庵夢憶/西湖夢尋』, 18쪽.

39 張岱, 「龍山雪」, 『陶庵夢憶』, 卷七, 『陶庵夢憶/西湖夢尋』, 65쪽.

온 산에 눈이 쌓이니 명월은 빛이 엷고, 달이 빛날 수 없으니 눈은 그저 희기만 하다.

士女凭欄轟笑, 聲光凌亂, 耳目不能自主。午夜, 曲倦燈殘, 星星自散。[40]

남녀가 난간에 기대어 큰소리로 웃고, 樂聲과 불빛이 눈과 귀를 어지럽힌다. 자정이 되어 악곡도 지치고 등불도 쇠하자 별들도 스스로 흩어진다.

'綠'자는 일반적으로 '冷'자로 수식하지 않으나, 이러한 造語는 시각에 호소하여 마치 진짜 녹색을 보는 듯할 뿐 아니라 그 청량감이 마치 피부에 와 닿는 듯하다. '呆'자로 '白'자를 수식하는 이러한 용법은 매우 드물다. 이는 작가의 독창으로 응결된 적설과 적막한 달밤의 정경을 그려낸 것이다. '曲倦'은 '曲稀'·'曲終' 등의 용법보다 더욱 많은 의미를 지닐 뿐만 아니라 意境과 情味가 더욱 풍부하여 악기를 연주하고 악곡을 듣는 사람 모두가 밤이 깊어지면서 노곤해지자 제각기 흩어져 돌아가는 모습을 더욱 실감 나게 연상케 한다. 작가는 단어의 수식 관계에 적절한 변화를 주어 특수한 예술적 효과를 창조해 냈다.

중국어 운용의 특징은 성조가 있어 평측을 고려하는 데에 있다. 중국의 시가는 바로 이러한 특색을 이용하여 정밀한 음운 절주의 미감을 추구한 것이다. 산문은 절주에 있어 비록 고정된 격식을 갖추고 있지는 않지만 흔히 시가의 정형과 성조·평측 및 압운의 방법을 사용하기도 한다. 張岱의 「金山夜戲」와 「龍山雪」을 보자.

---

40 張岱, 「秦淮河房」, 『陶庵夢憶』, 卷四, 『陶庵夢憶/西湖夢尋』, 31쪽.

月光倒囊入水, 달빛이 자루를 엎은 듯 물속으로 드니
○ ○ ●

江濤呑吐。 강의 물결이 삼켰다 뱉었다 한다.
○ ●

露氣吸之, 이슬이 달빛을 빨아들여
● ○

噀天爲白。 하늘에다 뿜어내니 하얗게 된다.[41]
○ ●

萬山載雪, 만산에 눈이 쌓이니
○ ●

明月薄之。 명월은 빛이 엷다.
● ○

月不能光, 달이 빛날 수 없으니
● ○

雪皆呆白。 눈은 온통 멍하니 희기만 하다.[42]
○ ●

여기서 ○은 平聲을, ●은 仄聲을 나타낸다. 4字句의 정형과 偶數字의 평측 교대로 문장의 절주미와 음운의 조화미를 추구했다. 중국어는 구어에도 4·6 문체의 騈文에서 나온 어구가 많다. 이것은 단음인 중국어의 특성으로 인해 騈體를 사용하여 문장을 구성하면 구법이 다양해지고 行文이 정연해짐으로써 독자에게 강렬하고 풍부한 인상을 줄 수 있기 때문이다. 산문 언어의 절주미는 그 음절의 多寡, 평측의 변화, 음률의 배치가 일반적으로 작품 내용의 자연적 기세와 결합되어 호흡의

41 張岱, 「金山夜戱」, 『陶庵夢憶』, 卷一, 『陶庵夢憶/西湖夢尋』, 4쪽.
42 張岱, 「龍山雪」, 『陶庵夢憶』, 卷七, 『陶庵夢憶/西湖夢尋』, 65쪽.

자연적 휴지·정지와 밀접한 관계가 있다.

다음은 張岱의 「湖心亭看雪」 중, 작가가 야밤에 배를 타고 호심정으로 가는 도중, 배 안에서 본 눈 덮인 호수의 설경을 묘사한 부분이다.

霧凇沆碭,	안개는 얼어붙고 공기는 하얗다.
天	하늘과
與雲	구름과
與山	산과
與水,	물이
上下一白；	아래위로 하나 같이 희고,
湖上影子,	호수 위에 뜬 그림자는
惟長堤一痕,	기다란 방축의 흔적 한 줄에다
湖心亭一點	호심정 한 점
與余舟一芥,	그리고 내가 탄 일엽편주와
舟中人兩三粒而已！	배 안의 사람 두세 톨뿐이다.[43]

"霧凇沆碭, 天與雲與山與水, 上下一白"에서 '與'자를 반복하여 사용함으로써 얼어붙은 눈 속에서 하늘과 구름과 호수가 한데 어우러진 모습을 그렸다. "湖上影子, 惟長堤一痕, 湖心亭一點與余舟一芥, 舟中人兩三粒而已"는 바로 한 폭의 몽롱한 풍경화요, 한 수의 환상적인 詩句라 하겠다. 원문의 "上下一白"에서 '一'字로는 하늘과 호수의 혼연일체를 형용하여 경계의 광대함을 느끼게 해주며, "長堤一痕, 湖心亭一點與余舟一芥"에서의 '一'字로는 반대로 사물의 보일 듯 말 듯 희미함을

43 張岱, 「湖心亭看雪」, 『陶庵夢憶』, 卷三, 『陶庵夢憶/西湖夢尋』, 28-29쪽.

형용하고 '痕'·'點'·'芥'·'粒' 등의 단위명사로 시선의 이동과 사물의 변화를 기술함으로써 경물의 미소함을 느끼게 해준다. 그야말로 글자 하나로 경이로운 세계를 창조해 낸 것이라 하겠다. 일정한 격식과 통일된 품사를 사용하고 동일한 글자를 반복함으로써 자연스러운 절주감과 독창적인 구성미를 창조해냈다. 이것은 詩體로써 산문을 이룬 산수시의 散文化, 산문의 詩歌化라고도 하겠다.

만명소품의 문학언어는 또 '以小統大'(張岱, 『瑯嬛文集』, 「廉書小序」)의 수법을 그 주요 특징으로 하여 풍부한 내용을 한 편의 짧은 문장 속에 간결하게 압축하거나 한 편 문장의 要處에 몇 개의 정제된 구절을 집약적으로 응축시킨다. 다음에서 張岱의 「西湖香市」 중의 일부를 보자.

> 士女閒都, 不勝其村妝野婦之喬畫；
> 芳蘭薌澤, 不勝其合香芫荽之薰蒸；
> 絲竹管弦, 不勝其搖鼓欱笙之聒帳；
> 鼎彝光怪, 不勝其泥人竹馬之行情；
> 宋元名畫, 不勝其湖景佛圖之紙貴。[44]
>
> 도시에 閑居하는 여자의 화장은 시골 부녀의 교만한 치장만 못하고,
> 향기로운 난초의 향기는 팥꽃나무와 고수풀의 후끈한 냄새만 못하고,
> 고상한 絲竹管絃은 북을 흔들어대고 생황을 들이마시는 시끄러운 소리만 못하고,
> 괴이한 광택이 나는 鼎彝와 같은 명품의 酒器는 돌인형과 竹馬의 장사만 못하고,

44 張岱, 「西湖香市」, 『陶庵夢憶』, 卷七, 『陶庵夢憶/西湖夢尋』, 61쪽.

宋元 시대의 名畵는 西湖의 경치와 佛寺나 부처를 그린 종이의 가격만 못하다.

西湖의 '香市'는 2월 花朝에 시작하여 5월 端午에 끝난다. 장이 서는 시간도 길며 장터에 모여드는 사람도 많다. 작가는 이렇게 번잡하고 북적대는 장면을 5개의 정제된 句式으로 농축하여 '향시'의 특징을 구체적이면서도 간단명료하게 묘사했다. 문장이 정교하면서도 자연스러워 풍부한 정취를 느끼게 해준다.

Ⅴ. 결어

만명소품의 존재는 결코 기존 문체의 효용을 달성하기 위한 문학체재의 일종이 아니며, 그것은 당시 신흥 문학으로서의 본질과 특성을 천명하고 이를 실천하는 과정에서 탄생하여 아직 완전한 體式을 갖추지 못한 일종의 시험적인 문학창작이라 여겨진다. 따라서 만명소품의 창작상의 일반적 특색은 그 문장이 고정된 격식을 따르지 않고 계속 변화하고 있다는 것이다. 만명소품의 이러한 특수한 성격에서 출발하여 본장에서 논의된 문학표현상의 몇 가지 특징을 정리하면 다음과 같다.

만명의 경제 구조와 사상 영역의 급격한 변화와 개성 해방에 대한 시민계층의 요구가 점증하던 변혁의 시대조류 속에서 탄생한 공안·경릉파 문학은 그 언어와 문예 사조상 큰 전환과 조정을 거쳤다. '만명소품'은 바로 그들 '성령' 문학사상의 산물이며, 또한 그들 중심 이론의 구현이기도 하다.

공안파의 문학사상과 이론은 '變'과 '眞'의 관점과 "獨抒性靈, 不拘

格套"의 강령으로 집약된다. 그들의 문학론은 문학관념으로 논하면 '變'의 관점을, 창작태도로 논하면 '眞'의 관점에서 전개되었다. 일반적으로 어떤 문학관념을 가지느냐에 따라 그것의 실천을 위한 적절한 창작태도를 취하기 마련이므로 '變'과 '眞'은 공안파 문학론 중 불가분의 관계에 놓인다. 공안파 문학사상의 핵심은 '變'이고, 문학표현의 주요 내용은 '眞'과 '我'이며, 예술경계는 '趣'와 '韻'이다. 이른바 '趣'와 '韻'은 모두 '理'와 대립되는 개념으로 문자 밖에 표현된 일종의 興趣와 風韻을 말한다. 작품이 '趣'와 '韻'을 가져야만 예술적 감화력이 강화된다.

이상과 같은 창작론적 배경을 지닌 만명소품의 가장 큰 특징은 다음 세 가지로 요약될 수 있다. 첫째, 제재의 선택이 자유롭고 그 범위가 넓다는 점, 둘째, 작법이 신축적이고 다양하다는 점, 셋째, 造語가 참신하고 경쾌하다는 점이다.

만명소품의 제재는 산수 경물, 인물 掌故, 풍속 時令, 서화 예술, 市井 瑣聞, 가정 쇄사, 친지 붕우, 개인 정회 등 그 선택이 자유롭고 포괄 범위가 매우 넓다. 그러나 다른 한편으로 작품의 내용이 대부분 작가의 개인적 정회나 한적한 생활과 관련되어 있어 제재의 속성상 그 선택 대상이 상당히 제한적이기도 하다. 이는 작가의 창작환경과도 관련이 있고, 작가의 문학사상과도 관계가 있다. 격렬한 정치 투쟁에 참여하려 하지 않고 부패한 사회풍기에 물들지 않으려 했던 만명의 일반 문사들은 원림에 일신을 은둔하고 산수에 마음을 기탁하며 스스로 문학을 즐김으로써 정신적인 해탈과 쾌락을 추구하려 했다. 만명소품의 독자들이 그 작품 속에서 얻고자 했던 쾌락도 역시 고민과 우수를 풀고 스스로 해탈하고자 함이었다. 이러한 만명소품의 효용은 실용적인 '載道' 문장 밖의 것으로서 그들은 소품문학을 순수 예술품으로 보고 마음의 고민과 염증을 기탁하는 세속 밖의 桃源으로 삼았다.

만명은 중국역사상 상업경제가 매우 발달한 시기였다. 무역이 확대되고 교통이 발달하면서 자유 사조가 고조됨으로써 당시의 도시생활 또한 점차 화려하고 사치스런 경향을 띠어 갔다. 만명소품이 담고 있는 人事 景物 역시 이러한 사회 분위기를 잘 반영하고 있어 작품 중에는 그러한 특정 시기의 갖가지 모습들이 선명하게 나타나 있다.

만명소품의 형식은 기존의 격식에서 벗어나 구습을 타파하고 혁신을 추구하여 비록 일종의 완전한 體式으로 발전하지는 못했으나, 전통산문의 실용성과 논리성 외로 예술성을 더함으로써 중국산문의 새로운 영역을 개척했다.

만명소품의 언어는 평이한 문언을 기초로 구어 성분을 많이 흡수했을 뿐만 아니라 방언과 속어도 회피하지 않아 전통산문의 규범을 탈피하고, 정통고문에 비해 다분히 통속적인 경향을 띠면서 독특한 풍격과 개성을 발휘했다. 그 작법에 있어 만명소품 작가들은 내용상의 특징에 따라 문장구조를 적절하게 조정하여 참신한 언어 환경을 조성하고 작품의 내용과 조화를 이루게 함으로써 문장의 의미를 부각시키고 예술적 감화력을 증가시켰다.

晩明小品論

중국 산문전통의 '이단'인가, '혁신'인가?

제5장

청대 만명 '소품' 현상의 인식과 그 평가

Ⅰ. 서언

명대 만력조(1573-1620)에 연이어 출현한 공안과 경릉 두 유파의 '성령' 문학사상의 영향으로 만명 문단에는 이른바 '소품'이 시대의 총아로서 문학창작자로서의 작가와 문학소비자로서의 독자 쌍방 모두의 환영을 받으며 급속도로 번져나갔다. 이러한 만명소품의 유행과 발전은 만력조로부터 명조의 패망에 이르기까지 단지 70여 년의 역사에 불과했지만 그에 대한 평가는 만명 당대로부터 청대와 현대에 이르기까지 수많은 논자들의 비방과 찬양이 엇갈렸다. 요컨대 '비방론'은 주로 문장의 正宗에 입각하여 그 布局이 협소하고 氣象이 크지 못하다 하여 문장의 傍系로 간주했고, '찬양론'은 대개 문학관념의 변천에 따라 순문학의 예술성과 취미성을 기려 높은 문예적 가치를 인정했다. 여기서 전자는 청대 四庫館臣의 평론이 중심을 이루며, 후자는 현대 신문학가의 비평을 대표로 삼는다. 그러나 비평의 기준은 시대에 따라 변하기 마련이고, 또 그러한 비평은 늘 그 시대의 한계를 벗어날 수 없으므로 오늘날의 입장에서 보면 만명소품에 대한 好·惡 양극의 평가 모두가 서로 다른 관점에서 만명소품의 본질을 이해하는 데 유익한 단서를 제공해 준다.

앞 장에서 살펴보았듯이 만명소품은 체재론적 입장에서 보면 넓게는 산문 외에도 詩詞 歌賦 등의 운문창작도 포함하나, 일반적으로는 다양한 운치와 심오한 의미를 지닌 산문창작만으로 한정된다. 만명소품은 그 체제로 볼 때 특별한 격식이 없어 전통산문(정통고문)과 별다른 차이가 없으나, 다만 경세 실용을 목적으로 하는 奏議詔令類의 應制·經濟와 관련된 이른바 '大篇' 문장만은 개인주의 색채와 쾌락가치 지향의 작품 특성을 지닌 '소품' 범위 밖으로 배제되는 경향이 강하다. 그러나 청대에 들어와 청대인의 '明道救世'의 학술사상과 문학관념은 이러한 만명소품의 비경세적 개인 서정 위주의 문장관을 인정하지 않았을 뿐만 아니라 그 상당수의 작품을 遺棄 내지 禁燬함으로써 청대에서 만명소품의 연구와 평가는 객관적이면서도 종합적인 검증의 과정을 거치지 못했다고 하겠다.

청대의 만명소품에 대한 인식과 평가의 상황을 가장 분명하게 보여주는 문헌자료는 『四庫全書總目』(또는 『四庫全書總目提要』라고도 함, 이하 관례에 따라 『사고제요』로 약칭함)에 수록된 명대 저작에 대한 '提要' 문장이다. 그러나 『사고제요』의 이른바 '소품'은 만명의 '소품'과 그 함의가 다르다. 거기에는 소품을 '정격에 부합하지 않는 문장' 또는 '창작의 말단적 기량'으로 간주하는 폄의가 개재되어 있을 뿐만 아니라, 더욱이 그것이 가리키는 대상도 주로 隨筆·雜記類의 필기 저작에 한정되어 있어 만명소품의 실제 상황에 비해 포괄하는 작품의 범위가 협소하다. 만명소품에 대한 이러한 부정적인 인식과 평가는 오늘날의 관점에서 보면 청대인의 이질적인 학풍에서 초래된 배타적인 편견으로 이해되지만, 오히려 그들의 폄하된 평가 속에서 만명소품 창작과 전파의 배경과 원인 및 그 부정적 말류 현상 전반을 더욱 객관적으로 관찰해 볼 수 있는 이점도 없지 않다.

본장에서는 청대 『사고제요』에 수록된 만명 저작에 대한 평론과 청대의 각종 금훼서목(淸 英廉 外 編 『銷燬抽燬書目』, 淸 軍機處 編 『禁書總目』, 淸 榮桂 刊 『違礙書目』 등)에 전하는 만명소품 저작의 피금 상황을 종합하여 청대에서의 '소품'의 개념의미와 비평체계를 고찰하고, 동시에 청대의 학술배경과 그로 인한 문학풍기 및 乾隆朝(1736-95)의 금서사건 등과의 영향 관계를 규명하여 청대 관방문학의 대변자라 할 수 있는 사고관신들의 '만명소품' 현상에 대한 인식과 그 평가의 전반적인 상황을 살펴보기로 한다.

Ⅱ. 청대 『四庫全書』의 편찬과 '만명소품'의 금훼

만명의 '소품' 현상과 그 평가에 대한 청대 사고관신의 견해를 살펴보기에 앞서 먼저 『사고전서』 편찬의 학술적 배경과 그 총서의 성격에 대해 알아보고자 한다.

『사고전서』는 청대 건륭 38년(1773)에서 47년(1782) 사이에 조정의 주도하에 편찬된 대형 총서이다. 『사고제요』는 『사고전서』의 總纂官 紀昀(字 曉嵐, 1724-1805, 乾隆 19年 進士) 등이 건륭 황제의 뜻을 받들어 『사고전서』를 편찬하면서 작성한 古籍의 제요를 모아 엮은 것으로, 건륭 46년(1781)에 초고가 완성된 후 수정과 보완을 거쳐 건륭 58년(1793)경에 武英殿[1]에서 刊刻된 것으로, 여기에는 『사고전서』에 편입된 古籍 3,457종 79,070권과 『사고전서』에 편입되지 못한 存目書

6,766종 93,556권이 수록되어 있다.[2] 이 典籍들은 기본적으로 청대 건륭 이전까지의 중국 고대 저작을 총괄한 것이며, 經史子集 四部分類法에 의한 배열은 18세기 중국의 지식 체계를 대표한다고 볼 수 있다.

『사고전서』는 3,400여 종의 독립된 原著들을 하나의 총체로 구성하고 있다. 楊家駱은 그의 『四庫全書通論』에서 『사고전서』의 지식체계의 총체성에 대해 다음과 같이 설명하고 있다.

> 첫째, 『사고전서』는 현재 수록하고 있는 전체 내용의 몇 배에 달하는 서적을 대규모로 수집하여 3,470여 종을 체계적으로 가려 뽑음으로써 당시의 지식 세계를 대표한다.
>
> 둘째, 정밀하게 교정하고 초록하여 당시로써 적절성이 인정되면서도 모든 서적을 포괄할 수 있는 분류법으로 분류 배치함으로써 질서를 갖추고 당시 지식의 총체를 이루었다.
>
> 셋째, 모든 原著마다 '제요'를 지어 권두에 두었다. 이 '제요'는 해당 서적에 관한 모든 것을 설명하고 있는데, ……원저의 중요한 내용과 그와 상관된 각각의 사항을 종합하여 해당 서적의 내용뿐만 아니라 당시 지식의 총체 중에서의 위치를 알 수 있도록 했다. 따라서 한 편의 제요는 해당 방면에 대해 충분히 해명하고 있어 『사고전서』 중의 각 원저는

1 康熙 19年(1680)에 武英殿 좌우의 廊房에 修書處를 설치하여 서적 간행을 관장하게 하고, 康熙 40年(1701) 이후에는 銅版 활자와 최고급의 開化紙를 써서 서적을 대량으로 刊刻했다. 당시 이 武英殿에서 간행된 서적들은 字體가 수려하고 圖面이 정밀하여 서적의 품질이 최상이었다고 전한다.

2 任松如, 『四庫全書答問』(1928년 自序 ; 四川 : 巴蜀書社, 1988), 60쪽 참고. 『四庫全書總目』의 著錄 및 存目書의 수량에 대해서는 현재 몇 가지 다른 說이 있다. 그 중 가장 최근의 연구로 華立, 『四庫全書縱橫談』(上海 : 上海古籍出版社, 1988), 96쪽에서 "文津閣全書一直由北京圖書館收藏, 至今仍然紙張潔白, 書本整齊, 保存完好。經過再次查點, 發現這部全書共有三千五百零五種, 三萬六千三百零四册, 種數與現有的幾種說法略有出入。"라고 하여 『四庫全書』의 서적의 총량에 대하여 3,505種, 36,304册이라는 다른 수치를 보여준다.

원저로 본다면 각각의 單元이 되며, 제요로 본다면 그것은 당시 지식의 총체 중에서 하나의 구성 단위가 된다.

넷째, 각각의 제요를 권두에 둠과 동시에 모든 제요를 각 서적의 배열 순서에 따라 종합하여 별도로 독립된 전문 서적을 만들어 '사고전서 총목제요'라 명명했다. ……따라서 『사고전서』는 각 원저가 그 독립적인 정신을 상실하지 않으면서도 동시에 總名하에서 여전히 당시 지식 세계에서의 하나의 총체를 이룬다.[3]

대형 목록서인 『사고제요』는 목록의 분류가 정밀하고 『사고전서』의 지식체계를 집중적으로 구현했으며, 완비된 서목 제요는 먼저 서명과 권수 및 입수 경위를 열거한 후 작자의 名號·籍貫·官階 또는 주요 경력을 고증하고, 그다음에 해당 서적의 성질과 개략적인 내용을 소개하여 그 장단을 평가하고, 마지막에 그 서적의 전면적인 유포 상황을 상세하게 기술했다. 이러한 점들은 『사고제요』 편찬의 장점임이 틀림없으나, 清朝 '欽定'의 저작 원칙의 규제를 받은 『사고전서』는 도처에서 가혹한 논평을 일삼아 공정성을 견지하지 못한 점은 분명한 단점인 것으로, 이에 대해서는 현대의 여러 학자들에 의해 이미 문제가 제기된

---

3 李煜瀛·楊家駱, 『世界學典與四庫全書』(臺北 : 世界書局, 1953), 12-13쪽 : "一、用大規模的搜集方法, 搜集了比牠的內涵多至數倍的書, 而有系統的選出三千四百七十種來, 代表了當時的知識世界。二、用較精密的方法, 校對過, 重抄過, 以當時所認爲適當而可包括一切的分類法來部勒他, 使有秩序, 而構成一個當時所認爲的知識整體。三、牠把每一原著作了一篇"提要", 冠於書前, 這"提要"敘明關於這書的一切, ……牠把原著的要義與其相關各點, 綜合起來, 由此不惟可明一書之內容, 而尤可明其在當時知識整體中的位置。所以這一篇提要在這一方面已充分的表明, 四庫全書中各原著, 從每原著內去看, 是各爲單元, 從提要中看, 他是當時知識整體中的一個組成單位。四、各提要除冠於書首外, 同時將所有提要, 按著各書所居的類次, 綜合起來, 使這些提要另成一可以獨立的專書, 名爲"四庫全書總目提要"。……因而四庫全書不惟各原著可以不喪失其獨立精神, 同時在總名下仍爲一當時知識世界的整體。"

바 있다.[4]『사고제요』에서는 방대한 수량의 古籍에 대한 체계적인 평가가 진행되면서 '反孔' 사상을 띤 저작만큼은 어김없이 사고관신의 비방과 공격의 대상이 되어 오늘날 이를 통하여 청대 학술의 원류와 당시 사상 투쟁의 상황을 엿볼 수 있다.

清初 顧炎武(本名 絳, 字 寧人, 號 亭林, 1613-82)는 清朝의 압박에 저항하여 八股와 宋學(理學)을 반대하며 경서와 역사에 근거해 논의를 전개하고 '明道救世'의 목적을 이룰 것을 주장하며 古文經學의 회복을 제창했다. 건륭조에 들어서 清廷의 압박이 가중되자 사대부들은 점차 '經世致用'의 실제에서 이탈하여 이른바 '漢學'을 형성하게 되었는데, 일반적으로 청대의 漢學은 만명에 성행한 王守仁(字 伯安, 1472-1528, 弘治 12年 進士)의 心學을 반대하는 과정에서 형성 발전된 것이다. 이 학파의 학문 연구방법은 '實事求是'의 정신으로 자료를 처리하여 질박하고 꾸밈이 없어 자칭 '樸學'이라 했으며, 또한 송명 이래로 주관에 편중된 '義理之學'을 반대하여 이 학파의 학문을 '考據之學'이라 일컫기도 한다. 그들의 학문 연구태도는 객관적 실증을 중시하고 주관적 억측을 회피하여 古籍의 정리에서는 眞僞를 철저히 규명하고, 名物의 고증에서는 힘써 當爲를 추구했으므로 氣·理·性·天을 중시하는 추상론적인 宋明理學과는 크게 달랐다.

漢學家들은 명말 청초의 학자 顧炎武·閻若璩·張爾岐·胡渭 등의 실증주의적 학풍을 계승하여 經義의 교정 해석으로부터 역사·지리·예

4 대표적인 예로 任松如는『四庫全書答問』의「自序」에서 다음과 같이 비판하고 있다. "吾國王者專斷, 以乾隆爲極致。其於四庫書, 直以天祿石渠, 爲腹誹偶語者之死所。不僅欲以天子黜陟生殺之權, 行仲尼褒貶筆削之事已也。刪改之橫, 制作之濫, 挑剔之刻, 播弄之毒, 誘惑之巧, 搜索之嚴, 焚燬之繁多, 誅戮之慘酷, 鏟鑿仆之殆遍, 摧殘文獻, 皆振古所絕無。雖其工程之大, 著錄之富, 足與長城、運河方駕, 迄不能償其罪也。"

술·과학의 考究에 이르기까지 古籍과 史料의 정리에 적지 않은 공헌을 했으나, 그들이 당면한 시대적 한계로 인해 스스로 줄곧 강조해 왔던 '經世致用'의 근본 목적에서 멀어지게 되었다. 그들은 비록 고대 문화 유산의 정리 차원에서 괄목할 만한 성취를 거두기는 했으나 도리어 번잡하고 자질구레한 병폐에 빠짐으로써 결국에는 실제에서 이탈하는 심각한 결함을 노정시켰다.

건륭 중엽에 漢學이 점차 흥성하자 『사고제요』는 2천 년 이래의 중국 經學을 漢學과 宋學 두 파의 투쟁에 불과하다 보고 그 '門戶之見'을 일소할 목적으로 당시에 성행한 漢學의 고증에 대해서는 긍정적인 평가를 내리기도 했으나[5] 실제로는 '程朱理學'을 옹호하며 정통사상과 부합하지 않는 저작에 대해서는 공격을 가했다. 『사고제요』가 漢學과 宋學 두 파를 구분한 것은 "세상에 중심을 세워 백성들에게 도를 세우고 후세에 전하지 않는 옛 성인의 학문을 이어 萬代에 태평을 열기 위함"이라는 『사고전서』 편찬의 宗旨에 근거한 것이다.[6] 『사고제요』가 宋學을 표방한 것은 황제의 의향을 받든 것이었고, 황제가 宋學을 받든 것은 곧 宋學이 人心을 바르게 하고 天理를 밝힐 수 있어 淸朝의 전제 제도를 보호해 줄 수 있다고 믿었기 때문이다.[7]

---

5 『四庫全書總目提要』, 全5册(武英殿本 ; 臺北 : 商務印書館, 影印本, 1983), 卷一, 經部, 「經部總敍」, 1 : 53-54 : "……要其歸宿, 則不過漢學、宋學兩家互爲勝負。夫漢學具有根柢, 講學者以淺陋輕之, 不足服漢儒也 ; 宋學具有精微, 讀書者以空疏薄之, 亦不足服宋儒也。消融門戶之見而各取所長, 則私心怯而公理出, 公理出而經義明矣。"

6 『四庫全書總目提要』, 1 : 卷首, 淸高宗御筆 「文淵閣記」 : "予蒐四庫之書, 非徒博右文之名, 蓋如張子(宋 張載)所云 : '爲天地立心, 爲生民立道, 爲往聖繼絶學, 爲萬世開太平', 胥於是乎繫。" 乾隆 황제의 이 말에 『四庫全書』 편찬의 의도와 목적이 모두 들어 있다. 이 記文은 乾隆 39年(1774) 孟冬에 지어졌는데, 그때는 文淵閣이 아직 정식으로 준공되지 않았을 때임에도 乾隆 高宗은 앞서 이 「文淵閣記」를 지은 것으로 보아 『四庫全書』에 대한 황제의 지대한 관심을 엿볼 수 있다.

7 湯志鈞, 『近代經學與政治』(北京 : 中華書局, 1989), 23-24쪽, 62-63쪽 참고.

그러나 『사고제요』의 실제 편찬에서는 당시 현실에서 멀어져 버린 漢學을 배척하지 않아 편찬과 교감을 담당한 각급 館員 중에는 漢學家들이 대다수를 차지했다. 그중 修書 방면에 비교적 공이 크고 명성이 높았던 인물로는 彭元瑞(副總裁)·紀昀(總纂官)·任大椿(總目協勘官)·邵晉涵(校勘 『永樂大典』纂修官)·周永年(校勘 『永樂大典』纂修官)·戴震(校勘 『永樂大典』纂修官)·王念孫(篆隸分校官) 등이 있었다. 이 외에도 각 省에서 보내온 서적의 대조와 검열을 담당한 纂修官으로 姚鼐와 翁方綱이 있었다. 그들은 漢學派에 속하지 않았을 뿐만 아니라 심지어 戴震 등과는 학술적 견해가 배치되기도 했으나 모두가 '飽學之士'로서 姚鼐는 당시 문단을 주도했던 이른바 桐城派 고문의 대표 인물이었으며, 翁方綱은 金石 譜錄과 書畫 詞章에 정통하고 滿文에 능통한 인물이었다.

『사고전서』의 편찬은 학술문화사에서 높은 가치를 지니나, 당시에는 사상적 문화적 통제가 병행되었으므로 反淸 의식을 띠거나 淸朝의 금기에 저촉되는 서적과 자구에 대해서는 대규모의 금훼와 삭제 및 수정이 가해졌다. 당시 피금된 서적이 가장 많았던 浙江省을 예로 들면, 건륭 39년(1774)부터 46년(1781) 사이 전후 스물네 차례에 걸쳐 총 538종 13,862부의 서적이 훼멸되었다.[8] 이러한 엄격한 사상 통제의 시대에 학자의 才力은 단지 현실 정치와의 접촉을 피할 수밖에 없었으므로 청대에서 학술의 영역은 고전학의 연구로 나아갔고, 문학사상 역시 고전의 영역에 머물 수밖에 없었다. 이 시기에는 前代에 출현했던 각종 문체와 풍격 및 유파가 거의 전부 다시 일어나 전통 경험을 총괄하고 이론과 자료를 정리함으로써 적지 않은 성과를 거두기도 했으나, 과거

8 任松如, 전게서. 42쪽 참고.

의 계승에만 치중하여 상대적으로 창조정신이 결핍되는 경우가 많았으므로 청대 嘉慶(1796-1820) 이전의 문학계는 詩文 詞曲할 것 없이 모두 복고의 길을 걸었다.

이상과 같은 『사고전서』 편찬의 동기와 배경의 이해와 함께 당시에 행해진 '금서사건'에도 주목할 필요가 있다. 淸廷은 『사고전서』의 편찬과 동시에 당시 전국에 유포되어 있던 거의 모든 서적에 대한 전면적인 검열을 단행하여 '原著대로 유통 가능한 것', '삭제 또는 수정 후 유통 가능한 것', '유통 불가한 것'을 구분하고 확정 지었다. 이 중에서 세 번째에 해당하는 것이 바로 '금서'로서 그 수는 모두 수천 종에 달했다.[9] 이러한 금서는 주로 민족 문제와 관련된 것이 대부분이나, 李贄와 袁宏道 등의 저작과 같이 사상 문제와 관련된 것도 적지 않았다.

李贄의 『藏書』는 선진에서 원대까지의 일을 기록한 역사 저작으로, 滿族을 멸시하고 적대시하는 내용은 말할 것도 없고 明朝에 대해 호감을 갖도록 하거나 기억을 되살리게 할 만한 어떤 금기 사항도 들어 있지 않다. 그러나 李贄라는 인물의 사상적 관점이 程朱理學과 첨예하게 대립되었던 점과 더욱이 孔子의 시비 관념을 시비의 표준으로 삼아서는 안 된다는 『藏書』의 공공연한 주장이 곧 피금의 주요 원인이 되었다.[10]

---

9 吳哲夫, 『淸代禁燬書目硏究』(臺北 : 嘉新水泥公司文化基金會, 1969), 109쪽 : "淸代禁書數量因史無明文, 且各種禁燬書目重複頗多, 欲求得眞正確統計數字實爲不易, 根據以往典籍中記載將近三千種, 惟筆者比較整理已近四千種, 其間出入之大, 可以想見矣。"; 安平秋·章培恒(編), 『中國禁書大觀』(上海 : 海文化出版社, 1990), 120-21쪽 : "由于保存下來的資料不完整, 目前尙不可能知道確切的數字。但卽使根據這些不完整的資料所作出的初步統計, 當時被全燬的書就有二千四百五十三種, 被抽燬的有四百零二種。"

10 『四庫全書總目提要』, 卷五十, 史部六, 別史類存目, 明 李贄 撰 『藏書』 六十八卷 條, 2: 133-34 : "贄書皆狂悖乖謬, 非聖無法。惟此書排擊孔子, 別立褒貶, 凡千古相傳之善惡, 無不顚倒易位, 尤爲罪不容誅。其書可燬, 其名亦不足以汚簡牘。"

또 袁宏道의『袁中郎集』四十卷[11]은 清 英廉 등이 편찬한「抽燬書目」에서 "卷十九의「答蹇督撫啓」와 卷二十六의「宋六陵詩」에는 삐뚤고 그릇된 말이 있어 마땅히 抽燬가 요청된다"[12]라고 심의한 것으로 보아 원래는 단지 여기에 언급한 두 편만 삭제하기로 한 것 같다. 그러나 이 두 편 중의 이른바 '偏謬語'란 '膻腥'·'犬羊' 등의 몽고인을 매도하는 문자를 가리킨 것으로, 이것이 청대인의 금기에 저촉되어 최종적으로 그 全書가 피금된 것으로 보인다.「抽燬書目」에서는 또 "이 판본은 원래 卷十四에서 卷十八까지가 缺卷이니 응당 지금 각 督撫는 다시 全書를 수색 송부 처리해야 한다"[13]라 적고 있는데, 이 빠진 부분은『觴政』·『瓶史』·『雜錄』등 雜著 및 碑記誌銘類의 문장으로, 결코 특별히 청대인의 눈 밖에 날 만한 내용이 들어 있을 리 없으므로 全書 피금의 원인은 아닌 것 같으나, 최종적으로 公安 袁氏 三兄弟의 문집이 일제히 피금된 것은 역시 그들의 사상과 정취가 청대인들로서는 받아들일 수 없는 것이었기 때문일 것으로 추정된다.

현존하는 청대의 금훼서목에는 단지 서명과 작자만 적혀 있어 서적 피금의 명확한 원인을 알 길이 없고,「抽燬書目」에도 첫머리에 다만 '語涉詆觸', '語甚狂悖', '肆言狂吠'라는 말만 적혀 있고 서적의 내용에 대해서는 아무런 언급이 없다. 현대 학자들은 청대의 檔案 및 명대 저작에 대한 금서목록과 금훼서목을 참작하여 서적 피금의 기준을 대략

11 袁宏道 詩文集의 판본은 數種이 있다. 淸代『四庫全書』편찬 시 금훼 당한 판본은 明 崇禎 2年(1629) 武林 佩蘭居 所刻 40卷本으로, 全稱은『新刻鍾伯敬增定袁中郎全集』이다.

12 清 英廉 外 (編),「抽燬書目」,『銷燬抽燬書目』,『銷燬抽燬書目、禁書總目、違礙書目』, 再版(歸安姚覲元刊咫進齋叢書本 ; 臺北 : 廣文書局, 1981), 38쪽 : "其卷十九答蹇督撫啓、卷二十六宋六陵詩, 均有偏謬語, 應請抽燬。"

13 清 英廉 外 (編),「抽燬書目」, 상게서. 38쪽 : "此本原缺卷十四至十八, 應今各督撫再將全本查送辦理。"

다음과 같이 추정하고 있다. 첫째, 淸朝에 대한 불만이나 滿族에 대한 멸시 적대감을 표시한 서적, 둘째, 明朝에 대한 호감이나 기억을 되살릴 수 있게 할 수 있는 서적, 셋째, 程朱理學에 저촉되거나 전통적 도덕관에 부합하지 않는 서적, 넷째, 문제성 있는 작자 또는 그러한 작자의 저작을 여러 차례 인용한 서적은 '全燬' 조치하고, 다만 '抽燬' 조치는 원칙적으로 위의 네 가지 기준에 해당하나 그 위반한 정도가 비교적 경미할 때에만 적용한다는 것이다.[14] 만명 문단에서 '獨抒性靈'을 문학 혁신의 기치로 걸고 작자의 진실한 개성과 정감을 강조한 公安 三袁과 竟陵 鍾·譚 등의 주장과 작법은 모두 고문의 정통과 배치되는 것이었다. 그뿐 아니라 袁宏道와 鍾惺 등의 문학사상은 王陽明의 '心學'과 李卓吾의 '童心說'의 영향을 받아 개성을 발양하고 자유를 추구하는 것이었으므로 이러한 정신은 淸廷이 용인할 수 없는 이유가 되었던 것이다.

청대의 혹독한 금서사건을 거치고도 오늘날까지 전해 내려오는 문헌을 비교 검토해 본 현대 학자들은 『사고전서』의 저록에 매우 불완전한 곳이 있고, 특히 명대인의 저술 중에는 탈루가 많음을 지적하고 있다. 이는 사고관신들이 꺼리는 사상과 내용을 담은 저작들은 당시 모두 유기되거나 훼손당한 결과라고 여겨진다. 만명의 여러 소품문집 중에서 陸雲龍의 『十六名家小品』이 『사고제요』에 '存目書'로 채록된 것 외에 鄭元勳의 『媚幽閣文娛』, 陳繼儒의 『晩香堂小品』 및 陳天定의 『古今小品』의 서명이 오늘날 청대의 각종 금훼서목에 보이는데, 이 서적들 외에 『사고제요』에 채록되지도 않고, 피금되지도 않아 금훼서목에조차 서명이 남아 있지 않는 서적들은 일률적으로 모두 유기당했을 것이

14 安平秋·章培恒 (編), 전게서. 118-119쪽 참고.

분명하다.[15] 따라서 만명소품에 대한 사고관신들의 평가는 이러한 여러 원인들에 의해 만명 당시 소품창작의 실제 상황과 완전히 부합한다고 보기는 어렵다. 이 점을 염두에 두고 다음에서 '만명소품' 현상에 대한 사고관신들의 인식과 그 평가의 구체적인 양상을 살펴보기로 한다.

Ⅲ. 청대 사고관신들이 파악한 만명의 '소품' 현상

청대 건륭조에 들어와 淸廷은 『사고전서』의 편찬과 동시에 전국 각지에 유포되어 있던 거의 모든 서적을 수집 심의하고 그에 대한 '금훼' 조치를 감행함으로써 이때 만명소품도 청조 관방학자들의 공식적인 평가를 받게 되었다. 당시 그들의 평론 속에는 만명 시대와는 다른 청대 학풍의 이질적인 요소로 빚어진 편견도 없을 수 없겠지만 청대는 시간적으로 명대와 근접해 있어 당시 직접 목도한 문헌자료가 많았을 것

---

15 陸雲龍의 『十六名家小品』은 『四庫全書總目提要』, 卷一百九十三, 集部四十六, 總集類存目三, 明 陸雲龍 編 『十六名家小品』三十二卷 條, 5:184에 수록되어 있다. 清 軍機處 (編), 『禁書總目』의 「軍機處奏准全燬書目」와 「浙江省查辦奏繳應燬書目」 및 清 榮柱 (刊), 『違礙書目』의 「應繳違礙書籍各種名目」에 의하면 明 鄭元勳 (編), 『媚幽閣文娛』三十二卷은 '全燬', '違礙'類에 속하고, 清 軍機處 (編), 『禁書總目』, 「軍機處奏准全燬書目」에 의하면 明 陳繼儒, 『晩香堂小品』二十四卷은 '全燬'類에 속하고, 清 軍機處 (編), 『禁書總目』의 「浙江省查辦奏繳應燬書目」에 의하면 明 陳天定 (編), 『古今小品』八卷은 '抽燬'類에 속한다. 陳氏의 『古今小品』은 원래 明 崇禎 16年(1643)에 간행된 것이나, 清 雍正 3年(1725)에 後人 陳汝森이 重刊한 바 있다. 그 외 明 陸雲龍 (編), 『皇明十六名家小品』三十二卷과 明 王思任, 『謔菴文飯小品』五卷도 孫耀卿 (編), 『清代禁書知見錄』 外編에 보이는데, 이는 서적의 내용과 성질로 볼 때 이들 서적들도 금훼의 범위에 들어갈 것으로 추정되나 기존의 금서목록에는 보이지 않으므로 孫耀卿이 별도로 추가한 것으로 보인다. 『銷燬抽燬書目、禁書總目、違礙書目』, 再版(歸安姚覲元刊咫進齋叢書本 ; 臺北 : 廣文書局, 影印本, 1981) ; 孫耀卿 (編), 『清代禁書知見錄』, 第3版(臺北 : 世界書局, 1979) ; 吳哲夫, 전게서 ; 丁原基, 『清代康雍乾三朝禁書原因之研究』(臺北 : 華正書局, 1983) 참고.

이므로 만명의 '소품' 현상에 대한 비교적 전면적인 관찰이 가능했을 것을 감안하면 그들 평가의 내용이 어떠하든 그것은 여러 면에서 역시 만명소품의 이해와 연구에 귀중한 자료가 될 수 있을 것으로 본다.

만명의 '소품' 현상에 대한 청대 사고관신들의 관찰과 평가의 기록은 『사고전서』의 편찬과정에서 이루어진 『사고제요』에 집중적으로 수록되어 있다. 『사고제요』에 보이는 '소품' 단어의 용례를 정리하면 아래 표와 같다.

卷數	部類	著者 書名	用例
卷八十九	史部四十五 史評類存目一	元 楊維楨 撰 『史義拾遺』二卷	非文章之正格, 亦非史論之正格, 以小品視之可矣
卷九十	史部四十六 史評類存目二	明 馮士元 撰 『測史剩語』六卷	附以擬書三篇, 連珠、雜說各十篇, 則小品伎倆矣
卷一百十四	子部二十四 藝術類存目	明 陳繼儒 撰 『書畫史』一卷	不脫小品陋習, 蓋一時風尙使然也
卷一百十六	子部二十六 譜錄類存目	明 鄧慶宷 撰 『荔支通譜』十六卷	不脫明人小品習氣
卷一百十六	子部二十六 譜錄類存目	明 王路 撰 『花史左編』二十七卷	多涉佻纖, 不出明季小品之習
卷一百二十二	子部三十二 雜家類六	明 董其昌 撰 『畫禪室隨筆』四卷	小品閒文
卷一百二十三	子部三十三 雜家類七	明 高濂 撰 『遵生八牋』十九卷	書中所載, 專以供閒適消遣之用, 標目、編類亦多涉纖仄, 不出明季小品積習, 遂爲陳繼儒、李漁等濫觴
卷一百二十四	子部三十四 雜家類存目一	宋 施淸臣 撰 『几上語』一卷、 『枕上語』一卷	詞多儷偶, 明人小品濫觴於斯
卷一百二十四	子部三十四 雜家類存目一	元 劉君賢 撰 『學問要編』六卷	相其文格, 亦全類明萬曆以後淸言小品之蹊徑。元人敦篤無此體裁, 毋乃後人僞託, 亦或有所竄亂歟

卷數	部類	著者 書名	用例
卷一百二十五	子部三十五 雜家類存目二	明 陳汝錡 撰 『甘露園長書』六卷、『短序』四卷	大致失之佻巧, 已開屠隆、陳繼儒等小品風氣
卷一百二十五	子部三十五 雜家類存目二	明 沈大洽 撰 『蔬齋抹語』四卷	前二卷皆隨筆小品, 不儒不釋, 强作淸言, 不出明季山人之窠臼
卷一百二十五	子部三十五 雜家類存目二	國朝(淸) 張貞生 撰 『□居隨錄』四卷	失之太繁, 遂枝葉多於根柢, 又多爲對偶、長聯, 猶沿明季陳繼儒等小品之習
卷一百二十八	子部三十八 雜家類存目五	明 諸燮 撰 『文海披抄』八卷	大抵詞意輕儇, 不出當時小品之習
卷一百二十八	子部三十八 雜家類存目五	明 樂純 撰 『雪菴淸史』五卷	是書皆小品襍言, 分淸景、淸供、淸課、淸醒、淸福等五門, 每門又各立子目。大抵明季山人潦倒恣肆之言, 拾屠隆、陳繼儒之餘慧, 自以爲雅人深致者也
卷一百三十一	子部四十一 雜家類存目八	宋 周密 撰 『澄懷錄』二卷	明人喜摘錄淸談, 目爲小品, 濫觴所自, 蓋在此書矣
卷一百三十二	子部四十二 雜家類存目九	明 陶珽 編 『續說郛』四十六卷	正嘉以上, 淳樸未漓, 猶頗存宋元說部遺意；隆萬以後, 運趨末造, 風氣日偸, 道學侈稱卓老, 務講禪宗, 山人競述眉公, 矯言幽尙。或淸談誕放, 學晉宋而不成；或綺語浮華, 沿齊梁而加甚。著書旣易, 人競操觚, 小品日增, 巵言疊煽, 求其卓然蟬蛻於流俗者, 十不二三
卷一百三十三	子部四十三 雜家類存目十	國朝(淸) 魏裔介 編 『雅說集』十九卷	雜記小品
卷一百三十四	子部四十四 雜家類存目十一	明 張應文 撰 『張氏藏書』四卷	大抵不出明人小品之習氣, ……明之末年, 國政壞而士風亦壞, 掉弄聰明, 決裂防檢, 遂至於如此。屠隆、陳繼儒諸人, 不得不任其咎也

卷數	部類	著者 書名	用例
卷一百七十四	集部二十七 別集類存目一	明 凌濛初 編 『東坡禪喜集』十四卷	先是, 徐長孺嘗取蘇軾談禪之文, 彙集成編, 唐文獻序而刊之, 濛初以其未備, 更爲增訂。萬曆癸卯, 濛初與馮夢禎遊吳閶, 携是書, 舟中各加評語於上方, 至天啓辛酉與『山谷禪喜集』並付之梓。濛初喜取前人小品, 以套板刻之, 剞劂頗工, 而無裨藝苑, 此亦其一種也
卷一百七十四	集部二十七 別集類存目一	國朝(淸) 王如錫 編 『東坡養生集』十二卷	軾以文章氣節雄視百代, 其遊戲諸作, 大抵患難中有托而逃。如錫乃惟錄其小品, 所謂飛鴻翔於寥廓, 而弋者索之藪澤也。使軾僅以此見長, 則軾亦一明季山人而已矣, 何足以爲軾乎
卷二百九十三	集部四十六 總集類存目三	明 華國才 編 『文瑑淸娛』四十八卷	是書於諸選本、類書中, 采摘其短章小品, 故曰淸娛。上起宋玉、荀卿, 下迄於元, 不分體裁, 惟以時代爲先後, 間附小傳及評語, 觀其見解, 蓋陳繼儒一流也

『사고제요』의 만명소품 관련 평론을 종합하면, 그들의 이른바 '明人小品'과 '明季小品'은 대개 『世說新語』의 전통으로부터 송대의 蘇軾·周密·葉淸臣과 명대 高濂·陳汝錡 등의 淸言·隨筆 및 語錄體의 저작을 그 濫觴으로 여기고, 屠隆·陳繼儒·袁宏道·李漁 등을 그 대표적 작가로 보고 있다. 또 평론의 주요 내용은 이들 저작의 성격을 대부분 '淸談'과 '閑適'으로 파악하고 내용은 '空疏' '無學'한데다 근본보다 지엽이 더 많고 작풍은 '纖佻' '輕儇'하다고 평가하며 이는 곧 '明季小品積習'의 결과라고 매도했다.[16]

16 『四庫全書總目提要』, 卷一百十四, 子部二十四, 藝術類存目, 明 陳繼儒 撰 『書畫史』 一卷 條, 3 : 472 ; 卷一百十六, 子部二十六, 譜錄類存目, 明 鄧慶寀 撰 『荔支通譜』十

만명소품에 대한 사고관신들의 이러한 부정적 견해는 '소품' 발생과 관련한 '만명'이라는 말기적 시대 상황에 그 근거를 두고 있다. 『사고제요』의 明 陶珽 編 『續說郛』條의 기록을 보자.

> 明代의 正德(1506-21)·嘉靖(1522-66) 이전은 순박하고 오염되지 않아 그래도 宋元 『說部』의 전래된 의의가 잘 보존되어 있었다. 그러나 隆慶(1567-72)·萬曆(1573-1620) 이후, 운세가 말세로 치달아 풍기가 나날이 경박해지자 道學者들은 거만하게 卓吾(李贄)를 일컬으며 힘써 禪宗을 강론하고, 山人들은 다투어 眉公(陳繼儒)을 펴내며 애써 幽尙을 언급했다. 혹자는 淸淨無爲의 空理空談이 크게 방자하여 晉宋을 본받으려 했으나 이루지 못했고, 혹자는 교묘하게 꾸민 말이 화려하나 실속이 없어 齊梁을 따르려 했으나 그 병폐가 더욱 심했다. 당시에는 저술 또한 이미 용이해져 사람들이 제각기 문필을 겨루게 되자 小品이 날로 늘고 巧言이 거듭 성해져 우뚝하게 구습에서 벗어난 것을 가려내면 열에 두셋도 되지 못한다.[17]

六卷 條, 3 : 535 ; 卷一百十六, 子部二十六, 譜錄類存目, 明 王路 撰『花史左編』二十七卷 條, 3 : 536 ; 卷一百二十三, 子部三十三, 雜家類七, 明 高濂 撰『遵生八牋』十九卷 條, 3 : 657-658 ; 卷一百二十四, 子部三十四, 雜家類存目一, (舊本題) 宋 許棐 撰『樵談』一卷 條, 3 : 674 ; 卷一百二十五, 子部三十五, 雜家類存目二, 明 陳汝錡 撰『甘露園長書』六卷『短序』四卷 條, 3 : 694-695 ; 卷一百二十五, 子部三十五, 雜家類存目二, 國朝(淸) 張貞生 撰『□居隨錄』四卷 條, 3 : 716 ; 卷一百二十八, 子部三十八, 雜家類存目五, 明 謝肇淛 撰『文海披抄』八卷 條, 3 : 759-760 ; 卷一百三十一, 子部四十一, 雜家類存目八, 宋 周密 撰,『澄懷錄』二卷 條, 3 : 790 참고.

17 『四庫全書總目提要』, 卷一百三十二, 子部四十二, 雜家類存目九, 明 陶珽 編『續說郛』四十六卷 條, 3 : 806-807 : "正嘉以上, 淳樸未漓, 猶頗存宋元說部遺意 ; 隆萬以後, 運趨末造, 風氣日偸, 道學侈稱卓老, 務講禪宗, 山人競述眉公, 矯言幽尙。或淸談誕放, 學晉宋而不成 ; 或綺語浮華, 沿齊梁而加甚。著書旣易, 人競操觚, 小品日增, 卮言疊煽, 求其卓然蟬蛻於流俗者, 十不二三。"

陽明 '心學'은 만명에서 성행했으나, 그 말류는 본지를 크게 벗어나 공허하게 性命을 담론하고 논쟁을 일삼음으로써 위진 시대 '清談' 풍기의 전철을 밟았다. 위 제요는 만명에서 성행했던 이러한 理學과 문학의 풍기에 대해 일면 매우 명료한 해설을 보여준다. 그리고 禪宗을 강론한 道學家 李贄(本名 載贄, 號 卓吾, 1527-1602, 嘉靖 32年 擧人)와 幽尙을 언급한 山人 陳繼儒(字 仲醇, 號 眉公, 1558-1639) 두 사람을 만명 문인을 대표하는 전형적 인물로 간주하고, 명대 융경·만력 이후 나타나기 시작하는 소품을 구습에서 벗어나지 못한 폐단을 극명하게 보여주는 특정 저작물로 규정했다. 그리고 그것의 내용은 '방자한 清淨無爲의 空理空談'이며 형식은 '화려하나 실속 없는 교묘하게 꾸민 언사'로서 바로 '小品'이요 '巧言'이라는 것이다.

다음으로 『사고제요』에서는 사고관신들이 파악한 소품 현상의 주요 저작으로 '隨筆小品'·'清言小品'·'雜記小品' 등의 용례를 발견할 수 있다. 明 沈大洽 撰 『蔬齋肵語』 條, 元 劉君賢 撰 『學問要編』 條, 清 魏裔介 編 『雅說集』 條의 관련 평론을 차례로 살펴보자.

> (明 沈大洽 『蔬齋肵語』의) 앞 二卷은 모두 隨筆小品이다. 儒學도 佛學도 아닌 억지 清言인 것으로 명말 山人의 구습을 벗지 못했다. 뒤 二卷은 詩이다. 끝은 自作의 小傳으로 역시 당시의 纖弱 佻薄한 문체이다.[18]

> 그(元 劉君賢 『學問要編』의) 문장의 격식을 보면 역시 명대 만력 이

---

18 『四庫全書總目提要』, 卷一百二十五, 子部三十五, 雜家類存目二, 明 沈大洽 撰 『蔬齋肵語』四卷 條, 3 : 711 : "前二卷皆隨筆小品, 不儒不釋, 强作清言, 不出明季山人之窠臼。後二卷爲詩, 末爲自作小傳, 亦當時纖佻之體。"

> 후 清言小品의 협소한 경로와 유사하다. 원나라 사람들은 돈독하여 이러한 체재가 없었으니 후인이 거짓으로 기탁한 것이 아니라면 또한 마음대로 고친 것일지도 모른다.[19]

> 國朝(淸朝)의 魏裔介가 이 책을 편찬하여 雜記小品 19종을 채록했다. 첫째는 笴記內外篇, 둘째는 閒居擇言, 셋째는 小心齋笴記, 넷째는 南牖日箋, 다섯째는 忠節語錄, ……열아홉째는 退居瑣言이다. 모두 명말과 국초(淸初)의 사람들이 지은 것으로 魏裔介가 마음대로 가려 뽑아 하나의 문집으로 刊刻했다.[20]

위의 평론을 종합해보면, 사고관신들은 이른바 '隨筆小品'으로서의 '淸言'을 '不儒不釋'으로 판정하고 대개 '청언소품'을 만명소품 형식의 주요 내용으로 파악했음을 알 수 있다. 이른바 '청언'은 원래 탈속적인 청고한 담론으로 문체 형식을 지칭하는 것이 아니었으나, 만명 시대에는 격언 형식의 새로운 문체로 성행하여 당시에 여러 가지 형태의 청언집이 매우 많았다. 당시 비교적 유명한 '청언집'으로는 屠隆의 『娑羅館淸言』과 『續淸言』, 陸紹珩의 『醉古堂劍掃』, 陳繼儒의 『太平淸言』과 『長者言』, 吳從先의 『小窗淸紀』, 田藝蘅의 『玉笑零音』, 李鼎의 『偶談』, 彭汝讓의 『木几冗談』, 徐大室의 『歸有園塵談』, 黃汝亨의 『寓林淸言』, 洪應明의 『菜根譚』, 張潮의 『幽夢影』 등을 들 수 있다. 이러한 '청언'은

---

19 『四庫全書總目提要』, 卷一百二十四, 子部三十四, 雜家類存目一, 元 劉君賢 撰『學問要編』六卷 條, 3 : 676 : "相其文格, 亦全類明萬曆以後淸言小品之蹊徑, 元人敦篤, 無此體裁, 毋乃後人僞託, 亦或有所竄亂歟。"

20 『四庫全書總目提要』, 卷一百三十三, 子部四十三, 雜家類存目十, 國朝(淸) 魏裔介 編『雅說集』十九卷 條, 3 : 821-822 : "國朝魏裔介編是書采雜記小品, 凡十九種 : 一曰笴記內外篇 ; 二曰閒居擇言 ; 三曰小心齋笴記 ; 四曰南牖日箋 ; 五曰忠節語錄 ; ……十九曰退居瑣言, 皆明季及國初人作, 亦裔介隨意摘錄刻爲一集。"

만명 당시에는 아직 통일된 명칭이 없어 '淸語'·'雜著'·'雜語'·'偶談'·'麈談' 등으로도 불렸다. 그리고 그 형식은 어록이나 수필과 유사하나 그보다 더욱 짧으면서도 정교하여 대부분 騈語와 對句로 이루어지고, 내용은 수신과 처세를 위주로 한 嘉言 格論에 가까웠다.[21] 이러한 명말 청언소품의 출현과 의의에 대한 현대 학자들의 인식은 대체로 다음과 같다.

> 처세소품문은 순수한 개인 창작이 아니라 서적의 발췌본과 유사한 것으로 前人의 명언이나 사상을 새롭게 조합하여 간략한 몇 마디 말로 독립적인 문장을 이루어 騈語 對句로 인생의 운치를 반복적으로 드러내 보인다. 陸紹珩은 『醉古堂劍掃』의 自序에서 그 창작방식에 대하여 "매번 嘉言 格論과 麗詞 醒語를 만날 때마다 고금을 불문하고 손가는 대로 기록했다. 책은 부문에 따라 나누고 운치는 취지에 따라 합하여 가슴속의 꼭두각시를 말끔히 씻고 세태 속정을 죄다 쓸어내 스스로 즐겨 모아 책을 이루었다"고 말한 바 있는데, 이것은 『菜根譚』의 每篇의 생명 정조와 매우 가까워 잠깐 나타났다가 쉽게 사라지는 미묘한 생각을 손닿는 대로 써서 붙잡아 간략하고 통속적인 짧은 말로써 일상생활 속의 번뜩이는 삶의 지혜를 기록한 것이다. 또 사회 교화의 의의를 포함하고 있는 『菜根譚』의 삶의 지혜는 儒佛道 三教 聖賢의 勸誡를 적절히 처

---

21 陳萬益,「淸言篇」,『明淸小品——性靈之聲』(臺北 : 時報文化出版企業公司, 1983) ; 鄭志明,「菜根譚的社會思想」,『思與言』第24卷第4期(1986.11) ; 鄭志明,「「醉古堂劍掃」的社會人格」,『中華文化復興月刊』第20卷第6期(1987.6), 鄭志明의 이 두 논문은 鄭志明,『中國善書與宗教』(臺北 : 學生書局, 1988)에도 수록되어 있다 ; 龔鵬程,「由菜根譚看晚明人品的基本性質」, 臺灣師範大學國文研究所 (編),『中國學術年刊』第9期(1987.6) ; 周志文,「載道與性靈——明淸散文欣賞」, 幼獅文化事業公司編輯部 (編),『中國古典文學世界——詩歌與散文』(臺北 : 幼獅文化事業公司, 1989) ; 鄭阿財,「流行域外的明代通俗讀物《明心寶鑑》初探」, 中興大學 (編),『法商學報』第25期(1991.6) 참고.

> 리하여 사회규범과 행위모형이 됨으로써 생동하고 흥미 있는 격언소품 속에서 安身立命할 수 있는 생활 체험을 전달해 준다. 이는 대외적으로 열악한 환경에 처한 지식인의 문명적 귀환의 일종으로, 비록 소극적이고 퇴폐적인 경향을 피하기는 어렵지만 민중생활과 결합하여 민간의 문화의식을 앙양시킨 점은 명말 처세소품문 작자의 일종의 공헌이다.[22]

이른바 '처세소품'이나 '격언소품'은 곧 『사고제요』에서 말하는 '청언소품'을 가리킨다. 그것은 명말에 유행한 儒佛道 三教 합일 사상의 산물로 형식과 내용이 모두 전통적 '載道' 문장이 지닌 규칙의 제약을 받지 않고 情趣·性靈·妙悟 등에 치중하여 인생에 대한 관찰과 체험을 기술함으로써 만명 독자 대중의 큰 환영을 받았던 것으로, 이는 분명 만명의 '소품' 현상의 한 가지 형태로 파악될 수 있을 것이다. 그러나 '소품'으로 제명된 현존 만명소품 저작 전체로 본다면 만명소품의 내용은 결코 이 '청언' 한 종류에 국한되지 않을 뿐만 아니라 '청언'이 만명소품의 가장 중요한 형식도 아니라고 본다.

또 『사고제요』의 이른바 '雜記小品'은 주로 箚記·語錄·瑣言類의 체재를 지칭하는데 만명의 '소품'에 비해 그 대상 범위가 협소하다. 다음에서 明 華國才 編 『文瑑淸娛』 條, 明 董其昌 撰 『畫禪室隨筆』 條, 明

---

22 鄭志明, 「菜根譚的社會思想」, 『中國善書與宗教』, (臺北 : 學生書局, 1988), 118쪽 : "處世小品文不是純粹個人的創作, 類似書摘, 將前人的名言或思想重新組合, 以簡單的三言兩語獨立成文, 在駢語對句之下反覆地透露出人生的韻趣, 陸紹珩在「醉古堂劍掃」的自序中提到其寫作方式 : 「每遇嘉言格論, 麗詞醒語, 不問古今, 隨手輒記。卷從部分, 趣緣旨合, 用澆胸中傀儡, 一掃世態俗情, 致取自娛, 積而成帙。」菜根譚每一則的生命情調頗爲相近, 是以隨筆的方式, 掌握乍現易逝的靈思, 即以簡短通俗的單言隻語來記錄日常生活靈光一閃的人生智慧。另菜根譚的人生智慧含有社會教化的意義, 融通了三教聖賢的勸誡, 化爲社會規範與行爲模式, 在生動有趣的格言小品中, 傳達了可以安身立命的生活體驗, 這是知識分子對外在惡劣環境的一種文明的回饋, 雖然難免消極頹廢, 卻又能與民眾的生活情境結合, 提昇民間的文化意識, 是明末處世小品文作者的一種貢獻。"

樂純 撰『雪菴淸史』條의 관련 기록을 보기로 하자.

이 책(明 華國才의『文琢淸娛』)은 여러 選集과 類書 중에서 그 短章小品을 가려 뽑았으므로『淸娛』라 일컬었다. 위로 宋玉과 荀卿으로부터 시작하여 아래로 원대까지 이르는데, 체재를 나누지 않고 시대를 선후로 했으며 사이에 小傳과 評語를 붙였다. 그 견해를 보면 대개 陳繼儒 일파이다.[23]

(明 董其昌의『畫禪室隨筆』)四卷 역시 子部를 넷으로 나누었다. 하나는 雜言上이고, 하나는 雜言下인데, 모두 小品閒文이기는 하나 취할 만한 것이 많다. 하나는 楚中 隨筆로 楚王을 책봉할 때 지은 것이다. 하나는 禪悅로 그 大意는 李贄를 主宗으로 하는데 명말 사대부의 소견이 흔히 이와 같아 깊이 따지기에는 부족하니 귓전을 스쳐 가는 시끄러운 매미 소리로 보는 것이 좋을 듯하다.[24]

이 책(明 樂純의『雪菴淸史』)은 모두 小品雜言으로 淸景·淸供·淸課·淸醒·淸福의 다섯 부문으로 나누고, 각 부문은 다시 子目을 분립시켰다. 대체로 사물에 얽매이지 않고 방자하게 자기주장대로 말한 명말 山人들의 언사로 屠隆·陳繼儒의 餘慧를 주워 모아 스스로 고상한 뜻을 지

23 『四庫全書總目提要』, 卷二百九十三, 集部四十六, 總集類存目三, 明 華國才 編『文琢淸娛』四十八卷 條, 5 : 168 : "是書於諸選本、類書中, 采摘其短章小品, 故曰淸娛。上起宋玉、荀卿, 下迄於元, 不分體裁, 惟以時代爲先後, 間附小傳及評語, 觀其見解, 蓋陳繼儒一流也。"

24 『四庫全書總目提要』, 卷一百二十二, 子部三十二, 雜家類六, 明 董其昌 撰『畫禪室隨筆』四卷 條, 3 : 649-650 : "四卷亦分子部四 : 一曰襍言上, 一曰襍言下, 皆小品閒文, 然多可採 ; 一曰楚中隨筆, 其册封楚王時所作 ; 一曰禪悅, 大旨乃以李贄爲宗, 明季士大夫所見往往如是, 不足深詰, 視爲蜩螗之過耳可矣。"

닌 자의 심원한 風致라고 여겼다.[25]

위 『사고제요』 중의 '小品閒文'·'小品雜言'이란 단어 사용으로 보아 사고관신들은 소품의 내용을 주로 '閒' 또는 '雜'의 성질에 치중하여 파악했음을 알 수 있다. 실지로 만명 당시의 여러 소품문집 중에도 雜記體가 많이 포함되어 있으나 단지 '雜記' 한 체재로만 소품의 성격을 규정한 것은 객관적인 평가라고 볼 수 없다.

雜記叢考類의 筆記 저작 중 '소품'으로 제명된 만명 문헌으로는 華淑(字 聞修, 1589-1643)의 『閒情小品』(1617)과 朱國禎(一作 國楨, 字 文寧, 1558-1633)의 『湧幢小品』(1622)이 대표적인 것이다. 그러나 현존하는 만명 문헌으로 볼 때 일반적으로 '소품'이 단독으로 사용되어 어떤 문학작품을 지칭할 때, 이는 대부분 산문체의 문장을 가리키는 것이나, 이 '소품'이 어떤 문학선집이나 개인별집의 제명으로 쓰일 때 이 문집이 수록한 작품들은 비단 산문에만 국한되지 않고 詩詞 歌賦 등의 운문도 포함하는 경우가 많다. 따라서 체재로만 볼 때 만명소품은 정통 고문과 별반 차이가 없으며, 다만 내용이 應制 經濟와 관련된 奏議詔令類의 문장만은 그 풍격의 차이로 인해 흔히 소품 범주에 포함되지 않을 뿐이다. 청대에도 '소품'으로 제명된 저작이 적지 않으나 대부분이 筆記類의 저작을 일컬을 뿐만 아니라 그 체재가 대부분 數種의 小書들을 모은 雜叢의 경향을 띠고 있어 이는 만명의 이른바 '소품'의 개념과 범위와는 전혀 다르다. 예를 들면 청대의 『崑林小品』三卷, 『巾箱小品』十三卷, 『藤香館小品』二卷, 『琅函小品』二十九卷, 『貯香小品』九卷, 『煙畫

25 『四庫全書總目提要』, 卷一百二十八, 子部三十八, 雜家類存目五, 明 樂純 撰 『雪菴清史』五卷 條, 3 : 764 : "是書皆小品襍言, 分清景、清供、清課、清醒、清福等五門, 每門又各立子目。大抵明季山人潦倒恣肆之言, 拾屠隆、陳繼儒之餘慧, 自以爲雅人深致者也。"

東堂小品』三十四卷 등은 모두 筆記類書類의 저작으로 중국의 전통적 서적분류법상 대부분 子部 藝術類 또는 雜家類에 속한다. 이른바 '筆記'란 붓 가는 대로 쓴 단소한 문장으로 漫錄·隨筆로도 불리며, 중국의 고대 문체 분류에서는 雜記類에 속하는데, 만명소품의 여러 선집 중에도 '雜著'·'雜文'·'雜記'의 체재가 많이 수록되어 있다. 그러나 어떤 필기 저작은 다양한 小書를 묶어놓거나 수많은 자료를 엮어 모은 것으로 문학성이 결핍된 것이 많아 '短而雋異'[26]를 작품의 미적 특징으로 삼는 만명의 '소품'과는 그 형식과 정취가 판이한 까닭으로 이것으로만 만명의 '소품'을 논하는 것은 온당치 못하다.

『사고제요』의 서적 분류를 살펴보면 雜記類의 필기 저작을 한데 모아 총체적으로 처리하지 않고 그 저작의 개별적 상황과 내용에 따라 해당 부문으로 각각 나누어 귀속시키고 있다. 예를 들면 학술 토론을 위주로 한 것은 經部와 子部로 귀속시키고, 역사 서술이나 자료를 위주로 하는 것은 史部로 귀속시키고, 詩文 詞曲의 평론을 위주로 하는 것은 集部로 귀속시킨 것이다. 그리고 史部 중에도 정치제도·법률·지리·풍토명승 등에 관한 것이 포함되어 있고, 子部 중에도 어문·과학기술·예술·종교 및 각종 전문 분야에 관한 것이 포함되어 있다. 『사고제요』에 수록된 '소품' 저작과 관련한 평론들은 대부분 이러한 雜記類의 필기 저작을 대상으로 한 것이어서 『사고제요』에서 '소품'으로 판정된 저작들은 주로 子部·雜家類에 속하는 필기 저작이 대부분이고 集部類에 속

26 陳繼儒, 「蘇長公集選敍」, 陳夢槐 (編), 『東坡集選』五十卷(明刊 ; 臺北 : 國立中央圖書館所藏, M10203), 卷首 : "如欲選長公之集, 宜拈其短而雋異者置前, 其論策封事, 多至數萬言, 爲經生之所恒誦習者, 稍後之。如讀佛藏者, 先讀阿含小品, 而後徐及於五千四十八卷, 未晩也。此讀長公集法也。"여기서 陳繼儒의 이른바 '短而雋異'는 만명소품의 형식과 내용상의 특징을 가장 잘 묘사한 말로서, '短'은 작품 형식의 短小 精緻한 경향을, '雋異'는 풍격 내용의 神奇 雋永한 특징을 설명한 것이다.

하는 문학작품은 극히 드물다. 특히 集部類에 속하는 문집에 대해서도 한 작가의 개인 서정 위주의 문학창작인 '소품'과 경세 실용의 大道를 논한 '大文'을 별도로 구분하지 않고 1人 또는 1派의 작가의 작품 전체를 정통문학의 관점에서 총체적으로 평가하고 있어, 1인 또는 다수 작가의 특정 성격의 작품만을 집록한 '選本' 성질의 별집 또는 총집인 만명의 소품문집에 대한 전문적인 평가는 전혀 보이지 않는다.[27] 이는 우선 만명 이전의 전통적 문장관을 가진 사고관신들이 볼 때 만명의 이른바 '소품'과 정통고문인 '大文'과의 구별은 아무런 근거도, 특별한 의의도 없었을 것이기 때문에 '소품'과 '大文'을 구분할 당위성은 물론 필요성조차도 인식하지 않았을 것이다(실지로 만명 이전 시대는 물론 만명에서도 이른바 '소품'은 문체 분류의 개념이 아니었다). 더욱이 문장의 正宗에 입각한 사고관신들의 안목으로는 만명의 소품창작이 단지 '閑

27 『四庫全書總目提要』에 보이는 '小品'으로 제명된 저작은 총 5종이며, 그중 雜著에 속하는 國朝(淸) 魏裔介(1616-86) 撰『崑林小品』三卷(『四庫全書總目提要』, 卷一百八十一, 集部三十四, 別集類存目八, 『崑林小品』三卷『崑林外集』 條, 4 : 858)을 제외하면 모두 명대인의 저술이다. 그 제요의 주요 내용은 다음과 같다. 『四庫全書總目提要』, 卷一百十六, 子部二十六, 譜錄類存目, 明 田藝衡 撰『煮泉小品』一卷 條, 3:528 : "是書凡分十類 : 一源泉、二石流、三淸寒、四甘香、五宜茶、六靈水、七異泉、八江水、九井水、十緖談。大抵原本舊文未能標異於水品茶經之外。" ; 상게서, 卷一百二十八, 子部三十八, 雜家類存目五, 明 朱國楨 撰『湧幢小品』三十二卷 條, 3:757 : "是書雜記見聞, 亦間有考證。其是非不甚失眞, 在明季說部之中, 猶爲質實, 而貪多務得, 使蕪穢汨沒其菁英, 轉有沙中金屑之恨。" ; 상게서, 卷一百二十八, 子部三十八, 雜家類存目五, 明 黃奐 撰『黃元龍小品』二卷 條, 3 : 763 : "是書分醒言一卷、偶載一卷, 醒言皆讀書時隨筆劄記之文, 所見頗爲迂闊, 偶載則鬼神怪異之事, 亦多不經。" ; 상게서, 卷一百九十三, 集部四十六, 總集類存目三, 明 陸雲龍 編『十六名家小品』三十二卷 條, 5:184 : "是編評選屠隆、徐渭、李維楨、董其昌、湯顯祖、虞淳熙、黃汝亨、王思任、袁宏道、文翔鳳、曹學佺、陳繼儒、袁中道、陳仁錫、鍾惺、張鼐十六家之文。每篇皆有評語, 大抵輕佻猥薄, 不出當時之習。前有何偉然序, 偉然卽嘗刻《廣快書》者, 宜其氣類相近矣。 여기서 앞의 3종은 모두 子部에 속하는 필기류의 저작이며, 集部의 저작으로는 陸雲龍의 『十六名家小品』만이 수록되었고 그 평론 또한 작품 자체보다는 주로 작품에 대한 序文과 評語에 관해서만 언급하고 있다. 이러한 사실은 만명소품에 대한 사고관신의 편파적인 처리 방법과 비평 관점을 보여주는 단적인 예라 하겠다.

筆'이나 '戱文'으로 밖에는 보이지 않았을 것이므로 결국 만명의 소품 저작 중 정통문학에 속하는 詩文들은 오직 비판의 대상이 아니면 모두 유기나 금훼의 대상이 될 수밖에 없었을 것이다.

요컨대 사고관신들은 만명의 '소품' 관념 자체를 인정하지 않았을 뿐만 아니라 『사고제요』에서 말하는 '소품'이란 주로 '隨筆小品'·'淸言小品'·'雜記小品'과 같은 필기 저작만을 지칭하는 것이어서 이에 대한 평가만으로 만명의 '소품' 전체에 대한 객관적인 비평으로 볼 수는 없겠다.

Ⅳ. 청대 사고관신들의 만명 '소품'의 평가

앞의 논의에서, 만명소품 작가의 '소품' 관념은 '明道救世'의 학술사상과 문학관념을 지닌 청대 사고관신들에 의해 인정받지 못하고, 만명소품의 많은 저작들이 유기되거나 금훼당함으로써 청대에서 만명소품은 전면적인 연구와 객관적인 평가의 과정을 거치지 못했음을 살펴보았다. 여기서는 만명소품과 관련한 사고관신들의 평론을 종합하여 만명소품에 대한 그들의 평가 체계를 가늠해보기로 한다. 먼저 『사고제요』에서 사용하고 있는 '소품' 용어의 개념을 元 楊維楨 撰 『史義拾遺』 條와 明 馮士元 撰 『測史剩語』 條에서 살펴보기로 한다.

> (元 楊維楨의 『史義拾遺』는) 대체로 史事를 잡다하게 들고 스스로 논단한 것으로, 위로 夏商으로부터 아래로는 宋代까지 이른다. 그중에 補辭라고 지은 것은 「子思薦苟變書」·「齊威王寶言」와 같은 것이고, 擬辭라고 지은 것은 「孫臏祭龐涓文」·「梁惠王送衛鞅還秦文」과 같은 것이

> 고, 設辭라고 지은 것은 「毛遂上平原君書」·「唐太宗責長孫無忌」와 같은 것이다. 대부분 다른 제목을 빌려 자신의 말을 기술한 것으로 사실과는 무관하다. 동 시대의 『王褘集』을 살펴보아도 역시 이러한 체재가 많은데, 대개 일시적인 풍상이 이와 같았던 것으로 문장의 정격도 아니요, 또 史論의 정격도 아니므로 소품으로 봄이 옳을 것이다.[28]

> 이 책(明 馮士元의 『測史剩語』)은 春秋로부터 唐代까지의 史事를 잡다하게 취해 논단한 것으로 인물을 표제로 한 것이 24편, 사건을 표제로 한 것이 3편이다. 그 사이에 蘇軾의 한 체재를 얻어 擬書 3편과 連珠·雜說 각 10편을 붙인 것은 소품 기량이다.[29]

이 제요가 보여주듯 『사고제요』에서는 대개 그들 評者가 인정하는 정격에 부합되지 않는 문장이나 史論이면 모두 '소품' 체재로 판정하고, 擬書·連珠·雜說과 같은 체재의 운용을 '소품' 기교로 간주했다.[30] 이로써 『사고제요』 중에 사용된 '소품' 단어는 청대의 '正宗' 문장과

---

28 『四庫全書總目提要』, 卷八十九, 史部四十五, 史評類存目一, 元 楊維楨 撰 『史義拾遺』二卷 條, 2 : 827 : "大抵褋擧史事, 自爲論斷, 上自夏商, 下迄宋代。中有作補辭者, 如子思薦苟變書、齊威王寶言是也；有作擬辭者, 如孫臏祭龐涓文、梁惠王送衛鞅還秦文是也；有作設辭者, 如毛遂上平原君書、唐太宗責長孫無忌是也。大都借題游戲, 無關事實, 考同時王褘集中, 亦多此體。蓋一時習尙如斯, 非文章之正格, 亦非史論之正格, 以小品視之可矣。"

29 『四庫全書總目提要』, 卷九十, 史部四十六, 史評類存目二, 明 馮士元 撰 『測史剩語』六卷 條, 2 : 838 : "是書雜取春秋至唐代史事, 爲之論斷。以人標題者二十四篇, 以事標題者三篇, 閒得蘇軾之一體, 附以擬書三篇, 連珠、雜說各十篇, 則小品伎倆矣。"

30 '史論'은 원래 作史者가 本紀나 列傳의 뒤에서 앞에서 기술한 사건과 인물을 논평하는 문장을 가리켰다. 나중에는 역사 사건과 인물에 관한 논저라면 모두 '史論'이라 불렀다. '連珠'는 東漢 때 班固 등이 시작한 문체로서 사건을 직접 가리켜 말하지 않고 사물에 가탁하여 완곡하게 풍유하되 情理를 꿰뚫어 마치 꿰어놓은 구슬과 같다 하여 일렀던 말이다. 그 형식은 대부분 騈偶 有韻의 문장으로 文辭가 화려하고 篇章이 단소하다.

부합하지 않는, 문학창작상 단지 '小技'에 불과한 폄의를 지닌 용어임을 알 수 있다. 그러나 이는 만명 당시 '소품'의 실지 의미와는 전혀 다르다.

만명 '소품' 용어의 사용은 명 만력 39년(1611), 王納諫(萬曆 35年 進士)이 前代 작가 宋人 蘇軾의 문장 중에서 題跋·雜記·尺牘을 위주로 한 비교적 단소한 작품을 골라 『蘇長公小品』이라 제명한 데서 시작되었다. 이는 곧 만명 시대에 '소품' 단어 사용의 발단이 당시 문인들의 창작에서 시작된 것이 아니라 前代 작가 蘇軾 작품의 選文에 그 기원을 두고 있다는 말이다. 『사고제요』 중에도 만명소품의 원류를 명대 이전의 前代로 보는 '前人小品'에 관한 기록이 보인다. 다음에서 明 *凌濛初* 編 『東坡禪喜集』 條와 明末 淸初 王如錫 編 『東坡養生集』 條를 보기로 한다.

> 앞서 徐長孺가 일찍이 蘇軾의 禪에 관한 담론을 적은 문장을 모아 엮고, 唐文獻이 서문을 달아 간행한 적이 있었는데, *凌濛初*는 그것이 미비하다 여겨 다시 增訂한 것이다. 만력 계묘년(1603), *凌濛初*는 馮夢禎과 함께 吳閶에서 유람하며 이 책을 가지고 배안에서 각기 평어를 위에 더했고, 천계 신유년(1621)에 이르렀을 때 『山谷禪喜集』과 함께 붙여 刊刻했다. *凌濛初*는 즐겨 前人小品을 취해 套印함으로써 版木은 꽤 工巧하나 藝苑에는 裨益이 없으니 이것 역시 그러한 것 중의 하나이다.[31]

> 그 책(淸 王如錫의 『東坡養生集』)은 蘇軾의 詩文과 雜著를 골라 뽑아

31 『四庫全書總目提要』, 卷一百七十四, 集部二十七, 別集類存目一, 明 *凌濛初* 編 『東坡禪喜集』十四卷 條, 4 : 619 : "先是, 徐長孺嘗取蘇軾談禪之文, 彙集成編, 唐文獻序而刊之, 濛初以其未備, 更爲增訂。萬曆癸卯, 濛初與馮夢禎遊吳閶, 携是書, 舟中各加評語於上方, 至天啓辛酉與『山谷禪喜集』並付之梓。濛初喜取前人小品, 以套板刻之, 剞劂頗工, 而無裨藝苑, 此亦其一種也。"

> 閑適(한가하게 살며 마음 편히 지내는 일), 頤養(마음을 수양하고 바른 성정을 기르는 일)과 관련된 것을 飮食·方藥·居止·游覽·服御·翰墨·妙理·調攝·利濟·述古·志異 12類로 나누었다. 蘇軾은 문장의 의기와 절조가 백대를 당당하게 내려다본다. 그 장난삼아 지은 諸 작품은 대체로 보아 환난 중에 기탁하여 벗어나려고 한 것들이다. 王如錫은 이에 오직 그 소품만을 취했으니 이른바 날아올라 허공을 맴돌고 있는 기러기를 포수는 늪에서 찾으려고 하는 것이다. 蘇軾으로 하여금 이것으로 능하다 한다면 蘇軾 또한 일개 明末 山人일 뿐이니 어찌 족히 蘇軾이라 하겠는가?[32]

명대 중엽 이후, 전후칠자의 복고적 모방 풍조는 문단 일반의 전면적 반감에 직면했고, 이어서 歸有光·唐順之·王愼中·茅坤 등의 唐宋派와 袁宗道·袁宏道·袁中道 등의 公安派, 그리고 鍾惺·譚元春 등의 竟陵派는 차례로 반복고의 기치를 들고 당시 문학의 새로운 변혁을 주장했다. 이러한 과정에서 그들은 행운유수와 같은 풍격을 지닌 송대 蘇軾의 문학표현을 그들 문학의 이상으로 삼게 되었다. 이 시기에는 인쇄술 또한 매우 발달하여 소식 문장의 각기 다른 편찬 취향의 선집들이 우후죽순처럼 간행되어 독자들의 큰 환영을 받았다. 이러한 현상은 곧 만력 이래 보편화되기 시작한 반복고의 조류 중, 문학에 대한 時尙의 변화를 반영한 것으로 선집의 표제와 취향으로 볼 때 가장 특징적이었던 것이

---

32 『四庫全書總目提要』, 卷一百七十四, 集部二十七, 別集類存目一, 國朝(淸) 王如錫 編 『東坡養生集』十二卷 條, 4 : 619 : “其書取蘇軾詩文、雜著, 有關於閒適頤養者, 分飮食、方藥、居止、游覽、服御、翰墨、妙理、調攝、利濟、述古、志異十二門。軾以文章氣節雄視百代, 其遊戲諸作, 大抵患難中有托而逃。如錫乃惟錄其小品, 所謂飛鴻翔於寥廓, 而弋者索之藪澤也。使軾僅以此見長, 則軾亦一明季山人而已矣, 何足以爲軾乎 ? ”

바로 王納諫의 『蘇長公小品』이었다고 할 수 있다. 왕납간은 이 선집의 서문에서 '소품'을 '春容大篇', 즉 정통고문 중 장중한 풍격의 경세 실용의 문장과 상대되는 개념으로 사용하고 있는데, 이는 개인주의 색채와 쾌락가치 취향의 순수 취미성 문장관을 반영한 것이다.[33] 위의 평론을 보면, 사고관신은 『東坡養生集』에 수록된 대다수 문장이 蘇軾의 대표작이 아니라는 이유로 이는 마치 "날아오른 기러기가 허공을 맴돌고 있는데 포수는 이를 늪에서 찾으려는(飛鴻翔於寥廓, 而弋者索之藪澤)" 격이라며 작품 선록의 편파성을 지적하고, 그럼으로써 이는 "蘇軾을 명말의 일개 '山人'으로 만들어버린" 꼴이라고 혹평했다. 이것은 곧 청대 관방학자들은 만명소품의 순수 취미성 문장관을 인정하지 않았을 뿐만 아니라, 이러한 편집 취향에 대해서도 극도의 반감을 가지고 있었음을 보여준다.

『사고제요』의 이른바 '纖佻'·'儇薄' 등의 평어들은 詩文의 풍격을 논한 것으로, 제요의 평가를 종합하면 徐渭(1521-1593), 屠隆(1542-1605, 萬曆 5年 進士), 陳繼儒(1558-1639), 袁宏道(1568-1610, 萬曆 20年 進士), 李漁(1611-76?) 등 주로 공안·경릉파 문인을 만명 '纖佻' 문풍의 대표로 보았다.[34] 다음에서 明 袁宏道 撰 『袁中郎集』 條와 明 譚元春 撰 『嶽歸堂集』 條를 보기로 한다.

---

33 王納諫, 「敘蘇文小品」, 『蘇長公小品』二卷(明萬曆三十九年章萬椿心遠軒刊 ; 臺北 : 國立中央圖書館所藏, M10214), 卷首 : "人于萬物, 大者取大, 小者取小, 詩文亦然。今之文人皆譚駐世千秋之業, 而非余所存問。余于文何得 ? 對日 : '寐得之醒焉, 倦得之舒焉, 慍得之喜焉, 暇得之銷日焉, 是其所得于文者, 皆一餉之驩也, 而非千秋之志也。' 古語有之 : '楮小者不可以懷大 ; 綆短者不可以汲深。' 余讀古文辭諸春容大篇者, 輒覽弗竟去之。噫嘻 ! 此小品之所以輯也。"

34 『四庫全書總目提要』, 卷一百二十三, 子部三十三, 雜家類七, 明 高濂 撰 『遵生八箋』十九卷 條, 3 : 657-658 ; 卷一百三十四, 子部四十四, 雜家類存目十一, 明 張應文 撰 『張氏藏書』四卷 條, 3 : 836-837 ; 卷一百三十四, 子部四十四, 雜家類存目十一, 淸 李日淛 撰 『竹裕園筆語』十二卷 條, 3 : 842 ; 卷一百七十八, 集部三十一, 別集類存目五, 明 徐渭 撰 『徐文長集』三十卷 條, 4 : 776-777 참고.

三袁이라 함은 하나는 庶子 袁宗道, 하나는 吏部 郎中 袁中道, 그리고 하나는 즉 袁宏道이다. 그 詩文은 板重(경직되고 무거움)을 淸巧(청아하고 교묘함)로 바꾸고 粉飾을 本色으로 바꾸어 천하의 이목이 이에 일신되고 또 거듭 풍미하여 이를 추종했다. 그러나 七子는 오히려 학문에 근거했으나 三袁은 오로지 총명만 믿고 의지했다. 七子를 배운 자는 가짜 골동품에 지나지 않을 뿐이나, 三袁을 배운 자는 심지어 그 조그만 슬기를 자랑하여 음률을 깨뜨리고 척도를 무너뜨려 명의는 七子의 폐해를 고치려는 것이었으나 폐해는 다시 더 심하게 되었다. 이 문집을 보니 또한 족히 문체 변천의 이유를 알 만하다.[35]

隆慶·萬曆 이후 公安의 三袁은 王·李 詩派를 공격하기 시작하고 淸巧로써 솜씨를 부려 풍기가 일변했다. 天門의 鍾惺은 그 위에 다시 참신하고 幽深 冷峭한 말을 내걸어 譚元春과 唱和하고, 『詩歸』를 평점하여 천하에 퍼뜨려 서로 따라 본받아 纖弱 仄陋함으로 나아갔다. 明 一代의 詩는 이윽고 여기에 이르러 결딴나게 되어 논자는 이들을 詩妖라 비유했는데 이는 지나친 책망이 아니다. 譚元春의 재능은 鍾惺보다 열등하나 이상하고 편벽함은 꼭 한 손에서 나온 것 같아서 시일이 경과하면 이는 무익한 웃음거리로 論定될 것이다. 그 遺集을 보니 또한 족히 조그만 지혜를 즐겨 행함의 경계로 삼을 만하다.[36]

---

35 『四庫全書總目提要』, 卷一百七十九, 集部三十二, 別集類存目六, 明 袁宏道 撰『袁中郎集』四十卷 條, 4 : 806 : "三袁者, 一庶子宗道, 一吏部郎中中道, 一卽宏道也。其詩文變板重爲淸巧, 變粉飾爲本色, 天下耳目於是一新, 又復靡然而從之。然七子猶根於學問, 三袁則惟恃聰明。學七子者, 不過贋古, 學三袁者, 乃至矜其小慧, 破律而壞度, 名爲救七子之弊, 而弊又甚矣。觀於是集, 亦足見文體遷流之故矣。"

36 『四庫全書總目提要』, 卷一百八十, 集部三十三, 別集類存目七, 明 譚元春 撰『嶽歸堂集』十卷 條, 4 : 826 : "隆萬以後, 公安三袁, 始攻擊王李詩派, 以淸巧爲工, 風氣一變。天門鍾惺, 更標擧尖新幽冷之詞, 與元春相倡和, 評點詩歸, 流布天下, 相率而趨纖仄, 有明一代之詩, 遂至是而極弊, 論者比之詩妖, 非過刻也。元春之才, 較惺爲劣,

사고관신은 만명 공안·경릉파 작가와 그 문학의 말류 현상을 가혹하게 비판했지만 정작 그 역사적 시대적 成因에 대해서는 그 합당한 이유를 명확히 분석하지 못했다. 만명 시대에 공안·경릉파가 당시의 문풍을 반대하고 교정하려 한 것에 대해 단지 문학의 변천 과정에 있어 '七子'에 대한 반동이거나 정치 왕조의 흥망성쇠와 관련하여 그 '纖佻'·'儇薄'의 현상을 해설하려 한 전통과 반전통의 단순한 역사순환론식 논법은 완전하다고 볼 수 없다.

일반적으로 송대 문인을 '有學'이라 보는 데 반해 명대 문인을 '無學'이라고 여기는 것은 청대 문인들이 내린 논단에서 기인한다. 그러나 이것은 명대인들이 정말로 아무것도 모른다는 것을 의미하는 것은 아니다. 명대 문인에 대한 청대인의 이른바 '無學'이란 평가의 원인은 청대인의 관념으로는 하나의 가치 체계 속에서 치밀하게 이루어져 질서와 조리를 갖춘 독서가 아니면 학식이 있다고 인정하지 않았기 때문이다.[37] 일본 동경대학 교수 前野直彬 등 11人이 공동 집필한 『中國文學史』에서는 명대 문인들의 학문의 성격과 태도를 다음과 같이 설명했다.

> 단지 문학작품뿐만 아니라, 원대까지 일반인들이 볼 수 없었던 문헌들이 명대에 이르러 지속적으로 출판되면서 명대의 문인들은 지식의 홍수 속에 빠지게 되었고, 그 가운데에서 그들은 자신들이 가고자 하는 길을 선택해야만 했다. 박학한 인물은 어느 시대에도 있었다. 그러나 명대에서 박학하다고 불렸던 인물은 송대와 청대에서 박학하다는 것으로 같은 명성을 지녔던 인물과는 실로 다른 점이 있다. 근원을 캐보면, 명

而詭僻如出一手, 日久論定, 徒爲嗤點之資。觀其遺集, 亦足爲好行小慧之戒矣。"

37 前野直彬 (編), 『中國文學史』, 連秀華·何寄澎 譯(臺北 : 長安出版社, 1979), 213쪽 참고.

대의 博學者들은 타인이 잘 알지 못하거나 설사 안다 하더라도 그것을 어떻게 사용해야 하는지 모르는 그러한 일에 대해서 그저 아는 것이 많았을 뿐이어서 '雜學'이라 일컬을 수 있는 지식을 간판으로 내거는 경향이 매우 강했고, 이는 문학계에서도 역시 그러했다. 명대의 문인들은 (물론 모두 그러했던 것은 아니지만) 그들 시대의 고전문학에 대해 상당히 해박한 지식을 가지고 있었다. 설사 충분히 정밀하다거나 체계적이었다고 말할 수는 없을지라도 대량의 지식은 자연히 그들의 시야를 넓혀주었고, 시야가 넓어질수록 과거의 탁월한 문학작품은 더욱 확고한 전형과 규범이 되어 그들의 눈앞에 우뚝 섰다. 나아가 그 속에서 어떻게 자신들의 문학을 확립시킬 것인가 하는 것은 바로 그들의 당연한 과제가 되었다. 대체로 말하자면 이러한 과거의 전형에 대해 강렬한 귀속의식을 가지고 그것에 헌신한 자들은 古文辭派였고, 그러한 전형을 일종의 속박으로 느끼고 본래대로 되돌아가 작가의 자유정신의 발로를 중시한 자들은 공안파였다. 이 두 파가 구별되는 까닭은 상대의 문학전형의 존재를 피차 서로 강렬하게 의식하면서 어차피 자신들의 전형으로 자신들의 입장을 확립하려면 자신들과 다른 길을 선택한 자들에 대해 배타성이 생기게 되는 것은 필연적인 추세였기 때문이다.[38]

---

38 前野直彬(編), 『中國文學史』, 連秀華·何寄澎 譯(臺北 : 長安出版社, 1979), 213-214쪽 : "不祇是文學作品而已, 到元代爲止尚爲一般人所見不到的文獻, 到了明代, 就陸續地被出版了。明代的文人, 可說被投入知識的洪水之中, 而必須由其中選擇自身所欲行的道路。博學人物, 任何時代都有。但在明代被稱爲博學的人物, 與在宋代、淸代博得同樣名聲的人物, 實有相異之處。追根究底來看, 明代的博學者, 祇是對於他人所不甚知、而且卽使知曉也不知如何使用的那些事情, 知道的很多而已。以可稱爲「雜學」的知識爲招牌的傾向非常强烈。這在文學世界亦然。明代的文人(固然並非全都如此)對於他們時代中古典文學的知識也相當淵博。卽使還不能說充分精密化或體系化, 但知識的多量化, 自然而然地賦予他們廣闊的視野。而且無疑地, 視野愈擴大, 過去卓越的文學作品遂愈成爲難以動搖的典型及規範, 聳立在他們眼前。進一步, 如何於其中確立他們自身的文學, 便成爲他們當然的課題。大體說來, 對於典型持有强烈的歸屬意識而獻身於其中者, 是古文辭派 ; 感到典型乃一種束縛, 反過來

앞에서도 살펴본 바와 같이, 청대의 학술사상은 漢學과 宋學 두 파가 清廷의 지지를 받고 발전했다. 清初의 作詩는 盛唐의 법도를 중시하고, 중엽 이후에는 宋朝의 江西詩派를 배워 字句를 단련하고 精深함을 추구했다. 清朝의 산문은 더욱 고문가의 세상으로 桐城·陽湖 두 파가 연이어 일어나고 문장은 『史』·『漢』 筆法을 중시했다. 그러나 만명의 공안·경릉파는 "獨抒性靈, 不拘格套"(袁宏道, 『袁中郎全集』卷一, 「敘小修詩」), "信腕信口, 皆成律度"(袁宏道, 『袁中郎全集』卷一, 「雪濤閣集序」)를 주장했던바, 사고관신들에게 그들의 창작 방법은 '非聖非法'으로 보이고 그들의 문학창작은 더욱 '野狐外道'로 여겨질 수밖에 없었다.

일반적으로 말해서 '시대'라는 개념은 단순히 문학적인 개념만은 아니다. 그것은 사상사·문화사·사회사 등으로부터 발전되어 나온 복잡한 종합 개념이다. 『사고제요』에 보이는 만명 공안·경릉파에 대한 사고관신들의 이른바 '無學'·'小慧'·'纖仄'·'詭僻'·'僞體'·'變聲' 등과 같은 부정적 평어들은 '만명'이라는 특수한 시대가 빚어낸 문학적 諸 현상들을 전면적으로 파악하지 못하고 오직 자신들의 입장과 관점에서 만명 문학을 평가한 한 결과의 소치라 하겠다.

V. 결어

지금까지 『사고제요』에 수록된 만명소품 관련 저작에 대한 평가를 종합하여 청대의 학술배경과 문학풍기 및 건륭조의 금서사건 등의 영

重視作家自由精神的流露者, 是公安派。二者所差別的是, 對於對方文學典型的存在, 彼此都强烈地意識著。既然欲由此確立他們自身的立場, 則對那選擇與我相異之道者產生排他性, 乃是必然的趨勢。"

향 관계를 종합적으로 고찰하여 청대 『사고제요』의 이른바 '소품'의 개념과 비평의 체계를 밝히고, 청대 관방문학의 대변자인 사고관신의 만명소품에 대한 인식과 평가의 상황을 살펴보았다. 본장의 논의에서 얻어진 결과를 요약하면 다음과 같다.

첫째, 청대 『사고전서』의 편찬은 중국의 학술문화사에 있어 분명히 높은 가치를 지니나, 당시에는 사상적 문화적 통제가 병행되었으므로 反淸 의식을 띠거나 淸朝의 금기에 저촉되는 문헌에 대해서는 대규모의 금훼·삭제·수정이 가해진 사실을 간과해서는 안 된다. 청대인의 '明道救世'의 학술사상과 문학관념은 만명소품의 非經世的 개인 서정 위주의 문장관을 인정하지 않았을 뿐만 아니라 그 상당수의 작품을 유기내지 훼손함으로써 청대에서 만명소품의 평가는 객관적인 검증의 과정을 거치지 못했다고 본다. 따라서 『사고제요』에 나타난 만명소품에 대한 사고관신들의 평어들은 만명 당시 소품창작의 실제 상황과 완전히 부합한다고 보기는 어렵다.

둘째, 사고관신들은 이른바 '隨筆小品'으로서의 '淸言小品'을 '不儒不釋'으로 판정하고 이를 만명소품 형식의 주요 내용으로 파악했다. 그러나 현존하는 만명소품의 문헌자료로 보면 만명소품의 내용은 이 '淸言' 한 종류에만 국한되지 않을 뿐만 아니라 그것을 만명소품의 주요 형식으로 볼 수도 없다. 또 『사고제요』 중의 '小品閒文'·'小品雜言'이란 호칭으로 보아 사고관신들은 소품의 내용을 단지 '閒'·'雜'의 성질로 파악했음을 알 수 있다. 실지로 만명소품의 여러 문집 중에도 雜記體가 많이 포함되어 있으나 이 '雜記' 한 체재로 만명소품의 성격을 규정한 것은 객관적인 평가라고 볼 수 없다. 따라서 隨筆小品·淸言小品·雜記小品이 만명 문단에서 소품의 발전에 어느 정도의 역할을 했다 하더라도 단지 이것으로 만명소품 전체를 평가하는 것은 완전하다고 볼 수 없다.

셋째, 용어 사용으로 볼 때, 『사고제요』의 이른바 '소품'은 '정격에 부합하지 않는 문장'이나 '창작의 말단적인 기량'을 의미하는 부정적인 폄의가 개재되어 있는데 이는 만명 당시 '소품'의 실지 의미와는 다르다. 청대의 학술사상은 漢學과 宋學 두 파가 淸廷의 지지를 얻고 발전했다. 淸初의 시가창작은 盛唐의 법도를 중시하고 중엽 이후에는 宋朝의 江西詩派를 배워 字句를 단련하고 精深함을 추구했다. 淸朝의 산문은 더욱 古文家의 세상으로 桐城·陽湖 두 파가 연이어 일어나고 문장은 『史』·『漢』 筆法을 중시했다. 그러나 만명의 공안·경릉 두 파는 "獨抒性靈, 不拘格套", "信腕信口, 皆成律度"를 주장하여 사고관신에게 있어 그들의 창작방법은 '非聖非法'으로 보이고 소품창작은 더욱 '野狐外道'로 여겨질 수밖에 없었다. 일반적으로 말해서 '시대'라는 개념은 단순히 문학적인 개념은 아니다. 그것은 사상사·문화사·사회사 등으로부터 발전되어 나온 복잡한 종합 개념이다. 사고관신들의 제요 문장에 보이는 공안·경릉파에 대한 이른바 '無學'·'小慧'·'纖仄'·'詭僻'·'僞體'·'變聲' 등의 부정적 평어들은 '만명'이라고 하는 특수한 시대가 빚어낸 문학의 諸 현상을 전면적으로 파악하지 못하고 오직 자신들만의 입장과 관점에서 만명 문학을 폄하한 결과의 소치라 하겠다.

특히 『사고제요』에서 일컫는 '明人小品'이나 '明末小品'과 '明季小品'을 만명의 '소품'이나 오늘날 중국문학사에서 말하는 '만명소품'과 동일한 범주로 보아서는 안 된다. 『사고제요』에서는 대개 그들 評者가 인정하는 정격에 부합되지 않는 문장이나 史論이면 모두 소품 체재로 판정하고, 擬書·連珠·雜說과 같은 체재의 운용을 소품 기교로 간주했다. 따라서 『사고제요』 중에 사용된 '소품' 단어는 청대의 '正宗' 문장과 부합하지 않는, 문학창작상 단지 '小技'에 불과한 폄의를 지닌 용어로서 이는 만명 당시 '소품'의 실지 의미와는 다르며, 그 지칭하는 대상 또한 대부분 필기 저작에 국한되어 포괄하는 범위가 만명소품에 비하여 협소하다. 그뿐 아니라 실지로 청대에 간행된 '소품'을 제명으로 한 저작들은 그 체례가 雜叢式의 '類書'의 경향을 띠고 있는 경우가 대부분이라 만명소품 창작과 편찬의 실지 상황과는 크게 다르다.

제6장

현대 '소품문논쟁'과 만명소품의 인식과 비평

Ⅰ. 서언

중국 현대문학사에서 '소품문의 황금시대'라 불리던 1930년대, 즉 '소품문'이 중국의 전 문단을 풍미하고 있을 때 周作人(本名 櫆壽, 字 啓明, 筆名 知堂 ; 1885-1967)과 林語堂(本名 和樂, 改名 語堂 ; 1895-1976)을 중심으로 한 '論語派'와 魯迅(本名 樟壽, 字 豫才, 筆名 魯迅 ; 1881-1936)을 필두로 한 좌익 작가들 사이에 현대소품문의 창작 및 이론과 관련한 각종 문제를 둘러싸고 한 차례 격렬한 논쟁이 벌어져 1934년 이른바 '소품문의 해(小品文年)'에 이르러 그 절정에 달했다. 이 논쟁은 한마디로 '특수한 역사조건하에서의 두 가지 상반된 散文觀의 첨예한 대립'으로 요약할 수 있는데, 문제의 초점은 현대산문 창작의 내용과 경향에 관한 것이었다.[1] 이 논쟁의 과정에서 문인 · 학자들은

1 당시의 散文觀은 대체로 두 갈래로 나누어진다. 한 갈래는 주로 個人과 內省에 주의를 기울이며 個性과 閒適을 위주로 했고, 다른 한 갈래는 개인과 사회의 결합에 대해 관심을 가지며 심미적으로 소박함과 우아함, 자연스러움과 근엄함을 추구했다.

현대산문의 개념정의, 문학체재, 예술표현, 미학풍격 등 각 방면에 걸쳐 다양한 의견을 제시하여 雜文의 번영과 함께 速寫·通訊·報告文學 등 현대산문의 새로운 형식의 발전을 가져오게 되었다. 이로 인해 현대산문 개념의 함의와 범위에 비교적 큰 변화를 일으켜 이전에 협소하고 단순했던 것이 점차 광범하고 복잡해짐으로써 모체에서 분화되어 나온 각종 산문체재의 예술 특징들이 점차 구체화되기 시작했다.[2]

이러한 가운데 그들은 또한 만명소품 작가들의 의식형태와 창작 실천에 관한 문제에 대해서도 첨예한 대립 양상을 보여 당시에 두 가지 판이한 해석 관점이 있었다. 그중 하나는 만명소품 작가의 소탈한 생활형태와 평담한 문장풍격에 치중하여 이것이야말로 진정한 문학의 발로라는 관점이며, 다른 하나는 비록 그들이 만명 문단에서 이룩한 반복고의 공로는 인정하나, 모순과 혼란의 시대에 처했던 그들이 정치 사회적으로는 아무 문제도 해결하지 못한 채 단지 遊山玩水를 일삼으며 '閒情'만을 추구했다는 것, 이는 봉건사대부 의식의 타락 외에 아무것도 아니라는 관점이다. 이러한 두 가지 관점은 사실상 이후의 만명소품의 이해와 연구에 대해서도 알게 모르게 상당한 작용을 했고 어느 정도로는 그 영향이 오늘날까지도 상존하고 있다.

사실 청대에 들어와 청대인의 '明道救世'의 학술사상과 문학관념은 만명소품의 개인주의 색채와 쾌락가치 지향의 문장관을 인정하지 않았을 뿐 아니라, 수많은 작품을 금서 조치함으로써 청대에서 만명소품의 연구는 객관적 종합적 검증의 과정을 거치지 못했다고 본다. 또한,

---

2 現代散文研究小組 (編), 『中國現代散文理論』, 臺初版(臺北 : 蘭亭書店, 1986), 「前言」, 6-7쪽 ; 余樹森, 「關于小品文的論爭」[原載 余樹森 (編), 『現代作家談散文』(1988), 「現代散文理論鳥瞰——代序」], 李寧 (編), 『小品文藝術談』(北京 : 中國廣播電視出版社, 1990), 331-333쪽 ; 俞元桂·姚春樹·汪文頂, 『中國現代散文史』(濟南 : 山東文藝出版社, 1988), 「中國現代散文發展紀程」, 12-15쪽 참고.

현대에서도 만명소품의 본격적인 정리와 연구는 그리 오래되지 못했고, 그나마 소품의 문학 현상과 작가의 사상의식 방면에 치중한 나머지 만명소품 작품 자체에 대한 연구는 깊이 있게 다루어지지 못했다.

본장은 만명소품의 현대에서의 비평 문제와 관련한 중국 현대 초기 신문학가들의 입장과 견해에 대한 총괄적인 분석과 평가이다. 여기서는 원래 주작인의 輔仁大學 강연 원고였던 『中國新文學的源流』(北平 : 人文書局, 1932)와 『太白』誌 1卷 기념특집이었던 陳望道 編, 『小品文和漫畫』(上海 : 生活書店, 1935)를 주요 연구대상으로 삼았다.

Ⅱ. 현대 '소품문'의 개념과 성격

중국의 5·4운동을 전후한 新思潮의 발흥은 필연적으로 문학관념의 변혁을 가져와 5·4 시기의 문학관념은 기존의 모든 것에 대한 가치 판단을 전환하는 초창 정신으로 구문학의 파괴와 신문학의 건설을 슬로건으로 제시했다. 이러한 관념은 '진화사관'을 핵심으로 전개되었으며 나아가 문학의 본질 문제를 탐구하기에 이르렀다.[3] '문학혁명'을 기치로 내건 5·4신문학운동은 먼저 언어 개혁과 문체 해방에 착수하고, 이

3 다윈(Charles Darwin, 1809-82)의 '생물진화론' 사상은 20세기 초 가장 영향력 있는 의식형태의 하나였다. 중국 백화문운동의 주창자 胡適이 「五十年來中國之文學」[胡適, 『五十年來中國之文學』, 『胡適作品集』, 全37冊(臺北 : 遠流出版事業公司, 1986), 8 : 137]에서 "문학에 대한 자신의 태도는 처음부터 끝까지 역사 진화의 태도일 뿐이었다"고 밝힌 것처럼 호적의 문학관념은 사회다윈주의Social Darwinism의 영향을 깊게 받아 사회 문화에는 반드시 진화의 법칙과 순서가 있다고 여겼다. 그는 「文學改良芻議」[『新青年』第2卷第5號(1917.1)]에서 "문학은 시대를 따라 변천하는 것으로 어느 한 시대에는 그 시대의 문학이 있어 이는 문명 진화의 公理이다"라 강조했고, 「歷史的文學觀念論」[『新青年』第3卷第3號(1917.5)]에서는 이러한 관점에서 '역사 진화의 문학관'을 문학혁명의 이론적 근거로 삼았다.

어 문학 내용과 심미의식의 전면적인 혁신을 거쳐 점차 현대인의 예술 언어로 현대인의 사상 감정을 표현하는 새로운 유형의 문학형식을 시도했던바, 현대산문이 바로 그중의 하나였다.[4]

중국 고대문론 중 이른바 '산문'은 통상적으로 韻文 또는 騈文과 상대되는 散行의 문체를 지칭하는 매우 광범한 개념이다. 이러한 산문 개념은 신문학운동을 거치면서 점차 변화되기 시작하여 중국의 현대산문과 고전산문은 서로 계승 관계에 있으면서도 완전히 일맥상통한 것은 아니라서 많은 차이를 보이게 되었다.[5] 劉半農(本名 復 ; 1891-1934)

---

4 예를 들면 陳獨秀는 「文學革命論」{『新青年』第2卷第6號(1917.2)}에서 '평이하고 서정적인 국민문학(平易的抒情的國民文學)', '참신하고 진실한 사실문학(新鮮的立誠的寫實文學)', '명료하고 대중적인 사회문학(明瞭的通俗的社會文學)'의 건설을 주장했고, 胡適은 「文學改良芻議」{『新青年』第2卷第5號(1917.1)}, 「歷史的文學觀念論」{『新青年』第3卷第3號(1917.5)}, 「建設的文學革命論」{『新青年』第4卷4號(1918.4)} 등에서 '국어적 문학, 문학적 국어(國語的文學、文學的國語)'의 구호를 제시하고 문학의 시대성을 강조했다. 周作人 또한 「人的文學」{『新青年』第5卷第6號(1918.12)}, 「平民文學」{『每週評論』第5期(1919.1)}, 「思想革命」(1919.3){『談虎集』(上海 : 北新書局, 1929), 「新文學的要求」(1920.6){『藝術與生活』(上海 : 中華書局, 1936)} 등에서 '문학은 인생의 반영'이라는 관점을 제시하고 人道主義를 강조했으며, 그 외 '평민문학', '인생예술' 등의 문학관념을 제시했다. 1935에서 36년 사이 上海 良友圖書印刷公司에서 『中國新文學大系』 全10册을 출판한 바 있는데, 본서에 인용한 중국 신문학운동 초기 신문학가의 견해를 담은 문장들은 趙家璧 (編), 『中國新文學大系』, 全10册, 臺1版(臺北 : 業强出版社, 重印本, 1990), 第1集 胡適 (編), 『建設理論集』과 第2集 鄭振鐸 (編), 『文學論爭集』에 모두 수록되어 있다.

5 중국 신문학운동 초기에 朱自淸·郁達夫 등이 사용한 적이 있는 '현대산문'은 5·4 시기에 처음으로 지어진 '백화산문'을 지칭했던 것이다. 1960년대 이후 중국 문단에서 사용하는 '현대산문'은 '彈性'·'密度'·'質料'를 중시하여 5·4 시기의 '新散文'(楊牧은 이를 '근대산문'이라 불렀다)과 구별되는 당대 산문을 특별히 지칭하는 것이다. 그러나 중국 현대문학 범주 내에서 말하는 '현대산문'은 일반적으로 고대산문(전통고문)과 상대되는 것으로, 5·4 시기로부터 당대에 이르는 산문을 폭넓게 지칭하는 것이다. 王熙元 外, 「古典文學現代化(座談)」, 『文訊』第17期(1985.4) ; 朱自淸, 「論現代中國的小品散文」(1928.7.31), 現代散文硏究小組 (編), 『中國現代散文理論』, 臺初版(臺北 : 蘭亭書店, 1986) ; 郁達夫 (編), 『中國新文學大系·散文二集』, 「導言」(1935.4), 趙家璧 (編), 전게서. 第7集 ; 楊牧, 「中國近代散文」, 『文學的源流』(臺北 : 洪範書店, 1984) ; 楊牧, 「現代散文」, 『文學知識』, 第3版(臺北 : 洪範書店, 1986) ; 陳信元, 「臺灣地區現代散文硏究槪論(1949-87)」, 『文訊』第32期(1987.10) 참고.

은 현대적 의미의 문학범주 내에서 '산문'을 정의한 최초의 사람이었다. 그는 산문을 시가·희곡 등과 병렬되는 문학형식의 일종으로 보고, 모든 실용문장과 과학논문을 문학산문에서 배제시킴으로써 문학산문과 비문학산문의 분계를 분명히 그어 문학산문을 일반적인 산체 문장에서 독립시켰다. 유반농의 산문 개념은 '소설'과 '잡문'을 한 부류로 귀속시켜 '문학산문'이라 통칭하여 여전히 양자 사이의 명확한 한계를 짓지는 못함으로써 개념이 너무 느슨한 감이 없지 않으나 그것은 이미 전통산문의 개념과는 다른 것이었다. 유반농은 산문창작은 "'나'라는 존재가 있음을 어디서도 잊어서는 안 된다(當處處不忘有一個我)"고 강조하고, "우리의 심령이 닿는 데를 마음껏 발휘할 것(吾輩心靈所至, 盡可隨意發揮)"을 주장하여 문체 해방과 개성 표현을 연계시켜 산문 혁신의 핵심적 문제를 제시했다.[6]

周作人(本名 櫆壽, 字 啓明, 筆名 仲密·知堂 等 ; 1885-1967)은 현대 산문은 "개인 문학의 첨단(在個人的文學之尖端, ……是近代文學的一個潮頭)"이라고 생각했다.[7] 주작인은 고문가들이 표방한 '文以載道' 관념과 근세 문단에서 유행했던 의고주의 문풍을 반대하고, 산문창작은 진실·간명해야 함과 작자는 "모방해서는 안 되고, 반드시 자신의 문구와 사상을 써야함(須用自己的文句與思想, 不可以去模仿)"을 강조했다.[8] 郁達夫(本名 文, 字 達夫 ; 1896-1945)는 1920년대에서 30년대 전기까지의 현대산문의 주요 특징을 개인의 발견, 작품 내용의 확대, 인성·사회성과 대자연의 조화, 유머 감각의 증가 등으로 개괄하고, 아울

---

6 劉半農, 「我之文學改良觀」, 『新青年』第3卷第3號(1917.5), 胡適 (編), 『中國新文學大系·建設理論集』, 趙家璧 (編), 전게서. 1 : 66에서 전재.

7 周作人, 「冰雪小品選序」, 郁達夫 (編), 『中國新文學大系·散文二集』, 趙家璧 (編), 전게서. 7 : 232.

8 周作人, 「美文」, 『晨報·副刊』(1921.6.8), 郁達夫 (編), 전게서. 7 : 190에서 전재.

러 "모든 작가의 모든 산문 속에 표현된 개성(每一個作家的每一篇散文裏所表現的箇性)"을 특히 강조했다.[9] 중국 신문학의 산문작품에서 '개성의 표현'은 그 어떤 시대의 산문보다도 강렬하여 이는 현대산문의 가장 큰 특징이라 할 수 있다. 중국 현대산문 초창기의 이러한 이론 주장은 새로운 현대산문의 수립과 발전에 지도적인 의미를 지니고 있었다.

1921년 6월 8일자 『晨報·副刊』에 발표된 주작인의 「美文」(1921. 5)은 현대산문의 개념에 대한 비교적 완전한 묘사였다. 주작인은 "이른바 산문은 서양문학의 '記述的'·'藝術的'인 '論文'과 같은 것으로 '美文'이라고도 한다"고 했다. 주작인의 「美文」에 따르면, 중국 고전산문 중의 序·記·說 등의 체재가 이 '美文'의 부류에 속할 수 있으며, 이러한 美文은 마치 '散文詩'와도 같아 실로 시와 산문의 중간적 문체라는 것이다.[10]

주작인이 제창한 '美文'은 바로 현대산문의 예술성을 강조한 것이다. 그 후 '美文'의 명칭은 널리 통용되지 못했지만 胡適(1891-1962)이 「五十年來中國之文學」(1922. 3. 3)에서 주작인의 '美文'을 '小品散文(또는 '小品')'이라 칭하고, 이러한 '소품'에 대하여 "평범한 말을 하면서도 심각한 의미를 품어 때로는 우둔한 것 같기도 하지만 실은 익살을 부리는 것으로, 이러한 작품의 성공으로 美文은 白話로 지을 수 없다는 그릇된 신념을 철저히 타파할 수 있었다(用平淡的談話, 包藏著深刻的意味, 有時很像笨拙, 其實卻是滑稽。這一類作品的成功, 就可澈底打破美文不能用白話的迷信了。)"[11]라고 백화문운동 과정 중에서 美文, 즉

9 郁達夫, 「導言」, 郁達夫 (編), 전게서. 7 : 5-12.

10 周作人, 「美文」, 『晨報·副刊』(1921.6.8), 郁達夫 (編), 전게서. 7 : 190 참고.

11 胡適, 「五十年來中國之文學」, 第十, 胡適, 전게서. 8 : 150. 호적의 이 글은 원래 1923년 上海 『申報』 50주년 기념특간 『最近五十年』에 실린 것으로, 나중에 『胡適文存』, 全4冊(臺北 : 遠東圖書公司, 1975), 第2集에 수록되었다.

현대산문 창작의 공헌을 높이 평가했다.

그 후 1923년부터는 王統照의 '純散文'(1923.6), 胡夢華의 '絮語散文'(1926.3), 朱自淸의 '現代散文'(1928.7), 鍾敬文의 '小品文'(1928.10) 등의 갖가지 명칭과 개념이 계속 출현했던바, 그것들의 특성은 개성·서정·자유 세 가지로 요약될 수 있다.[12] 이러한 이해를 바탕으로 이들은 이른바 현대산문은 곧 '서정문'이자 또한 '소품문'이요, 논설적인 잡문은 소품문의 別體라고 생각했다.[13]

초창기의 중국 현대산문으로 말하자면, '소품문' 또는 '소품산문'(또는 '산문소품')은 그 시대의 현대산문의 별칭이라 할 수 있는 것으로, 대개 편폭이 단소한 雜體 산문을 널리 지칭하여 記敍·抒情性 산문과 議論性 잡문을 포괄한다. 또한, 그 당시에는 李素伯의 『小品文研究』, 馮三昧의 『小品文作法』, 石葦의 『小品文講話』, 金鐸의 『小品文槪論』, 洪塵의 『小品文十講』, 錢謙吾의 『語體小品文作法』 등등과 같은 소품문의 전문 서적이 성황리에 출판되었으니 당시 소품문 창작과 연구의 열기를 가히 짐작할 만하다. 1926년 夏丏尊(本名 鑄; 1886-1946)과 劉薰宇 2인 공저의 『文章作法』은 현대 '소품문'의 의의와 작법 두 방면에

12 王統照, 「純散文」, 『晨報·副刊』, 文學旬刊 第3號(1923.6); 胡夢華, 「絮語散文」, 『小說月報』第17卷第3號(1926.3); 朱自淸, 「論現代中國的小品散文」(1928.7), 『文學週報』第345期; 鍾敬文, 「試談小品文」(1928.10), 『文學週報』第349期 참고. 이상의 글들은 모두 現代散文研究小組 (編), 『中國現代散文理論』, 臺初版(臺北: 蘭亭書店, 1986)에 수록되어 있다.

13 葉聖陶는 "문예의 틀을 씌운 것을 산문, 자질구레한 감상과 경물을 적은 것을 소품문, 현실성이 비교적 강한 것을 잡문으로 귀속시켰고, 또 다른 관점으로 분류하여 소설·시가·희극 외의 것을 모두 산문"이라고 했다. 朱自淸은 "잡문은 소품문의 변종으로 풍자든 비평이든 문예성을 띤 것은 산문의 종류"라고 생각했다. 唐弢도 "잡문과 소품문은 산문의 양면으로 閑散 飄逸하고 서정적인 것을 '소품문', 凌厲 削拔하고 투쟁적인 것을 잡문"이라 생각했다. 葉聖陶·朱自淸·唐弢, 「關於散文寫作——答『文藝知識』編者問八題」, 『文藝知識』連叢一集之三(1947.7), 現代散文研究小組(編), 전게서, 187-195쪽 참고.

서 실지 창작을 논한 습작 지도 성격의 저작으로 소품문의 의의에 대해 다음과 같이 설명했다.

> 외형의 장단으로 말하자면, 2, 3백 자에서 1천 자 이내의 단문을 소품문이라 부른다. 앞의 몇 장에서 말한 記事·敍事·說明과 議論 등은 글의 내용 성질로 나눈 것이고, 장문과 소품문은 단지 외형으로 정한 것일 뿐이다. 그러므로 소품문의 내용 성질은 완전히 자유라서 敍事·議論·抒情·寫景이 모두 가능하고 어떤 제한도 받지 않는다. 소품문은 우리나라에 예로부터 이미 있어 와서 東坡小品 같은 것은 유명하며, 보통의 이른바 '수필'도 소품문의 일종으로 간주할 수 있다. 근래에는 각국의 소품문이 더욱 성행하고 있는데, 체재는 우리나라의 종래의 이른바 소품문과는 많이 다르다. 현재 말하는 소품문은 실은 Sketch의 譯語로서 대개 모두 단편적인 문자로써 감상이나 실생활의 일부를 표현한 것이다.[14]

또 1932년 李素伯(本名 文達, 字 素伯 ; 1908-37) 의 『小品文研究』는 현대소품문의 특징을 논하고 소품문과 다른 문체의 차이를 대비 분석했으며, 현대소품문을 다음과 같이 정의했다.

> '소품문'은 비교적 간단하면서도 특수한 정취와 풍치를 지닌 산문의

14 夏丏尊·劉薰宇, 『文章作法』(開明書局 1926年 出版), 第6章, 李寧 (編), 『小品文藝術談』(北京 : 中國廣播電視出版社, 1990), 2쪽에서 전재 : "從外形的長短上說, 二三百字乃至千字以內的短文稱爲小品文。前幾章所講的記事、敍事、說明和議論等, 是從文的內容性質上分的, 長文和小品文只是由外形而定。因此小品文的內容性質全然自由, 可以敘事, 可以議論, 可以抒情, 可以寫景, 毫不受何等的限制。小品文, 我國古來早已有了, 如東坡小品就很有名 ; 普通的所謂'隨筆', 也可看做小品文的一種。近來在各國小品文更盛行, 並且體裁和我國的向來的所謂小品文大不相同。現在的所謂小品文實即Sketch的譯語。大概都是以片段的文字, 表現感想或實生活的一部分的。"

일종이다. 중국에는 여태껏 正宗으로서의 발달된 산문문학에 이러한 작품이 상당히 많았고 또 뛰어났다. 그러나 모두가 무의식적으로 지어지고 傳誦된 것으로, 이로써 전문 문집으로 만들어져 후세에 전해진 것은 없었으며, 이 '소품문'이란 어휘조차도 여태껏 그리 크게 유행된 것은 아니었다. 陳天定의 『古文小品』이나 『明十六家小品』 등과 같이 비록 어떤 사람은 고문에서 편폭이 길지 않고 古文義法과는 다른 준일한 문장을 모아 인쇄하여 문집을 만들기도 했지만, 체재와 내용이 모두 난잡하고 광범하여 무릇 論說·序跋·傳記·碑誌의 각종 체재가 다 있고 아울러 詔令·箴銘도 모두 들어 있어 이는 소품의 의의와는 실로 그리 꼭 들어맞지는 않는다. ……서구에는 원래 Essay 문학이 있는데, 이는 프랑스에서 기원하고 영국에서 번영한, 전적으로 자신을 표현하는 심미문학이다. 에세이Essay의 어원은 불어의 Essayer로, 이른바 '試筆'의 뜻이다(『出了象牙之塔』에 보임). 어떤 사람은 Essay를 '隨筆'로 번역했고, 영어의 Familiar essay는 絮語散文으로 번역했다. 그러나 그 성질과 내용 및 창작태도에 있어 소품문이 이러한 체재의 문장을 가장 잘 구현한 것 같다.[15]

15 李素伯, 『小品文研究』(新中國書局 1932年 出版), 李寧 (編), 전게서. 46-47에서 전재 : " '小品文'是散文裡比較簡短而有特殊情趣和風致的一種。在中國向來作爲正宗發達著的散文文學裡, 頗多這類作品而且很出色的。不過都是無意地做著, 傳誦著, 沒有以此成專集流傳後世; 連 '小品文' 這個語詞, 向來也是不大流行的。雖然也有人在古文裡搜集些篇幅不長異乎古文義法的雋逸的文字匯印成集, 如陳天定的『古文小品』、『明十六家小品』等, 體裁和內容, 都龐雜而廣泛; 凡論說、序跋、傳記、碑誌各體都有, 並且把詔令、箴銘也都列入, 這和小品的意義實在不很適切。……在西歐, 原有一種Essay的文學, 是起源于法蘭西而繁榮于英國的一種專于表現自己的美的文學。Essay這一個字的語源是法語的Essayer, 即所謂'試筆'之意。——見『出了象牙之塔』——有人譯作 '隨筆', 英語中的Familiar essay譯作絮語散文, 但就性質、內容和寫作的態度上, 似乎以小品文三字爲最能體現這一類體裁的文字。" 인용문 중 『出了象牙之塔』(1920)은 근대 일본 문예사상가 廚川白村(本名 辰夫, 號白村; 1880-1923,) 原著로, 5·4신문학운동 시기에 魯迅이 번역 소개하여 중국 현대산문 창작과 이론의 계발에 큰 역할을 했다. 오늘날 再譯本으로 廚川白村, 『出了象牙之塔』, 金溟若 譯, 再版(1967년 초판; 臺北 : 志文出版社, 1984)이 있다.

위의 설명으로 볼 때 현대 초기의 이른바 '소품문'은 창작이론상 단소한 편폭의 형식적 특질에 지나치게 편중되어 있음을 알 수 있다. 특히 일정한 字數로 작품의 규격을 제한한 것은 억지스러울 뿐만 아니라 창작의 내용과 태도 또한 단지 '개인성'과 '자유성'만을 강조하여 애매모호한 감도 없지 않다. 위 이소백에 의하면 중국의 현대소품문은 서구의 수필(Essay) 성질의 문장을 기초로 하는 형식과 내용이 자유로운 체제로서 특수한 정취와 풍치를 추구하는 현대산문 체재의 일종이라는 것이다. 그리고 '수필(Essay)'이나 '소품'과 같은 작품이 이미 중국의 고대로부터 발전해왔다고 말하지만, 현대소품문 관념의 형성은 그 초기에는 분명 서구문학의 직접적 영향에 의한 것으로 그 개념 성질과 작품 체재는 고금의 차이가 크다.

현대소품문의 개념과 성질은 『人間世』 창간호에 실린 임어당의 「發刊詞」에 비교적 완전한 정의가 보인다.

> 소품문은 원래 일정한 범위가 없어 議論을 펴거나 哀情을 풀 수도 있고, 人情을 묘사하거나 世態를 형용할 수도 있으며, 사소하고 잡다한 것을 따서 적거나 하늘로부터 땅끝까지 무엇이든 말할 수 있다. 특히 자아를 중심으로 삼고 한적을 격조로 삼고 있어 다른 각종 체재와 구별되므로 서구문학의 이른바 개인적 필조라는 것이 바로 이것이다. 그러므로 정감과 의론을 한 화로에서 불려 현대산문의 기교를 이루었다.[16]

1934년, 임어당은 현대소품문의 전문적인 등재를 위해 『人間世』 半

16 林語堂, 「發刊詞」, 『人間世』第1期(1934.4) : "蓋小品文, 可以發揮議論, 可以暢洩哀情, 可以摹繪人情, 可以形容世故, 可以劄記瑣屑, 可以談天說地, 本無範圍, 特以自我爲中心, 以閒適爲格調, 與各體別, 西方文學所謂個人筆調是也。故善冶情感與議論於一爐, 而成現代散文之技巧。"

月刊 문학잡지를 창간하여 당시 현대소품문의 창작과 이론의 발전에 고무적인 역할을 했다. 임어당은 『人間世』를 통해 '자아를 중심으로 삼고 한적을 격조로 삼는' 소품문을 극력 제창함으로써 현대소품문의 정의를 분명히 했다.

중국 신문학운동 초기, 문학 혁신의 선구자들이 "서구의 문학 명저를 빨리 그리고 많이 번역하여 모범으로 삼자(趕緊多多的繙譯西洋的文學名著做模範)"[17]는 문학 개량의 유일한 방법을 제시한 이래로 1920년대 말까지는 산문 문학의 영역에서도 외국산문의 창작과 이론의 번역과 소개에 치중했다. 당시 현대산문의 이론은 서구에서 '橫的 移植'된 관계로 그 흡수 융화과정에서 많은 문제점이 드러났고, 1930년대에는 이를 해결하기 위한 여러 가지 서로 다른 방법들이 제시되었다. 혹자는 서구문학 중의 Essay와 현대산문의 형태 및 본질의 차이를 비교하기도 했고, 혹자는 당시 문단의 실제 상황에 따라 '소품문'의 명칭과 개념 성질을 성찰하기도 했고, 혹자는 소품문의 내용 성격에 비추어 '小中見大'의 진정한 의의를 각성하기도 했다. 심지어 혹자는 '小說'이 그 '小'字로 인해 사람들로부터 경시당한 것처럼 '小品文'도 이 '小'字 때문에 무시당하지 않도록 '純散文'으로 개칭하자고 제의하기도 했다.[18]

1930년대 이후 서구문학의 창작과 이론이 비교적 정확하게 파악되면서 중국 현대문학 내에서는 우선 '소품문' 용어의 사용과 관련하여 많은 문제가 제기되었다. 新月派 저명 시인 朱湘(1904-33)은 문학을 시가·산문·소설·희본·문학비평·전기·문장으로 분류하고 그중의 문

17 胡適, 「建設的文學革命論」, 胡適 (編), 『中國新文學大系·建設理論集』, 趙家璧(編), 전게서. 1 : 138-139.

18 方重, 「英國小品文的演進與藝術」, 張沅長 外, 『英國小品文的演進與藝術』(臺北 : 學生書局, 1971), 96쪽. 方重의 이 글은 원래 저자의 『英國詩文硏究』(商務印書館 1939년 출판)에 처음 게재된 것이다.

장, 즉 'essay'를 '愛瑣[aisuo]'文으로 번역한 바 있다.

> 가장 중요한 '문장'인 '愛瑣[aisuo]'文은 바로 보통 '소품문'이라 일컫는 그러한 문장이다. 그러나 나는 개인적으로 이 '소품문'이란 명칭이 만족스럽지 못하다고 생각한다. 왜냐하면 몽테뉴(Montaigne, 1533-92)는 서구문학에서 본격적으로 이러한 문장을 쓴 최초의 사람으로 그가 쓴 수많은 Essais는 어떤 것은 심지어 수만 자에 달하는 것도 있어 편폭이 결코 작지 않으며, 품격에 있어 그의 Essais가 전반적으로 위대하다는 것은 더욱 공인된 사실이기 때문이다.[19]

주상은 서구의 에세이와 중국의 현대소품문은 그 문장 형식과 내용 풍격이 모두 달라 소품문을 에세이의 번역어로 사용하는 것은 적합하지 않다고 생각하고, 그 대신 '愛瑣文'이란 명칭을 제시했다. 그가 사용한 '愛瑣文'은 '자질구레한 것을 말하기 좋아하는 글'이란 뜻으로 그 의미를 고려한 음역어이다. 그러나 이 '愛瑣文'은 소품문처럼 편폭이 단소하지도, 품격이 범상하지도 않다는 것이다.

중국의 신문학가 郁達夫(1896-1945) 역시 신문학운동 초기 10년(1917-27) 동안 '소품문' 사용과 관련한 당시의 문단 상황을 다음과 같이 보고했다.

> "중국의 현대산문은 곧 프랑스 몽테뉴의 Essais나 영국 베이컨의

---

19 朱湘, 『文學閒談』, 再版(臺北 : 洪範書店, 1984), 46-47쪽 : "有一種最重要的「文章」;「愛瑣」文。這便是普通稱爲「小品文」的那種文章 ; 不過我個人不滿意於「小品文」這個名稱, 因爲孟坦(Montaigne), 在西方文學內是正式的寫這種文章的第一人, 他有許多Essais在篇幅上一毫不小, 有的甚至大到數萬字的篇幅, 至於在品格上, 他的Essais的整體是偉大的, 更是公認的事實。"

> Essays 같은 종류의 문체를 지칭하는 것"이라고 근래 많은 사람들이 말한다. 현대산문은 신문학 발달 이후에야 비로소 흥기한 문학체재의 일종으로, 그리하여 번역에 번역을 거듭하다 다시 거꾸로 돌아 영국의 Essays 같은 종류의 문장을 소품이라 일컫게 됐다. 가끔 좀 애매모호한 사람들은 더욱 소품산문 혹은 산문소품이라는 네 글자를 한 단어로 연이어 이 명칭이 흔들리지 않고 순조롭게 쓰이길 바란다. 또 분석하고 종파를 세우기 좋아하는 몇몇 사람들은 좀 긴 것은 산문이라 일컫고, 좀 짧은 것은 소품이라 부른다. 실은 이러한 견해나 명칭 번역의 고심은 모두 쓸데없이 애를 쓴 것이다. 중국의 모든 물건이 서양과 반드시 꼭 같아야 할 필요가 있겠는가? 서양 고유의 기질과 문화가 또한 어떻게 중국어로 완전히 번역될 수 있겠는가? 그러므로 우리의 산문은 Prose의 번역명으로 Essay와 좀 닮은, 소설·희극 이외의 문학체재의 일종이라고 대략 말할 수 있을 뿐인 것이다. 만약 한마디로 내용을 설파하려 한다거나 하나의 이름으로 특점을 다 말하려 한다는 것은 절대로 할 수 없는 일이다.[20]

1935년에 발표된 이 글은 현대산문과 관련한 '소품문' 용어에 대한 욱달부의 견해를 종합한 것으로, 번역어로서의 '소품문' 사용에 대한

---

20 郁達夫 (編), 『中國新文學大系·散文二集』, 「導言」, 趙家璧 (編), 전게서. 7 : 3 : "近來有許多人說, 中國現代的散文, 就是指法國蒙泰紐Montaigne的Essais, 英國培根Bacon的Essays之類的文體在說, 是新文學發達之後纔興起來的一種文體,於是乎一譯再譯, 反轉來又把像英國Essays之類的文字, 稱作了小品。有時候含糊一點的人, 更把小品散文或散文小品的四箇字連接在一氣, 以祈這一箇名字的顚撲不破, 左右逢源；有幾箇喜歡分析, 自立門戶的人, 就把長一點的文字稱作散文, 而把短一點的叫作了小品, 其實這一種說法, 這一種翻譯名義的苦心, 都是白費的心思, 中國所有的東西, 又何必完全和西洋一樣？西洋所獨有的氣質文化, 又那裏能完全翻譯到中國來？所以我們的散文, 只能約略的說, 是Prose的譯名, 和Essay有些相像, 係除小說, 戲劇之外的一種文體；至於要想以一語來道破內容, 或以一箇名字來說盡特點, 却是萬萬辦不到的事情。"

문제점과 중국 현대산문과 서구 에세이와의 관계 설정에 대한 애로점을 잘 말해 주고 있다.

이듬해 1936년 중국의 문학이론가 朱光潛(1897-1986) 역시 1930년대 당시 '소품문' 용어 사용과 관련한 문제점을 고전문학과의 관계 속에서 다음과 같이 지적했다.

> '소품문'은 여태껏 정의가 없었다. 어떤 사람은 그것이 서양의 Essay에 해당한다고 말한다. 이 글자의 원래 뜻은 '시험하다'인데, 아마 비교적 적당한 번역명은 '試筆'일 것으로, 대개 일시적으로 흥취가 일어날 때 본 것을 우연히 적은 문장은 모두 '試筆'이라 부를 수 있다. 서양에서는 이러한 부류의 문장에 때로 사상을 나타낸 것도 있고, 때로 정취를 편 것도 있고, 또 때로는 이야기를 기술한 것도 있다. 중국어의 '소품문'은 함의가 비교적 넓은 것 같다. 대개 편폭이 비교적 짧고 성질이 그리 심각하지 않으며 일시적으로 일어나는 감흥을 적은 문장은 모두 소품문에 속하는 것 같다. 그러므로 書信·遊記·書序·語錄 및 雜感이 모두 그 속에 포함된다. 만약 이런 식으로 친다면 중국책에서 '集'部에 속하는 산문은 대부분 모두 소품문이라 말할 수 있다.[21]

주광잠이 우려한 것은 중국문학에서 설사 과거에도 문학의 형식과 기호에 있어 소품문과 유사한 작품이 많이 있었음을 인정한다 하더라

21 朱光潛, 「論小品文」, 『我與文學』(原名 『我與文學及其他』, 開明書店 1943年 初版；臺北 : 大漢出版社, 1989), 146쪽 : "「小品文」向來沒有定義, 有人說它相當於西方的Essay。這個字的原義是「嘗試」, 或許較恰當的譯名是「試筆」, 凡是一時興到, 偶書所見的文字都可以叫做「試筆」。這一類文字在西方有時是發揮思想, 有時是抒寫情趣, 也有時是敘述故事, 中文的「小品文」似乎涵義較廣。凡是篇幅較短, 性質不甚嚴重, 起於一時興會的文字似乎都屬於小品文, 所以書信遊記書序語錄以至於雜感都包含在內。如果照這樣看, 中國書屬於「集」部的散文可以說大部分都是小品文。"

도, 전체 중국문학사에서 모든 형식의 산문작품을 후대에 나온 이 '소품문'이라는 용어 하나에 전부 떠맡기게 된다면 이것도 우스꽝스러운 일이 아니겠느냐는 것이다.

특히 周樹人(本名 樟壽, 字 豫才, 筆名 魯迅 ; 1881-1936)은 문장의 단소한 형식보다는 결코 작지 않은 이치를 담은 문장의 내용에 초점을 맞춰 당시 '소품' 용어의 사용을 다음과 같이 비판했다.

> 편폭이 단소하다는 것은 결코 소품문의 특징이 아니다. 기하학에서 하나의 定理는 수십 자에 불과하며 한 권의 『老子』는 단지 5천 言일 뿐이지만, 이를 모두 소품이라 말할 수는 없다. 이는 마땅히 佛經의 小乘처럼 먼저 내용을 보고, 그러고 나서 편폭을 논해야 한다는 것이다. 사소한 이치를 논하거나 별반 중요한 이치가 없는데다가 장편도 아닌 것이어야 비로소 소품이라 부를 수 있다. 필력이 있는 문장은 (소품이라 부르는 것보다) '短文'이라 부르는 것이 낫다. 단편은 물론 장편에 미치지 못하기 때문에 얼마 되지 않는 몇 마디로 삼라만상을 다 말할 수는 없지만 그것은 결코 '작지' 않기 때문이다.[22]

주수인은 '소품'이라 부를 수 있는 것이라면 그것은 '사소한 내용에 다 길지 않은 문장'이어야 하니 大道를 논한 필력 있는 문장은 편폭이 단소해도 그것은 결코 작은 것이 아니라서 '소품'이라 부르기보다는 차라리 '단문'이라 부르는 것이 오히려 더 낫다는 것이다.

---

22 魯迅, 「雜談小品文」, 『且介亭雜文二集』(上海 : 三閒書屋, 1937), 196쪽 : "篇幅短並不是小品文的特徵。一條幾何定理不過數十字, 一部老子只有五千言, 都不能說是小品。這該像佛經的小乘似的, 先看內容, 然後講篇幅。講小道理, 或沒道理, 而又不是長篇的, 才可謂之小品。至于有骨力的文章, 恐不如謂之「短文」, 短當然不及長, 寥寥幾句, 也說不盡森羅萬象, 然而牠並不「小」。"

'소품문' 용어와 관련한 현대 초기 신문학가들의 이러한 논의들에서 현대소품문의 개념으로부터 창작 및 이론과 관련한 여러 문제점이 분명하게 드러난다. 당시 중국 신문학가들의 이러한 '소품문' 용어를 둘러싼 그 형식·내용·성질·범위 등의 기본 개념에 관한 논의는 고전과 현대 및 중국과 서구의 문학전통의 계승과 혁신 관계를 동시에 반영한 것이었기 때문에 그 시기에 이러한 고대와 현대, 중국과 서양의 부조화 현상은 어쩌면 비켜갈 수 없는 하나의 과정이었을지 모른다.

중국 '산문' 개념의 함의는 서구와 다르다. 서구의 산문은 운문과 상대되어 小說·話劇·散文詩·論文 등을 포함하는데, 이러한 산문이 바로 'prose'이다. 그 외 'essay'라고 부르는 산문이 있는데 5·4시기에는 이를 '수필' 또는 '소품문'이라 번역했다. 그러나 중국 고전산문에도 운문·변문과 상대되는 개념이 있으나 소설과 희곡은 제외하고 단지 산문체의 문장만 포괄한다. 5·4 이후 문학산문은 광의의 산문체 문장 중에서 독립되었고, 더욱이 서구 에세이의 영향을 받아 '소품문'의 개념을 보편적으로 사용했다.[23]

전문 학자의 분석에 따르면 서구문학의 'prose'는 적어도 4종의 서로 다른 광협의 함의를 지니는 것으로 보인다. 이는 중국에서 '산문'이란 용어 하나로 서로 다른 각종 산문의 의미를 번역하는 것과는 다르다. 그중 '가장 좁은 의미(最狹義)'의 산문이 바로 허구적 인물의 서사를 위주로 하지 않고 실지의 인물과 사건을 근거로 하는 'essay'이다. 이러한 작품들은 개인적 관점에 따라 어떤 특정 주제에 대해 시험적으로 논술한다. 이러한 'essay'에는 또한 작자가 생각나는 대로 써 내려간 informal essay(또는 familiar essay)와 작자가 심사숙고하고 주의 깊게

23 余樹森, 『散文創作藝術』, 第3版(北京 : 北京大學出版社, 1988), 8-9쪽 참고.

집필한 formal essay의 구별이 있다.[24] 그러므로 서구 에세이와 중국 현대소품문은 각각의 전체 산문 형식 중에서 똑같이 '협의'의 산문으로 분류될 수 있지만, 양자는 그 개념의 성질과 작품의 범위에 분명한 차이가 존재한다고 하겠다.

Ⅲ. 周作人의 『中國新文學的源流』(1932)와 관련한 소품관

1932년 3월과 4월, 周作人은 沈兼士와의 약속에 응하여 北平의 輔仁大學에서 '신문학이란 무엇인가(什麽是新文學)'라는 주제로 전후 여덟 차례에 걸쳐 학술강연을 가졌다. 그 후 이 강연의 내용은 당시 청중의 한 사람이었던 鄧恭三의 기록과 정리를 거쳐 '중국 신문학의 원류(中國新文學的源流)'라는 표제의 단행본으로 출판됐다. 이 책은 중국 신문학의 연원을 추적하고 그것과 현대문학과의 제 관계를 탐구하여 20세기 초 중국의 신문학운동과 명말의 공안 · 경릉파 문학운동을 처음으로 직접 연계시켰다는 점에서 당시에 큰 주목을 끌었다.

---

24 董崇選, 『西洋散文的面貌』(臺北 : 中央文物供應社, 1983), 5-22쪽 참고. 董崇選은 그의 저서에서 서구의 'prose'에는 중국의 이른바 '산문'과 달리 '最廣義'·'較廣義'·'較狹義'·'最狹義' 등 4종의 서로 다른 함의가 있다고 지적했다. 그 내용은 다음과 같다. "(一)最廣義的散文 : 是指一切非韻文(或非詩)的言語或文字。在此定義下, 一般人的言語或文字, 都得稱之爲散文。(二)較廣義的散文 : 是指用相當工夫寫出來的非韻文文章或非韻文文學作品。在此定義下, 應該包括到各學問的論著, 以及各類非韻文的文學作品(除了含蓋那類「文章」外, 也含蓋了非韻文的「小說」或「戲劇」作品)。(三)較狹義的散文 : 是指詩歌、小說、戲劇等三大文類以外的所有非韻文文學作品。在此定義下, 有些文學成份很高的傳記 biography、自傳 autobiography、性格誌 character、回憶錄 memoirs、日記 diary、書信 letter、對話錄 dialogues、格言錄 maxims、和 essay(著者譯作「艾寫」), 都可包括在內。(四)最狹義的散文 : 乃是指所謂「Essay」一類的散文作品。"

주작인은 『中國新文學的源流』(이하 『원류』로 약칭)에서 중국문학의 발전은 시종 두 가지 대립되는 세력의 상호 기복에 의한 것이라는 견해를 처음으로 제시했다. 그에 의하면, 이 두 세력이란 바로 개인적 성격의 '詩言志'派와 집단적 성격의 '文以載道'派로, 과거 문학이 두 세력의 상호 기복으로 발전해 왔듯이 미래 또한 그와 같으리라는 것이다. 이러한 문학사관에서 출발하여 그는 명말의 공안 · 경릉파 문학운동은 청대의 반발을 거치고, 청대의 명말 문학운동의 반발에 대한 현대에서의 재반발로 말미암아 5·4신문학운동이 일어나게 된 것이니, 이 두 차례의 문학운동을 비교하면 후자가 서구의 영향을 받은 것 이외에 양자는 기본적으로 다를 것이 없어 결국 두 운동 모두 재도파에 대한 언지파의 반발을 의미하는 것이라고 주장했다.[25]

주작인의 이러한 견해는 비록 당시에 "故實을 두찬하고 역사를 왜곡했다"는 혹독한 비판을 받기도 했으나,[26] 새로운 체계의 외국문학에 전적으로 경도되고 전통문학에 대한 반발이 거세었던 5·4 시기에 과거와 현재 사이에 존재하는 역사적 연결고리를 발견하고 신문학의 존재와 발전을 위한 문학사적 근거를 모색한 것은 역사계승 측면에서 볼 때 5·4운동의 전체 과정 중에서 하나의 중요한 전환점이었고, 창작 실천 측면에서 보더라도 외국문학의 '橫的 移植'보다는 만명 문학의 '縱的 繼承' 위에 새로운 시대적 의의와 사상적 요소를 더한 것이라 하겠다.[27]

이렇듯 주작인이 만명 문학에 새로운 문예적 의의를 부여한 이래 1930년대에서 40년대 사이에는 만명소품의 정리와 연구가 일시적으

---

25 周作人, 『中國新文學的源流』, 『周作人全集』, 全5冊(臺中 : 藍燈文化事業公司, 1982), 5 : 331-332, 335-336, 337, 352, 356-357 참고.

26 陳子展, 「公安竟陵與小品文」, 陳望道 (編), 『小品文和漫畫』(上海 : 生活書店, 1935), 123-135쪽 참고.

27 錢理群, 『凡人的悲哀——周作人傳』(臺北 : 業强出版社, 1991), 94쪽 참고.

로 매우 성행하여 당시 출판가에는 '만명소품'을 표제로 한 각종 체재의 작품선집이 우후죽순처럼 간행되어 나왔고, 만명소품의 작가와 작품이 당시에 유행했던 『論語』·『人間世』·『宇宙風』 등과 같은 소품문 전문 간행물에 자주 출현함으로써 이러한 일들은 당시 만명소품의 정리와 보급에 크게 기여한 바 있다.

1930년대 현대 문단에 이렇게 만명소품이 '부활'하게 된 데에는 명백한 이유가 있었다. 이 문제를 밝히기 위해서는 먼저 『원류』에 나타난 주작인의 문학관을 살펴보아야 한다.

> 문학은 미묘한 형식으로 작자의 독특한 사상과 감정을 전달하여 보는 사람이 이것으로 인해 즐거움을 얻을 수 있도록 하는 물건이다.[28]

> 문학은 아무 쓸모 없는 물건이다. 왜냐하면 우리가 말하는 문학이란 단지 작자의 사상과 감정을 전달하는 것으로, 만족하는 것 외로는 언급할 수 있는 더 이상의 목적이 없기 때문이다. 문학 속에는 그리 큰 선동적인 힘도 없고 교훈적인 것도 없으며, 단지 사람들에게 얼마간 쾌감을 느끼게 할 수 있을 뿐이다. 그러나 사람들이 얼마간 쾌감을 느끼는 바로 이 점을 또 일종의 용도로 칠 수 있을 것이다. 문학은 가슴속의 불평을 써내는 것으로 작자를 편안하게 할 수 있고, 독자는 아무런 교훈을 얻지 못하더라도 이득이 없는 것은 아니기 때문이다.[29]

---

28 周作人, 『中國新文學的源流』, 전게서. 5 : 317 : "文學是用美妙的形式, 將作者獨特的思想和感情傳達出來, 使看的人能因而得到愉快的一種東西。"

29 周作人, 『中國新文學的源流』, 전게서. 5 : 325-326 : "文學是無用的東西。因爲我們所說的文學, 只是以達出作者的思想感情爲滿足的, 此外再無目的之可言。裏面, 沒有多大鼓動的力量, 也沒有教訓, 只能令人聊以快意。不過, 即這使人聊以快意的一點, 也可以算作一種用處的 : 牠能使作者胸懷中的不平因寫出而得以平息 ; 讀者雖得不到什麽教訓, 卻也不是沒有益處。"

> 고금 이래로 유명한 문학작품은 모두 '즉흥문학(卽興文學)'이었다. 예를 들면, 『詩經』에는 제목이 없었고 『莊子』도 원래 편명이 없었으니, 그것들은 모두 어떤 생각이 먼저 있어 생각나는 대로 써내려 간 것으로 다 쓴 후에 문장 속에서 제목을 뽑아낸 것이다. '부여문학(賦得的文學)'은 먼저 제목이 있고, 그러고 나서 그 제목에 따라 문장을 지은 것이다. ……이렇게 맞추어 만들어 낸 문장은 작자로 하여금 자유를 완전히 상실하게 하여 진정한 문학의 발생을 방해함으로써 중국 사회에 나쁜 영향을 많이 남기기도 하여 지금까지도 그 해악을 완전히 제거해버릴 수 없다.[30]

위의 인용은 문학의 정의 · 목적 · 효용에 대한 주작인의 문학관을 총체적으로 보여준다. 주작인이 내린 문학의 정의는 서구문학과 다를 바가 없고, 중국의 고전문학과도 이론적으로나 원칙적으로 특별히 차이가 나는 곳은 없으나 다만 부분적으로 그가 사용한 개념과 용어가 조금 다를 뿐이다. 그러나 주작인이 말하는 문학의 목적은 곧 생명존재로서의 가치를 지닌 자발적 자주적 목적을 가리키는 것으로, 작가에 대한 문학의 목적은 소극적 측면에서 말하자면 '자아 발산', '자기 위안'이나 '자가 감상'에 있고, 독자에 대한 문학의 효용은 적극적 측면에서 말한다면 사람을 감동시키고 즐겁게 해주는 데에 있으므로 이전의 '經世教

30 周作人, 『中國新文學的源流』, 전게서. 5 : 343-344 : "古今來有名的文學作品, 通是「即興文學」(又可稱「言志派的文學」)。例如詩經上沒有題目, 莊子也原無篇名, 他們都是先有意思, 想到就寫下來, 寫好後再從文字裡將題目抽出的。「賦得的文學」(又可稱「載道派的文學」)是先有題目然後再按題作文。……這種有定制的文章, 使得作者完全失去其自由, 妨碍了真正文學的產生, 也給了中國社會許多很壞的影響, 至今還不能完全去掉。" 이 인용문 중 '賦得的文學'의 '賦得'이란 古人의 成句를 따서 제목으로 삼은 詩는 대부분 제목 첫머리에 '賦得'이란 두 글자를 덧씌웠는데 바로 이를 이름이다. 그리고 나중에는 결국 이 '賦得'을 일종의 詩體로 보게 됐다.

化'는 단지 도덕이나 정치의 목적일 뿐이지 문학의 목적은 아니며, 문학의 진정한 목적은 바로 사람들에게 감동과 오락을 제공하는 것이라 했다. 그리하여 주작인은 문학은 오히려 정치세계 밖에서 존재할 만한 대단한 권리와 필요가 있다고 결론지었다.[31] 주작인의 이러한 '卽興'과 '言志'의 문학관이 강조한 것은 다름 아닌 문학의 '자발성'과 '개성미'로서, 이는 바로 공리적 목적을 띠지 않은 '자유문학'인 동시에 예술을 위한 예술을 지향한 '순수문학'이었다.

주작인의 이러한 문학관은 만명 문학의 해석에도 그대로 적용되어 兪平白(本名 銘衡; 1900-90)의 산문집 『雜拌兒』의 발문에서는 만명 문학을 '명대의 신문학'으로 간주했고, 만명 문인의 문학관을 현대의 신문학가와 크게 다르지 않다고 주장했다.

> 이전의 사람들은 문장은 '道를 실어 전하는' 물건이라고 여겼다. 그러나 이것 외로 또 다른 어떤 종류의 문장은 글을 씀으로써 소일할 수 있는 것이 있었다. 지금은 또한 그것들을 하나로 합쳐 글을 쓰거나 읽는 것이 다 심심풀이에서 기인한다고 말할 수 있겠다. 그러나 이와 동시에 道를 전하거나 듣기도 하는 것이다. ……이것은 또 명대 신문학가의 생각과도 큰 차이가 없다고 말할 수 있다.[32]

이러한 관점에 따라 주작인은 "마치 한 줄기 강물이 모래 속으로 연기처럼 사라진 뒤 여러 해가 지난 후 다시 하류에서 발굴되는 것과 같

31 周作人, 「燕知草跋」, 『永日集』, 전게서. 1 : 499-501 참고.

32 周作人, 「雜拌兒跋」, 『永日集』, 전게서. 1 : 499 : "以前的人以爲文是「以載道」的東西, 但此外另有一種文章却是可以寫了來消遣的; 現在則又把牠統一了, 去寫或讀可以說本於消遣, 但同時也就是傳了道了, 或是聞了道。……這也可以說是與明代的新文學家的意思相差不遠的。"

이 현대의 산문은 예로부터 흘러내려 온 한 줄기 강물이지만 그러면서도 또한 새로운 것이며, 그것이 지닌 독특한 '風致'는 '閒適'과 가까워 순수하게 중국문학에 속하는 것으로 그렇게 오래된 것이면서도 또한 이렇게 새로운 것"이라 여기고, 현대소품문은 곧 "만명소품이 청대에서의 복류기를 거쳐 현대에서 다시 발굴된 새로운 물줄기"로 보았다.[33] 그리하여 주작인과 임어당 등의 영향으로 만명소품은 현대 문단에서 한때 높이 떠받들려, 公安 三袁과 竟陵 鍾·譚 및 明末 遺民 張岱 등 만명 작가들의 '소품'은 현대소품문의 창작을 위한 모범이 됨으로써 현대 초기에 현대소품문의 창작과 이론의 발전에 상당히 고무적인 작용을 했다.

그러나 당시 만명소품에 대한 연구는 서구문학이론의 범람과 국내 정치환경의 악화로 마침내 그 진면목을 밝혀내지 못했고, 심지어는 본모습이 왜곡됨으로써 많은 오해와 착각을 불러왔던 것도 부인할 수 없는 사실이었다. 아래에서는 이상의 논의를 토대로 현대 초기의 만명소품에 대한 인식과 비평의 상황을 살펴보기로 한다.

일반적으로 현대 초기에는 청대의 四庫館臣들처럼 만명소품을 폄하하여 부정적으로 인식하지는 않았으나 만명소품의 개념 전반에 대해 여전히 분명하게 이해하지는 못했다. 예를 들면, 鍾敬文(本名 譚宗; 1903-2002)은 「試談小品文」에서 陸雲龍의 『皇明十六家小品』을 예로 들어 옛사람의 이른바 '소품'은 편폭이 길지 않은 論說·序跋·傳記·銘誌 등의 체재와 寫景·敍事·抒情·議論 등의 내용이 모두 수록되어 이는 일반적으로 말하는 문장과 아무런 차이가 없고 단지 '短篇'일 뿐이라고 했다.[34] 『小品

---

33 周作人, 상게문, 상게서. 498-499쪽 참고.

34 鍾敬文, 「試談小品文」, 『文學週報』合訂本 第7卷(1927), 李寧 (編), 전게서. 31쪽에서 전재 : "據此書(『明十六家小品』)所見, 則古人於小品云云, 似指的是些篇幅不長的文章, 其體裁, 兼有論說、序跋、傳記、銘誌等, 內容則寫景、敘事、抒情、議論

文研究』의 저자 李素伯의 논조 역시 이와 크게 다르지 않았다.

> 비록 고문 중에서 편폭이 길지 않고 古文義法과는 다른 준일한 문장을 모아 문집을 간행하기는 했으나 진천정의 『고문소품』이나 육운룡의 『황명십육가소품』 등은 체재와 내용이 방대하고 광범하여 論說·序跋·傳記·碑誌 등의 각종 체재가 다 들어 있고, 게다가 詔令·箴銘의 체재까지도 실려 있어 이는 실지로 소품의 의의와 그리 딱 들어맞지는 않는다.[35]

만명소품의 실질적인 의의는 작품의 '단소한' 형식 특징을 나타내는 보편성과 '반전통'의 창작정신을 반영하는 특수성을 포괄하는 것이다. 그럼에도 당시의 논자들은 단지 '소품'의 형식과 체재에만 주목하고 '만명'이라는 이 특정 시기의 시대정신을 소홀히 했을 뿐만 아니라 '현대소품문'의 관점에서 '만명소품'을 바라봄으로써 비록 표면적으로는 서로 부합하는듯하나 서로 간에는 동일시될 수 없는 명백한 괴리가 존재하고 있음을 인식하지 못했다. 이러한 상황은 1932년 주작인의 보인대학 강연에서 명말 공안·경릉파 문학에 대한 분석과 발표가 있은 후 점차 변화되기 시작했다.

주작인의 『원류』 말미에 소개된 「近代散文鈔篇目」은 사실상 현대 독자들에게 제시된 만명소품의 필독 작품으로, 沈啓无의 이 『近代散文鈔』는 현대인에 의해 편찬된 최초의 만명소품선집이었다. 심계무는 이 선집의 후기에서 작품의 선록기준을 다음과 같이 설명했다.

都齊備。依此, 實和平常所謂文章沒有什麽分判, 只是短篇罷了。"

35 李素伯, 전게서, 李寧 (編), 전게서. 46-47쪽에서 전재 : "雖然也有人在古文裡搜集些篇幅不長異乎古文義法的雋逸的文字匯印成集, 如陳天定的『古文小品』、『明十六家小品』等, 體裁和內容, 都龐雜而廣泛 ; 凡論說、序跋、傳記、碑誌各體都有, 並且把詔令、箴銘也都列入, 這和小品的意義實在不很適切。"

> 문장을 가려 뽑는 것이 어려운 것은 작가의 진정한 성정과 면모를 잘 골라내기가 어렵기 때문이다. 대개 옛사람의 神情과 風韻이 기탁하는 것은 흔히 高文大册(이는 당연히 그 고상하고 웅대한 문장을 일컫는 것이다)에 있지 않고 短章小品에 있다. 짤막한 몇 마디 말이나 글이 심령으로부터 우러나오고 게다가 의도적이 아닐수록 더욱 훌륭하기 때문에 여기에 수록된 문장은 바로 이러한 종류의 작품이 대부분을 차지한다.[36]

심계무의 이 말은 만명 당시 공안 · 경릉파 문인들의 견해와 거의 일치한다. 심계무는 후기에서 자신의 『근대산문초』에 수록한 작품을 '만명 언지파의 산문'이라 했고, 주작인 또한 『근대산문초』의 서문에서 심계무의 선집을 '前代의 소품문'이라 칭하고, 이는 곧 만명문학사의 '공안 · 경릉 두 유파의 업적'이라 평했다.[37]

주작인의 『원류』와 심계무의 『근대산문초』에 이어 1934년, 임어당은 당시의 소품문 전문 잡지 『人間世』에 「論小品文筆調」를 발표하여 만명의 이른바 '소품' 저작들과의 비교를 통하여 현대소품문의 성격과 범위를 비교적 명확하게 설명했다.

> 현대소품문은 옛사람들의 백화점식 茶經 · 酒譜의 이른바 '소품'과는 물론 더 이상 같지 않다. 내가 말하는 소품문은 바로 그런 것을 가리

36 沈啓无, 「近代散文鈔後記」(1932.5.1), 『文學年報』第1期(1932), 2쪽에서 전재 : "選文之難, 難于能將作家的真性情面貌抉剔出來, 大抵古人神情風韻所寄, 往往不在于高文大册(這自然是那所謂高的大的了)而在短章小品, 片言隻字悉從靈竅中逗露, 而且愈是無心就愈好, 所以這里收集的即是這一類作品居多。"

37 周作人, 「冰雪小品選序」(1930.9.21), 郁達夫 (編), 전게서. 7 : 232 ; 沈啓无, 「近代散文鈔後記」(1932.5.1), 전게서. 2쪽 ; 周作人, 「近代散文鈔新序」(1932.9.6), 鍾叔河(編), 『知堂序跋』(長沙 : 岳麓書社, 1987), 331쪽 참고.

킨다. 또 현대소품문은 옛날의 필기소설과도 갈지 않다. 옛사람 중에는 간혹 묘당문학을 꺼려 물러나 소품으로 자처한 자들이 있었는데, 그들이 기록한 것이 대략 모두 筆談·漫錄이나 시골노인들의 잡담 같은 부류로서 경세 문장을 기피하여 말한 것들이다. 이에 경제 문장은 금기가 아주 많고 일상적인 것과 이전의 것을 답습함으로써 어떤 큰 이치도 말해낼 수 없었기 때문에 필기문학은 도리어 중국문학의 저작에 하나의 큰 조류가 되었던 것이다. 지금의 이른바 소품문이라 하는 것은 그릇된 조정에서의 존귀한 기품과 같은 성질은 옛사람들의 필기와 상통하나, (현대)소품문의 범위는 오히려 이미 크게 확대되었고 용도와 체계 역시 이미 그것을 따라 변하여 다시 前人의 필기 형식을 주워 모아 만족할 수 있는 것은 아니다. ……(현대소품문에 대한) 나의 생각은 정원훈의 『문오』, 유사린의 『고금문치』, 진계유의 『고문품외록』 등의 명대인이 선록한 '外道' 문장 같은 것으로, 그중에는 역시 佳作이 많으므로 (현대)소품문의 용도와 범위는 筆記·偶談·漫鈔·叢錄 등으로 그 한계를 그을 수 있는 것이 아님을 충분히 알 수 있다.[38]

---

38 語堂, 「論小品文筆調」, 『人閒世』第6期(1934.6), 11쪽 : "現代小品文與古人小擺設式之茶經酒譜之所謂『小品』, 自復不同。余所謂小品文, 即係指此。且現代小品文亦與古時筆記小說不同。古人或有嫉廊廟文學而退以『小』自居者, 所記類皆筆談漫錄野老談天之屬, 避經世文章而言也。乃因經濟文章, 禁忌甚多, 蹈常襲故, 談不出什麼大道理來, 筆記文學反成爲中國文學著作上之一大潮流。今之所謂小品文者, 惡朝貴氣與古人筆記相同, 而小品文之範圍, 卻已放大許多, 用途體裁, 亦已隨之而變, 非復拾前人筆記形式, 便可自足。……余意若鄭元勳『文娛』, 劉士鏻『古今文致』, 陳繼儒『古文品外錄』等明人所選,『外道』文章, 內中亦大有佳品, 差足見出『小品文』之用途及範圍非可以筆記偶談漫鈔叢錄等畫之也。" 田藝蘅의 『煮泉小品』(1554)은 隨筆箚記 성격의 저작으로 水品茶經類의 筆記에 속한다. 朱國禎의 『湧幢小品』(1619)은 雜記叢考類의 筆記 중 비교적 유명한 것으로, 역대의 掌故를 잡다하게 기록하고 더러 고증을 겸한 歷史瑣文類 筆記에 속한다. 鄭元勳의 『文娛』(1630)는 성정과 흥취 중심의 문장관을 반영한 만명 당대 작가의 소품선집으로 이러한 성정에 치중한 심미관념과 흥취 위주의 심미적 문학취미는 바로 당시 문단이 추구했던 창작의 중점이었고, 또 동시에 당시의 독자들이 기울였던 관심의 초점이기도 했다. 따라서 만명 시대에 유행했던 이른바 '소품' 저작은 그 편찬의 동기와 취향이 일반적으로 이

임어당이 말하는 '옛사람들의 백화점식 茶經 · 酒譜의 소품(古人小擺設式之茶經酒譜之所謂『小品』)'이란 田藝蘅의 『煮泉小品』과 같은 저작을 말하는 것으로, 이는 설사 자유로운 창작의식을 가지고 지어졌다 하더라도 그 문학적 가치는 떨어진다. '옛사람 중 간혹 묘당문학을 꺼려 물러나 소품으로 자처한 자들의 筆談·漫錄이나 시골노인들의 잡담 같은 부류(古人或有嫉廊廟文學而退以『小』自居者, 所記類皆筆談漫錄野老談天之屬)'란 바로 필기 저작을 가리키는 것으로 朱國禎의 『湧幢小品』과 같은 저작을 말하는 것이다. 그러나 임어당이 볼 때, 이른바 소품문으로 취할 만한 가치가 있는 것은 단지 그중에서 '그릇된 조정에서의 존귀한 기품(惡朝貴氣)'과 같은 성질의 작품뿐이라는 것이다. 임어당은 말미에서 명대인이 선록한 '正道가 아닌(外道)' 문장, 즉 정원훈의 『문오』, 유사린의 『고금문치』, 진계유의 『고문품외록』 등과 같은 작품은 "겉보기는 大文만큼 훌륭하지 못하나 도리어 사람을 깊이 감동시키고(場面似不如大品文章好看, 而其入人處反深)", 그 멋을 말해 낼 수 있어 비로소 소품문의 '佳作'으로 삼을 수 있다고 했다. 임어당의 이 글은 현대소품문의 성격과 범위를 밝히기 위한 것으로 '筆調', 즉 문체(style)에 관한 문제가 논의의 핵심이지만 그 과정에서 만명소품에 대한 인식 태도도 미루어 짐작할 수 있다.

주작인의 『원류』와 심계무의 『근대산문초』의 출판, 그리고 임어당의 『인간세』의 창간을 통한 만명소품에 대한 지속적인 소개와 제창으로 만명소품은 점차 명말 공안 · 경릉파의 '言志' 산문을 지칭하는 문학사의 전문 용어로 정착되어 갔다. 1935년 施蟄存(1905-2003)의 『晩明二十家小品』과 1936년 朱劍心의 『晩明小品選注』의 출판은 그 서명

러한 경향을 띠고 있는 것이 대부분이다. 劉士鏻의 『古今文致』와 陳繼儒의 『古文品外錄』도 이러한 경향의 대표적 저작들이다.

으로 볼 때 바로 이러한 상황의 직접적인 반영이라 하겠다. 주검심은 서문에서 "明代의 神宗 萬曆朝로부터 思宗 崇禎朝 말엽에 이르는 70년 동안을 晩明이라 한다. 이 70년 동안은 정치가 부패하고 학술은 침체되었으나 유독 문학만은 王世貞과 李攀龍의 모방 허식의 병폐를 교정하고 개성을 펴내 크게 이채를 띠었다"고 하여 '만명'의 시간대를 구체적으로 분획하여 시대 환경을 설명했고,[39] 시칩존도 서문에서 만명소품 작가와 그들의 작풍을 다음과 같이 개괄했다.

> 이 문집에 선록된 스무 명의 만명 문인은 서문장으로부터 시작하여 공안 · 경릉 양대 유파와 비록 공안 · 경릉에 속하지는 않지만 사상과 문장이 모두 약간 비슷한 기타의 작가들로서 정통적인 명대의 문장으로 말할 것 같으면 거의가 다 叛徒들인 것이다. 정치에서 이 스무 사람 가운데 대부분은 한때 혁혁한 벼슬을 지낸 적이 있는 자가 없고, 문학에서도 그들 중에는 문단의 어떤 맹주가 되어 본 자가 한 사람도 없다. 그러나 높은 벼슬에 대한 반감 때문에 산림은일사상을 지니게 되었고, 性靈을 속박하는 정통 문체에 대한 반감 때문에 일종의 자유스러운 성정의 문장풍격을 창출해내어 만명의 문풍을 일변시켰다.[40]

39 朱劍心 (編), 「敘例」, 『晩明小品選注』, 臺9版(臺北 : 商務印書館, 1987), 1쪽 : "明自神宗萬曆迄於思宗崇禎之末, 凡七十年, 謂之晩明。此七十年間, 政治腐敗, 學術庸闇, 獨文學矯王李摹擬塗飾之病, 發抒性靈, 大放異彩。"

40 施蟄存, 「序」, 『晩明二十家小品』, 臺1版(臺北 : 新文豐出版公司, 1977), 1-2쪽 : "本集中所選錄的二十個晩明文人, 從徐文長開始, 以至於公安竟陵兩大派, 以及其他一些雖非屬於公安竟陵, 而思想文章都有點相近的作家, 對於正統的明代文學說起來, 差不多都是叛徒。在政治上, 這二十個人中間, 大半都不曾做過顯赫一時的官, 在文學上, 他們也沒有一個曾經執過什麽文壇的牛耳。但是, 因爲對於顯宦之反感, 而有山林隱逸思想, 因爲對於桎梏性靈的正統文體的反感, 而且創出一種適性任情的文章風格來, 使晩明的文章風氣爲之一變。"

위에서 시칩존과 주검심이 말하는 '만명소품'도 대체로 공안 · 경릉파 작가의 산문작품을 가리키는 것이다. 시칩존은 만명 문단에서 이들 작가를 정통문장에 대한 '叛徒'로 규정하고, 그들이야말로 당시 문학 혁신운동의 주력군이라 여겼다. 왜냐하면 그들은 사상적으로는 程朱理學을 반대하여 자아 존중을 주장하며 자유 해방을 요구했고, 문학적으로는 의고주의를 반대하여 형식 타파를 주장하며 진실한 정감을 표현할 것을 요구했기 때문이다. 극단적 변화는 과거의 관점에서 보면 언제나 일종의 부패나 타락으로 보일 뿐이다. 그러나 근대 인문학 발전의 기본 정신으로 볼 때 이러한 경향은 곧 인성의 해방으로, 종합적으로는 진보요 혁신인 것이니 역시 긍정적으로 평가되어야 마땅하다. 이 점에 관해서는 현대 초기의 신문학가들도 어느 정도 일치된 견해를 가져 문학 발전의 과정에서 과거의 이러한 변천의 자취를 추적하는 일이 그들에게는 매우 의미 있는 일로 생각되었던 것이다. 그리하여 그들 신문학가들은 형식에서는 '簡錬可愛', 내용에서는 '適性任情' 또는 '玩世適志', 풍격에서는 '平淡有味' 또는 '雋永有味'란 평어로써 청대 관방학자들에 의해 극단적으로 매도되고 폄하되었던 만명소품에 대해 매우 높은 가치를 부여했다.

Ⅳ. 1930년대 '소품문논쟁' 중의 만명소품 관련 발언들

1. 周作人·林語堂 · 沈啓无 등의 입장과 견해

현대 초기 신문학가들은 일반적으로 만명 문학에 대한 청대의 비평을 그들의 교조에 의해 왜곡된 것으로 간주하고 만명소품을 소개하면서 그 시대 환경과 문학 현상의 상호 관계를 동시에 규명하고자 했다. 주작인의 다음 두 서문 「陶庵夢憶序」와 「冰雪小品選序」를 보자.

> 이학과 고문이 흥성하지 않았을 때에도 서정산문은 이미 상당히 성숙되어 있었지만 학사 · 대부들은 이를 매우 경시했다. 우리가 명청대 名士派의 문장들을 읽으면 현대문의 정취와 거의 같다고 느끼는데, 사상적으로는 물론 약간의 거리가 없을 수 없겠으나 명대인이 표출한 예법에 대한 반동 같은 것에서는 또한 현대적인 숨결을 느낄 수 있다.(1926년 11월 5일)[41]

> 소품문은 문학 발달의 극치로서 그것은 반드시 제왕의 정치 강령이 해이해진 시대에 흥성한다. ……조정이 강성하고 정교가 통일된 시대에는 반드시 載道主義가 세력을 차지하고 문학이 대성하여 모든 것이 兪平伯이 말한바의 '크고 높고 바른 것'이기는 하나, 또한 거의 언제나 한 무더기의 쓰레기 같은 것이어서 읽노라면 혼곤히 졸음이 오는' 그런 물건인 것이다. 퇴폐 시대가 오면 국가의 황제나 학파의 창시자 같은 중요한 인사들이 그렇게 큰 역량을 발휘할 수 없게 되므로 처사가 횡행하고 백가가 쟁명하게 된다. 정통가는 인심이 예스럽지 못함을 크게 탄식하나, 수많은 새로운 사상과 훌륭한 문장은 모두 이러한 시대에서 발생한다고 우리는 생각한다. 이는 물론 우리가 詩言志派이기 때문이다. 소품문은 개인 문학의 첨단으로 言志의 산문이다. 그것은 敍事 · 說理 ·

41 周作人, 「陶庵夢憶序」, 『澤瀉集』, 전게서. 1 : 138-139 : "在理學與古文沒有全盛的時候, 抒情的散文也已得到相當的長發, 不過在學士大夫眼中自然也不很看得起 ; 我們讀明清有些名士派的文章, 覺得與現代文的情趣幾乎一致, 思想上固然難免有若干距離, 但如明人所表示的對于禮法的反動則又很有現代的氣息了。"

> 抒情의 요소를 합쳐 자신의 성정 속에 부어넣고 알맞은 수법으로 조리해 낸 것이다. 그러므로 그것은 근대문학의 하나의 조류인 것이며, 선두에 서 있다가 만약 난관에 부딪히게 될 때에는 자연히 제일 먼저 부딪히게 된다.(1930년 9월 21일)[42]

위에서 주작인이 말하는 '명청 名士派의 문장들(明淸有些名士派的抒情散文)'이란 바로 '만명소품'을 뜻한다. 주작인은 대체로 정치 부패, 학술 경색, 고문 경직 등의 환경적 요인에 의해 소품이 흥성하게 된다고 보았다. 여기서 한 가지 주목할 점은 '情趣'라는 하나의 공통된 심미의식으로 만명소품과 현대소품문을 동일 선상에서 파악했다는 것이다. 주작인은 곧 이러한 관점에서 만명의 공안파 문학을 다음과 같이 평가했다.

> 명대의 문예와 미술은 비교적 활기를 띠어 문학에는 혁신적 기상이 자못 높았으므로 공안파 사람들은 고문의 정통을 무시하고 서정적 태도로 모든 문장을 지을 수 있었다. 비록 후대의 비평가들이 그들의 문장을 경솔하고 공소하다고 폄하했지만 실지로는 오히려 진실한 개성의 표현이었으니 그 가치는 경릉파보다 높다.(1928년 5월 16일)[43]

---

42 周作人,「冰雪小品選序」, 郁達夫 (編), 전게서. 7 : 231-232에서 전재 : "小品文是文學發達的極致, 牠的興盛必須在王綱解紐的時代。……在朝廷强盛, 政教統一的時代, 載道主義一定佔勢力, 文學大盛, 統是平伯所謂「大的高的正的」, 可是又就「差不多總是一堆垃圾, 讀之昏昏欲睡」的東西, 一到了頹廢時代, 皇帝祖師等等要人沒有多大力量了, 處士橫議, 百家爭鳴, 正統家大歎其人心不古, 可是我們覺得有許多新思想好文章都在這個時代發生。這自然因爲我們是詩言志派的。小品文則在個人的文學之尖端, 是言志的散文, 牠集合敍事說理抒情的分子, 都浸在自己的性情裏, 用了適宜的手法調理起來, 所以是近代文學的一個潮頭, 牠站在前頭, 假如碰了壁時自然也首先碰壁。"

43 周作人,「雜拌兒跋」,『永日集』, 전게서. 1 : 498-499 : "明代的文藝美術比較地稍有活氣, 文學上頗有革新的氣象, 公安派的人能夠無視古文的正統, 以抒情的態度作一

공안파에 대한 주작인의 이러한 긍정적 평가는 명대문학사에서의 공안파의 功罪에 대한 현대의 비평 중 최초의 것으로 여겨진다. 더욱이 주작인은 현대 초기 중국 신문학의 원류를 바로 이 공안파 문학과 영국 소품문에 두고 한 걸음 더 나아가 만명 문인의 은둔적 경향을 변호하기에 이르렀다.

> 明朝 名士들의 문예에는 확실히 은둔의 색채가 많지만 그 근본은 반항인 것이다. ……중국 신문학의 원류는 내가 보기에는 공안파와 영국 소품문 두 가지가 합쳐 이루어진 것으로, 현재 중국의 상황 또한 꼭 마치 명말의 양상처럼 죽간을 휘두를 수 없는 문인으로서는 단지 예술세계로 몸을 숨길 수밖에 없으니 이는 원래 나무랄 수 없는 것이다.(1928년 11월 22일)[44]

이 글에서 주작인의 본래 의도는 "문학은 혁명을 하고자 하는 것은 아니지만 원래가 반항하기 위한 것(文學是不革命, 然而原來是反抗的)"이라는 점을 설명하고, 그렇게 유사한 상황에 처한 만명과 현대를 연계시켜 중국 신문학의 원류를 추적해보려는 것이었다. 그러나 여기서 주작인이 만명 명사파 문인들의 소극적 은둔 경향을 변호하고 나선 점은 나중에 좌익 계열의 작가들에게 사회적 현실 문제에서 지나치게 소극적이라는 비판의 빌미를 제공하게 된 것으로 주의 깊게 볼 필요가 있다.[45]

切的文章, 雖然後代批評家貶斥牠爲淺率空疏, 實際却是眞實的個性的表現, 其價值在竟陵派之上。"

44 周作人, 「燕知草跋」, 『永日集』, 전게서. 1 : 501 : "明朝的名士的文藝誠然是多有隱遁的色彩, 但根本却是反抗的, ……中國新文學的源流我看是公安派與英國的小品文兩者所合成, 而現在中國情形又似乎正是明季的樣子, 手拏不動竹竿的文人只好避難到藝術世界裏去, 這原是無足怪的。"

45 袁中道, 「與丘長孺」, 『珂雪齋集』, 全3冊(上海 : 上海古籍出版社, 1989), 卷之二十三,

주작인은 또 이어서 "나는 늘 생각한다. 문학은 곧 혁명을 하고자 하는 것이 아니다. 혁명을 할 수 있다면 문학 및 기타 여러 가지 예술과 종교가 반드시 필요하지는 않을 것이다. 왜냐하면 그것은 이미 그것만의 세계를 가지게 되었기 때문이다. ……따라서 문학은 비록 혁명하고자 하는 것은 아니나 그것이 존재할 권리와 필요는 매우 많다"[46]라 함으로써 문학의 고유 가치와 순수 가치를 극력 옹호했다. 비록 그가 주장한 그러한 문학이 당시에 오래 지속되지는 못했지만, 이는 바로 중국의 현대 문단에 대한 주작인의 이상이요 기대였으며, 동시에 당시의 재도파를 향한 간곡한 충언이기도 했다.

이상의 논의를 종합해보면, 주작인의 『원류』는 바로 소품문의 기원과 변천, 공안파 문학의 평가, 중국 신문학의 원류 등의 문제에 대한 자신의 견해를 체계적으로 정리한 것으로, 주작인은 순수 문학의 관점에서 만명소품을 '재도파'의 '부여문학(賦得文學)'에 대한 반동으로 규정하고 그 특징을 '언지'와 '즉흥'의 두 가지에 두었으며, '한적'과 '취미'를 내용으로 하고 '適性自娛', '平淡有味'의 풍격을 지닌 문장으로 파악했다.

중 : 978 : "天下多事, 有鋒穎者先受其禍, 吾輩惟嘿惟謙, 可以有容。" 陳繼儒, 「文娛叙」, 鄭元勳 (編), 『文娛』(明崇禎三年刊 ; 臺北 : 國立中央研究院歷史語言研究所藏), 卷首 : "往丁卯前, 璫網告密, 余謂董思翁云, 吾與公此時, 不願爲文昌, 但願爲天聾地啞, 庶幾免于今之世矣。鄭超宗聞而笑曰, 閉門謝客但以文自娛, 庸何傷 ?" 「嘿與謙」, 『人間世』第1期(1934.4), 36-37쪽에서 위 袁中道가 말한 '침묵(嘿)'과 '겸손(謙)'은 곧 난세의 保身之道로서, 鄭元勳이 말하는 '天聾地啞'야말로 침묵과 겸손의 가장 좋은 방법이라 했다. 또 公安·竟陵派 문인들은 詩文은 정치적인 문제를 다루지 않는 범위 내에서 오직 이를 빌어 근심을 달랠 것을 주장한바, 이것이 바로 鄭元勳이 말한 '以文自娛'이며, 만명 당시 공안파의 형성 원인과 동기도 바로 이 '침묵'과 '겸손'이라는 은둔 경향에서 고찰할 수 있다고 했다.

46 周作人, 「燕知草跋」, 『永日集』, 전게서. 1 : 501 : "我常想, 文學卽是不革命, 能革命就不必需要文學及其他種種藝術或宗教, 因爲他已有了他的世界了 ; ……文學所以雖是不革命, 却很有他的存在的權利與必要。"

임어당 역시 당시 현대소품문의 적극적인 제창자였다. 1932년 9월, 임어당은 半月刊 『論語』(1932-49)를 창간하고, 『駱駝草』의 동인 周作人·俞平伯 · 馮文炳 · 劉半農 등과 『金屋月刊』의 동인 邵洵美·章克標 등, 그리고 다른 여러 작가 沈啓无·徐訏 · 陶亢德 등과 함께 '유머(幽默)소품'과 '풍자소품'을 제창했다. 이어 1934년 4월, 소품문 전문 잡지 『人間世』(1934-35)를 창간하여 '자아'를 중심으로 삼고 '한적'을 격조로 하는 소품문을 기치로 걸고, 다시 1935년 9월에는 『宇宙風』(1935-47)을 창간함으로써 자신과 주작인을 대표로 하는 '論語派'를 형성했다. 임어당은 중국의 '만명소품'과 서구의 '에세이'를 모범으로 하는 소품문을 주장한바, 현대소품문은 '자아'와 '성령'을 중심으로 하고 '閒適'과 '幽默(유머)'를 격조로 하여 '宇宙之大'와 '蒼蠅之微'를 다 포괄하고 '정감'과 '의론'을 하나로 합친 노련한 창작기교를 지녀야 한다고 역설했다.[47]

'소품문'이 현대 초기 문단을 풍미할 때, 바로 1934년 드디어 劉大杰이 編訂하고 임어당이 校閱한 『袁中郎全集』이 출판되었다.[48] 이 책의 권두에는 원중랑의 생애와 사상을 상세하게 고증한 현대 작가들의 서문이 실렸고, 권말에는 遺事와 校刊記 및 고금의 원중랑 비평 문장이 더해졌다. 그중 郁達夫의 「重印袁中郎全集序」는 문학과 시대 환경을

47 林語堂, 「論文上」, 『論語』第2卷第15期(1933.4) ; 「論文下」, 『論語』第3卷第28期(1933.11) ; 「論幽默」, 『論語』第3卷第32期(1934.1) ; 「發刊詞」, 『人間世』第1期(1934.4) ; 「論小品文筆調」, 『人間世』第6期(1934.6), ; 「有不爲齋叢書序」(1934.8.5), 『論語』第48期(1934.9) ; 「小品文之餘緖」, 『人間世』第22期(1935.2) 참고.

48 『袁中郎全集』은 劉大杰이 표점하고 林語堂과 阿英이 교열에 동참하여 원래 一 尺牘 ; 二 遊記·場屋後記·廣莊 ; 三 傳記·序引 ; 四 詩 ; 五 詩 ; 六 雜文·狂言 등 全6冊으로 나누어 1934년 9월부터 1935년 2월까지 매달 1冊 씩 간행할 계획이었으나, 후에 원래의 계획을 바꾸어 一 序文·尺牘·瓶史·雜錄 ; 二 遊記·詩文集序跋·傳記·廣莊·德山麈談·場屋後記·觴政·策 ; 三 詩 ; 四 疏文·引·壽序·碑記·銘贊·冊·狂言 등 全4冊으로 출판했다. 秦賢次, 「林語堂卷五」, 『文訊』第25期(1986.8), 208쪽 ; 「袁中郎全集出版預告」, 『人間世』第7期(1934.7), 17쪽 참고.

연관시켜 “대체로 문학유파의 기복 변천은 늘 우선적으로 변하지 않으면 안 되는 어떤 추세가 숨겨져 있다. 그런 다음에 천둥이 치고 천하가 호응하게 되면 문학혁명은 마침내 성공을 거두게 된다. ……새로운 견해에 따르면, 문학도 정치나 사회와 마찬가지로 환경과 시대의 지배를 벗어날 수 없다는 것”[49]이라 전제하고, 현대에서의 원중랑의 가치를 다음과 같이 평가했다.

> 공안의 원씨 형제 세 사람은 만력조에 詩文이 피폐했을 때 홀로 스스로 기치를 올리고 당시 王世貞과 李攀龍의 위대하고 웅장한 언사의 억지스러운 표현을 말끔히 씻어냈다. 쇠퇴한 것을 진작시킨 공적으로 논하자면 그들의 공로와 업적은 또한 韓愈와 견주어 볼 수도 있을 것이다. ……詩文이 말로에 이르면 매번 혁명을 하는 사람들은 언제나 성령을 펴냄으로써 자연으로의 회귀를 구호로 삼았다. 당대의 李白·杜甫·元稹·白居易, 송대의 歐陽修·蘇軾·黃庭堅·陸游, 명대의 공안·경릉 양파, 청대의 袁枚·蔣士銓·趙翼·龔自珍 등은 모두 이 계파를 따라 내려온 자들이다. 설사 세풍이 바뀔 수 있고 풍상이 변할 수 있다 하더라도 사람들의 성령은 시종 소멸될 수 없는 것이다.(1934년 6월)[50]

---

49 郁達夫,「重印袁中郎全集序」,『人間世』第7期(1934.7), 11-12쪽에서 전재 : “大抵文學流派的起伏變更, 總先有不得不變之勢隱存著了。然後霹靂一聲, 天下嚮應, 於是文學革命, 乃得成功。……照新的說法, 文學亦同政治和社會一樣, 是逃不出環境與時代的支配的。”

50 郁達夫,「重印袁中郎全集序」, 상게서. 11-12쪽에서 전재 : “公安袁氏, 兄弟三人, 獨能於萬曆詩文疲頹之餘, 自樹一幟, 洗盡當時王李的大言壯語, 矯揉造作 ; 以振衰起絕而論, 他們的功業, 也儘可以與韓文公比比了, ……由來詩文到了末路, 每次革命的人, 總以抒發性靈, 歸返自然爲標言語 ; 唐之李杜元白, 宋之歐蘇黃陸, 明之公安竟陵兩派, 淸之袁蔣趙龔各人, 都係沿這一派下來的。世風儘可以改易, 好尙也可以移變, 然而人的性靈, 卻始終是不能泯滅的。”

문학사에서 원중랑의 공적을 당대 고문운동의 맹장 한유와 그 위력을 견주고, 그의 문학적 성취를 당·송·명·청 각 역사 시기에서 새로운 문학을 개척한 대문호들과 함께 논할 수 있는 것은 영원히 소멸될 수 없는 '성령' 때문이며, 이것이 바로 원중랑의 詩文이 현대에서도 여전히 통용될 수 있는 가치라는 것이다. 욱달부는 또 원중랑에게 가해진 후인들의 부당한 평가에 대해서도 다음과 같이 반박했다.

> 원중랑보다 조금 뒤에 공안파를 이어 일어난 이른바 경릉의 종백경 · 담원춘 무리는 공안파 詩文이 淸眞하기는 하나 俚俗함에 가까웠으므로 그 폐단을 교정하여 幽深孤峭함으로 변하고자 했으니, 이는 또한 일시적인 풍상으로 본래 원중랑과는 무관했다. 그러나 후세에 詩文을 논하는 자들은 매번 三袁의 경박하고 비천함과 鍾譚의 편벽함과 괴이함을 함께 논하며 僞體니 俳體니 하면서 내치고 鍾譚·三袁, 특히 원굉도의 奇文妙句를 일률적으로 말살해 버렸으니 이는 정말 원중랑을 위해 억울함을 하소연하지 않을 수 없다.(1934년 6월)[51]

욱달부는 후인들이 경릉파를 비판하면서 공안파의 원중랑을 연대시켜 그의 모든 작품을 폄하한 것에 대해서는 부당하다 못해 억울하기까지 하다는 심정을 토로했다. 욱달부와 함께 주작인 역시 淸初로부터 정통파 문인들이 공안 · 경릉을 싸잡아 '亡國之音'이라 한 말에 대해 통박한 바 있었다.[52] 이처럼 욱달부와 주작인은 순수 문학의 관점에서 문

51 郁達夫, 「重印袁中郎全集序」, 상게서. 11-12쪽에서 전재 : "較袁中郎略後, 繼公安派而起的所謂竟陵鍾伯敬譚元春之流, 因公安派詩文的淸真近俚, 欲矯其弊而變爲幽深孤峭, 那又是一時的風尚, 本來與袁中郎無關 ; 但後世的論詩文者, 每以三袁的佻仄, 與鍾譚的幽詭並提, 斥爲僞體俳體, 將鍾譚三袁, 尤其是宏道的奇文妙句, 一概抹煞, 這可真使人不得不爲袁中郎叫屈了。"

학 史實을 논했기 때문에 그들의 논조가 聖賢의 宣揚과 聖道의 守護를 문학비평의 기준으로 삼는 청대 정통파 문인들의 관점과 극단적으로 배치될 수밖에 없었던 것은 오히려 당연한 결과라 하겠다.

2. 魯迅 · 阿英 · 子展 등의 입장과 견해

중국 현대 문단에서 원굉도를 필두로 한 만명 공안·경릉파의 부활은 중국문학의 변천에 대한 그 당시까지의 연구로 볼 때 실로 기상천외한 사건이라 할 수 있다. 1930년대 초, 중국의 문단은 대체로 예술을 위한 예술을 주장한 '論語派'와 인생을 위한 예술을 주장한 '太白派'가 서로 대립하고 있어 전자는 주작인과 임어당을, 후자는 노신을 영수로 하고 있었으니, 周氏 형제는 마침 중국 현대 문단의 두 갈래 서로 다른 노선을 대표하고 있었던 셈이다.[53] 이러한 입장의 차이는 만명소품에 대한 두 파의 해석 관점에서 분명히 드러난다.

노신은 당시의 소품문이 한가한 사람들에게 매만져지고 희롱당하는 노리갯감이나 제공하는 것으로 변질됨으로써 현대소품문의 발전이 위기를 맞았다고 생각했다. 그는 「小品文的危機」에서 "소품문의 생존은 오직 몸부림과 투쟁만을 의지하며", "생존하는 소품문은 반드시 비수요 투창이어야 하고, 독자와 함께 한 갈래 생존의 혈로를 싸워 뚫고 나갈 수 있는 것이어야 한다"고 주장하여 소품문의 서로 다른 두 갈래 노

52 周作人, 「重刊袁中郎集序」, 『苦茶隨筆』, 전게서. 3 : 43-48 참고.

53 당시 좌익작가, 즉 魯迅·茅盾·陳望道·胡風·聶紺弩·曹聚仁·徐懋庸·唐弢·陳子展·夏征農 등을 골간으로 한 좌익 문단은 임어당과 그가 창간한 『人間世』에 대항하기 위해 『新語林』(1934.7), 『太白』(1934.9), 『芒種』(1935.3) 등 3종의 雜文 半月刊 잡지를 출판한 바 있다. 劉心皇, 「再談林語堂系的刊物」, 『反攻』第244期(1962.7), 27쪽 ; 秦賢次, 전게문. 전게서. 208쪽 ; 俞元桂·姚春樹·汪文頂, 『中國現代散文史』(濟南 : 山東文藝出版社, 1988), 158쪽 참고.

선을 분명하게 구별하고,[54] 이어 만명소품의 긍정적 측면에 대해 다음과 같이 설명했다.

> 명말의 소품문은 비록 비교적 퇴폐적이기는 하지만, 결코 전부가 음풍농월인 것은 아니다. 그중에는 불평도 있고 풍자도 있고 공격도 있고 파괴도 있었다. 이러한 작풍은 또한 만주 君臣들의 울화증을 촉발시켜 수많은 잔인한 武將의 칼날과 어용 文臣들의 필봉에 의해 건륭 연간에 이르러서야 비로소 제압되었다.(1933년 8월 27일)[55]

그리고 이어 「罵殺與捧殺」(1934년 11월 19일)에서도 "一群의 명말 작가들은 문학에서 자연히 그들 자신의 가치와 지위가 있었던 것"임을 인정하고,[56] 「招貼卽扯」에서는 원중랑을 예로 들어 만명소품 작가의 현실참여 경향을 특별히 강조했다.

> 현재 가장 유행하고 있는 원중랑을 예로 들어보자. 기왕 간판으로 내걸고 나왔을 때에는 구경꾼들이 이 간판에 대해 이러쿵저러쿵 말하기 마련인데 어째서 옷차림새를 잡아 찢고, 어째서 얼굴 생김새를 삐뚤게 그려놓았는가. 이는 실은 중랑 자신과는 무관한 것이다. 내가 지적하고

---

54 魯迅, 「小品文的危機」, 『南腔北調集』, 臺1版(同文書局 1934年 初版 ; 臺北 : 風雲時代出版公司, 1990), 221쪽 : "小品文的生存, 也只仗著掙扎和戰鬥的" ; 222쪽 : "生存的小品文, 必須是匕首, 是投槍, 能和讀者一同殺出一條生存的血路的東西。" 魯迅의 「小品文的危機」는 『現代』第3卷第6期(1933.10)에 처음 게재되었다.

55 魯迅, 상게문, 상게서. 221쪽 : "明末的小品雖然比較的頹放, 卻並非全是吟風弄月, 其中有不平, 有諷刺, 有攻擊, 有破壞。這種作風, 也觸著了滿洲君臣的心病, 費去許多助虐的武將的刀鋒, 幫閑的文臣的筆鋒, 直到乾隆年間, 這才壓制下去了。

56 阿法, 「罵殺與捧殺」, 『花邊文學』(1936年 初版 ; 臺北 : 風雲時代出版公司, 1990), 253-254쪽 : "這一班明末的作家, 在文學史上, 是自有他們的價值和地位的。" 魯迅의 「罵殺與捧殺」는 『中華日報·動向』(1934.11.23)에 처음 게재되었다.

> 자 하는 것은 자칭 중랑과 같은 무리라는 자들의 필치이다. ……중랑에게는 더 주목할 만한 면이 없었을까? 있었다. 만력 37년, 고헌성이 관직에서 물러났을 때 당시 중랑은 "섬서의 향시를 관장하고 있었다. 출제 중에 '過劣巢由'란 말이 있어 감독자가 '무엇을 뜻하는 말입니까?' 하고 물었더니 원중랑이 '지금 吳 중에는 大賢이 나오지 않으니 장차 世道는 무엇을 의지하게 해야 할지요? 그래서 이런 생각을 해보았을 뿐입니다'라고 말했다" 한다.(고단문공 연보 하) 이처럼 중랑은 바로 世道에 관심이 많았고 선비 기질을 지닌 인물을 존중한 사람이었다. 『금병매』를 칭송하고 소품문을 짓는 것이 결코 중랑의 전부가 아니었다는 것이다.(1935년 1월 26일)[57]

노신은 만명소품의 소극적 유희 경향이 작품의 전부가 아님을 강조하고, 애써 만명소품 작가의 정치성향과 사회의식을 부각시키려 했다. 錢杏邨(본명 德富, 필명 阿英 ; 1900-77) 역시 「袁中郎與政治」에서 원중랑의 정치적 저항의식과 문화적 창조정신을 함께 강조하며 다음과 같이 말했다.

> 중랑은 배울 만하다. 정치에서는 조금도 두려워하지 않고 암흑과 폭

---

57 魯迅, 「招貼即扯」, 『且介亭雜文二集』, 16-18쪽 : "就以現在最流行的袁中郎爲例罷, 旣然肩出來當作招牌, 看客就不免議論這招牌, 怎樣撕破了衣裳, 怎樣畫歪了臉孔。這其實和中郎本身是無關的, 所指的是他的自以爲徒子徒孫們的手筆。……中郎還有更重要的一方面麽 ? 有的。萬曆三十七年, 顧憲成辭官, 時中郎 『主陝西鄕試, 發策, 有 「過劣巢由」之語。監臨者問 「意云何 ? 」袁曰 : 「今吳中大賢亦不出, 將令世道何所倚賴, 故發此感爾。」』(顧端文公年譜下)中郎正是一個關心世道, 佩服 「方巾氣」人物的人, 讚金甁梅, 作小品文, 並不是他的全部。" 魯迅은 「招貼即扯」에서 袁中郎과 그의 소품을 작가의 일면이 아닌 전면적인 경향으로 보아야 함을 강조하며 다음과 같이 말한 바 있다. "……推而廣之, 也就是倘要論袁中郎, 當看他趨向之大體, 趨向苟正, 不妨恕其偶講空話, 作小品文, 因爲他還有更重要的一方面在。"

> 력에 반항하며 관료주의에 반대한 정신을 배워야 할 것이며, 문화에서는 인습과 모방을 반대하고 창조를 주장한 역량과 이 역량에 기초하여 새로운 문체를 만들어 낸 것을 배워야 할 것이다.(1934년 7월)[58]

이어 「明文之可談與不可談」에서는 원중랑의 산수 유람에 따른 음풍농월은 그의 직무와는 무관한 관료생활 밖의 일이었음을 일깨웠다.

> 명대의 문장은 설령 만명의 문장이라 하더라도 결코 그들(주작인, 임어당 등)이 말하는 것처럼 그렇게 단순하지가 않아 만명 작가들이 오직 산수를 유람하며 풍월만 담론할 줄 알았던 것은 아니다. 원중랑을 예로 들어 증명하자면, 산수 유람이 결코 그의 正道를 방해하지는 않았던 것이다. 원중랑은 실지로 산수 유람만 할 줄 알았던 것은 결코 아니었다. 吳越을 유람했던 것은 병을 앓고 나서 휴양 기간일 때였고, 華嵩을 유람한 것은 秦中에서 시험을 관장하던 여가를 이용한 것이었으며, 北京의 野遊는 그가 거기서 관직에 있었기 때문인 것이다. 게다가 시종 산수를 유람함으로써 정작 자신의 직무를 그르친 적은 없었다.(1936년)[59]

위 노신과 아영의 말은, 만명소품은 전적으로 소극적인 현실도피가 결코 아니어서 정치와 사회에 대한 적극적인 의식도 있었다는 점을 환

---

58 阿英, 「袁中郎與政治」, 『人間世』第7期(1934.7), 17쪽 : "中郎是可學的, 在政治上, 應該學他大無畏的反抗黑暗, 反抗暴力, 反對官僚主義的精神。在文學上, 應該學他反對因襲, 反對模擬, 主張創造的力量, 以及基於這力量而產生的新的文體。"

59 阿英, 「論明文之可談與不可談」, 『海市集』(北新書局 1936年 初版), 陳少堂, 『晩明小品論析』(香港 : 波文書局, 1981), 145쪽에서 전재 : "明文, 即使是晩明文, 也並不像他們所說的那麼簡單, 作家們只會遊山, 談風月。如捧出袁中郎以證明遊山並不礙道。袁中郎實際上並不是祇會遊山的。遊吳越是在病後休養期間, 遊華嵩是因典試秦中之便, 北京的郊遊, 則是因爲他在那裏做官, 而且始終沒有以遊山來妨礙他的正事。"

기시키고 현실에 대한 중랑의 사회적 관심을 강조함으로써 만명소품에서 새로운 긍정적 의미를 찾아내려 했던 그들의 노력을 보여준다.

陳子展(本名 炳堃, 字 子展 ; 1898-?)도 사회 문화적 견지에서 주작인의 『원류』의 관점을 다음과 같이 비판했다.

> 당시 반복고의 조류 속에서 공안 · 경릉 두 파는 매우 중요한 드라마를 연출한 셈이다. 그러나 그들은 개인적 관점에서 출발하여 단지 성령이 문학에서 하나의 중요한 요소라는 것을 보았을 뿐이었다. 게다가 그들의 창작 실천은 자신들의 이론을 따르지 못했다. 반복고 하나로 논하자면, 우리도 그 점이 어느 정도 '5·4'정신과 약간 유사하다는 것을 부정하지는 않는다. 그러나 後者의 일로 논한다면 兩者는 정반대인 것이다.(1935년)[60]

비록 노신이나 아영 · 자전 등도 명말 공안·경릉파의 문학혁신운동과 만명소품이 이룬 문학성취를 전적으로 부정한 것은 아니지만, 그들이 취한 문학예술에 대한 기본 입장이 달랐기 때문에 그 해석 관점은 주작인·임어당과는 엄연히 다를 수밖에 없었다.

---

60 陳子展, 전게문. 陳望道(編), 전게서. 134쪽 : "公安竟陵兩派在那個時代的反復古的潮流裏, 算是演了很重要的劇目。可是他們係從個人的觀點出發, 只看見性靈是文學上一個重要的因素, 而且他們的實踐趕不上他們的理論。就反復古一點而論, 我們也不一定否認牠多少有點和「五四」運動的精神相似。但就後面一點而論, 二者恰恰相反。"

V. 결어

지금까지 1930년대 초 예술을 위한 예술을 주장한 '論語派'를 주도했던 주작인과 임어당 一派, 그리고 이에 맞서 인생을 위한 예술을 주장한 '太白派'를 영도했던 노신 一派의 만명소품에 대한 서로 엇갈린 견해와 주장을 살펴보았다.

1930년대 주작인과 임어당 등은 현대산문 창작의 모범으로 만명소품을 극력 제창하면서 오직 작가의 '성령'에서 우러나오는 개인적 '風雅'나 '閒情'만을 강조하고, 작가의 사회의식의 발로인 비판정신을 소홀히 함으로써 좌익작가연맹 계열의 작가들로부터 "옷차림새를 잡아찢고 얼굴 생김새를 삐뚤게 그렸다(撕破了衣裳, 畫歪了臉孔)"는 비난을 면할 수 없었다. 확실히 문학작품은 늘 특정의 사회적 행위와 밀접한 관계를 가짐과 동시에 문학은 또한 그 사회적 기능과 효용을 가지게 되는데 그러한 것들이 완전히 개인적일 수는 없다. 노신과 아영 등도 오직 작가의 정치 사회적 인격으로써 만명소품을 평가하여 그 사상적 '경향성'을 애써 부각시키려 했으나, 만명소품 작품 자체의 가장 두드러진 특징이라 할 수 있는 '예술성'을 홀대한 일면이 없지 않았다. 분명히 문학 자체의 가치나 그 작품의 우열은 결코 작가의 정치의식의 높고 낮음이나 사회사상의 적극성 여부로 결정될 수는 없을 것이다.

그러나 당시 이들 두 파의 격렬한 논쟁 중, 아래의 두 주장은 오늘날까지도 만명소품을 감상하고 연구하는 이들에게 유용한 지침을 제시해 줄 수 있다.

> 비판적으로 중랑을 배워야 하고 발전적으로 중랑을 배워야지 무조건적으로 중랑을 받아들여서는 안 된다. 왜냐하면 중랑의 일생에는 그의

> 장점도 있지만 결함도 있으며, 게다가 우리가 처한 사회는 또한 중랑과는 당연히 같지 않기 때문이다.[61]

> 공안 · 경릉파의 책을 읽을 때는 먼저 그들 운동의 의의를 명료하게 해야 하고, 그다음으로 그들의 성취가 어떠했나를 고찰하고, 맨 나중에야 비로소 높은 수준으로 그 예술적 가치를 감정해야 한다.[62]

첫째 인용은 아영의 「袁中郎全集序」의 끝부분으로, 이 서문은 「袁中郎與政治」라는 제목으로 1934년 7월 5일 자의 『人間世』에도 게재된 바 있다. 둘째 인용은 주작인이 쓴 讀書筆記 「梅花草堂筆談等」의 일부분으로, 이 글은 1936년 6월 上海 北新書局版 『風雨談』에 수록된 것이다. 비록 두 사람이 기울였던 만명소품에 대한 관심사가 상반된 것이기는 하나 그들의 견해에는 모두 깊이 생각해볼 만한 점이 없지 않다. 다만, 그들이 직면했던 혼란한 시대의 위기와 한계는 그들로 하여금 한 면만을 고집하게 함으로써 스스로 자승자박하게 했고, 그 결과 만명소품의 연구는 당시로써는 이상적 실천의 단계에 이르지 못하고 종합적인 연구와 객관적인 평가는 훗날을 기약할 수밖에 없었다.

---

61 阿英, 「袁中郎與政治」, 『人間世』第7期(1934.7), 17쪽 : "要批判的學習中郎, 要發展的去學習中郎, 不能無條件的接受中郎, 因爲中郎的一生, 有他的優點, 也有他的缺陷, 而且我們所處的社會, 和中郎所處的又自不同。"

62 周作人, 「梅花草堂筆談等」, 『風雨談』(上海 北新書局 1936년 초판), 전게서. 3 : 354-355 : "讀公安竟陵的書首先要明瞭他們運動的意義, 其次是考查成績如何, 最後纔用了高的標準來鑒定其藝術的價值。"

제7장

마치며 : 만명소품 연구의 몇 가지 문제

'만명소품'을 연구대상으로 한 본서는 지금까지 만명 시대 '소품'의 개념, 문학이론과 예술표현 및 후대에서의 인식과 비평 등과 관련한 諸 문제를 살펴보았다. '만명' 시대는 일반적으로 명대 중엽 이후의 萬曆(1573 -1620)·天啓(1621-27)·崇禎(1628-44) 연간을 가리키며, 문학사적으로는 公安 三袁의 흥기로부터 竟陵 鍾·譚을 거쳐 明朝의 패망에 이르는 70여 년의 시간대를 말한다. 이 시기에는 정치가 부패하고 학술은 침체되었으나 유독 문학만은 前後七子의 模擬 塗飾의 병폐를 교정하고 '性靈'을 발해내어 크게 이채를 띠었다. 만명소품은 바로 이 시대를 대표하는 문학창작이며, 이 시대 문학사상의 표징이라 할 수 있다. 따라서 본서의 취지 역시 만명소품의 발생과 발전에 대한 기본적인 이해를 바탕으로 그것의 정신적 특질과 시대적 의의를 규명해내는 데에 있었다.

이를 위한 논의의 과정에서 또한 만명소품의 개념과 작품의 범위 및 평가가 시대에 따라 어떻게 변화되었는지 고찰하고 아울러 그러한 변화의 원인도 분석해 보았다. 이러한 문제들은 만명소품의 연구에서 우선적으로 해결되어야 할 과제임이 분명하지만, 만명 문헌의 이른바 '소품' 용어는 문학술어로서의 명확하고 통일된 의미를 가지고 있지 않아 실지로 그렇게 간단하게 해결될 일은 아니다. 만명에서의 '소품' 용어는 처음부터 엄밀한 학문 논의를 위한 일종의 '학술어'로 출현했던 것이 아니라 만명 당시 문단이나 독자들의 문학기호의 변천에 따른 시대의 '유행어'로 등장했던 관계로, 그 당시 이 용어의 개별 용법에 따른 개념의 모호성과 복잡성은 사실 지극히 당연한 현상이라 하겠다. 또한, 만명소품의 평가 역시 동일한 한 시대 속에서도 好惡으로 갈라졌고, 상이한 두 시대에 따라서도 '문장의 방계'로부터 '예술의 극치'로까지 양극단을 오르내렸다. 청대에서 유기되고 폐기되었다가 근대에서 다시 부활하더니만, 얼마 가지 못해 또 비판당했다가 현대에서는 다시 가장 환영받는 작품의 하나가 되었다. 이는 3천 년 중국문학사를 통틀어 유일하면서도 기이하기까지 한 현상이다.

만명소품의 개념 문제는 오늘날 새롭게 수립되어야 할 선결 과제이다. 왜냐하면 개념이 수립되어야 작품범위가 설정될 수 있을 것이고, 작품범위가 설정되어야 최후의 평가가 이루어질 수 있을 것이며, 그래야만 최종적으로 중국문학사에서 만명소품이 무엇을 공헌했는지도 밝혀낼 수 있을 것이기 때문이다. 아래에서 만명소품의 연구에서 개념·작가·범위와 관련한 몇 가지 문제를 살펴보고 본서의 논의를 마치기로 한다.

Ⅰ. 만명소품의 개념 및 어의 문제

일반적으로 만명인이 '소품' 용어를 사용하여 어떤 작품을 지칭할 때, 이는 대부분 '散體'의 문장을 가리키는 것이지, 詩詞와 같은 운문작품을 가리키는 경우는 거의 없다. 그러나 '소품'으로 어떤 개인 문집을 제명할 때 이 문집이 수록한 작품은 비단 산문 체재에만 한정되지 않고 詩詞 등의 운문작품을 포함하는 경우도 더러 있다. 청대에 들어와서도 '소품'을 제명으로 삼은 청대인의 저작이 꾸준히 간행되었으나, 명대와는 달리 체제상 雜叢式의 필기 저작이 대종을 이루어 편찬의 취지와 내용으로 볼 때 이미 만명소품과는 많이 달랐다. 청대 『사고전서총목제요』(이하 『사고제요』로 약칭함)의 이른바 '소품' 또한 대부분 만명 문인의 필기 저작을 지칭하여 만명의 이른바 '소품' 문집과는 완전히 일치하지 않으며, 그 평가는 폄의를 띠고 있는 경우가 대부분이다. 현대 초기의 이른바 '소품문'은 당시의 '서정산문'의 별칭으로, 대체로 서양의 에세이식의 문체를 기초로 하고 抒情·詠物을 주요 내용으로 하는 단소한 산문 체재를 지칭했다. 그러나 당시 만명 '소품'과 현대 '소품문'의 차이는 단지 개념상으로만 존재했지 실지 창작 실천 중에는 구별하기 어려웠다. 陳少棠 역시 그의 『晩明小品論析』에서 만명 '소품'과 현대 '소품문'의 실지 용법에서의 함의는 쉽게 혼동되어 분별하기 힘들다고 지적하고, 그 어의상의 차이를 다음과 같이 설명했다.

> 현대 '소품문'은 형식이 단소하고 제재와 내용이 자유스러운 일종의 문체를 가리킨다. 여기에는 비록 散體의 문장이라고 분명히 가리키고 있지는 않지만 실제로는 거의 공인된 것이어서 그러므로 '소품산문'이란 명칭도 있다. 만명 '소품'에 대해 말하자면 원래 일종의 문학체재의 명칭이 아니었다. 前人들은 이 '소품' 두 자에 대해 명확히 해석한 적이 없었던 것 같다. 단지 이 두 자가 古籍에 나타나는 정황으로 보면, 가장

넓게는 書畫와 같은 문사 이외의 것도 포괄할 수 있고, 설사 문사에만 한정한다 하더라도 詩詞·歌賦·騈文·散文 등등의 체재 역시 포괄할 수 있어 그 함의가 넓다는 것을 알 수 있다.[1]

그리하여 진소당은 "만명 문단의 '소품'은 문학체재의 명칭이 아니라 어떤 부류의 문학작품의 통칭이기 때문에 작품의 '風格'과 '體性'으로 이해해야지 단순히 문학의 형식만으로 판별해서는 안 된다"고 강조했다.[2] 진소당의 말대로, 만명 숭정 연간의 실지 상황으로 볼 때 '소품'은 詩文 詞賦로부터 子史 小說에 이르기까지, 심지어 論策 制辭·賀序 壽序·奏疏 詔令·箴銘 頌贊 등 중국문학의 거의 모든 체재의 작품을 포괄하여 확실히 어떤 문학작품군을 지칭하는 통칭임이 틀림없었다. 진소당은 문학사에서 '만명소품'이라 일컬을 때 그 '소품'은 문학의 보편적 형식보다는 작품이 지닌 특수한 시대적 의의가 더욱 중요한 것임을 지적한 것이다. 그러나 문제는 '소품'으로 제명된 문집이 수록한 모든 체재를 소품 유형으로 간주할 수 있느냐는 것이다.

陳繼儒의 만년에 그의 사위 湯大節은 장인을 위해 『眉公先生晩香堂小品』二十四卷을 간행하여 詩·贊·詩餘·序·傳·外傳·記·碑記·祭文·疏·題跋·引·書·志林 등의 체재를 수록했다. 그중 『志林』은 원래 宋人 蘇軾이 자질구레한 일들을 붓 가는 대로 적어 둔 문장을 후인들이 집록

1 陳少棠, 『晩明小品論析』(香港 : 波文書局, 1981), 4쪽 : "現代「小品文」是指一種形式短小而題材與內容自由之文體。此處雖無指明是散體之文字, 但實際上幾乎是公認的, 故又有「小品散文」之稱。至於(晩明)「小品」, 原非一種文學體裁的名稱。前人似從未有對「小品」兩字作明確的解釋, 但從這兩字在古籍出現之情形看, 在最廣義上說, 它可以包括文詞以外的東西, 諸如書畫之類。縱使限於文詞方面言, 亦可包括詩、詞、歌、賦、騈文、散文等等體裁, 其含義之廣可見。"

2 陳少棠, 상게서. 18-19쪽 : "晩明文壇上的「小品」, 並不是一種體裁的名稱, 但卻是某一類文學的通稱。這應從作品之風格及體性方面去了解, 不能單從形式方面加以判別。"

하여 증보한 것으로 문학체재의 명칭이 아니라 서적의 명칭이다. 또 陸雲龍이 評選한 『皇明十六家小品』三十二卷 중의 『袁中郎先生小品』二卷은 序·引·廣莊·解·述·記·紀遊·傳·疏·祭文·誌銘·題跋·書·尺牘 등의 체재를 수록했는데, 그중 『廣莊』은 袁宏道가 『莊子』의 문체를 모방하여 도가의 허무 사상을 담론한 문장으로 이 역시 문학체재의 명칭이 아니다. 이러한 예들은 모두 문체론의 관점에서 보면 만명소품의 작가나 편자들이 소품의 체재분류 문제에 대하여는 어떠한 고려도 없었다는 것을 보여준다. 만약 만명 문단에서 '소품'이란 명칭이 단순한 구호성의 단어가 아니었다면 만명소품의 연구는 마땅히 '소품' 작품에 대한 타당한 성격 규정이 우선되어야 할 것이다.

저자는 앞에서 "만명소품의 존재는 '擬古' 풍조가 만연했던 만명 문단에서 문학이 변화와 혁신을 추구하는 과정에서 탄생한 시험적 문학 창작으로, 이는 곧 劉大杰이 말한 대로 공안·경릉파 문학 혁신의 직접적 산물"이라 언급한바 있다. 바꾸어 말하면 '만명'이라는 역사 시기로 볼 때 당시의 의고주의 문학과 상치되는 혁신적 요소를 지닌 창작은 모두 '소품' 문학으로 간주할 수 있다는 것이다(물론 그중에는 문장의 正格에서 벗어난 미숙한 형식의 작품도 있었을 것이다. 그러므로 우리는 여기서 만명소품에 대한 모든 선입관과 편견을 잠시 내려놓을 필요가 있다). 그래서 어떤 연구자는 만명소품은 일종의 형식이라기보다는 참신하고 역동하는 일종의 '풍격'이라고 주장한 바 있다.[3] 이러한 견해는 복잡한 현상 문제를 지나치게 단순화한 경향도 없지 않으나, 만명소품 존재의 핵심을 어느 정도 정확하게 파악했다고 하겠다. 그러므로 만명소품의 연구에서 문학체재 분류의 문제는 만명소품 개념의 인식과 이

3 周志文, 「載道與性靈——明淸散文欣賞」, 『中國古典文學世界——詩歌與散文』(臺北 : 幼獅文化事業公司, 1989), 206-213쪽 참고.

해에는 그리 큰 도움이 되지 않는다고 본다.

그러나 만명인의 '소품' 용어의 실지 용법으로 볼 때 '소품'은 대부분 융경·만력 이래 새롭게 일어난 散體의 문장을 전적으로 지칭하고, 실지로 이러한 문장을 수록한 소품선집이 크게 유행했던 것도 사실이다. 그리고 현대의 문인들 역시 이러한 관점을 그대로 수용하여 1930년대에는 만명의 『閒情小品』과 『湧幢小品』 및 청대 『사고제요』의 이른바 '筆記' 저작도 소품의 인식범위 내에 두었다. 따라서 만명 '소품'과 현대 '소품문'의 비교는 산문작품 범주 내에서 이루어질 수 있으며, 그 문학의 본질 및 장르의 위치해석학적인 근본 차이는 우선 만명 '소품'은 고대산문 범주 내에서 관념적으로 정통문장과 대립되는 개념으로 그 사이에 차등개념은 없다고 본다. 왜냐하면 만명소품의 작가들은 그들의 작품을 '大篇', 즉 정통문학과 상대되는 '작은 것(小)', 즉 정통문학과는 성격상 다른 범주로 여겼으나, 오늘날에 볼 때 그들이 사용한 언어수단은 여전히 문언, 즉 고문이었던 것이다. 이에 반해 현대 '소품문'은 현대산문의 하위분류에 속하여 상위분류로서의 산문 범주에 속하는 일종의 유형이며, 산문 범주 내에서 다른 문학과의 사이에 어떤 대립개념도 존재하지 않는다. 그러므로 설사 이 양자 사이에 존재하는 부분적인 계승 관계나 작품상의 유사한 풍격은 어느 정도 인정된다 할지라도 5·4 당시의 "현대소품문은 만명 공안·경릉파 소품의 부활이다"라는 명제는 하나의 불완전한 가설일 뿐이며, 결코 그것으로 그 시기의 모든 문학적 현상들이 다 해명될 수 있는 것은 아니라고 본다.

오늘날 문학 활동 중 만명 시대의 특정 술어로서의 '소품' 개념은 1950년대 이래로 크게 주목받고 있지는 못한 듯하나 근래에 들어 연구자들은 어느 시대, 어떤 작품을 막론하고 보편적으로 이 '소품' 용어를 사용하고 있다. 예를 들면, 작품의 편폭과 결부시킨 單章小品·單篇小

品, 작품의 체재와 결부시킨 小品駢文·筆記小品, 창작의 시대와 결부시킨 六朝小品·唐人小品·明人小品 등, 그리고 작품의 내용 또는 작법과 결부시킨 情趣小品·哲理小品·記遊小品·山水小品·抒情小品·詠物小品·諷刺小品, 심지어 處世小品·格言小品·故事小品·時事小品·歷史小品·科學小品 등과 같이 문학작품이 아닌 문장들에까지 널리 사용되고 있는 것이다. 그러나 오늘날 이렇게 다양한 '소품'의 용례들은 문학 발생의 특수한 배경과 동기나 문학창작의 독특한 내용과 풍격을 반영한 만명 '소품'의 특별한 의의와는 다르며, 단지 문장의 외형적인 특징만을 나타내는 보편적인 의미만을 지닐 뿐이다.

실지로 현대에 출간된 語文 辭書를 찾아보면 현대중국어에서 '小品(文)'은 문장의 형식상 의미만을 담고 있는 일반명사일 뿐임을 알 수 있다. 중국의 商務印書館에서 1979년 7월 간행한 수정 초판 『辭源』(舊版은 1915년에 간행되었음)의 小部에는 '小品'을 다음과 같이 적고 있다.

> 佛經의 節略本. 『世說新語·文學』篇에 "殷中軍(名 浩 ; ?-356)이 읽은 小品은 아래 2백 籤이 다 정밀하고 자세하다"라 했다. 註에 "釋迦의 『辨空經』에는 상세한 것과 간략한 것이 있는데 상세한 것은 『大品』이고 간략한 것은 『小品』이다"라 했다. 唐 孟郊의 『孟東野集』 卷九, 「讀經」詩에 "佛經은 황금빛이고 이름은 小品이라 하니 종이 한 장에 밝은 별이 가득하구나"라 했다. 후대에는 短篇 雜記를 일컬어 小品이라 했다. 明·朱國禎이 지은 『湧幢小品』이 있다.[4]

---

4 『(修訂本)辭源』, 全4冊(香港 : 商務印書館, 1980-84), 2 : 885 : "佛經的節本。世說新語文學 : "殷中軍(浩)讀小品, 下二百籤, 皆是精微。" 注 : "釋氏辨空, 經有詳者焉, 有略者焉 ; 詳者爲大品, 略者爲小品。" 唐孟郊孟東野集九讀經 : "經黃名小品, 一紙千明星。" 後也稱短篇雜記爲小品。明朱國禎著有湧幢小品。

修訂本 『辭源』은 古籍을 해독하기 위한 전문 辭書로, 일반적으로 아편전쟁(1840) 이전까지의 어휘를 수록하고 있으므로 단지 '佛家語'라는 '소품'의 어원과 '短小義'라는 明淸間의 확장 용법에 관해 설명하고 있을 뿐이다. 그러나 『辭源』이 소품을 '短篇 雜記'로 풀이하면서 명대인 朱國禎의 필기류의 저작 『湧幢小品』만을 거명하고 만명의 본격적 소품문집을 하나도 언급하지 않은 것은 청대의 '소품' 관념을 그대로 수용한 것으로 보인다. 다만, 이 辭書가 참고로 한 문헌자료는 중국의 현대문학이 아직 발생하기 이전까지의 것으로 한정되어 있어 현대문학 중의 '小品文'이 수록되지 않은 것은 당연한 일이다.

臺灣에서 1973년 10월 초판, 1985년 5월 7版(第1次 修訂版) 발행한 『中文大辭典』 역시 "①佛家語 ②短文·短篇"이라는 의미의 '小品' 항목만 수록되어 있고, '小品文' 항목은 보이지 않는다.[5]

중국 中華書局의 1936년 초판 『辭海·寅集』의 小部에는 '小品'을 다음과 같이 적고 있다.

> 佛教 經典 중 상세한 것을 『大品』이라 하고 간략한 것을 『小品』이라 한다. 예를 들어 鳩摩羅什이 번역한 『摩訶般若波羅蜜經』에는 27卷本과 10卷本의 두 경전이 있는데, 하나는 『大品般若經』이라 하고 하나는 『小品般若經』이라 한다. 지금은 또한 隨筆·雜感 등의 短篇 문장을 小品文이라 한다.[6]

---

5 『(修訂版)中文大辭典』, 全10冊, 第7版(臺北 : 中國文化大學出版部, 1985), 3 : 697 : "佛教經典, 詳者曰大品, 略者曰小品 ; 如鳩摩羅什譯之摩訶般若波羅蜜經有二十七卷本與十卷本二經, 一曰大品般若經, 一曰小品般若經。今亦謂隨筆、雜感等短篇文字曰小品文。"

6 『辭海』, 全2冊, 再版(1936年版 縮印本 ; 北京 : 中華書局, 1988), 상 : 947.

'小品'과 함께 '小品文'의 현대적 용법을 수록하고 있으나, 어원의 추적이나 어의의 해설이 전반적으로 철저하게 이루어졌다고는 볼 수 없다.

일본인 諸橋轍次가 1955년 11월에서 1960년 5월 사이에 초판 편집한 『大漢和辭典』에서도 '小品'을 "①小製品 ; 短篇 ②鳩摩羅什所譯『摩訶般若波羅蜜經』之異名"이라 설명하고, 이어서 '小品文'을 "短文"이라 해설하고 있는데,[7] "小製品"이라는 문학범주 밖의 용법을 첨가한 것 외에는 달리 새로운 것을 발견할 수 없다.

上海辭書出版社가 1978년 4월에 출판한『辭海·文學分册』,「中國古典文學·文體·作法」類 중의 '小品'條에는 "文體名으로 雜感 등 단소한 문장의 통칭이다. 예를 들면 '六朝小品'·'唐人小品'·'明人小品' 등이 있다. ……"[8]라고 하여 上述한 辭書보다는 비교적 진전된 해설을 보이고 있는데, 이는 1930년대 중국 현대 문단에서의 소품문 창작의 유행과 그 연구성과를 반영한 결과로 보인다. 그러나 이 '小品' 용어를 '만명'이라는 특수한 시대적 의의를 지닌 특정 術語로 본다면 고전문학 범주 내에서 이를 '六朝小品'·'唐人小品' 등의 만명 이전 시대로까지 소급 사용한 점은 再考의 여지가 없지 않다. 이 辭書에서는 또한 '小品文'을 고전문학 중의 '小品' 항목과는 별도로「文藝理論·文學的種類和體裁」類에서 다음과 같이 해설하고 있다.

> 산문의 일종. 특징은 심오한 내용을 평이한 문자로 표현하고, 서술과 논술을 섞어 어떤 이치를 말하기도 하고, 혹은 간명하고 생동감 있게 어

---

7 『大漢和辭典』, 全12册, 附『索引』1册, 縮寫 第4版(東京 : 大修館書店, 1974), 4 : 77.

8 『辭海·文學分册』, 第3版(上海 : 上海辭書出版社, 1982), 254쪽 : "文體名。隨筆·雜感等短小文章的通稱, 如 "六朝小品"、"唐人小品"、"明人小品" 等。……"

떤 사건을 서술하기도 한다. 중국 고대에 바로 이러한 체재가 있었으며, 明淸에서는 더욱 성행했다. 오늘날의 小品文은 내용에 따라서 일반적으로 諷刺小品·時事小品·歷史小品·科學小品 등으로 나누어진다.[9]

중국의 현대산문은 그 형식과 내용에 따라 다시 소품문·잡문·수필·보고문학(또는 보도문학) 등의 몇 가지 체재로 나뉘는데, '小品文'은 바로 현대산문의 하위분류라는 것이다. 그러나 원래 '小品文'이라는 術語는 현대에 새롭게 생겨난 단어로서, 그 개념 의의는 고대문학, 즉 만명 시대의 '小品'과는 전혀 다른 것이다.

중국 商務印書館이 1978년 12월에 수정 초판 발행한 『現代漢語詞典』(이 辭書의 '試印本'은 1960년에, '試用本'은 1965년에 이미 간행된 바 있음) 역시 '小品'과 '小品文' 두 항목을 다음과 같이 함께 수록하고 있다.

> 【小品】 원래 불경의 간략본을 가리켰는데, 지금은 간략하고 단소한 잡문 혹은 단소한 표현형식을 가리킨다. 역사 ~ |방송 ~ |공연연습 ~ .
>
> 【小品文】 산문 형식의 일종으로, 편폭이 단소하고 형식이 자유롭고 내용이 다양하다.[10]

어의의 해설이 오늘날 '小品(文)' 단어의 실제 용법을 반영하고 있음을 알 수 있다. 일본인 香坂順一이 1982년에 편찬한 『現代中國語辭典』

9 『辭海·文學分册』, 18쪽: "散文的一種。特點是深入淺出·夾敘夾議地講一些道理, 或簡明生動地敘述一件事情。中國古代卽有這種體裁, 明淸更爲盛行。現今的小品文因內容不同, 一般分爲諷刺小品、時事小品、歷史小品和科學小品等。"

10 『(修訂本)現代漢語辭典』, 第3版(香港 : 商務印書館, 1988), 1256쪽 : "【小品】 原指佛經的簡本, 現指簡短的雜文或其他短小的表現形式 : 歷史 ~ | 廣播 ~ | 表演練習 ~ 。【小品文】 散文的一種形式, 篇幅短小, 形式活潑, 內容多樣化。"

과 국내 고려대학교 민족문화연구소가 1989년에 간행한 『中韓辭典』 중의 '小品' 항목은 대체로 중국의 商務版 『現代漢語詞典』의 해설을 따른 것으로 보인다.[11]

臺灣의 中國文化大學 中華學術院에서 1981년 3월부터 1983년 7월 사이에 초판 발행한 『中華百科全書』의 '小品' 항목에는 소품의 어원과 어의는 물론 고대에서 현대에 이르는 개략적인 발전사를 기술하고 있다.

> '小品'의 명칭은 불경에서 비롯되었는데, 대개 불경은 상세본을 일컬어 '大品'이라 하고 간략본을 '小品'이라 한다. 이 때문에 현대인은 인물사건·자연풍경 및 개인감흥으로 이루어진 단소한 문장, 예를 들어 書信·遊記·書序·隨筆·雜感 등을 통칭하여 '小品文'이라고 하는데, 매우 성행하여 일종의 문체가 되었다. 실은 漢朝 이래 수많은 문인들의 일시적인 감흥으로 우연히 집필한 작품들이 모두 小品文으로 일컬어질 수 있다. 다만 지금까지 정의된 바가 없어 혹자는 서양의 Essay에 해당한다고 말하는데 역시 試筆·偶記의 의미인 것이다. ……[12]

이는 바로 현재까지의 소품문학 연구성과의 총괄이라 할 수 있는 것으로, 이 辭書에서 한 가지 주목할 점은 '소품문'을 '試筆'의 의미로

---

11 香坂順一 (編), 『現代中國語辭典』(東京 : 光生館, 1982), 1390쪽 ; 고려대학교 민족문화연구소 (編), 『中韓辭典』, 第3版(서울 : 高大民族文化硏究所, 1992), 2602쪽 참고.

12 『中華百科全書』, 全10冊(臺北 : 中國文化大學出版部, 1981-83), 1 : 311-12 : "「小品」之名, 始於佛經 ; 蓋佛經稱詳本爲「大品」, 簡本爲「小品」。故今人以描寫人物事件、自然風景, 及個人感物興懷所成之短小文章, 如書信、遊記、書序、隨筆、雜感等, 通稱爲「小品文」, 蔚成文體之一種。其實, 自漢朝以來, 許多文人一時興會所至, 偶書於筆之作品, 皆可稱之小品文也。惟向無定義, 或謂其相當於西方之Essay, 亦試筆偶記之意也。……"

봄과 동시에 영국 베이컨 Francis Bacon(1561-1626)의 최초의 수필집 『Essays』(1597-1625)를 영국 Essay의 始祖로 설명하면서 그것을 『小品文集』으로 中譯했다는 사실이다.[13]

닌하우저 William H. Nienhauser, Jr.가 1986년 편집한 『The Indiana Companion to Traditional Chinese Literature』는 전 세계 200여 중문학자가 기고하여 전후 7년여의 시간을 들여 완성한 辭書 성질의 영문 저작이다. 이 저술은 선진에서 청대까지의 문학의 배경·분석·전기·자료 등을 포괄하는 중국고전문학의 학습과 연구의 지침서이자 참고서이다. 그 관련 부분을 보면 고대 또는 현대문학을 불문하고 '小品(文)hsiao-p'in(wen)'을 모두 'informal essays'로 번역하고 있다.[14] 그러나 梁實秋가 편찬한 1987년판 『遠東英漢辭典Far East English-Chinese Dictionary』의 'essay'條 명사 해설 중에는 "①文章；論說文 ②試驗；企圖；嘗試" 등의 관련 용법만 있을 뿐, 이 '小品文'이란 譯語는 없으며, 또 'essayist'條에도 역시 "論說文作家；隨筆作家；散文家" 등의 설명만 있을 뿐, "小品文家"라는 譯名은 보이지 않는다.[15]

사실 서구문학 중의 이 'essay'의 의의는 매우 광범한 것으로, 이는 중국어의 '小品文'이란 한 단어로 총칭될 수 있는 것은 아니다. 왜냐하면 서구문학 중의 이 'essay'의 형식에는 비교적 자유스럽고 자아표현이 강렬한 '소품문' 이외에도 형식이 엄격하고 자아표현이 비교적 적은 '論文' 같은 부류도 포함될 수 있기 때문이다. 중국의 5·4시기에는 이 'essay'를 '小品文' 또는 '隨筆' 등으로 번역하기도 했으나, 일찍이 朱湘(1904-33) 같은 이는 이 譯語에 만족하지 않고 '愛瑣文[aisuowen]'이라

13 『中華百科全書』, 6 : 257 참고.

14 William H. Nienhauser, Jr. (編), 『The Indiana Companion to Traditional Chinese Literature』(臺北 : 南天書局, 影印本, 1988), 99, 104, 110, 497쪽 참고.

15 梁實秋 (編), 『遠東英漢大辭典』(臺北 : 遠東圖書公司, 1987), 695쪽 참고.

音譯하기도 했으며,[16] 근래에 臺灣의 한 서구문학 연구자도 영어의 'essay'나 불어의 'essai'의 원래 뜻과 부합되는 적당한 중국어 譯語가 없으므로 당분간 '艾寫[aixie]'로 음역하여 대용하자고 하기도 했다.[17]

끝으로, 1917년부터 49년까지 중국 현대문학의 史料와 術語를 망라한 周錦의 1988년판 『中國現代文學史料術語大辭典』의 '小品文' 해설에 주목할 필요가 있다.

> 현대산문의 일종으로, 그것이 나타내는 격조와 묘사하는 제재로 확정된다. 이러한 문체는 정치하고 섬세한 기교로써 뛰어나고, 대개 인물사건·자연풍경 혹은 생활감상 같은 것을 묘사한 것이 많다.[18]

이는 소품문의 형식·내용 및 풍격 특징을 동시에 고려하여 작품의 제재와 격조를 소품문의 척도로 삼았다는 점에서 5·4시기 중국 신문학 발생 이래로부터 1930년대까지의 현대 '소품문'과 관련된 모든 논의가 종합된 것임을 알 수 있다.

위 辭書들의 '小品' 또는 '小品文' 조항의 해설을 종합해 보면, '小品' 단어는 중국의 六朝로부터 원래 『般若經』의 간략한 漢譯本을 일컫는 佛家經典語로 사용되어 오다가 점차 그 의미 범위를 넓혀 명 중엽 이후부터는 문학표현의 단소한 형식을 두루 지칭하는 일종의 문학 용어로 사용되었다. 현대에 이르러서는 그 개념상의 차이로 다시 '小品(散)文'이란 단어가 파생되어 원래의 '小品' 단어와 함께 통용되었다. 그리하

16 朱湘, 『文學閒談』, 再版(臺北 : 洪範書店, 1984), 46~47쪽 참고.
17 董崇選, 『西洋散文的面貌』(臺北 : 中央文物供應社, 1983), 11쪽 참고.
18 『中國現代文學史料術語大辭典』, 全5冊(臺北 : 智燕出版社, 1988), 1 : 257 : "現代散文中的一種, 以它所表現的格調, 和所描寫的題材, 來加以論定。這種文體以精緻小巧取勝, 多描寫人物事件、自然風景, 或生活感想之類。"

여 '小品'의 현대적 의의는 축소되어 오직 精緻하고 섬세한 기교의 산문작품만을 가리키게 되었다. 여기서 전자를 '개념의 개칭 현상', 후자를 '어의의 변천 현상'이라 한다. 의미론의 관점에서 보면 '개념 개칭'과 '어의 변천'은 모두 개념과 어의 자체의 변화가 아니라 그 개념과 어의를 사용하는 사람들에 의한 인위적인 요인으로, 언어와 개념을 사용하는 사람들의 사회적 약속과 습성에 의해 변화된다. 위 '小品' 용어도 바로 그러한 현상의 전형적 사례로 파악될 수 있다.

어의의 변천은 개념의 영향을 가장 많이 받는다. 시대가 변함으로써 원래의 개념도 변화를 일으켜 어떤 단어는 도태되기도 하고, 또 반대로 새로운 개념이 그것으로부터 다시 생겨나기도 한다. 이러한 새로운 개념이 일단 널리 사용되기 시작하면 자연히 그러한 개념을 지시하는 어떤 새로운 단어를 필요로 하게 된다. 이때 대개 이전의 단어는 사라지고 새로운 단어를 만들어 내게 되거나, 혹은 이전의 단어에 새로운 의미가 부여되어 원래의 단어에 어의의 변화가 일어나게 되는 두 가지 경우가 있을 수 있다. 이 후자의 경우로 '小品' 단어처럼 시대가 바뀜에 따라 늘 새로운 의의를 부여받아 소멸되지 않고 새로운 어의로 사용되는 단어는 그 생명력이 강한 만큼 실용가치도 높다. 그러나 지금까지의 관찰에서 본 바와 같이 위 각종 주요 語文 辭書들의 '小品' 또는 '小品文'에 대한 해설의 주안점은 단지 문학체재로서의 용법에 있는 것으로, 이러한 辭書들에서 아직 '小品'의 문학 용법으로서의 어원격인 만명 '소품'의 특수한 관념과 시대적 의의를 찾아볼 수 없다는 것은 차후 보완이 필요한 부분이다.

또한, 연구자 중에는 만명 '소품'의 관념에서 유추하여 선진으로부터 청대까지의 '소품문' 발전사를 도출해 내는 이도 있다. 만명소품의 관념은 만명 시대 역시 前代 작가 蘇軾의 '小文小說'에서 발단한 것으로, 이로부터 각 시대의 각종 문장으로 소급하는 것은 물론 불가능한 일은 아니다. 그러나 만명소품을 '소품'이라 호칭할 수 있는 가장 중요한 이유는 만명 당시 전후칠자로 대표되는 의고주의 정통문학과의 대립 관계에 있다. 바꾸어 말하면 만명소품은 '만명'이라는 특정 역사 배경의 산물이어서 설령 만명 이전에도 만명 '소품'과 유사한 성격의 작품이 존재했다 하더라도 그 문학사적 의의는 같을 수 없다는 것이다. 또 이러한 관점과 상반되는 것으로, 만명 '소품'이 만명 당시로써는 이전에 비해 혁신적인 것이었다 하더라도 오늘날의 입장에서 보면 여전히 '고대산문'이라는 하나의 큰 범주 내에 속하는 것으로 완전히 새로운 것일 수는 없다는 것이다. 자신들의 시대에서 변화와 혁신을 추구했던 만명소품 작가들일지라도 그들의 작품 속에서 전통적인 정통문장의 요소를 완전히 배제할 수는 없었기 때문이다.

이 두 가지 관점 중, 전자는 만명소품의 본질적인 특수 취향에 중점을 둔 것이고, 후자는 중국산문 발전 전체의 보편 규범에 중점을 둔 것이다. 만명소품의 본질적 특수성에 주안점을 두는 陳萬益은 그의 논문 「蘇東坡與晚明小品」의 말미에서 중국문학사에서 '소품' 용어가 주는 오해와 혼란에 대해 다음과 같이 말한 바 있다.

> 우리가 설사 만명 이전에도 형식과 취미에 있어 '소품'과 비슷한 많은 短文이 있었다는 것을 부인하지 않는다 하더라도 전체 중국문학사의 산문을 후대에 흥기한 단어 하나에 전부 떠맡기게 되지 않도록 필자는 '소품' 단어의 사용은 마땅히 만명에 국한시켜 단지 시대적 風尙을 부각시키는 단어로 삼아 諸子散文·漢賦·六朝騈文·唐宋古文 등과 대조를 이루도록 하거나, 혹은 '소품'을 폐기하고 '만명산문'이란 단어를 사용함으로써 明末 淸初의 '근대의 淸新 素朴하고 平易 親近한 특징'을

지닌 그러한 산문을 강조할 것을 건의한다.[19]

고대문학 범주 내에서의 '소품' 용어의 사용은 오직 만명 시대에 국한하여 그 시대만의 고유한 문학 풍조를 대표하는 특정의 術語로 삼아야 한다는 것이다. 만약 그렇게 하지 않으려면 용어 사용상의 불필요한 혼란을 막기 위해 아예 '소품'이란 명칭을 폐기하고 그것을 일반적 용어인 만명 '산문'으로 호칭하자는 것이다. 王令樾 역시 그의 논문 「小品文選評」의 서두에서 만명소품 용어의 개념 정의와 관련한 난점을 다음과 같이 말하고 있다.

> 만명'소품'도 여전히 문장의 正規를 원칙으로 하는 것이나, 前人을 답습하지 않으려 힘써 따로 새로운 경지를 창조한 것이다. 다시 말해서, 단소한 편폭과 淺近 淡泊함을 좋아하여 長篇大論을 취하지 않았고, 또한 비록 문체에 구속되지는 않았지만 대개 抒情 寫意 위주의 체재가 빼어났다. 이런 까닭으로 만명 文士들이 당시에 비록 소품의 정의를 세우지는 않았지만 대략 실질적인 취향은 가지고 있었던 것이다. 단지 각 파의 소품에 대한 인식이 한결같지 않아 그들 간에는 여전히 차이가 있는데, 이것 또한 바로 후인들이 만명소품의 풍모는 엿보고 있으면서도 그 정의를 수립하기 어려운 까닭인 것이다. 만명소품이 정의가 없는 바에는 그것으로써 역대 소품문의 규범으로 삼을 수 없으며, 동시에 또한 몇몇 유파의 풍격 또는 몇 가지 특색을 소품문의 공통 특징으로 삼을 수도 없는 것이다.[20]

---

19 陳萬益,「蘇東坡與晩明小品」,『晩明小品與明季文人生活』(臺北 : 大安出版社, 1988), 35쪽 : "我們卽使不否認在晩明以前, 有許多短文, 在形式和趣味上, 與「小品」相近, 爲了避免將整個中國文學史上的散文全部包攬在一個後起的語詞裏頭, 筆者建議使用「小品」一詞, 應限於晩明, 只作爲突顯時代風尙的語詞, 和諸子散文、漢賦、六朝駢文、唐宋古文等作一對照 ; 或者, 將「小品」廢棄, 而使用「晩明散文」一詞來强調明末淸初這類具有「近代的淸新朴素·平易近人的特點」的散文。"

만명소품도 당연히 전체 중국산문 발전의 보편적 규범 속에서 파악되어야 함을 강조하고, 만명소품의 작품 규범 역시 몇몇 유파의 풍격과 특색만으로 전체 만명소품의 공통 특징으로 삼을 수 없음을 지적했다.

그러나 이러한 혼란과 난점은 모두 일차적으로 만명 '소품'과 현대 '소품문'의 관계 설정과 양자의 발생과 관념의 차이가 모호한 데서 기인하는 것으로 보이며, 나아가 만명소품과 전체 중국산문과의 관계 설정에 따른 만명소품 작품 자체의 성격과 범위가 아직 규명되지 않았다는 것이 가장 큰 원인으로 지적된다. 이러한 문제들은 실은 모두 하나의 문제로 귀착될 수 있는데, 그것은 바로 하나의 역사적 사실로서의 '만명소품'에 대한 현상 인식과 가치 판단에 기초한 개념 수립의 문제인 것이다. 이를 위해서는 문학연구의 총체적인 방법—본체론·효용론·발전론·창작론·감상론·비평론—이 동시에 고려되어야 할 것이다.

Ⅱ. 만명소품의 작가 문제

明 崇禎 16年(1643)에 간행된 陳天定의『慧眼山房評選古今文小品』八卷은 선진으로부터 명대에 이르는 200여 작가의 약 600편의 詩賦 및 散文과 駢文을 賦·歌·古樂府·四言·詔勅·制令·教檄·疏·表·啓·牋·書·文序·詩序·送贈·序·遊集序·傳·記·誄祭文·銘·墓銘·贊·題跋·偈·頌·

---

20 王令樾,「小品文選評」,『輔仁國文學報』, 第1集(1985.6), 294쪽 : "晚明小品仍以文章正規爲原則, 但爲求不襲前人, 別創新境, 卽以小幅淺淡爲尙而不取鴻篇闊論, 又雖文體不拘, 但多以抒情寫意爲主之體類取勝。是以晚明文士於當時雖未立小品界說, 但略有實質上的趨向。只因各家對小品的認定不齊一, 故其間仍有出入, 這也正是後人之所以旣窺得晚明小品之風神, 卻又難以確立定義的緣故。晚明小品旣無定義, 則就不能作爲歷代小品文的規範, 同時也無法以其數家風格或幾種特色爲小品文的共同特徵。"

雜著·散抄 등의 체재로 나누어 수록한 通代 선록의 소품총집이다. 편자 진천정은 서문에서 작품의 선정기준을 밝혀 "天巧를 귀히 여기고 人巧를 천하게 여긴다"라 하면서 "高文典册은 응당 논외로 한다"고 했다.[21] 그러나 『고금문소품』이 檀弓·管子·晏子·家語·左傳·穀梁·莊子·列子·荀子와 같은 經子書의 문장과 역대 제왕이었던 周武王·梁元帝·梁武帝·梁簡文帝·陳後主 등의 작품도 함께 수록하고 있을 뿐만 아니라, 명대 작가로 徐渭·湯顯祖·陳繼儒·袁宏道·鍾惺·譚元春 등 공안·경릉파 계열의 작가의 작품을 비교적 많이 선록하기는 했으나 개국 초의 宋濂·方孝孺 및 前七子의 李夢陽과 後七子의 王世貞 등의 작품도 함께 수록했다는 점은 鄭元勳의 『媚幽閣文娛』(1630), 陸雲龍의 『翠娛閣評選十六名家小品』(1633), 衛泳의 『冰雪攜』(1643)가 주로 공안·경릉파 계열 작가의 작품만을 수록하고 있는 것과는 큰 차이를 보인다. 물론 이는 王納諫의 『蘇長公小品』(1611)의 간행 이래 30여 년 동안 만명소품의 개념과 작품 범위의 발전에 대한 만명인의 전면적 인식을 반영한 결과로서, 이때에 이르러서는 이른바 '소품' 선정기준의 중점은 어떤 성향의 '작가'라기 보다는 어떤 경향의 '작품' 자체에 있었다고 보아야 할 것이다.

그러나 청대의 『사고제요』에서 淸初 王如錫의 『東坡養生集』十二卷을 평하면서 "王如錫이 오직 蘇軾의 소품만을 집록하여 ……蘇軾을 단지 이 소품으로만 뛰어나게 했으니 蘇軾 역시 일개 明末 山人일 뿐으로 어찌 蘇軾으로 여길 만하겠는가?"[22]라고 한 것이나, 魯迅이 1930년대

21 陳天定, 「叙」, 陳天定 (編), 『慧眼山房評選古今文小品』(明崇禎十六年刊 ; 프린스턴 : 프린스턴대학교 동아시아도서관 소장, TC328/2846), 卷首 : "余不能飮, 飮于家元戎子潛兄之西園, 則浩浩焉, 落落焉, 鯨噏驥奔, 遂能飮矣。予于論文亦然, 貴天巧而賤人巧。……高文典册, 所當別論。"

22 『四庫全書總目提要』, 全5册(武英殿本 ; 臺北 : 商務印書館, 影印本, 1983), 卷一百七

소품문 논쟁 당시 그의 「招貼卽扯」에서 "지금(1930년대) 袁中郞의 얼굴은 도대체 어떻게 그려졌는가? ……소품문을 가르치는 일개 선생이나 선비인 양하는 몰골로 변한 것 외에 또 무엇이 있겠는가?"[23]라고 한 말은 비평 관점이 서로 다른 평어이기는 하나 "世人들이 단지 '소품'만 중시하고 '大文'을 홀시하는 편중된 취향을 교정하기 위한 목적만은 동일했다. 일반적으로 일컬어지는 대표적인 만명소품 작가로, 예를 들면 徐渭·屠隆·湯顯祖·黃汝亨·張鼐·陳繼儒·袁宗道·袁宏道·袁中道·鍾惺·曹學佺·李流芳·王思任·陳仁錫·譚元春·張岱 등과 같은 작가들도 그들의 창작 실천 중에는 '소품' 외에 이른바 '大文'의 창작도 있었으나 단지 당시 그들이 표방했던 창작의 특징이 '大文'보다는 '소품'에서 더욱 두드러졌을 뿐이다. 그러므로 단순히 만명소품의 작품만으로 만명소품 작가를 구분하는 일은 만명소품의 총체적인 연구로 볼 때 그리 큰 의의를 가지지 못한다.

만명소품의 작가와 관련하여 주의 깊게 살펴보아야 할 또 다른 문제는 만명 당시 소품창작과 함께 유행한 이른바 '山人' 현상이다. 문학 작가의 사회적 지위는 서로 다른 문화적 풍토에 따라 다양한 변화를 보이는 것이 확실하고, 작가의 사회생활은 의심할 바 없이 다른 사람의 생활과 경험에 영향을 미칠 수 있다. 그러므로 연구자는 늘 작가의 경력 및 그의 사회와의 관계를 고찰한다. 예를 들면 작가가 출사했는가 또는 은거했는가, 피압박자였는가 또는 권력층의 귀족이었는가 하는 차이

十四, 集部二十七, 別集類存目一, 國朝(淸) 王如錫 編『東坡養生集』十二卷 條, 4 : 619 : "如錫乃惟錄其小品, ……使軾僅以此見長, 則軾亦一明季山人而已矣, 何足以爲軾乎 ? "

23 魯迅, 「招貼卽扯」, 『且介亭雜文二集』(上海 : 三閒書屋, 1937), 16-17쪽 : "現在的袁中郞臉孔究竟畫得怎樣呢 ? ……除了變成一個小品文的老師, 方巾氣的死敵而外, 還有些什麼 ? "

들은 작가의 창작태도나 의식형태와 얼마간의 관계를 가질 수 있다. 따라서 이러한 고찰은 어느 한 시공에서의 작가의 유형과 풍격을 연구하는 데 많은 도움이 된다. 아래에서는 만명 당시 소품의 주요 작가군을 형성한 이른바 '山人'의 사회적 신분과 지위 등에 관해 살펴보기로 한다.

만명 작가에 대한 『사고제요』의 비평을 종합해보면 대개 徐渭·屠隆·陳繼儒·袁宏道·李漁 등을 만명 '纖佻' 문풍의 대표로 보고 있는데,[24] 여기서 주목할 점은 그러한 '纖佻' 문풍이 명대의 이른바 '山人'의 습성이라는 것이다. 『사고제요』의 다음 평어들을 보자.

> 이(明 陳繼儒의 『巖棲幽事』)는 꽃을 접붙이고 나무를 심는 일로부터 향을 피우고 차를 마시는 일에 이르기까지 모두 산속 생활의 자질구레한 일들을 기재한 것으로, 文意가 가볍고 가냘파 명말 산인의 습성을 벗어나지 못했다.[25]

> 이(明 安世鳳의 『燕居功課』)는 24類로 나누고 각 類마다 子目은 다섯을 두었다. 그 논의는 유가와 불가를 넘나들어 자칭 천지의 광대함을 겪어보지 않은 것이 없다 했으나 견해는 대체로 피상적이다. 잘아빠진 표제와 편파적인 식견은 더욱 명대 산인의 맺혀 풀지 못하는 습관으로

24 『四庫全書總目提要』, 卷一百二十三, 子部三十三, 雜家類七, 明 高濂 撰, 『遵生八箋』 十九卷 條, 3 : 657-658 ; 卷一百三十四, 子部四十四, 雜家類存目十一, 明 張應文 撰, 『張氏藏書』四卷 條, 3 : 836-837 ; 卷一百三十四, 子部四十四, 雜家類存目十一, 國朝(淸) 李日渊 撰, 『竹裕園筆語』十二卷 條, 3 : 842 ; 卷一百七十八, 集部三十一, 別集類存目五, 明 徐渭 撰, 『徐文長集』三十卷 條, 4 : 776-777 참고.

25 『四庫全書總目提要』, 卷一百三十, 子部四十, 雜家類存目七, 明 陳繼儒 撰 『巖棲幽事』一卷 條, 3 : 786 : "所載皆山居瑣事, 如接花藝木, 以及於焚香點茶之類。詞意佻纖, 不出明季山人之習。"

깊이 따질 만한 것이 못된다.[26]

『사고제요』의 평어를 종합하면 이른바 '산인'은 대개 성정이 오만하고 성질이 괴벽했다 한다. 그래서인지 만명 당시 산인들 주변에는 일반인의 관심을 끄는 흥미로운 소문도 자연히 많을 수밖에 없었다. 명말의 이러한 '산인' 현상은 개별적이 아니라 집단적으로 나타나 당시에는 이 '산인' 외에도 文人·文士·才子·名士·高士 등과 같은 유사한 호칭들을 너나 할 것 없이 애호했는데, 이는 문학 활동이 궁정 중심으로 이루어지던 종전과는 매우 다른 상황으로, 명대 문학가 계층의 다양화 현상과도 밀접한 관련이 있다.[27] 산인의 신분은 '青雲之士'와 상대되는 것으로, 일반적으로 관직의 유무로 구별되었다. 그리고 그들의 특장은 통상 詩文에 능하고 書畵와 예술에 뛰어난 기량을 지니고 있었는데, 이러한 '산인' 현상은 만명 사회의 특수한 상황을 반영한 것이기도 했다. 그것은 엄격한 과거제도하에서 낙방한 擧子나 실의에 찬 文士들이 '산인'이란 칭호를 빌려 스스로 분식하고 詩文과 서화로 명성을 높임으로써

---

26 『四庫全書總目提要』, 卷一百二十八, 子部三十八, 雜家類存目五, 明 安世鳳 撰 『燕居功課』二十七卷 條, 3 : 762, : "是編分二十四類, 每類子目各五, 其議論出入儒釋之間, 自謂天地之大, 無不閱歷, 然所見率皆膚淺, 至於標題纖巧, 識見偏駁, 尤明代山人結習, 不足深詰者矣。"

27 前野直彬 (編), 『中國文學史』, 連秀華·何寄澎 譯(臺北 : 長安出版社, 1979), 216쪽 : "明代文學家階層的多樣化, 而讀者在隨著印刷、出版業的進展而增多的同時, 也多樣化了。到了明代, 文學史已經不是由數名文學家就能代表的了。" ; 吉川幸次郎, 『宋詩概說』, 鄭清茂 譯(臺北 : 聯經出版事業公司, 1977), 241-242쪽 : "這些詩人(南宋末的小詩人)的出身, 或是城裡的商人, 或是鄉下的地主, 大多數是平民, 不是官吏。從此以後, 通過元、明、清各代, 文學藝術的欣賞、創作、整理或保護等活動, 便由少數的書生官僚階級, 轉入所謂布衣階級的手裡, 逐漸在民間普遍起來。" ; 吉川幸次郎, 『元明詩概說』, 鄭清茂 譯(臺北 : 幼獅文化事業公司, 1986), 114쪽 : "他們(元末南方文人)既然與政治無緣, 便只好專心致力於文學或藝術的創作。他們甚至要求自己不進官場, 以便保持平民的身分。而且爲了做『文人』藝術家, 他們在日常生活裡, 往往故意矯情任性, 顯示與眾不同, 所以在言行上, 難免有不合常理常情的荒誕作風。" 참고.

입신 처세의 수단으로 삼으려 한 것으로, 이는 또한 明 萬曆 이후 士風의 퇴락 현상과도 관계가 없지 않다.[28]

또한, 『사고제요』는 만명소품 작가의 작풍이 대부분 '明代山人'이나 '明季山人' 또는 '明末山人'의 습성에서 기인한 것으로 규정하고 屠隆·趙宧光·陳繼儒 등을 당시 이러한 '산인'의 대표 인물로 지목했는데 그 비평의 관점은 특히 아래의 평어들에서 분명히 드러난다.[29]

> 명대 중엽 이후, 산인·묵객을 표방하는 풍기가 성행했다. 서화·詩文에 조금 능한 자들은 아래로는 문객의 위계를 높이 세우고 위로는 隱士의 名號로 치장했는데, 그들은 사대부에 의지하여 이익을 취하고 사대부 또한 그들에 의지하여 명예를 구했다.[30]

> 산인·묵객은 명대 말년보다 더 성행한 때가 없었다. 淸言을 골라 취하여 스스로 고상한 취미를 자랑했는데, 이 또한 일시적인 風尙이 이와 같았던 것이다.[31]

---

28 晩明 '山人'에 대한 자세한 내용은 訪秋, 「明代名士之重「趣」」, 『師大國學叢刊』第1卷(1931.1) ; 蕘公, 「談明季山人」, 『古今』第15期(1943.1) ; 陳萬益, 「晩明小品與明季文人生活──談「小品」詞語衍生與流行」, 『晩明小品與明季文人生活』(臺北 : 大安出版社, 1988) ; 張德建, 『明代山人文學研究』(長沙 : 湖南人民出版社, 2005) 등을 참고.

29 『四庫全書總目提要』, 卷六十, 史部十六, 傳記類存目二, 明 李日華·鄭琰 同撰 『梅墟先生別錄』二卷 條, 2 : 333 ; 卷一百二十五, 子部三十五, 雜家類存目二, 明 沈大洽 撰 『蔬齋屏語』四卷 條, 3 : 711 ; 卷一百三十四, 子部四十四, 雜家類存目十一, 明 張應文 撰 『張氏藏書』四卷 條, 3 : 836-837 참고.

30 『四庫全書總目提要』, 卷一百八十, 集部三十三, 別集類存目七, 明 趙宧光 撰 『牒草』四卷 條, 4 : 824 : "有明中葉以後, 山人墨客, 標榜成風, 稍能書畫詩文者, 下則廁食客之班, 上則飾隱君之號, 借士大夫以爲利, 士大夫亦借以爲名。"

31 『四庫全書總目提要』, 卷一百三十二, 子部四十二, 雜家類存目九, 明 閔元衢 編 『增定玉壺氷』二卷 條, 3 : 808-809 : "山人墨客, 莫盛於明之末年, 刺取淸言, 以誇高致, 亦一時風尙如是也。"

> 명말의 산인·묵객은 대부분 자신의 '閒適'과 '愛玩'을 가지고 서로 자랑했는데, 이른바 '淸供'이란 것이 바로 이것이다. 그러나 그윽하고 고상한 말을 꾸며 했지만 도리어 俗態만 더할 뿐인 자가 많았다.[32]

『사고제요』에 의하면, 이른바 명말 '산인'의 행동은 고상한 말을 꾸며내고 우아한 태도를 지어내는 것을 특징으로 삼고 즐겨 '淸談'을 채록한 것으로 '소품'이라 불렀으니 그들의 저작은 대부분 그저 임시변통으로 듣기 좋게 말한 '卮言'에 불과하다는 것이다.[33] 그러므로 官紳 사이를 배회하며 생활한 명말 산인들의 생존 방식은 때로 時人들의 비난을 면치 못했고, 시대의 낡은 틀을 벗어나지 못한 그들의 저작은 四庫館臣들에 의해 무시당할 수밖에 없었다.

『사고제요』에서 누차 지적한 바 있는 "공안·경릉은 융경·만력 이후에 흥기했고, 산인·묵객 또한 명대 중엽 이후에 성행했다"는 점과 "당시 산인·묵객과 소품창작은 모두 사회적 풍기를 형성하고 자잘한 재주와 경박한 풍격을 지녔다"는 공통점으로 볼 때, 이들 둘 사이에는 어떤 불가분의 관계가 있음이 분명하다 하겠다. 이에 대해 蕘公(謝興堯)은 그의 「談明季山人」에서 '山林文學'의 공통 범주 내에서 공안·경릉과 산인의 소품문학을 논하고 명말의 '산림'과 '소품'을 一事로 보았다.

---

32 『四庫全書總目提要』, 卷一百二十三, 子部三十三, 雜家類七, 明 文震亨 撰『長物志』十二卷 條, 3 : 658-659 : "明季山人墨客, 多以是相誇, 所謂淸供者是也。然矯言雅尙, 反增俗態者有焉。" 여기서 '淸供'은 '淸雅한 供品'의 뜻으로, 舊俗에서 節序와 祭祀 때 사용하는 淸香·鮮花·膳食 등을 供品이라 했다. 예를 들면, 新年에 松·竹·梅를 几案에 올렸는데, 이를 '歲朝淸供'이라 했고, 淸香으로 선조의 제사를 올릴 때 이를 '淸香供奉'이라 했으며, 시골의 素食·淡茶를 '山家淸供'이라 했다.

33 『四庫全書總目提要』, 卷一百三十一, 子部四十一, 雜家類存目八, 宋 周密 撰『澄懷錄』二卷 條, 3 : 790 : "喜摘錄淸談, 目爲小品。"

대개 당시 산인은 三流 九等으로 나뉘어 진미공과 동기창 및 원중랑과 같이 공안·경릉파로 불리는 이들은 모두 '山林文學', 즉 오늘날(1940년대 전후) 제창하는 '소품문'에 뛰어났다. 무릇 산림문학은 廟堂文學에 상대하여 말하는 것으로 淸雋함을 위주로 하는 소품은 綺麗한 名文大作과는 다르다. 그러므로 산림과 소품은 실은 한 가지 일이다. 또 산인의 사상은 오로지 閒適을 숭상하여 『長物志』와 『家居必備』와 같은 책들이 주장하는 것처럼 건축물의 창문과 지게문, 방안의 안석과 탑상은 반드시 맵시를 따질 뿐만 아니라 골동품과 장식물, 필묵과 문구 역시 단아하고 고결함을 추구했다. 이러한 사상이 그대로 문장에 발휘되었기 때문에 성령을 위주로 하는 閒適小品의 이 소품만은 그래도 취할 만하다. 명대인들은 宋代 理學의 餘緖를 이어받아 본래 극도로 거친데다가 다시 산인 풍기로 흘러가서는 더욱 교만함을 더했다. 산인 중의 上乘인 진미공과 동기창이 이러할진대 그 나머지도 알 만하다. ……명말에는 사상이 인습에서 풀려나 자유로워지면서 士族들이 새롭고 기이함을 숭상하여 그 말류의 폐단은 모든 것이 설익은 모습을 띠게 됨으로써 이른바 산인이라는 군상이 길러지게 된 것이다. 이러한 원인으로 그들은 당시의 사상과 문학에서 자신들의 지위를 형성했고 문학으로 세상에 전해진 원중랑과 진미공 등은 모두 그 대표였다. 학술사상 면에서는 이탁오의 저술에서 그 일면을 알 수 있다.[34]

---

34 蕘公, 전게문, 전게서. 18쪽 : "蓋當時山人, 亦分三流九等, 如陳董及袁中郎所稱公安竟陵派者, 均能「山林文學」, 即今日所倡之「小品文」。夫山林文學乃對廟堂而言, 小品以淸雋爲主, 不似綺麗之大塊文章。故山林與小品, 實係一事。又山人思想專尙閒適, 其主張如「長物志」、「家居必備」諸書, 不僅建築窗戶, 室內几榻, 最須考究。即古物陳設, 筆墨文具, 亦求雅潔。由其思想發爲文章, 故主性靈之閒適小品, 祇此小品尙可取也。因明人承宋理學餘緖, 本極粗疏, 復演成山人風氣, 更增簡狂。陳董爲山人中之上乘, 尙且如此, 餘可知矣。……按明季思想解放, 士尙新奇, 末流之弊, 一切皆成「早熟」之象。因養成所謂山人一派。惟其如此, 於當時思想上, 文學上, 亦自有其地位。文學之傳於世者, 如袁中郎陳眉公等, 均其代表。至如學術思想之表現, 於

『長物志』와 『家居必備』와 같은 산인의 대표 저작에 대한 蕘公의 비평 관점은 위 『사고제요』와 기본적으로 일맥상통한 것으로 보이나, "성령을 위주로 하는 閒適小品과 같은 이러한 소품만은 그래도 취할 만하다"고 한 것은 청대와는 다른 현대적 비평 관점이 반영된 결과라 하겠다.

명말 당시 이들 산인은 주로 상업 경제와 문화 활동이 번성했던 강남 지역에 기거하며 '市隱'의 형태를 취하고 있었다. 이른바 '市隱'은 '隱跡'이 아닌 '隱心'者로 安分隨緣의 생활관을 가지고 자신의 성정에 따라 자유롭게 度日했다. 과거에 낙방한 그들이 화려한 도시 속에 기거하면서도 '산인'이라 자칭한 것은 단지 산수를 향한 마음을 표시한 것뿐이지 古來의 이른바 '은자'의 행적과는 거리가 멀었다. 그러나 일본 사학가 宮崎市定은 그의 『中國史』에서 이들 산인을 오히려 명대 사회의 문화 활동의 주역으로 규정하고, 만명 사회에서 이들의 신분과 지위를 다음과 같이 설명했다.

> 明代의 문화는 오히려 官界를 헤엄쳐 가는 데에 실패하여 벼슬을 단념하고 일개 시민으로서 도회지의 티끌 속에 묻힌, 이른바 市隱에 의해 추진되었다. ……明代에는 이러한 隱者가 문화의 중심을 차지하고 있고 더우기[더욱이] 그것이 北京 조정을 배경으로 한 사이비 지식인인 정치가와 대립·저항하고 있었던 것이다.[35]

그들은 비록 적극적인 투쟁방식을 택하지는 않았지만 당시 복고적인 문화 활동의 주체세력이었던 관료계급과는 대립된 입장에 서 있었

李卓吾著述亦可見一斑。"

35 宮崎市定, 『中國史』, 曺秉漢 譯(서울 : 역민사, 1983), 350쪽.

다. 후인의 평가가 어떠하든 만명의 이 산인 계층의 문인들은 당시 사회 내부에서 官途에 좌절된 후, 강남의 도시 지역을 배회하며 詩文·서화 등의 예술적 재능을 매개로 당시의 사대부와 상인들 사이를 왕래함으로써 경제번영의 국면하에 그들 모두는 한 덩어리가 되어 새로운 문화형태를 이루었다. 그들 중에는 분명히 독특한 性行을 지니고 사람들의 이목을 끄는 자들이 많았고 그들의 그러한 색다른 풍격은 바로 그 시대만의 독특한 문학과 예술을 창조해냈던 것이다.

그러나 분명히 해두어야 할 것은, 명말의 이른바 '산인소품' 또는 '산인문학'을 만명소품의 전체로 볼 수 없으며, 만명소품 작가가 모두 산인이었던 것도 아니라는 것이다. 다만, 양자의 상관 관계 속에서 그 직간접적 영향으로 볼 때 만명소품의 작가 유형의 연구에서 '산인'과 관련한 제 문제들은 더욱 명확하게 해명되어야 할 필요가 있다고 본다.

Ⅲ. 만명소품의 범위 문제

만명소품이 포괄하는 대상 작품 또는 문학체재에는 명말 당시로부터 현대에 이르기까지 확정된 범위가 없다. 위에서 살펴본 바와 같이 만명 시대의 소품문집들에 수록된 소품의 체재는 일정하지 않으며, 현존하는 문헌자료로 볼 때에도 만명소품은 그 체재가 정통산문과 별로 다른 것이 없다. 만명소품 관념의 발전은 소품선집의 편집 과정에서 점진적으로 이루어졌을 뿐만 아니라, 소품으로 제명된 만명소품의 문집은 대부분 '選本' 성질의 별집 또는 총집이어서 그러한 작품선집에 수록된 작품의 체재 역시 소품의 작가와 선집의 편자에 따라 달라질 수밖에 없다. 단지 淸人 姚鼐의 13종 고문 분류법 중 대체로 奏議·詔令類에 속하는 應制經濟類의 문장과 같은 이른바 '大篇'만이 소품 범위에서 제외될 뿐으로, 사실 이는 만명소품의 작품 성질이 지닌 '自適'의 정신적 특질로 보면 당연한 귀결이라 하겠다. 그러나 이러한 이분법마저도 만명 당시 소품선집의 실제 편찬과정에서는 절대적인 기준이 될 수 없어 오늘날 만명소품의 이해와 연구에서 혼란을 피할 수 없는 것이 사실이다.[36]

실지로 만명 최후의 소품총집으로 볼 수 있는 숭정 16년(1643)에 간행된 陳天定의 『慧眼山房評選古今文小品』八卷은 선진으로부터 명대에 이르는 200여 작가의 약 600편의 詩賦 및 散文과 騈文을 賦·歌·古樂府·四言·詔勅·制令·敎檄·疏·表·啓·牋·書·文序·詩序·送贈·序·遊集序·傳·記·誄祭文·銘·墓銘·贊·題跋·偈·頌·雜著·散抄 등의 체재로 나누어 수록하여 選文의 대상과 범위를 중국문학의 모든 시대와 작품으로 확대했다. 이는 현대의 소품선집 중에도 선진의 철리·역사산문으로부터 한위·당송·금원·명청의 각체 산문을 두루 수록한 것이 있는 것과 다르지 않아 결과적으로 문학체재로 본다면 소품선집과 역대의 산문선집은 별로 다를 것이 없다. 따라서 문학체재의 구분에 의한 만명소품의 범위 설정은 만명소품의 연구에 그리 큰 의미를 주지 못한다.

다만, 현대인이 편집한 만명소품선집을 살펴보면 만명 당시의 소품선집에 근거하여 작품의 체재를 약간 증감시킨 것이 대부분이나, 어떤 것들은 만명 '소품'의 관념에서 출발하여 만명 당시의 소품선집에는 수록되지 않은 다른 문학체재를 추가한 것도 있어 이는 만명소품에 대한 현대적 해석의 영향을 받은 것으로 보인다. 예를 들면, 현대의 만명

36 '小品'이란 명칭은 晩明 崇禎年間의 실지 상황으로 볼 때 확실히 某種의 문학작품을 두루 지칭하는 것이어서 詩文 詞賦·子史 小說은 물론, 심지어 論策 制辭·賀序 壽序·奏疏 詔令·箴銘 頌贊 등 중국문학의 거의 모든 체재를 다 포괄했다.

소품선집 중 대표적인 것으로 朱劍心의 『晩明小品選注』(1936)에는 論說·序跋·記傳·書簡·日記 등 5종이 수록되어 있는데, 그중 日記類는 만명의 소품선집에는 없었던 것이며, 반대로 만명 당시의 선집이 수록한 箴銘·頌贊·辭賦類 같은 騈儷有韻의 문장은 전혀 수록되지 않았다.[37]

'日記'는 매우 자유로운 문장 형식으로 규정된 양식도 없고 고정된 범위도 없다. 郁達夫(본명 文; 1896-1945) 는 그의 『奇靈集·日記文學』(1928)에서 日記體의 자유롭고 다양한 형식에 대해 다음과 같이 말한 바 있다.

> 일기의 목적은 본래 당신 자신 한 사람에게 보여주려는 데 있기 때문에 당신 자신의 고민을 풀려 하거나 당신의 사적인 일을 잊어버리지 않도록 하기 위해 쓰는 것이다. ……그러므로 일기 문학은 문학에서 핵심적인 부분의 하나이며 정통문학 밖의 보물창고라고 나는 말한다. ……마지막으로 한 마디 더 보태고 싶은 말은, 바로 일기체로 쓴 문장은 두서가 분명한 기사문 외의 소품문·감상문·비평문 같은 것들은 더욱 잘 지을 수 있어 그것의 범위는 광범하고 자유롭다는 것이다.[38]

周作人(本名 櫆壽, 字 啓明; 1885-1967)도 그의 『雨天的書·日記與

37 朱劍心 (編), 『晩明小品選注』, 臺9版(臺北 : 商務印書館, 1987) 참조.

38 郁達夫, 『奇靈集·日記文學』, 周作人 (編), 『中國新文學大系·散文一集』, 趙家璧 (編), 『中國新文學大系』, 全10冊(臺北 : 業强出版社, 重引本, 1990), 6 : 158-163에서 전재 : "日記的目的, 本來是在給你自己一個人看, 爲減輕你自己一個人的苦悶, 或預防你一個人的私事遺忘而寫的。……所以我說, 日記文學, 是文學裏的一個核心, 是正統文學以外的一個寶藏。……最後我更想加上一句, 就是以日記體裁寫下來的文章, 除有始有終的記事文之外, 更可以作小品文, 感想文, 批評文之類, 牠的範圍很廣很自由的。"

尺牘』(1933)에서 日記體의 진실하고 자연스러운 특성을 다음과 같이 강조했다.

> 일기와 척독은 문학 가운데에서 유달리 흥미 있는 것이다. 왜냐하면 다른 문장보다 더욱 선명하게 작자의 개성을 표현해내기 때문이다. 詩文·소설·희곡은 제삼자가 보도록 짓는 것이어서 예술적으로는 더욱 세련될지라도 작위적인 흔적도 많다. 信札은 오직 상대방에게 쓰는 것이고, 일기는 바로 자신에게 보이는 것이어서 당연히 더욱 진실하고 자연스러운 것이다.[39]

이는 곧 王英이 『明人日記隨筆選』(1935)의 「前言」에서 "근래 명대인의 소품문을 출판하는 이가 매우 많으나 수필·일기만이 유독 빠져 있다. 이 책의 간행이 혹시 이러한 결함을 메워 줄 수 있을지 모르겠다"[40]라고 말한 것처럼 일기체는 작자의 진실한 개성과 작품의 자유로운 형식으로 인해 현대 초기 신문학가의 주목을 끌어 소품문의 범위에 새롭게 편입된 것이다.

또한, 陳萬益의 『明淸小品』(1983)에는 書序·傳記·文論·書信·日記·遊記·笑話·寓言·淸言 등의 9종이 수록되어 있는데,[41] 동일한 기준에 의해 문장이 분류된 것은 아니다. 예를 들면, 湯顯祖의 「合奇序」, 袁宏

---

39 周作人, 「日記與尺牘」, 『雨天的書』, 『周作人全集』, 全5册(臺北 : 藍燈文化事業公司, 1982), 2 : 272 : "日記與尺牘是文學中特別有趣味的東西, 因爲比別的文章更鮮明的表出作者的個性。詩文小說戲曲都是做第三者看的, 所以藝術雖然更加精鍊, 也就多有一點做作的痕跡。信札只是寫給第二個人, 日記則給自己看的, 自然是更眞實更天然的了。"

40 陳少棠, 전게서. 24쪽에서 전재 : "近來印明人小品文者甚多, 顧隨筆日記獨付闕如, 此書之行, 或能一補此種缺憾。"

41 陳萬益 (編), 『性靈之聲──明淸小品』(臺北 : 時報文化出版企業公司, 1983) 참조.

道의 「敍陳正甫會心集」과 無礙居士의 「警世通言序」 등의 문장은 문학 체재로는 당연히 書序類에 편입시켜야 했으나, 편자는 별도로 文論類로 분류했다. 편자는 이렇게 함으로써 만명소품을 탄생시킨 '성령' 문학사상의 특징을 부각시키려 했던 것으로 보인다. 또한, 笑話·寓言·淸言 3종은 만명 시대에 특별히 성행했던 문학 형식들로, 만명소품과 관념적으로 유사한 점이 있음을 들어 편자는 독자들에게 새로운 감상의 자료를 제공하려 했던 것으로 여겨진다.

周志文은 그의 『載道與性靈·明淸散文欣賞』에서 명청 산문의 특색을 語錄·淸言·小品·傳統散文의 네 부분으로 나누어 설명하면서 앞의 3종은 모두 만명 시대의 독창적인 형식임을 지적하고, 그중 어떤 것은 그 기원이 만명 이전으로 매우 이르지만 명대에 와서 더욱 성행하고 특히 세련되었다는 것이다.[42] 龔鵬程도 그의 「由菜根譚看晩明小品的基本性質」에서 만명문학 중의 淸言類에 주목하면서 만명인의 笑話·諧謔은 당시의 소품 작가와 밀접한 관계가 있어 이는 그들의 才辯·淸談의 경향을 나타내는 것임을 지적했다.[43]

이렇게 현대에 와서 주목받게 된 만명소품의 새로운 체재들에 대해 陳萬益은 그의 「蘇東坡與晩明小品」에서 다음과 같은 논점을 제시했다.

> 만명의 문인들이 특별히 애호했고 작품이 유달리 많았던 '淸言'은 아예 귀속시킬 장르가 없다. 그러므로 만명소품을 분류하면서, 혹 어떤 장르들을 (만명소품의 범위 밖으로) 제외해버리느니 차라리 만명 문인의 '소품'이란 관점에서 각각의 장르가 어떠한 변화를 일으켰는지 고찰해야 할 것이며, 아울러 그 정통 문체 이외의 문장이 어떠한 특색과 가치

42 周志文, 전게서. 192-219쪽.

43 龔鵬程, 「由菜根譚看晩明小品的基本性質」, 『中國學術年刊』 第9期(1987.6), 179-207쪽.

를 형성했는지에 특히 주의해야 할 것이다. 예를 들면, 笑話와 寓言은 만명 '소품'의 중요한 공헌의 하나이기 때문에 깊이 연구할 만한 대단한 가치가 있다고 나는 개인적으로 생각한다.[44]

淸言·笑話·寓言 등은 정통 문체와 동일한 차원에 속하는 체재는 아니다. 그러나 만약 이러한 다른 차원의 작품들을 동시에 고려할 수 있다면 지금까지의 만명소품의 연구에서 새로운 길을 개척할 수 있을지도 모른다. 그러나 설사 이러한 범주 내의 작품들이 모두 만명의 이른바 '小文小說'에 속하는 것이라 할지라도 여전히 한 가지 문제가 남는다. 그것은 바로 이러한 범주 내의 작품들이 만명소품의 전체 작품 중에서 양적으로나 질적으로 얼마나 중요한 비중을 차지하느냐는 것이다. 이 문제는 실로 매우 중요한 문제이다. 왜냐하면 만명소품 범주의 확정은 만명소품 전체에 대한 최후의 평가 문제와 관련되어 있기 때문이다.

요컨대 만약 만명소품의 개념이 중국문학의 이론 범주 내에서 공헌해야 할 것이 있다면 그것은 분명히 만명의 이른바 '소품'이라는 命名의 유일한 기초 위에서 정의를 내릴 수는 없을 것이다. 중국문학에서 과거 어떤 체재들은 시종 통일된 명칭이 없었고, 또 다른 어떤 체재들은 그것들 사이의 동질성 여부를 막론하고 하나의 호칭 아래 통일되어 함께 논의되곤 했다. 따라서 금후 만명소품의 연구는 당연히 그 구체적인 작품의 예술 구조의 특징으로부터 논의되어야 할 것으로 본다.

---

44 陳萬益, 「蘇東坡與晩明小品」, 『晩明小品與明季文人生活』(臺北 : 大安出版社, 1988), 33쪽 : "晩明文人特別喜好, 作品特別多的「淸言」, 根本沒有文類可歸。所以, 與其爲晩明「小品」分類, 或將某些文類驅逐出境, 不如考察一下晩明文人, 在「小品」的一副眼光底下, 各個文類産生怎麽樣的變化 ; 並且特別注意那些正統文類以外的文字, 是否形成特色與價值。譬如 : 笑話和寓言, 我個人就認爲是晩明「小品」的重要貢獻之一, 非常値得深入硏究。"

晩明小品論

중국 산문전통의 '이단'인가, '혁신'인가?

부록

만명소품 중요 서목 제요

중국문학사에서 명대 중엽 이후에 대두된 공안·경릉파로부터 명조가 패망할 때까지 70여 년 동안에 지어진 명대 후기 산문 중의 특정 작품을 그 문학사적 특징으로 통칭하는 만명소품의 '소품'이란 단어는 당시의 여러 문헌에 자주 등장한다. 그러나 만명 당시의 '소품'은 중국 현대문학의 '소품문'처럼 명확하고 통일된 의미를 지닌 전문 술어로서의 성질을 갖추고 있지는 않다. 오늘날 중국문학사 술어로서의 '만명소품'은 그 특수한 의의와 가치를 지니고 출현한 것으로, 흔히 '만명'이라는 특정 시대와 '소품'이라는 문학형식을 동시에 지칭하는 복합어로 이해되지만 이는 현대에 들어와서야 그 개념 의미가 정착되고 전문 술어로 사용된 것이다. 그러나 엄밀히 말하면, 만명의 이른바 '소품'은 현대의 '소품문'처럼 단순히 문학체재를 지칭하는 용어는 아니다. 그뿐 아니라 5·4 시기의 신문학가들이 일찍이 극찬한 바 있는 만명소품의 대표 작가, 곧 公安 三袁과 竟陵 鍾·譚 및 明末 遺民 張岱 등은 자신들의 작품에 대해 직접적으로 '소품'이란 용어를 표명한 적이 없고, 청대의 『사고전서』 또한 체계적인 평론 속에서 동 개념을 사용한 적이 없다. 그러나 중국문학사에서 만명소품은 분명한 실제적 존재로서 만명 당시에 그러한 명칭과 현상이 있었음은 부인할 수 없는 사실이다. 만명소품은 명대 중엽 이후부터 일기 시작한 신흥 문학의 본질과 특징을 설명하고 실천하는 과정에서 창작된, 그러나 당시에는 아직 완전히 새로운 문학형식으로 발전하지는 못한 一群의 시험적인 문학창작이라 여겨진다. 왜냐하면 첫째, 공안·경릉파 계열의 작가의 작품들도 이전 작가의 작품들과 마찬가지로 결국은 동일 형식의 문학에 속하기 때문이다. 바꾸어 말하면 그들은 언어선택에 있어 여전히 '고문(문언)'을 사용했다는 것인데, 그들의 다른 점은 오직 언어의 표현방식에 있었을 뿐인 것이다. 둘째로, 그들은 문학창작의 종국적 성과는 고려하지 않은 채, 단지 그들 "獨抒性靈, 不拘格套"(袁宏道, 『袁中郎全集』卷一, 「敘小修詩」)의 창작강령을 실천하고자 했을 뿐이었기 때문이다.

사실 만명 문단에서의 '소품'이란 용어의 생성과 유행은 명말 당시 소품의 작가 자신들보다는 오히려 그들 소품의 評選家나 出版商과 깊은 관계가 있다. 그러나 그들 중에는 '소품'이란 특정 용어의 사용을 의도적으로 기피한 경우도 있고, 더욱이 각 '소품' 단어의 개인적 용법에서 분명하면서도 일관된 개념을 파악해내기 어려운 경우도 많아 만명 '소품'의 실제 의미는 현재까지도 상당히 혼란스러울 뿐만 아니라 그것을 한 가지 개념으로 확정하기도 그리 쉽지만은 않다. 따라서 만명소품의 명말 당시의 원 개념을 추적하려면 가장 먼저 '소품'으로 제명된 明刊本의 선집이나 문집으로부터 착수하여 그 개별 용법들을 모두 종합 검토하는 귀납적 방법을 사용할 수밖에 없다. 이와 함께 만명에서 '소품' 유행의 풍기를 형성하는 데 직접적으로 영향을 미친 공안·경릉파의 '성령' 문학이론의 배경과 내용에 대한 고찰도 병행되어야 할 것인데, 이렇게 함으로써 비로소 만명소품이 지닌 복잡한 개념 내용과 그것이 반영하고 있는 시대정신을 동시에 규명할 수 있을 것이기 때문이다.

본고는 이러한 작업의 선행 연구로서 만명소품의 원전자료를 정리해보고자 하는 목적으로 작성되었다. 오늘날 만명 저작의 重刊本은 그리 많지 않아 일반 서적상을 통해 만명소품의 원전자료를 입수하기는 상당히 어려운 실정이다. 본고는 이러한 난점을 고려하고 자료검색의 편의를 위해 '소품'으로 제명된 明刊本(일부는 淸刊本)을 먼저 현존 여부로 분류하고 다시 간행연대의 선후에 따라 배열했으며 각 판본의 소장지도 소상히 밝혀두었다. 아래에 본고의 작성원칙을 附記한다.

가. 본고의 모든 판본명은 관련 목록·색인서 각 條의 표제 原名과, 동 판본을 언급한 관련 논저 중의 제명에 의거했다.

나. 본고의 모든 판본 중, 臺灣과 美洲 지역의 공공도서관 소장본은 모두 필자가 직접 열람한 것으로, 그 권수·편저자·서발문 및 간행연대 등을 최대한 상세하고 정확하게 기술했다.

다. 서명에 따로 '*' 부호로 표시한 판본은 공공도서관 소장본이 아니거나 이미 산실된 것으로 추정되며, 이러한 경우 필자는 관련 서발·목록·색인 및 해당 방면의 연구자료를 참작하여 그 개략적인 내용만을 기술했고, 만명소품 원전자료를 가장 많이 소장하고 있는 臺灣 지역에 소장된 판본이 여타 지역에서 다시 발견될 경우, 이러한 판본은 중복하여 재기술하지 않았다.

라. 동일한 판본명이 전후로 여러 번 기술된 것은 그 권수나 간행자가 다르거나 기타 서로 다른 사항이 있는 것으로 이는 결코 중복이 아니다.

마. 본고는 일부 간접 자료에 의거해 서술한 부분이 있는 관계로 탈루와 착오가 없을 수 없음을 인정하며, 아울러 독자 諸賢의 보충과 질정을 懇求한다.

Ⅰ. 만명소품 관련 주요 원전 저작

1. 『述煮茶小品』一卷

宋 葉淸臣 撰

宋人 葉淸臣(字 道卿 ; ?-1051?, 天聖 2年 進士)의 『述煮茶小品』一卷은 明人 陶珽의 重編『說郛』一百二十卷(淸順治四年兩浙督學李際期刊; 臺北 : 國立中央圖書館所藏, M15226), 卷第九十三에 수록되어 있다. 그 내용은 茶水의 등급을 품평한 것으로 隨筆記錄類의 문장에 속한다. 近人 張宗祥의 明鈔校本 『說郛』一百卷(涵芬樓排印 ; 臺北 : 商務印書館, 影印本, 1972), 卷第八十一, 附錄에는 『述煮茶泉品』이라 제명되어 있다. 昌彼得, 『說郛考』(臺北 : 文史哲出版社, 1979), 1-42쪽에 의하면, 『說郛』는 元末明初人 陶宗儀(字 九成, 號 南村 ; 約 1360年 前後 在世)가 歷朝의 雜史·傳記와 갖가지 패관소설을 모아 편집한 것으로 그 異本이 많으며, 현존하는 2종의 통행본 중 明末 武林 宛委山堂 刻本은 一百二十卷으로 명대인의 重編을 거치면서 이미 원래의 모습을 상실했고, 民國 16年(1927)의 涵芬樓 排印本은 海寧 張宗祥의 明鈔校本 一百卷으로 원서의 모습이 비교적 많이 남아 있다고 한다. 따라서 明人 陶珽의 重編『說郛』一百二十卷本에 의거해 문학범주 내에서의 '소품' 용어의 사용이 이미 송대로부터 시작되었다고 볼 수는 없다.

2. 『煮泉小品』一卷

明 田藝蘅 撰

趙觀 序 自序[嘉靖三十三年(一五五四)] 蔣灼 跋

明人 田藝蘅(一作 藝衡, 字 子藝 ; 約 1570年 前後 在世)의 『煮泉小品』一卷은 陳繼儒(編), 『寶眼堂祕笈』一百八十六種 四百七卷(明萬曆間繡

水沈氏尙白齋刊 ; 臺北 : 國立中央圖書館所藏, M15308), 陳眉公家藏祕笈續函, 第三十二에 수록되어 있다. 그 내용은 茶와 茶水를 논한 역대 詩文을 모아 9種 9性으로 분류 귀납하고, 全書를 源泉·石流·淸寒·甘香·宜茶·靈水·異泉·江水·井水·緖談 등 10類로 나누어 고증을 섞어 논평한 것으로 隨筆箚記 성격의 水品茶經類에 속한다. 권말 蔣灼의 「後跋」 역시 "田子藝는 泉品을 지어 세상의 샘물을 품평했다.(子藝作泉品, 品天下之泉也。)"라고 하여 발문을 쓴 蔣灼이 작자인 田藝蘅의 『煮泉小品』을 일컬어 『泉品』이라 한 것을 보면 『煮泉小品』이란 서명에서 '小品'의 '品'은 '品評'의 의미로 이해된다. 따라서 明人 田藝蘅의 『煮泉小品』은 그 서명으로 볼 때 문학범주 내에서 '소품'으로 제명된 현존 최초의 판본이기는 하나, 서명의 의미와 서적의 내용으로 볼 때 명대 중엽 이후 공안·경릉파 '성령' 문학사상의 영향으로 탄생한 이른바 만명 '소품'과 같은 부류로 볼 수는 없다. 『四庫全書總目提要』, 全5册(武英殿本 ; 臺北 : 商務印書館, 影印本, 1983), 卷一百十六, 子部二十六, 譜錄類存目, 明 田藝衡 撰 『煮泉小品』一卷 條, 3: 528에서도 "이 책은 무릇 源泉·石流·淸寒·甘香·宜茶·靈水·異泉·江水·井水·緖談 등 10類로 나뉘어져 대체로 原本 舊文은 水品 茶經 외에 달리 내세울 것이 없다.(是書凡分十類：一源泉、二石流、三淸寒、四甘香、五宜茶、六靈水、七異泉、八江水、九井水、十緖談。大抵原本舊文未能標異於水品茶經之外。)"라 적고 있다.

3. 『蘇長公小品』二卷

宋 蘇軾 撰 明 王納諫 編

明 萬曆三十九年(一六一一) 章萬椿 心遠軒刊本

王納諫 序 章萬椿 序 汪元啓 序

明人 王納諫(字 聖俞, 號 觀濤 ; 萬曆 35年 進士)이 評選한 『蘇長公小品』二卷(臺北 : 國立中央圖書館所藏, M10214)의 上·下卷에는 宋人 蘇軾(字 子瞻, 號 東坡居士 ; 1036-1101, 嘉祐 進士)의 題跋·雜記·尺牘 등의 단소한 작품 176편이 수록되어 있는데, 그 중 詞體인 「傷春辭」 1首를 제외하고는 모두 산문작품이다. 편자 王納諫은 「敍蘇文小品」에서 『蘇長公小品』 편집의 동기와 과정을 밝혀 "사람은 만물에 있어 큰 사람은 큰 것을 취하고 작은 사람은 작은 것을 취하는 법인데 詩文 또한 그러하다. 오늘의 문인들은 모두 세상에 머물면서 영구한 대업을 이야기하나, 이는 내가 의문을 두는 바가 아니다. 나는 문장에서 무엇을 얻겠는가? 대답하자면, 졸릴 때 맑은 정신을 얻고 피로할 때 편안함을 얻고 괴로울 때 즐거움을 얻고 한가할 때 소일거리를 얻는다. 이것이 내가 문장에서 얻는 것인데, 모두 먼 훗날의 희망이 아니라 잠깐의 환락일 뿐이다. 옛말에 작은 종이는 大作을 품을 수 없고, 짧은 두레박줄은 깊은 우물의 물을 길을 수 없다고 했다. 나는 옛날의 文辭 중, 여러 점잖고 우아한 大作들을 읽을 때마다 번번이 끝까지 다 본 적이 없었으니, 아! 이것이야말로 내가 小品을 편집하게 된 까닭인 것이다. 처음에 나는 諸子書와 歷史書를 엮어 보고 그 小言을 가려 모으려 했으나 힘이 미치지 못했다. 蘇長公은 운치가 많고 해학에 뛰어나며 때로 또 微言이 섞여 있는 까닭으로 먼저 편집이 이루어졌다.(人于萬物, 大者取大, 小者取小, 詩文亦然。今之文人皆譚駐世千秋之業, 而非余所存問。余于文何得 ? 對日 : "寐得之醒焉, 倦得之舒焉, 慍得之喜焉, 暇得之銷日焉, 是其所得于文者, 皆一餉之驩也, 而非千秋之志也。" 古語有之 : "楮小者不可以懷大 ; 綆短者不可以汲深。" 余讀古文辭諸春容大篇者, 輒覽弗竟去之。噫嘻 ! 此小品之所以輯也。始余欲編閱子史而掇其小言, 而力未之逮也。以長公多韻且善謔, 時復參微言, 故輯先成。)"라고 하여 '小品'

을 '典雅한 大作(舂容大篇)', 즉 정통산문 중의 경세 실용의 문장과 상대되는 의미로 사용했다. 王納諫의 『蘇長公小品』을 만명 '소품'과 관련한 최초의 문헌으로 본다면, 중국문학사상 '소품'의 출현은 '載道' 목적의 정통산문과 상대되는 개인주의 색채와 쾌락가치 지향의 순수 취미성 문장관을 반영한 것이라 하겠다. 王納諫의 서문에는 자신이 사용한 '소품' 용어에 대한 더 이상의 구체적인 해설은 보이지 않으나, 자신의 소품선집은 蘇軾의 다양한 운치와 뛰어난 해학, 그러면서도 미묘한 뜻을 지닌 말들 때문에 다른 것에 앞서 먼저 편집하게 되었다고 말함으로써 王納諫의 이른바 '소품' 역시 바로 그러한 성질의 문학작품을 지칭하는 것이라고 볼 수 있다.

4. 『蘇長公小品』四卷

宋 蘇軾 撰 明 王納諫 編

明 吳興 凌啓康刊 朱墨套印本

施展賓 序 凌啓康 序 王納諫序 章萬椿 序

明人 王納諫의 『蘇長公小品』四卷(臺北 : 國立中央圖書館所藏, M10216)은 明 萬曆 39年(1611)에 간행된 『蘇長公小品』 二卷本을 吳興의 凌啓康이 四卷으로 重編하여 朱·墨 2色으로 套印한 것이다. 문장을 문체에 따라 재배열하고, 다시 몇몇 문장을 가감하여 모두 177편을 수록한 것 외에는 二卷本과 별 다른 차이가 없다. 그 체재는 卷一 : 賦(2편)·序(2편)·記(7편)·傳(1편)·啓(2편)·策問(5편), 卷二 : 尺牘(30편)·頌(3편)·偈(5편)·贊(7편), 卷三 : 銘(11편)·評史(9편)·雜著(8편)·題跋(7편), 卷四 : 題跋(47편)·詞(1편)·雜記(30편)로 되어 있다. 重編者 凌啓康이 「刻蘇長公小品序」에서 "세간에는 蘇長公의 문장을 읽는 자가 많아 그 選錄은 한 編만이 아니며, 撰集은 한 種만이 아니다. 그러나 소품을 선록한

자는 없었으니 소품을 선록한 것은 王聖俞 선생으로부터 시작되었다. (世讀蘇長公文綦眾矣, 選不一集, 集不一種, 然未有選小品者, 選之自聖俞王先生始。)"라고 한 것으로 보아 王納諫은 만명 당시 蘇軾 선집의 수많은 편자 중 '소품' 문장을 최초로 선록한 자이며, 만명 '소품' 관념은 만명 당시 前代 작가 宋人 蘇軾의 작품을 선록하는 과정에서 발생한 것임을 알 수 있다.

5.『蘇黃風流小品』十六卷

宋 蘇軾·黃庭堅 撰 明 黃嘉惠 編

明 晩葉刊本

黃嘉惠 序 陳繼儒 序

明人 黃嘉惠가 評選한 『蘇黃風流小品』十六卷(明萬曆晩年刊 ; 프린스턴 : 프린스턴대학교 동아시아도서관 소장, TD63/2617)은 현재 미국 프린스턴대학교 동아시아도서관에 소장되어 있다. 편자 黃嘉惠는 蘇軾의 題跋 四卷, 尺牘 二卷, 小詞 二卷과 黃庭堅의 題跋 四卷, 尺牘 二卷, 小詞 二卷을 수록하고, 자신의 서문에서 편집동기를 밝혀 "氣骨로 뛰어난 자로는 呂不韋·劉安·班固·司馬遷·屈原·宋玉일 뿐이고, 風韻으로 뛰어난 자로는 晉의 陶潛·謝靈雲, 唐의 韋應物·孟浩然, 宋의 蘇軾·黃庭堅일 뿐이다. 北朝 宋의 劉義慶 이후 單辭는 가히 생기가 돌게 하고 片語는 족히 敬服하게 하여 名理를 短章에 빗대고 至道를 雜組에 부쳤으니 나는 유난히 蘇軾과 黃庭堅을 기억하고 가슴에 간직한다. 그러나 두 분의 風流는 다 소품에 있는데, 여태껏 집어낸 자가 없었다. 王聖俞(王納諫) 吏部로부터 『소품』을 刊刻하기는 했으나 단지 열에 두셋밖에 뽑지 못했다. 楊修齡(楊鶴) 侍御는 문장을 죄다 들어 썼으나 題跋에 사로잡혔고, 陳眉公(陳繼儒) 徵君은 '두 분의 가장 훌륭한 것은 題跋

과 尺牘과 小詞에 있으니 마땅히 합쳐서 따로 간행해야 할 것'이라 했다. 그래서 나는 가려 뽑고 여러 평어 중에서 雋雅한 것들을 아울러 따붙였다. 매번 한 편씩 집어들 때마다 정말 말하는 그대로 졸릴 때 맑은 정신을 얻고 괴로울 때 기쁜 마음을 얻는다. 지금 사람들은 이따금 經子書를 볼 때면 하품을 하면서도 志怪나 小說에는 여가시간을 다 허비해버린다니 나는 이 소품집을 추천하고 싶다.(氣骨則呂不韋、劉安、班、馬、屈、宋是已；風韻則晉之陶、謝, 唐之韋、孟, 宋之蘇、黃是已。劉義慶以後, 單辭可使色飛, 片語足使絶倒, 寓名理於短章, 寄至道於雜俎, 余尤於蘇黃二公服膺焉。然二公之風流皆在小品, 從來無拈出者, 自王聖俞吏部刻有『小品』, 而僅取什之二三。楊修齡侍御畢擧而止於題跋, 陳眉公徵君謂：'二公之最妙在題跋, 在尺牘, 在小詞, 當合之另行。' 余因取而併采諸評雋雅者附之。每手一篇, 眞所謂寐得之醒, 惱得之喜者。今人往往於經史欠伸, 棄暇晷於齊諧、虞初焉。吾請以是集進矣。)" 라고 말함으로써 소품의 작자와 작품의 선정기준을 '風流'와 '風韻'에 두었다. 屈萬里 (編), 『普林斯敦大學葛思德東方圖書館中文善本書志』(板橋：藝文印書館, 1975), 549쪽에는 '『蘇黃小品』十六卷'으로 표제를 달고 있는데 서명에서 '風流'가 빠진 원인을 알 수는 없으나 이는 오류로 보아야 할 것이며, 또 그 字體로 보아 간행연대도 '萬曆晩年'으로만 추정하고 있으나 評選 취지나 편집 체재로 볼 때 王納諫의 『蘇長公小品』(1611)의 간행과 비슷한 시기로 보는 것이 비교적 타당할 것이라 본다.

6. 『東坡集選』五十卷(一名『蘇長公小品』)

宋 蘇軾 撰 明 陳夢槐 編

明刊本

陳繼儒 序

明人 陳夢槐가 評選한 『東坡集選』五十卷(臺北 : 國立中央圖書館所藏, M10203)은 처음부터 『蘇長公小品』으로 불린 것은 아니나, 이 책에 실린 陳繼儒의 서문 「蘇長公集選敘」가 나중에 陳繼儒의 문집 『晩香堂集』十卷, 『眉公十種藏書』, 章台鼎 訂(明崇禎九年刊 ; 臺北 : 國立中央圖書館所藏, M15402), 卷一과 『眉公先生晩香堂小品』二十四卷, 湯大節 編(明末武林湯氏簡綠居刊 ; 臺北 : 國立中央圖書館所藏, M13084), 卷十一, 그리고 『陳眉公先生全集』六十卷(明崇禎間華亭陳氏家刊 ; 臺北 : 國立中央圖書館所藏, M13079), 卷二 등에 수록되면서 모두 「蘇長公小品敘(序)」로 개칭된 것으로 보아 당시 陳夢槐의 『東坡集選』을 『蘇長公小品』으로도 명명했음을 알 수 있다. 그러나 陳夢槐(字 元植, 江陵人)의 『東坡集選』은 그 편집의 동기와 체제가 王納諫의 『蘇長公小品』과 전혀 다름에도 불구하고 당시 '蘇長公(東坡)集選'이 '蘇長公小品'으로 개칭된 정확한 원인은 알 수가 없다. 陳夢槐는 「東坡集選目錄」에서 "小言·雜文·簡跋 같은 것은 앞에 세우고, 다음으로 贊·銘·頌·偈는 한 편도 버리지 않았으며, 그 다음으로 記·傳의 여러 문장을 실었다. 그런 다음에 大文章을 뒤에 두고 아울러 詩·詞 중 뜻이 깊고 아름다운 것을 뽑아 모두 50권으로 만들었으니 바라건대 蘇軾의 別本이 되었으면 한다(以小言、雜文、簡跋類列於前 ; 次贊銘、頌偈, 俱一首不遺 ; 再次記傳諸文, 然後殿之以大文字, 併選詩詞雋雅者合爲五十卷, 庶作坡公之別本云。)"라 하고, 正文 五十卷을 蘇軾의 '小文類'(卷之一~十九 : 志林·雜記·雜文·書後·書事·尺牘·贊·銘·頌·偈·箴·疏), '文類'(卷之二十~三十一 : 序·記·傳·書·啓·祝文·祭文·墓誌·碑文·擬作), '大文類'(卷之三十二~四十 : 策問·制策·策略·策別·策斷·論·表狀·外制勑制·內制詔勑·內制批答·內制表本·內制導引歌辭·奏議)의 文과 賦(卷之四十一), 辭·琴操·樂語(卷之四十二), 詩(卷之四十三~四十九 : 四言古·五言古·七言

古·五言律·五言排律·七言律·七言排律·五言絕句·六言絕句·七言絕句), 詩餘(卷之五十)로 나누어 편집했다. 여기서 편자 陳夢槐는 蘇軾의 문장 중 '소품'만을 선록하지는 않았지만 蘇軾의 문장을 小文·文·大文으로 나눈 분류의 관점은 王納諫의 『蘇長公小品』의 영향을 받은 것으로 보이며, 이것에서 蘇軾의 詩文에 대한 명대인의 특징적인 인식태도를 엿볼 수 있다. 陳繼儒는 「蘇長公集選敘」에서 "蘇軾의 문집을 선록하려 한다면 마땅히 그 짧으면서도 뜻이 깊은 것을 끄집어내어 앞에다 두고, 일의 이치를 검토하는 論策은 많게는 수만 언에 달하는데 經學을 학습하는 이들이 항상 외어 익히는 것들은 그 뒤에 두어야 한다.(如欲選長公之集, 宜拈其短而雋異者置前, 其論策封事, 多至數萬言, 爲經生之所恒誦習者, 稍後之。)"라 하여 陳夢槐가 분류한 大文을 '經生之所恒誦習者', 小文을 '短而雋異者'라고 묘사했다. 陳繼儒의 이 말은 만명소품의 편집방법상의 개념으로 이해할 수 있으며, 이른바 '短而雋異'는 만명소품의 작품 성격을 집약적으로 묘사한 문학창작상의 개념으로 바로 오늘날 만명소품 작품 연구의 핵심 문제이다. 『東坡集選』의 간행연대는 陳萬益, 「蘇東坡與晚明小品」, 『晚明小品與明季文人生活』(臺北 : 大安出版社, 1988), 9쪽에 의하면 萬曆 41年(1613)에서 48年(1619) 사이로 보는데 대체로 타당하다고 본다.

7. 『閒情小品』三十三卷

明 華淑 輯

明 萬曆間刻本

陳繼儒 序 陳所聞 序 吳天胤 序 張徵 序 自序[萬曆四十五年(一六一七)]

明人 華淑(字 聞修, 號 斷園居士 ; 1589-1643)이 편집한 『閒情小品』 三十三卷은 현재 미국 국회도서관에 소장되어 있다. 王重民(編), 『美國國會圖書館藏中國善本書目』(永和 : 文海出版社, 1973), 677-678쪽과 王重民 (編), 『中國善本書目提要』(臺北 : 明文書局, 1984), 425-426쪽에 의하면 그 내용은 모두 26종으로 다음과 같다.

『書紳要語』一卷有引	『睡方書』一卷	『雨窓隨喜』一卷
『清史』一卷	『迷仙志』一卷有引	『田園詩』十首
『清涼帖』一卷	『草堂隨筆』二卷有序	『談塵』二卷有序
『文字禪』一卷有引	『文章九命』一卷	『千古一朋』一卷
『揚州夢』一卷補一卷	『樂府餘編』一卷	『說儁』四卷有序
『癖顚小史』二卷有引	『逃名傳』一卷有引	『花寮』一卷有引
『花間碎事』一卷	『酒考』一卷	『頌酒雜約』一卷
『品茶八要』一卷	『香韻』一卷	『療言』一卷
『貯書小譜』一卷	『書齋清事』一卷	

華淑은 「題閒情小品序」에서 편찬과정을 설명하여 "긴 여름날 초려에서 마음 내키는 대로 책을 뽑아 훑으면서 古人의 佳言·韻事를 얻었다. 다시 제멋대로 초록하고 즐거워 만족하면 그만두어 얼마간 한적한 날의 소일거리로 삼았으니 이름 지어 『閒情』이라 했다. 經部書도 史部書도 아니요 子部書도 集部書도 아니니 스스로 일종의 閒書를 이루었을 뿐이다.(長夏草廬, 隨興抽檢, 得古人佳言韻事, 後隨意摘錄, 適意而止, 聊以伴我閒日, 命曰閒情. 非經非史, 非子非集, 自成閒書而已。)"라고 하여 讀書箚記 성격의 저술인 『閒情小品』은 작가의 창작의식이나 작품의 예술 특징 면에서 공안·경릉파 작가의 만명소품과는 확연히 구

별된다. 孫耀卿 (編), 『清代禁書知見錄』, 第3版(臺北 : 世界書局, 1979), 171쪽에는 『閒情小品』의 卷數를 二十二卷으로 기록하고 있는데 그 자세한 사정은 알 수 없다. 華淑의 「題閒情小品序」는 朱劍心 (編), 『晚明小品選注』, 臺9版(臺北 : 商務印書館, 1987), 70-71쪽과 陳萬益 (編), 『明淸小品』(臺北 ; 時報文化出版企業有限公司, 1987), 28-29쪽에 全文이 수록되어 있다.

8. 『鸞嘯小品』*

明 潘之恒 撰

路工의 『訪書見聞錄』(上海 : 上海古籍出版社, 1985), 296-302쪽, 「明代戲曲表演藝術評論家潘之恒」에 의하면 『鸞嘯小品』은 明人 潘之恒(字景升, 安徽歙人 ; ?-1621, 享年 約 80歲)의 희곡평론에 관한 저술이라 한다.

9. 『湧幢小品』三十二卷

明 朱國禎 撰

明 萬曆四十七年(一六一九)刊本

이 판본은 臺灣省立臺北圖書館(現 臺灣 國立中央圖書館 내에 있음)에 소장되어 있다. [구체적인 사항은 다음 (10)條를 참고]

10. 『湧幢小品』三十二卷 五部

明 朱國禎 撰

明 天啓間 湖上 朱氏 原刊本

自序 又跋[天啓二年(一六二二)]

이 판본은 모두 5부로 臺灣 國立中央圖書館이 4부를, 國立中央研究

院 歷史語言硏究所가 1부를 소장하고 있다. 明人 朱國禎(一作 國楨, 字文寧 ; 1558-1633, 萬曆 17年 進士)의 『湧幢小品』三十二卷(臺北 : 國立中央圖書館, M7437)은 明代 雜記叢考類의 筆記 중 비교적 유명한 것으로, 歷代 掌故를 잡다하게 기록하고 더러는 고증을 겸한 歷史瑣文類의 筆記에 속한다. 『四庫全書總目提要』, 卷一百二十八, 子部三十八, 雜家類存目五, 3:757의 『湧幢小品』條에서는 "朱國禎의 『湧幢小品』은 여러 가지 견문을 적고 간혹 고증을 하기도 했다. 그 是非는 眞相을 그리 많이 잃지는 않아 明末의 『說部』 중 오히려 질박하고 진실하다. 그러나 너무 많은 것을 얻고자 애써 잡초를 정화 속에 빠뜨림으로써 도리어 모래 속의 금가루와 같은 아쉬움이 있다.(是書雜記見聞, 亦間有考證。其是非不甚失眞, 在明季說部之中, 猶爲質實, 而貪多務得, 使蕪穢汨沒其菁英, 轉有沙中金屑之恨。)"라고 평하고 있다. 朱國禎이 「湧幢小品自敍」에서 그 편찬과정을 설명하여 "덩굴풀 꽃이 名園에서 조용히 웃고 개구리 떼가 天籟 중에 울어대듯 나도 나만의 법식을 따름은 이 역시 초야에서 한가하게 지내는 사람의 한 가지 즐거움이다. 그러나 또 宋代 洪邁의 『容齋隨筆』을 염두에 두나 이 역시 쉽게 희구할 수 있는 바가 아니니, 장차 외형만 같고 실질이 다르다고 사이비란 책망을 듣게 될 것이다. 때마침 내가 창안한 湧幢이 처음 만들어져 그 속에서 독서하며 몰래 글을 짓고 이윽고 湧幢을 편명으로 삼았다. 小品이라 함은 雜組와 같은 의미이다.(蔓花舒笑于名園, 蛙部鼓吹于天籟, 我用我法, 此亦散人之一快。而又念洪亦未易可希, 將使人有優孟之誚。會所創湧幢初成, 讀書其中, 潛爲之說, 遂以名篇。其曰小品, 猶然雜組遺意。)"라고 한 것으로 보아 『湧幢小品』의 '小品'은 '雜組'의 의미로 쓴 것임을 알 수 있다. 또한 朱國禎의 이른바 '湧幢'이란 일종의 移動式 木亭으로 朱國禎은 萬曆 47年(1611)에 이미 「湧幢說」을 지은 바 있어 앞 (9)條의 臺灣省立

臺北圖書館 소장본 『湧幢小品』三十二卷의 간행연대는 바로 이 「湧幢說」의 창작시기에 의거한 것으로 보인다. 현대의 重刊本으로 繆宏의 點校本 『湧幢小品』, 全2冊(北京 : 文化藝術出版社, 1998)이 있다.

11. 『湧幢小品』三十二卷

明 朱國禎 撰

明刊本

이 판본은 臺灣 國立臺灣大學圖書館에 소장되어 있다.[구체적인 사항은 앞 (10)條를 참고]

12. 『湧幢室小品』六十種*

이 판본명은 鍾敬文, 「試談小品文」, 李寧 (編), 『小品文藝術談』(北京 : 中國廣播電視出版社, 1990), 30쪽에 보이는데, 明人 朱國禎의 『湧幢小品』三十二卷의 異名으로 의심되나, 그 자세한 사항은 알 수 없다. 鍾敬文의 이 글은 원래 『文學週報』, 合訂本, 第7卷(1927)에 등재된 것이다.

13. 『媚幽閣文娛』不分卷 二部(一名 『時賢雜作小品』)

明 鄭元勳 編

明 崇禎間 鄭元化刊本

鄭元化 跋[崇禎三年(一六三○)]

이 판본은 현재 臺灣 國立中央圖書館에 2부가 소장되어 있다. 明人 鄭元勳(字 超宗, 號 惠東 ; 1604-45, 崇禎 16年 進士)이 評選한 『媚幽閣文娛』不分卷(臺北 : 國立中央圖書館, M14366)은 만명 당대 작가의 작품을 수록한 최초의 소품선집으로 初集과 二集이 있다. 한국 국립중앙

도서관에는 陳繼儒 訂, 鄭元勳 選, 『媚幽閣文娛』二集[崇禎 十二己卯(1639) 鄭元勳 自序]이 소장되어 있고, 서울대학교 규장각에는 『文娛』八册 零本(卷三, 八 二册 缺)이 소장되어 있다. 近人 沈啓无, 「閒步庵隨筆――媚幽閣文娛」, 『人間世』, 第2期(1934. 4), 32쪽에 의하면 『媚幽閣文娛』二集은 崇禎 12年(1639)에 重刊되었고, 그 수록범위가 약간 넓어진 것 외에는 初集과 다름이 없다고 한다. 또한 沈啓无의 이 글은 二集의 권두 한 면에는 따로 『時賢雜作小品』이라는 題名이 보인다고 덧붙였는데, 미국 국회도서관 소장본 『文娛』의 권두에도 '文娛'와 함께 '時賢雜作小品'이란 제명이 보이며, 이 『文娛』의 별칭으로서의 '時賢雜作小品'은 『媚幽閣文娛』 初集의 또 다른 판본에서 陳繼儒가 서문을 쓰면서 일찍이 사용한 바 있다. 선록된 작가로는 倪元璐·王季重·陳眉公·董其昌의 문장이 비교적 많고, 徐世溥·譚友夏·萬時華·楊文驄의 문장 역시 적지 않다. 그리고 劉同人의 『帝京景物略』 중에서 40여 편이 선록되어 거의 전집의 절반을 차지하고 있다. 체재로는 序·跋·傳·記·制辭·奏疏·疏·議·策·雜文·贊·讚·說·頌·評·疏·語·駢語 등이 수록되었고, 詩詞 작품은 포함되어 있지 않다. 간행자 鄭元化는 跋文에서 "이 문집의 독자로는 通士·達人이나 逸客·名流가 적합하므로 반드시 山舍와 水閣 사이에서 좋은 날에 뛰어난 정회를 품고, 향불을 피우며 샘물을 품평하고, 꽃에 누워 달을 노래한다면 근심을 풀 수 있고, 권태를 떨쳐버릴 수 있고, 번민을 씻어 밀쳐낼 수 있다.(覽是集者, 宜通人達士, 逸客名流, 猶必山寮水榭之間, 良辰奇懷之際, 爇香品泉, 臥花謂月, 則憂可釋, 倦可起, 煩悶可滌可排。)"라고 하여 당시 독자에 대한 소품의 효용가치를 설명하고 있다. 清 軍機處 (編), 『禁書總目』, 「軍機處奏准全燬書目」과 「浙江省查辦奏繳應燬書目」 및 清 榮柱 (刊), 『違礙書目』, 「應繳違礙書籍各種名目」에 의하면 『媚幽閣文娛』는 清代의 서적 검열에서 '全

燬' 또는 '違礙'類로 분류되었다.

14.『文娛』不分卷

明 鄭元勳 編

明 崇禎三年(一六三○)刊本

陳繼儒 序 自序

이 판본은 臺灣 國立中央研究院 歷史語言研究所에 소장되어 있다. 수록된 各家의 序跋에 따라 앞 (13)條의『媚幽閣文娛』와 구별되나 내용은 동일하다. 陳繼儒는「文娛叙」에서 "최근 몇 해 사이 喪中의 겨를을 틈타 이 시대 諸賢들이 지은 갖가지 소품을 찾아 구하여 품평해 보니 모두가 새싹이 처음 돋아나듯 새롭고, 발랄한 기상이 팔방으로 드높다. 법도 밖의 법도, 취미 밖의 취미, 풍운 밖의 풍운이 있고, 아름다운 문사와 새로운 가락이 줄줄이 이어져 모인 것이 융경·만력 이래 문단 풍상의 걸출한 한 시기를 맞이한 것 같다.(近年緣讀禮之暇, 搜討時賢雜作小品題評之, 皆芽甲一新, 精彩八面, 有法外法, 味外味, 韻外韻, 麗典新聲, 絡繹奔會, 似亦隆萬以來, 氣候秀擢之一會也。)"라 하여 소품을 융경(1567-1572)·만력(1573-1620) 이래 당시 문단의 풍기가 변화하여 나온 새로운 産物로 규정하고 그 성과를 매우 긍정적으로 평가했다. 또 이어서 "옛적 弇州公(王世貞)이 代를 이어 일어났을 때 마치 천둥소리가 세차고 빠르게 울려 퍼지듯 후배들이 발자국을 좇아 뒤따름이 마치 晚唐 西崑體의 宗主 李義山(李商隱)이나 宋代 江西詩派의 宗主 黃魯直(黃庭堅)과 흡사했다. 楚땅의 公安 袁氏 삼형제는 숙고하고 일변하여 弇州公의 이러한 문단에서의 지위를 뺏으려 했으나, 사람들은 전적으로 그들을 따르지는 않았다. 그러나 새것과 묵은 것은 서로 자리를 바꾸기 마련인지라, 작자들은 때로는 단독으로 출현하기도 하고 때로는 사방에서 속출하기도 하여 마치 神鷹이 팔찌를 잡아당겨 九天을 가르듯, 天馬가 고삐를 빠져나와 千里를 달려가듯 하니 만약 弇州公이 이것을 본다 할지라도 역시 그 기세가 앞서 감을 느껴 미처 자신의 생각이 미치지 못했음을 알고 탄성을 발할 것이다. 中唐의 白樂天(白居易)이 '천하에 절대적인 正聲이란 없다. 귀로 들어서 기쁘면 즐거움인 것이다'라고 한 말이 있는데, 그것은 바로 이러한 것을 말함인가?(往弇州公代興, 雷轟霆鞫, 後生輩重跰而從者, 幾類西崑之宗李義山, 江右之宗黃魯直。楚之袁氏, 思出而變之, 欲以漢幟易趙幟, 而人不盡服也。然新陳相變, 作者或孤出, 或四起, 神鷹掣韝而擘九霄, 天馬脫轡而馳萬里, 卽使弇州公見之亦將感得氣之先, 發起予之歎。白樂天有云：天下無正聲, 悅耳卽爲娛。豈是之謂耶？)"라고 당시 문단의 변화상을 요약한바, 『文娛』初集이 간행된 崇禎 3年(1630)은 바로 경릉파가 일어나 '幽深孤峭'로써 공안파 말류 '俚率'의 폐단을 교정하려 한 시기로, 陳繼儒는 그러한 변화를 '新陳相變'이라 표현함으로써 당시 문학창작의 새로운 변모를 찬양했다. 따라서 『文娛』의 편자 鄭元勳의 選文도 경릉파에 편중되었고, 반면 公安 三袁의 문장은 거의 배제되었다. 또한 鄭元勳은 「自序」에서 "무릇 사람의 마음(情)은 새것을 좋아하고 옛것을 싫어하며 慧智를 좋아하고 拙愚를 싫어함이 보통인 것이니, 이 새로운 것(新)과 슬기로운 것(慧) 가운데에는 왜 극진한 道가 깃들지 못한단 말인가? 春秋·齊의 晏嬰과 西漢의 東方朔은 諧語·戲言으로 임금님께 풍간을 행하였으니 그 공로가 목이 깨뜨려져 죽임을 당하고 가슴이 찢기어 쪼갬을 당하는 일보다 덜하다고 누가 말하겠는가? 문장(文)은 마음을 즐겁게 하는 것이라서 마음이 지극하지 않고서 문장이 극진하게 된 적은 없었다. ……나는 문장이 사랑스러워 가까이 두고 읽으며 즐기기에 부족하다면, 六經 이외의 나머지는 모두 불살라 버려도 좋다고 생각한다.

六經이라 하는 것은 뽕과 삼이나 콩과 조가 사람을 입히고 먹일 수 있는 것과 같고, 문장이라 하는 것은 기이한 꽃과 아름다운 문채의 날개가 사람의 이목을 즐겁게 해주고 사람의 심정을 기쁘게 해주는 것과 같다. 만약 아름답고 어여쁜 것을 기대할 수 없다면, 천지의 산물인 창생을 먹이고 입히는 것으로 충분하다. 그렇다면 저 사람을 즐겁게 해주는 것은 무슨 이득이 있어 함께 기르는 것인가? 사람이 먹을 것과 입을 것을 얻지 못하면 삶을 영위할 수 없으나 기쁨을 얻지 못하면 그 삶 또한 메말라 버린다. 그러므로 이 두 가지는 균형을 이루어야지 어느 한 편만을 물리치지 못하는 것이다.(夫人情喜新厭故, 喜慧厭拙, 率爲其常, 而新與慧之中, 何必非至道所寓？晏子、東方生以諧戲行其諷諫, 誰謂其功在碎首剖心之下？文以適情, 未有情不至而文至者。……吾以爲文不足供人愛玩, 則六經之外俱可燒。六經者, 桑麻菽粟之可衣可食也；文者, 奇葩文翼之怡人耳目, 悅人性情也。若使不期美好, 則天地產衣食生民之物足矣, 彼怡悅人者, 則何益而並育之？以爲人不得衣食不生；不得怡悅則生亦槁, 故兩者衡立而不偏絀。)”라고 하여 ‘性情’과 ‘興趣’ 중심의 문장관을 발휘하고, 당시 독자에 대한 소품의 효용가치를 설명했다. 그의 견해가 비록 편파적이고 과격한 면이 없지 않으나, ‘性情’에 치중한 심미관념과 ‘興趣’ 위주의 심미취향은 바로 당시 문단이 추구했던 창작의 중점임과 동시에 당시 독자들이 기울였던 관심의 초점이기도 했다. 따라서 명말에 유행했던 소품 저작은 그 편찬의 동기와 취향에 모두 이러한 경향을 띤 것이 또한 일반적인 현상이다. 陳繼儒의 「文娛敍」는 朱劍心 (編), 『晚明小品選注』, 臺9版(臺北 : 商務印書館, 1987), 81-83쪽과 陳萬益 (編), 『明淸小品』(臺北 : 時報文化出版企業有限公司, 1987), 18-19쪽에, 그리고 鄭元勳의 「自序」는 陳萬益 (編), 『明淸小品』(臺北 : 時報文化出版企業有限公司, 1987), 9-10쪽에 「文娛初集序」라는 제목으로 全文이 수록되어 있다.

15.『媚幽閣文娛』八卷

明 鄭元勳 編

明 崇禎間刻本

陳繼儒 序 唐顯悅 序 自序{崇禎三年(一六三○)}

明人 鄭元勳이 評選한 『媚幽閣文娛』 八卷本은 현재 미국 국회도서관에 소장되어 있다. 이 판본은 唐顯悅(字 梅臣 ; 天啓 2年 進士)의 서문이 수록되어 있어 앞 (13), (14)條의 두 판본과 구별된다. 王重民 (編), 『美國國會圖書館藏中國善本書目』(永和 : 文海出版社, 1973), 1111-1112와 王重民 (編), 『中國善本書目提要』(臺北 : 明文書局, 1984), 477쪽에 의하면, 권수를 八卷으로 기재하고 있으나 필자가 직접 확인해본 바로는 이 판본 역시 不分卷本이며, 다만 全書가 八册으로 나뉜 까닭으로 일어난 오류로 보인다. 작품은 체재에 따라 第一册 : 賦·歌行·篇·文, 第二册 : 書·序, 第三册 : 序·跋, 第四册 : 制辭·奏疏·疏·議·策, 第五册 : 傳, 第六册 : 記, 第七册 : 記·雜文, 第八册 : 雜文·贊·讃·說·頌·評·疏·語·駢語로 나누어 수록되어 있다. 唐顯悅이 「文娛序」에서 편자 鄭元勳의 말을 인용하여 "소품 一派는 명대에 흥성했다. 편폭은 단소하나 정신은 멀고, 필묵은 희소하나 취지는 깊다. 野鶴이 홀로 울면 뭇 닭들은 소리를 죽이고, 寒瓊이 홀로 피어오르면 뭇 풀들은 姿色을 감춘다. 이런 까닭으로 한 글자로 스승을 삼을 만하고 세 마디 말로 관리로 등용할 만하다. 이 글과 함께 하면 즐거움이 어찌 그 끝을 다하겠는가?(小品一派, 盛於昭代, 幅短而神遙, 墨希而旨永。野鶴孤唳, 群雞禁聲 ; 寒瓊獨朵, 眾卉避色。是以一字可師, 三語可掾 ; 與於斯文, 欒曷其極 ?)"라고 한 것으로 보아 소품은 명대 중엽 이후의 문단에서 일정한 풍기를

형성하고 있었음을 알 수 있다. 여기서 소품의 작품 성격을 묘사한 "幅短而神遙, 墨希而旨永"이란 말은 또한 앞 (5)條의 陳夢槐가 評選한 『東坡集選』에 실린 陳繼儒의 「蘇長公集選敘」에서 말하는 '短而雋異'와 같은 의미로 볼 수 있다. 唐顯悅의 「文娛序」는 朱劍心 (編), 『晚明小品選注』, 臺9版(臺北 : 商務印書館, 1987), 67-68쪽에 全文이 실려 있다. 『媚幽閣文娛』 初集은 그 수록된 序跋의 有無로 볼 때 鄭元化의 발문만 수록된 것(臺灣 國立中央圖書館 소장본), 陳繼儒의 서문과 鄭元勳의 自序가 수록된 것(臺灣 國立中央研究院 歷史語言研究所 소장본), 그리고 여기에 다시 唐顯悅의 서문이 추가된 것(美國 國會圖書館 소장본) 등이 있어 판본이 다양하고 후에 다시 二集이 重刊된 점 등으로 보아 그 전파의 범위가 매우 광범하고 당시의 영향력 또한 매우 컸음을 짐작할 수 있다. 따라서 이때에 이르러 이른바 '소품'의 개념은 상당히 보편화되어 이미 당시의 독자들이 공통적으로 인식할 수 있는 정도에 이르렀다고 본다.

16. 『媚幽閣文娛』初集 不分卷*

明 鄭元勳 編

明 崇禎三年(一六三○) 白門 李希禹刊本

自序

이 판본은 近人 沈啓无, 「閒步庵隨筆——媚幽閣文娛」, 『人間世』, 第2期(1934. 4), 32-34쪽에 보인다. [구체적인 사항은 앞 (13)條를 참고] 현대의 重刊本으로 陳繼儒 序, 唐顯悅 序, 鄭元勳 自序, 鄭元化 跋이 모두 수록된 阿英 校點本의 『媚幽閣文娛』(上海 : 上海雜誌公司, 1936)가 있다.

17.『媚幽閣文娛』十卷*

明 鄭元勳 編

明 崇禎三年(一六三〇) 白門 李文孝刊本

이 판본명은 孫耀卿 (編),『淸代禁書知見錄』, 第3版(臺北 : 世界書局, 1979), 177쪽에 보인다. 만약 그 권수와 간행연대에 착오가 없다면 앞의『媚幽閣文娛』初集 不分卷本과는 또 다른 판본으로 보인다.

18.『翠娛閣評選十六名家小品』三十二卷 三部(一名『皇明十六家小品』)

明 陸雲龍 編

明 崇禎間 錢塘 陸氏 原刊本

何偉然 序 丁允和 序 自序[崇禎六年(一六三三)]

이 판본은 현재 臺灣 國立中央圖書館에 3부가 소장되어 있다. 그 표제가 권두의 何偉然 서문에는『皇明十六家小品』으로,『四庫全書總目提要』, 全5冊(武英殿本 ; 臺北 : 商務印書館, 影印本, 1983), 卷一百九十三, 集部四十六 總集類存目, 5 : 184에는『十六名家小品』으로 제명되어 있다. 明人 陸雲龍(字 雨侯, 號 孤憤生 ; 約 1628年 前後 在世)이 評選한『翠娛閣評選十六名家小品』三十二卷(臺北 : 國立中央圖書館所藏, M14358)은 屠赤水·徐文長·虞德園·黃貞父·董思白·陳眉公·張侗初·陳明卿·袁中郎·袁小修·李本寧·鍾伯敬·文太青·曹能始·湯若士·王季重 등 주로 공안·경릉파 계열 작가의 작품을 各家 二卷 씩 수록하고 있다. 各家 소품의 체재는 모두 다르나, 주로 序·跋·傳·記·疏·贊·書·尺牘·墓誌銘 등의 문체가 비교적 많고 詩詞는 수록되지 않아 만명소품은 그 체재에 있어 전통고문과 별다른 차이가 없었으나, 대체로 奏議·詔令類의 경세 실용 목적의 '載道' 문장만은 소품 범위 밖으로 배제되었음을 알 수 있다. 丁允和가「十六名家小品序」에서 편자 陸雲龍의 말을 인

용하여 "『翠娛閣評選十六名家小品』은 제가 여러 해 동안 마음과 힘을 다해 이제야 열여섯 선생의 진귀하고 빼어남을 찾아 모아 줄여 엮은 것입니다. 뼈를 발라내고 가려운 데를 긁어주어 따로 수완을 갖추었으니 그대는 반드시 나를 인정하게 될 것입니다. 더하여 제가 가난하여 鴻章大篇을 세상에 내놓지 못하고 잠시 그분들의 소품을 펴냅니다.(余竭數年心力, 乃今始得捃十六先生之珍奇靈雋而聚之簡編。抉剔爬搔, 別具手眼, 爾必有以許我。且余貧, 度未能行其鴻章大篇于世, 姑以其小品行。)"라고 말한 것으로 보아 陸雲龍의 『翠娛閣評選十六名家小品』 역시 晩明人의 '性情' 위주의 심미관념을 반영한 것임을 알 수 있다.

19. 『皇明十六家小品』三十二卷

明 陸雲龍 編

明刊本

이 판본은 臺灣 國立中央硏究院 歷史語言硏究所에 소장되어 있다. [구체적인 사항은 앞 (17)條를 참고] 현대의 重刊本으로 蔣金德 點校本 『明人小品十六家』, 全2冊(杭州 : 浙江古籍出版社, 1996)와 影印本 『皇明十六家小品』, 全2冊(北京 : 北京圖書館出版社, 1997)이 있다.

20. 『鍾伯敬小品』二卷

明 鍾惺 撰 明 陸雲龍 編

明 翠娛閣 陸氏刊本

陸雲龍 序

이 판본은 臺灣 國立中央硏究院 歷史語言硏究所에 소장되어 있는데, 明人 陸雲龍이 評選한 『翠娛閣評選十六名家小品』三十二卷의 第十二 『鍾伯敬先生小品』二卷과 동일하다. 臺灣 國立中央圖書館 소장본

『翠娛閣評選十六名家小品』三十二卷의 권두 공란에는 後人에 의해 기록된 手記의 「皇明十六家小品總目」이 있는데, 여기서 16家를 屠赤水(屠隆)·徐文長(徐渭)·虞德園(虞淳熙)·黃貞父(黃汝亨)·董思白(董其昌)·陳眉公(陳繼儒)·張侗初(張鼐)·陳明卿(陳仁錫)·袁中郎(袁宏道)·袁小修(袁中道)·李本寧(李維楨)·鍾伯敬(鍾惺)·文太青(文翔鳳)·曹能始(曹學佺)·湯若士(湯顯祖)·王季重(王思任)의 순으로 배열했으나, 실지 장서는 屠赤水·徐文長·李本寧·董思白·湯若士·虞德園·黃貞父·王季重·鍾伯敬·袁中郎·文太青·曹能始·張侗初·陳明卿·陳眉公·袁小修의 순으로 보관하고 있다. 서울대학교 규장각 소장본 明 陸雲龍 評選, 『十六家小品』八冊은 이와는 달리 第1冊 : 屠赤水集·王季重集, 第2冊 : 徐文長集·虞德園集, 第3冊 : 黃貞父集·董思白集, 第4冊 : 陳眉公集·張侗初集, 第5冊 : 李本寧集·陳明卿集, 第6冊 : 袁小修集·袁中郎集, 第7冊 : 鍾伯敬集·曹能始集, 第8冊 : 湯若士集·文太青集으로 보관하고 있다. 또 근래에 영인 출판된 『皇明十六家小品』, 全2冊(北京: 北京圖書館出版社, 1997)에는 이것과는 또 달리 屠赤水·徐文長·王季重·虞德園·黃貞父·董思白·陳眉公·湯若士·張侗初·陳明卿·李本寧·袁中郎·袁小修·鍾伯敬·文太青·曹能始의 순으로 배열했고, 『四庫全書總目提要』, 全5冊(武英殿本 ; 臺北 : 商務印書館, 影印本, 1983), 卷一百九十三, 集部四十六, 總集類存目三, 明 陸雲龍 編 『十六名家小品』三十二卷 條, 5: 184에서는 屠隆·徐渭·李維楨·董其昌·湯顯祖·虞淳熙·黃汝亨·王思任·袁宏道·文翔鳳·曹學佺·陳繼儒·袁中道·陳仁錫·鍾惺·張鼐의 순으로 배열하여 이 16家의 배열순서는 원래 정해진 선후의 구별이 없었던 것으로 보인다. 그러므로 현대의 蔣金德 點校本 『明人小品十六家』, 全2冊(杭州 : 浙江古籍出版社, 1996)에서는 16家의 卒年에 따라 徐渭·屠隆·袁宏道·湯顯祖·虞淳熙·袁中道·鍾惺·文翔鳳·李維楨·黃汝亨·張鼐·陳仁錫·董

其昌·陳繼儒·王思任·曹學佺 순으로 재배열하고 있다. 더욱이 『鍾伯敬小品』二卷이 따로 남아 전하는 것을 보면 『翠娛閣評選十六名家小品』三十二卷 중의 各家 소품집은 처음부터 二卷 二冊으로 각각 분리 유포되었을 가능성도 제기해 볼 수 있다.

21. 『石佛洞権倀小品』十六卷

明 翁吉爀 撰

明 崇禎六年(一六三三)刊本

楊期演 序 劉鏊 序 田景和 序

이 판본은 山根幸夫 (編), 『(增訂)日本現存明人文集目錄』(東京 : 東京女子大學東洋史硏究室, 1978), 25쪽에 의하면 현재 日本 內閣文庫에 소장되어 있다고 한다. 미국 프린스턴대학교 동아시아도서관에는 1974년 일본 교토대학교에서 제작한 내각문고 복사본 『石佛洞権倀小品』十六卷(明崇禎六年刊 ; 프린스턴 : 프린스턴대학교 동아시아도서관 소장, N9101/1715 v.1147-1150)이 소장되어 있다. 明人 翁吉爀의 『石佛洞権倀小品』十六卷은 '소품'으로 제명된 개인 별집으로, 그 내용은 卷之一 : 賦·騷, 卷之二 : 擬·考, 卷之三 : 論·表·策·議, 卷之四 : 傳·序·記·引·跋·題·擬書, 卷之五 : 述·畧·評·辯·原·說, 卷之六 : 解·問·對·問答·紀語·言·語·感語·書事·紀·詰·嘲·喻, 卷之七 : 頌·疏·偈·贊·銘·碑·書後, 卷之八 : 品·文·篇·辭·詞·歌·行, 卷之九 : 志·牋·狀·帖·笥·史·經·譜·判, 卷之十 : 祭文·誄·哀辭·墖碣·誌銘·誌·行狀·雜說, 卷之十一 : 古樂府, 卷之十二 : 潤帙·苦帙, 卷之十三 : 丙帙·丁帙, 卷之十四 : 戊帙·巳帙, 卷之十五 : 丙帙·辛帙, 卷之十六 : 壬帙·詩餘·詞餘·魇凡三弄 등과 같이 산문의 각종 체재는 물론, 古樂府·詩·詩餘·詞餘 등 중국문학의 거의 모든 유형의 작품을 망라하고 있어 앞의 다른 소품선집과는

'소품' 용어의 의미나 작품의 수록범위에 큰 차이를 보인다. 楊期演의 서문에서도 "裴郎氏의 『権倀小品』 역시 陳眉公(陳繼儒)의 『古文品外錄』과 흡사하여 지어지지 않은 체재가 없고 구비되지 않은 부류가 없다. ……그러나 저 陳眉公의 『古文品外錄』은 수천 년에 걸친 사람들의 글을 모아 가려서 뽑은 것이지만, 이 裴郎氏의 『権倀小品』은 한 사람의 글을 한 사람의 손으로 모아 편집한 것인지라 아! 마음을 씀이 더욱 살뜰하다. 매번 漢代 이후 名家의 문집을 볼 때마다 卷帙이 오늘날 사람들만큼 번다하지 않아 그것을 읽노라면 다 읽어버리게 될까 두려워한다. 그러나 오늘날의 문집은 좀 보고 나서는 다 읽지 못하게 될까 두려워한다. 왜인가? 옛사람들은 스스로 자신의 문집을 만들지 않고 後人이 찾아 모았기 때문에 유실된 것이 많아 남아있는 것은 더욱 귀했다. 오늘날의 사람들은 스스로 자신의 문집을 만들어 수십 년 동안 고관대작으로 지내면서 그 평생토록 世事에 응대하면서 지은 문장을 스스로 刊刻하니 마땅히 강렬하게 전해지지 못하는 것이다. 裴郎氏는 바야흐로 江都의 휘장을 내리고 承明의 業을 닦으면서 그 餘才와 餘力을 내어 『権倀小品』을 이루었다. 뼛속에는 官爵으로 인한 얽매임이 없고 흉중에는 세상 밖의 초연함이 있으니, 識者는 스스로 古今의 文集 가운데에 그의 높은 명성을 評定할 수 있을 것이다.(裴郎氏之『権倀小品』, 亦似眉公之『品外錄』也。無體不有, 無彙不備。……然彼迺集數千年之人之文而節取之；此迺以一人一手裒然成編。噫！亦渥矣。每見漢以後名家之集, 卷帙不如今人之浩繁, 然彼讀之而恐其盡；今則聊閱之恐其不盡。何也？古人不自爲集, 後人搜而聚之, 遺失者多則存者益貴；今之人自爲集, 皆以數十年高爵膴位之餘, 自刻其平生應酬之文, 宜其傳之不郁烈也。裴郎氏方且下江都之幃, 修承明之業, 而出其餘才餘力, 以成小品。骨無圭組之累, 胸有世外之想, 有識者自能於古今集中定其聲

價矣。)"라고 하여 『石佛洞榷倀小品』의 '小品'은 유유자적한 작품풍격을 추구함과 동시에 완전한 작가정신을 구현하고자 하여 이러한 개인 별집으로서의 소품문집은 작가의 전체 작품 중에서 가장 대표적인 작품만을 모은 '簡略本'의 의미로, 이것만으로도 작가의 총체적인 면모를 충분히 엿볼 수 있다는 것이다.

22. 『翠娛閣評選無夢園集小品』二卷

明 陳仁錫 撰 明 陸雲龍 編

明 崇禎八年(一六三五) 古吳 陳氏刊本

이 판본은 明人 陸雲龍이 評選한 『翠娛閣評選十六名家小品』三十二卷의 第八 『陳明卿先生小品』二卷과 동일한 판본으로, 후에 明人 陳仁錫(字 明卿, 號 芝台 ; ?-1634, 天啓 2年 進士)의 『無夢園遺集』八卷 附 『家乘』一卷·『小品』二卷(臺北 : 國立中央圖書館所藏, M13096)으로 편입된 것이다.

23. 『眉公先生晩香堂小品』二十四卷 四部

明 陳繼儒 撰 明 湯大節 編

明 崇禎間 武林 湯氏 簡綠居刊本

王思任 序 陶珽 序

이 판본은 모두 4부로, 臺灣 國立中央圖書館이 3부를, 前 國立北平圖書館이 1부를 소장하고 있다. 明人 陳繼儒(字 仲醇, 號 眉公·麋公 ; 1558-1639)의 『眉公先生晩香堂小品』二十四卷(臺北 : 國立中央圖書館所藏, M13084)은 陳繼儒의 晩年에 그의 사위 湯大節이 편집한 것으로, 편자 湯大節이 「例言」에서 "이 문집은 비록 소품으로 제명했지만 무릇 중요한 논의와 관계 및 운치가 아름답고 고상한 것이면 長篇이라도 반드시 수록했다.(是集雖名小品, 凡大議論、大關係, 及韻趣之艶仙者, 卽長篇必錄。)"라고 밝힌 것처럼 卷一~七 : 詩(附贊), 卷八 : 詩餘, 卷九~十六 : 序, 卷十七~十八 : 傳(附外傳), 卷十九 : 記(附碑記), 卷二十 : 祭文, 卷二十一 : 疏, 卷二十二 : 題跋(附引), 卷二十三 : 書, 卷二十四 : 志林 등을 수록하여 산문은 물론 詩詞 등 운문도 포함하고 있다. 淸 軍機處 (編), 『禁書總目』, 「軍機處奏准全燬書目」에 의하면 『晩香堂小品』은 淸代의 서적 검열에서 '全燬'類로 분류되었다.

24. 『媚幽閣文娛』二集 十卷*

明 鄭元勳 編

明崇禎十二年(一六三九) 白門 李希禹刊本

自序

이 판본은 近人 沈啓无, 「閒步庵隨筆——媚幽閣文娛」, 『人間世』第2期(1934. 4), 32-34쪽에 보인다. [구체적인 사항은 앞 (13)條를 참고] 孫耀卿 (編), 『淸代禁書知見錄』, 第3版(臺北 : 世界書局, 1979), 177쪽에는 『媚幽閣選刻文娛』二集 十卷으로 제명하고 있다.

25. 『氷雪攜』初刻*(一名 『晩明百家小品』)

明 衛泳 編

明 崇禎十六年(一六四三)刊本

金俊明 序 葉襄 序 小引

明人 衛泳(號 叔永·蘭心道人)이 評選한 『氷雪攜』는 初刻은 崇禎 16年(1643)에, 二刻은 淸 順治 11年(1654)에 간행되었다. 1935년 上海 中央書店 排印本 『晩明百家小品冰雪攜』에 의하면 明代 萬曆으로부터 天啓·崇禎 연간에 걸쳐 陳繼儒·王思任·袁宏道·袁中道·鍾惺·譚元春·陳

元素·黎遂球·卓人月·陳弘緒·曹宗璠 등 150여 작가의 산문 250여 편을 序·記·賦·引·題辭·跋語·書·啓·牋·擬·檄·碑·贊·傳·記·文·詞·辭·歌·疏·頌·偈·說·議·論·評·辨·解·雜著 등의 체재로 나누어 수록함으로써 衛泳의 『冰雪攜』는 특정의 문파나 문체를 한정하지 않고 만명의 여러 작가들을 총망라한 만명소품의 총결산이라 할만하다. 衛永은 자신의 「小引」에서 편찬동기를 밝혀 "사람이 속되지 않은 자는 氷雪의 기운을 얻은 자이다. 만약 문장이 氷雪의 기운을 얻었다면 또한 어찌 俗文이라 하겠는가? 내가 이 책을 지니는 것은 잠시나마 속됨을 벗어나려 할 따름이다. 客이 보고는 이리저리 들추면서 '이것은 번뇌가 많은 이 세상 속의 한 첩 청량제구려!'라고 했다. ……鐵脚道人은 맨발로 눈 속을 달려가 매화를 한입 가득 씹고는 눈을 섞어 삼켰다는데. 차라리 이 책을 집어 들고 몇 장을 소리 높여 읊어 寒香이 사람의 肺腑에 스며들게 하는 것이 더 나을 것이다. 냉랭하게 헛된 말만 날리면 끝내 속됨을 면치 못할 것이다. 그러므로 이 책을 『冰雪攜』라 題書하고, 世外人들에게 바쳐 玩賞하게 하고자 한다.(人而不俗者, 得乎冰雪之氣者也。苟文而得乎冰雪之氣, 亦豈俗文也哉？余之攜是卷也, 聊以避俗而已。客見之, 輒然請曰："是火宅中一貼淸涼散也。"……鐵脚道人赤脚走雪中, 嚼梅花滿口, 和雪嚥之, 不若攜此卷朗吟數葉, 便有寒香沁人肺腑。冷飛白詞, 終未免俗。因題曰『冰雪攜』, 出以共俗外人賞之。)"라고 말함으로써 특별히 '氷雪之氣'를 품은 '氷雪文'을 강조했다. 현대의 重刊本으로 虞山 沈亞公의 校訂本 『晩明百家小品冰雪攜』(上海：中央書店, 1935)가 있다.

26. 『慧眼山房原本古今文小品』八卷

明 陳天定 編

明 崇禎間刊本

自序[崇禎十六年(一六四三)]

明人 陳天定이 評選한 『慧眼山房原本古今文小品』八卷(明崇禎十六年刊 ; 프린스턴 : 프린스턴대학교 동아시아도서관 소장, TC328/2846)은 현재 미국 프린스턴대학교 동아시아도서관에 소장되어 있다. 屈萬里 (編), 『普林斯敦大學葛思德東方圖書館中文善本書志』(板橋 : 藝文印書館, 1975), 568쪽에는 서명을 『慧眼山房原本古文小品』八卷이라 표기하고 있으나, 서명에서 '今'字가 빠진 것은 편자의 오류로 보인다. 陳天定의 『慧眼山房原本古今文小品』은 그동안 만명소품 관련 연구 논저에서 '古文小品'으로 잘못 표기되거나 약칭인 '古今小品'으로만 알려져 왔다. 原典에 서명이 표기된 곳은 모두 세 군데로, 먼저 卷首의 목차에는 '慧眼山房評選古今文小品'으로, 다음으로 正文 卷端에는 '慧眼山房原本古今文小品'으로 題書되어 있고, 세 번째로 版心에는 全稱을 줄여 '古今小品'으로 약칭되어 있다. 陳天定의 『慧眼山房原本古今文小品』八卷은 선진으로부터 명대에 이르는 200여 작가의 약 600편의 詩賦 및 散文과 騈文을 卷之一 : 賦·歌·古樂府·四言, 卷之二 : 詔勅·制令·敎·檄·疏·表·啓·牋, 卷之三 : 書, 卷之四 : 文序·詩序, 卷之五 : 送贈序·遊集序, 卷之六 : 傳·記·誄祭文, 卷之七 : 銘·墓銘·贊·題跋·偈·頌, 卷之八 : 雜著·散抄로 나누어 수록한 通代 選錄의 소품총집이다. 편자 陳天定은 서문에서 작품의 선정기준을 밝혀 "天巧를 귀하게 여기고 人巧를 천하게 여긴다.(貴天巧而賤人巧。)"라고 하여 "高文典册은 응당 논외로 한다.(高文典册, 所當別論。)"고 했다. 陳天定의 『古今文小品』 중 비교적 많은 작품이 수록된 작가로는 당대 이전 작가로 漢末의 孔融과 魏晉南北朝의 陶潛·沈約·江淹·庾信 등이 있고, 당대 작가가 비교적 많이 수록되어 陳子昂·張說·王維·李白·元結·杜甫·白居易·韓愈·柳宗元·李

商隱·陸龜蒙·羅隱 등이 실렸고, 송대 작가로는 蘇軾·蘇轍·黃庭堅·陸游 등이 수록되었는데, 그중 蘇軾의 작품이 모두 80여 편으로 全書를 통틀어 단일 작가로는 가장 많은 수이다. 명대에는 徐渭·湯顯祖·陳繼儒·袁宏道·鍾惺·譚元春 등 공안·경릉파 계열의 문인이 비교적 많으나, 개국 초의 宋濂·方孝孺 및 前七子의 李夢陽과 後七子의 王世貞 등도 함께 실렸다. 특히 檀弓·管子·晏子·家語·左傳·穀梁·莊子·列子·荀子와 같은 經子書의 문장과 역대 제왕이었던 周武王·梁元帝·梁武帝·梁簡文帝·陳後主의 작품도 함께 수록되었다는 것은 주목할 만한 일이다. 陳天定의 『古今文小品』이 選文의 대상과 범위를 중국문학의 모든 시대와 작품으로 확대한 것은 王納諫의 『蘇長公小品』의 간행 이래 30여 년 동안 만명소품의 개념과 작품 범위의 발전에 대한 晩明人의 전면적 인식을 반영한 결과라고 본다. 현대의 重刊本으로, 陳天定 (編), 『古今小品精華』(揚州 : 江蘇廣陵古籍刻印社, 1991)가 있는데, 이는 民國 시기 上海 中華書局에서 陳天定 原編 『古今小品』에 근거하여 370여 편을 가려 뽑은 『古今小品精華』를 다시 영인 출판한 것이다.

27. 『小品』一卷

明 不著編人

明 長洲 俞氏 紫芝堂 藍格 鈔本

明 崇禎間刊本

이 판본은 명대 편자 미상의 『紫芝堂四種』四卷 四種(臺北 : 國立中央圖書館所藏, M15339) 合編 중의 제4종이다. 『紫芝堂四種』四卷의 제1종 明 闞士琦(字 褐公 ; 崇禎 進士)撰, 『桃源素隱』一卷에는 「焦林記」·「無頭石佛記」·「湯井記」 등 記類 문장 10편과 함께 「秦人藏書說」·「桃源三客傳」 2편 등 총 12편이 실려 있고, 卷末에는 「桃源避秦考」 1편이

덧붙어 있다. 제2종 明 祁承㸁(字 爾光, 號 夷度 ; 1565-1628, 萬曆 32年 進士)撰, 『宋賢襍佩』一卷은 正文 처음에 '山陰 祁承㸁 偶拈'이라 한 것으로 보아 撰者가 여러 책에서 수집한 이야기를 모아 엮은 것으로 보인다. 제3종 『元美評語』一卷은 王世貞(字 元美, 號 鳳洲, 又號 弇州山人 ; 1526-90, 嘉靖 8年 進士)의 詩文評集 『藝苑巵言』의 요약발췌본이다. 제4종 『小品』一卷에는 「世說新語小品」과 「初潭集小品」이 실려 있는데, 이 역시 南朝 宋 劉義慶(403-444)의 『世說新語』와 明 李贄(號 卓吾, 又號 宏甫, 別號 溫陵居士 ; 1527-1602, 嘉靖 32年 擧人)의 『初潭集』의 요약발췌본이다. 예를 들면 李贄, 『初潭集』, 卷之十三, 「談學」: "徐文遠博通六經。耆儒沈重講太學, 受業常千人, 文遠從之質問, 日 : '先生所說, 紙上語耳。若奧境, 有所未見也。' "의 문장을 「初潭集小品」에서는 "徐文遠謂沈重日 : '先生所說, 紙上語耳。若奧境, 有所未見也。'"로 요약해 적고 있다. 이러한 필기류 원전 저작의 요약발췌본에 대한 '소품' 제명은 漢譯 『般若經』의 상세본 『大品經』에 대해 간략본을 『小品經』이라 부른 데에서 유래한 것으로 보이며, 현재까지 발견된 '소품' 제명의 만명 저작 중에서는 유일한 용법으로 주의 깊게 볼 만하다. 『紫芝堂四種』四卷 四册 合編 중에는 4種의 저작이 4册으로 따로 분리되어 있지만 그 字體가 모두 동일한 점으로 보아 刊刻은 동시에 이루어진 것으로 짐작되며, 「世說新語小品」을 제외하면 수록된 나머지 저작들이 모두 명대인의 것으로 그중 闕士琦가 崇禎朝의 進士로 卒年이 가장 늦은 점으로 미루어 보면 제4종 『小品』一卷을 포함한 『紫芝堂四種』의 간행연대는 아무리 빨라도 崇禎年間 이전일 수는 없을 것으로 추정된다.

28. 『氷雪攜』二刻*

明 衛泳 編

清 順治十一年(一六五四)刊本

自序

「春波樓隨筆」, 『人間世』第1期(1934. 4), 48-49쪽에 실린 『氷雪攜』二刻의 서문에 의하면, 편자 衛泳은 "어느 날 조부의 유서를 읽고 여태껏 보지 못한 책들을 사들여 와 名集을 골라 적막함과 짝하고 소품을 뽑아 마음을 달랬다.(日讀祖父遺書, 併購獲目所未見者。簡名集以伴寂, 拔小品以遣懷。)"라고 말하여 『冰雪攜』 역시 明 萬曆 이래의 소품선집과 동일한 취향의 소집총집임을 알 수 있다. [구체적인 사항은 앞의 (25)條를 참조.]

29. 『謔庵文飯小品』五卷

明 王思任 撰 明 王鼎起 編

清 順治年間刊本

唐九經序[順治十六年(一六五九)] 余增遠序 蔡思義跋[順治六年(一六四九)] 王鼎起跋[順治十五年(一六五八)]

이 판본은 현재 일본 內閣文庫에 소장되어 있으며, 山根幸夫 (編), 『(增訂)日本現存明人文集目錄』(東京 : 東京女子大學東洋史研究室, 1978), 11쪽에 보인다. 현대의 重刊本인 蔣金德 點校本 『文飯小品』(長沙 : 岳麓書社, 1989)의 「前言」에 의하면 『謔庵文飯小品』五卷은 清 順治18年(1661)에 간행되었다고 한다. 그 내용은 卷一 : 致詞·尺牘·啓·表·判·募疏·贊·銘·引·題詞·跋·紀事·說·騷·賦, 卷二 : 樂府·琴操·風雅什·四言絕·四言古·五言絕·五言古·五言律·五言排律·六言絕·七言絕·七言古·七言律·七言排律·詩餘·歌行·悔謔, 卷三 : 游記, 卷四 : 游記·傳, 卷五 : 序·行狀·墓志銘·祭文·奕律·[附]疏 등과 같이 작가 평생의 詩文을 두루 수록하고 있다. 편자 王鼎起는 王思任(字 季重, 號 遂東·

謔庵 ; 1575-1646, 萬曆 23年 進士)의 親子로, 그는 발문에서 "先君子의 『文飯』을 이루려는 뜻을 간직해 왔으나 능력이 모자라 애써 소품을 먼저 이루어서 세상에 『文飯』이 있다는 것을 먼저 알려 배고픈 사람이 먹기 쉽게 할 따름이다(蓄志成先君子 『文飯』而制于力, 勉以小品先之……。吾第使天下先知有 『文飯』, 飢者易爲食而已。)"라고 편찬동기를 밝히고, 『文飯小品』의 '소품'을 "큰 성취는 작은 성취를 끌어 넓힌 것(大成者, 小成之引伸也。)"이라 하여 작자의 전체 작품에 대한 '부분'의 의미로 보았다. 이는 마치 불경의 『大品』과 『小品』이 그 詳略의 차이에 따라 구분되어 『小品』이 그 '簡略本'을 지칭하는 것과 같은 의미로 이해된다.

30. 『古今小品』八卷*

明 陳天定 編

明 崇禎十六年(一六四三)初刊 清 雍正三年(一七二五) 陳汝森 重刊本

이 판본은 清 軍機處(編), 「外省移咨應燬各種書目」, 『禁書總目』, 再版(歸安姚覲元刊咫進齋叢書本 ; 臺北 : 廣文書局, 影印本, 1981), 136쪽과 孫耀卿 (編), 『清代禁書知見錄』, 三版(臺北 : 世界書局, 1979), 46쪽에 보인다. 여기에 적혀 있는 서지사항으로 보아 明人 陳天定이 評選한 『古今小品』 八卷本은 明 崇禎 16年(1643)의 初刊 후 清 雍正 3年(1725)에 重刊된 것으로 보인다. 清 軍機處 (編), 『禁書總目』, 「浙江省查辦奏繳應燬書目」에 의하면 『古今小品』은 清代의 서적 검열에서 '抽燬'類로 분류되었다.

Ⅱ. 만명소품 관련 存序 存目 저작

1.『綠天館小品』*

明 王時馭 撰

이 판본명은 明人 李維楨(字 本寧 ; 1547-1626, 隆慶 2年 進士)의「綠天小品題詞」에 보인다.「題詞」중의 "王氏들은 옛날부터 酒黨이 많다. '술은 사람을 자신에게서 멀리 떨어지게 한다'. ……唐의 王績이 지은「酒鄉記」와「五斗先生傳」및 다른 詩歌는 모두 후세에 전할 만하다. 婁東의 王時馭는 스스로 '酒懶'라 불러 술을 좋아함이 위 다섯 군자보다 덜하지 않다.『綠天館小品』이라 이르는 그의 詩文은 淸言 秀句로 사람 생각 밖의 賞心이 많다.(王氏故多酒人, "酒正使人自遠也", 光祿之言也。……唐無功所著《酒鄉記》、《五斗先生傳》, 及他詩歌, 率可傳。婁東王時馭, 自號酒懶, 好酒不減五君。其詩文所謂《綠天館小品》者, 淸言秀句, 多人外之賞。)"라는 말로 보아 王時馭의『綠天館小品』은 작자의 청아하고 수려한 詩文을 모은 선집으로 추정된다. 李維楨의「綠天小品題詞」는 明 陸雲龍 (編),『翠娛閣評選十六名家小品』三十二卷(臺北 : 國立中央圖書館, M14358), 第三,『李本寧先生小品』二卷, 卷一에 수록되었고, 근래의 王彬·郭雪波 (編),『古代散文鑒賞辭典』(北京 : 農村讀物出版社, 1987), 975쪽에도 수록되어 있다.

2.『國表小品』*

明 熊開元 撰

이 판본명은 明人 張溥(字 天如, 太倉人 ; 崇禎 4年 進士)의「國表小品序」에 보인다. '國表'란 국가의 盛德을 篇章으로 지은 다음 비석에 새겨 거리에 새우는 것을 이르며, 대개 世人들에게 밝혀 알림을 주목적으로 한다. 明 張溥, 『七錄齋詩文合集』, 全3册(明末刊本 ; 臺北 : 偉文圖書出版社, 影印本, 1977), 중 : 655, 古文存稿, 卷之一, 「國表序」의 "魚山(熊開元) 선생은 政事의 겨를을 틈타 應制의 途上과 同人의 大業에 마음을 쏟아 그 가운데에서 뛰어났다.(魚山先生以政事之暇, 加意今文所謂應制之塗, 同人之業, 出其中矣。)"라는 말과 상 : 357, 古文近稿, 卷之四, 「國表四選序」의 "『國表』의 문장은 무릇 네 번의 選錄을 거듭하는 동안 그 書名은 바뀌지 않았다. 비록 세상에 드러내 보이기 위한 것이나 또한 옛일을 적어 보임으로써 잊지 않게 함이다.(國表之文, 凡更四選, 其名不易。雖從天下之觀, 亦以志舊日示不忘也。)"라는 말과 하 : 1055, 古文存稿, 卷之五, 「國表小品序」의 "『國表』의 문장은 세상과 함께 하는 것이다. ……『二集』이 잇따르나 『小品』이 이에 앞섰으니, 비록 이어진 일이라고 하나 또한 開疆 啓字의 이치가 담겨있다.(國表之文, 天下之所予也。……二集踵起, 而小品先之, 雖稱繼事, 亦有開疆啓字之道焉。)"라는 말을 종합하면 明 熊開元(字 魚山, 嘉魚人 ; 天啓 5年 進士)의 『國表小品』은 그 제명이 의미하는 바와 같이 임금의 명을 받들어 지은 頌德의 문장을 모은 것으로, 『國表小品』은 『國表』 初集 간행 후 二集의 續刊에 앞서 출간한 『國表』의 간략본으로 추정된다.

3. 『張侗初小品』二卷*

明 張鼐 撰

明 崇禎六年(一六三三) 崢霄館刊本

이 판본명은 孫耀卿 (編), 『清代禁書知見錄』, 第3版(臺北 : 世界書局, 1979), 150쪽에 보이는데 明 陸雲龍 (編), 『翠娛閣評選十六名家小品』 三十二卷(臺北 : 國立中央圖書館所藏, M14358), 第七, 『張侗初先生小品』二卷과 동일한 판본으로 추정된다.

4.『尺木居小品』*

明 葉敬霄 撰

이 판본명은 清 軍機處 (編),「軍機處奏進禁燬書目」,『禁書總目』, 再版(歸安姚覲元刊咫進齋叢書本 ; 臺北 : 廣文書局, 影印本, 1981), 45쪽에 보인다. 자세한 사항은 알 수 없다.

5.『黃元龍小品』二卷*

明 黃奐 撰

清 康熙十二年(一六七三)刊本

이 판본명은『四庫全書總目提要』, 卷一百二十八, 子部三十八, 雜家類存目五, 3 : 763에 보이며,『黃元龍小品』條에서 “이 책은 醒言 一卷과 偶載 一卷으로 나누어 醒言은 모두 독서하면서 붓 가는 대로 적은 劄記의 문장으로 실정에 맞지 않고, 偶載는 귀신에 대한 괴이한 사건으로 역시 대부분 이치에 맞지 않는다.(是書分醒言一卷、偶載一卷, 醒言皆讀書時隨筆劄記之文, 所見頗爲迂闊, 偶載則鬼神怪異之事, 亦多不經。)”라고 평했다.

Ⅲ. 청대의 소품 저작

명조 패망 이후, 청대로부터 민국 초년에 이르기까지 ‘소품’으로 제명된 저작은 그 편찬의 취지와 내용으로 볼 때 만명의 창작 위주의 소품 저작과는 달리 거의 대부분 그 체례가 雜叢式의 ‘類書’의 경향을 띄고 있지만 여전히 그 수가 적지 않았다. 여기에 간행연대 순으로 소개하면 다음과 같다.

1.『古文小品咀華』四卷

清 王符曾 編

清初 耕讀軒刊本

王符曾 (編),『古文小品咀華』四卷은 全書를 卷一 : 戰國策·先秦文, 卷二 : 西漢文·東漢文·三國文, 卷三 : 六朝文·唐文, 卷四 : 宋文·元文·明文으로 나누어 선진으로부터 명대에 이르는 소품 약 300편을 수록하고 있다. 卷一에서『戰國策』만을 따로 분립시켜 全書의 291편 중 47편을 수록한 것은 작품이 가장 많이 선록된 唐文이 총 58편, 宋文이 총 70편이라는 점과, 이에 비해 明文은 오히려 모두 7편밖에 되지 않는다는 점에서 王符曾의『古文小品咀華』는 편자의 개인적 문학취향이 강하게 반영된 '遣興' 위주의 소품선집임을 알 수 있다. 편자 王符曾은「自序」에서 '소품'에 대한 자신의 생각을 밝혀 "무릇 적은 것이 귀하다는 것은 가난하여 넉넉지 않음을 말하는 것이나 부주의로 인한 빠뜨림을 말하는 것이 아니라 찌꺼기를 버리고 정수를 남길 수 있음을 말하는 것이요, 점차 성숙해져 평담함에 이를 수 있음을 말하는 것이다. 정수만 골라내면 말은 반드시 자세해져 지극히 간략한 가운데 지극히 넓은 것을 품게 된다.(夫貴少者, 非寒儉之謂, 非滲漏之謂, 謂其能遺糟粕而存精液也, 謂其能由馴熟而臻平淡也。擇焉精者, 語焉必詳 ; 至約之中, 至博存焉。)"라고 하여 이른바 '소품'은 작가의 정수요 평담한 경지임을 강조했다. 또「贅言」에서는 작품의 선정에 대해 설명하여 "長篇의 병폐는 해이하여 산만함에 있고 短篇의 병폐는 움츠러들어 여유가 없음에 있다. 나의『古文小品咀華』에 실린 것은 비록 보잘것없는 短幅이지만 규모가 힘차고 크며 布局이 넓게 펼쳐진다. ……兩漢의 詔令은 위풍당당한 巨篇이라 소품과 나란히 줄 세우면 안 될 것 같다. 나의 정다운 벗인 周隆吉이 '독서는 시야를 틔워주어야 한다'고 말했다. 만약 피상적인

방법을 답습한다면 나의 『古文小品咀華』四卷 중에 나열된 것의 절반 이상이 '소품'이라 불려서는 안 되는 것이니 어찌 유독 兩漢의 詔令만 그러하겠는가?(長篇之患在懈散, 短篇之患在局促。集中所載, 雖寥寥短幅, 而規模活大, 局陣寬展。……兩漢詔令, 煌煌巨篇也, 似不應列小品中。摯友周隆吉曰："讀書要放開眼界。" 若慣用皮相之法, 則四卷中所臚列者, 大半不得謂之小品矣, 何獨漢詔耶。)"라고 하여 자신의 『古文小品咀華』는 '소품'이라 하여 피상적으로 短幅만을 고집한 것이 아니라, 규모가 크고 布局이 넓어 독자의 시야를 틔워 줄 수 있는 작품을 가려 뽑아 절반 이상이 형식적으로는 '소품'이라 할 수 없는 '巨篇'이라는 것이다. 王符曾의 『古文小品咀華』는 명조 패망 이후 청대에 들어와 淸人이 評選한 通代 선록의 소품선집으로, 만명 시대에 간행된 소품선집과 기본적으로 유사한 점도 있으나, 선록의 취향과 체례에 상이한 점도 있어 비교의 가치가 높다. 현대의 重刊本으로 影印淸人抄本·乙種本 王符曾 (編), 『古文小品咀華』(北京 : 書目文獻出版社, 1982)와 新排標點·甲種本 王符曾 (編), 『古文小品咀華』(北京 : 書目文獻出版社, 1983)가 있다.

2. 『小品』*

清 廖燕 撰

自序[康熙二十一年(一六八二)]

이 판본명은 廖燕, 「小品自序」, 『二十七松堂文集』十六卷(日本文久二年東京書肆刊 ; 臺北 : 國立臺灣大學圖書館所藏, 普通本), 卷四에 보이나 자세한 사항은 알 수 없다. 廖燕(1644-1705)의 「自序」에서 "康熙20年(1681) 어느 날, 부서진 대상자에서 우연히 오래된 원고를 찾아 문장 93편을 얻었다. 대략 대부분이 短篇 雜著로서 자질구레하고 흩어져

어지러워, 약간 고치고 순서를 정해 僮僕에게 부쳐 기록하게 하여 소품으로 보았다.(辛酉七月日, 偶搜破簏中舊稿, 得文九十三首, 類多短幅雜著, 零星散亂, 因稍爲校次, 付奚錄過, 目爲小品。)"라고 한 말로 볼 때 그의 『小品』은 자신의 일상생활 중의 瑣事를 적은 閑筆의 신변잡기로 보인다.

3. 『古文小品』*

清 廖燕 編

自序

이 판본명은 廖燕, 「選古文小品序」, 『二十七松堂文集』十六卷(日本文久二年東京書肆刊 ; 臺北 : 國立臺灣大學圖書館所藏, 普通本), 卷四에 보이나 자세한 사항은 알 수 없다. 廖燕은 「選古文小品序」에서 "글은 작은 것과 짧은 것을 숭상하는 것은 아니나, 생각건대 작은 것은 큰 것의 근본이요 짧은 것은 긴 것의 藏器이다. 만약 말이 오히려 멀어서 미치지 못하고, 이치가 이미 닿았는데 생각이 더해지는 것은 모두 문장의 극진함이 아니다. 그러므로 말이 내용에 미치면 꾸민 글이 없고, 이치에 닿으면 대부분 말투가 짧다.(文非以小爲尙, 以短爲尙, 顧小者大之樞, 短者長之藏也。若言猶遠而不及, 與理已至而思加, 皆非文之至也。故言及者無繁詞, 理至者多短調。)"라고 하여 短文은 내용이 집중되어 있어 글이 절실하나, 長文은 언급하는 내용이 많아 공허해지기 쉬운 이치를 강조했다.

4. 『崑林小品』三卷*

清 魏裔介(1616-86) 撰

이 판본명은 『四庫全書總目提要』, 卷一百八十一, 集部三十四, 別集

類存目八, 『崑林小品』三卷 『崑林外集』 條, 4 : 858의 에 보이며 『崑林小品』은 '雜著'라고 했다. 자세한 사항은 알 수 없다.

5. 『定山堂古文小品』二卷*

清 龔鼎孳 撰

清 道光十四年(一八三四) 元孫永 孚慶餘堂刊本

이 판본명은 孫耀卿 (編), 『淸代禁書知見錄』, 第3版(臺北 : 世界書局, 1979), 87쪽에 보인다. 자세한 사항은 알 수 없다.

6. 『巾箱小品』十三種十三卷

清 不著編人

日本 文久三年[清 同治二年(一八六三)] 翻刻本

이 판본은 臺灣 國立臺灣大學圖書館에 普通本으로 소장되어 있다. 『巾箱小品』十三種十三卷四册(第二册 缺)의 목록은 第一册 : 『冬心先生畫記五種』 : 『冬心畫竹題記』·『冬心畫梅題記』·『冬心畫馬題記』·『冬心畫佛題記』·『冬心自寫真題記』, 第二册 : 『冬心齋研銘』·『板橋題畫』·『唐詩酒籌』·『西廂記酒令』, 第三册 : 『繪事發微』·『怪石錄』, 第四册 : 『才子文』·『香奩詠物詩』 등이다.

7. 『明代名人尺牘小品』四卷

清 王元勳 程化騄 共編

清 光緖七年(一八八一) 常熟 抱芳閣刊本

汪繹 序[康熙四十四年(一七〇五)] 嚴虞惇 序[康熙四十四年(一七〇五)]

이 판본은 臺灣 國立中央研究院 歷史語言研究所에 普通本으로 소장

되어 있다. 그 내용은 명대 유명 문인 백여 명의 尺牘 300여 편을 수록하고 있는데, 수록 편수가 비교적 많은 작가는 方孝孺·李東陽·章懋·歸有光·徐渭·王穉登·袁宏道·王衡·錢謙益·鍾惺 등이다. 嚴虞惇은 그의 「題詞」에서 "王含章(王元勳)은 책 읽기를 좋아하고 더욱이 古今人의 문장을 즐겨 모아 일찍이 明人 척독 수백 편을 손으로 기록하여 이전에 역시 척독을 가려 뽑은 적이 있던 新安의 친구 程漢乘(程化騄)에게 보여주었다.(王子含章好讀書, 尤好裒輯古今人文章, 嘗手錄明人尺牘數百篇, 示其友新安程子漢乘, 漢乘亦尙有尺牘之選。)"라고 편자 2인을 소개하고, 이어 "대개 牋啓는 達官과 貴人에게서 널리 사용되어 그 體式이 대부분 駢偶의 문장이다. 그러나 척독은 다듬지 않은 긴 언사든 외마디 짧은 문구든 생각나는 대로 거침없이 말하고 붓 가는 대로 써서 실없이 웃고 눈물과 콧물을 다 짜내도 안 될 것이 없어 척독을 읽는 사람들은 마치 그 소리를 듣는 듯하고 그 사람을 보는 듯하여 척독은 역시 筆墨의 고상한 취미요, 通人의 본업 외의 餘事인 것이다.(蓋牋啓之作, 施於達官貴人, 其體多駢耦之文。而尺牘則闌言長語, 單辭隻句, 衝口信筆, 嬉笑涕洟, 無所不可, 令讀之者如聞其聲, 而如見其人, 則亦筆墨之高致, 而通人之緖餘也。)"라고 하여 척독소품의 특징을 강조했다. 미국 프린스턴대학교 동아시아도서관에는 또 다른 판본인 淸 宣統 3年(1911) 上海 國學昌明社 간행본 『明代名人尺牘小品』(淸宣統三年退思軒藏版 ; 프린스턴 : 프린스턴대학교 동아시아도서관 소장, PL2910.C44)이 소장되어 있다.

8. 『藤香館小品』二卷*

淸 薛時雨(1818-85) 編

이 판본명은 莊芳榮 (編), 『中國類書總目初稿』(臺北 : 學生書局, 1983), 83쪽에 보인다. 자세한 사항은 알 수 없다.

9.『小品叢鈔』三十七卷

清 不著編人

舊鈔本

청대 편자 미상의『小品叢鈔』三十七卷(臺北 : 國立中央圖書館所藏, M 15349)은 臺灣 國立中央圖書館에 善本으로 소장되어 있다. 그 내용은 다음과 같다.

餘干胡居仁 「理曆法」	黃周星九烟氏 讚「天地論」
金臺寓人「九邊記略」	杜下叟抄撮 「海運記程」
龍城旅客「粵西小記」	沈愷曾「東南水利疏議略」
山陰葉振名蕙「中塘議」	山陰葉振名蕙「三江應宿閘議」
平水生 述「三案記吳」	示児 編「雜解」
旅菴隨筆「古音轉注」	槎山學人「仲尼弟子考」
三山徐 勃興公「周正辨」	愓齋攷 錄「僞學籍」
釀川小隱重 輯「高士錄」	秦亭張綱孫祖望「論賦韻書」
戢山子 輯「書評」	鶩池生 簒「越西品」
釀川生 簒「越畵記」	四明山人「搨碑法」
候官高□「端溪硯石考」	鏡湖逸叟 編「瑟瑟錄」
鑄浦冶隱「鏡考」	綠窓女史「婚禮注」
閒窓女士「刺繡圖」	山陰周卜年定夫「憤時致命篇」
蘭陵小史「食經」	臨池外史 摹「董華亭墨跡」
樵風吟客 述「樂府本意」	會稽錢霍「荊山詩」
閨秀商 彩雲衣「綠窓偶集」	山陰朱曾蠡「指弁小詞」
山陰張杉「主山樓塡詞」	附「詞膾」

10.『琅函小品』十種二十九卷*

清 不著編人

舊鈔本

이 판본명은『續修四庫全書提要』, 全13册(臺北 : 商務印書館, 1972), 子部, 9 : 91-92에 보인다.『琅函小品』十種二十九卷의 내용은 第一帙 : 唐 成伯瑜 述『毛詩指說』一卷, 宋 趙異 集『朝野類要』五卷, 第二帙 : 宋 劉昌詩 著『蘆浦筆記』十卷, 宋 周羽仲 編『二楚新錄』三卷, 第三帙 : 宋 佚名 撰『五國故事』三卷, 宋 鄭文寶 纂『江表志』三卷, 明 岳岱 撰『今雨瑤華』一卷, 第四帙 : 明 蕭洵 記『元故宮遺錄』, 明 李開先 輯『中麓畫品』一卷,『吾學編餘』二卷 등이다.

11.『貯香小品』九卷

清 萬後賢 編

이 판본은 國學扶輪社 (編),『古今說部叢書』二百六十七種六十册(清宣統至民國間上海國學扶輪社排印 ; 臺北 : 國立中央研究院歷史語言研究所藏, 普通本)의 第十集이다. 萬後賢 (編),『貯香小品』九卷의 내용은 卷一 : 雞窗韻事, 卷二 : 鴛閣新粧, 卷三 : 代庖偶筆, 卷四 : 嘗艸分箋, 卷五 : 勿藥有喜, 卷六 : 老圃儀型, 卷七 : 名園鼓吹, 卷八 : 博聞瑣錄, 卷九 : 格物駢言 등이다.

12.『娛萱室小品』六十種八册

民國 雷瑨 編

民國六年(一九一七) 上海 掃葉山房 石印本

이 판본은 臺灣 國立中央研究院 歷史語言研究所에 普通本으로 소장되어 있다. 雷瑨 (編),『娛萱室小品』六十種의 목록은 다음과 같다.

朱祖謀『梡鞢錄』 蔣琦齡『集唐楹聯』 廖園主人『樂府雅聯』
俞樾『繹山碑集字聯』 俞樾『校官碑集字聯』 俞樾『曹全碑集字聯』
俞樾『魯峻碑集字聯』 俞樾『樊敏碑集字聯』 俞樾『紀太山銘集字聯』
俞樾『金剛經集字聯』 何紹基『爭坐位帖集字聯』 無名『蘭亭序帖集字聯』
無名『醴泉銘集字聯』 無名『聖教序集字聯』 吳受福『石鼓文集字聯』
無名『易林集聯』 無名『詩品集聯』 無名『花間楹帖』
無名『四書對』 無名『俗語對』 王再咸『花品』
黃鉞『書品』 郭麐『詞品』 楊伯夔『續詞品』
尤侗『五色連珠』 葉小鸞『豔體連珠』 無名『續豔體連珠』
蔡乃煌『絜園詩鐘』 秦雲『百衲琴』 『詩夢鐘聲錄』
無名『西廂酒令籌』 無名『西廂酒令』 無名『唐詩酒令』
無名『改字詩酒令』 邵曾鑑『集句詞』 樊增祥『詠物詞』
毛會侯『孟子人名廋詞』 徐楚畹『四書人名廋詞』 『日河新燈錄』
冒襄『集美人名詩』 無名『百美詩』 無名『百美詩』
無名『百花詩』 無名『紅樓百美詩』 無名『紅樓百美詩』
周萼芳『百聲詩』 周萼芳『百影詩』 王衍梅『月詩』
無名『身體二十六詠』 易順鼎『春人賦回文』 杜元勳『秋紅霓詠』
郭堯臣『捧腹集』 無名『集俗語詩』 徐靈昭『道情』
醉犀生『科場談口』 無名『紅樓西廂合錦』 趙杏樓『百花扇序』
姚燮『虎邱弔真娘墓文』 張潮『花鳥春秋』 程羽文『一歲芳華』

13.『煙畫東堂小品』二十五種三十四卷

清 繆荃蓀 編

民國九年(一九二○) 江陰 繆氏刊

이 판본은 臺灣 國立中央研究院 歷史語言研究所에 普通本으로 소

장되어 있다. 繆荃蓀 (編), 『煙畫東堂小品』二十五種三十四卷의 내용은 第一册 : 『康熙朝品級考』·『圓明園記』·『周世宗實錄』·『後村雜記』, 第二册 : 『簡莊隨筆』·『讀金石萃編』·『攝山記游集』, 第三册 : 『公車徵士錄』, 第四册 : 『東林同難錄』·『國史貳臣表』·『保擧經學名單』, 第五册 : 『五百羅漢名號』, 第六册 : 『漁洋與林吉人札』·『與汪于鼎札』·『翁覃谿嵩洛訪碑圖小記』·『翁覃谿評選漁洋詩』, 第七册 : 『徐星伯小集』, 第八册 : 『瞿木夫文集』, 第九册 : 『順德師著述』, 第十册 : 『陳子準文集』·『吳山子文』·『董子中詩』·『思庵閒筆』, 第十一册 : 『宋人小說』殘本, 第十二册 : 『宋人小說』殘本 등이다. 이 판본명은 『續修四庫全書提要』, 全13册(臺北 : 商務印書館, 1972), 子部, 9 : 520-522에도 보인다.

14. 『千一齋小品』七卷

民國 程先甲 撰

鉛印本

識語[民國十五年(一九二六)]

이 판본은 臺灣 國立中央圖書館에 普通本으로 소장되어 있다. 程先甲, 『千一齋小品』七卷의 내용은 卷一 : 祠廟廨宇, 卷二 : 壽聯, 卷三 : 賀聯, 卷四 : 挽聯, 卷五 : 挽聯, 卷六 : 雜綴·楹聯編, 卷七 : 證(鐙)謎編 등이다.

Ⅳ. 현대의 주요 만명소품선집

1930, 40년대에 들어 만명소품에 대한 본격적인 정리와 연구가 시작됨에 따라 당시 문단에는 현대인에 의해 새롭게 편집된 만명소품선집

이 대거 출현했는데, 이러한 선집들은 오늘날 만명소품의 연구에서도 여전히 중요한 참고자료로서 그 문헌적 가치가 높다. 이와 함께 근래에 출판된 비교적 비중 있는 만명소품선집을 포함하여 출판연도 순으로 소개하면 다음과 같다.

1. 『近代散文鈔』* 原名『冰雪小品(選)』

沈啓无 編

周作人 新序[民國二十一年(一九三二)] 周作人 序[民國十九年(一九三〇)] 自序俞平伯 跋 沈啓无 後記[民國二十一年(一九三二)]

이 판본의 서발문은 周作人, 「冰雪小品選序」, 郁達夫 (編), 『中國新文學大系·散文二集』, 趙家璧 (編), 『中國新文學大系』, 全10册, 臺1版(一九三五至三六年間上海良友圖書印刷公司出版 ; 臺北 : 業强出版社, 重印本, 1990), 7 : 230-232 ; 周作人, 「近代散文抄新序」, 『知堂序跋』, 鍾叔河 編(長沙 : 岳麓書社, 1987), 331-333쪽 ; 沈啓无, 「近代散文鈔後記」, 『文學年報』第1期(1932), 1-3쪽에 각각 수록되어 있다. 오늘날 沈啓无 (編), 『近代散文鈔』의 傳本은 매우 희소한데, 周作人, 『中國新文學的源流』(1932), 『周作人全集』, 全5册(臺中 : 藍燈文化事業公司, 1982), 5 : 366-371의 書末 附錄 「近代散文鈔篇目」에 의하면, 袁伯修·袁中郎·袁小修·鍾伯敬·譚友夏·劉同人·王季重·陳眉公·李長蘅·張京元·倪元璐·張宗子·沈君烈·祁世培·金聖嘆·李笠翁·廖柴舟 등 만명 문인 17家가 수록되었다. 이는 사실상 현대 독자들에게 제시된 만명소품의 필독 작품이라 할 수 있는 것으로, 沈啓无의 『近代散文鈔』는 현대인에 의해 편찬된 최초의 만명소품선집이다. 편자 沈啓无는 「近代散文鈔後記」에서 작품의 선정기준을 밝혀 "문장을 가려 뽑는 것이 어려운 것은 작가의 진정한 성정과 면모를 잘 골라내기가 어렵기 때문이다. 대개 古人의

神情과 風韻이 기탁하는 것은 흔히 高文大册(이는 당연히 그 고상하고 웅대한 문장을 일컫는 것이다)에 있지 않고 短章小品에 있다. 짤막한 몇 마디 말이나 글이 심령으로부터 우러나오고, 게다가 의도적이 아닐수록 더욱 훌륭하기 때문에 여기에 수록된 문장은 바로 이러한 종류의 작품이 대부분을 차지한다.(選文之難, 難于能將作家的真性情面貌抉剔出來, 大抵古人神情風韻所寄, 往往不在于高文大册(這自然是那所謂高的大的了)而在短章小品, 片言隻字悉從靈竅中逗露, 而且愈是無心就愈好, 所以這里收集的即是這一類作品居多。)"라고 말한바, 沈啓无의 이 말은 만명 당시 공안 · 경릉파 문인들의 견해와 완전히 일치한다.

2.『明人小品集』

劉大杰 編

自序(一九三〇年代)

劉大杰 (編),『明人小品集』은 朱劍心 (編),『晩明小品選注』, 臺9版(臺北 : 商務印書館, 1987), 378쪽의「採輯書目」에 그 서명이 보이는데, 편자는 劉大杰로 적고 있으나 출판연도는 표기되어 있지 않다. 작품은 雜文書信·雜記·序跋·小傳 등의 체재로 나누어 만명 문인 80여 家의 작품 100여 편을 수록했다. 그중 작품 편수가 비교적 많은 이로는 공안파의 袁氏 三兄弟와 경릉파의 鍾惺·譚元春 및 명말 청초의 張岱 등이다. 劉大杰의『明人小品集』은 그동안 여러 차례 重刊되어『明人小品集』(臺北 : 淡江書局, 1956) ;『明人小品』(臺北 : 時代書局, 1975) ;『明人小品集』, 再版(臺北 : 眾文圖書公司, 1983) 등이 있으나, 서명을 달리 표기한 것이 있을 뿐만 아니라 臺灣 지역에서는 모두 편자명을 표기하지 않았다. 특히 臺灣의 金楓出版公司가 출판한『明人小品集』, 臺1版(臺北 : 金楓出版公司, 1987)은 편자명을 周作人으로 적고 있는데 이는 오류이

다. 근래에 출판된 것으로, 劉大杰의 原編에 遲趙俄·滕雲 2인이 주석을 따로 추가하고 원래의 서명을 고친 『明人小品選』(上海 : 上海古籍出版社, 1995)이 있다.

3. 『晚明小品文總集選』

王英 編

自序(一九三四年)

王英 (編), 『晚明小品文總集選』(上海 : 南强書局, 1934)은 陸雲龍의 『皇明十六家小品』과 『明文奇艷』, 鄭元勳의 『媚幽閣文娛』, 衛泳의 『冰雪携』 4종의 소품총집에서 총 50여 작가의 소품 100여 편을 선록했다. 편자 王英은 서문에서 자신의 소품선집을 '만명의 중요한 몇 부 소품총집에서 집록한 소규모 選本(晚明幾部重要的總集的一個小規模的選本)'이라 소개하고, 덧붙여 만명소품의 역사적 가치와 만명소품선집 편찬의 현대적 의의를 특별히 강조하여 "이 시기에 명대인의 문장을 편집하여 인쇄하는 것은 明文을 제창하는 일이라고 오해받기 쉽다. 오늘날에 이르러서도 300년 전으로 돌아갈 것을 여전히 주장한다면 어찌 되었건 마땅치 못한 것이다. 그러나 과거 각 시대의 문학처럼 明文 또한 그것의 역사적 가치를 지니므로 우리는 결코 明文을 인습적으로 말살해서는 안 된다. 그러므로 오늘날 명대인의 문장을 編選하여 재평가하는 일은 역사적 의의에서 여전히 필요한 것이다.(這個時候來編印明人的文字, 是很容易被誤會爲提倡明文的。時至今日, 而仍主張回到三百年前去, 無論何如是不應該 ; 不過, 和過去的每個時代的文學一樣, 明文也是有它的歷史的價値的, 我們決不能因襲的把它抹煞。所以, 在今日而選印明人的文字, 給它一個再估價, 在歷史的意義上, 是依舊有着必要的。)"라고 말했다.

4.『晩明二十家小品』

施蟄存 編

自序[民國二十四年(一九三五)]

施蟄存의 『晩明二十家小品』은 徐文長·陸樹聲·李本寧·屠赤水·虞長孺·湯若士·袁伯修·袁中郎·袁小修·曹能始·黃貞父·張侗初·李長蘅·程孟陽·鍾伯敬·譚友夏·劉同人·陳明卿·王季重·陳眉公 등 晩明 문인 20家의 소품 270여 편을 수록했다. 근래의 傳本으로는 施蟄存 (編), 『晩明二十家小品』, 臺1版(臺北 : 新文豐出版公司, 1977)이 있다.

5.『晩明小品文庫』

阿英 編

阿英 (編) 『晩明小品文庫』(上海 : 大江書店, 1936)는 明 萬曆 이후의 20家 저명 문인 徐文長·陶石簣·江進之·屠赤水·湯賓尹·袁伯修·袁中郎·袁小修·虞德園·李清·李卓吾·劉同人·張大復·湯若士·沈君烈·鍾伯敬·譚元春·李流芳·周亮工·王道定 등의 序跋·書信·遊記·雜談·人物傳記·墓銘祭文 총 600여 편을 수록했다. 근래에 晗實·玉錚 2인 校點本으로 서명을 바꾼 『晩明二十家小品』(石家莊 : 河北人民出版社, 1989)이 출판된 바 있다.

6.『晩明小品選注』

朱劍心 編

自序[民國二十五年(一九三六)]

朱劍心의 『晩明小品選注』는 論說(雜文)·序跋(序·引·題詞·跋·書後·自記·題畫)·記傳(遊記·雜記·傳記·自狀·墓志)·書簡·日記 등 5종의 문체 별로 만명 문인 37家 徐渭·屠隆·湯顯祖·袁宗道·袁宏道·袁中道·鍾

惺·譚元春·丘兆麟·陳繼儒·王思任·黃汝亨·張鼐·高攀龍·李流芳·文震孟·蕭士瑋·沈承·沈守正·傅宗龍·王士性·周宗建·魏大中·李應昇·周順昌·王心一·朱國禎·陳仁錫·祁彪佳·張岱·黎遂球·黎雲構·萬時華·金俊明·衛泳·葉小鸞 등의 소품 150여 편을 수록했다. 근래의 傳本으로는 朱劍心 (編), 『晩明小品選注』, 臺9版(臺北 : 商務印書館, 1987)가 있다.

7. 『晩明小品』

笑我 編

笑我 (編), 『晩明小品』(上海 : 仿古書店, 1936)은 만명 문인 20家 徐文長·袁伯修·袁中郎·袁小修·屠赤水·湯若士·陶望齡·李卓吾·陳眉公·虞淳熙·鍾伯敬·譚元春·劉格菴·李茂宰·王謔菴·江盈科·湯嘉賓·周元亮·陳仁錫·張大復 등의 소품 300여 편을 수록했다. 臺灣의 廣文書局에서 편자명을 삭제하고 서명을 바꾸어 『晩明二十家小品』, 全2冊(臺北 : 廣文書局, 1968)으로 重刊한 바 있다.

8. 『性靈之聲——明淸小品』

陳萬益 編

陳萬益序[民國七十年(一九八一)]

陳萬益 (編), 『性靈之聲——明淸小品』(臺北 : 時報文化出版公司, 1983)은 1949년 중국 정부 수립 이후 臺灣에서 간행된 최초의 만명소품선집으로 명청 문인 20여 인의 소품 30여 편을 書序·傳記·文論·書信·日記·遊記·笑話·寓言·淸言 등의 아홉 부류로 나누어 수록했다. 편자는 '文論'을 별도로 떼어 만명소품을 탄생시킨 '성령' 문학사상의 특징을 부각시켰고, 만명 시대에 특별히 성행한 문학형식들로 笑話·寓言·淸言 3종을 분립시켜 독자들에게 새로운 감상의 자료를 제공하고자 했다.

9.『閒情逸趣——明清小品』

邱琇環 陳幸蕙 共編

邱琇環·陳幸蕙 共編의『閒情逸趣——明清小品』(臺北 : 時報文化出版公司, 1984)는 徐渭·陳繼儒·屠隆·袁宗道·袁宏道·袁中道·鐘惺·譚元春·李流芳·徐宏祖·浦祊君·張岱·木拂·金聖歎·李漁 등 명청 문인 15인의 소품 30여 편을 수록했다.

10.『山水幽情——小品文選』

李小萱 編

李小萱 (編),『山水幽情——小品文選』(臺北 : 時報文化出版公司, 1984)는 명청 문인 약 30인의 소품 50여 편을 居家·男女·遊世(緣起·苦樂·多心則禍·勘破人性·和光同塵)·山水·讀書緣 등 다섯 부류로 나누어 수록했다.

11.『明人小品選』

盧潤祥 編

隋樹森 序 施蟄存 序 自序

盧潤祥 (編),『明人小品選』(成都 : 四川文藝出版社, 1986)은 명초의 宋濂·劉基·方孝孺를 필두로 명말의 張岱·金聖嘆·衛泳 등 명대 문인 58家의 소품 150여 편을 수록했다. 작품이 비교적 많이 수록된 작가로는 宋濂·劉基·方孝孺·歸有光·湯顯祖·陳繼儒·袁宗道·袁宏道·王思任·馮夢龍·李流芳·謝肇淛·宋懋澄·朱國禎·張岱 등이 있다. 盧潤祥의『明人小品選』은 1930년대 항일전쟁 이후 만명소품선집의 출판이 완전히 중단된 이래 중국 대륙에서 최초로 간행된 만명소품선집으로 당대에서 만명소품의 출판과 연구를 본격화한 선구적 의의를 지닌다. 한 가지

주목할 점은, 편자 盧潤祥은 1930년대 만명소품선집과 달리 서명을 '소품'으로 제명하면서도 만명에 국한하지 않고 명대 전반으로 시대 범위를 확대하여 개국 초의 宋濂·劉基·方孝孺 등도 함께 수록했다는 것이다. 이는 '만명소품'이 일반적으로 공안·경릉파 계열 작가의 작품을 지칭하던 지금까지의 양상과는 변화된 관점으로, 작가의 유파보다는 작품의 풍격에 주안점을 둔 것으로 보인다.

12. 『明六十家小品文精品』

夏咸淳 編

自序(一九九四)

夏咸淳 (編), 『明六十家小品文精品』(上海 : 上海社會科學院出版社, 1995)은 명대 문인 60家의 소품 2백여 편을 수록했는데, 작품이 비교적 많이 수록된 작가는 宋濂·歸有光·徐渭·屠隆·湯顯祖·江陳盈科·陳繼儒·袁宏道·袁中道·鍾惺·王思任·譚元春·劉侗·張岱 등이다. 전체 수록 작가로 볼 때, 개국 초의 宋濂·劉基·方孝孺 및 茶陵派의 대표인물 李東陽과 前七子의 영수인물 李夢陽·何景明 등도 함께 수록되어 만명소품 관념을 명대 전반으로 확대하여 다른 유파의 작가들에게 적용한 것은 주목할 만하다.

13. 『明人小品十家』

文化藝術出版社 編

『明人小品十家』, 全10册(北京 : 文化藝術出版社, 1996)는 만명소품의 문학성취가 가장 높다고 인정되는 대표작가 10家를 10册으로 묶은 총서로서, 『徐文長小品』(劉禎 選注), 『湯若士小品』(李國平 選注), 『陳眉公小品』(胡紹棠 選注), 『袁伯修小品』(趙伯陶 選注), 『袁中郎小品』

(熊禮滙 選注), 『袁小修小品』(李壽和 選注), 『鍾伯敬小品』(劉良明 選注), 『王季重小品』(李鳴 選注), 『譚友夏小品』(田秉鍔 選注), 『張宗子小品』(魏崇武 選注) 등의 단행본으로 나누어 엮은 개별 작가의 소품별집이다.

14. 『晩明小品精粹』

馬美信 編

自序

馬美信 (編), 『晩明小品精粹』(上海 : 復旦大學出版社, 1997)는 全書를 瀟灑人生·情海恨天·警世駭俗·世情百態·寄興山水·雅韻俗趣 여섯 부분으로 나누어 明 嘉靖(1522-66)) 이후의 문인 70여 家의 소품 300여 편을 수록했다. 편자 馬美信은 「前言」에서 선록범위를 밝혀 "本書는 만명소품문 중 특색 있는 우수한 작품 근 3백 편을 선록하여 번역했다. 현재 만명 문학을 담론하면 일반적으로 李贄로부터 말하나, 만명의 新思潮는 嘉靖 前期 王陽明의 心學이 유행할 때 이미 처음으로 실마리를 보여 문학창작 중에 표현되어 나왔다. 따라서 본서는 작가의 작품을 수록할 때 上限을 嘉靖 前期로 소급하여 歸有光 등의 작품을 수록했다. 만명 정신은 명말에 이미 쇠퇴하여 청대에 이르러서는 정치·경제 환경의 격변으로 더욱 심각하게 훼손당했다. 그러나 명말 청초의 어떤 작가들은 아직 만명 정신을 보존하고 있어 그들의 작품은 여전히 만명 문학의 특점을 구현했다. 그래서 본서는 명조가 멸망한 그해에 출생한 廖燕을 끝으로 삼았다.(本書選譯了晩明小品文中有特色的優秀作品近三百篇。现在談晩明文學, 一般從李贄講起。然而晩明的新思潮, 在嘉靖前期陽明心學流行時已初見端倪, 並在文學創作中有所表現。所以本書在收錄作家作品時, 把上限推至嘉靖前期, 收入了歸有光諸人的作品。晩

明精神到明末已經衰退, 到了清代, 由于政治、經濟環境的劇變, 晚明精神受到更嚴重的摧殘。然而明末清初的某些作家, 還保持着晚明精神, 他們的作品依然體現了晚明文學的特點。因此本書以出生在明朝滅亡那一年的廖燕殿後。)"라 하고, 歸有光·李贄·袁宏道·袁中道·謝肇淛·馮夢龍·王思任·張岱·李漁·錢謙益 등의 작품을 비교적 많이 수록했다.

15.『明清閑情小品』

夏咸淳 何滿子 共編

何滿子 序 沈習康 後記(第1册) 夏咸淳 後記(第2册) 陳偉軍 後記(第3册)

夏咸淳·何滿子 共編의『明清閑情小品』, 全3册(上海 : 東方出版中心, 1997)은 명청 간의 閑情小品 260여 편을 3册으로 나누어 수록했다. 본서의 제명인 '閑情小品'에 대하여 第1册의「內容提要」에서 "閑情小品은 명청 간에 흥성하여 대관을 이루었다. 그것은 당시의 인문적 분위기와 생활의 취미를 기록하여 閑情逸致 속에서 생명의 機趣를 써내고 인정세태를 묘사함으로써 그 시대 특유의 정신적 기풍을 발산하고 있다.(閒情小品在明清之際由興盛而至于蔚爲大觀, 它記錄了當時代的人氛圍和生活趣味, 在閒情逸致裏抒寫生命機趣, 描摹世態人情, 散發着一個時代特有的精神氣息。)"라고 설명했다. 따라서 第1册에는 琴棋 書畵 및 공예품을 제재로 한 소품을, 第2册에는 山水 園林을 묘사한 소품을, 第3册에는 飮食 茶酒와 관련한 소품을 각각 수록했다.

16.『明清娛情小品擷珍』

李保民 胡建强 龍聿生 共編

西坡 序(1997)

李保民·胡建强·龍聿生 共編의 『明淸娛情小品擷珍』(上海 : 學林出版社, 1999)은 명청의 娛情小品 28부를 수록했다. 「凡例」에서 그 수록범위를 밝혀 "본서는 명청 양대의 娛情을 위주로 하는 소품집을 집록했다. 희로애락이 족히 정감을 촉발시키고 지나간 역사에 대한 인식의 가치를 지니고 있으면서도 문학적 특색이 결여되지 않은 저술은 모두 수록범위에 두었다.(本書輯集明淸兩代以娛情爲主的小品集, 擧凡喜怒哀樂足以引發情感, 對過往歷史具有認識價値而又不乏文學特色的著述, 均在搜羅範圍。)"라고 말했다. 또한 이른바 '娛情小品'에 대하여는 西坡 명의의 서문에서 "소품이란 문학양식이 결코 만명에서 시작된 것은 아니라고 말하지만, 이른바 '娛情小品'은 명대인의 수중에서 성숙되었다. 서정소품과 약간 다른 점은 이른바 娛情小品은 自娛自樂의 성격을 상당히 많이 띠고 있어 대개 '한가로운 정서'나 '흥겨운 정취'같은 의미와 비교적 가까울 것 같다. 張岱·張大復·屠隆·陳繼儒·袁宏道 등이 모두 이 방면에서 독보적인 존재이다.(小品這一文學樣式, 雖說並非昉自晩明, 但所謂的"娛情小品"却是在明人手裏成熟起来的。與抒情小品稍有不同的是, 娛情小品帶有相當多的自娛自樂性質, 大概比較接近于"閒情"、"遣興"的意思吧。张岱、张大復、屠隆、陳繼儒、袁宏道等, 在這方面都是獨擅勝場的。)"라고 설명했다. 『明淸娛情小品擷珍』이 수록하고 있는 28부의 저작으로 볼 때, 이 선집은 多種의 小書를 집록한 筆記 叢書로서 다수 작가의 單篇 문장을 선록한 다른 만명소품선집과 구별된다. 수록한 28부의 總目은 다음과 같다.

張岱 『陶庵夢憶』　張大復 『梅花草堂筆談』　袁宏道 『甁史』
黃東崖 『屛居十二課』　李漁 『閑情偶寄』　冒襄 『影梅庵憶語』
汪价 『三儂贅人廣自序』　余懷 『板橋雜記』　珠泉居士 『續板橋雜記』

史震林『西靑散記』 史震林『華陽散稿』 兪蛟『潮嘉風月記』
沈復『浮生六記』 焦東周生『揚州夢』 捧花生『畫舫餘譚』
雪樵居士『靑溪風雨錄』 蔣坦『秋燈瑣憶』 陳小雲『湘煙小錄』
毛祥麟『對山餘墨』 芬利它行者『竹西花事小錄』 淞北玉魫生『花國劇談』
龔廷鈞 錢永基『怡情小品』 洪應明『菜根譚』 陳繼儒『岩栖幽事』
陳繼儒『小窓幽記』 張潮『幽夢影』 弁山草衣『幽夢續影』
王承彬『圍爐夜話』

17.『歷代小品大觀』

湯高才 沈偉麟 吉明周 共編

吳小如 序(1990) 湯高才 沈偉麟 吉明周 跋(1991)

湯高才·沈偉麟·吉明周 共編의 『歷代小品大觀』(上海: 三聯書店, 1991)은 全書를 先秦西漢·魏晉南北朝·隋唐五代·宋金元·明·淸近代의 여섯 시기로 나누어 200여 인의 소품 600여 편을 수록했다. 권말 부록으로 夏咸淳의 「歷代小品名家及選家簡介」가 첨부되어 있다. 湯高才·沈偉麟·吉明周 3인은 권말의 「後記」에서 선록범위를 밝혀 “본서는 위로는 선진에서 시작하여 아래로는 근대에 이르는 역대 소품 명편을 포괄한 것 이외에 특히 전체 소품문발전사의 각도에서 다음 네 시대의 작가의 작품을 중점적으로 부각시켰다. 즉 (1)소품문 흥성기의 六朝小品, (2)소품문이 크게 이채를 띤 晩唐小品, (3)소품문 성숙단계의 蘇軾과 黃庭堅을 대표로 하는 宋人小品, (4)소품 발전의 절정인 袁宏道와 張岱를 대표로 하는 晩明小品이 그것이다.(本書除囊括上起先秦下迄近代的歷代小品名篇外, 更從小品文發展史的角度, 重點突出四個時代的作家作品：(1)小品文興盛期的六朝小品；(2)小品文大放異彩的晩唐小品；(3)小品文成熟階段、以蘇(軾)黃(庭堅)爲代表的宋人小品；(4)小品發

展的頂峰、以袁宏道張岱爲代表的晩明小品。)”라 하고, 短文·美文·奇文을 소품의 3대 작품 특성이자 소품의 선정기준으로 삼았다.

18. 『古代小品文鑒賞辭典』

劉傳新 編

凡例

劉傳新(編), 『古代小品文鑒賞辭典』(濟南 : 山東文藝出版社, 1991)은 全書를 先秦·漢代·魏晉南北朝·唐代·宋代·金代·元代·明代·清代 등의 아홉 시대로 나누어 150인의 소품 400여 편을 수록했다. 특히 선진과 한대의 소품 중에는 『論語』·『左傳』·『孟子』·『莊子』·『晏子春秋』·『戰國策』·『禮記』 중의 문장을 발췌하여 수록한 점이 他書와 구별된다.

19. 『歷代小品文精華鑒賞辭典』

夏咸淳 陳如江 共編

何滿子 序(1989) 夏咸淳 序 編者 跋(1989)

夏咸淳·陳如江 (編), 『歷代小品文精華鑒賞辭典』(西安 : 陝西人民教育出版社, 1991)은 全書를 先秦·兩漢·魏晉南北朝·唐·宋·金元·明·清 등의 여덟 시기로 나누어 150여 인의 소품 300여 편을 수록했다. 권말 편자의 「編後記」에 의하면, 選文의 중점을 '短雋'에 두어 편폭이 일반적으로 2, 3백자 정도 되며 5백 자를 넘는 작품은 수록하지 않고, 또한 전체 수록작품 중 명청 2대의 소품을 절반 이상으로 하여 중국 소품의 주요 성취와 특징을 부각시켰다고 했다. 특히 선진과 양한의 소품 중에는 특정 작가 외로 『左傳』·『國語』·『戰國策』·『論語』·『孟子』·『莊子』·『韓非子』·『呂氏春秋』·『禮記』·『列子』·『晏子春秋』·『淮南子』 중의 문장을 발췌하여 수록한 점이 他書와 구별된다.

20.『歷代小品文觀止』

夏咸淳 陳如江 共編

夏咸淳 序(1997) 編者 跋(1992)

夏咸淳·陳如江 (編),『歷代小品文觀止』(西安 : 陝西人民教育出版社, 1998)은 全書를 先秦·兩漢·魏晉南北朝·唐·宋·元·明·淸 등의 여덟 시기로 나누어 100여 인의 소품 200여 편을 수록했다. 편자는 권말의「後記」에서 "중국 고대 文苑 중 소품문은 산뜻하고 아름다운 진귀한 꽃으로 大篇의 正宗 고문에 비해 가독성이 더 높다.(在古代文苑中, 小品文是一枝姸麗鮮活的奇葩, 較之大塊正宗古文更具可讀性。)"라 강조하고, 앞 19條의『歷代小品文精華鑒賞辭典』(1991)이 감상 위주의 소품집임에 비해 이『歷代小品文觀止』는 작가와 작품을 절반 이상 교체하고 注釋·今譯·點評·集說로 나누어 기술함으로써 두 책은 각각의 특징을 지녀 상호 보완할 수 있다고 설명했다. 앞의『歷代小品文精華鑒賞辭典』과 마찬가지로 선진과 양한의 소품 중에는 특정 작가 외에『左傳』·『國語』·『戰國策』·『論語』·『孟子』·『莊子』·『韓非子』·『呂氏春秋』·『禮記』·『列子』·『晏子春秋』·『淮南子』중의 문장을 발췌하여 수록했다. 이러한 점은 명말 최후의 소품선집이자 通代 選錄의 소품총집인 崇禎 16年(1643)에 간행된 陳天定의『慧眼山房原本古今文小品』八卷이 선진으로부터 명대에 이르는 200여 인의 소품 약 600편을 집록하면서 명대의 徐渭·湯顯祖·陳繼儒·袁宏道·鍾惺·譚元春 등 공안·경릉파 계열의 작가 외에도 개국 초의 宋濂·方孝孺 및 前七子의 李夢陽과 後七子의 王世貞 등도 함께 수록하고, 특히 檀弓·管子·晏子·家語·左傳·穀梁·莊子·列子·荀子 등과 같은 經子書의 문장도 소품의 범위에 포함한 것과 매우 유사하다.

참고 목록·색인 자료

1

中央研究院歷史語言研究所 編. 善本書目. 臺北 : 海天印書廠, 1968.

國立臺灣大學·臺灣省立臺北圖書館·國防研究院·國立臺灣師範大學·私立東海大學 編. 善本書目. 臺北 : 海天印書廠, 1968.

國立中央圖書館 編. 國立北平圖書館善本書目. 臺北 : 日盛印書廠, 1969.

國立中央圖書館 編. 臺灣公藏善本書目書名索引. 全2册. 臺北 : 福元印刷事業公司, 1971.

國立中央圖書館 編. 臺灣公藏善本書目人名索引. 臺北 : 盛京印書館, 1972.

國立中央圖書館特藏組 編. 善本書目. 全4册. 增訂2版. 臺北 : 海天印書廠, 1986.

中央研究院歷史語言研究所 編. 普通本線裝書目. 臺北 : 盛京印書館, 1970.

國立中央圖書館·國立臺灣師範大學·私立東海大學 編. 普通本線裝書目. 臺北 : 盛京印書館, 1971.

國立臺灣大學圖書館 編. 普通本線裝書目. 臺北 : 盛京印書館, 1971.

國立中央圖書館 編. 臺灣公藏普通本線裝書目人名索引. 臺北 : 藍星打字排版公司, 1980.

國立中央圖書館特藏組 編. 臺灣公藏普通本線裝書目書名索引. 臺北 : 藍星打字排版公司, 1982.

國立中央圖書館 編. 明人傳記資料索引. 再版. 臺北 : 國立中央圖書館, 1979.

2

四庫全書總目提要. 全5册. 武英殿本 ; 臺北 : 商務印書館, 影印本, 1983.

續修四庫全書提要. 全13册. 臺北 : 商務印書館, 1972.

僞書考五種/清代禁書知見錄. 第3版. 臺北 : 世界書局, 1979.

銷燬抽燬書目/禁書總目/違礙書目. 再版. 歸安姚覲元刊咫進齋叢書本 ; 臺北 : 廣文書局, 影印本, 1981.

黃虞稷 編. 千頃堂書目. 上海 : 上海古籍出版社, 1990.

王重民 編. 中國善本書目提要. 臺北 : 明文書局, 1984.

______ 編. 美國國會圖書館藏中國善本書目. 永和 : 文海出版社, 1973.

屈萬里 編. 普林斯敦大學葛思德東方圖書館中文善本書志. 板橋 : 藝文印書館, 1975.

明代文集總目甲編. 全2册. 臺北 : 國立政治大學中國文學研究所, 1966.

(日)山根幸夫 編. 日本現存明人文集目錄. 東京 : 東京女子大學東洋史研究室, 1978.

(韓)金學主·吳金成 編. 韓國重要圖書館所藏 明·淸人文集目錄. 서울 : 學古房, 1991.

路 工. 訪書見聞錄. 上海 : 上海古籍出版社, 1985.

李樹蘭. 中國文學古籍博覽. 全2册. 太原 : 山西人民出版社, 1988.

潘介祉 編. 明詩人小傳稿. 臺北 : 國立中央圖書館, 1986.

昌彼得. 說郛考. 臺北 : 文史哲出版社, 1979.

劉尙榮. 蘇軾著作版本論叢. 成都 : 巴蜀書社, 1988.

王景鴻. 蘇東坡著述版本考. 書目季刊, 第4卷第2期, 1969. 12.

______. 蘇東坡著述版本考(下). 書目季刊, 第4卷第3期, 1970. 3.

晩明小品論

중국 산문전통의 '이단'인가, '혁신'인가?

참고문헌

※ 본서의 본문과 부록에서 이미 언급된 만명소품 관련 明淸刊本의 주요 원전자료, 現當代의 주요 만명소품선집과 만명 원전자료의 重刊本, 그리고 국내외 공공도서관의 善本·普通本書目과 淸代의 禁燬書目 및 기타 개인 目錄·索引書 등은 여기에 중복하여 기술하지 않는다.

1. 문학창작 부문

袁宗道. 白蘇齋類集. 全2冊. 明寫刊本 ; 臺北 : 偉文圖書出版社, 影印本, 1976.
______. 白蘇齋類集. 錢伯城 標點. 上海 : 上海古籍出版社, 1989.
袁宏道. 袁中郎全集. 全4冊. 明末刊本 ; 臺北 : 偉文圖書出版社, 影印本, 1976.
______. 袁宏道集箋校. 錢伯城 箋校. 全3冊. 上海 : 上海古籍出版社, 1981.
袁中道. 珂雪齋前集. 全5冊. 明萬曆四十六年新安刊本 ; 臺北 : 偉文圖書出版社, 影印本, 1976.
______. 珂雪齋近集. 全2冊. 明末書林唐國達刊本 ; 臺北 : 偉文圖書出版社, 影印本, 1976.
______. 珂雪齋集. 錢伯城 點校. 全3冊. 上海 : 上海古籍出版社, 1989.
______. 遊居柿錄. 筆記小說大觀七編. 全10冊. 臺北 : 新興書局, 1975.
鍾　惺. 隱秀軒[詩]集. 全3冊. 明天啓二年沈春澤刊本 ; 臺北 : 偉文圖書出版社, 影印本, 1976.
譚元春. 譚友夏合集. 全3冊. 明崇禎元年古吳張澤刊本 ; 臺北 : 偉文圖書出版社, 影印本, 1976.
張　岱. 陶庵夢憶. 彌松頤 校. 杭州: 西湖書社, 1982.
______. 陶庵夢憶/西湖夢尋. 臺北: 漢京文化事業公司, 1984.
______. 西湖夢尋. 孫家遂 校. 杭州: 浙江文藝出版社, 1984.
______. 瑯嬛文集. 雲告 點校. 長沙: 岳麓書社, 1985.
______. 張岱詩文集. 夏咸淳 校點. 上海: 上海古籍出版社, 1991.

蘇　軾. 蘇東坡全集. 全2冊. 第5版. 臺北 : 世界書局, 1985.
______. 蘇公寓黃集三卷. 明萬曆十一年嘉禾陸志孝刊 ; 臺北 : 國立臺灣師範大學圖書館所藏, 善本.
______. 東坡志林五卷. 焦　竑 評. 明刊朱墨套印 ; 臺北 : 國立中央圖書館所藏, M7277.
______. 東坡先生艾子雜說一卷漁樵閒話二卷雜纂一卷. 明萬曆三十年海虞趙開美刊 ; 臺北 : 國立中央圖書館所藏, M8590.
______. 坡仙集十六卷. 李　贄 編. 明萬曆四十七年程明善刊 ; 臺北 : 國立中央圖書館所藏, M10205.
______. 東坡文選二十卷. 鍾　惺 編. 明萬曆四十八年刊 ; 臺北 : 國立中央圖書館所藏, M10219.
______. 蘇長公合作八卷補二卷附錄一卷. 凌啓康 編. 明萬曆四十八年吳興凌氏刊三色套印 ; 臺北 : 國立中央圖書館所藏, M10227.
______. 蘇長公文燧不分卷. 陳紹英 編. 明崇禎四年刊 ; 臺北 : 國立臺灣師範大學圖書館所藏, 善本.
______. 東坡禪喜集十四卷. 凌濛初 編. 明天啓元年吳興凌氏刊朱墨套印 ; 臺北 : 國立中央圖書館所藏, M10225.
______. 蘇長公密語六卷. 吳　京 編. 明天啓四年刊朱墨套印 ; 臺北 : 國立中央圖書館所藏, M10229.
蘇　軾·米　芾. 蘇米志林三卷. 毛　晉 編. 明天啓元年虞山毛氏綠君亭刊 ; 臺北 : 國立中央圖館所藏, M7280.
李夢陽. 空同先生集. 全4冊. 明嘉靖刊本 ; 臺北 : 偉文圖書出版社, 影印本, 1976.
李開先. 李中麓閒居集十二卷. 淸三十六硯居藍格鈔本 ; 臺北 : 國立中央圖書館所藏, M12086.
徐　渭. 徐文長三集. 全4冊. 明萬曆二十八年商濬刊本 ; 臺北 : 國立中央圖書館, 影印本, 1968.
李　贄. 初潭集. 臺北 : 漢京文化事業公司, 1982.
______. 焚書/續焚書. 臺北 : 漢京文化事業公司, 1984.
湯顯祖. 湯顯祖集. 全4冊. 臺北 : 洪氏出版社, 1975.
陳繼儒. 陳眉公先生全集六十卷. 明崇禎間華亭陳氏家刊 ; 臺北 : 國立中央圖書館所藏, M13079.

______. 晩香堂集十卷. 眉公十種藏書六十二卷. 章台鼎 訂. 明崇禎九年刊 ; 臺北 : 國立中央圖書館所藏, M15402.
______編. 古文品外錄二十四卷. 明刊 ; 臺北 : 國立中央圖書館所藏, M13898.
江盈科. 雪濤閣集十四卷. 明萬曆二十八年西楚江氏北京刊 ; 臺北 : 國立中央圖書館所藏, M12888.
______. 亘史鈔六卷. 潘之恆 訂. 明萬曆四十年吳公勵校刊 ; 臺北 : 國立中央圖書館所藏, M8423.
沈守正. 雪堂集十一卷. 明崇禎三年武林沈氏家刊 ; 臺北 : 國立中央圖書館所藏, M12964.
曾異撰. 紡授堂集二十六卷. 明崇禎間刊 ; 臺北 : 國立中央圖書館所藏, M13179.
劉　侗·于奕正. 帝京景物略. 全3冊. 明崇禎八年刊 ; 臺北 : 廣文書局, 影印本, 1968.
王思任. 王季重雜著. 全2冊. 明刊本 ; 臺北 : 偉文圖書出版社, 影印本, 1977.
劉義慶. 世說新語箋疏. 余嘉錫 選注. 臺北 : 王記書坊, 1984.
劉　勰. 文心雕龍譯注. 陸侃如·牟世金 譯注. 全2冊. 第4版. 濟南 : 齊魯書社, 1990.
吳　納·徐師曾. 文章辨體序說/文體明辨序說. 再版. 香港 : 太平書局, 1977.
吳曾祺. 涵芬樓文談. 臺4版. 臺北 : 商務印書館, 1980.
胡應麟. 少室山房筆叢. 全2冊. 再版. 臺北 : 世界書局, 1980.
錢謙益. 列朝詩集小傳. 全2冊. 第3版. 臺北 : 世界書局, 1985.
姚　鼐 編. 古文辭類纂. 全2冊. 臺北 : 華正書局, 1984.
曾國藩 編. 經史百家雜鈔. 全4冊. 臺4版. 臺北 : 中華書局, 1984.
周亮工 編. 尺牘新鈔. 上海 : 上海書店, 1988.
梁啓超. 飮冰室全集. 臺北 : 文化圖書公司, 1981.

2. 문학연구 부문

(1) 문학이론

王夢鷗. 文學概論. 再版. 板橋 : 藝文印書館, 1982.
(美)韋勒克 R. Wellek·華倫 A. Warren. 文學論 Theory of Literature. 王夢鷗·許國衡 譯. 再版. 臺北 : 志文出版社, 1985.
張少康. 中國古代文學創作論. 北京 : 北京大學出版社, 1983.
劉若愚. 中國의 文學理論. 李章佑 譯. 서울 : 同和出版公社, 1984.
袁行霈. 中國文學概論. 臺北 : 五南圖書出版公司, 1988.
吳兆路. 中國性靈文學思想研究. 臺北 : 文津出版社, 1995.
方孝岳·瞿兌之. 中國散駢文概論. 臺北 : 莊嚴出版社, 1981.
方祖燊·邱燮友. 散文結構. 第4版. 臺北 : 蘭臺書局, 1981.
張高評 外. 中國散文之面貌. 臺北 : 中央文物供應社, 1984.
余樹森. 散文創作藝術. 三版. 北京 : 北京大學出版社, 1988.
董崇選. 西洋散文的面貌. 臺北 : 中央文物供應社, 1983.
中國現代散文小組 編. 中國現代散文理論. 臺北 : 蘭亭書店, 1986.
蔣祖怡. 文章學纂要. 臺5版. 臺北 : 正中書局, 1976.
張壽康. 文章學概論. 濟南 : 山東教育出版社, 1983.
蔣伯潛. 文體論纂要. 臺2版. 臺北 : 正中書局, 1979.
薛鳳昌. 文體論. 臺2版. 臺北 : 商務印書館, 1977.
陳必祥. 古代散文文體概論. 臺北 : 文史哲出版社, 1987.
褚斌杰. 中國古代文體學. 增1版. 臺北 : 學生書局, 1991.
劉葉秋. 歷代筆記概述. 北京 : 北京出版社, 2003.
蔣伯潛. 體裁與風格. 全2冊. 第4版. 臺北 : 世界書局, 1982.
黃慶萱. 修辭學. 第3版. 臺北 : 三民書局, 1989.
曾祖蔭. 中國古代美學範疇. 臺北 : 丹青圖書公司, 1987.
葉　朗. 中國美學的開展. 全2冊. 臺北 : 金楓出版公司, 1987.
敏　澤. 中國美學思想史. 全3冊. 濟南 : 齊魯書社, 1989.
Graham Hough. 文體與文體論. 何　欣 譯. 臺北 : 成文出版社, 1979.
(佛)Tzvetan Todorov 外. Genre論. (韓)金光南 譯. 서울 : 文學知性社, 1987.

(獨)Gerhard Hass 外. 現代Essay論die moderne Essay theorie. (韓)吳賢一 譯. 서울 : 三中堂, 1978.

(2) 문학비평

趙家璧 編. 中國新文學大系. 全10冊. 臺1版. 臺北 : 業强出版社, 1990.
陳望道 編. 小品文和漫畫. 上海 : 生活書店, 1935.
李 寧 編. 小品文藝術談. 北京 : 中國廣播電視出版社, 1990.
魯 迅. 且介亭雜文二集. 上海 : 三閒書屋, 1937.
______. 僞自由書. 魯迅作品全集. 全33冊. 臺北 : 風雲時代出版公司, 1990. 第13冊.
______. 南腔北調集. 魯迅作品全集. 全33冊. 臺北 : 風雲時代出版公司, 1990. 第14冊.
______. 花邊文學. 魯迅作品全集. 全33冊. 臺北 : 風雲時代出版公司, 1990. 第16冊.
胡 適. 五十年來中國之文學. 胡適作品集. 全37冊. 臺北 : 遠流出版事業公司, 1986. 第8冊.
郁達夫. 閑書. 再版. 上海 : 良友復興圖書印刷公司, 1941.
______. 郁達夫南洋隨筆. 秦賢次 編. 再版. 臺北 : 洪範書店, 1985.
林語堂. 無所不談合集. 第3版. 臺北 : 開明書店, 1975.
______. 林語堂文選. 張明高·范 橋 編. 全2冊. 第3版. 北京 : 中國廣播電視出版社, 1991.
周作人. 周作人全集. 全5冊. 臺中 : 藍燈文化事業公司, 1982.
______. 知堂序跋. 鍾叔河 編. 長沙 : 岳麓書社, 1987.
______. 知堂書話. 全2冊. 再版. 長沙 : 岳麓書社, 1987.
鄭振鐸. 西諦書話. 全2冊. 北京 : 三聯書店, 1983.
朱自清. 朱自淸序跋書評集. 北京 : 三聯書店, 1983.
朱 湘. 文學閒談. 再版. 臺北 : 洪範書店, 1984.
楊 牧. 文學的源流. 臺北 : 洪範書店, 1984.
______. 文學知識. 第3版. 臺北 : 洪範書店, 1986.
朱光潛. 藝文雜談. 吳泰昌 編. 合肥 : 黃山書社, 1986.
______. 我與文學. 臺北 : 大漢出版社, 1989.

羅根澤. 羅根澤古典文學論文集. 上海 : 上海古籍出版社, 1985.
郭紹虞. 照隅室古典文學論集. 臺1版. 臺北 : 丹青圖書公司, 1985.
______. 照隅室雜著. 上海 : 上海古籍出版社, 1986.
(日)廚川白村. 出了象牙之塔. 金溟若 譯. 再版. 臺北 : 志文出版社, 1984.
陳少棠. 晚明小品論析. 香港 : 波文書局, 1981.
曹淑娟. 晚明性靈小品研究, 臺北 : 文津出版社, 1988.
陳萬益. 晚明小品與明季文人生活. 臺北 : 大安出版社, 1988.
吳承學. 旨永神遙明小品. 汕頭 : 汕頭大學出版社, 1997.
吳承學. 晚明小品研究. 南京 : 江蘇古籍出版社, 1998.
趙伯陶. 明清小品——個性天趣的顯現. 桂林 : 廣西師範大學出版社, 1999.
尹恭弘. 小品高潮與晚明文化——晚明小品七十三家評述. 北京 : 華文出版社, 2001.
羅筠筠. 靈與趣的意境——晚明小品文美學研究. 北京 : 社會科學文獻出版社, 2001.
張德建. 明代山人文學研究. 長沙 : 湖南人民出版社, 2005.
楊德本. 袁中郎之文學思想. 臺北 : 文史哲出版社, 1976.
韋仲公. 袁中郎學記. 臺北 : 新文豊出版公司, 1979.
田素蘭. 袁中郎文學研究. 臺北 : 文史哲出版社, 1982.
任訪秋. 袁中郎研究. 上海 : 上海古籍出版社, 1983.
周質平. 公安派的文學批評及其發展——兼論袁宏道的生平及其風格. 臺北 : 商務印書館, 1986.
鍾林斌. 公安派研究. 沈陽 : 遼寧大學出版社, 2001.
黃桂蘭. 張岱生平及其文學. 臺北 : 文史哲出版社, 1977.
夏咸淳. 明末奇才——張岱論. 上海 : 上海社會科學院出版社, 1989.
______. 張岱. 沈陽 : 春風文藝出版社, 1999.
胡益民. 張岱研究. 合肥 : 安徽教學出版社, 2002.
______. 張岱評傳. 南京 : 南京大學出版社, 2002.
淡江大學中文系 編. 晚明思潮與社會變動. 臺北 : 弘化文化事業公司, 1987.
左東岭. 李贄與晚明文學思想. 天津 : 天津人民出版社, 1997.
周明初. 晚明士人心態及文學個案. 北京 : 東方出版社, 1997.
黃卓越. 佛教與晚明文學思潮. 北京 : 東方出版社, 1997.
周　群. 儒釋道與晚明文學思潮. 上海 : 上海書店出版社, 2000.

熊禮滙. 明淸散文流派論. 武昌 : 武漢大學出版社, 2003.
顧易生 外. 十代散文家. 上海 : 上海古籍出版社, 1990.
兪元桂·姚春樹·汪文頂. 中國現代散文十六家綜論. 上海 : 華東師範大學出版社, 1989.
羅東升 外. 歷代開拓新路的文學家. 陽江 : 廣東高 外教育出版社, 1988.
周質平. 胡適與魯迅. 臺北 : 時報文化出版公司, 1988.
顔振吾 編. 胡適硏究叢錄. 北京 : 三聯書店, 1989.
錢理群. 凡人的悲哀——周作人傳. 臺北 : 業强出版社, 1991.

(3) 문학사

林傳甲. 中國文學史. 第6版. 京師大學堂講義日本宏文堂淸光緖三十年(1904)發行, 淸宣統二年(1910)校正再版 ; 臺北 : 學海出版社, 1914.
謝无量. 中國大文學史. 臺6版. 上海中華書局1918年初版 ; 臺北 : 中華書局, 1982.
胡毓寰. 中國文學源流. 臺6版. 商務印書館1924年初版 ; 臺北 : 商務印書館, 1986.
趙景深. 中國文學小史. 上海光華書局1926年初版 ; 臺北 : 莊嚴出版社, 1982.
趙祖忭. 中國文學沿革一瞥. 上海光華書局1928年初版 ; 臺北 : 廣文書局, 1980.
胡懷琛. 中國文學史槪要. 臺3版. 商務印書館1931年初版 ; 臺北 : 商務印書館, 1976.
胡雲翼. 中國文學史. 上海北新書局1932年初版 ; 臺北 : 三民書局, 1979.
陸侃如·馮沅君. 中國文學史簡編. 臺5版. 上海大江書舖1932年初版, 作家出版社1957年修訂版 ; 臺北 : 開明書店, 1983.
鄭振鐸. 揷圖本中國文學史. 全4冊. 再版. 第1冊北平樸社1932年初版, 作家出版社1957年重版, 香港商務印書館1961年重版 ; 香港 : 商務印書館, 1978.
錢基博. 明代文學. 臺2版. 商務萬有文庫1933年初版 ; 臺北 : 商務印書館, 1984.
陳 柱. 中國散文史. 臺6版. 上海商務印書館1937年初版 ; 臺北 : 商務印

書館, 1980.
楊蔭深. 中國文學史大綱. 商務印書館1938年初版 ; 臺北 : 華正書局, 1976.
劉大杰. 中國文學發展史. 全2冊. 上冊中華書局1941年初版, 下冊1949年初版 ; 天津 : 百花文藝出版社, 1999.
朱維之. 中國文藝思潮史略. 開明書局1946年初版 ; 香港 : 縱橫出版社, 1979.
游國恩 外. 中國文學史. 全4冊. 第6版. 人民文學出版社1963年初版 ; 北京 : 人民文學出版社, 1989.
葉慶炳. 中國文學史. 全2冊. 學3版. 上冊臺北廣文書局1965年初版, 下冊1966年初版 ; 臺北 : 學生書局, 1984.
(日)青木正兒. 中國文學思想史. 鄭樑生·張仁青 譯. 臺北 : 開明書店, 1977.
(日)前野直彬 外. 中國文學史. 連秀華·何寄澎 譯. 臺北 : 長安出版社, 1979.
郭預衡. 中國散文史上. 上海 : 上海古籍出版社, 1986.
______. 中國散文史中. 上海 : 上海古籍出版社, 1993.
______. 中國散文史下. 上海 : 上海古籍出版社, 1999.
(韓)許世旭. 中國隨筆小史. 再版. 서울 : 乙酉文化社, 1987.
郭紹虞. 1934年初版 ; 中國文學批評史. 上海 : 上海古籍出版社, 缺出版年.
王運熙·顧易生 編. 中國文學批評史. 全2冊. 臺北 : 五南圖書出版公司, 1991.
司馬長風. 中國新文學史. 全3冊. 香港 : 昭明出版社, 1975-78.
________. 新文學史話——中國新文學史續編. 香港 : 南山書屋, 1980.
陳敬之. 中國文學的由舊到新. 臺北 : 成文出版社, 1980.
周麗麗. 中國現代散文的發展. 臺北 : 成文出版社, 1980.
劉心皇. 現代中國文學史話. 臺5版. 臺北 : 正中書局, 1982.
王　瑤. 中國新文學史稿. 全2冊. 第4版. 上海 : 上海文藝出版社, 1985.
俞元桂 外. 中國現代散文史. 濟南 : 山東文藝出版社, 1988.
易　蒲·李金苓, 漢語修辭學史綱. 吉林 : 吉林教育出版社, 1988.
袁　暉·宗廷虎. 漢語修辭學史. 合肥 : 安徽教育出版社, 1990.
張沅長 外. 英國小品文的演進與藝術. 臺北 : 學生書局, 1971.

3. 논문 부문

訪　秋. 明代名士之重「趣」. 師大國學叢刊, 第1卷, 1931. 1.
任維焜. 中郎師友考──袁中郎評傳之一. 師大國學叢刊, 第1卷第2期, 1931. 5.
______. 袁中郎評傳. 師大國學叢刊, 第1卷第3期, 1932. 3.
______. 袁中郎評傳. 師大月刊, 第2期, 1933. 1.
林語堂. 發刊詞. 人間世, 第1期, 1934. 4.
春波樓隨筆. 人間世, 第1期, 1934. 4.
阿　英. 嘿與謙. 人間世, 第1期, 1934. 4.
沈啓无. 閒步庵隨筆──媚幽閣文娛. 人間世, 第2期, 1934. 4.
______. 帝京景物略. 人間世, 第6期, 1934. 6.
風　子. 關於小品文. 人間世, 第3期, 1934. 5.
語　堂. 論小品文筆調. 人間世, 第6期, 1934. 6.
阿　英. 袁中郎與政治. 人間世, 第7期, 1934. 7.
劉　燮. 關於公安小品文之一席話. 人間世, 第8期, 1934. 7.
______. 公安竟陵小品讀後題. 人間世, 第16期, 1934. 11.
豈　明. 文飯小品. 人間世, 第9-10期, 1934. 8.
劉大杰. 袁中郎的詩文觀. 人間世, 第13期, 1934. 10.
張汝釗. 袁中郎的佛學思想. 人間世, 第19期, 1935. 1.
陳叔華. 娓語體小品文釋例上·下. 人間世, 第28-29期, 1935. 5-6.
沈啓无. 珂雪齋外集游居柿錄. 人間世, 第31期, 1935. 7.
蕘　公. 談明季山人. 古今, 第15期, 1943. 1.
朱劍心. 略論掌故與小品. 古今, 第19期, 1943. 3.
陳耿民. 名士派. 古今, 第20-21期, 1943. 4.
葉雲君. 關於筆記上·下. 古今, 第29-30期, 1943. 8-9.
梁容若. 袁宏道生平和作品. 國語日報·書和人, 第123期, 1969. 11. 15.
______. 葡萄社與公安派. 純文學, 第6卷第6期, 1969. 12.
______. 論依託的袁宏道作品. 國語日報·書和人, 第131期, 1970. 3. 21.
______. 袁宏道徐文長傳正誤. 文壇, 第123期, 1970. 9.
宜　珊. 袁宏道的詩. 今日中國, 第55期, 1975. 11.
魏子雲. 袁中郎「觴政」之作. 中外文學, 第5卷第9期, 1977. 2.

克　展. 袁中郎狂夫狂言. 藝文誌, 第152期, 1978. 5.
田素蘭. 袁中郎文學理論的形成. 國文學報, 第10期, 1981. 6.
郭紹虞. 性靈說. 燕京學報, 第23期, 1938. 6.
______. 竟陵詩論. 學林, 第5輯, 1941. 3.
邵　紅. 袁中郎文學觀的剖析. 國立編譯館館刊, 第2卷第1期, 1973. 6.
______. 公安竟陵文學理論的探究. 思與言, 第12卷第2期, 1974. 7.
______. 竟陵派文學理論的研究. 文史哲學報, 第24期, 1975. 10.
杜　若. 袁氏三兄弟和公安文. 臺肥月刊, 第18卷第9期, 1977. 9.
陳萬益. 竟陵派的文學思想. 大地文學. 第1集. 臺北：國家出版社, 1978. 10.
蕭登福. 公安派文學論. 中華文化復興月刊, 第12卷第4期, 1979. 4.
周質平. 袁宏道的山水癖及其遊記. 中外文學, 第13卷第4期, 1984. 9.
陳　三. 萬簇千攢入眼來——談晚明小品聖手張岱. 暢流, 第20卷第3期, 1959. 9.
張斗衡. 亡明怪叟張岱. 人生, 第29卷第4期, 1965. 1.
中　嵐. 陶庵夢憶中的陶庵與夢憶. 現代文學, 第33期, 1967. 12.
兪大綱. 張岱及其所作「陶庵夢憶」(遺作). 大成, 第46-47期, 1977. 9-10.
周志文. 張岱與『西湖夢尋』. 淡江學報, 第27期, 1989. 2.
張斗衡. 明淸間的小品文. 聯合書院學報, 第3期, 1964.
耿湘沅. 晚明小品文蔚盛的原因. 暢流, 第771-772期, 1982. 3-4.
廖玉蕙. 論晚明小品文之興起. 中正嶺學術硏究集刊, 第2集, 1983. 6.
______. 論晚明小品的名稱與特色. 中正嶺學術硏究集刊, 第3集, 1984. 6.
______. 晚明小品中的遊記、傳記與日記. 中正嶺學術硏究集刊, 第4集, 1985. 6.
龔鵬程. 由菜根譚看晚明小品的基本性質. 中國學術年刊, 第9期, 1987. 6.
王令樾. 小品文選評. 輔仁國文學報, 第1集, 1985. 6.
______. 小品文選評二. 輔仁國文學報, 第2集, 1986. 6.
______. 小品文選評三. 輔仁國文學報, 第3集, 1987. 6.
汪伯琴. 談日記文學的形成、發展與功用. 民主評論, 第16卷第18期, 1965. 12.
______. 談日記文學的形成、發展與功用(完). 民主評論, 第17卷第1期, 1966. 1.

簡錦松. 論明代文學思潮中的學古與求真. 中國古典文學硏究會 編. 古典文學. 第8集. 臺北 : 學生書局, 1984. 4.

沈啓无. 近代散文鈔後記. 文學年報, 第2期, 1932.

劉心皇. 關於「幽默·風趣·諷刺·輕鬆」之類. 亞洲文學, 第22期, 1961. 11.

______. 再談林語堂系的刊物. 反攻, 第244期, 1962. 7.

符 慳. 英國小品文發展史略. 文學世界, 第5卷第3期, 1961. 9.

洪炎秋. 漫談隨筆. 純文學, 第1卷第1期, 1967. 1.

李 棪. 三十年代文學叢刊「散文選集」導言. 聯合書院學報, 第7期, 1968-69.

林顯庭. 世說新語所謂的小品. 鵝湖, 第2卷第12期, 1977. 6.

羅 青. 論小品文. 中外文學, 第六卷一期, 1977. 6.

(韓)許世旭. 中國小品文의 性格硏究. 韓國外國語大學論文, 第13集, 1980. 9.

曾昭旭. 談散文的分類及雜文. 文訊, 第14期, 1984. 10.

王熙元 外. 古典文學現代化(座談). 文訊, 第17期, 1985. 4.

陳啓佑. 小品文概述. 文訊, 第22期, 1986. 2.

徐 泓. 明代社會風氣的變遷——以江、浙地區爲例. 第二屆國際漢學會議論文集, 明淸與近代史組, 1986. 12.

王更生. 論我國古今散文體類分合之價值原則及方法. 孔孟學報, 第54期, 1987. 9.

簡恩定. 儒家文化思想對中國文學復古風氣形成的影響. 東吳文史學報, 第9號, 1991. 3.

張靜二. 中西比較文學中的文類學硏究——兼論文類移植的問題. 中外文學, 第19卷第11期, 1991. 4.

歐明俊. 論晚明人的“小品”觀. 文學遺産. 2001. 5.

晚明小品論

중국 산문전통의 '이단'인가, '혁신'인가?

中文提要

晚明小品论

李济雨

本书以“晚明小品”为研究对象，分别讨论晚明小品的概念、理论及其艺术特征等问题。“晚明”这个时期，是指明朝万历(1573-1620)、天启(1621-27)、崇祯(1628-44)年之间，在文学史上，即自公安三袁兴起，经竟陵锺谭代兴，至明朝衰亡的一段时间，其时“政治腐败，学术庸暗，独文学矫王李摹拟涂饰之病，发抒性灵，大放异彩”，晚明小品乃可视为这个时代文学思想的表征。本书旨在概述对晚明小品的基本认识，以了解它的精神特质及其时代意义。其内容重点如下：

“小品”一词，原为佛家经典语，是指佛典翻译《般若经》之简略译本，在中国始于晋代。文学范畴内小品词语的假借使用，以现存文献资料看来，始见于明万历三十九年(1611)王纳谏(字圣俞，号观涛；万历三十五年进士)评选的《苏长公小品》，以其为正统文学中经世实用之“舂容大篇”相对称的概念。起先由苏轼(字子瞻，号东坡居士；1036-1101，嘉祐进士)诗文的评选过程中衍生的这小品概念，在其概念形成的过程中逐渐扩展，认为与其与他人所言同以成“平”、“正”、“大而伪”，不若逍遥众人所不敢、不能触及的境界，以求“奇”、“偏”、“小而真”，后来泛指晚明当代及中国历代作家的某种作品、文集或风格。

晚明小品文艺上的概念，可以用“短而隽异”(陈继儒语)一语来概括，此语可以分别说明小品在形式和内容上的意义，“短”就是指篇幅短小的倾向；“隽异”就是说隽永新奇的气质，此二要素的统一方能形成小品作品上的特殊性格，乃是小品的美之规范。小品编选方法上的概念，乃从一位作家或一部全集的整体著眼，似一单篇作品之“短小义”以外，也含有一选本之“简略义”，某些以“小品”题名的个人文集，它们虽并非作家的全集，然选录时欲兼顾完整面貌的作家精神及风格特征。

清代《四库全书总目提要》盖以不符正格之文章、史论均判为小品体裁，而拟书、连珠、杂说诸体之运用视为小品技巧。此说法不仅有轻视小品为“小技”的意思，而且也并不完全符合晚明当时小品编选和创作的实际情况。现代文学所称“小品”或“小品文”，在现代散文发展初期大概是专指以咏物抒情为主的短小散文，因受西方文学影响很大，观念和理论上与晚明小品又有所不同。其实，“小品”一词在晚明人的言论中，也多时专指隆万以来新兴的散体文字，但是，晚明“小品”和现代“小品文”在文学本质及其地位上的根本差异是：晚明小品是在古代散文范畴内与正统文章相对的概念，但没有层级区分，因为晚明小品作家认为他们所写的是“小”的，即是“非正经文章”，但他们所用的工具亦同是古文(即文言)，且晚明小品与正统古文同样亦有它的次位分类，即序、跋、传、记、尺牍等文类；而现代小品文，则是现代散文的次位分类，乃是现代散文范畴内的一种类型，与其他范畴之间并没有对立概念。至于对晚明小品的评价，清人因学术思想及文学观念不同的关系，对其评价不高；到了现代，随著文学观念的变迁，甚被新文学家所尊崇，认为在文艺上居颇高之价值。

晚明时期，小品文学，蔚然成风，一方面系因环境外缘因素，一方面则有公安、竟陵派倡导之“性灵”文学思想及理论为依据，晚明在经济和思想领域的急剧变化和市民阶层要求个性解放的潮流之下，产生公安、竟陵派性灵文学，在语言和文学思潮上大有转变和调整，小品文学可以说是他们性灵文学思想的产物，也就是他们中心理论的体现。公安“变板重为清巧，变粉饰为本色”，但其末流不复检括，变“直寄”为“浅率”；此时，竟陵适时而出，又以“幽峭”救“俚率”，乃以“幽情单绪，孤行静寄”为归，遂入于“孤僻”。公安、竟陵之后，王思任、徐宏祖、倪元璐、刘侗、张岱等一批明末作家，另阐蹊径，表现出或清新，或冷峭，或诙谐的风格来，晚明小品清丽的独特风貌，方水到渠成，开创了中国文学史上新的一页。

晚明小品的存在绝不是为达到既定效用的一种文学体裁，而是在阐释，实践当时新兴文学的本质和特徵的过程中产生，而尚未演变成完整体式的一群试探性文学创作，所以，其文的一般特征是“文无定体”，处于不断变化之中，晚明小品最大的特点概括说来，有以下三点：一、选材自由广阔；二、造语新鲜活泼；三、写法灵活多样。晚明小品具有独特的风格和鲜明的个性，其文以浅显的文言为基础，又大量吸收口语成分，也不避方言俚语，较之正统古文通俗多了。在写法上，晚明小品作家善于根据内容的特点，灵活地调整句子结构，造成一种语言情境，而与内容协调一致，使文意更加突出，更有艺术感染力。至于晚明小品的形式，不拘格套，破旧立新，其文虽未能演变成一种完整的体式，但除散文的实用性和逻辑性之外，也使散文更具文艺性，开拓了散文的新领域。

晚明是人们的主观和客观的真实之间发生冲突的时代，可以说是社会秩序的危机时代。这个时代里，知识分子所扮演的角色，特别受后人注目，是理所当然之事。在文学方面，其作品经常是与特定的社会行为有密切的关系，尽管晚明小品作家的作品并无多少博大的社会内容，表达了一种闲适之趣，但是研究这个时代产生这样的文学，颇有意义；而且他们在作品表现上，除了闲情之外，对客观事物、人类社会都持有容忍的雅量，对当时社会，另有所反映，颇值得研究。

晩明小品論

중국 산문전통의 '이단'인가, '혁신'인가?

| 이 제 우 |

- 1957년생
- (현)숭실대학교 중어중문학과 교수
- 한국외국어대학교 중국어과, 同 대학원 중국어과,
  臺灣師範大學 國文硏究所 졸업

대표 논저

「文氣와 중국문학의 감상 및 비평」, 「聲律과 중국고전산문의 감상」, 「중국어 修辭學의 학습과 교육」, 「중국어문학과의 '文言文' 교과교육」, 「中國笑話의 연구과제와 중요 서목」, 『張岱의 小品文 硏究』, 『晩明小品之文藝理論及其藝術表現』, 『中國現實主義文學論』(공저) 등

숭실대학교 동아시아 언어문화연구소 문화총서 **2**

晩明小品論

초판인쇄	2014년 02월 20일
초판발행	2014년 02월 28일
저　　자	이 제 우
발 행 인	윤 석 현
발 행 처	제이앤씨
책임편집	최인노 · 김선은
등록번호	제7-220호
우편주소	㊌ 132-702 서울시 도봉구 창동 624-1 북한산 현대홈시티 102-1106
대표전화	02) 992 / 3253
전　　송	02) 991 / 1285
홈페이지	http://www.jncbms.co.kr
전자우편	jncbook@hanmail.net

ISBN 978-89-5668-614-1 93820　　　　정가 28,000원